David Baldacci
Gefährliches Komplott

Weitere Titel des Autors:

Der Präsident
Das Labyrinth
Die Versuchung
Die Wahrheit
Die Verschwörung
Das Versprechen
Der Abgrund
Das Geschenk
Auf Bewährung
Das Glück eines Sommers
Gefährliches Komplott

Bände der Shaw-Reihe:
Die Kampagne
Doppelspiel

Bände der Maxwell / King-Reihe:
Im Bruchteil der Sekunde
Mit jedem Schlag der Stunde
Im Takt des Todes
Bis zum letzten Atemzug
Fünf vor zwölf

Bände der Camel-Club-Reihe:
Die Wächter
Die Sammler
Die Spieler
Die Jäger
Der Auftrag

Bände der Will-Robie-Reihe
Der Killer
Verfolgt
Im Auge des Todes
Falsche Wahrheit
Der Feind im Dunkeln

Bände der Travis-Devine-Reihe
Finstere Lügen
Die Silkwell-Verschwörung

Titel in der Regel auch als Hörbuch und E-Book erhältlich

Über den Autor
David Baldacci, geboren 1960, war Strafverteidiger und Wirtschaftsanwalt, ehe er 1996 mit DER PRÄSIDENT (verfilmt als *ABSOLUTE POWER*) seinen ersten Weltbestseller veröffentlichte. Seine Bücher wurden in fünfundvierzig Sprachen übersetzt und erscheinen in mehr als achtzig Ländern. Damit zählt er zu den Top–Autoren des Thriller-Genres. Er lebt mit seiner Familie in Virginia, nahe Washington, D.C.

DAVID BALDACCI

GEFÄHRLICHES KOMPLOTT

THRILLER

Übersetzung aus dem Amerikanischen
von Rainer Schumacher

Lübbe

Cradle to Cradle Certified® ist eine eingetragene Marke des Cradle to Cradle Products Innovation Institute.

MIX
Papier | Fördert gute Waldnutzung
FSC® C014496

Vollständige Taschenbuchausgabe
der bei Bastei Lübbe erschienenen Hardcoverausgabe

Titel der amerikanischen Originalausgabe:
»Simply Lies«
Originalverlag: Grand Central Publishing

Bei Fragen zur Produktsicherheit wenden Sie sich bitte an:
produktsicherheit@bastei-luebbe.de

Textredaktion: Frauke Meier, Hannover
Umschlaggestaltung: Massimo Peter-Bille
Einband-/Umschlagmotiv: © akaplummer/Getty Images;
© ciapix/shutterstock
Satz: Dörlemann Satz, Lemförde
Gesetzt aus der Adobe Garamond
Druck und Verarbeitung: GGP Media GmbH, Pößneck

Printed in Germany
ISBN 978-3-404-19453-7

2 4 5 3 1

Sie finden uns im Internet unter luebbe.de
Bitte beachten Sie auch: lesejury.de

Für Michelle,
die mich zu dieser Story inspiriert hat –
und zu vielen anderen mehr.

KAPITEL 1

Mickey Gibson wischte die Kotze von Darbys Gesicht und gab ihrer zweijährigen Tochter einen Quietscheball in der Hoffnung, sie damit wenigstens kurz abzulenken. Stoisch saß das Mädchen in seinem Laufstall und beäugte das Spielzeug, als wisse es nicht so recht, ob das Ding nun Freund war oder Feind. Gibson hatte aus einem der vielen Kindererziehungsbücher, die sie gelesen hatte, gelernt, dass Zweijährige sich eigentlich bis zu dreißig Minuten lang selbst beschäftigen können.

Wer auch immer das geschrieben hat, stand offensichtlich unter Drogen. Wenn nicht, dann haben meine Kids keine Zukunft als Erwachsene.

Gibson wünschte sich doch nur fünf Minuten Ruhe, um ihr Telefonat beenden zu können.

Sie nahm ihren drei Jahre alten Sohn Tommy auf den Arm, der seine Mutter bisher als Klettergerüst missbraucht hatte, und setzte ihn sich auf die rechte Hüfte. Es war erst elf Uhr morgens, und Gibson war bereits völlig erschöpft.

»Okay, Zeb«, sagte sie in ihr Headset. »Ich bin wieder da. Wie ich schon gesagt habe, ist die Dokumentenlage ziemlich klar. Da liegen mindestens 200 Millionen auf sechs verschiedenen Bankkonten, drei im Tschad, eins auf den Bermudas und zwei in Zürich. Larkin muss wissen, dass wir ihm auf den Fersen sind. Also versucht er vermutlich, das Geld wegzuschaffen, und zwar ASAP. Wenn er das schafft, dann werde ich es vielleicht nicht mehr finden können.«

Gibson hörte ein paar Augenblicke lang zu, während sie geschickt Tommys Versuchen auswich, ihre Haare zu packen und ihr das Headset vom Kopf zu reißen. Darby warf den Ball aus dem Laufstall und traf ihre Mutter am Rücken. Dann heulte sie laut auf und versuchte, aus dem Laufstall in die Freiheit zu klettern.

Gibson handelte sofort. Noch immer mit Tommy auf dem Arm schnappte sie sich den Ball vom Boden, warf ihn in die Luft und fing ihn geschickt hinter dem Rücken. Das war eine der Fähigkeiten, die sie sich aus ihrer Basketballzeit bewahrt hatte.

Darby hörte auf zu klettern, grinste und klatschte. »Mommy! Mommy! Toll!«

Auch Tommy war fasziniert und ließ das Haar seiner Mutter los. »Noch mal!«, befahl er.

Gibson wiederholte das Spiel und sagte ins Mikro: »Ja, Zeb, ich verstehe. Aber Tatsache ist, dass ich mit ein paar Klicks schlicht Glück gehabt habe, und einer Reihe von schwachen, aber interessanten Spuren hinterherzujagen, hat sich tatsächlich mal gelohnt. Aber es ist keineswegs sicher, dass das noch einmal gelingen wird. Die Anwälte müssen eine einstweilige Verfügung erwirken und den Deckel draufmachen, bevor er das Geld nach Gott weiß wohin überweisen kann. Ich habe das überprüft. Wir können die Konten einfrieren lassen, weil in all diesen Ländern die internationalen Bankgesetze gelten. Also kann Larkin da auch niemanden schmieren. Schließlich wollen diese Leute weiter Teil der internationalen Finanzgemeinschaft sein.«

Gibson hielt kurz inne und warf wieder den Ball, damit Tommy den Finger aus ihrem rechten Auge nahm. »Larkin bereut vermutlich bereits, dass er die Kohle nicht tiefer vergraben hat, irgendwo offshore auf den Cookinseln«, fuhr sie fort. »Oder er hätte es einfach waschen sollen.« Während sie weiter versuchte, ihren sich windenden Sohn im Griff zu behalten, fügte sie hinzu: »Ich habe außerdem noch eine Beweiskette zusammengestellt, die zu den Insolvenzanwälten der Kreditgeber führt. Denen sind wir auch auf den Fersen. In Zürich und im

Tschad haben die Banken gerade geschlossen, aber auf den Bermudas haben sie noch auf. Ihr müsst also hart zuschlagen und vor allem schnell.«

Als hätte er nur darauf gewartet, dass Gibson wieder verstummte, kotzte Tommy ihr auf die Brust.

Gibson beobachtete, wie Erbrochenes ihr sauberes Hemd hinunterlief, und einzelne Brocken landeten auf ihren nackten Füßen. Als i-Tüpfelchen sickerte das Zeug schließlich in den Teppich und mischte sich unter all die anderen Flecken, die sich dort bereits gesammelt hatten.

Darby lachte und deutete auf den Fleck. »Tommy toll!«, rief sie.

Gibson musterte kurz ihren Sohn, dessen Gesicht ihr alles verriet, was sie wissen musste. Sie rannte sofort los und erreichte die Toilette gerade noch rechtzeitig, um Tommy über die Schüssel zu halten, während sie gleichzeitig den Stummschalter an ihrem Headset drückte. Trotzdem schaffte Tommy es irgendwie, die Schüssel vollständig zu verfehlen. Stattdessen kotzte er auf den Klopapierhalter *und* auf Gibsons Slipper, die daneben standen. Gibson hatte sie hiergelassen, als sie vorhin schon mal versucht hatte, selbst das Badezimmer zu benutzen. Doch dann hatte sie ein Krachen gehört und Tommy auf dem Küchenboden gefunden, voller Dreck aus einem zerbrochenen Pflanzgefäß. Sie hatte den Jungen ausgezogen und seine Sachen direkt in die Waschmaschine gestopft. Am liebsten hätte Gibson auch Tommy reingeworfen, aber sie hatte keine Lust auf einen Besuch vom Jugendamt. Dann hatte sie die Slipper vergessen. Und den Drang zu pinkeln.

Schließlich schaltete Gibson das Mikrofon wieder an. Zeb hatte unentwegt weitergeredet, während sie mit ihrem Sohn gerungen hatte. Er hatte von dem ganzen Drama nichts mitbekommen.

»Wie gesagt: gute Arbeit. Und jetzt lass mal ordentlich die

Sau raus, Mick. Natürlich geht alles auf die Firmenkarte. Hab Spaß. Du hast es dir verdient.«

»Ja, Zeb, ich werde es richtig krachen lassen. Champagner, Kaviar und ein langes sexy Kleid.«

»Hab einfach Spaß. Wir können alle ein wenig Auszeit brauchen.«

»Das kannst du laut sagen.«

»Hey, und lass uns nächstes Mal über Zoom reden. Ich sehe meinen Leuten gerne mal ins Gesicht.«

Nicht dieser Frau, dachte Gibson. *Nicht jetzt. Vielleicht nicht für die nächsten zehn Jahre.*

»Klar. Klingt gut.«

Gibson legte auf, betätigte die Toilettenspülung und schaute zu ihrem Sohn.

Tommy rieb sich den Bauch und sagte: »Ist schon besser, Mommy.«

»Darauf möchte ich wetten.«

KAPITEL 2

Später, als die Kinder ein Nickerchen machten, gönnte sich Gibson eine schnelle Dusche, öffnete die Tür zu ihrem Arbeitszimmer und ging hinein. In der einen Hand hatte sie einen Becher Pfefferminztee und in der anderen einen Hafercookie. Ihre vollgekotzte Kleidung hatte sie gegen eine grüne Turnhose, ein T-Shirt und frische Socken getauscht. Bis die Waschmaschine durch war, waren das die einzigen sauberen Sachen, die ihr noch geblieben waren. Das sexy Kleid würde definitiv warten müssen, denn sie hatte noch nicht einmal eins, ganz zu schweigen von Zeit, um »die Sau rauszulassen«, was auch immer das bedeuten sollte. Und mit Tee und Cookie hielt sie das Mommy-Äquivalent von Champagner und Kaviar bereits in den Händen.

Zumindest was diese Mommy betrifft.

Der Babymonitor stand auf dem Regal. Inzwischen hörte Gibson nur sanftes Atmen und dann und wann ein leises Schnarchen, von dem sie wusste, dass es von Tommy stammte. Gibson atmete tief durch und fragte sich, ob die Kinder heute wohl wirklich mal eine Stunde lang schlafen würden. Inzwischen hatte sie herausgefunden, dass es für eine Mutter nur eine vorhersehbare Komponente gab, nämlich dass kein Tag wie der andere war.

Gibson betrachtete ihr farbloses Spiegelbild in den beiden Computermonitoren.

Sie war eins siebzig groß – zumindest wenn sie sich zu voller Größe aufrichtete, was ihr jedoch nicht mehr gelungen war, seit sie ihr erstes Kind geboren hatte. Sie hatte das Gefühl, als wäre ihre Hüfte ganze zehn Zentimeter nach links gerutscht, und sie hatte keine Ahnung, ob sie sich irgendwann in ihre ursprüngliche Stellung zurückbewegen würde. Und wie ihre Wirbelsäule aussah, das wollte sie gar nicht wissen; aber wenn ihre chronischen Rückenschmerzen etwas zu besagen hatten, dann war das eine anatomische Horrorshow. Auch hatte Gibson noch immer ein paar störrische Pfund Schwangerschaftsspeck auf Hüften, Hintern und Bauch, und soweit sie wusste, würden die auch nicht mehr weggehen. Ihr dunkles Haar trug sie inzwischen kurz geschnitten, denn ihr fehlte schlicht die Zeit, sich lange Zöpfe zu flechten. Auch war ihr Gesicht geschwollen und ihre Haut fleckig – laut Gynäkologe aufgrund postnataler Hormonschübe –; dabei hatte in all den Schwangerschaftsbüchern, die sie gelesen hatte, kein Wort davon gestanden. In jedem Fall war von der schlanken, dynamischen Sportlerin nichts mehr zu sehen, die sie in der Highschool und im College gewesen war.

Als harter, angriffslustiger, ballgeiler und die Ellbogen einsetzender Point Guard mit bösartigem Midrange-Wurf, beeindruckenden Passfähigkeiten und toller Court-Awareness hatte sie den ganzen Tag laufen können. Später, zuerst als Kriminaltechnikerin, dann als Streifenpolizistin und schließlich als Detective, hatte sie sechs Jahre in Folge die Zehn-Kilometer-Meisterschaft für das Revier gewonnen und dabei sowohl Frauen als auch Männer geschlagen. Am Start waren die Jungs zwar immer schneller gewesen als sie, doch bei etwa Kilometer fünf hatte ihre Kondition nachgelassen, und Gibson hatte sich immer ein Grinsen verkneifen müssen, wenn sie an ihnen vorbeigezogen war.

Nun war ihr selbst die Treppe zu viel.

Gibson war auf die Temple University in Philly gegangen und dort von der legendären Dawn Staley trainiert worden. Auch Theater war eines ihrer Hauptfächer gewesen, und sie hatte eine Reihe von Hauptrollen in Studentenaufführungen gespielt. Viele hatten damals geglaubt, dass sie irgendwann an den Broadway gehen würde.

Nach dem College hatte sie auch kurz mit dem Gedanken

gespielt, zur Bühne zu gehen; doch sie hatte rasch herausgefunden, dass man das nicht mit halber Kraft erreichen konnte, denn mit einem Mal hatte sie es mit einer ganzen Legion von ungeheuer talentierten und ehrgeizigen Leuten zu tun bekommen, die fest davon überzeugt gewesen waren, dass der Broadway ihr Schicksal war.

In ihrer Jugend war Gibson auch ein Computernerd und eine Hardcore-Gamerin gewesen. Am College hatte sie dann entsprechende Kurse belegt, um ihre Computerkenntnisse zu erweitern, denn die würden ihr später mit Sicherheit helfen können. Einmal hatte sie sogar mit dem Gedanken gespielt, Basketballprofi zu werden, aber ihr war schnell klar geworden, dass es ihr sowohl an Athletik als auch an Leidenschaft mangelte, um erfolgreich in der WNBA zu spielen.

Stattdessen hatte Gibson beschlossen, in die Fußstapfen ihres Vaters zu treten, und war zur Polizei gegangen. Ihr Dad war begeistert gewesen, ihre Mutter hingegen weniger. Irgendwann hatte sich Gibson bis zum Detective hochgearbeitet. Dann hatte sie den Mann gefunden, von dem sie geglaubt hatte, er sei die Liebe ihres Lebens.

Sein Name war Peter Gibson, und er war groß, gut aussehend, gesellig und lustig. Und – wie Gibson erst viel zu spät herausgefunden hatte – er war der größte Wichser auf dieser Welt. Er hatte ihr gesagt, er wolle eine große Familie, doch kaum war der Braten aus der Röhre gekrochen, da hatte er sich in einen völlig anderen Mann verwandelt. Ständig hatte er gejammert, dass er nicht mehr mit seinen Freunden ausgehen konnte, dass die Daddypflichten seine Wochenenden »ruinierten«. Als Gibson dann mit Darby schwanger gewesen war, hatte er ihr Bankkonto leer geräumt und war mit seiner Sekretärin durchgebrannt. Plötzlich war Gibson allein gewesen mit einem Kleinkind und einem Baby im Bauch sowie mit einer Hypothek und Rechnungen, die sie von ihrem Gehalt allein nicht hatte bezahlen können.

Natürlich hatte Gibson nach ihm gesucht, doch Peter war wie vom Erdboden verschluckt gewesen, sodass sie sich gefragt hatte, ob er vielleicht professionelle Hilfe gehabt hatte. Schließlich hatte sie das Haus verloren und ihren Job aufgeben müssen. Dann war sie nach Williamsburg in Virginia gezogen, wo ihre Eltern lebten, die inzwischen in Rente waren. Sie hatte jedoch Schwein gehabt und sofort einen Job bei ProEye gefunden, einer global operierenden Privatdetektei, die größtenteils online schnüffelte. Der Job war gut bezahlt und ermöglichte es Gibson, ihre Computerkenntnisse einzusetzen. Außerdem konnte sie Vollzeit von zu Hause aus arbeiten. Und ihre Eltern waren in der Nähe, um sie zu unterstützen.

Gibson kam allmählich wieder auf die Beine, aber eine alleinerziehende Mutter zu sein, war schon eine Herausforderung, auch wenn ihre Eltern nicht weit weg wohnten. Umso mehr, da die sich mit gesundheitlichen Problemen herumschlugen und öfter im Wartezimmer eines Arztes Däumchen drehten, als dass sie ihrer Tochter hätten helfen können. Aber irgendwie sorgte Gibson dafür, dass es funktionierte, denn sie hatte keine Wahl, und sie liebte ihre Kinder – auch wenn sie ihr die Klamotten vollkotzten.

Jetzt nutzte Gibson ihre Computerkenntnisse für ProEye. Die Firma war darauf spezialisiert, das Vermögen von reichen Straftätern aufzuspüren, die im Luxus schwelgten, während die Gerichte und Gläubiger gegen eine Wand von hinterlistigen Anwälten, verschlagenen Buchhaltern und PR-Dreckschleudern anrannten. Und es gab so viele von diesen reichen Schmarotzern, dass ProEye und damit auch Gibson vor lauter Arbeit gar nicht mehr wussten wohin.

Einige reiche Leute zahlten offenbar nicht gerne ihre Schulden. Sie ignorierten sie einfach, als wären sie nicht wie jeder andere zur Tilgung verpflichtet. Während Kfz-Mechaniker, Supermarktkassiererinnen oder Lagerarbeiter regelmäßig bei der

IRS um ein paar Tausend Dollar kämpften, hielten sich diese Milliardäre die Finanzbeamten einfach mithilfe ihrer Armee aus Juristen und Buchhaltern vom Hals.

Gibson hatte einmal gehört, wie ein Milliardär an Eides statt erklärt hatte, dass sein Unternehmen doch Tausende von Jobs schaffe, und *diese* Leute bezahlten ja schon Steuern. Er selbst hingegen habe tatsächlich nur ein geringes Einkommen, da der größte Teil seiner Milliarden in Aktien angelegt sei – die er zur Finanzierung seines extravaganten Lebensstils beliehen und damit das Finanzamt effektiv umgegangen hatte –, und dieses wenige spende er für wohltätige Zwecke. Als der Staatsanwalt daraufhin mitgeteilt hatte, das sei keine Rechtfertigung dafür, dass er keine Steuern auf sein tatsächlich zu versteuerndes Einkommen zahle, da hatte der Milliardär ihm schlicht gesagt, er solle sich verpissen. Oder genauer: »Warten Sie mal, was passiert, wenn *wir* die Gesetze machen. Es wird nicht mehr lange dauern.« *Dann* hatte er gesagt, er solle sich verpissen.

Gibson nippte an ihrem Tee und biss in ihren Cookie. Sie setzte das Headset auf und tippte drauflos. Was sie jetzt tat, war natürlich kein Vergleich zu ihrer früheren Arbeit und den Adrenalinschüben, die sie immer wieder auf der Straße bekommen hatte. Aber Kompromisse waren Teil des Lebens, und das hier war ein Kompromiss, für den sie sich selbst entschieden hatte. Jede Mutter würde das verstehen. Alles zum Wohle der Familie.

Irgendwann würde Gibson vielleicht auch jemanden finden, mit dem sie ihr Leben verbringen wollte, doch im Augenblick schien das nicht sehr wahrscheinlich zu sein. Warum? Weil Peter Gibson ihr viel genommen hatte, sehr viel sogar, vor allem Vertrauen – das Vertrauen in Männer und schlimmer noch, das Vertrauen in sich selbst.

Gibson bereitete sich darauf vor, einen Geschäftsmann zu jagen, der irgendwo zwei Milliarden Dollar versteckt hatte, doch unglücklicherweise hatte er auch vier Milliarden Schulden.

Wieder so ein Dreckskerl, nur einer von vielen in einem ganzen Meer von Betrügern. Noch vor zwanzig Jahren hatte es keine fünfhundert Milliardäre auf der Welt gegeben. Jetzt waren es fast dreitausend. Ein gewaltiges Vermögen war hier entstanden … ein Vermögen für ein paar Auserwählte.

Allen anderen ging es nicht ansatzweise so gut, sinnierte Gibson.

In dem Moment klingelte ihr Telefon.

Und Mickey Gibsons ganzes Leben als alleinerziehende Vorstadtmutter ging den Bach runter.

KAPITEL 3

»Miss Gibson, Arlene Robinson hier, von ProEye. Ich arbeite mit Zeb Brown zusammen. Ich weiß, dass Sie vorhin mit ihm gesprochen haben.«

»Das stimmt. Gibt es ein Problem mit dem Einfrieren der Gelder?«

»Nein, da ist alles in Ordnung. Auf den Bermudas wird bereits gehandelt, und Zürich und der Tschad werden das genauso machen, sobald sie wieder geöffnet haben. Sie haben wie immer hervorragende Arbeit geleistet.«

»Danke. Ich glaube, wir hatten noch nicht das Vergnügen«, sagte Gibson. Sie biss wieder in ihren Cookie und trank einen Schluck Tee.

»In der Tat. Ich bin zwar schon seit achtzehn Monaten bei ProEye, aber erst seit drei Wochen in Mr Browns Abteilung. Er hat eine hohe Meinung von Ihnen.« Dann lachte sie leise.

»Ach, ja?«

»Und er hat mir erzählt, er habe ihnen gesagt, Sie sollten heute die Sau rauslassen oder so was in der Art. Auf Firmenkosten natürlich.«

»Ja, das stimmt«, erwiderte Gibson amüsiert.

»Ich habe mir Ihre Akte angesehen, bevor ich angerufen habe. Sie haben zwei kleine Kinder und sind alleinerziehend, korrekt?«

Jetzt verstand Gibson das Lachen.

»Ja. Und just in dem Augenblick, als ich Zeb gesagt habe, er solle die Konten einfrieren, hat mein Sohn mir auf die Klamotten gekotzt.«

»Ich habe selbst drei unter fünf daheim. Ich kann das also

durchaus nachempfinden. Und ich wusste natürlich sofort, dass sie nicht ›die Sau rauslassen‹ würden, im Gegenteil. Vermutlich würde es Sie mehr freuen, wenn Sie einfach mal Ruhe hätten.«

Gibson lachte. »Gesprochen wie eine wahre Mom. Von wo arbeiten Sie?«

»Albany. Ich habe gehört, vor zehn Jahren sei hier das Hauptquartier von ProEye gewesen. Dann kam der Erfolg, und aus der kleinen Privatdetektei wurde ein globales Unternehmen.«

»Das stimmt. Ich bin jetzt seit zwei Jahren dabei. Das ist eine gute Firma.«

»Und sie lassen einen im Homeoffice arbeiten. Das ist nett.«

»Ja, das ist es. Und? Was kann ich für Sie tun, Miss Robinson?«

»Bitte, nennen Sie mich Arlene. Folgendes ... Es ist zwar etwas anderes als sonst, aber man hat mir gesagt, ich soll Sie anrufen und mit Ihnen reden.«

»Okay«, sagte Gibson erwartungsvoll.

»Es gibt da ein altes Herrenhaus in der Nähe von Smithfield am James River, Virginia. Es soll zwangsversteigert werden. Deshalb haben die auch an Sie gedacht, weil Sie ja in der Nähe wohnen.«

»An mich gedacht? Inwiefern?«

»Sie wollen, dass Sie dort hinfahren und eine Inventur der Inneneinrichtung machen. Laut Akte gibt es da einen Hausschlüssel unter einer Katzenstatue neben dem Haupteingang. Ist das zu glauben?«

»Das ist in der Tat ein wenig ungewöhnlich. Normalerweise mache ich meine Arbeit im Internet.«

»Ich weiß. Wie Sie wissen, gilt das für fast alles, was ProEye macht. Aber man hat mir aufgetragen, diese Aufgabe Ihnen anzubieten. Und wenn möglich, sollen Sie noch heute hinfahren. Sie können natürlich noch mit Zeb reden, aber im Augenblick ist er in einer Besprechung. Und sie wollen wirklich, dass Sie da schnell rausfahren. Es klang so, als wäre da auch ein netter Bonus für Sie drin.«

Gibson dachte bei sich, ein wenig Außendienst wäre eine willkommene Abwechslung zum ewigen Starren auf einen Computermonitor. Und ein Bonus war immer nett. Allerdings würde sie ihre Eltern anrufen und hoffen müssen, dass sie Zeit hatten. Gibson hatte Zugriff auf ihren Terminkalender, und den rief sie nun auf. *Okay, sie haben heute keinen Arzttermin. Welch Wunder!*

»Ich denke, das lässt sich einrichten«, sagte sie. »Was können Sie mir über den Besitz und ProEyes Interesse daran sagen?«

»Ich habe die Infos gerade vor mir. Das Haus wurde in den Zwanzigern gebaut, von einem Mann mit Namen Mason Rutherford. Er war ein Räuberbaron, der sein Geld mit Eisenbahnen, Holz und Bergbau verdient hat. Er besaß ein Herrenhaus in Colorado, ein fünfstöckiges Stadthaus in New York und dieses Haus in Virginia. Es steht auf Land, das einst einem britischen Lord gehört hat. Dessen Haus hat man im Unabhängigkeitskrieg jedoch niedergebrannt.« Als Scherz fügte sie hinzu: »Also könnten dort ein, zwei Geister spuken.«

»Hach, ich wollte schon immer Geister jagen.«

»Rutherford ist 1940 gestorben, und Laura, seine Frau, die wesentlich jünger war als er, hat noch bis 1998 gelebt. Mit hundert Jahren ist sie dann auch gestorben, und seitdem ist das Anwesen verfallen. Es muss aber auch ein Vermögen kosten, das Ding instand zu halten.«

»Und der jetzige Besitzer?«, fragte Gibson und dachte bereits darüber nach, was sie für die Fahrt anziehen sollte.

»Aaah … Das ist der berüchtigte Rutger Novak. Er hat das Haus vor sieben Jahren gekauft und jede Menge Geld in die Renovierung gesteckt.«

»Rutger Novak? Den Namen habe ich definitiv schon mal gehört.«

»Bestimmt. Er und ProEye haben eine gemeinsame Geschichte,

und zwar keine gute. Bitte verzeihen Sie, wenn ich Ihnen Sachen erzähle, die Sie bereits wissen, aber Novak ist Deutscher. Vor dreißig Jahren war er ein großer, wenn auch zwielichtiger internationaler Geschäftsmann. Er war Waffenhändler, vor allem im Nahen Osten. Und er hat beide Seiten beliefert. Im Laufe der Jahre musste er einige Rückschläge hinnehmen, und es sah so aus, als würde er mit dem Geld, das ihm geblieben war, einfach in der Nacht verschwinden. Aber offenbar hat er ein paar schlechte Entscheidungen getroffen, sodass er schließlich pleite war, und dann hat er begonnen, sich Geld zu leihen – *viel* Geld. Und wie sich herausstellte, war fast alles Schrott, was er dafür verpfändet hat. ProEye hat ihn vor Jahren im Auftrag einer ganzen Bande von Gläubigern gejagt, doch trotz aller Bemühungen haben sie ihren Auftraggebern nicht einen Dollar beschaffen können.«

»Den Teil kenne ich«, sagte Gibson. »Das war zwar noch vor meiner Zeit, aber die Firma hat das nicht vergessen. Das ist Teil des Firmenmythos. Sie erzählen sogar in ihren Vorbereitungsseminaren davon, eine dauernde Warnung und eine Aufforderung, immer noch einen Schritt weiterzugehen, als unbedingt nötig. Wir dürfen uns nie selbstgefällig zurücklehnen.«

»Tja, offenbar hat die Zeit Novak eingeholt. In den letzten paar Monaten ist alles auf den Kopf gestellt worden.«

»Ist er denn noch da, oder hat er sich wie beim letzten Mal verpisst?«

»Er ist verschwunden. Zumindest steht das in der Akte. Er schuldet seinen Gläubigern so viel, dass sie sich alles schnappen, was sie in die Finger bekommen können. Dazu gehört auch das Herrenhaus. Deshalb sollen Sie ja da hinfahren. Die Firma möchte wiedergutmachen, was beim letzten Mal passiert ist.«

»Es liegt in der Nähe von Smithfield, sagen Sie? Geht das auch ein wenig genauer?«

Gibson hörte das Klappern einer Tastatur. »Es liegt zwischen einem Ort mit Namen Morgarts Beach und Rushmere an einer … Moment … Burwell Bay.« Robinson nannte Gibson die Adresse.

»Okay, das gibt mir Kontext. Der kürzeste Weg schließt eine Fahrt mit einer Fähre ein. Das dauert ungefähr eine Stunde von hier und das auch nur, wenn die Fähre pünktlich ist. Der längere Weg würde mich nach Süden führen, durch Newport News und über die James River Bridge nach Smithfield. Von da sind es nur noch etwa acht Meilen. Allerdings muss man einen weiten Bogen fahren. Auch das würde ungefähr eine Stunde dauern, je nach Verkehr, aber da wäre ich nicht von der Fähre abhängig. Den Weg werde ich wohl nehmen.«

»Sehen Sie? Es zahlt sich schon aus, jemanden zu haben, der sich in der Gegend auskennt.«

»Ich bin nur überrascht, dass bis jetzt noch niemand dort gewesen ist.«

»Na ja, bis vor einer Stunde wussten wir schlicht noch nichts von dem Besitz. Deshalb hat Zeb das vorhin auch nicht erwähnt. Der Grundbucheintrag läuft auf eine Briefkastenfirma. Wir haben diese Wand gerade erst durchstoßen. Unsere Klienten haben ihre Ansprüche auf sämtlichen Besitz des Mannes bereits geltend gemacht, und uns liegen Blankovollmachten vor, die es uns erlauben, jedes seiner Grundstücke und Häuser zu betreten. Wir hoffen nur, dass Novak so schnell fliehen musste, dass er keine Zeit mehr hatte, das Haus auszuräumen, denn soweit wir wissen, hat er stets die schönen Dinge im Leben geliebt, und das Haus könnte voll davon sein. Gemälde, Möbel, Skulpturen … Himmel, die Gläubiger würden auch Orientteppiche, Silberbesteck und den Inhalt des Weinkellers oder der Bibliothek nehmen, egal. Aber wie auch immer, die können von Glück reden, wenn sie zum Schluss einen Nickel pro Dollar bekommen.«

»Da haben Sie recht. Okay. Ich fahre so schnell wie möglich los.«

»Und die Kinder?«, fragte Robinson.

»Als Erstes rufe ich jetzt meine Eltern an. Sie wohnen in der Nähe.«

»Ein Hoch auf Eltern in der Nähe! Meine leben an der Westküste, und ich denke, da steckt Absicht dahinter.«

KAPITEL 4

Der schwarze Hosenanzug war an der Hüfte ein wenig eng. Er spannte am Bund und Gibsons Fettschürze hing raus. Ihre weiße Bluse hingegen saß perfekt. Aber Gibson war angepisst, denn die Bluse gehörte zwar ihr, aber den Hosenanzug hatte sie sich von Dorothy Rogers geliehen, *ihrer Mutter*!

Du hast zwei Kinder zur Welt gebracht. Davon erholt man sich nicht sofort. Das dauert. Na ja … Es ist jetzt zwei Jahre her, seit Darby auf die Welt gekommen ist. Da hätte eigentlich schon längst was passieren müssen.

Jetzt bereute Gibson den Hafercookie.

Und sie hatte den Blick gesehen, mit dem ihre Mutter sie bedacht hatte, als sie in dem Hosenanzug die Treppe hinuntergekommen war. Sie hatte kein Wort gesagt, nur dieser Blick … nein, dieses *Grinsen*. Und dann hatte ihre Mutter doch noch bemerkt: »Das Outfit habe ich gerade erst bei TJ Maxx gekauft. Aber dann habe ich viel Sport gemacht *und* auf meine Ernährung geachtet. Das ist sehr wichtig, wenn man älter wird, und wir werden ja alle nicht jünger, nicht wahr, Liebes? Aber jetzt knöpf einfach das Jackett zu; dann fällt niemandem auf, wie sehr die Hose spannt. Ein Babybauch kann aber auch wirklich übel sein. Ich habe dreißig Jahre gebraucht, bis meiner wieder weg war. Vielen Frauen gelingt das nie.«

Das war ungefähr so subtil, wie Gibsons Mutter nur sein konnte. Vielleicht galt das ja für alle Mütter.

Gibson fuhr mit ihrem Mommy-Van auf der Interstate 64 East nach Süden und bog dann auf die U.S. 17 ab, die sie in einem weiten Bogen über den turbulenten James River führen würde. Als Nächstes fuhr sie nach Norden und durch die einstige Welthauptstadt des Schweineschlachtens: Smithfield. Laut ihrem Navi waren es noch sieben Meilen bis zu den Überresten von Rutger Novaks untergegangenem Imperium. Die ganze Strecke maß keine fünfzig Meilen, aber in der Enge dieses Teils der Küste von Virginia war das ein langer Weg. Überall waren hier Spuren des Militärs zu sehen; dazu kamen Unterwassertunnel, Brücken, das Meer mit seinen Sandstränden und all die Wasserwege, die sich wie Kapillaren durch die Erde zogen oder wie fette Arterien über sie hinwegströmten.

Gibson hatte überlegt, zuerst noch mal Zeb Brown anzurufen, aber sie wusste, dass er noch mit dem Fall beschäftigt war, über den sie an diesem Morgen gesprochen hatten. Außerdem freute sie sich, endlich mal aus dem Haus zu kommen.

Gibson folgte den Richtungsangaben bis zu einer langen schmalen Straße, die auf beiden Seiten von alten Bäumen gesäumt war, an denen sich bereits das erste Grün des Frühlings zeigte. Gibson nahm die Hand herunter und berührte das Holster an ihrem Gürtel. Darin befand sich die achtschüssige Beretta Nano, die in Hinblick auf Größe und Gewicht durchaus mit der Glock 26 zu vergleichen war, die sie bei der Polizei getragen hatte. Sie verwendete sogar die gleiche Munition. Allerdings war diese Waffe ein wenig kleiner, wodurch sie perfekt in Gibsons Hand passte, und die 9mm-Luger-Munition würde so ziemlich alles aufhalten, was sie traf.

Gibson hatte ihre Mutter nicht zusehen lassen, wie sie das Zahlenschloss des Safes in ihrem Schlafzimmerschrank geöffnet hatte, und die Pistole hatte sie auch vor ihr verborgen. Ihre Mom hatte nie gewollt, dass ihre Tochter ein Cop wird, doch Gibson hatte dem Beispiel ihres Vaters folgen wollen. Als ältestes Kind – sie hatte noch zwei jüngere Brüder – hatte sie große Ehrfurcht vor ihrem Vater in Uniform gehabt. Dennoch hatte Gibson sich zunächst dem Willen ihrer Mutter gebeugt und war als Kriminaltechnikerin zur Polizei gegangen. Das hatte ihre Mutter ein wenig beruhigt, denn wenn die Kriminaltechniker am Tatort erschienen, war die Gefahr zumeist vorüber.

Ihre Mutter hatte einen Wutanfall bekommen, als Gibson dann heimlich die Einstellungsprüfung für die Polizeiakademie gemacht hatte. Erst als Rick Rogers, ihr Vater, sich eingemischt hatte, hatte Mom ihr erlaubt, ihren Traum zu verwirklichen. Und ihr alter Herr war stolz auf sie – das wusste Gibson –, auch wenn er das nur selten zeigte. Die öffentliche Zurschaustellung von Zuneigung lag schlicht nicht in der DNA der Familie Rogers. Gibson konnte an einer Hand abzählen, wie oft ihre Mutter sie umarmt oder geküsst hatte. Und sie konnte mit *einem* Finger zählen, wie oft ihr Vater dergleichen gemacht hatte. Sie wusste es noch ganz genau. Das war am Tag ihres Abschlusses an der Polizeiakademie gewesen.

Selbst bei ihrer Hochzeit hatte Dad das nicht getan, und er hatte ihr die Gründe dafür klar und deutlich erklärt, bevor er seine Tochter zum Altar geführt hatte.

Gibson verließ die Straße und fuhr eine andere hinunter. Das Anwesen lag direkt geradeaus auf der rechten Seite.

Vielleicht gibt's da ja wirklich ein paar alte britische Geister.

Gibson bremste ab, als sie die steinernen Monumente rechts und links der Einfahrt sah. An einem war ein Schild mit der Aufschrift STORMFIELD zu sehen.

Arlene Robinson hatte Gibson den Namen des Anwesens nicht genannt, aber das war ja auch nicht so wichtig.

Das Tor war aus Schmiedeeisen, und es war offen. Ein Stück weit hinter der Einfahrt und teils verdeckt von ein paar Büschen stand ein Briefkasten. Gibson fuhr die gepflasterte Einfahrt hinauf und bog um eine Kurve. Jetzt erblickte sie auch das große, alte Herrenhaus. Es sah aus, als hätte seit dem Bau niemand mehr etwas daran gemacht. Wenn Rutger Novak wirklich etwas renoviert hatte, dann nur im Inneren.

Gibson konnte die Architektur nur als wilde Mischung aus

feudal und gotisch mit einem Hauch von Versailles beschreiben. Die Fassade ragte vor ihr auf, fleckig und verblasst, nachdem sie schon so lange den Elementen einer gnadenlosen Flussmündung ausgesetzt gewesen war, und es roch zu gleichen Teilen nach Meer- und Süßwasser.

Sie parkte vor dem Haupteingang und stieg aus. Die einzigen Geräusche waren die Brise und gelegentlich ein Vogel, der in Erwartung des Frühlings sein Lied anstimmte. Die Baumwipfel waren jedoch noch immer verhältnismäßig kahl, und der düstere Himmel spendete am Nachmittag nur wenig Licht. Sie nahm an, wenn es dunkel wurde, konnte man hier kaum noch etwas sehen. Und dann beschloss sie, sich zu beeilen, denn ihr war gerade der Gedanke gekommen, dass es hier vermutlich keinen Strom gab.

Gibson holte eine Taschenlampe aus ihrem Van, denn so groß, wie das Haus war, würde es an einigen Stellen ziemlich finster sein, egal ob draußen nun die Sonne schien oder nicht.

Sie ging zum Haupteingang. Er war gut drei Meter hoch, und die Tür bestand aus massivem Eichenholz. Gibson fand die Katzenstatue und darunter den Schlüssel. Als sie die Statue wieder an ihren Platz zurückstellte, hatte sie das Gefühl, als warne das Tier sie, von hier zu fliehen, bevor es zu spät war.

Als Gibson die Tür aufschloss und hineinging, traf sie die stickige Luft wie ein Schlag. Das war seltsam, dachte sie, denn das Haus war doch angeblich bis vor Kurzem bewohnt gewesen. Aber vielleicht roch es hier immer so.

Hastig schaute Gibson sich nach dem Kontrollpanel einer Alarmanlage um. Ein wenig panisch lauschte sie auf ein Geräusch, das sie aufforderte, einen Code einzugeben, bevor es zu spät war. Tatsächlich sah sie die Zahlentastatur auch neben der Tür, doch sie war unbeleuchtet, also offenbar ohne Strom.

Auch das ist seltsam.

Aber es war auch ein Glück, denn Robinson hatte ihr keinen Code gegeben.

Gibson holte ihr iPad aus dem Rucksack und schaltete die Kamera ein. Sie kannte zwar den Grundriss nicht, aber da das Haus fast so groß war wie ein kleines Einkaufszentrum, ging sie davon aus, dass ihre Arbeit nicht an einem Nachmittag erledigt sein würde. Sie begann im Foyer, wo zwei riesige mittelalterliche Rüstungen standen, die in diesem hohen Raum jedoch geradezu winzig wirkten.

Als Nächstes kam sie in einen großen Speisesaal, der bis auf eine Chippendale-Kommode komplett barock ausgestattet war. Gibson war inzwischen schon so etwas wie eine Expertin für solche Dinge, denn in den letzten Jahren hatte sie viele Vermögenswerte der Reichen und Schönen aufgespürt. An den Wänden hingen Ölgemälde, die größtenteils Landschaften aus der Kolonialzeit zeigten. Gibson glaubte zwar nicht, dass es sich um Originale handelte, aber selbst wenn, waren sie vermutlich nicht viel wert. Es gab auch eine Minibar aus dem 19. Jahrhundert in Form eines massiven Globus auf Rollen sowie ein paar nette Orientteppiche. Die könnten durchaus ein paar Dollar einbringen.

Gibson ging die Flure hinunter und in die anderen Räume. Sie machte Videos und diktierte ständig Informationen in ihr iPad, egal ob sie selbst eine Expertise zu einem Objekt abgeben konnte oder nicht. Später konnte sie das alles immer noch googeln. Sie kam an einem breiten Fenster vorbei und schaute zur untergehenden Sonne hinaus. Von hier aus konnte man zum dunklen James River blicken, der träge an Newport News vorbeiströmte. Dann bog er nach Osten ab und floss zwischen Hampton und Norfolk in die Chesapeake Bay. Dahinter befand sich der lange Chesapeake-Bay-Bridge-Tunnel, und *dahinter* lag der Atlantik.

Gibson war schon ein paarmal durch den Bay-Bridge-Tunnel gefahren, und das hatte ihr nie gefallen. Der Bay-Bridge-Tunnel war über siebzehn Meilen lang. Entlang der Strecke hatte man künstliche Inseln angelegt, und die Brücke schien mitten in der Bucht einfach zu verschwinden, dort, wo die Straße in den Tunnel überging. Es war, als würde der Highway sich in Selbstmordabsicht ins Wasser stürzen und allen Verkehr mit in den Abgrund reißen.

Am Ufer sah Gibson ein altes Bootshaus mit einem Anleger. Dort lag ein Kabinenkreuzer, und auch dafür konnte man sicherlich ein paar Dollar bekommen. Gibson beschloss, sich das einmal genauer anzusehen, solange es draußen noch hell war. Sie hatte bereits festgestellt, dass es tatsächlich keinen Strom im Haus gab, was vermutlich auch der Grund für den muffigen Geruch war, denn eine Luftzirkulation schien es ebenfalls nicht zu geben.

Gibson ging durchs Haus wieder zurück und betrat die Bibliothek. Die Regale waren größtenteils leer. Entweder hatte Novak sie ausgeräumt, oder er war schlicht kein Leser.

An den Regalen entlang schlenderte sie zu einer einsamen großen Vase, und plötzlich spürte sie etwas an ihrem Knöchel.

Sie blieb stehen und beäugte die Wand. Zwei der Regalwände schlossen nicht bündig ab. Eine ragte einen Zoll vor. Gibson legte ihr iPad beiseite, schob die Finger in den Spalt zwischen den Regalen und zog. Die Wand schwang auf, und dahinter kam ein dunkler Raum zum Vorschein. Irgendetwas surrte ganz in der Nähe, und jetzt spürte sie den Luftzug auch viel deutlicher.

Gibson schaltete ihre Taschenlampe ein und fokussierte den Lichtkegel. Ihre andere Hand lag auf der Beretta. Nach vier Schritten im Dunkeln fand sie die Quelle des Geräuschs und des Luftzugs. Es war ein batteriebetriebener Ventilator, der nur wenige Fuß vom Eingang entfernt auf dem Boden stand. Gibson ging weiter.

Und der Geruch traf sie wie ein Schlag.

Verdammt! Das kenne ich.

Der Gang führte um eine Biegung, und Gibson folgte ihm. Sie richtete ihr Licht auf die feuchten Wände. Vermutlich stammten sie noch aus der Zeit, als das Haus gebaut worden war.

Gibson ging weiter und leuchtete mit ihrer Taschenlampe hin und her.

Und plötzlich blieb sie stehen und richtete den Lichtstrahl auf einen einzigen Punkt.

Ein weißer Streifen und zwei Farbtupfer schälten sich aus der Dunkelheit: Zähne in einem Mund und hervorquellende Augen.

Der Mann saß auf einem Stuhl. Er war groß und schon ein wenig älter, und er hatte dünnes graues Haar.

Und dem Gestank nach zu urteilen, war er definitiv tot, und zwar schon länger.

KAPITEL 5

Der Streifenwagen hielt mit quietschenden Reifen vor dem Haus, wo Gibson auf den Stufen hockte. Sie stand auf und ging zu dem Fahrzeug. Zwei uniformierte Deputys des Sheriffbüros von Isle of Wight County stiegen aus.

»Sind Sie die Frau, die uns angerufen hat?«

Gibson nickte und zeigte den Beamten ihren Personalausweis. »Ich bringe Sie hin.«

Sie führte die beiden hinein und zu dem Raum, in dem sich die Leiche befand. Einer der Deputys hielt sie an der Schwelle des geheimen Zimmers auf und bat sie, wieder zurückzugehen und draußen zu warten. Der andere Beamte begleitete sie. Gibson war klar, dass er sie für den unwahrscheinlichen Fall, dass sie die Mörderin war, im Auge behalten musste. Binnen dreißig Minuten kamen weitere Beamte, diesmal vom Smithfield Police Department, und ein County-Detective, ein Lieutenant. Fünf Minuten danach traf dann der Letzte ein. Er stellte sich Gibson als Wilson Sullivan vor, ein Kriminalbeamter der Staatspolizei von Virginia.

Sullivan war fast eins neunzig, muskulös mit breiten Schultern und circa vierzig Jahre alt. Er hatte ein kantiges Kinn und kurz geschnittenes Haar, das genauso unordentlich wirkte wie sein Anzug.

Und er hatte den typischen Blick eines Cops, dachte Gibson: wachsam, misstrauisch, neugierig und nachdenklich.

Als die Beamten gemeinsam hineingingen, um sich die Leiche anzusehen, kamen auch die Kriminaltechniker. Sie luden ihre Ausrüstung aus und schlurften ins Haus, um nach mikroskopischen Spuren des Täters zu suchen.

Sullivan kam später wieder heraus und setzte sich neben Gibson auf die Stufen.

»Muss ich noch lange bleiben?«, fragte Gibson. »Ich habe zwei kleine Kinder, um die ich mich kümmern muss. Meine Aussage habe ich doch schon gemacht.«

Sullivan zündete sich eine Zigarette an und blies den Rauch von ihr weg. »Ich sollte wirklich damit aufhören, aber die Pflaster helfen einfach nicht. Auch sonst nichts. Und Tatsache ist, dass ich das mag.«

»Ich kenne viele Cops, die rauchen. Für einige gehört das schlicht zum Job.«

Sullivan musterte Gibson von Kopf bis Fuß. »Sie sehen aus, als hätten Sie mal Uniform getragen.«

Gibson schaute ihn amüsiert an. »Woran sehen Sie das? An meiner extremen Fitness?«

»Sie haben eine Leiche in einem gruseligen Haus gefunden, und Sie sind weder hysterisch, noch weinen Sie oder sind sonst irgendwie aufgeregt. Das heißt, Sie sind entweder die Mörderin, oder Sie sind den Anblick von Leichen gewohnt. Außerdem sehe ich das an Ihren Augen und der Art, wie Sie sich zwischen all den Beamten bewegen, die hier inzwischen unterwegs sind.«

»Okay. Sie haben mich ertappt. Jersey City. Ich war zwei Jahre Kriminaltechnikerin, habe sechs Jahre Streifendienst gemacht und vier Jahre als Detective gearbeitet.«

»Und sie sind eine Mom und haben zwei kleine Kinder. Und ihr Mann?«

»Geschieden.«

»Aha … Können Sie mir sagen, wie Sie hier gelandet sind? Ich weiß, das steht in Ihrer Aussage, aber ich würde es gerne von Ihnen selbst hören.«

Gibson erklärte ihm, für wen sie arbeitete, und erzählte von dem Anruf, den sie erhalten hatte.

»Haben Sie einen Ausweis oder so was, etwas, das belegt, dass

Sie für ProEye arbeiten? Von denen habe ich übrigens schon gehört.«

Gibson holte ihren Führerschein und ihren Dienstausweis heraus.

Sullivan schaute sich die beiden Karten aufmerksam an und gab sie dann zurück. »Ist das eine gute Firma?«

»Für mich ja, vor allem weil ich bei meiner Arbeit sehr flexibel bin. Größtenteils arbeite ich im Home Office.«

»Aber nicht diesmal«, sagte Sullivan. Er nahm einen letzten Zug von seiner Zigarette, drückte sie aus und steckte die Kippe in die Tasche. »Ich will den Tatort nicht kontaminieren«, erklärte er. »Also … Rutger Novak?«

»Ja.«

Sullivans Blick veränderte sich auf eine Art, die Gibson nicht gefiel. »Ich habe von ihm gehört, in letzter Zeit allerdings nicht allzu viel. Dass er in der Gegend hier lebt, wusste ich zum Beispiel nicht.«

»Und ich wusste noch nicht einmal, dass es dieses Haus hier gibt. Ich bin noch verhältnismäßig neu in der Gegend. Man hat mir gesagt, dass das Haus in den Zwanzigern von einem Räuberbaron gebaut worden ist, von einem Mann mit Namen Mason Rutherford. Ursprünglich soll hier das Haus eines britischen Lords gewesen sein, doch das ist im Unabhängigkeitskrieg niedergebrannt worden.«

Sullivan warf ihr einen weiteren Blick zu, der Gibson noch weniger gefiel als der erste.

»Was ist?«, fragte sie argwöhnisch.

»Ich bin auch erst vor ein paar Jahren in die Gegend hier gekommen. Aus North Carolina. Aber ich lerne schnell, und ich habe nie gehört, dass ein britischer Lord hier gelebt hat. Und von diesem Mason Rutherford weiß ich auch nichts, und ich habe Stormfield, das Anwesen hier, nachgeschlagen, bevor ich gekommen bin. Rutger Novak hat es nie gehört.«

Gibson schaute verwirrt drein. »Ich … Ich verstehe nicht.«

»Ich auch nicht«, erwiderte Sullivan und schaute sie auf eine vertraute Art scharf an. Gibson hatte das auch immer getan, wenn sie einen Verdächtigen vor sich gehabt hatte.

Scheiße.

Sullivan holte sein Handy heraus und scrollte durch ein paar Bildschirmanzeigen. »Stormfield ist auch nicht in den Zwanzigern gebaut worden, sondern in den Fünfzigern, und zwar von einem Mann mit Namen Richard Turner. Er war der Urgroßvater der Leute, die hier vor dem jetzigen Besitzer gewohnt haben. Er hat sein Geld mit Werbung in New York gemacht, aber er stammte aus Tidewater und hat dieses Haus in seiner Heimat gebaut. Seinen Nachfahren gehörte das Haus bis vor ungefähr sechs Jahren.« Er hielt kurz inne und beäugte Gibson aufmerksam.

»Ich … Ich verstehe das alles nicht. Man hat mir gesagt, Laura Rutherford habe bis zu ihrem hundertsten Lebensjahr im Jahre 1998 hier gelebt, und …«

Sullivan drehte sich zu einem uniformierten Beamten um, der gerade das Haus verließ, und rief ihn zu sich.

»Bitte entschuldigen Sie mich«, sagte Sullivan, stand auf und gesellte sich für eine Minute zu dem Beamten. Sie flüsterten miteinander und blickten immer wieder zu Gibson, die zunehmend nervös wurde. Sie schaute auf ihre Uhr und rechnete jeden Moment mit einem Anruf von ihrer Mutter, die wissen wollte, wo zum Teufel sie so lange steckte.

Nachdem der Beamte wieder ins Haus gegangen war, kehrte Sullivan zu Gibson zurück. Sein Gesichtsausdruck war düster, doch ansonsten schwer zu deuten.

»Gibt es ein Problem?«, fragte Gibson.

Sullivan holte sein Feuerzeug heraus und klappte es immer wieder auf und zu, als wäre es ein Spielzeug.

»Wir haben uns bei ProEye nach Ihnen erkundigt. Sie haben gerade zurückgerufen.«

»Und Sie haben bestätigt, dass ich für sie arbeite.«

»Ja, das haben sie.«

»Ich höre da ein *aber.*«

»*Aber* sie haben Ihnen nie aufgetragen, hier rauszufahren und eine Inventur zu machen. Sie haben Sie nie wegen Stormfield angerufen. Tatsächlich haben Sie noch nicht einmal eine Ahnung, was und wo das ist.«

Gibson schnappte nach Luft. »Mit wem haben Ihre Leute denn gesprochen?«

»Mit einem Zeb Brown. Er hat gesagt, er sei Ihr direkter Vorgesetzter.«

»Das stimmt.«

»Könnten Sie mir diese Diskrepanz dann vielleicht erklären? Denn offensichtlich lügt einer von Ihnen, und ich würde gerne wissen wer.«

»Ich habe es Ihnen doch schon gesagt. Ich habe einen Anruf von Arlene Robinson bekommen, aus dem Büro in Albany ...«

»Es gibt keine Arlene Robinson im Büro von Albany. Tatsächlich gibt es überhaupt keine Arlene Robinson bei ProEye – Punkt. Also frage ich Sie noch einmal: Was machen Sie hier?«

Gibson schaute zu dem alten hässlichen Gebäude, und eine ganze Reihe von Szenarien ging ihr durch den Kopf.

»Ich habe einen Anruf von einer Frau bekommen, die sich als Arlene Robinson identifiziert hat. Das war ein paar Stunden, nachdem ich mit Zeb über einen anderen Fall gesprochen habe. Sie hat gesagt, sie würde für ihn arbeiten.«

»Und das haben Sie einfach so akzeptiert?« Sullivan hielt sein Handy hoch. »Ich habe nur fünf Minuten gebraucht, um alles über dieses Haus zu recherchieren.«

»Schauen Sie ... Die Frau wusste, dass Zeb und ich kurz zuvor miteinander geredet haben. Sie hat Details unserer Unterhaltung angesprochen. Tatsächlich hat sie Zeb sogar einmal wörtlich zitiert. Also bin ich davon ausgegangen, dass sie wirklich dort arbeitet, denn woher hätte sie das sonst wissen sollen? Und sie wusste auch, dass ich Kinder habe. Sie hat gesagt, da ich nicht weit von hier lebe – auch das hat sie gewusst –, solle ich hier rüberfahren und Inventur machen. Sie hat gesagt, Rutger Novak, der Besitzer, habe eine Menge Schulden angehäuft, und die Gläubiger wollten alles haben, was sich irgendwie zu Geld machen lässt. Genau das ist es ja, was ProEye tut. Ich hatte also keinen Grund, an der Echtheit des Anrufs zu zweifeln oder an der Natur des Auftrags.«

»Wie ich schon gesagt habe, Rutger Novak ist *nicht* der Eigentümer von Stormfield.«

»Das habe ich nicht gewusst. Wem gehört es dann?«

»Dem Mann, den Sie in dem Geheimraum gefunden haben: Daniel Pottinger.«

»Sie haben ihn schon identifiziert?«

»Vorläufig. Er hatte eine Börse mit einem Führerschein. Das Foto darauf passt zu dem Verstorbenen. Aber natürlich müssen wir das noch bestätigen.«

»Und wer war dieser Pottinger?«

»Offenbar ein reicher Mann. Ich habe ihn nie kennengelernt. Er hat Stormfield von den Turners gekauft. Mehr weiß ich nicht.«

»Und wie ist Pottinger gestorben?«

Sullivan schüttelte den Kopf. »Dazu kann ich jetzt nichts sagen. Wir werden uns mal Ihren Verbindungsnachweis ansehen, um zu bestätigen, dass Sie wirklich einen Anruf bekommen haben. Vielleicht können wir ihn ja zurückverfolgen … *falls* es ihn denn gegeben habt.«

»Ich sage die Wahrheit. Warum sollte ich denn sonst hier sein? Warum hätte ich sonst die Polizei rufen sollen, nachdem ich die Leiche gefunden habe?«

»Ich weiß es nicht, Miss Gibson. Es gibt Gründe für beides.«

»Was meinen Sie mit ›beides‹?«

»Es gibt Gründe für die Annahme, dass Sie in der Tat unschuldig sind, aber auch solche, die nahelegen, dass Sie etwas mit dem Mord an Daniel Pottinger zu tun haben.«

»Dann ist er also ermordet worden, ja? Ich konnte keine Wunde sehen«, sagte Gibson.

»Laut Ihrem Führerschein wohnen Sie in Williamsburg, korrekt?«

»Ja. Mit meinen zwei kleinen Kindern. Das habe ich doch schon gesagt. Meine Mutter passt gerade auf sie auf und wartet auf meine Rückkehr. Das war alles sehr spontan, und deshalb musste ich sie auch als Babysitter rekrutieren. Ich dachte, ich würde den Tag mit der Jagd auf Vermögenswerte im Internet verbringen. Mit einem Mordopfer in einem gruseligen Haus habe ich nicht gerechnet.«

»Nun ja, es wäre in der Tat besser für Sie gewesen, weiter Digital-Detektivin zu sein. Hier draußen ist es viel gefährlicher.«

»Und was passiert jetzt?«, fragte Gibson.

»Ich werde Ihnen nach Hause folgen. Dann können wir weiterreden, und ich kann ein paar Sachen prüfen, die Sie hoffentlich entlasten werden.«

»Glauben Sie wirklich, dass ich etwas mit dem Mord zu tun habe?«

»Sie waren doch mal Detective. Was denken Sie?«, erwiderte Sullivan.

Gibson seufzte. »Jeder ist verdächtig, bis schlüssig bewiesen ist, dass er das nicht ist.«

»Gut. Sie erinnern sich also noch daran.« Sullivan packte sie fest am Arm. »Dann los. Fahren wir.«

KAPITEL 6

Auf der Rückfahrt schaute Gibson immer wieder in den Rückspiegel zu Sullivan in seiner Limousine. Sie versuchte einzuschätzen, ob der Mann sie wirklich für eine Mordverdächtige hielt oder nicht. Sein Blick war fokussiert, wirkte aber auch irgendwie abwesend, als gingen ihm die unterschiedlichsten Szenarien durch den Kopf. Gibson fühlte sich an sich selbst erinnert. Auch sie war immer so gewesen, wenn sie einen Fall zu knacken hatte. Sie hatte sich Zeit gelassen; das Ganze noch einmal aus der Ferne analysiert und plausible Theorien entwickelt, die dann entweder von den Fakten bestätigt worden waren oder auch nicht.

Als sie an Gibsons Haus eintrafen, stellte sie Sullivan ihrer Mutter vor, aber sie erklärte ihr nicht, warum er da war.

»Das hat mit der Arbeit zu tun, Mom. Könntest du noch ein bisschen dableiben und dich um die Kinder kümmern? Ich muss mit Detective Sullivan ein paar Sachen durchgehen. Danke.«

Dorothy Rogers musterte ihre Tochter und drehte sich dann zu dem großen, attraktiven Sullivan um. Sie lächelte. »Dann lasse ich sie beide mal *allein.*«

Es kostete Gibson all ihre Kraft, nicht laut zu stöhnen.

Er will kein Date mit mir, Mom. Er will herausfinden, ob ich jemanden ermordet habe oder nicht.

Gibson führte Sullivan in ihr Arbeitszimmer und holte ihr iPhone heraus. »Das ist mein Diensthandy.« Sie scrollte durch den Bildschirm. »Hier ist die Nummer, von der sie mich angerufen hat. Da steht kein Name, weil ich sie nicht in meiner Kontaktliste habe. Eine Standortangabe gibt es zwar auch nicht, aber da das mein Arbeitshandy ist, gehe ich eigentlich immer ran.«

Sullivan tippte die Nummer in sein eigenes Handy und

hielt es sich ans Ohr. Es klingelte und klingelte, doch niemand hob ab. »Das ist vermutlich ein Prepaidhandy oder so was in der Art«, verkündete er schließlich. »Oder irgend so ein VPN-Bullshit. Wir werden trotzdem versuchen, die Nummer zurückzuverfolgen, aber verlassen Sie sich nicht darauf.« Er schaute sich Gibsons Arbeitsplatz an, vor allem die beiden Monstermonitore. »Also hier wirken Sie Ihre Ermittlermagie, ja?«

»Wenn Sie diese digitale Plackerei so nennen wollen, dann ja.« Gibson setzte sich, zog die Schuhe aus und rieb sich die Füße. »Bitte, entschuldigen Sie. Ich bin es noch nicht einmal mehr gewohnt, feste Schuhe zu tragen.«

Sullivan setzte sich ihr gegenüber. »Können Sie sich an sonst noch etwas von dem Anruf erinnern?«

Gibson wusste, dass Sullivan sie das alles auch in Stormfield hätte fragen können, aber er hatte offensichtlich wissen wollen, ob sie wirklich die Vorstadt-Mom war, die sie vorgab zu sein.

»Wie jeder Ex-Cop bin ich natürlich misstrauisch, aber sie hat das perfekt gespielt. Zuerst hat sie zum Beispiel mein Gespräch mit Zeb erwähnt, und damit hatte ich keine Zweifel mehr.«

»Was heißt, entweder steckt Ihr Boss da mit drin, oder ...«

»... oder Sie arbeitet wirklich dort, hat aber einen falschen Namen und ein Prepaidhandy benutzt und das Gespräch belauscht. *Oder* sie hat entweder mein oder Zebs Telefon angezapft und ist auf die Art an die Information gekommen.«

Sullivan nickte anerkennend. »Sie haben sich offenbar Ihre Fähigkeiten als Detective bewahrt. Eingerostet sind Sie nicht.«

»Wirklich? Nach allem, was passiert ist, habe ich das Gefühl, als müsste ich mein Hirn mal wieder schmieren. Sie hat mich so richtig an der Nase herumgeführt. Normalerweise hätte ich mir das Anwesen genau wie Sie erst einmal online angesehen, aber diese Arlene hat mir eine plausible Geschichte aufgetischt und immer wieder betont, dass das schnell erledigt werden müsse … zumindest hat sie das behauptet. Und sie hat mir nie gesagt, wie das Anwesen heißt, vermutlich, damit ich es nicht nachschlagen und so herausfinden kann, dass sie mir nur Mist erzählt hat. Und um dem Ganzen die Krone aufzusetzen, hat sie das mit dem Namen Rutger Novak in Verbindung gebracht.«

»Warum ist das so wichtig?«, fragte Sullivan neugierig.

»Lange bevor ich zu ProEye gekommen bin, hatten sie eine heftige Auseinandersetzung mit Novak. Er hat schließlich gewonnen, indem er einfach verschwunden ist, und ProEye hat nie etwas gefunden, was sie für ihre Klienten zu Geld hätten machen können. Das war eine böse Niederlage für die Firma. Deshalb bekommt auch jeder Neuling bis heute in den Orientierungsseminaren eine Flut von Informationen zu Novak. Es ist, als wollten sie damit sagen: Du solltest besser hart arbeiten und dich in alle Richtungen absichern, sonst schlüpfen dir die dicken Fische durchs Netz. Diese Arlene muss das gewusst haben, und deshalb hat sie auch seinen Namen erwähnt. Damit hatte ich keinen Grund mehr, an ihren Worten zu zweifeln.«

»Mickey Gibson. Das steht auf Ihrem Führerschein. Aber ist Mickey nicht die Kurzform von Michelle?«

»Nicht in diesem Fall. Ich heiße wirklich Mickey.«

»Okay. Gibt es eine Geschichte dazu?«

Gibson seufzte resigniert. »Zu sagen, mein Großvater sei ein fanatischer Yankees-Fan gewesen, wäre noch untertrieben. Er hatte marineblaues Blut. Laut einer Familienlegende hat er gedroht, meinem Vater den Hals umzudrehen, wenn er seinen ersten Enkel nicht nach *Mickey* Mantle nennt. Das Geschlecht war egal. Und voilà, da bin ich.«

»Also das ist wirklich mal was anderes.«

»Das ist aber nett ausgedrückt. Als ich mit diesem Namen aufgewachsen bin, habe ich das anders beschrieben.«

»Ich nehme an, das hat Sie nur härter gemacht.«

»Na ja, irgendetwas hat es schon mit mir gemacht, aber was genau …?« Gibson zuckte mit den Schultern.

»Was uns wieder zu der Frage zurückbringt: Warum ausgerechnet *Sie*? Warum hat sich diese Arlene ausgerechnet Sie ausgesucht?«

»Darüber habe ich während der ganzen Fahrt nachgedacht, und mir ist kein anderer Grund eingefallen als die Tatsache, dass ich für ProEye arbeite und nicht weit entfernt von Stormfield lebe. Offensichtlich wollte sie, dass ich die Leiche finde, und zwar heute. Die Geheimtür war ein kleines Stück geöffnet, und da war ein Ventilator, der für einen Luftzug und ein Geräusch gesorgt hat. Außerdem stand da noch eine einsame Vase auf dem Regal, um meine Aufmerksamkeit zu erregen. So standen die Chancen gut, dass ich den Mann auch wirklich finde.«

»Besteht die Möglichkeit, dass Sie die Frau unter einem anderen Namen kennen?«

»Ich habe die Stimme zwar nicht erkannt, aber sie könnte sie verstellt haben. Ich kenne nicht wirklich viele Leute hier, abgesehen von den anderen Eltern in der Nachbarschaft.«

»Glauben Sie, dass der Tatort arrangiert worden ist?«

»Da war kein Strom im Haus. Der Ventilator lief mit Batterie, und die Tür stand einen winzigen Spalt offen. Ja, für mich sieht das so aus wie geplant.«

»Und die Kriminaltechniker schätzen, dass der Ventilator noch eine ganze Weile hätte weiterlaufen können«, sagte Sullivan.

»Also hat wer auch immer das war das alles vermutlich heute aufgebaut. Vielleicht hat diese ›Arlene Robinson‹ mich sogar von dort aus angerufen. Sie wusste, wo ich wohne und wie lange ich bis Stormfield brauchen würde, denn ich habe es ihr selbst gesagt: ungefähr eine Stunde.«

»Dann lautet die Frage: Hat sie ihn auch umgebracht?«

»Wie lange ist er denn schon tot?«

»Also heute ist er nicht gestorben. So viel kann ich Ihnen sagen.«

»Das habe ich selbst gesehen. Hatte denn jemand ein Motiv, Pottinger umzubringen? Hatte er Feinde?«

»Um das zu sagen, ist es noch zu früh. Wir prüfen alle Möglichkeiten.«

»Ich habe gehört, das Haus sei unbewohnt. Aber wenn Pottinger noch dort gelebt hat, wo sind dann seine Angestellten? Um so ein Anwesen kann man sich doch nicht allein kümmern. Aber als ich dort angekommen bin, war niemand da und der Strom abgeschaltet. Und es sah auch nicht so aus, als würde dort jemand leben. Es gab zwar noch ein paar Sachen, die ich auf meine Liste gesetzt habe, aber es fühlte sich verlassen an.«

»Auch das überprüfen wir.«

»Dann haben Sie mich also von der Liste der Verdächtigen gestrichen?«

»Noch nicht ganz, aber es läuft in diese Richtung.« Sullivan stand auf. »Wir bleiben in Verbindung.«

»Hören Sie, wenn Sie noch zwei Augen brauchen …«

»So arbeitet die Virginia State Police nicht. Tut mir leid.«

Gibson trat einen symbolischen Schritt zurück. »Natürlich.«

Sullivan betrachtete die Computer. »Ich nehme an, das war ein großer Schritt. Von der Straße zu den Dingern da, meine ich.«

»Ja, das war es. Aber Mutter zu werden ist eine noch viel größere Veränderung, vielleicht die größte.«

Sullivan ließ Gibson mit ihren Monitoren allein.

In was zum Teufel bin ich da nur reingeraten?

KAPITEL 7

Gibson nahm das Handy herunter. Sie hatte gerade mit Zeb Brown gesprochen. Er hatte alles bestätigt, was Sullivan ihr erzählt hatte. Es gab keine Arlene Robinson, und es gab auch keinen Auftrag von ProEye.

Brown hatte jedoch nicht wirklich Mitgefühl mit Gibson gehabt, im Gegenteil. Er war angepisst gewesen, weil sie sich den Auftrag von ihm nicht hatte bestätigen lassen. Das hätte der Firma viel Ärger erspart.

»Wir haben einen gewissen Ruf, den wir auch bewahren müssen«, hatte er sie getadelt. »Wenn so etwas noch einmal passiert, dann rufen Sie mich an, okay? Vielleicht können wir es dann ja vermeiden, Teil einer gottverdammten Polizeiermittlung zu werden. Und vielleicht sollten Sie heute doch nicht die Sau rauslassen, um den Larkin-Fall zu feiern, und stattdessen wieder einen klaren Kopf bekommen.« Und bevor Gibson etwas darauf erwidern konnte, war das Gespräch beendet.

Langsam legte Gibson das Handy auf den Tisch. *Okay. Zeb hält mich entweder für eine Idiotin, oder er glaubt, dass ich in ein Verbrechen verwickelt bin, und ich bin nicht sicher, was schlimmer ist. In jedem Fall kann ich es mir nicht leisten, diesen Job zu verlieren.*

Später fütterte sie ihre Kinder, spielte mit ihnen, badete sie und brachte sie schließlich ins Bett. Sie trug noch immer den Hosenanzug ihrer Mutter. An der Hüfte war er schon ein wenig lockerer, und ihr fiel ein, dass sie seit dem Hafercookie nichts mehr gegessen hatte.

Gibson ging in die Küche runter und machte ihr Spezialgericht: Makkaroni mit Käse – natürlich als Fertiggericht – und dazu ein Glas billigen Merlots, um den Geschmack hinunterzuspülen.

Gibson schaute aus dem Fenster und sah nichts außer der Dunkelheit des kalten Frühlingsabends.

Draußen Dunkelheit, drinnen Dunkelheit.

Dunkelheit zwischen meinen Ohren.

Und dann summte ihr Handy. Ihr Geschäftshandy. Sie schaute auf den Bildschirm. Es war ein Text.

Können Sie reden? AR

Gibson hätte fast den Wein fallen gelassen. Dann schaute sie sich rasch um, um sicherzugehen, dass sie nicht beobachtet wurde.

Sie schrieb zurück: **Okay**. Und sie wartete.

Das Handy summte. Gibson ging ran. Es war dieselbe Frauenstimme.

»Darf ich Ihnen das erklären?«, fragte die Stimme.

»Was für eine tolle Idee«, schnappte Gibson. »Wie wäre es zum Anfang mit Ihrem echten Namen?«

»Sie haben die Leiche gefunden, korrekt?«

»Ja, *ich* habe die Leiche gefunden. Daniel Pottinger. Ermordet. Wie haben Sie ihn umgebracht?«

»Sie sollten zur Haustür gehen.«

»Warum?«, erwiderte Gibson angespannt. Instinktiv schaute sie nach oben, wo die Kinder schliefen.

»Dort finden Sie ein Handy in einem Karton«, sagte die Frau. »Das werde ich in dreißig Sekunden anrufen.« Und sie legte auf.

Gibson lief zu ihrem Waffensafe, schloss ihn auf, holte die Beretta heraus und schob ein Magazin in den Schacht.

Dann rannte sie zur Haustür und spähte zu einem der Seitenfenster hinaus. Sie lebte in einem durchschnittlichen Arbeiterviertel voller 500-Quadratmeter-Grundstücke mit kleinen Häusern und Carports, die größtenteils in den Achtzigern gebaut worden waren. In einigen Häusern brannte Licht, und an der Straße parkten Autos. Menschen waren jedoch keine zu sehen. Irgendwo bellte ein Hund, und Gibson zuckte unwillkürlich zusammen. Langsam öffnete sie die Tür und sah den kleinen Karton auf der Veranda. Vorsichtig öffnete sie ihn. Im selben Augenblick klingelte das Handy darin. Gibson ging wieder ins Haus und schloss die Tür.

Und dann beschloss Mickey Gibson, ihrer Wut freien Lauf zu lassen.

»*Was soll der Scheiß?*«, schrie sie ins Handy. »Ich habe keinen Bock auf Ihr beschissenes Spiel, was auch immer das sein mag!«

»Das ist kein Spiel, aber an Ihrer Stelle würde ich wohl genauso empfinden.«

»Sie haben leicht reden. Sie *sind* nämlich nicht an meiner Stelle! Sie haben mich fast den Job gekostet. Gegessen ist das noch nicht.«

»Tut mir leid, aber bitte, lassen Sie mich erklären.«

Gibson schluckte ihre Wut wieder hinunter und wechselte in den Cop-Modus, was hieß, dass sie vor allem zuhören würde. Vermutlich war das ihre einzige Chance, der Wahrheit nahezukommen. Außerdem war sie tierisch neugierig. Sie wollte schlicht wissen, was hier los war. Nicht, dass sie irgendetwas anderes als Lügen von dieser Frau erwartete. Aber Gibson war richtig gut darin, Dinge zu finden. Sie brauchte nur eine Spur, einen winzigen Hinweis.

»Okay. Reden Sie«, sagte sie in ruhigerem Ton.

»Ich habe ihn nicht umgebracht, und ich weiß auch nicht, wer das getan hat. Ich weiß nur, dass ich seine Leiche gefunden habe, und ich wusste nicht, was ich sonst tun sollte.«

Erneut kochte die Wut in Gibson hoch, und sie bellte: »Wie wäre es zum Beispiel gewesen, wenn Sie die verdammte *Polizei* gerufen hätten? Haben Sie mal daran gedacht?«

»Die konnte ich nicht anrufen.«

»Einfach neun-eins-eins mit dem Zeigefinger eintippen. Sie

hätten ihnen einen falschen Namen nennen können. Das haben Sie bei mir doch auch gemacht.«

»Das wollte ich aber nicht, und ich hatte meine Gründe dafür. Gute Gründe.«

»Und warum haben Sie mich in diesen Mist mit reingezogen?«

»Weil ich von Ihnen gehört habe.«

»Sie haben von mir gehört? Wo?«, verlangte Gibson zu wissen.

»Da waren Sie noch ein Cop.«

»Das war in Jersey. Sie haben mich nach Williamsburg verfolgt?«

»Ich hatte das Gefühl, dass ich Ihnen vertrauen kann. Ich hoffe, das kann ich immer noch.«

»Nun, *ich* vertraue *Ihnen* aber nicht, zumal die Polizei mich nun als Verdächtige in einem Mordfall betrachtet.« Gibson atmete tief durch. Diese aggressive Haltung würde ihr gar nichts bringen. »Haben Sie Pottinger gekannt?«

»Ja.«

»Woher?«, hakte Gibson nach.

»Er war in Miami sehr bekannt. Ich war überrascht, als er an so einen abgelegenen Ort in Virginia gezogen ist.«

Ist diese Frau auch aus Miami? »Warum waren Sie da?«

»Er hat mich gebeten, ihn zu besuchen.«

»Warum?«, fragte Gibson.

»Darauf kann ich nicht näher eingehen.«

»Sie werden auf *alles* eingehen müssen, wenn Sie wollen, dass ich Ihnen vertraue.«

»Ich kannte ihn von früher, und er hat gesagt, er stecke in Schwierigkeiten. Also bin ich nach Stormfield gefahren, um ihm zu helfen. Die Tür war unverschlossen. Ich bin hineingegangen. Die Regalwand in der Bibliothek stand offen. Da habe ich ihn dann gefunden.«

»War da sonst noch jemand, als Sie dort angekommen sind?«, hakte Gibson nach.

»Nein, und das hat mich überrascht. Das Haus ist riesig. Er muss doch Hilfe gehabt haben. Angestellte. Aber wären die da gewesen, dann hätten sie die Leiche doch gefunden.«

»Wie ist er gestorben?«, fragte Gibson.

»Hat die Polizei Ihnen das nicht gesagt?«

»Nein. Die Polizei sagt Leuten wie mir so was nicht.«

»Ich weiß nicht, wie er gestorben ist.«

»Sie lügen«, erwiderte Gibson.

»Nein, tue ich nicht. Ich habe keine Wunden oder so was gesehen.«

Okay, da könnte sie die Wahrheit sagen. Ich habe ja auch keine gesehen. »Sind Sie sicher, dass da niemand anderes war? Haben Sie vielleicht etwas gehört?«

»Nein. Das Haus war leer … abgesehen von ihm.«

»Haben Sie den Ventilator da reingestellt, die Wand ein Stück offen gelassen und die Vase auf dem Regal platziert?«

»Ja. Ich wollte, dass Sie die Leiche finden.«

»Wer genau sind Sie? Und woher wussten Sie all die Dinge, die Sie am Telefon erwähnt haben? Haben Sie mich abgehört? Oder ProEye?«

»Ich habe getan, was ich tun musste, um Sie zu überzeugen«, erwiderte die Frau ausweichend.

»Was genau wollen Sie von mir?«

»Ist das nicht offensichtlich? Ich möchte, dass Sie herausfinden, wer Dan ermordet hat?«

»Warum?«, wollte Gibson wissen.

»Das habe ich Ihnen doch gesagt. Er war mein Freund.«

»Aus Miami?«

»Ja.«

»Welcher Art war Ihre Beziehung zu ihm wirklich? War das etwas Geschäftliches? Sie klingen nicht so alt, und er war mindestens siebzig, wenn nicht sogar älter. Das war schwer zu sagen, denn die Verwesung war schon weit fortgeschritten.«

»Wir waren Freunde, die zusammen Geschäfte gemacht haben. Mein Alter war nie ein Thema.«

»Und was waren das für Geschäfte?«, fragte Gibson.

»Ich habe das Gefühl, dass ich gerade verhört werde«, konterte die Frau.

»Gut. Das werden Sie nämlich auch.«

»Vielleicht habe ich ja doch einen Fehler mit Ihnen gemacht.«

»Sie haben in dem Augenblick einen Fehler gemacht«, erklärte Gibson, »als Sie mich in die Sache mit reingezogen haben. Und Vertrauen funktioniert nur beidseitig. Ich muss ein Gefühl für Sie bekommen.«

»Ich habe Ihnen alles gesagt, was ich Ihnen sagen kann.«

»Ich brauche aber mehr.«

»Hat die Mutterschaft Ihnen Ihre Fähigkeiten als Detective geraubt?«, fragte die Frau.

»Es gefällt mir nicht, dass Sie so viel über mich wissen. Und wenn Sie auch nur in die Nähe meiner Kinder kommen …«

»Das würde ich niemals tun.«

»Sie haben dieses Handy auf meine Veranda gelegt«, erwiderte Gibson.

»Nein, habe ich nicht. Das habe ich jemanden für mich tun lassen.«

»Das ist das Gleiche. Sie sind in mein Revier eingedrungen, Lady.«

Und die Leitung war tot.

Gibson ging zu einer Küchenschublade und holte eine kleine Werkzeugkiste heraus. Die nächsten fünf Minuten verbrachte sie damit, das Handy auseinanderzunehmen, um sicherzugehen, dass da keine Wanze oder so was war. Sie fand nichts. Schließlich setzte sie alles wieder zusammen und überprüfte die Aufnahmen ihrer Türkamera mit der Handy-App.

Um halb zehn war eine vermummte Gestalt gekommen, hatte den Karton auf die Veranda gelegt und war wieder verschwunden. Gibson schätzte, dass die Person etwa 1,70 Meter groß war und vielleicht 60 Kilo wog, doch dank des weiten Hoodies war das schwer zu sagen. Das war entweder eine große Frau oder ein kleiner Mann.

Gibson setzte sich an den Küchentisch und starrte auf das Handy. Dann betrachtete sie den massiven Tisch, den sie sich mit der Einstellungsprämie von ProEye bei Wayfair gekauft hatte.

Ihr Leben als geschiedene Frau mit zwei kleinen Kindern war bis jetzt ausgesprochen vorhersehbar gewesen … und sicher. Ihr alter Job als Cop hingegen war das genaue Gegenteil gewesen. Deshalb hatte sie ihr altes Leben auch hinter sich lassen wollen, für ihre Kinder, und das hatte sie dann auch getan. Ihr neues Leben danach war … *langweilig* geworden, und jetzt war ihr altes Leben mit voller Wucht wieder zurückgekehrt.

Gibson stand auf und stellte sicher, dass alle Fenster und Türen fest verschlossen waren. Dann schaltete sie die Alarmanlage an. Sie schloss ihre Pistole wieder weg, schnappte sich den Baseballschläger, den sie in der Highschool beim Softball benutzt hatte, und schlief zwischen ihren Kindern auf dem Boden. Das heißt, sie schlief nicht wirklich, denn bei jedem noch so kleinen Geräusch riss sie die Augen auf und suchte nach potenziellen Mördern.

Das wird allmählich unheimlich. Ob ich wohl Sullivan davon erzählen sollte?

Aber wenn die Polizei den Fall übernahm, dann würde die sie von den Ermittlungen ausschließen, und Sullivan würde ihr vielleicht nicht glauben. Auch nicht, wenn sie ihm das Handy und die Kameraaufnahme zeigte. Und sollte jemand ihre Familie bedrohen, dann wollte sie informiert werden. Sie wollte wenigstens die Chance haben, sich zu wehren. Aus all diesen Gründen beschloss Gibson, erst einmal den Mund zu halten.

Am nächsten Morgen wachte sie erschrocken auf, als sie etwas auf ihrem Gesicht spürte. Sie packte sofort den Baseballschläger und wollte gerade …

Tommy streichelte ihr die Wange. »Ich habe Hunger, Mommy.«

Gibson blinzelte ihn an und schaute sich um. Darby starrte sie durch das Gitter ihres Bettchens an.

»Ich auch, Mommy«, sagte Darby. »Hunger.« Sie rieb sich den Bauch.

Gibson schaute auf die Uhr. Es war halb sieben. Sie stand auf und nahm sich kurz Zeit, ihre Kinder so fest zu drücken, wie sie konnte.

Wenn ihnen etwas passiert …

Tommy legte seine kleinen Hände auf die bebenden Wangen seiner Mutter und schaute ihr in die Augen. »Alles gut, Mommy?«

»Sicher, Liebling. Alles gut. Alles toll.«

Sie wechselte Darby die Windel, half Tommy auf der Toilette, wusch beide und zog sie an. Schließlich gingen sie gemeinsam die Treppe hinunter, und Gibson machte ihnen Müsli und gebutterten Toast, dazu je ein Glas Milch.

Gibson schaute ihnen bei jedem Bissen zu, während sie sich die müden Augen rieb, gähnte und sich Kaffee in den Hals kippte, als wäre es Tequila. Drei Tage die Woche kam tagsüber ein Babysitter, damit sie ungestört arbeiten konnte, und zum Glück war das einer dieser Tage.

Die Kinder mochten Carol Silva. Carol war Ende zwanzig, groß, schlank, mit dichtem dunklen Haar und einem breiten Lächeln, und sie brachte immer Spiele, Puzzles und andere lustige Sachen mit, die die Kinder liebten. Zwar passte ihr Lohn nicht wirklich in Gibsons Budget, aber die Frau war jeden Penny wert.

Und als sie kam und die Kinder um acht Uhr übernahm, da

lief Gibson nach oben, duschte in nur zwei Minuten und setzte sich vor ihren Computer. Heute würde sie keine säumigen Milliardäre jagen. Heute ging es nur um den toten Daniel Pottinger.

Und um die anonyme Frau am Telefon.

KAPITEL 8

Zu Lebzeiten war Daniel Pottinger ein Einsiedler gewesen, und online gab es nur wenige Informationen zu dem Mann. Gibson fand ein paar Artikel in der Lokalzeitung, weil Pottinger einem Jugendzentrum und einem Heim für Kriegsveteranen Geld gespendet hatte. Aber es gab keine Bilder von dem Mann. Er war nicht in den sozialen Medien aktiv und schien keine Geschichte zu haben. Der einzige Hinweis auf sein Vermögen war eine Erwähnung, dass er sein Geld mit Investitionen im Einzelhandel gemacht hatte, was auch immer das hieß.

Dann suchte Gibson nach Pottinger in Miami. Sie wollte wissen, ob dort irgendwelche Firmen auf seinen Namen liefen, ob er vielleicht Handel in der Stadt oder im Staat getrieben hatte. Wenn die Frau die Wahrheit gesagt hatte, dann sollten sich Spuren davon finden, doch an den üblichen Stellen fand Gibson rein gar nichts darüber.

Also haben sie ihre Geschäfte vielleicht an eher ungewöhnlichen Orten gemacht. Oder aber …

Das Fehlen jeglicher Informationen über den Mann ließ bei Gibson die Alarmglocken klingeln. Vielleicht musste sie ja weg vom Computer und ganz altmodisch auf der Straße recherchieren. Ihr kam eine Idee.

Gibson öffnete eine Schreibtischschublade und holte eine Ledertasche heraus. Darin befanden sich verschiedene Dinge, die Gibson mit ihrem eigenen Geld gekauft hatte, als sie noch beim Jersey City Police Department gewesen war.

Sie küsste ihre Kinder, sagte Silva, sie würde in ungefähr drei Stunden wieder zurück sein, und fuhr in ihrem Van davon. Diesmal dauerte die Fahrt nicht ganz so lang, denn Gibson wusste, wo sie hinmusste. Als sie sich Stormfield näherte, bremste sie ab. Sie wusste, dass die Kriminaltechniker vielleicht noch vor Ort waren, aber ihre Idee konnte trotzdem funktionieren.

Gibson bog in eine Nebenstraße ein, stieg mit ihrer Ledertasche aus, überquerte die Straße und ging gut dreißig Meter den Bürgersteig hinunter, bis sie wieder in die Straße einbog, an der Stormfield lag. Sie wurde langsamer und hielt nach Cops Ausschau, doch niemand war zu sehen. Schließlich erreichte sie das Tor und sah auch keine Streifenwagen mehr. Vermutlich hatten sie den Tatort näher am Haus abgesperrt, vielleicht hinter der Kurve. Schließlich verfügte die Polizei auf dem Land auch nicht über die gleiche Personalstärke wie die in der großen Stadt.

Gott sei Dank.

Nur um sicherzugehen, schlich Gibson zwischen den Bäumen hindurch, bis sie das Haus sehen konnte. Da parkte tatsächlich noch ein Streifenwagen, und am Steuer saß ein Beamter. Gibson konnte ihn aus dieser Entfernung zwar nicht klar erkennen, aber er schien etwas auf seinem Handy zu lesen. Die Kriminaltechniker wiederum schienen fertig und mit Pottingers Leiche abgezogen zu sein. Hoffentlich hatten sie auch ein paar vielversprechende Spuren.

Andere Fahrzeuge sah Gibson nicht. Wenn Pottinger Angestellte hatte, dann würde man die im Augenblick zwar nicht ins Haus lassen, aber Sullivan würde sie verhören.

Gibson ging zu dem Briefkasten zurück, der glücklicherweise ein paar Meter von der Straße entfernt im Gebüsch stand. Sie schaute noch ein letztes Mal die Einfahrt hinauf und hinunter und dann zum Haus. Sie hatte freie Bahn.

Gibson öffnete die Ledertasche und holte alles heraus, was sie brauchte, um Fingerabdrücke zu sichern: eine Pulverphiole, einen Fiberglaspinsel, schwarzes Klebeband und Papierkarten. Glücklicherweise hatte es nicht geregnet, sonst hätte sie auch noch ein reaktives Spray einsetzen müssen, um die latenten Fingerabdrücke sichtbar zu machen. Das Gleiche galt für gebogene oder ungleichmäßige Oberflächen. Aber die Seiten des Briefkastens und die Klappe waren größtenteils glatt und das Metall nicht porös, also ideal für das, was Gibson vorhatte.

Sie nahm das Rußpulver mit dem Pinsel auf, schüttelte den Überschuss ab und richtete ihre Taschenlampe in unterschiedlichem Winkel auf die Oberfläche aus, um kleinste Kleinigkeiten zu erkennen. Dann applizierte sie das Pulver.

Zum Glück hatte Gibson ihre Karriere als Kriminaltechnikerin begonnen. Vor Gericht lieferte die Forensik die wichtigsten Beweismittel, und wenn es daran mangelte, dann verließen die Schuldigen das Gericht oft als freier Mann beziehungsweise freie Frau und zeigten der Gerechtigkeit den Mittelfinger.

Gibson verteilte das Pulver auf die verschiedenen Bereiche des Briefkastens: um den Griff, die Flagge, die Seiten, überall, wo jemand ihn hätte berühren können. Sie wusste, dass sie auf diese Art auch die Fingerabdrücke des Postboten bekommen würde, aber das war kein Problem.

Schließlich identifizierte Gibson zehn verschiedene Gruppen von Fingerabdrücken. Als Nächstes kam das Klebeband zum Einsatz, um sie abzunehmen. Vorsichtig drückte sie es auf den ersten Abdruck und strich die Luftblasen heraus. So machte sie das mit allen anderen Abdrücken auch, einschließlich des großen Handabdrucks auf der Seite des Kastens. Vielleicht hatte jemand sich dort festgehalten, um ein übergroßes Päckchen rauszuholen. Und die ganze Zeit über schaute sie sich immer wieder um, um sicherzugehen, dass niemand kam. Sie wusste, dass sie ein Risiko einging, und sie wäre in ernsten Schwierigkeiten, sollten plötzlich die Cops auftauchen oder der Beamte vor der Tür sich einen Kaffee holen wollen. Doch im Augenblick war ihr das egal. Außerdem würde sie ein Auto ohnehin hören, und dann hätte sie noch genügend Zeit, sich zu verstecken. Allerdings konnte sie nur hoffen, dass wer auch immer da kommen mochte nicht das Pulver auf dem Briefkasten sah.

Gibson klebte jeden Fingerabdruck auf die mit Acetat bestrichenen Papierkarten, die ihr als Spurenträger dienten. Schließlich war sie fertig, und sie entfernte das Pulver mit Wasser aus einer kleinen Flasche und einem Lappen. Sie zerstörte hier auch keine Beweise, sagte sie sich selbst. Die Cops konnten sich mit Sicherheit jede Menge Fingerabdrücke aus dem Inneren des Hauses beschaffen, vor allem natürlich die der Leiche. Gibson war sicher, dass sie das auch schon getan hatten, auch wenn sie den Toten vorläufig bereits als Daniel Pottinger identifiziert hatten. Doch Gibson wusste, dass diese erste Identifikation durch Augenschein noch nicht schlüssig war. Das war auch der Grund, warum sie hier war. Pottingers Hintergrund oder besser das Fehlen desselben schrie förmlich danach, dass er aus irgendeinem Grund versucht hatte, seine wahre Identität zu verschleiern.

Gibson kehrte wieder zu ihrem Van zurück und fuhr weg. Da erst fiel ihr auf, dass ihr das Herz bis zum Hals schlug und ihre Wangen glühten. Doch das war ein gutes Gefühl. Sie war nicht mehr so aufgeregt gewesen, seit sie als Streifenpolizistin im Garden State einen mutmaßlichen Vergewaltiger hinter einem Walmart zu Boden gerissen hatte. Und als der Kerl versucht hatte, sie anzugreifen, da hatte sie ihm das Knie in die Eier gerammt und ihm einen Stoß mit der flachen Hand unter die Nase versetzt. Als daraufhin sein Blut auf die Straße gespritzt war, war das schier unglaublich befriedigend gewesen.

Gibson kehrte nach Hause zurück, fotografierte jede Karte mit ihrem Handy ab und rief dann eine Freundin an, die noch immer für die State Police von New Jersey arbeitete. Sie bat sie, die Fingerabdrücke mal durch ihre Datenbanken zu jagen und falls nötig auch durch das NGI-System, das die IAFIS-Fingerabdruckkartei des FBI ersetzt hatte und über bessere Möglichkeiten wie Handflächen-, Iris- und sogar Gesichtserkennung verfügte.

»Wofür ist das, Mick?«, fragte ihre Freundin.

»Das ist etwas Persönliches, Kate. Aber ich muss wirklich die Identität von jemandem herausfinden.«

»Wo hast du die Fingerabdrücke denn her?«

»Von einem Briefkasten.«

»Ist das legal?«

»Absolut. Das ist öffentlicher Raum«, antwortete Gibson, obwohl sie in Wahrheit keine Ahnung hatte.

»Ich werde mal sehen, was ich tun kann«, erwiderte Kate. »Wie geht's den Kids?«

»Sie sind einfach wunderbar, besonders wenn sie auf mich spucken.«

Das provozierte ein Lachen der guten, alten Kate, die selbst vier Kinder hatte. Und hoffentlich erhöhte das auch ihren Eifer, die Fingerabdrücke so schnell wie möglich zu prüfen.

Dann klingelte das Handy, das jemand auf Gibsons Veranda gelegt hatte.

KAPITEL 9

»Können wir jetzt reden? Haben Sie sich wieder beruhigt?«, fragte die Frau.

»Ich war schon beim letzten Mal ganz ruhig, und Sie haben einfach aufgelegt«, erwiderte Gibson ein wenig gereizt. »Aber ich *bin* bereit zu reden und mir anzuhören, was Sie zu sagen haben.«

»Gut. Kennt die Polizei die Todesursache schon?«

»Noch einmal: Sie haben keinen Grund, diese Information mit mir zu teilen. Tatsächlich habe ich sogar gefragt. Umsonst.«

»Können Sie noch mal fragen?«

»Warum?«

»Das könnte kritisch sein. Wichtig. Wie eine *Spur*. Cops mögen Spuren doch, oder?«

»Okay. Ich werde mal sehen, was ich tun kann.«

»Haben Sie den Beamten vor Ort von mir erzählt?«

»Nein. Das behalte ich erst einmal für mich.«

»Gut. Das könnte nämlich alles unnötig verkomplizieren.«

»Es ist schon kompliziert genug. Sie haben Miami und Geschäfte erwähnt. Können Sie mir sonst noch etwas sagen? Ich brauche etwas, um voranzukommen. Sie wollen, dass ich Ihnen helfe; also müssen Sie auch mir helfen. Ich hoffe, das verstehen Sie.«

»Sie sind sehr manipulativ«, erwiderte die Frau.

Gibson hätte am liebsten geschrien, *Ich bin manipulativ?*; stattdessen sagte sie: »Das ist nur der Cop in mir. Irgendeine Information brauche ich aber wirklich, sonst stecke ich im Nirwana fest.«

»Was wollen Sie denn wissen?«

»Zunächst einmal, war Daniel Pottinger der echte Name des Mannes?«

»Warum fragen Sie das?«

»Weil sich online so gut wie nichts über den Kerl findet. Nur Zeug, das genauso gut gefälscht sein kann.«

»Nicht jeder entblößt seine Seele online.«

»Da rennen Sie offene Türen bei mir ein. Aber die Frage bleibt bestehen.«

»Dan war sehr verschlossen«, sagte die Frau vorsichtig. »Er mochte es nicht, wenn die Leute von seinen Geschäften wussten.«

»Dann war Pottinger vermutlich ein falscher Name, korrekt?«

»Ich habe ihn nur als Daniel Pottinger gekannt. Sollte er noch eine andere Identität gehabt haben, dann war das vor meiner Zeit.«

»Okay. Waren Sie in Miami mit ihm zusammen?«

»Eine Zeit lang.«

»Wie lange ist das her?«

»Jahre.«

»Und wie lange haben Sie beide zusammengearbeitet?«, fragte Gibson.

»Nicht lange genug. Er hat mir viel beigebracht.«

»Wann haben Sie erfahren, dass er nach Virginia gezogen ist und Stormfield gekauft hat?«

»Erst vor Kurzem. Wie gesagt, hat er Verbindung zu mir aufgenommen und mich gebeten, ihn dort zu besuchen. Ich wünschte, ich hätte ihn noch mal gesehen, bevor ihn jemand ermordet hat.«

Nun, das klingt dann doch recht selbstsüchtig. »Und davor? Wann haben Sie zum letzten Mal von ihm gehört?«

»Warum ist das wichtig?«, verlangte die Frau zu wissen.

»Ich versuche nur, ein paar grundsätzliche Fakten und die Timeline zu klären.«

»Was Sie klären müssen, ist, *wie* er gestorben ist.«

»Wenn die Polizei mir das sagen soll, dann muss ich ihnen auch etwas anbieten.«

»Daran habe ich nicht gedacht.«

»Schon okay. Gemeinsam schaffen wir das schon«, erwiderte Gibson ermutigend.

»Unsere Interessen sind vermutlich nicht wirklich im Einklang.«

»Das hat die Menschen noch nie davon abgehalten zusammenzuarbeiten. Und *Sie* haben sich an mich gewandt. Können Sie mir nicht zumindest einen Hinweis darauf geben, was für Geschäfte Sie beide gemacht haben?«

Wieder legte die Frau einfach auf.

Wütend warf Gibson das Handy durch den Raum. Sofort sprang sie auf, lief durchs Zimmer, schnappte es sich wieder und drückte auf Rückruf. Es klingelte und klingelte. Schließlich legte sie auf.

An diesem Abend, nachdem Silva gegangen war, konnte Gibson wieder Mom sein. Sie machte ihren Kindern Abendessen, und sie spielten gut eine Stunde im Wohnzimmer. Das hieß für gewöhnlich, dass Gibson die Kinder auf ihrem Rücken reiten ließ, was nicht so toll für ihre Wirbelsäule war, und dann las sie ihnen etwas vor oder ließ sie mit einem Ball werfen. Sie versuchte schon länger, Tommy das Dribbeln mit einem Basketball beizubringen, doch ihm mangelte es noch an Koordination. Tommy hatte auch einen Spielzeugcomputer, auf dem er gerne herumhämmerte, während seine Schwester ihn anbettelte, auch mal zu dürfen.

Tommy machte dumme Witze und sagte Dinge, die Darby vor Lachen heulen ließen, und das wiederum brachte auch Gibson zum Lachen. Das war das Beste am Mutterleben: einfach nur Zeit mit den Kindern verbringen. Keine Termine, keine Kotze und keine Tränen … einfach nur Spaß.

Aber irgendwann sind sie Teenager, und ich darf nicht länger ihre Freundin sein. Dann muss ich wirklich eine Mutter werden und die Regeln festlegen.

Gibson dachte an all den dummen Mist, den sie als Teenager verbrochen hatte. Sie hatte ihre Eltern vor Sorge in den Wahnsinn getrieben. Ihr Vater war sogar vorzeitig ergraut, oder zumindest erzählte man sich das so in der Familie. Gibson schaute zu ihren eigenen Kindern. *Macht langsam. Wachst nicht so schnell. Ich will nicht schon mit Mitte dreißig graue Strähnen haben.*

Nachdem sie den beiden noch eine Geschichte über ein freundliches Bauernhoftier vorgelesen hatte, das seinen Freunden bei ihren Problemen half, brachte sie Tommy und Darby ins Bett.

So einen Freund könnte ich auch brauchen, dachte Gibson, als sie das Buch wieder ins Regal stellte.

Sie schaltete das Licht aus und wollte gerade gehen, doch dann blieb sie an der Tür stehen, und das Mondlicht, das durch die Fenster fiel, erhellte die schlafenden Gestalten ihrer Kinder. Es war ein perfektes Bild von Frieden und Sicherheit in einer keineswegs perfekten und viel zu oft gewalttätigen Welt.

Der tote Daniel Pottinger in seinem kleinen, verborgenen Raum.

Die geheimnisvolle, lügende Frau am Handy.

Gibson war in etwas verstrickt, das sie schlicht nicht verstand.

Sie fühlte sich wieder wie ein kleines Mädchen: allein und voller Angst vor all den unsichtbaren Gefahren, die da auf sie lauerten. Als alleinstehende Frau und Cop hatte sie hingegen immer das Gefühl gehabt, es mit allem aufnehmen zu können. Doch als Mutter von zwei kleinen Kindern, deren sportliche Tage bei der Polizei vorbei waren, fühlte sie sich klein, unsicher und verletzlich.

Gibson ging nach unten und rief ihren Vater an.

Rick Rogers nahm beim zweiten Klingeln ab und sagte mit seiner von Natur aus bärbeißigen Stimme: »Ich habe mich schon gefragt, wann du anrufen würdest, Mick.«

»Warum?«

»Deine Mutter hat mir erzählt, dass ein Polizeibeamter bei dir war. Und vorher hast du sie spontan gebeten, auf die Kinder aufzupassen. Was ist da los?«

Gibson erzählte ihm von Arlene Robinson und dem Anruf, von der Fahrt nach Stormfield, vom toten Pottinger, von ihrem Gespräch mit Detective Wilson Sullivan, und dann enthüllte sie, dass eben diese Arlene Robinson wieder Kontakt zu ihr aufgenommen hatte.

»Und jetzt ruft sie mich immer wieder auf diesem Handy an, das irgendwer auf meine Veranda gelegt hat.«

»Du musst diesem Sullivan von den Anrufen erzählen, Liebes.«

»Wenn ich ihr Sullivan auf den Hals hetze, dann könnte ich die einzige Chance verlieren, diesen Dreck aufzuklären.«

»Zunächst einmal: Es ist nicht *dein* Job, diesen Dreck aufzuklären. Du bist kein Cop mehr. Und zweitens: Du hast zwei kleine Kinder, die sich auf dich verlassen. Überlass das also den Leuten mit den Dienstmarken und den Waffen. Kümmere du dich lieber um deinen Computerkram.«

Die Art, wie er das sagte, ließ Gibson rot anlaufen. Ihr Vater war der lautstärkste Kritiker ihres Mannes gewesen. Immer wieder hatte er seiner Tochter Vorträge gehalten von wegen, was für ein Arschloch der Mann sei und dass sie ihn nie, nicht, niemals hätte heiraten sollen.

Und ich habe nicht auf ihn gehört. Ich habe mich auf die Seite des Kerls geschlagen, der mir das Herz gebrochen hat.

Gibson wusste, dass das ihren Vater zutiefst verletzt hatte, denn sie hatten sich immer nahegestanden. Sie wusste nicht, ob das daran lag, dass sie die Erstgeborene war, oder an der Tatsache, dass sie ähnliche Persönlichkeiten hatten, in jedem Fall hatten immer alle gesagt, sie beide seien aus dem gleichen Holz geschnitzt. Als sie aufgewachsen war, hatte sie sich ihrem Dad wesentlich häufiger anvertraut als ihrer Mom. Sie hatte ihm sogar intime Dinge erzählt und manchmal auch peinliche. Und ihr Vater hatte ihr Vertrauen nie missbraucht. Als Cop hatte er ohne Zweifel schon weit Schlimmeres gesehen und erlebt, und er verstand sehr gut, wie unvollkommen diese Welt und ihre Bewohner waren. Außerdem musste Gibson ihrem Vater zugutehalten, dass er es ihr nicht unter die Nase gerieben hatte, als ihr Ex sich als genau das Arschloch erwiesen hatte, vor dem er seine Tochter immer gewarnt hatte.

Doch als sie jetzt mit ihm sprach, fragte Gibson sich, ob er es ihr wohl übel nahm, dass sie ihren Job als Cop an den Nagel gehängt hatte und nun ihr Geld als Computergeek verdiente – als Computergeek, der im Grunde genommen ein Kopfgeldjäger war.

»Ich weiß, das ergibt Sinn«, begann sie. »Und ich hoffe, du weißt, dass ich nie etwas tun würde, was meine Kinder in Gefahr bringen könnte.«

»Dann wirst du meinen Rat beherzigen?«

»Ich werde nicht aktiv in dem Fall ermitteln, aber ich will das noch ein wenig laufen lassen und sehen, wohin das führt.«

»Es wird dir vielleicht nicht gefallen, wohin das führt. Diese Person scheint äußerst manipulativ und hinterlistig zu sein. Ich habe ein paar Jahre im Betrugsdezernat gearbeitet. Danach haben mich meine Mitmenschen nur noch angewidert. Sowohl die, die betrogen haben, als auch die, die sich wider alle Beweise geweigert haben anzuerkennen, dass sie verarscht worden sind.«

Wie ich und mein Ex, dachte Gibson, und sie fragte sich, ob ihr Vater das subtil hatte andeuten wollen. »Ich weiß, Dad«, sagte sie. »Und wenn das aus dem Ruder läuft, dann gehe ich zu den Cops. Versprochen.«

»Nur um das klarzustellen: Ich rate dir, *jetzt* zu den Cops zu gehen.«

»Okay, okay. Hey, ich habe ein paar Fingerabdrücke, von denen ich glaube, dass sie Pottinger gehören.«

»Warum?«

»Weil ich nicht glaube, dass das sein echter Name war. Ich würde gerne wissen, wer er wirklich war.«

»Wie lässt du sie denn abchecken? Von der Firma, für die du arbeitest?«

»Nein. Ich kenne da jemanden von früher.«

»Hast du nicht gerade gesagt, du würdest in dem Fall nicht aktiv ermitteln?«

»Also das Überprüfen von Fingerabdrücken kann man ja wohl kaum *aktiv* nennen.«

»Oh, doch.«

Sie verabschiedeten sich voneinander, und Gibson legte das Telefon auf den Tisch.

Er hat recht, Mick. Du solltest den Fall vergessen. Sofort.

Aber sie wussten, wo sie wohnte. Sie waren auf ihrer Veranda.

Habe ich überhaupt noch eine Wahl?

Und dann klingelte das andere Telefon.

KAPITEL 10

Der Raum war dunkel, genau wie sie es mochte. Licht enthüllte Dinge und zeigte viel zu viel, was wahr sein könnte.

Sie benutzte Computeraudio und leitete das Prepaidhandy durch den Rechner und eine VPN.

Sie hielt sich nie ein Handy ans Ohr. Sie mochte es, wenn alles getrennt war, wenn es einen Puffer gab. Nichts war ihr wirklich nahe.

Sie starrte auf den Computerbildschirm, wo ein halbes Dutzend Videos unterschiedliche Orte zeigte, die sie im Auge behalten musste, auch das Haus von Gibson.

An dem Monitor klebten Post-it-Zettel mit hilfreichen, ermutigenden Notizen wie: *Du schaffst das. Verbeiß dich in all den feinen Details, und der große Plan wird ein Fait accompli.* Und der Spruch, der ihr am besten gefiel: *Niemand wird je wissen, wer du bist.*

Sie machte sich bereit.

»Ich möchte mich dafür entschuldigen, dass ich einfach aufgelegt habe«, sagte sie in dem gleichen gemessenen Tonfall, in dem sie Gibson seit Tag eins angesprochen hatte. Das war außerordentlich wichtig.

»Es ist schon frustrierend«, erwiderte Gibson, »vor allem, wenn ich versuche, mit Ihnen auf einen gemeinsamen Nenner zu kommen.«

Sie hatte sich Gibsons Einzelverbindungsnachweis aus einer zuverlässigen Quelle besorgt, die sie häufig verwendete. Vor zehn Minuten hatte Gibson die Nummer ihrer Eltern angerufen. Vermutlich hatte sie mit ihrem Vater gesprochen, dem ehemaligen Cop, und ihn um Rat gebeten wegen der unerfreulichen Situation, in die sie so unerwartet geraten war.

Es gibt einfach keine Privatsphäre mehr – außer für Menschen wie mich, die stets aufpassen, was sie tun. »Das verstehe ich, Mick.«

»Nennen Sie mich nicht so. Mick ist für meine Freunde reserviert, und so weit sind wir noch lange nicht.«

Stimme ihr zu, um eine gemeinsame Grundlage zu bilden und ein gewisses Maß an Vernunft zu etablieren.

»Ich verstehe, Mickey … Oder ziehen Sie Miss Gibson vor?«

»Mickey ist schon okay. Und Sie heißen …?«

»Nennen Sie mich einfach Arlene.«

»Dann bleiben wir also bei falschen Namen?«

Nutz ihre eigenen Worte gegen sie.

»Wie Sie schon gesagt haben: So weit sind wir noch lange nicht, *Mickey*.«

»Schön! Die Geschäfte, die Sie und Pottinger getätigt haben …?«

»Die Geschäfte, die *er* getätigt hat, waren nicht legal. Die Geschäfte, die wir beide zusammen getätigt haben, aber schon.«

»Warum haben Sie dann Angst vor der Polizei?«

»Ich habe doch nicht gesagt, dass ich Angst vor der Polizei habe, oder?«

»Ich denke schon.«

Sie runzelte die Stirn und schrieb in ihr Notizbuch: *ÜBERPRÜF DAS!*

»Wenn dem so ist, dann habe ich mich wohl falsch ausgedrückt. Es sind allerdings noch andere Parteien beteiligt, und jeder, der auch nur einen Funken Verstand hat, sollte vor denen Angst haben.«

»Konzentrieren wir uns erst einmal auf Pottinger und seine Geschäfte.«

Sie schaute zu dem einstellbaren Spiegel neben ihrem Computer, nahm die dunkle Perücke ab und setzte eine blonde auf.

»Okay. Das klingt nach einem Plan.«

»Gut«, sagte Gibson.

Sie legte sich die Strähnen zurecht und ließ ein paar vor ihren Augen baumeln, was ihr ein mysteriöses Aussehen verlieh. Dann griff sie nach einem kirschroten Lippenstift und trug ihn auf. Es waren die simplen Dinge, die einen am meisten veränderten, und Farbe stand ganz oben auf der Liste. Dazu kamen Auftreten, Stimme, Augen und Gang. Tatsächlich war es eine lange Liste, und ihr fielen ständig neue Sachen ein.

Die vollkommene Transformation. Warum soll man sein ganzes Leben lang ein und dieselbe Person sein, wenn man genauso gut jeder sein kann?

»Was wollen Sie wissen?«, fragte sie. Sie bürstete ihre Perücke und trug Highlights auf Wangen und Kinn auf. Schließlich leuchtete sie mit einer kleinen Taschenlampe auf ihr Gesicht und betrachtete es im Spiegel.

»Was war die Natur von Pottingers illegalen Aktivitäten?«

Sie schaute auf einen Post-it-Zettel. *Fang ganz langsam an. Ein Schritt vor, ein Schritt zurück. Sorg dafür, dass sie es will.*

»Das waren mehrere Dinge. Es ist kompliziert. *Sehr* kompliziert.«

Sie schaute auf einen weiteren Notizzettel. *Stell dein Licht unter den Scheffel. Zeig dich verletzlich, und erzeuge Mitgefühl. So wird eine Bindung entstehen.*

»Tatsächlich verstehe ich das selbst nicht ganz. Wenn Sie die Wahrheit hören wollen ... Ich habe das Gefühl, dass das meine Fähigkeiten weit übersteigt. Und ich bekomme einfach nicht das Bild von Dans Leiche aus meinem Kopf. Seitdem habe ich nicht mehr richtig geschlafen.«

»Ja, das war auch für mich nicht schön«, sagte Gibson. »Und ich habe einige Erfahrung damit.«

»Und ich habe so etwas noch nie gesehen.«

Sie schaute zu einer anderen Notiz. *Lass immer mal wieder den Namen einer Gottheit fallen, um den Ernst und die Schwere deiner Aussagen zu betonen.*

»Und ich hoffe *bei Gott*, dass ich das auch nie wieder sehen werde.«

»Da bin ich sicher.«

Dank sei dir, oh Gott … wer auch immer du sein magst.

Sie nahm die Perücke ab und tauschte sie gegen eine brünette. Die passte zwar besser zu den Highlights, biss sich aber mit dem Lippenstift. Sie wischte das Kirschrot wieder ab und trug stattdessen eine subtilere Farbe auf. Ihre eigene Mutter hätte sie so nicht erkannt, doch das hatte sie ohnehin nie, nicht tief in ihrem Inneren.

»Um wieder auf Pottingers Geschäfte zurückzukommen …«, sagte Gibson.

»Einiges war das Übliche: Drogen, Prostitution, Menschenhandel, Pornografie. Da ist das Geld. Männer und ihre Schwänze halten diese finstere Welt am Leben.«

»Sie haben *einiges* gesagt. Da war noch mehr?«

Sie las die Liste in ihrem Notizbuch vor.

»Diebstahl historischer Artefakte aus dem Nahen Osten, Elfenbeinhandel in Afrika, Import der Flossen gefährdeter Haiarten aus Japan …« Sie hielt kurz inne. »Wollen Sie noch mehr?«

»Klar. Warum nicht?«, antwortete Gibson beiläufig.

Wow! Ich frage mich, was von Ihnen wohl als Nächstes kommen wird.

»Okay … Er war auch in den illegalen Handel mit biologischen Waffen auf der Krim verwickelt und hat für sudanesische Terroristen Geld gewaschen.«

Gibson knurrte: »Warum werfen Sie nicht auch noch Nuklearwaffen in den Topf, die Pest und gefälschte Gucci-Handtaschen, wo Sie schon dabei sind?«

Genau wie erwartet.

»Sie glauben mir nicht?«

»*Ein* Typ, der in all diese Verbrechen verwickelt ist?«

»Wie, glauben Sie, hat er sich Stormfield leisten können?

Und er hat vermutlich noch ein Dutzend solcher Anwesen gehabt. Erst verlangen Sie von mir, Ihnen zu sagen, was ich weiß, und dann glauben Sie mir nicht. So kommen wir nicht weiter.«

»Woher wissen Sie das alles?«, fragte Gibson.

»Wenn ich mit jemandem Geschäfte machen will, dann versuche ich, so viel wie möglich über ihn herauszufinden.«

»Wenn Sie das über ihn herausgefunden haben, warum hat er sie dann leben lassen?«

»Das ist leicht. Weil er nicht gewusst hat, dass ich das herausgefunden habe. Ich hinterlasse keine Spuren. Ich habe das alles elektronisch geregelt. Das ist nicht viel anders als das, was Sie bei Ihrer Arbeit machen, Mickey.«

Sie hörte die andere Frau atmen. Ihre Atmung war gleichmäßig, die Frequenz jedoch leicht erhöht. *Sie überlegt, was die richtige Antwort darauf wäre, doch sie weiß, dass es die vermutlich nicht gibt.*

Sie benutzte einen neuen Eyeliner und studierte den Effekt. *Ja, viel besser. Mit diesem Look kann ich jeden austricksen.*

»Sind Sie noch da?«, fragte sie.

»Und obwohl sie wussten, was er tat«, meldete Gibson sich wieder, »haben Sie beschlossen, sich geschäftlich mit ihm einzulassen? Was, glauben Sie, sagt das über Sie?«

Okay. Auch das kommt wie erwartet. Ihr Respekt für Gibson sank ein Stück. *Aber ich bin ja auch besser als du, und das werde ich dir auch beweisen.* »Das sagt, dass ich weiß, wie man unterschiedliche Dinge voneinander trennt. Das tun wir nämlich alle. *Sie* auch.«

»Ich lasse mich nicht mit Kriminellen ein.«

»Auch nicht, als Sie in Jersey City undercover gearbeitet haben? Um ein paar richtig widerliche Ratten dingfest zu machen, haben sie auch einige fragwürdige, ja grenzwertige Dinge getan.«

»Ich werde Sie jetzt nicht fragen, woher Sie das wissen, obwohl ich das gern tun würde. Das war damals Teil meines Jobs, und unser Ziel war es, die bösen Buben zu schnappen, nicht Geld zu machen.«

Geladen und gespannt. Feuer! »Und Sie glauben, meine Ziele seien anders?«

»Sind sie?«

»Vielleicht will ich ja auch nur die bösen Buben schnappen, genau wie Sie damals als Cop.«

»Soll das heißen, Sie sind bei der Polizei?«

»Muss man denn unbedingt Cop sein, um den Bösen das Handwerk zu legen?«

»Dann sind Sie ein Spitzel? Eine Informantin, die mit der Polizei zusammenarbeitet?«

Sie schaute in ihr Notizbuch und ging ein paar Möglichkeiten durch. *Spiel kurz die Seelenklempnerin, um die Sache ein wenig aufzumischen.* »Falls ja, wie fühlen Sie sich dabei?«

»Was zum Teufel soll das denn heißen?«, schnappte Gibson.

»Wenn dem so wäre, würden Sie sich dann besser fühlen, wenn Sie mit mir zusammenarbeiten? Wenn wir auf derselben Seite wären?«

»Das weiß ich nicht.«

»Noch nicht. Aber wir könnten dorthin kommen, nicht wahr?«

»Das hängt davon ab. Mit wem arbeiten Sie?«

»Haben Sie das je einem Fremden gesagt, als Sie undercover waren?« Sie hakte eine Box neben einer Liste von Zielen in ihrem Notizbuch ab. *Okay. Sie hat stillschweigend akzeptiert, dass ich die bin, die ich zu sein behaupte.*

»Ich denke, diese Situation hier ist etwas anderes. Das sehen Sie doch sicher genauso, oder?«

Sie schaute auf ihre Computeruhr und lächelte. *Hervorragende Überleitung, denn ich habe noch eine andere Verabredung.* »Im Gegenteil. Ich denke, wir haben mit diesem Telefonat viel erreicht. Das ist eine gute Grundlage für das nächste Mal.«

»Sie haben mir doch nicht wirklich was erzählt!«

»Natürlich habe ich das, Mickey. Ich will es noch mal für Sie zusammenfassen: Pottinger war ein Krimineller und weltweit aktiv, und es ist mir gelungen, das herauszufinden. Es gibt da draußen Leute, die mich tot sehen wollen. Es sind vermutlich die Gleichen, die auch Pottinger ermordet haben. Ich weiß, Sie haben das Ausmaß seiner abscheulichen Taten zunächst bezweifelt, aber ich versichere Ihnen, dass das, was ich Ihnen gerade erzählt habe, noch nicht einmal ansatzweise alles ist, was ich weiß. Aber wie auch immer … Jetzt haben Sie erst einmal etwas, das Sie überprüfen können.«

»Es würde mir vor allem helfen, wenn ich seinen echten Namen kennen würde.«

Ich muss sie wirklich loben. »Ich bin sicher, mit Ihrem Talent und Ihrer Erfahrung werden Sie den herausfinden. Wenn Sie zweitklassig wären, hätte ich mich auch nicht an Sie gewandt, Mickey.«

»Tatsächlich habe ich schon etwas in diese Richtung unternommen.«

»Hervorragend. Und wer weiß … Vielleicht darf ich Sie ja doch schon bald Mick nennen.«

Und machen Sie es mir nächstes Mal nicht so leicht. Ein Mensch wächst an seinen Herausforderungen. Ich bilde da keine Ausnahme.

Sie unterbrach die Verbindung und legte letzte Hand an ihr Make-up. Dann stand sie auf und streifte ihren Bademantel ab. Darunter war sie nackt. Sie zog sich einen Push-up-BH an, dann einen Tanga und zwängte sich in ein enges schwarzes Kleid. Dunkle Seidenstrümpfe und hochhackige Schuhe vervollständigten das Bild.

Als sie fertig war, überprüfte sie ihr Erscheinungsbild in einem Ganzkörperspiegel.

Und es war gut … Nein, besser als gut. Sie war nicht einfach nur schön. Sie war mehr. *Trotz meines durchschnittlichen Aus-*

sehens und meiner großen, flachbrüstigen Gestalt kann ich alles verkaufen, denn ich strahle Selbstbewusstsein aus. Ich weigere mich, zurückzuweichen, und ich kann den Raum besser lesen als jeder andere. Und jetzt mal ehrlich … Was braucht man mehr, um es in diesem Leben zu schaffen? Verdammt, ich brauche nur den richtigen Eyeliner, und ich kann die Welt beherrschen!

Sie ging zu ihrem Schreibtisch und schaute noch mal in ihr Notizbuch. Dann klappte sie es zu. Auf dem Deckel stand: **Mickey Gibson und der Plan**. Es war eines von einem halben Dutzend Notizbüchern, jedes mit seiner eigenen kleinen, gut organisierten, esoterischen Welt.

Sie hatte zwar noch keine Zwangsneurose, aber vermutlich war das nur eine Frage der Zeit.

Aber bei meiner Lebensgeschichte, was soll man da auch erwarten? Jemand wie ich baut nun mal Mauern auf, um den schwarzen Mann so lang wie möglich fernzuhalten.

Sie schnappte sich eine große Tragetasche, die bereits ordentlich gepackt war, und ging hinaus.

Zur Arbeit.

KAPITEL 11

Das Taxi setzte sie an der Ecke einer der Hauptdurchgangsstraßen in Georgetown, Washington D.C., ab, die vor lauter Möglichkeiten nur so strahlte.

»Clarisse!«, rief die Frau. Die Person, die sich ihr näherte, war ungewöhnlich groß, ausgestattet mit einem großen Busen und breiten Hüften, und sie war für eine bestimmte Art von Erfolg bei einer bestimmten Art von Männern gekleidet.

Clarisse drehte sich um und lächelte mit ihren dezent geschminkten, burgunderroten Lippen.

Drück auf »Play« und hab Spaß. »Angie! Wie lange wartest du schon auf mich?«

»Ewig, also zehn Minuten. Mädchen, wir müssen arbeiten.«

»Ja, das müssen wir.«

Sie gingen die M Street hinunter. Hier gab es jede Menge Leute mit Geld und Macht, was der einzige Grund dafür war, dass die beiden Frauen hier flanierten.

Sie betraten die Lobby eines Hotels. Sie sahen wie Gäste aus, hatten aber genug Glamour, dass sich Köpfe behäbig umdrehten. DC war natürlich nicht New York, und an Los Angeles kam es erst recht nicht heran. Hier galt triste, konservative Kleidung noch immer als modisch. Doch alles, was irgendwie anders oder verführerisch war, wusste man auch hier zu schätzen, und die beiden Frauen hatten jedes einzelne Kleidungsstück exakt so ausgewählt, dass es zwar Aufmerksamkeit erregte, aber nicht übertrieben wirkte.

Angie drückte den Aufzugknopf, und sie fuhren in den vierten Stock. »Zimmer 412«, sagte sie. Ihre laute, fröhliche Stimme war verschwunden. Sie war im Geschäftsmodus. Konzentriert.

»Der Senator von Washington State?«, flüsterte Clarisse.

»In seiner ganzen, eins siebzig großen Pracht. Und dann noch die erbärmlichen zehn Zentimeter von du weißt schon was. Aber das ist schon okay. In seinem Kopf ist er LeBron James mit einem Louisville-Schläger in der Hose.«

Das war Angies typische, spielerische Art, mit diesen Dingen umzugehen. Trotzdem runzelte Clarisse die Stirn.

Beeinflussungsmodus. »Für Spielchen ist später immer noch Zeit, Angie. Jetzt wird gearbeitet. Du bist Profi. Du weißt das.«

»Ja, das weiß ich, Mädchen.«

Angie schloss die Tür zu Zimmer 410 auf und ließ Clarisse hinein. Clarisse nahm Angies Handtasche, und ein paar Augenblicke später hörte sie, wie Angie die Tür zu Zimmer 412 öffnete.

Clarisse klappte ihren kleinen Laptop auf und verband ihn mit dem Hotspot ihres ultrasicheren »Festungshandys«, wie sie es gerne nannte. Auf dieser Mission würde es kein lächerlich unsicheres WiFi geben. Sie verband eine drahtlose Kamera mit ihrem Computer, startete ein Programm und sagte in das Mikrofon: »Angie? Hörst du mich?«

»Laut und deutlich.«

Da die Kommunikation nun also gesichert war, würde Angie das Mikrofon herausnehmen, das so weit hinter ihrem Ohr versteckt war, dass man es nicht sehen, aber scannen konnte, und es in einen kleinen Bleibehälter stecken, den sie bei sich trug. Dieser Behälter würde dann im Badezimmer verschwinden, im Duschkopf. Anschließend würde sie warten, bis der elektronische Scan vorbei war, und noch einmal dem Ruf der Natur folgen, bevor die Show begann. In dieser intimen Situation würde kein Mann das einer Frau verweigern. Danach hätte Angie das Ding wieder im Ohr, und die Verbindung würde wiederhergestellt.

Auch das Verstecken der winzigen Kamera würde bis nach

dem Scan warten müssen. Das Begleitkommando des Senators verließ sich viel zu sehr auf seine elektronischen Geräte. Wäre Clarisse an seiner Stelle gewesen, dann hätte sie auch die Zimmer rechts und links des eigenen angemietet und vertrauenswürdige Leute dort platziert. Aber offenbar war der Senator entweder zu geizig oder zu dumm dafür.

Clarisse bereitete sich gerade vor, als sie die Schritte der pflichtbewussten und dummen Personenschützer hörte. Diese Typen verdienten nur durchschnittlich, und deshalb hatten sie auch nicht wirklich einen Grund, sich Mühe zu geben. Verbrechersyndikate machten das viel besser. Wenn man da Mist baute, war man Fischfutter, während man hier schlimmstenfalls in ein Büro verbannt wurde.

Clarisse hörte Gemurmel nebenan.

Der Scan dauerte fünf Minuten, und Clarisse stellte sich vor, wie Angie geduldig auf dem Bett wartete. Dabei würde sie keinem der Männer in die Augen schauen, genau wie man ihr gesagt hatte. Und es waren immer Männer. Männer waren vollkommen ahnungslos, wenn es um Frauen ging. Das war eines der Grundprinzipien von Clarisses Businessplan.

Das Begleitkommando verließ den Raum, und ein Mann wurde vor der Tür postiert. Das machten sie immer so. Ein Glücklicher durfte den Spaß belauschen.

Als Angie die Verbindungstür einen Spalt öffnete, war Clarisse da, denn sie hatte das Gleiche auf ihrer Seite gemacht. Clarisse sicherte die winzige Kamera an Angies Tür mit einem Klettpunkt. Die kleine Silhouette war vor dem dunklen Holz der Tür so gut wie unsichtbar.

»Okay. Ich werde jetzt das Mikro holen, solange das noch so einfach ist«, flüsterte Angie, und die beiden Frauen schlossen ihre jeweiligen Türen wieder.

Clarisse kehrte zu ihrem Computer zurück und schaute zu, wie Angie im Badezimmer verschwand. Eine Minute später kam sie mit dem Mikrofon im Ohr wieder heraus. Ihr Glamour strahlte in alle vier Ecken des Raums. Sie trug jetzt nur noch das kleine weiße Nachthemd, dass sie schon unter ihrem Kleid angehabt hatte.

Ein paar Sekunden später klopfte es an der Tür. Angie öffnete, und herein kam Senator Wright, der trotz seines Namens ein falscher Fuffziger war, und das in jeder nur erdenklichen Hinsicht. Er war mehr als zehn Zentimeter kleiner als Angie ohne Schuhe, schwabbelig, kahl und der zweitreichste Politiker auf dem Capitol Hill, alles geerbt. Sein Großvater hatte in den Fünfzigern einen neuartigen Scheibenwischermotor erfunden, seine Tantiemen gut investiert und es seinen Nachfahren dadurch erlaubt, faul, reich und unausstehlich zu sein.

Und die Frau des Senators, eine trotzige Princeton-Absolventin mit eigenem Trust, verstand ihn einfach nicht … oder zumindest sagte er das Frauen wie Angie. Gleiches galt offenbar für seine drei Kinder.

Er lächelte, schlang die Arme um Angie, und seine Hände wanderten nach unten und unter ihr Nachthemd.

»Ich mag sie prall«, sagte er und schenkte Angie das gleiche Wahlkampflächeln, das er vermutlich monatelang vor einem Spiegel geübt hatte. »Und du passt genau in mein Beuteschema.«

Clarisse konnte nicht sprechen aus Angst, der Senator könnte etwas aus Angies Ohrstöpsel mitbekommen; doch sie und Angie hatten sich noch eine andere Kommunikationsmöglichkeit ausgedacht.

Clarisse klopfte zweimal auf das Mikro, um Angie aufzufordern, den Spruch aufzusagen, den sie geübt hatten.

Angie hauchte: »Heute Nacht werde ich deine beste Freundin sein.«

»Oh, das sehe ich, Baby.«

Ein Klopfen.

»Aber das bleibt unser kleines Geheimnis, ja?«, fragte Angie.

»Was meinst du damit?«

Drei Klopfen.

»Ich bin verheiratet.«

Er lächelte. »Perfekt. Was für ein glücklicher Kerl.«

»Und heute Nacht bin ich ein glückliches Mädchen.«

Das war's mit Small Talk. Der Rest war Schlammcatchen auf dem Bett, voller Energie, aber nicht gerade episch. Clarisse hatte schon Besseres gesehen, aber auch Schlechteres.

Deutlich war das Stöhnen der Beteiligten und das Knarren der Matratze zu hören. Dazu kam das nervöse Kichern des einsamen Bodyguards vor der Tür.

Morgen wirst du nicht mehr lachen. Morgen wirst du deinen Job verlieren.

Clarisse schaltete auf Autopilot. Angie wusste, welche Fäden sie bei dem Typen ziehen musste. Irgendwie wusste sie, wenn der Korken drohte, aus der Flasche zu schießen, und sie zog sich zurück und wartete erst einmal, bis der Kerl sich wieder beruhigt hatte. So hatte sie mehr Zeit zum Filmen, denn je mehr Aufnahmen sie hatten, desto mehr zahlten die Männer für gewöhnlich.

Clarisse holte ein weiteres Notizbuch aus ihrer Tasche und notierte ihre Gedanken zu einem anderen Projekt. Die Sexgeräusche nebenan waren nur noch Hintergrundrauschen für sie.

Später, als das Paar fertig war, wusch sich der Senator, verschwand und ließ eine erschöpfte (dachte er), eine schlafende (hoffte er) und eine sexuell erfüllte (da war er sicher) Angie auf dem Bett zurück, nackt und mit einem Packen Geld auf dem Nachttisch.

Oh, diese Nacht wird dich viel mehr kosten als das, dachte Clarisse.

Zehn Sekunden nachdem die Tür sich geschlossen hatte schaute Clarisse durch ihren Türspion und teilte Angie mit einem Klopfen mit, dass die Luft rein war. Sie sah auf dem Bildschirm, wie Angie aufstand, sich wusch, anzog und dann sorgfältig alles abwischte, was sie berührt haben könnte. Gegen Fingerabdrücke konnte sie etwas tun, gegen DNA jedoch nicht allzu viel; aber DNA würde vermutlich auch keine Rolle spielen, besonders nicht, nachdem das Zimmermädchen das Zimmer geputzt hatte. Außerdem war Angie in keiner Datenbank, und damit waren DNA-Spuren ohnehin egal.

Clarisse wiederum hatte die ganze Zeit über Handschuhe getragen, denn ihre Fingerabdrücke *waren* in den Datenbanken.

Dann klopfte Angie an die Verbindungstür und wurde in Zimmer 410 eingelassen.

Clarisse hatte bereits ihre Ausrüstung verstaut, und jetzt nahm sie Angie auch das Mikro ab.

Dann machte Angie sich an den Klebestreifen zu schaffen und zog ihr langes Haar schließlich ab. Darunter kam ein kahler Kopf zum Vorschein. Die falschen Locken verstaute sie in ihrer Handtasche.

Resigniert sagte sie: »Wie kommt es eigentlich, dass die reichsten, betrügerischsten Arschlöcher immer die Kleinsten, Fettesten und die mit den winzigsten Schwänzen sind?«

»In diesem Universum ergibt das perfekt Sinn.«

»Ich würde trotzdem große, reiche, attraktive Männer mit Sixpack vorziehen.«

»Dann versuch's mal in der NBA, Angie. Da fließt auch verdammt viel Geld.«

»Oh, den Garten habe ich schon beackert, Baby.«

»Dachte ich mir.«

»Und du musst diese Wichser gar nicht erpressen. Die geben dir auch so einen Ferrari für einen Blowjob.«

»Ja, das stimmt.«

Bevor sie sich trennten, fragte Angie: »Wann?«

»Bald.«

»Weißt du auch wie viel?«

»Für den Anfang eine halbe Million. Das hast du gut gemacht. Ich habe fünfundzwanzig Minuten auf Film. Das Gute, das Bessere und das richtig Gute.«

Angie warf ihr eine Kusshand zu. »Bis zum nächsten Mal, Baby.«

Ihren Mantel konnte man wenden. Sie wechselte einfach von Schwarz zu Weiß, und das sah atemberaubend aus.

Dann ging sie mit normalen Schritten, statt wie zuvor hochmütig einherzustolzieren.

Kurz behielt Clarisse noch die Tür im Auge. Sie hatte sechs Angies, doch Angie hatte nur eine Clarisse.

Clarisse nahm ihre brünette Perücke ab und tauschte sie gegen eine kurze blonde aus ihrer Tasche. Sie richtete sich das Haar im Spiegel, frischte ihr Make-up auf und veränderte die Farbe von Eyeliner und Lippenstift. Schließlich holte sie ein neues Outfit aus der großen Tragetasche und wechselte von einem engen Kleid zu einem Hosenanzug und einer dicken, schwarzen Brille. Die High Heels mit den Bleistiftabsätzen wiederum mussten einem Paar flacher, dezenter Schuhe weichen, und schon war aus der hochpreisigen Nutte eine graue Maus geworden. Das Hotel hatte überall Überwachungskameras, und sollte der Senator sich die Aufnahmen später geben lassen, dann würde er sehr verwirrt sein, was die Frauen betraf, die aus diesem Zimmer gekommen waren. Und morgen würden sie und Angie nicht mehr annähernd so aussehen wie die Frauen, die auf den Bändern zu sehen waren.

Draußen rief sie ein Taxi und fuhr damit bis auf drei Blocks an ihre gegenwärtige Unterkunft heran. Man sollte nie jemandem den ganzen Weg nach Hause zeigen.

Clarisse ging hinein, nahm das Handy und bestätigte ihre Reservierung bei NetJets. Sie schlief gut, stand früh auf, ging die üblichen drei Blocks weit, nahm ein Uber und fuhr damit nach Dulles. Dabei trug sie eine große Sonnenbrille. Um Punkt acht Uhr war Clarisse dann in der Luft und auf dem Flug nach Greenville, South Carolina.

Zeit, Mommy zu besuchen.

KAPITEL 12

Ich höre das Flüstern. Die pflichtbewusste Tochter von irgendwo, die mit einem Privatjet einfliegt, während Greenville zwar wächst, aber immer noch klein ist. Und irgendjemand arbeitet am Flughafen Greenville-Spartanburg, der jemanden kennt, der wiederum jemand anderen kennt. Und die Gerüchteküche brodelt.

Ist Mrs Lelands Tochter unter anderem Namen ein Filmstar? Eine Salonlöwin mit einem Mann an der Wall Street? Eine TikTok-Influencerin mit Millionen Followern? Oder vielleicht eine Luxusnutte?

Ich könnte das alles sein oder sogar mehr.

Sie setzte sich auf den Stuhl und betrachtete die Frau im Bett.

Das Pflegeheim war erstklassig, zumindest hatte man ihr das gesagt. Aber für sechstausend Dollar im Monat sollte es das auch sein.

Tatsächlich, dachte sie, sollten die Leute hier der Frau nicht einfach nur den Arsch abwischen, sondern ihr auch täglich eine Mani- und Pediküre geben und sie mit einem Silberlöffel füttern. Aber natürlich passierte nichts dergleichen. Die Frau hatte einfach ein Dach über dem Kopf, genug zu essen und die Art von Hilfe, die ihr ihre Pillen gaben, die kleinen, perlenartigen Symbole eines gesunden Seniorenlebens. Nachmittags wurde Scrabble gespielt. Es gab eine Bibliothek mit echten Büchern und ein Eiscafé mit einem alten Trottel als Wirt, und das, obwohl außer den Angestellten alle hier laktoseintolerant waren. Dazu hatte die Frau ein fast vierzig Quadratmeter großes Zimmer und ein Bett. Es gab auch ein Gedächtniszentrum für den Fall, dass man völlig gaga wurde. Sie wusste das, weil sie eine Tour bekommen hatte, als es so ausgesehen hatte, als stünde

Mommy kurz davor. Das kostete allerdings noch einmal zweitausend Dollar im Monat, denn wenn einer gaga war, dann wurde er auch renitent.

Zur Freizeitgestaltung gab es überdies einen Billardtisch, um den man mit einem Rollstuhl, einem Rollator oder mit wackeligen Beinen jedoch nur schwer herumkam, einen Außenbereich mit Picknicktischen und gepolsterten Stühlen und einen Grillplatz, wo man bequem sitzen und ins Nichts starren konnte. Die Frau wusste, dass das so war. Sie hatte das selbst so gemacht, als Mommy ihr ein wenig zu viel geworden war.

Gelegentlich sah man auch den niedlichen Therapiehund, doch meistens schlief das Tier. Überdies hatten die Bewohner sich in unzähligen Clubs organisiert, die jedoch nur eine Handvoll auch besuchten, vor allem natürlich diejenigen, die sie gegründet hatten. Die meisten Alten saßen einfach nur da und warteten auf Besuch, der niemals kam.

Aber ich komme. Immer. Einmal im Monat.

Auf ihrer Uhr lief ein Timer ab. Sie griff in den kleinen Kühlschrank und holte ein Beutelgetränk heraus, steckte einen Strohhalm hinein, weckte ihre Mutter, brachte sie dazu, sich aufzusetzen, und half ihr beim Trinken. Ihre Mutter hatte Diabetes und COPD sowie geschwollene Füße von den vielen Zigaretten. Sie war auch stark übergewichtig dank ihres Lebens voller miesem, fettigem Essen. Ihre Leber war ein Problem, und ihre Nieren drohten ständig zu versagen. Sie trug eine Perücke nach der Chemo infolge ihres letzten Tanzes mit dem Krebs in ihrer Brust. Die Tragik und Ironie war nur, dass ihre Mutter einst eine wunderschöne Frau gewesen war. Viele Männer hatten sie gewollt; aber nur einer hatte sie bekommen. Und dieser Mann war kein guter Mann gewesen, aber das galt ja für viele.

Vermutlich wird sie von hier direkt ins Hospiz kommen und Gaga-Land auslassen.

Der Name ihrer Mutter war Agnes. Natürlich war er das,

dachte sie. Ihre Eltern hatten ihrer Tochter nichts gegeben, noch nicht einmal einen ordentlichen Namen.

Stattdessen haben sie ihr einen Namen gegeben, der klingt, als ziehe man Rotz hoch. Vielen Dank auch Oma und Opa.

Ihre Mutter öffnete das eine Auge, das noch nicht vom Grauen Star getrübt war, und sagte mit der rauen, hohl klingenden Stimme einer Raucherkönigin: »Du siehst so dünn aus. Füttert er dich nicht genug?«

»Wer soll mich denn füttern?«

»Dein Mann!«

Notiz an mich selbst: Stell Mommy nie wieder eine Frage. Aber du wirst es trotzdem tun. Du kannst schlicht nicht anders.

»Ich fühle mich beschissen«, sagte Agnes, aber sie wartete nicht auf eine Antwort. Vermutlich hatte sie die Frage schon vergessen.

»Du siehst besser aus als beim letzten Mal.«

»Kann ich zu dir ziehen?«

»Das haben wir doch schon probiert. Erinnerst du dich? Du hast versucht, mich mit einem Käsemesser zu erstechen. Dich hierherzubringen, war ein guter Kompromiss. Ansonsten hätte ich dich verhaften lassen müssen.«

»Ich vergesse Dinge«, sagte Agnes.

»Schon okay. Ich nicht. Besonders nicht das Käsemesser an der Kehle.«

»Du siehst reich aus. Bist du reich? Ist mein kleines Mädchen reich?«

»Ich komme ganz gut zurecht. Deshalb kannst du es dir ja leisten, hier zu leben. Dank deines kleinen Mädchens.«

Ihre Mutter würde sich natürlich nicht daran erinnern, denn ihr Gehirn faulte bereits vor sich hin. Trotzdem fühlte es sich gut an, das zu sagen.

»Ich hätte nie gedacht, dass etwas aus dir wird«, sagte Agnes und gähnte.

»Aber du hast immer gesagt, ich sei voller Überraschungen.«

»Habe ich?«

»Nein. Das war gelogen.«

»Wie geht es deinem Vater?«

»Für uns ist er tot. Seit über zwanzig Jahren. Darüber haben wir doch schon gesprochen.« Sie tat so, als würde sie sich eine imaginäre Schrotflinte in den Mund stecken. Dann drückte sie den unsichtbaren Abzug und warf den Kopf zurück, doch ihre Mutter schaute noch nicht einmal hin.

Aber das war schon okay. Die Pantomime war ohnehin misslungen.

»Ich vergesse Dinge«, sagte ihre Mutter noch einmal. Doch dann überraschte sie ihre Tochter, indem sie fragte: »Hat er dich gut behandelt? Hat er dich geliebt?«

Clarisse kratzte mit dem Fingernagel über die Lehne des Stuhls, auf dem sie saß. Und sie rieb so hart, dass die Lehne abbrach und auf den Boden fiel. Sie starrte auf das rote Stück Holz auf dem billigen, fleckigen Teppich und fragte: »Was ist mit deiner Verdauung? Ist dein Stuhlgang schon fester?«

Ihre Mutter schlurfte den letzten Rest Ensure und gab den leeren Beutel ihrer Tochter zurück, die ihn sofort wegwarf.

»Warum kommst du immer wieder hierher?«, fragte Agnes und leckte sich die spröden Lippen. Dank COPD – also dank der Camel – mangelte es ihr massiv an Sauerstoff, was in der Folge auch die Lippen austrocknen ließ. »Du hasst mich doch. Das weiß ich.«

»Ich bin deine Tochter. Und ich *zahle* für den Laden hier. Deshalb will ich auch sicherstellen, dass ich einen angemessenen Gegenwert für mein Geld bekomme.«

»Habe ich noch andere Kinder?«

»Zumindest hast du nie welche erwähnt«, log Clarisse.

»Wie heißt du noch mal?«

»Lucretia.«

Die alte Frau schnaubte verächtlich. »Was für ein dämlicher Name.«

»Das sagt ausgerechnet eine Agnes.«

Agnes fletschte die Zähne. »Ich mag dich nicht, du kleine Hexe.«

»Ja, das hast du mir im Laufe der Jahre mehr als klargemacht. Zwar weniger mit Worten, aber mit Taten.«

*Oder genauer gesagt: mit Taten*losig*keit.*

»Aber du musst mich dennoch lieben. Dass du für diesen Scheiß hier zahlst, dass du mich besuchen kommst und dass du mir Schokomilch gibst und mich nach meiner Verdauung fragst ...«

»Das Zeug heißt Ensure. Und ich werde auch für eine schöne Beerdigung sorgen. Oder möchtest du lieber verbrannt werden?«

»Verbrenn mich einfach zu Asche. Dann ist es vorbei. Ich bin fast so weit.«

»Und wo möchtest du verstreut werden?«

»Wen interessiert denn so ein Scheiß?«

»Bis zum nächsten Mal.«

Doch ihre Mutter war bereits eingeschlafen. Das passierte oft, wenn der Körper nicht mehr richtig atmen konnte. Als Clarisse auf die kaputte Frau hinabschaute, musste sie gegen den Drang ankämpfen, ihr ein Kissen aufs Gesicht zu drücken. Dann wäre dieser Teil ihres Lebens endlich vorbei.

Du hast recht. Ich hasse dich. Und das hast du auch verdient. Aber es war auch nicht wirklich deine Schuld. Einem Teil von mir tust du sogar leid. Aber nur einem Teil. Und jetzt hast du nichts, und ich habe viel. Und da sind wir also nun.

Manchmal war das Leben nicht einfach nur beschissen, es ergab auch keinen Sinn.

Weil die Menschen häufig keinen Sinn ergeben.

Später, als das Flugzeug zur Landung ansetzte, schaute sie auf ihr Mickey-Gibson-Handy. Das stand wirklich da drauf, genau wie auf dem Notizbuch.

Gibson hatte dreimal versucht, sie anzurufen.

Du hättest so viel mehr sein können, Mickey Gibson; aber du hast es einfach weggeworfen. Du hattest jede Chance, und jetzt schau dich mal an. Und ich? Ich hatte nichts. Und jetzt schau mich *an. Jetzt spiele ich auf demselben Spielfeld wie du, und das ist ein Wettbewerb, auch wenn du das noch nicht weißt.*

Aber all diese versuchten Anrufe waren interessant. Vielleicht hatte Gibson ja schon Pottingers wahre Identität herausgefunden. Das war zumindest wahrscheinlich. In Stormfield Fingerabdrücke zu nehmen, war mit Sicherheit das Erste, was ihr eingefallen war. Und sollte sie diesen Test bestanden haben, dann dürfte es interessant werden.

Mickey Gibson würde fünfundzwanzig Minuten lang Clarisses ungeteilte Aufmerksamkeit bekommen, doch mehr nicht, denn sie musste sich an ihren Terminplan halten.

Clarisse schaute aus dem runden Fenster der Gulfstream, als sie über den Asphalt hinwegraste. Einen Augenblick später setzte die Maschine auf, und Clarisse hatte wieder festen Boden unter den Füßen.

Sie stieg aus und in den wartenden Wagen des Chauffeurservices. Der Fahrer setzte sie vier Blocks von der Wohnung ab, die sie im Augenblick bewohnte. Den Rest des Weges ging sie zu Fuß.

Später an diesem Abend nahm sie sich zehn Minuten, um eine Nachricht an Senator Wright zu tippen und mit einem Anhang zu garnieren, der das Leben des Mannes für immer verändern würde, und zwar nicht zum Besseren. Für Clarisses Bankkonto würde das jedoch wahre Wunder wirken. Das war ihre Version von Ransomware, nur dass sie nie Kryptowährung akzeptieren würde. Der Wert von Kryptowährungen schwankte viel zu sehr von Tag zu Tag, und das war so ziemlich das Letzte, was man von einer ordentlichen Währung erwartete. Eine sichere Kette von Überweisungen über Konten in Zürich und Istanbul würde reichen müssen.

Während der Senator gleich einen Schlag in die Magengrube bekommen würde, und zwar über sein wirklich *sehr* persönliches E-Mail-Konto, dessen Adresse er Angie in der Erwartung gegeben hatte, dass sie ihm ein paar anzügliche Nachrichten schicken würde, vielleicht sogar mit entsprechenden Fotos im Anhang, klappte Clarisse ihr Mickey-Gibson-Notizbuch auf, ordnete ihre Post-it-Zettel, starrte auf die verschiedenen Fenster des Videoplayers auf ihrem Bildschirm und klickte auf Schnellwahl.

Mickey Gibson, Runde drei.

Clarisse war bestens vorbereitet. Das Script stand, doch sie hoffte, dass Gibson auch ein paar Überraschungen für sie bereithielt.

Nach all der Mommy-Zeit konnte sie sicher auch ein wenig Abwechslung brauchen.

KAPITEL 13

Gibson war in ihrem Home Office. Tommy spielte in der Ecke, und Darby schlief tief und fest auf ihrer Decke in einem Miniaturschaukelstuhl, den Gibsons Vater für seine Enkelin gebaut hatte.

Das Handy summte. Es war Kate, ihre Polizeifreundin aus Jersey City.

»Nur drei deiner Fingerabdrucksets waren bei uns im System«, sagte sie. »Eins gehört einem Kerl mit Namen Paul Gerald. Er arbeitet für die Post.«

»Das wäre dann der Postbote«, erwiderte Gibson.

»Stimmt. Das habe ich mir auch schon gedacht. Das zweite gehört einer Mary Tatum. Sie arbeitet ebenfalls bei der Post.«

»Und das dritte?«

»Harry Langhorne.«

»Auch ein Postbeamter?«

»Nein.«

»Wo hast du das Set dann gefunden?«

»Ich schaue immer zuerst in den lokalen Datenbanken nach, bevor ich in die nationalen gehe. Die beiden Postboten habe ich einer Bundesdatenbank gefunden. Ich hatte keine Ahnung, ob Langhorne aus New Jersey stammt oder sonstwie eine Verbindung zu uns hat. Aber offensichtlich hat man seine Fingerabdrücke genommen, als er ehrenamtlich in der Schule gearbeitet hat. Dieser spezielle Schulbezirk rechtfertigte jedoch eine genauere Prüfung. Also habe ich mir mal das Melderegister der entsprechenden Stadtverwaltung angesehen.«

»Was für eine Gegend in Jersey war das denn?«

»Trenton.«

Nicht weit von meinem alten Revier.

»Könnte das dein Mann sein?«, fragte Kate.

»Vielleicht. Danke, Kate. Ich schulde dir was.«

Gibson legte auf und trommelte mit den Fingern auf der Tischplatte. Sie schaute zur noch immer schlafenden Darby und dann zu Tommy, der auch schon hundemüde war, nachdem er seit sechs Uhr gefühlt eine Million Meilen pro Stunde gerannt war. Nicht mehr lange, und er würde einnicken.

Das würde ich am liebsten auch. Wenn ich doch nur Zeit hätte …

Ihr Handy summte erneut. Diesmal war es ihr Boss bei ProEye, Zeb Brown.

Gibson schaute zu, wie Tommy sich mit seinem Dinosaurierkissen auf den Boden legte und den Daumen in den Mund steckte. *Schlaf schön, mein Süßer. Möge Gott dir süße Träume schicken.*

Leise sagte sie in ihr Headset: »Hey, Zeb. Was gibt's?«

»Tut mir leid, dass ich vorhin so streng zu dir war.«

»Tatsächlich habe ich darüber nachgedacht, dich anzurufen, bevor ich da rausgefahren bin, doch dann ist so viel passiert. Aber es war meine Schuld. Ich habe einfach Mist gebaut.«

»Der Detective, der in dem Fall ermittelt – Sullivan heißt er, glaube ich –, hat mich kontaktiert. Er hat gesagt, du seist so raffiniert gewesen, du hättest ihm sogar die Marke aus der Tasche leiern können.«

»Wirklich?«

»Ja. Also, es tut mir wirklich leid, dass ich dich so angefahren habe.«

»Entschuldigung angenommen.«

»Wissen Sie schon was zum Täter?«, fragte Zeb.

»Falls ja, dann haben Sie mir zumindest nichts davon gesagt, aber ich bin ja auch nicht in die Ermittlungen involviert.«

Gibson kreuzte die Finger. *Fromme Lügen sind gut für die Seele.*

»Stimmt, stimmt. Nun, ich wollte dich nur wissen lassen, dass wir Larkins Konten eingefroren haben. Die gesamten zweihundert Millionen. Unsere Klienten sind sehr, sehr glücklich.«

»Das ist toll.«

»Willst du nicht mal eine Pause machen, bevor du dich auf deine anderen Aufträge stürzt?«

Misstrauisch kniff Gibson die Augen zusammen. »Eine Pause?«

»Bezahlt, natürlich. Und wegen Larkin habe ich auch eine Bonuszahlung für dich angeregt.«

»Großartig. Vielen Dank. Aber was diese Pause betrifft … Es geht mir gut, Zeb. Ich kann …«

»Himmel, Mickey! Du hast gerade eine Leiche gefunden! Und es gibt da draußen eine Frau, die dich offensichtlich abgehört hat. Um ehrlich zu sein, hat das viele Leute hier verdammt nervös gemacht. Die IT überprüft schon sämtliche Systeme.«

»In meinem alten Job habe ich viele Leichen gesehen. Und was du gerade gesagt hast, stimmt zwar, aber wie soll mir da eine Pause helfen?«

»Ich denke nur, dass du mal runterkommen solltest, und …«

Gibson kam ein schrecklicher Gedanke, und sie sprach ihn aus, ohne vorher darüber nachzudenken. »Zeb, werde ich nach dieser ›Pause‹ noch einen Job haben?«

Aber er hatte bereits aufgelegt.

Feigling.

Gibson schaute zu ihren Kindern. *Verdammt.*

Sie kniff die Augen zu und presste Daumen und Zeigefinger an die Schläfen, um das Bild aus ihrem Kopf zu vertreiben, wie sie und ihre Kinder plötzlich auf der Straße landeten. Aber na ja … Eine Zeit lang konnten sie sicher auch bei ihren Eltern wohnen.

Nein. Du hast nichts falsch gemacht, und du hast deinen verdammten Job auch nicht verloren … noch nicht.

Wieder kam ihr ein Gedanke, und sie rief ihren Vater an.

»Was gibt's, Mick?«

»Ich habe da eine Spur. Harry Langhorne. Sagt dir der Name was?«

»Himmel! Wenn das mal kein Gespenst aus der Vergangenheit ist.«

»Du kennst ihn?«

»Oh, ja! Harry Langhorne war der Buchhalter einer Mafiafamilie in Trenton, der Giordanos.«

»Giordano? Da klingelt nichts.«

»Das ist schon lange her. Sehr lange. Als das passiert ist, bin ich in Jersey City noch Streife gegangen, und du warst noch ein kleines Kind. Die Nachrichten waren voll davon.«

»Was haben sie denn gemacht?«

»Das Übliche: Drogen, Nutten, Erpressung. Und sie haben die Müllabfuhr kontrolliert und eine Reihe von Läden unterhalten, in denen sie ihr Geld gewaschen haben. Ihre Schläger haben jedem Geschäftsmann den Schädel eingeschlagen, der kein Schutzgeld zahlen wollte. Außerdem hatten sie sämtliche Lokalpolitiker in der Tasche. Raubüberfälle gingen genauso auf ihr Konto wie Entführungen, Körperverletzung und Mord, doch irgendwann sind die Feds wie Thors Hammer auf sie hinabgefahren. Das FBI hat den ganzen New Yorker Mob auf einen Schlag erledigt. Das war damals ein verdammt großes Ding, das kann ich dir sagen. Da sind viele Köpfe gerollt und nicht nur die der Giordanos.«

»Und Langhorne war der Buchhalter? Der Name klingt aber nicht sonderlich italienisch. Eher presbyterianisch.«

»Wenn ich mich recht entsinne, war seine Mutter … Lass mich nachdenken … Ida Giordano! Ja, so hieß sie. Sie war die Cousine oder Schwester eines der Bosse, Leo Giordano. Komisch, dass ich mich daran erinnere, aber nicht mehr daran, was ich zum Frühstück hatte. Aber wie auch immer … Sie hat

Langhorne Senior geheiratet. Ich bin nicht sicher, ob er gewusst hat, worauf er sich da eingelassen hat; aber der Sohn der beiden wusste das in jedem Fall. Schon in jungen Jahren hat er seine Zulassung als Buch- und Rechnungsprüfer bekommen, ist zur Mafia gegangen und hat die Bücher für den Mob geführt. Er wusste, wo sie ihre Leichen vergraben haben. Ich nehme an, er war ein wahrer Zahlenmagier.«

»Was ist dann passiert?«

»Es kam zu einem riesigen Prozess. Zeugen wurden ermordet, Beweise verschwanden, Cops wurden bestochen, und politischer Druck wurde aufgebaut. Trotzdem sind die Hurensöhne allesamt verurteilt worden.«

»Und Harry Langhorne?«

»Der hat nicht ausgesagt. Ja, er wurde noch nicht einmal angeklagt. Aber ich nehme an, unter der Hand hat er jede Menge Dreck aufgewühlt, Namen genannt und die Bücher geöffnet. Dann ist er schlicht verschwunden. Ich meine wirklich *verschwunden*. Weg. Du weißt schon … genau wie dein Wichser von Mann.«

»Danke, das du mich daran erinnerst, Dad. Das hätte ich fast vergessen. Was ist mit all dem Geld passiert, das die Giordanos angehäuft haben?«

»Das ist das Komische. Davon hat man nie viel gehört. Ich wette, wir reden da über verdammt große Summen. Die Giordanos hatten jede Menge Immobilien und anderen Besitz, den die Feds konfisziert haben. Aber mit Sicherheit lagen irgendwo auch Berge von Cash herum. Es ist ja nicht so, als hätten sie Tauschhandel betrieben oder Wechsel akzeptiert. Und ich habe nie gehört, dass man dieses Geld gefunden hätte, und das hätte ich, wenn dem so gewesen wäre. Warum fragst du überhaupt nach Langhorne?«

»Weil ich glaube, das war der Kerl, den ich tot in dem Spukhaus gefunden habe.«

»Scheiße. Ist das dein Ernst?«

»Ja.«

»Ich bin sicher, er hat irgendeinen Deal gemacht. Das wäre zumindest klug von ihm gewesen. Wenn die Regierung dem Mob an den Kragen will, dann landen die Buchhalter als Erste mit Zementschuhen im Wasser.«

»Gesprochen wie ein echter Jersey-Cop mit jeder Menge Erfahrung auf diesem Gebiet.«

»Hey! Ich weiß einfach nur, was ich weiß.«

Gibson konnte ihren alten Herrn förmlich grinsen sehen.

»Und? Was wirst du jetzt tun?«, fragte er.

»Weitergraben.«

Die Stimme ihres Vaters nahm sofort einen ernsten Tonfall an. »Mit so etwas willst du nichts zu tun haben, Mick. Ich weiß, das ist alles schon lange her, aber es gibt immer noch Giordanos da draußen. Sie konnten nicht alle schnappen. Und aus kleinen Gangstern werden große. Und wenn sie gerade diesen Kerl erledigt haben, dann sind einige von ihnen verdammt aktiv, und auf deren Radar willst du definitiv nicht auftauchen.«

»Ich möchte auch nichts damit zu tun haben. Das Problem ist nur, ich habe keine Wahl. Aber sollte sich ein Ausweg auftun, dann werde ich ihn nehmen. Versprochen.«

»Scheiße. Hast du deine Knarre noch?«

»Natürlich.«

»Soll ich rüberkommen und bei dir übernachten?«

»Und wie lange willst du das tun? Vierzig Jahre?«

»Das ist nicht gut, Mick. Ich bekomme schon wieder Magengeschwüre.«

»Ich verspreche dir, vorsichtig zu sein. Und danke für die Geschichtsstunde.«

»Ich werde deiner Mutter nichts davon erzählen.«

»Kluger Mann.«

Gibson legte auf, atmete tief durch und stieß einen stummen Schrei aus, bei dem sich jeder Muskel in ihrem Gesicht verspannte. Dann legte sie den Kopf auf den Tisch und atmete tief ein und aus.

»Mommy? Bist du okay?«

Gibson sah sich zu Tommy um, der sie von seinem Dinosaurierkissen aus besorgt anstarrte. Sie lächelte ihn beruhigend an.

»Mommy geht es gut.«

Um halb sieben gab sie ihren Kindern Abendessen. Dann spielten sie noch ein wenig, und schließlich las sie ihnen etwas vor. Anschließend ging es ins Bett.

Als Gibson wieder in ihr Arbeitszimmer zurückkehrte, nachdem sie die Küche geputzt und sich rasch geduscht hatte, klingelte ein Handy.

Das Handy.

KAPITEL 14

»Wo zum Teufel waren Sie?«, herrschte Gibson sie unverkennbar verärgert an. »Ich habe Sie immer wieder angerufen.«

»Ich habe auch noch ein anderes Leben, Mickey.«

»Und? Wie heißen Sie heute? Noch immer Arlene?«

»Clarisse ist gut.«

»Ist das Ihr echter Name?«

»Was denken Sie?«

»Okay. *Clarisse.*«

»Haben Sie irgendwelche Fortschritte gemacht?«

»Ich lasse mir von Ihnen nichts befehlen, und ich arbeite auch nicht für Sie. Tatsächlich will ich überhaupt nichts mit der Sache zu tun haben.«

»Sollte ich tatsächlich den Eindruck erweckt haben, dass Sie für mich arbeiten, dann tut mir das leid. *Ich* dachte, wir würden *zusammen*arbeiten.«

Gibson beschloss, nicht länger um den heißen Brei herumzureden. »Harry Langhorne?«

»Ja, Mickey. Hervorragend.«

»Sie hätten mir jede Menge Arbeit ersparen und mir seinen echten Namen einfach sagen können.«

»Aber Sie fühlen sich doch sicher viel besser, weil Sie es selbst herausgefunden haben, oder? Und selbst wenn ich Ihnen das gesagt hätte, hätten Sie die Information doch noch verifizieren müssen, korrekt?«

Gibson verzog das Gesicht. Die Frau hatte natürlich recht. »Die Cops werden diese Information inzwischen auch haben.«

»Oh, da bin ich sicher. Und? Was werden Sie jetzt damit machen?«

»Langhorne war ein Buchhalter für den Mob, der die Staatsanwaltschaft in New Jersey mit Informationen versorgt hat. Haben Sie das gewusst?«

»Das klingt ziemlich einschüchternd.«

»Sie haben meine Frage nicht beantwortet.«

»Ich habe mittlerweile ebenfalls von seinen Beziehungen zu diesen widerlichen Gesellen erfahren.«

»Zu diesen widerlichen Gesellen«? Sind wir im Mittelalter? »Wenn die es waren, die ihm das Licht ausgeknipst haben, dann haben sie ein verdammt langes Gedächtnis. *Und* sie müssten inzwischen alte Säcke sein.«

»Oder es könnten ihre Nachfahren gewesen sein. *Das* wären dann junge Männer … oder Frauen.«

Gibson atmete tief ein. War Letzteres von Bedeutung?

»Könnte sein«, sagte sie. »Aber wie haben sie ihn gefunden?«

»Ich habe keine Ahnung. Aber wenn das Motiv stark genug ist, können Menschen alles erreichen.«

»Sie klingen, als sprächen Sie aus Erfahrung.«

»Ich habe mein Leben gelebt genau wie Sie. Haben Sie Angst?«

»Sollte ich?«, erwiderte Gibson.

»Also *ich* fürchte mich. Aber ich glaube auch, dass ich da nicht annähernd so nah dran bin wie Sie. Sie könnten wissen, dass Sie auf dem Anwesen gewesen sind, und wenn dem so ist, dann wissen sie vermutlich auch, dass Sie die Leiche gefunden und die Polizei gerufen haben.«

»*Sie* haben die Leiche gefunden.«

»Ja, aber das weiß niemand.«

»Ich schon.«

»Und wem wollen Sie das erzählen?«, fragte Clarisse.

»Ich habe unsere Telefonate aufgenommen, und diese Aufnahmen kann ich auch der Polizei geben.«

»Wollen Sie das wirklich?«

»Ich könnte keine andere Wahl haben«, antwortete Gibson.

»Nun, das wäre äußerst bedauerlich.«

»Soll das eine Drohung sein?«, verlangte Gibson zu wissen.

»Nein, Mickey, ich denke nur laut. Was hat Ihr Vater gesagt?«

»Woher wissen Sie, dass ich mit meinem Vater gesprochen habe?«

»Davon bin ich einfach ausgegangen. Er hat doch in Jersey als Cop gearbeitet, und das ungefähr zu der Zeit, als Langhorne sich gegen den Mob gewandt hat.«

»Sie wissen das alles?«

»Ich habe Ihnen doch gesagt, dass ich recherchiert habe. Und? Was hat er gesagt?«

»Er hat mir ein paar nützliche Informationen gegeben und mir gesagt, ich solle mich verdammt noch mal da raushalten.«

»Okay. Und? Was werden Sie jetzt tun?«

»Ich weiß nicht, ob ich überhaupt etwas tun werde. Die Polizei kümmert sich darum. Und es könnte gefährlich sein.«

»Sie waren ein Cop. *Gefahr* war Teil Ihres *Jobs*. Ich hoffe, das haben Sie nicht vergessen.«

Gibson glaubte, einen Hauch von Groll in Clarisses Stimme zu hören, und sie fragte sich, wo das wohl herkam.

»Damals hatte ich auch noch keine zwei kleinen Kinder«, sagte sie.

»Aber Sie wollen doch sicherlich in die Ermittlungen eingebunden werden, oder?«

»Warum sollte ich?«, fragte Gibson.

»Weil es Sie inzwischen langweilt, ständig vor einem Computerbildschirm zu sitzen und online nach irgendwelchen Werten zu suchen, die man konfiszieren kann. Sie vermissen Ihr altes Leben.«

»Nett geraten.«

»Ich rate nie. Und ich leite auch nichts ab. Ich sammele Beweise, entwickele Theorien und ziehe meine Schlüsse. Genau wie Sherlock Holmes. Ich hasse es, dass Conan Doyle Deduktion und Induktion verwechselt hat. Sie nicht?«

»Ich habe nie wirklich darüber nachgedacht.« Gibson rieb sich die Schläfen. Da war eine furchtbare Migräne im Anmarsch.

»Und Sie waren ein guter Cop und ein noch viel besserer Detective, nicht wahr?«

»Zumindest bilde ich mir das ein.«

»Doch dann haben Sie den Beruf gewechselt und alles weggeworfen.«

»Ich habe gar nichts *weggeworfen*«, blaffte Gibson. »Ich habe *Kinder* bekommen. Und ich bin alleinerziehend! Nicht, dass ich meine Entscheidungen Ihnen gegenüber rechtfertigen müsste.«

»Okay. Gut. Wie behandelt ProEye Sie? Ich habe gehört, die Firma sei ein guter Arbeitgeber.«

»Alles in Ordnung«, sagte Gibson in schon deutlich ruhigerem Ton. *Lass dich nicht provozieren. Das ist genau, was sie will.*

»Wirklich?«, hakte Clarisse ungläubig nach.

So, wie sie das sagte, war Gibson nicht sicher, ob Clarisse von dem Telefonat mit Zeb Brown wusste oder nicht.

Eins von unseren Telefonen ist kompromittiert, vielleicht auch beide.

»Ja, wirklich.«

»Und? Wollen Sie nun aussteigen oder nicht?«

»Was genau soll ich denn tun?«, wollte Gibson wissen.

»Kann ich offen sprechen?«

»Aber sicher doch«, erwiderte Gibson und bereitete sich auf das vor, was da kommen mochte.

»Abgesehen von der persönlichen Verbindung, die ich zu der Angelegenheit habe, dachte ich, das wäre auch interessant für Sie. Ich kann mir gar nicht vorstellen, wie gelangweilt Sie sein müssen. Der Detective in Ihnen ist bei dieser Art von Fall doch sicher schon ganz aufgeregt. Wenn Sie den lösen, dann können Sie Ihre eigene Ermittlungsfirma aufmachen.«

»Wie oft muss ich Ihnen das eigentlich noch sagen? Ich habe zwei kleine Kinder. Ich werde mit Sicherheit nicht irgend so ein moderner Schnüffler, der versucht, sich aus dem Stand ein Imperium aufzubauen.«

»Mit genügend Geld können Sie sich hervorragende Betreuung kaufen, und das gilt nicht nur für die Kinder, sondern auch für die Eltern. Und wenn Ihre Kinder alt genug sind und in die Vorschule gehen, die direkt um die Ecke liegt, was dann? Wie wollen Sie Ihre Tage dann verbringen?«

Mit Schlafen, dachte Gibson, doch laut sagte sie: »Meine Tage sind gut ausgefüllt. Vielen Dank. Übrigens, warum haben Sie sich ausgerechnet mich ausgesucht? Ja, die Frage haben Sie zwar schon beantwortet, aber ich glaube Ihnen nicht.«

»Es gibt schlicht nicht allzu viele weibliche Detectives. Das ist größtenteils noch immer eine Männerdomäne. Ich dachte, Sie würden einen guten Job machen, und ich arbeite lieber mit Frauen als mit Männern zusammen. Aber wenn Sie wirklich nicht interessiert sind, dann ist das eben so. Ich wünsche Ihnen ein schönes Leben, *Mommy*.«

Bevor Gibson etwas darauf erwidern konnte, legte Clarisse auf.

Scheiße. Was für ein manipulatives Dreckstück. Aber sie hat mich. Sie hat mich wirklich.

Doch die Frau hatte auch etwas Wichtiges gesagt, obwohl es auf den ersten Blick nicht so ausgesehen hatte.

Und vielleicht hatte Gibson jetzt ihre erste echte Spur.

Aber das kannst du nicht machen, Mick. Du hast dem Weib gerade dreimal gesagt, dass du kleine Kinder hast. Und du hast es deinem Dad versprochen. Und sollte ihnen irgendetwas passieren, nur weil du eine falsche Entscheidung getroffen hast …

Sie lehnte sich zurück und schloss die Augen.

Gott steh mir bei.

KAPITEL 15

Am nächsten Morgen holte Gibson die Visitenkarte hervor, die man ihr gegeben hatte, und tippte die Nummer ein. Sie hatte einen Entschluss gefasst. Sie glaubte nicht, dass sie sich einfach umdrehen und den Fall hinter sich lassen konnte – egal, in welche Gefahr sie sich und ihre Kinder auch bringen mochte –, und das schlicht aus dem Grund, dass Clarisse von ihrer Beteiligung wusste. Und niemand konnte sagen, was diese Frau wirklich im Schilde führte. Sie könnte durchaus Langhorne ermordet haben, und sie könnte auch ein Problem mit Gibson haben, aus der Vergangenheit vielleicht, und sie deshalb ausgesucht haben.

Sie weiß, wo ich wohne. Sie weiß von meinen Kindern. Sie weiß offenbar alles über mich. Wahrscheinlich ist sie extrem gefährlich. Wenn ich also in diesem Albtraum feststecke, dann brauche ich Verstärkung – offizielle *Verstärkung.*

Nach zweimaligen Klingeln meldete sich eine Stimme: »Sullivan.«

»Ich bin's. Mickey Gibson.«

»Miss Gibson, was kann ich für Sie tun?«

»Bitte, nennen Sie mich Mickey. Ich wollte Ihnen dafür danken, dass Sie meinen Boss angerufen und ein gutes Wort für mich eingelegt haben.«

»Nun ja, es war ja auch eine außergewöhnliche Situation, und ich weiß nicht, wie ich an Ihrer Stelle reagiert hätte.«

Sullivan wusste nichts von den Gesprächen, die Gibson mit der Frau geführt hatte, die sich zu Anfang Arlene Robinson genannt hatte. Und er wusste auch nicht, dass Gibson noch einmal nach Stormfield zurückgekehrt war, um dort Fingerabdrücke zu nehmen, oder dass sie Pottingers wahre Identität kannte.

Und während ein Teil von ihr Sullivan am liebsten einiges oder sogar alles erzählt hätte, riet ihr Bauchgefühl davon ab. Und Gibson hörte fast immer auf ihr Bauchgefühl. In diesem Fall war das auch ziemlich leicht, denn Sullivan könnte sie wegen Behinderung der Justiz zur Verantwortung ziehen, und sie hatte nicht die geringste Absicht herauszufinden, wie sich das Leben hinter Gittern anfühlte.

»Und? Wie laufen die Ermittlungen?«

»Es geht voran«, antwortete Sullivan vorsichtig.

»Mir ist der Gedanke gekommen, dass Pottinger vielleicht nicht der echte Name des Mannes war«, begann Gibson.

»Ach, ja? Und warum?«

»Ich habe ihn gegoogelt, und nicht wirklich etwas gefunden. Es ist, als hätte er bis vor Kurzem gar nicht existiert. Er mag ja ein Einsiedler gewesen sein, aber so ein reicher Kerl? Der muss doch Spuren im Netz hinterlassen, wenn auch nur bei Wikipedia. Aber da war nichts.«

»Wir sollten dieses Gespräch nicht führen.«

»Das verstehe ich vollkommen.«

»Ich werde jetzt auflegen.«

»Wenn ich noch ein Cop wäre, dann würde ich vermutlich das Gleiche tun.«

»Vermutlich?«

»Mein Vater war sein ganzes Leben lang Streifenpolizist; aber er hat auch Ermittlungsarbeit gemacht. Detectives können sich ja nicht um alles kümmern. Aber wie auch immer … Er hat mir beigebracht, stets jede Quelle und Ressource zu nutzen, die man hat, um einen Fall zu lösen.«

»Ach, ja?«

»Ja.«

»Und Sie betrachten sich als so eine Quelle beziehungsweise Ressource?«, fragte Sullivan.

»Ja, das tue ich, und es würde mich freuen, mit Ihnen zusammenarbeiten zu dürfen. Und sollte irgendetwas schieflaufen und ich Verstärkung brauchen, dann weiß ich, dass Sie und Ihre Männer da sein werden.«

Bitte, bitte, bitte!

»Wenn irgendetwas schiefläuft, dann wählen Sie neun-eins-eins.«

»Schauen Sie … Ich sehe keinen Grund, warum wir unsere Informationen nicht teilen sollten. Das würde die Ermittlungen erheblich beschleunigen.«

»Ich habe genug Ressourcen, auf die ich zurückgreifen kann.«

»Und sollten Sie je mehr brauchen, dann bin ich hier«, sagte Gibson.

»Okay. Danke.«

Sullivan legte auf, und Gibson legte das Handy beiseite. Das Herz schlug ihr bis zum Hals, und sie wusste nicht so recht warum.

Doch, das tust du. Du hast versucht, einem Cop ein schlechtes Gewissen zu machen, damit er dir den Rücken freihält. Dein Vater würde dir einen kräftigen Schlag in den Nacken verpassen, besonders da du theoretisch immer noch eine Verdächtige im Mordfall Pottinger bist. Aber es war den Versuch wert, ein wenig Schutz für dich und deine Kinder zu bekommen. Und? Was wirst du jetzt tun? Hier rumsitzen mit einer Zielscheibe auf dem Rücken? Oder wirst du aktiv werden?

Gibson wusste natürlich, dass sie eigentlich gar keine Wahl hatte.

Obwohl sie bereits im Internet gesucht hatte, ging sie wieder online und gab noch einmal den Namen Daniel Pottinger ein. Doch jetzt suchte sie im Darknet, wie so oft, seit sie für ProEye arbeitete. Einige der Schuldner, die sie jagte, waren auch kriminell, und selbst die »Normalen« nutzten bisweilen zwielichtige Wege, um ihr Geld zu verstecken. *Du musst mit dem Abschaum schlafen, wenn du anderen Abschaum finden willst, auch digital.*

Gibson rief ein paar Seiten auf, die sie schon früher genutzt hatte, und sie suchte nach Schmutz über Daniel Pottinger, den Elfenbeinhändler, Drogendealer, Biowaffenhändler und Geldwäscher im Dienst von Terroristen.

Nichts.

Okay. Das wird wohl etwas länger dauern, und darum wird es warten müssen. Versuchen wir es mal einfacher.

Gibson googelte Harry Langhorne. Zahlreiche jahrzehntealte Artikel erschienen auf ihrem Bildschirm. Sie las sie durch, aber sie erfuhr nur wenig mehr als das, was ihr Vater ihr bereits erzählt hatte. Dabei fand sie auch ein körniges Foto von Langhorne aus den Achtzigern. Er hatte ein schmales Gesicht, hohe Wangenknochen, langes, welliges Haar und eine Brille, die ihn wie einen Frosch aussehen ließ. Gibson war ziemlich sicher, dass es sich bei dem Mann auf dem Bild um den handelte, den sie in Stormfield gefunden hatte, auch wenn das Foto uralt war und der Mann in dem Geheimraum schon eine Weile vor sich hin gefault hatte. Ihr gefiel sein Blick auf dem Foto nicht, und im Tod hatte er ihr sogar noch mehr missfallen.

Schließlich fand Gibson einen Artikel, der sich mit Langhornes Familie beschäftigte. Mit Mitte dreißig hatte Langhorne eine Geraldine Mercer geheiratet. Ein paar Jahre später hatten sie einen Sohn mit Namen Douglas Langhorne bekommen, und ein Jahr später eine Tochter, Francine. Gibson fand Bilder von allen. Geraldine war eine hübsche Frau, die jedoch wie der unglücklichste Mensch der Welt aussah. Douglas war auf dem Foto ungefähr acht. Er wirkte recht groß für sein Alter, ein blonder Hüne, und er sah nicht allzu klug aus. Dass sie solche Vorurteile hatte, ärgerte Gibson. Auch Tommy wirkte bisweilen nicht allzu klug, und mit drei Jahren sollten Kinder sich eigentlich schon besser selbst waschen können als er.

Aber ich schweife ab.

Francine wiederum wirkte angespannt und misstrauisch,

auch schon als kleines Mädchen. In ihren großen Augen glaubte Gibson, ein ganzes Netzwerk von komplexen Gedanken zu sehen, die um ihre Aufmerksamkeit buhlten. Für einen so jungen Menschen war da viel zu viel los im Kopf.

Gibson schrieb ihre Eindrücke auf und suchte dann nach weiteren Informationen zur Familie.

Sie fand nichts, was wirklich von Bedeutung gewesen wäre. Damals hatte es schlicht noch keine Armeen von Menschen gegeben, die jede Millisekunde Unmengen an Infos ins Internet übertragen hatten, auch wenn dieser Tage viele versuchten, dieses Defizit wieder auszugleichen. Es war schwer, ein Thema zu finden, zu dem online nichts geschrieben stand. Es gab Youtube-Videos zu nahezu allem, was ein Mensch je getan oder versucht hatte.

Gibson hatte zum Beispiel ihre Wasserhähne im Garten mithilfe solcher Videos repariert. Ein Typ aus Illinois hatte sie dankenswerterweise ins Netz gestellt.

Ja, das war zwar nicht toll, aber es hat mir dreihundert Dollar eingespart. So viel hätte der Klempner mindestens gekostet.

Doch online fand Gibson keine eingehenderen Artikel mehr zu der Familie oder über das, was anschließend mit ihnen geschehen war. Es war, als hätten sie sich in Luft aufgelöst.

Vielleicht hatten sie ja ihre Namen geändert. Tatsächlich war das sogar wahrscheinlich. Menschen wie sie wurden von der Regierung häufig ins Zeugenschutzprogramm übernommen. Wenn das auch hier der Fall war, dann würde Gibson sie nie finden.

Aber wie war Langhorne dann unter dem Namen Daniel Pottinger tot in Stormfield gelandet? Hatte er seine Familie verlassen? Waren sie alle tot?

Es gab keine Möglichkeit, diese Fragen zu beantworten – jedenfalls nicht im Augenblick.

Gibson konzentrierte sich wieder auf *Clarisse*.

Zumindest werde ich sie so nennen, bis ich ihren echten Namen herausgefunden habe. Und ich werde *ihn herausfinden, und wenn es das Letzte ist, was ich tue.*

Gibson machte sich jedoch keine Illusionen, was Clarisses Geschäfte mit dem Mann betraf. Mit Sicherheit waren die nicht wirklich legal gewesen. Unschuldige spielten nicht so ausgefeilte Psychospielchen wie sie. Unschuldige gingen zur Polizei, wenn sie eine Leiche fanden.

Am Telefon hatte Clarisse gesagt, die Nachfahren der Gangster könnten sowohl Männer als auch *Frauen* sein. Das war eine Spur, von der Gibson glaubte, dass Clarisse sie unabsichtlich verraten hatte.

Hat sie sich selbst damit gemeint? Hat sie von früher irgendeine Verbindung zu Langhorne und der Mafia von Jersey? Dafür klingt sie eigentlich viel zu jung, aber vielleicht ist sie ja das Kind von jemandem, der damals aktiv war. Vielleicht sogar die Enkelin.

Gibson glaubte rein gar nichts, was Clarisse ihr erzählt hatte; aber in jeder Lüge steckte auch immer ein Körnchen Wahrheit – zumindest galt das für hervorragende Lügner, wie Clarisse einer war.

Und da war noch etwas, was diese Frau gesagt hatte. Aber im Augenblick wollte es ihr nicht einfallen.

Eine Spur? Ganz wie Clarisse bei einem früheren Gespräch mit leicht amüsiertem Unterton gesagt hatte. Ja, vielleicht war das eine Spur.

Wenn es mir nur wieder einfiele …

KAPITEL 16

Später an diesem Tag machte Gibson den Kindern Mittagessen. Sie setzte sich, schaute ihnen beim Essen zu und wischte ihnen immer wieder die Münder ab. Auch um Tisch und Boden musste sie sich kümmern, wann immer Tommy und dann Darby, die ihren Bruder nachahmte, besonders abenteuerliche Dinge mit ihrer Mahlzeit veranstalteten.

Nach dem Essen setzte Gibson die beiden in ihren Van und fuhr mit ihnen zu einem nahe gelegenen Park, wo sie ein wenig spazieren gingen und Pennys in einen Brunnen warfen. Dann spielten sie Fangen und Verstecken, wobei die beiden Kinder sich nicht wirklich an die Regeln hielten.

Na ja … Das tue ich ja auch nicht.

Gibson saß auf der Bank, lachte und beklatschte die ausgelassenen Spielchen ihrer Kinder, doch gleichzeitig dachte sie über die Worte ihres Vaters nach. Wenn ihr etwas passierte, wo sollten die Kinder dann hin? Ihre Eltern konnten sich jedenfalls nicht um sie kümmern, nicht in Vollzeit. Und sie würde nie zulassen, dass ihr Ex auch nur in die Nähe der Kinder kam, selbst wenn man den Wichser finden könnte. Von ihren jüngeren Brüdern hatte wiederum der eine alle Hände voll mit seiner eigenen Familie zu tun, und der andere war zwar Single, hatte es aber nie geschafft, sein Leben auch nur annähernd in den Griff zu bekommen. Er konnte sich ja kaum um sich selbst kümmern, von zwei Kleinkindern ganz zu schweigen.

Folglich bleibt alles an mir hängen. Egal, wie sehr ich in dem Fall auch ermitteln will. Also, sollte ich? Darf ich das riskieren? Darf ich sie *riskieren?*

Gibson kicherte, als Darby so schnell im Kreis lief, dass ihr schwindelig wurde und sie lachend zu Boden fiel, während Tommy herumrannte und wie ein Bär knurrte … beziehungsweise wie das, was er für einen Bären hielt.

Gibson hatte das Handy mitgenommen. Sie schaute aufs Display.

Du kannst einfach weggehen. Jetzt. Ruf die Nummer einfach nie wieder an, und geh auch nicht ran, wenn es klingelt. Aber was, wenn das Weib eine Psychopathin ist, und das ist durchaus möglich? Was, wenn das der Tropfen ist, der das Fass zum Überlaufen bringt? Aber auch, wenn du weitermachst, hast du überhaupt eine Chance, das Ganze unter Kontrolle zu halten?

Gibson starrte fast eine Minute lang auf das Handy, während diese Gedanken in ihrem Kopf hin und her flogen. Schließlich tippte sie die Nummer ein und wartete. Es klingelte so lange, dass sie schon auflegen wollte.

»Sie überraschen mich«, sagte Clarisse.

»Haben Sie das Batphone nicht ständig dabei?«

»Ich wollte nur sehen, wie hartnäckig und geduldig Sie sind. Das sind zwei Eigenschaften, die einem so gut wie alles über jemanden verraten.«

»Und?«, fragte Gibson. »Haben Sie außer Langhorne noch jemanden im Visier?«

»Noch nicht.«

»Wissen Sie denn wenigstens, wo Langhornes Witwe und Kinder sind?«

»Nein.«

»Ich könnte mir denken, dass sie im Zeugenschutzprogramm sind«, bemerkte Gibson.

»Vielleicht.«

»Glauben Sie, sie wissen, dass er hier war? Und dass er tot ist?«

»Das kann ich unmöglich sagen.«

»Heißen Sie heute eigentlich wieder Clarisse, oder haben Sie sich inzwischen einen anderen Namen zugelegt?«

»Es bleibt bei Clarisse. Alles andere wäre nur unnötig verwirrend.«

»Waren Sie schon immer so seltsam?«, fragte Gibson ein wenig offener, als sie beabsichtigt hatte.

»Nein. Es geht mir schon viel besser. Die jahrelange Therapie hat wahre Wunder gewirkt.«

Vielleicht ist das ja noch eine Spur. Was war noch mal die andere, verdammt?

»Okay, Clarisse. Was, wenn wir gemeinsam weiter in dem Fall ermitteln?«

»Das würde mir sehr gefallen. Immerhin waren Sie meine erste Wahl.«

»Warum wollen Sie überhaupt wissen, wer Langhorne umgebracht hat?«

»Weil ich das nächste Ziel sein werde. Dessen bin ich sicher.«

»Wegen dem, was Harry Langhorne war, oder wegen Ihrer eigenen Geschäfte mit seinem Alter Ego, Pottinger?«

»Ist das wichtig?«

»Natürlich ist das wichtig. Davon hängt ab, in welche Richtung ich ermittle. Aber laut Ihnen waren Ihre Geschäfte mit Pottinger ja vollkommen legal. Woher sollen seine kriminellen Partner dann überhaupt von Ihnen wissen?«

»Dan hat seine verschiedenen Aktivitäten nie wirklich voneinander trennen können – oder zumindest war das so, als ich ihn gekannt habe. Er hat sich immer wieder verplappert. Bei mir hat er das öfter gemacht. Also gehe ich davon aus, dass er das mit Dingen, die *mich* betreffen, auch bei anderen getan hat.«

»Und mit was genau hat er sich bei Ihnen ›verplappert‹?«, hakte Gibson nach.

»Mit so einigem. Das war es auch der Grund dafür, warum ich langsam misstrauisch geworden bin. Als Folge davon habe ich ein wenig nachgeforscht und ziemlich schnell noch mehr gefunden.«

»Sie haben gesagt, er habe Sie kontaktiert, um sich in Stormfield mit Ihnen zu treffen. Warum?«

»Das hat er mir nicht gesagt.«

Tommy fiel hin, schlug sich das Knie auf und begann zu weinen. Gibson ging zu ihm. Das Telefon klemmte sie sich zwischen Schulter und Ohr, während sie sich die Wunde anschaute und ihren Sohn tröstete.

»Klingt, als wäre da jemand unglücklich«, bemerkte Clarisse.

»Es geht ihm gut. Er hat sich nur das Knie aufgeschürft.« Gibson holte Wundspray und Pflaster aus der Tasche und versorgte ihren Sohn.

»Habe Sie es eigentlich je bereut, Kinder zu haben?«

Gibson verspannte sich. »Warum fragen Sie das?«

»Weil ich es wissen will.«

»Ich schließe daraus, dass Sie keine Kinder haben, korrekt?«

»Ich hatte nie Zeit dafür.«

»Wenn Sie auf den perfekten Zeitpunkt und die perfekte Situation warten, dann wird das auch nichts mehr. Und nein, ich habe es nie bereut. Tatsächlich sind die beiden das Beste, was mir je passiert ist. Aber ich nehme an, das sagen alle Mütter.«

»Nein, nicht alle«, erwiderte Clarisse.

Und wieder ein Hinweis, dachte Gibson. »Und was *glauben* Sie, war der Grund dafür, dass er sich mit Ihnen treffen wollte? Sie müssen doch eine Ahnung haben.«

»Na ja«, antwortete Clarisse, »angesichts der Tatsache, dass er vor meiner Ankunft ermordet worden ist, nehme ich an, er hatte Angst um sein Leben.«

Gibson zog Tommys Hosenbein wieder herunter und zerzauste ihm das Haar. »Und was hätten Sie da tun sollen?«

»Ich bin nicht sicher. Vielleicht hatte er schlicht keine anderen Freunde mehr.«

»Waren Sie überrascht, von ihm zu hören?«

»Nein. Menschen sind unberechenbar.«

Das ist so ziemlich das erste Mal, dass das, was sie mir sagt, auch wahr zu sein scheint, dachte Gibson.

»Und?«, fragte Clarisse. »Was werden Sie jetzt tun?«

»Ich weiß nicht. Tatsächlich bin ich noch nicht einmal sicher, ob ich überhaupt etwas tun werde.«

»Ich dachte, wir hätten uns geeinigt.«

Gibson schaute zu Tommy hinunter und dann zu ihrer Tochter, die gerade aus Grashalmen Vögel bastelte. Die Warnung ihres Vaters kam ihr wieder in den Sinn.

»Es gibt wichtigere Dinge in meinem Leben. Also werden Sie sich wohl einen anderen Einfaltspinsel suchen müssen.«

»Nun, das ist wirklich schade. Aber sie sind ein kluges Mädchen. Also ist Ihnen sicher klar, dass Sie bereits bis zum Hals drinstecken.«

»Das ist Ihre Meinung.«

»Und da ist noch etwas …«, sagte Clarisse.

»Und was?«

»Ich habe das Gefühl, uns läuft die Zeit davon.«

»Die Zeit für was?«, hakte Gibson in scharfem Ton nach.

»Bis der Nächste stirbt, natürlich.«

Passenderweise war in diesem Augenblick die Leitung tot.

KAPITEL 17

»Warum zum Teufel sollte ich dir was anderes sagen?«, bellte Rick Rogers in offensichtlich verärgertem Ton ins Telefon, als er am folgenden Morgen mit seiner Tochter sprach. »Besonders, da du meinen Rat offenbar nicht befolgt hast!«

»Schau mal«, sagte Gibson. »Jetzt sei nicht sauer auf mich, aber ich muss noch eine Weile dranbleiben. Und ich will damit nicht sagen, dass ich nicht zu den Cops gehen werde. Tatsächlich habe ich das sogar schon versucht, aber es hat nicht funktioniert.«

»Was ist passiert?«

»Egal. Ich wollte Rückendeckung, habe aber keine bekommen.«

»Was genau willst du eigentlich, Mick? Ich habe dir doch schon alles erzählt, was ich über Langhorne weiß.«

»Vielleicht kennst du ja noch jemanden von früher, der mehr weiß«, erwiderte Gibson.

Ihr Dad seufzte, und Gibson wartete geduldig. Sie wusste aus Erfahrung, dass ihr Vater fast immer die richtige Entscheidung traf, wenn es um sie ging – also die Entscheidung, die sie wollte. Sie musste ihm nur Zeit lassen und ihm Verständnis entgegenbringen. Er musste das Gefühl haben, dass es seine Entscheidung war, nicht ihre.

»Ja, tatsächlich kenne ich da wen. Er war Detective in Newark. Er hat auch an dem Fall gearbeitet, da es keine Zuständigkeitsgrenzen mehr gab. Dafür war der Fall viel zu groß. Wir beide haben im Laufe der Jahre oft darüber gesprochen.«

»Ist er pensioniert?«

»Oh ja. Er war älter als ich. Ich telefoniere mal ein bisschen herum und melde mich dann wieder bei dir.«

»Danke, Dad. Ich weiß das wirklich zu schätzen.«

»Jaja. Aber ich sollte das nicht tun. Das weißt du doch, oder?«

»Du versuchst doch nur, deinem kleinen Mädchen zu helfen.«

»Ja, meinem kleinen Mädchen, das ihren Dad um den kleinen Finger gewickelt hat.«

»Du solltest nicht so viel auf Mom hören.«

»Versuch du das mal. Viel Glück. Du wirst es brauchen.«

Er legte auf, und Gibson ging in ihr Arbeitszimmer.

Die Kinder waren bei Silva. Angesichts ihrer derzeitigen Situation hatte Gibson die Frau eine Woche lang für jeden Tag bestellt, und glücklicherweise hatte Silva auch Zeit gehabt.

Kaum war Gibson in ihrem Arbeitszimmer, da summte das Handy. Es war Wilson Sullivan.

»Sind Sie beschäftigt?«, fragte er.

»Ich bin nie zu beschäftigt, wenn Sie Hilfe brauchen, Detective Sullivan«, antwortete Gibson freundlich.

»Sie sind wirklich verdammt gut darin.«

»In was?«, erwiderte Gibson unschuldig.

»Genau. Aber wie auch immer ... Es gibt neue Entwicklungen. Können Sie sich mit mir in Stormfield treffen? Oder müssen Sie sich um die Kinder kümmern?«

»Ich habe heute eine Babysitterin. Ich kann in gut anderthalb Stunden dort sein. Was für Entwicklungen denn?«

»Wenn Sie hier sind, bringe ich Sie auf den neuesten Stand.«

Habe ich gerade offiziell Rückendeckung bekommen?, fragte sich Gibson verwundert.

Rasch zog sie sich Jeans, eine weiße Bluse und eine dunkle Jacke an. Dann schaute sie noch kurz nach Silva, umarmte ihre Kinder und fuhr schließlich mit dem Van davon. Als sie in Stormfield eintraf, stand Sullivan vor der Tür. Nicht weit entfernt saß ein uniformierter Beamter in einem Streifenwagen.

Gibson ging zu Sullivan. »Lassen Sie uns reingehen«, sagte er.

Als sie das Haus betraten, überkam Gibson plötzlich das Gefühl, dass das eine Falle sein könnte.

Hat vielleicht jemand gesehen, wie ich Fingerabdrücke am Briefkasten genommen habe? Werde ich jetzt wegen Behinderung der Justiz verhaftet, weil ich mich an Beweisen zu schaffen gemacht habe oder weil ich einfach dämlich bin?

Sullivan führte sie in den Geheimraum, wo sie die Leiche gefunden hatte.

»Was ich Ihnen jetzt sage, darf diesen Raum nicht verlassen. Okay?«, sagte er.

Gibson tat so, als würde sie die Lippen verschließen und den Schlüssel wegwerfen.

Sullivan deutete auf den Stuhl, auf dem Pottinger gefunden worden war. Den Ventilator hatten die Kriminaltechniker mitgenommen, und alles andere war mit Spurensicherungspulver eingestaubt.

»Zunächst einmal war – wie Sie schon vermutet haben – Daniel Pottinger nicht sein echter Name.«

Gibson hoffte, angemessen überrascht dreinzuschauen. »Aber Sie haben doch gesagt, die Menschen hier hätten ihn gekannt.«

»So lange gehörte ihm das Anwesen aber nicht, und er war auch nicht ständig hier. Tatsächlich hat er sich nur selten hier aufgehalten. Deshalb kannten die Einheimischen ihn mehr oder weniger auch nur vom Sehen.«

»Und wer war er?«

»Ein Typ mit Namen Harry Langhorne.« Sullivan musterte Gibson im schwachen Licht der paar Polizeilampen, die noch immer auf ihren Dreibeinen an der Wand standen. »Klingelt da was bei Ihnen?«

Gibson tat so, als würde sie nachdenken. »Nicht wirklich. Sollte es?«

»Ich frage Sie das nur, weil er aus Ihrer Heimat stammte, allerdings aus einer vollkommen anderen Generation.«

»Er kam aus Jersey City?«

»Nein. Entschuldigen Sie. Für uns hier im Süden ist New Jersey ein einziger, großer Ort. Er kam aus Trenton.«

»Was wissen Sie über ihn?«

»Vor Jahrzehnten hat er als Buchhalter für die Mafia gearbeitet. Dann hat er offenbar gegen sie ausgesagt und ein paar Familien zu Fall gebracht.«

»Und die haben ihn jetzt aufgespürt? Nach all der Zeit?«

»Ich weiß es nicht. Ich habe nicht wirklich viel Erfahrung mit der Mafia.«

Gibson lächelte. »Und da ich aus Jersey stamme, habe ich die natürlich, ja? Haben Sie mich deshalb herbestellt?«

»Das wollte ich nicht damit sagen. Aber schon bevor wir ihn identifiziert haben, habe ich vermutet, dass er was mit der Mafia zu tun hat.«

»Warum?«, fragte Gibson.

Als Antwort hob Sullivan die Hand. »Er hatte eine alte Brandnarbe. Hier. Auf der rechten Handfläche.«

»Und wie hat er die bekommen?«, hakte Gibson nach.

»Bei der Aufnahme in die Mafia wird einem Anwärter in den Finger gestochen oder geschnitten, das Blut auf ein Heiligenbild geschmiert und das Bild dann in Brand gesteckt, und während der Anwärter das brennende Bild in der Hand hält, spricht er den Treueeid.«

»Heilige Scheiße.«

»Ja. Und wenn Sie den Eid brechen, dann sollen Sie verbrennen wie der Heilige. Das habe ich auch nicht gewusst. Das habe ich nachgeschlagen, nachdem der Gerichtsmediziner mir die Narbe gezeigt hat.«

Gibson beschloss, die Gelegenheit beim Schopf zu packen. »Ich habe noch Freunde in Jersey. Mit denen werde ich mal reden. Vielleicht können die uns ja mit jemandem in Kontakt bringen, der was weiß.«

»Uns?«

»Sie haben mich doch angerufen. Ich versuche nur zu helfen. Aber wenn ich dafür ein paar Gefallen einfordern muss, dann habe ich mir wohl das Recht verdient, dass Sie mich auf dem Laufenden halten. Ich habe einen Ruf zu verteidigen.«

Sullivan musterte sie unangenehm lang. Aus irgendeinem Grund starrte Gibson auf ihren Ringfinger, und wieder einmal fiel ihr auf, wie nackt er war: kein Gold, kein Silber und kein Platin.

»Und?«, hakte sie schließlich nach.

»Abgemacht.«

»Hand drauf? Auf das mit dem brennenden Heiligenbild habe ich keinen Bock«, sagte Gibson.

Sie schüttelten sich die Hände, und Gibson fragte: »Und? Wie ist er gestorben?«

»Warum habe ich nur den Eindruck, dass ich gerade über den Tisch gezogen werde?«

»Meine Frage ist doch ziemlich vernünftig. Schließlich soll ich Ihnen ja helfen.«

»Er ist vergiftet worden«, sagte Sullivan.

»Wenn Gift die Todesursache war, woher wissen Sie dann, dass er ermordet worden ist? Es könnte sich auch um Selbstmord handeln.«

Sullivan berührte seine Handgelenke und deutete auf die Knöchel. »Er ist gefesselt worden.«

»Davon habe ich nichts gesehen.«

»Konnten Sie auch nicht. Die Fesseln sind nach seinem Tod wieder entfernt worden. Wir haben die Spuren unter der Kleidung gefunden.«

»Also haben sie zugeschaut, wie er gestorben ist?«, fragte Gibson.

»Könnte sein. Zumindest würde das zu einem Rachemord passen.«

»Okay. Ich werde Sie anrufen, sobald ich etwas von meinen Quellen weiß.«

»Danke.«

»Sie hätten mir das alles auch am Telefon sagen können«, bemerkte Gibson.

»Ich wollte Ihnen aber auch noch was zeigen.«

»Was?«

»Folgen Sie mir.«

KAPITEL 18

Tu, was ich sage, und nicht, was ich tue.

Gibson las das an der Wand am Ende des Geheimraums. Die Buchstaben waren gut dreißig Zentimeter hoch und mit einem breiten roten Marker geschrieben.

Sie drehte sich zu Sullivan um, der die Schrift mit einer Taschenlampe anstrahlte.

»Was, glauben Sie, hat das zu bedeuten?«, fragte Gibson.

»Ich habe keine Ahnung«, antwortete Sullivan. »Ich meine, ich weiß natürlich, was das ganz allgemein zu bedeuten hat: ›Folge nicht meinem Beispiel oder meinen Taten, sondern nur meinen Worten‹.«

»Ja, so reden Leute, die tun, was sie wollen, von anderen aber höhere Standards erwarten.«

»Das klingt, als sprächen Sie aus Erfahrung.«

»Jede Frau, die ich kenne, spricht bei diesem Thema aus Erfahrung.«

Sullivan hustete in seine Hand. »Okay. Das verstehe ich. Besonders, wenn es um Polizeiarbeit geht.«

»Das gilt für *jeden* Job, in dem auch Kerle aktiv sind. Wann haben Sie das gefunden?«

»Erst vor Kurzem. Das Team hat die meiste Zeit am Tatort und mit der Leiche verbracht, aber irgendwann sind sie dann hier runter und haben das gesehen.«

»Und Sie glauben, dass das den Killer irgendwie mit Langhorne in Verbindung bringt? Vorausgesetzt natürlich, der oder die Mörder haben das geschrieben.«

»Meine Leute haben die Schrift untersucht und mir erklärt, der Spruch könne nicht länger da gewesen sein als die Leiche.«

»Okay«, sagte Gibson. Sie fragte sich, ob wirklich der Killer das geschrieben hatte oder vielleicht Clarisse, ihre neue Telefonfreundin. Oder waren die beiden womöglich ein und dieselbe Person? In jedem Fall hatte Gibson im Augenblick keinen Grund, etwas anderes zu glauben. »Wenn das hier irgendetwas mit Langhorne zu tun hat, dann können wir den Schreiber auch finden. Aber der Zusammenhang ist eher vage.«

»Nicht für den Schreiber«, erwiderte Sullivan.

»Nein, für denjenigen oder diejenige ist das sonnenklar. Kann ich mal die Taschenlampe haben?«

Sullivan gab sie ihr, und Gibson leuchtete die Buchstaben an. Sorgfältig musterte sie jeden einzelnen. Es war Blockschrift, was die Zuordnung erschwerte, doch manche Wörter tauchten kaum oder gar nicht verändert doppelt auf, was es wiederum vereinfachte.

»Ich glaube, das haben zwei verschiedene Leute geschrieben«, erklärte Gibson schließlich und gab Sullivan die Taschenlampe wieder zurück.

Sullivan trat vor und richtete den Lichtstrahl auch noch mal auf die Buchstaben. »Wirklich? Ich bin kein Experte für Handschriften, aber die beschäftigen sich auch vornehmlich mit Schreibschrift, nicht mit Blockbuchstaben.«

»Stimmt, aber Handschrift ist Handschrift. Nehmen Sie einfach mal die Worte *Ich*, *Tu* und *Was*. Die kommen in beiden Teilen der Botschaft vor. Und jetzt schauen Sie sich mal die einzelnen Buchstaben an. Sie werden feststellen, dass die Formen und teilweise auch die Schreibrichtung anders sind. So ist das erste *T* anders als das zweite. Das erste ist in einem Zug geschrieben, das zweite in zwei Teilen. Auch die *I*s sind anders. Sie sind zum Beispiel unterschiedlich hoch. Das waren zwei verschiedene Schreiber.«

»Woher wissen Sie so viel über Handschrift?«

»Wie gesagt habe ich meine Karriere als Kriminaltechnikerin

begonnen, und bei meinem jetzigen Job muss ich online Tausende von Dokumenten durchgehen und ständig Unterschriften und damit Handschriften vergleichen. Vor Gericht wäre meine Meinung jedoch nicht allzu viel wert.«

»Meine aber schon.«

Gibson schaute ihn an. »Heißt das, ich bin keine Verdächtige mehr?«

»Ich denke, davon können wir ausgehen.«

Gibson betrachtete die Stelle, wo Langhornes Leiche sich befunden hatte, als sie daran vorbeikamen.

Hatte Clarisse den Mann getötet?, fragte sie sich noch einmal. Falls ja, warum hatte sie dann Gibson da mit reingezogen? Weil sie Angst hatte? Sie hatte nicht ängstlich geklungen. Weil sie etwas wollte? Ja, das war die weitaus wahrscheinlichere Antwort.

Langhorne hatte vermutlich eine Tonne Geld von der Mafia gestohlen. Das war nicht wirklich eine Spekulation, denn wie sonst hätte er dieses Anwesen bezahlen sollen? Aber hatte er das *ganze* Geld hierfür ausgegeben? Falls nicht, wo war dann der Rest? Und sollte Clarisse wirklich die Täterin sein, hatte sie dann auch den Spruch an die Wand geschrieben? In jedem Fall schien sie der Typ dafür zu sein, zwei unterschiedliche Handschriften zu verwenden. Solch eine Detailverliebtheit passte zu ihr. Aber was war der Sinn solch einer Täuschung? Oder hatte sie vielleicht doch mit jemandem zusammengearbeitet?

Draußen, im Tageslicht, drehte Sullivan sich wieder zu Gibson um. »Danke, dass Sie gekommen sind, und danke auch für Ihre Expertenmeinung.«

»Gern geschehen. Und danke, dass Sie mich als Verdächtige gestrichen haben. Ich werde jetzt ein wenig rumtelefonieren und mich dann bei Ihnen melden.«

Gibson hielt kurz inne. Sullivan hob die Augenbrauen und fragte: »Ja?«

»Wie ist ein Mafiabuchhalter unter falschem Namen ausgerechnet hier gelandet?«

»Das untersuchen wir noch.«

»Hatte er Familie?«

»Ja, eine Frau und zwei Kinder.«

Ein Teil von Gibson schämte sich dafür, diese Spielchen mit Sullivan zu spielen, ihm Fragen zu stellen, deren Antworten sie bereits kannte. Doch ein anderer Teil von ihr, der professionelle, wusste, dass das nötig war.

»Und haben Sie eine Ahnung, wo die jetzt sind?«

»Nicht die geringste«, antwortete Sullivan.

»Man sollte glauben, dass ein Mafiabuchhalter ins Zeugenschutzprogramm kommt, nachdem er gegen seinen Arbeitgeber ausgesagt hat.«

»Ich habe mir das Gleiche gedacht. Tatsächlich habe ich heute Nachmittag ein Meeting mit einem Beamten des U.S. Marshals Service in Norfolk. Wollen Sie mitkommen?«

Gibson war von diesem Angebot überrascht, und das war ihr deutlich anzusehen. »Das wäre toll.«

»Wir haben auch noch Zeit, uns vorher etwas zu essen zu holen, wenn Sie wollen.«

»Ich bin dabei, Detective Sullivan.«

»Nennen Sie mich Will, Mickey.«

»Ich folge Ihnen.«

Sie stiegen in ihre jeweiligen Fahrzeuge und fuhren los. Als sie an dem Briefkasten vorbeikamen, schauderte Gibson. Sie hatte ein schlechtes Gewissen, weil sie dort Fingerabdrücke genommen hatte, um die wahre Identität des Toten aufzudecken, und das direkt unter der Nase ihres neuen besten Freundes: Will Sullivan.

KAPITEL 19

Clarisse betrachtete die Zahlen auf dem Bildschirm.

Fünfhunderttausend Dollar, kein Cent weniger, aber auch kein Cent mehr, hatten gerade ihr finales Ziel erreicht, nachdem sie eine weltweite Odyssee über unzählige Nummernkonten in den verschiedensten Steueroasen hinter sich gebracht hatten.

Clarisse zweigte dreißig Prozent davon ab und beförderte sie in Angies Geldbeutel.

Die dazugehörige Nachricht des bösen, kleinen Senators war voller bunter Kraftausdrücke, Drohungen und anderer Dinge. Dabei konnte er gar nichts tun, denn er würde die beiden Frauen nie finden.

Und in einer Woche würde Clarisse dem Senator eine weitere Forderung schicken, diesmal über exakt eine Million Dollar und mit der Versicherung, dass das die letzte Forderung sein würde. Und das würde sie auch sein. Was das betraf, war Clarisse immer fair. Und Angie würde noch einmal dreihunderttausend Dollar bekommen. Mit so viel Geld konnte ein Mädchen überall Spaß haben, zumal es ja auch noch steuerfrei war.

Clarisse betrachtete ihr Spiegelbild in dem kleinen Spiegelset neben ihren beiden Monitoren.

Sie war wieder blond. Dabei wusste sie gar nicht, warum ihr diese Farbe so gefiel. Sie repräsentierte Licht und Transparenz, obwohl Clarisse genau das Gegenteil war. Aber vielleicht war eben das ja der Grund für Clarisses Vorliebe für helles Haar. Ihre äußere Erscheinung an sich war sowieso eine Täuschung.

Clarisse öffnete ihr Mickey-Gibson-Notizbuch und las ein paar ihrer Aufzeichnungen.

Ihr letztes Gespräch war faszinierend gewesen. Gibson hatte einen Rückzieher machen wollen, und der Grund dafür war klar.

Sie hatte Angst, dass ihr was passiert und ihre Kinder dann allein dastehen. Oder dass die Arbeit mit mir die Kleinen in Gefahr bringen könnte.

Das verstand Clarisse. *Normale* Menschen waren so. Aber Kinder wurden jeden Tag von ihren Eltern verarscht oder von anderen, und niemanden kümmerte das auch nur einen Dreck, es sei denn, die Familie war reich, berühmt, mächtig oder alles zusammen. Das war zumindest Clarisses Meinung, aber was wusste sie schon?

Ich kenne nur mich selbst, aber ich kenne mich auch richtig gut.

Clarisse hatte den standardmäßigen Spruch »Der nächste Mord kommt bestimmt« genutzt, um Gibson dazu zu bringen weiterzumachen, aber sie glaubte auch, dass das wirklich der Fall war. Clarisse hatte so eine Ahnung, wer Langhorne ermordet hatte, vielleicht sogar mehr als nur eine Ahnung. Und sollte sie recht haben, dann könnte sie Hilfe brauchen. Ihr Job war es, im Hintergrund zu bleiben und die Schachfiguren über das Brett zu bewegen, und Gibson war ihre Königin an der Front – oder zumindest hoffte sie, dass die Frau das Zeug zu solch einem mächtigen Werkzeug hatte.

Ich habe bereits mehrere Notizbücher zu ihr gefüllt. Ich hoffe, es ist die Sache wert.

Clarisses Finger flogen über die Tastatur, als sie Nachrichten mit NSA-Level-Verschlüsselung verschickte und nach Informationen zu Menschen und Dingen suchte, die sie besser verstehen musste. Und schließlich konzentrierte sie sich auf das, was auf ihrem Bildschirm erschien.

»Wilson Sullivan, Virginia State Police«, las sie.

Auf seine raue Art sah Sullivan eigentlich ganz gut aus. Manche Frauen standen darauf, Clarisse aber nicht. Sullivan hatte seine ganze Karriere bei der Polizei verbracht. Seine Leistungen waren nicht gerade spektakulär, nur leicht über dem Durchschnitt; doch in Verbindung mit Gibson könnte er sich als durchaus nützlich für Clarisse erweisen, egal wie »durchschnittlich« er auch war.

Clarisse weigerte sich schon aus Prinzip, direkt mit der Polizei zusammenzuarbeiten, denn wie sie hatte herausfinden müssen, konnte man sich nicht auf sie verlassen. Und die Polizei log. Sie log viel.

Google Maps zeigte ihr, dass Sullivan in einem zweistöckigen Stadthaus wohnte, das hinten eine Veranda hatte. Es lag in einer Vorstadt von Norfolk und sah genauso aus wie tausend andere in der Gegend auch. Tatsächlich gab es Millionen von Häusern wie diesem und Milliarden von Menschen wie Wilson Sullivan.

Das hätte auch ich sein können, wäre da nicht das dazwischengekommen, was ich so »mein Leben« nenne, aber nichts im Leben ist umsonst.

Inzwischen mussten die Cops wissen, dass Pottinger Langhorne war. Vom verschlossenen, einsiedlerischen, reichen Mann zum verschlossenen ehemaligen Mafiabuchhalter auf der Flucht. Aber das war nicht alles, was Harry Langhorne gewesen war. Er war noch viel mehr gewesen, und Clarisse wusste das nur allzu gut.

Männer wie Harry ließen Frauen stottern und schaudern, und jede Frau wusste ganz genau, was Clarisse damit meinte.

Aber was sollte sie nun tun? Warten, bis Gibson Ergebnisse brachte, oder sich selbst wieder einmischen? Sollte sie diese Mission vorantreiben und das mit Nachdruck? Manchen Menschen musste man auch mal in den Arsch treten, denn die meisten neigten dazu, erst einmal einen Gang zurückzuschalten. Die Menschen hassten Veränderungen, und sie hassten es, Entscheidungen zu treffen. Es war Clarisses Job, diese Neigungen sprichwörtlich auf den Kopf zu stellen.

Die Überwachungsgeräte, die sie auf Gibsons Grundstück

installiert hatte, zeigten, dass die Babysitterin da war. Die Kinder spielten mit ihr, und vor einer Stunde war Gibson mit dem Van weggefahren. Müsste Clarisse raten, dann war Gibson vermutlich nach Stormfield gefahren, denn auf ihrer Anrufliste war kurz zuvor ein Anruf von Wilson Sullivan vermerkt.

Sicher sprachen sie über die Enthüllung, dass Daniel Pottinger in Wahrheit Harry Langhorne gewesen war. Vielleicht wollte Wilson ja Gibsons Wissen anzapfen. Schließlich war sie lange genug Cop im Garden State gewesen. Wenn sie sich zusammentaten, wunderbar. Dann würde es am Ende nur aufs Timing ankommen.

Denn dieser Fall würde definitiv ein Ende finden, und dieses Ende musste so ausfallen, wie sie es wollte, und dafür würde Clarisse alles und jeden opfern. Sie hatte so hart gearbeitet, so viele Notizbücher vollgeschrieben und so viele verschiedene Personen gespielt, da durfte das gar nicht anders sein.

Und wenn das vorbei ist? Genieße ich dann meinen Ruhestand in der liebreizenden Villa in Aix-en-Provence, die ich in dieser Zeitschrift gesehen habe? Oder auf dem Berggut in der Toskana, das in dieser Kochshow gezeigt worden ist, die dieser bezaubernde Stanley Tucci moderiert hat? Oder werde ich mir das schöne Herrenhaus an der Costa del Sol gönnen, das ich tatsächlich schon mal besucht habe? Von dieser Villa aus konnte ich sogar bis nach Afrika sehen. Oder soll ich diese Fantasien aufgeben und ein armes, kleines, reiches Mädchen werden, das seinen Vorruhestand genießt?

Vermutlich nicht, aber es ist schon cool, die Wahl zu haben. Stimmt's?

Clarisse zwinkerte sich selbst im Spiegel zu und schüttelte ihre falschen blonden Locken.

Dann drückte sie eine Schnellwahltaste auf ihrem Super-duper-Mickey-Gibson-Prepaidhandy.

»Hallo?«, meldete sich Gibson.

»Und *Action!*«, rief Clarisse, wenn auch nur in ihrem Kopf.

KAPITEL 20

»Ich bin's. Ihre Lieblingstelefonfreundin.« Clarisse schaute auf ihre Notizen. Da stand: *Bewahr dir einen frischen, angenehmen und zwanglosen Ton. Für den Anfang. Und nutz ihre Energie, wenn sie denn welche hat.*

»Ich habe gerade viel zu tun«, erwiderte Gibson am Steuer ihres Vans.

»Um unseren Fall zu lösen oder daheim auf der Onlinejagd nach dem nächsten frechen Milliardär, der seine Rechnungen nicht bezahlen will?«

»Sie haben eine komische Art, sich auszudrücken.«

»Ist das denn inkorrekt?«

»Absolut nicht. Tatsächlich ist es genau auf den Punkt. Deshalb ist es ja so lustig.«

Sie wird immer sicherer, arrangiert sich mit der Situation, vermerkte Clarisse sorgfältig in ihrem Notizbuch. *Fördere dieses Gefühl eine Zeit lang, bevor du die Daumenschrauben rausholst.* »Ich dachte, unser letztes Gespräch hat nicht so gut geendet. Deshalb wollte ich noch mal mit Ihnen sprechen.«

»Nicht so gut geendet? Sie haben einen weiteren möglichen Mord erwähnt und dann einfach aufgelegt.«

Clarisse blätterte zwei Seiten in ihrem Notizbuch zurück. *Lass das positiv aussehen, bevor es sich ins Negative wendet. Es steht viel auf dem Spiel. Mach das klar. Beende* nicht *das Gespräch. Das wird ihre Aufgabe sein.* »Ich habe auch erwähnt, dass Sie da draußen waren. Sie sind sozusagen unser öffentliches Gesicht. Sie stecken bis zum Hals drin. Das macht sie verwundbar.«

»Genauer gesagt: *Sie* haben mich verwundbar gemacht.«

»Das war unvermeidlich, Mickey. Darauf lief es immer hinaus. Das Wichtige war das Timing.«

»Was genau springt dabei für mich heraus?«

»Ich dachte, das hätte ich schon klargemacht. Wenn Sie den Fall lösen, dann können Sie sich selbstständig machen. Es sei denn natürlich, Sie wollen so lange für ProEye arbeiten, bis Sie vor lauter Langeweile tot umfallen. Falls ja, dann können wir sofort aufhören, denn halbherzig geht hier gar nichts. Ich denke, das verstehen Sie, oder?«

»Aber ich will auch nicht frühzeitig ins Gras beißen.«

»Ja, Sie wollen Ihre Kinder aufwachsen sehen. Darüber haben wir schon gesprochen.«

»Trotzdem wollen Sie, dass ich das durchziehe, auch auf die Gefahr hin, dass ich meine Kinder dann eben *nicht* aufwachsen sehe.«

Clarisse rief Bilder von Tommy und Darby auf. Sie waren wirklich niedlich, unschuldig und in jeder Hinsicht formbar. Sie hatten noch nicht die geringste Ahnung, wie viel Scheiße das Leben für sie bereithielt – und das schon bei einem *normalen* Leben, was auch immer das sein mochte.

»Ich mag es nicht, alles mehrmals durchzukauen. Haben Sie schon herausgefunden, wie der Mann gestorben ist?«

»Gift. Und er ist gefesselt worden.«

»Dann haben sie ihm also beim Sterben zugesehen.«

»Es sieht so aus. Ja.«

»Okay. Können wir jetzt über Taktik und Strategie sprechen?«

»Ich dachte, das würden Sie mir überlassen.«

»Ich kann Ihnen helfen, schneller ans Ziel zu kommen.«

»Und was haben *Sie* davon?«

Seite eins des Mickey-Gibson-Notizbuchs.

»Dann würde ich vielleicht ein wenig länger leben, Mickey. Dann könnte ich *meine* Kinder aufwachsen sehen.«

»Sie haben doch gesagt, Sie hätten keine Kinder.«

»Aber ich könnte welche bekommen.« *Mach ihr ein schlechtes Gewissen. Warum auch nicht?* »Wäre das denn falsch?«

»Ganz und gar nicht«, antwortete Gibson. »Bereiten Sie sich nur darauf vor, gut elf Jahre lang nicht mehr auszuschlafen und ordentlich zu essen. Und ich hoffe, Sie mögen den Geruch von erbrochenen Cheerios und Bananen. Der ist einfach unvergesslich.«

Clarisse blätterte zu Seite 24. »Taktik und Strategie? Sollen wir?«

»Okay.«

»Der Mann, der sich Daniel Pottinger nannte, ein Geschäftsmann, der seine Finger in allen möglichen Töpfen hatte, in legalen, aber auch in illegalen, ist jetzt als Harry Langhorne enttarnt worden, als Buchhalter einer ehemaligen Mafiafamilie aus New Jersey. Aber das wissen Sie ja bereits«, fügte Clarisse rasch hinzu, bevor Gibson sie unterbrechen konnte. »Es kann ja nicht schaden, alles noch mal auf den Tisch zu legen, um da Ordnung reinzubringen. So ... Wer auch immer ihn ermordet hat, hat das aus ganz spezifischen Gründen getan, und ich glaube nicht, dass das etwas mit seiner Mafiavergangenheit zu tun hat.«

»Warum nicht?«

»Die Mobster, die wegen Langhorne im Knast gelandet sind, sitzen entweder immer noch oder sind schon tot. Ohne Ausnahme.«

»Es sind aber nicht alle im Knast gelandet.«

»Die, die nicht ins Gefängnis gekommen sind, sind ebenfalls gestorben – aufgrund ihres hohen Alters, durch irgendeine Krankheit, bei Schießereien mit der Polizei oder durch die Hand ihrer Mafiabrüder. Nebenbei ... Haben Sie gewusst, dass von den Fünfzigern bis zu den Neunzigern das Durchschnittsalter eines Mafioso an der Ostküste neunundvierzig Jahre betragen hat?«

»Wo zum Teufel haben Sie denn die Statistik her?«

»Ich habe eine Datenbank zusammengestellt und die Zahlen selbst errechnet. An der Westküste und in Nevada waren es im selben Zeitraum sechsundvierzig Jahre. Nun, da der Lake Mead austrocknet, findet man immer mehr Mafiaopfer, teils aus längst vergangener Zeit.«

»Wenn das nicht der Mob war, wer dann?«

»Es könnte mit den Geschäften zu tun haben, die er später getätigt hat.«

»Mit denen, in die auch *Sie* involviert waren?«

»Das war alles legal. Das habe ich Ihnen doch schon gesagt. Aber *er* hat auch Illegales gemacht. Deshalb bin auch ich ins Fadenkreuz geraten. Und auch das habe ich Ihnen bereits erzählt.« Clarisse schaute in ihr Notizbuch. »Schreiben Sie sich solche Sachen nicht auf?«

»Doch, ich schreibe es mir auf. Aber das heißt nicht, dass ich es auch glaube … nicht, solange es nicht aus anderen, unanfechtbaren Quellen bestätigt worden ist.«

»Gibt es wirklich noch unanfechtbare Quellen? Ich meine das nicht sarkastisch. Ich will das wirklich wissen.«

»Ich nehme an, Sie wollen, dass ich *Sie* als unanfechtbare Quelle betrachte.«

»Netter Versuch, Mickey. Ich konnte das Messer, das Sie mir auf die Brust setzen wollten, beinahe *spüren*. Schauen Sie … Ich kann Ihnen nur Informationen geben. Sie wiederum müssen deren Wahrheitsgehalt evaluieren und Ihre eigenen Schlüsse ziehen.«

»Jetzt klingen Sie wie die Anwälte, die ich als Cop immer wieder vor Gericht erlebt habe.«

»Vielleicht bin ich ja Anwältin. Oder ich war es. Oder ich würde es gerne sein. Aber um wieder zum Thema zurückzukommen … Ich kann Ihnen eine Liste von Pottingers Geschäftspartnern zukommen lassen, jedenfalls soweit sie mir bekannt sind. Die können Sie ja durchgehen.«

»Reden wir jetzt von legalen oder illegalen Geschäften?«

»Diese Leute sind sehr gefährlich, Mickey. *Extrem* gefährlich. Und einer von ihnen hält sich in Ihrer Gegend auf. Mit dieser Person sollten Sie anfangen; aber seien Sie vorsichtig.«

»Wenn Sie Namen haben, warum geben Sie die dann nicht den Cops?«

»Ich könnte Ihnen ganz genau erklären warum, aber das würde viel zu lang dauern. Und jetzt … Wollen Sie nun die Liste haben oder nicht?«

»Machen Sie, was Sie nicht lassen können.«

»Ich hoffe, Ihnen ist klar, dass das keine Übertreibung war, als ich davon gesprochen habe, wie gefährlich diese Leute sind.«

»Warum machen Sie sich solche Sorgen um mich? Sie kennen mich doch gar nicht.«

In gewisser Hinsicht kenne ich dich sogar besser als du selbst. »Ich sorge mich aus einem einzigen Grund.«

»Wegen meiner Kinder?«, hakte Gibson misstrauisch nach.

»Nein. Ich habe schlicht keine Zeit, jemand anderen für diesen Job auszubilden. In sechzig Sekunden haben Sie die Namen. Buena suerte.«

KAPITEL 21

»Alles okay?«, fragte Sullivan.

Sie saßen in einem Café am Rande des Stadtzentrums von Norfolk. Gibson starrte in ihren Eistee wie in einen Strudel, in dem sie unweigerlich ertrinken würde, und alle, die ihr am Herzen lagen, waren mit ihr in diesem Strudel gefangen.

»Was? Äh … Ja, es geht mir gut. Ich habe nur nachgedacht.«

Worüber sie nachgedacht hatte, war die kurze Liste von Namen, die sie von Clarisse bekommen hatte.

Wenn die Namen seiner Geschäftspartner stimmten, dann hatte Daniel Pottinger in der Tat keine halben Sachen gemacht. Gibson hatte drei der vier Namen schon einmal gehört. Das hatte so ziemlich jeder Polizist. Der eine stammte aus Mexiko, ein anderer aus Russland und der dritte aus China. Letzterer war der, von dem Gibson noch nie gehört hatte. Tatsächlich konnte sie den Namen noch nicht einmal aussprechen.

Der letzte Name wiederum war amerikanisch, und das war auch der Mann, der in der Gegend lebte. Und der Name jagte Gibson eine Heidenangst ein. All diese Typen spielten in einer vollkommen anderen Liga als sie.

Ja, ich war mal ein Cop, aber jetzt fahre ich einen Chrysler Minivan. Meine Tochter hat heute Morgen ihr Rührei auf den Teller gespuckt, nur weil sie das für lustig gehalten hat. Ich bin nicht Gal Gadot als Wonder Woman. Nicht im echten Leben. Nicht in den Filmen. Noch nicht einmal in meinen Träumen, es sei denn, ich bin blau. Diese Typen fressen Bundesagenten zum Frühstück. Sie haben in einem Dutzend Länder Staatsanwälte von Häuserdächern geworfen. Für die wäre ich bestenfalls ein Wildunfall, ganz einfach. Keine Herausforderung.

Der Amerikaner war Nathan Trask, ein richtiges Arschloch mit üblen Verbindungen, und weder die Feds noch sonst jemand auf dieser Welt hatte irgendetwas gegen ihn in der Hand. Für die arglose Öffentlichkeit war Trask ein ehrlicher Geschäftsmann, falls überhaupt jemand seinen Namen kannte, was eher unwahrscheinlich war. In der Welt der Cops jedoch war er ein kriminelles Schwergewicht, der klassische dicke Fisch. Sie brannten darauf, ihn anklagen zu können, doch das schien unmöglich. Beweise verschwanden, Polizisten und Ankläger wurden kompromittiert oder bestochen. Zeugen verpassten den Termin für ihre Aussage, denn sie lebten dann nicht mehr. Und solange niemand beweisen konnte, dass Trask dahintersteckte, brüllte der Richter bestenfalls die Staatsanwälte an, weil sie es nicht geschafft hatten, ihm atmende Zeugen zu bringen, während Trasks kostspielige Anwälte Mühe hatten, sich das Lachen zu verkneifen.

»Wie geht es Ihren Kindern?«, fragte Sullivan.

»Gut. Sie sind einfach Kinder. Sie sind jetzt in einem Alter, das mich an meine körperlichen Grenzen bringt, aber es ist auch eine Zeit, die ich nicht missen möchte. Wenn sie heute Mist bauen, muss ich ihnen nur hinterherwischen. Wenn sie erst einmal Teenager sind, wird das anders sein.«

Sullivan schaute sie seltsam an. »Sie haben auch Teenager? Dann haben Sie ja früh angefangen.«

»Nein, nein. Ich erinnere mich nur sehr gut daran, was ich meinen Eltern als Teenager alles zugemutet habe. Aber um wieder auf den Fall zurückzukommen … Sie haben gar nicht erwähnt, mit was für einem Gift Langhorne ermordet wurde.«

»Mit Botulinumtoxin vom Typ A. Offenbar gilt das als eines der tödlichsten Gifte der Welt, oder zumindest kommt es dem sehr nahe. Es sorgt für Muskelversagen. Das Herz hört auf zu schlagen, und man kann nicht mehr atmen. Der ganze Körper schaltet einfach ab. Dafür reicht eine winzige Dosis. Mit einer noch viel kleineren Dosis kann man aber auch die Falten auf der Stirn loswerden, jedenfalls für kurze Zeit. Verschätzt man sich aber bei der Dosis, dann runzelt man höchstens noch im Sarg die Stirn.«

»Klingt verlockend.«

»Und da ist noch was anderes.«

»Und was?«, hakte Gibson nach.

»Langhorne hatte einen Hirntumor im Endstadium. Dem Mann blieben vielleicht noch ein paar Monate.«

»Hätte er dann nicht in einem Krankenhaus oder einem Hospiz sein sollen?«

»Das sollte man glauben. Aber offenbar ist er in sein Haus gegangen, hat sämtliche Angestellten entlassen und sich zum Sterben hingelegt.«

»Er muss höllische Schmerzen gehabt haben.«

»Der Pathologe hat auch eine Tonne Morphium in seinem Blut gefunden. Offenbar hat er seine Schmerzen selbst behandelt.«

»Ich denke, in einem Punkt liegen Sie falsch.«

Gibson neigte den Kopf zur Seite. »Was meinen Sie damit?«

»Ja, er ist nach Stormfield gezogen, hat seine Angestellten gefeuert und gewartet, aber nicht darauf, dass er stirbt, sondern darauf, dass jemand kommt und ihn *umbringt.*«

»Das ist eine außergewöhnliche Theorie.«

»Zumindest bis jetzt ist das ja auch ein außergewöhnlicher Fall.« Gibson schaute auf Sullivans Hand. »Ich sehe keinen Ehering, aber ich weiß auch, dass viele Cops ihn nicht auf der Arbeit tragen.«

Okay … Wo kam das denn her, Mick?

Sullivan rieb sich den Finger. »Ich war einmal verlobt. Hat nicht funktioniert.«

»Und ich wünschte, ich hätte auf meinem Weg zum Altar einfach auf dem Absatz kehrtgemacht.«

Sullivan grinste und drehte leicht den Kopf. Gibson sah eine Narbe, die aus seinem Kragen herausragte.

»Ein Souvenir von der Arbeit?«, fragte sie und deutete auf die Narbe.

Sullivan zuckte unwillkürlich zusammen und nickte dann. »Als ich noch Streife gelaufen bin, habe ich bei einer Verhaftung nicht richtig aufgepasst. Ich hab den Scheißkerl einfach nicht gut genug durchsucht. Er hatte ein Messer. Ein paar Zentimeter nach rechts, und ich würde jetzt nicht hier bei Ihnen sitzen.«

Gibson schüttelte den Kopf. »Egal, wie viel der Staat den Cops auch zahlt, es ist nie genug. Erzählen Sie mir von dem U.S. Marshal, mit dem wir uns treffen werden.«

»Earl Beckett. Er macht den Job schon seit fünfundzwanzig Jahren.«

»Dann war Pottinger-Schrägstrich-Langhorne also wirklich im Zeugenschutz?«

»Ich glaube, wenn nicht, dann würde Earl sich das Treffen mit uns sparen.«

»Aber was darf er uns sagen?«

»Angesichts der Tatsache, dass Langhorne ermordet worden ist? Ich hoffe viel.«

»So gut wie niemand, der ins Zeugenschutzprogramm gekommen ist und sich an die Regeln gehalten hat, ist von den Leuten ermordet worden, vor denen er geschützt werden sollte«, bemerkte Gibson.

»Dann ist Langhorne entweder eine der seltenen Ausnahmen, oder …«

»… oder er hat das Zeugenschutzprogramm freiwillig verlassen, und das hat ihn das Leben gekostet. Das kommt mir deutlich wahrscheinlicher vor, denn das Programm hätte nie für ein Haus wie Stormfield gezahlt.«

»Hoffentlich kann Earl uns auch sagen, was mit Langhornes Familie passiert ist.«

»Ich bin nicht sicher, ob wir mit Hoffnung weit kommen werden«, bemerkte Gibson.

»Aber sogar Cops können an ihr festhalten«, sagte Sullivan grinsend und tätschelte Gibson die Hand. Das war ein Novum in ihrer Beziehung, dachte sie und zuckte sofort zusammen.

Was für eine Beziehung denn? Sie schüttelte den Kopf. »Vielleicht hat ja irgendetwas, das er in letzter Zeit getan hat, ihn das Leben gekostet. Vielleicht hat seine Ermordung gar nichts mit dem zu tun, was vor Jahrzehnten passiert ist, als er noch Harry Langhorne hieß.«

Sullivan steckte sich eine Fritte in den Mund und kaute darauf herum. »Ach, kommen Sie schon. Wie wahrscheinlich ist das wohl?«

Guter Einwand, aber ich *habe eine Liste von Psychopathen aus der ganzen Welt, mit denen Pottinger Geschäfte gemacht hat, und* Sie *nicht.*

»Abgesehen von dem wenigen, was Sie mir über Pottinger erzählt haben«, sagte Gibson, »weiß ich nicht, was er all die Jahre gemacht hat. Ich weiß ja noch nicht einmal, wann Langhorne seinen Namen gewechselt hat.«

Sullivan zuckte mit den Schultern. »Viel mehr weiß ich auch nicht. Wie schon gesagt, ist Pottinger vor ungefähr sechs Jahren hierhergekommen und hat den Turners das Anwesen abgekauft.«

»Haben Sie die Turners kontaktiert? Wussten die, warum er ausgerechnet hierhergekommen ist?«

»Ja, ich *habe* mit ihnen gesprochen. Sie haben gesagt, sie hätten ihn nie persönlich getroffen. Der Kauf lief ausschließlich über Anwälte, Immobilienmakler und die Bank.«

»All das Geld, und am Ende hat er allein in diesem Mausoleum gelebt.«

»Jeder, wie er will.«

»War der Geheimraum schon immer dort?«

»Das habe ich auch John Turner gefragt, als ich mit ihm gesprochen habe. Er hat gesagt, sein Urgroßvater habe ihn einbauen lassen. Als Kinder hätten sie dort immer Verstecken gespielt … jedenfalls, bis sie erwischt worden sind.«

»Glauben Sie, der Kauf von Stormfield diente nur der Geldwäsche?«

»Warum fragen Sie das?«

»Darf ich?« Gibson schaute auf die Pommes frites.

»Was? Ach so. Ja, klar. Ich hätte einen Obstsalat bestellen sollen, aber ich liebe Dinge, die nicht gut für mich sind.«

Ich denke, was das betrifft, kann ich es problemlos mit dir aufnehmen, Buddy, dachte Gibson. Vor ihrem geistigen Auge sah sie ihren Ex.

Sie schnappte sich ein paar Fritten, biss in eine und hätte fast geschnurrt. »Ich habe versucht, mir das Zeug zu verkneifen, um den Schwangerschaftsspeck loszuwerden, aber das ist schwerer, als ich gedacht habe … was meine Mutter mir nur allzu gerne unter die Nase reibt.«

»Nun, als jemand, der das nie wird durchmachen müssen, will ich nur sagen: Hut ab vor allem, was Sie tun oder auch nicht.«

Gibson lächelte. »Langsam gefällt mir Ihr Stil.« Innerlich stöhnte sie ob dieses dummen Spruchs. »Um wieder zum Thema Geldwäsche zu kommen … Wie viel hat er für Stormfield bezahlt?«

»Laut Grundbuch fünf Millionen.«

Gibson pfiff überrascht. »Langhorne war Mafiabuchhalter, und es ist ja nicht so, als wären diese Typen Millionäre. Das sind ihre Arbeitgeber. Warum glaube ich da nur, dass Langhorne nicht mit leeren Händen verschwunden ist?«

»Vom Mob zu stehlen, ist Selbstmord.«

»Selbstmord ist auch, wenn man gegen sie aussagt. Langhorne hatte den Rubikon schon überschritten. Warum hätte er sich da nicht noch schnell was in die Tasche stecken sollen?«

»Sie glauben wirklich, dass der Kauf Geldwäsche war?«, fragte Sullivan.

»Schauen Sie, heutzutage verbringe ich meine Zeit nahezu ausschließlich damit, genau solche Werte zu finden. ›Schmutziges Geld‹ muss gleich mehrmals gewaschen werden, bis es wieder blütenweiß ist. Wenn er klug genug war, die Mafia zu hintergehen, dann war er mit Sicherheit auch klug genug, um so etwas zu planen. Und es ist ja nicht so, als hätten die Bundesbehörden gewusst, dass er sich Geld in die eigene Tasche steckt. Hätten sie davon erfahren, dann hätten sie es sofort konfisziert. Zumindest in einer idealen Welt. Aber vielleicht war die Welt damals nicht so ideal.«

»Verdammt! Wie, glauben Sie, ist sie denn jetzt?« Sullivan lachte, doch es war klar, dass ihn Gibsons Theorie faszinierte. »Aber ich denke, da könnte durchaus was dran sein. Der Typ hatte also das Anwesen und vermutlich noch anderen Besitz.«

»Und wenn es ihm gelungen ist, das Geld im Laufe der Jahre irgendwie zu investieren, dann könnte ich mir vorstellen, dass sein Vermögen immens gewachsen ist.«

»Ich weiß zumindest, dass er Stormfield bar bezahlt hat, und in diesem Fall hat die Bank mit Sicherheit überprüft, ob das Geld aus legalen Quellen stammt.«

»Nach über dreißig Jahren sieht alles legal aus«, erwiderte Gibson, »selbst Mafiageld.«

»Wissen Sie, ich denke, Ihre Fähigkeit, Vermögen zu finden, könnte sich für unsere Ermittlungen noch als nützlich erweisen.«

»Mir gefällt, wie das klingt.«

»Wie was klingt?«

»*Unsere* Ermittlungen.« Gibson schaute auf ihre Uhr. »Und jetzt ist es an der Zeit, damit weiterzumachen.«

KAPITEL 22

Earl Beckett sah genauso aus, wie man sich einen U.S. Marshal vorstellte, dachte Gibson. Groß, schlank und so steif, als hätte er einen Stock verschluckt. Er wirkte rau, war aber gut aussehend, und er hatte welliges, dunkles Haar mit zahlreichen grauen Strähnen. Dazu kamen ein grimmiges Lächeln, Augen wie Feuerstein und ein kräftiger Händedruck. Gibson dachte bei sich, wäre Beckett in einer anderen Zeit auf das Set eines alten Films gegangen, er wäre sofort ein Star geworden, besonders mit einem riesigen Stetson und zwei 45er Colts mit Perlmuttgriffen.

Nachdem Sullivan sie vorgestellt hatte, führte Beckett die beiden in sein Büro im Bundesgebäude in Norfolk und setzte sich ihnen gegenüber. Vor ihm lag ein Aktendeckel.

»Dafür habe ich die ganze Nacht durchgemacht. Das Ding war in der Leichenhalle des Archivs. Ich musste verdammt tief graben.«

Beckett öffnete den Aktendeckel und kam zum Geschäft. »Harry E. Langhorne. Ein fast schon historischer Name.«

»Und jetzt liegt diese historische Figur in *unserer* Leichenhalle«, sagte Sullivan.

»Ja, das haben Sie mir schon am Telefon gesagt.«

»Dann war er also im Zeugenschutzprogramm?«, fragte Sullivan.

Beckett strich mit dem Finger über die Akte. »Und Sie haben *nachgewiesen*, dass es sich wirklich um Langhorne handelt?«

»Ja. Wir haben alles dreimal überprüft, und das FBI hat uns auch eine entsprechende Meldung geschickt.«

»Okay. Das FBI hat sämtliche Personen im Zeugenschutzprogramm in seiner Datenbank. Wenn irgendeine Strafverfolgungsbehörde einen Fingerabdruck überprüfen lassen will, der einer Person im Zeugenschutz gehört, dann wird das dem FBI automatisch gemeldet. Für gewöhnlich geben sie dann auch uns Bescheid. Vielleicht haben sie das auch in diesem Fall getan, aber falls ja, dann hat man zumindest mich nicht darüber informiert.«

Gibson wand sich innerlich. *Gott sei Dank hat Kate nicht auf das FBI zurückgreifen müssen. Sie hat Langhornes Fingerabdruck lokal gefunden.*

»Okay«, fuhr Beckett fort. »Ja, er stand unter unserem Schutz und zwar von dem Zeitpunkt an, da er gegen den Mob ausgesagt hat.«

»Galt das auch für seine Familie?«, fragte Gibson.

»Ja. Das galt auch für Geraldine, seine Frau und die beiden Kinder.« Beckett warf einen kurzen Blick in die Akte. »Anfangs sind sie nach Eugene in Oregon umgesiedelt worden, so weit weg von New Jersey wie nur möglich. Dann ging es nach Butte in Montana und schließlich nach Albuquerque, New Mexico. Dort haben sie dann ein paar Jahre lang gelebt.«

»Warum sind sie so oft umgezogen?«, hakte Gibson nach.

»Das ist nicht ungewöhnlich. Sie könnten vermutet haben, dass irgendjemand sie gefunden hat. Oder es gab Probleme vor Ort. Für uns geht Vorsicht über alles.«

»Wir genau läuft das mit einer Familie im Zeugenschutzprogramm?«, fragte Gibson.

»Zuerst stellen wir fest, wie viele Familienmitglieder in das Programm kommen sollen, Erwachsene, Kinder. Dann werden alle psychologisch untersucht.«

»Warum das denn?«, wollte Gibson wissen.

»Der Übergang ist nicht leicht«, erklärte Beckett. »Deshalb ist die geistige Verfassung der Betroffenen so wichtig für uns. Schließlich kommt man ja nicht ins Zeugenschutzprogramm, weil das Leben nur Friede, Freude, Eierkuchen ist. Das Programm unterstützt sie sechs Monate lang finanziell. Danach müssen sie sich einen Job suchen. Wenn machbar, erfüllen wir aber auch dann noch bestimmte Anfragen.«

»Wie was zum Beispiel?«, hakte Gibson nach.

»Nun, ich kann Ihnen zum Beispiel sagen, dass wir bereits für Brustimplantate, Facelifting und Botoxbehandlungen bezahlt haben, aber das ist eher untypisch.«

»Ooo-kayyy«, sagte Gibson gedehnt.

»Die Jobs, die diese Leute machen, werden üblicherweise nicht allzu gut bezahlt. Schließlich können sie keinen Lebenslauf vorlegen oder ihre Kreditwürdigkeit nachweisen. Schon früh hat der Marshal Service sich an Geschäftsleute in den unterschiedlichsten Regionen gewandt und ihnen das Versprechen abgenommen, Menschen im Zeugenschutzprogramm zu helfen. In der Vergangenheit haben wir bestimmte Personen auch in Regierungsbehörden untergebracht.«

»Gefährdet das nicht ihre Sicherheit?«

»Wir haben Protokolle, um das zu verhindern, aber da kann ich nicht näher drauf eingehen. Vor ungefähr zwanzig Jahren hat Langhorne zum Beispiel bei einem Autohändler in Albuquerque gearbeitet.«

»Als Verkäufer?«, wollte Sullivan wissen.

»Nein, als Detailer, also als Fahrzeugreiniger. Dem Typ hat das offenbar sogar Spaß gemacht.«

»Das nenne ich mal einen tiefen Fall. Vom Mafiabuchhalter zum Putzmann«, bemerkte Gibson.

»Was ist dann passiert?«, fragte Sullivan.

»Langhorne ist verschwunden.«

Gibson und Sullivan schauten einander an. »Verschwunden?«, fragte Gibson. »Allein oder mit seiner Familie?«

»Allein. Nach all den Jahren hat er das Leben der Arbeiterklasse wohl nicht mehr zu schätzen gewusst. Oder seine Familie.«

»Verdammt«, knurrte Gibson.

»Ich habe den Typ schon immer für seltsam gehalten.«

»Moment! Sie haben ihn gekannt?«, rief Gibson.

Beckett nickte. »Deshalb habe ich dem Treffen mit Ihnen auch zugestimmt. In Albuquerque war ich für Langhorne verantwortlich. Ich habe mehrere Jahre mit ihm und seiner Familie da draußen verbracht … und auch mit anderen Familien, die dort im Zeugenschutz waren. Erzählen Sie das niemandem, aber manchmal ziehen wir sie in einer Gegend zusammen, weil wir nicht genug Leute haben. Aber natürlich wussten die einzelnen Familien nichts voneinander.« Er sah Gibson an. »Will hat mir erzählt, dass Sie früher Cop waren und jetzt für ProEye arbeiten. Er hat gesagt, ich könne Ihnen vertrauen.«

»Ja, das können Sie. Unter welchem Namen haben sie damals gelebt?«

»Da sie nicht länger im Zeugenschutzprogramm sind, kann ich Ihnen das wohl verraten.« Beckett blickte erneut in die Akte. »Harry und Geraldine Parker. Die Kinder hießen Fran und Doug.«

»Aber das sind ja ihre echten Vornamen«, bemerkte Gibson.

»So machen wir das im Zeugenschutzprogramm. Die Theorie ist, dass die Leute ihre echten Namen einfach nicht aus dem Kopf bekommen. Manchmal ruft jemand Harry, und Harry dreht sich um. Aber was macht es schon, wenn die Vornamen gleich sind? Nachnamen sind natürlich etwas vollkommen anderes.«

»Verändern Sie auch das Aussehen der Leute?«, fragte Gibson. »Besonders ihre Gesichter, die ja in den Medien gewesen sind?«

»Das ist von Fall zu Fall verschieden. Grundsätzlich tun wir alles, um die Sicherheit der Leute zu garantieren«, antwortete Beckett. »Mehr kann ich nicht sagen.«

»Und er hat einfach so seine Familie verlassen?«, wollte Sullivan wissen. »Sind Sie sicher, dass ihm nichts passiert ist?«

»Ja, da sind wir sicher. Ich denke, er hat das lange vorbereitet. Natürlich wurde mir das erst hinterher klar. Und er könnte irgendwo Geld versteckt haben, das ihm auf der Flucht geholfen hat.«

»Wie kommen Sie darauf?«, fragte Sullivan.

»Gerüchte.«

»Vielleicht hat er die Mafia ja nicht nur verpfiffen, sondern auch ihr Sparschwein geplündert«, sagte Gibson.

Beckett zuckte mit den Schultern. »Der Mann hat uns geholfen, ein paar richtig böse Jungs aus dem Verkehr zu ziehen. In dem Fall macht man wegen Geld keinen Aufstand mehr. Außerdem hätte es der Anklage vielleicht geschadet, wenn das schon während des Prozesses rausgekommen wäre. Wenn man einem guten Verteidiger ein Schlupfloch lässt, dann wird er das auch nutzen.«

»Stimmt«, sagte Gibson. »Nun, der Mann, der er geworden ist, Daniel Pottinger, hat fünf Millionen in bar für ein altes Anwesen in der Nähe von Smithfield bezahlt.«

»Verdammt«, war alles, was Beckett dazu zu sagen hatte.

»Sie haben gesagt, er sei verschwunden. Was genau meinen Sie damit?«, fragte Sullivan.

»Er ist eines Tages zur Arbeit gefahren und nicht mehr heimgekommen. Wir haben alles überprüft, mit jedem geredet. Er ist zum Mittagessen gegangen, haben die Leute bei dem Autohändler gesagt, und hat sich dann telefonisch krankgemeldet. Also haben sie an dem Tag auch nicht mehr mit ihm gerechnet. Das war das letzte Mal, dass sie ihn gesehen oder von ihm gehört haben. Wir haben die Busbahnhöfe überprüft, den Zug, die Flughäfen und sämtliche Autovermieter. Nichts.«

»Könnte er Hilfe gehabt haben?«, fragte Gibson.

»Daran hege ich nicht den geringsten Zweifel. Aber er hat alles auch so geplant, dass er einen guten Vorsprung hatte. Seine Frau hat uns erst am nächsten Morgen kontaktiert.«

»Warum hat das so lang gedauert?«

»Sie hat gesagt, Langhorne habe angerufen und gesagt, er müsse länger arbeiten, sie solle nicht auf ihn warten. Er würde auf der Couch unten schlafen, um sie nicht zu wecken. Gegen acht Uhr früh ist sie dann runtergegangen, doch da war keine Spur von ihm. Da dachte sie noch, er wäre früh zur Arbeit gefahren. Sie hat uns erst kontaktiert, als der Händler angerufen hat, weil er nicht zur Arbeit erschienen ist. All das zusammengenommen hatte er viel Zeit für seine Flucht. Und es ist ja nicht so, als hätte er damit etwas Illegales getan. Jeder kann frei entscheiden, ob er ins Zeugenschutzprogramm will oder nicht. Wir haben ihn hauptsächlich deswegen gesucht, weil wir uns Sorgen gemacht haben, dass ihn jemand geschnappt haben könnte. Aber je mehr Informationen wir bekamen, desto klarer wurde, dass er das alles geplant hatte.«

»Und seine Familie? Was ist mit der passiert? Sie haben gesagt, sie sei nicht länger im Zeugenschutzprogramm.«

»Gut einen Monat nach dem Verschwinden ihres Mannes ist Geraldine ausgezogen. Seitdem hat sie niemand mehr gesehen.«

»Und die Kinder?«, fragte Gibson.

»Doug war zu diesem Zeitpunkt schon fast achtzehn und stand kurz vor seinem Schulabschluss. Francine war gut ein Jahr jünger. Das waren keine kleinen Kinder mehr. Es war das gottverdammte Chaos. Streng genommen konnten sie das Zeugenschutzprogramm erst verlassen, wenn sie achtzehn waren. Und wir konnten natürlich keine entfernten Verwandten kontaktieren, die eine Entscheidung für sie hätten treffen können. Eine traditionelle Pflegefamilie kam ebenfalls nicht infrage. Also mussten wir uns um sie kümmern. Doug blieb bis zu Francines achtzehntem Geburtstag; dann haben sie beide das Zeugenschutzprogramm verlassen und sind weggezogen. Seitdem habe ich nichts mehr von ihnen gehört.«

»Was für ein beschissenes Leben«, bemerkte Gibson.

»Wir haben unser Bestes getan«, sagte Beckett zu seiner Verteidigung.

»Das wollte ich damit auch nicht anzweifeln. Ich habe ganz allgemein gesprochen. Die beiden hatten nicht mal ansatzweise so etwas wie eine normale Kindheit. Dann lässt sie auch noch ihr Vater im Stich, und ihre Mutter läuft einfach weg.«

»Oh ja«, seufzte Beckett. »Sie haben mir wirklich leidgetan. Als sie gegangen sind, haben wir sie gebeten, in Kontakt mit uns zu bleiben. Wir wollten ihnen ungeachtet ihres offiziellen Status weiter helfen, aber sie haben sich nie gemeldet.« Er schaute zwischen Gibson und Sullivan hin und her. »Was müssen Sie sonst noch wissen?«

»Jede Menge«, seufzte Gibson frustriert.

KAPITEL 23

Darby saß im Kinderwagen, und Tommy lief neben seiner Mutter her. Es war ein frischer Morgen, und die Sonne stieg an einem wolkenlosen Himmel empor. Gelegentlich nahm Tommy die Hand seiner Mutter oder ging neben dem Kinderwagen, um mit Darby zu reden, die ihm in ihrem kindlichen Stakkato auch brav antwortete.

Mit einem Auge beobachtete Gibson die beiden und mit dem anderen alles andere um sie herum. Sie hatte allen Grund für ihre Paranoia.

Clarisse am Handy, die Liste mit den internationalen Verbrechern, ein toter Mafiazahlenschubser und vielleicht noch mehr Mafiosi, die in den Fall verwickelt waren. All das machte Gibson mehr als nur nervös. Sie stand kurz davor, alles hinzuwerfen, das Haus zu verkaufen und mit den Kindern so weit wie möglich wegzulaufen.

Aber würde ich wirklich weit genug kommen? Und was wäre dann mit Mom und Dad?

Gibson hatte das Gefühl, in der Falle zu sitzen, und das tat sie ja auch. Ein paarmal hatte sie Zeb Brown angerufen – vergeblich –, denn sie wollte wissen, wie lange ihr »Urlaub« noch dauern würde. Auch fürchtete sie, keine Stelle mehr zu haben, wenn er vorbei war. Zeb hatte zwar nicht zurückgerufen, doch ihr letztes Gehalt war überwiesen worden, und sie hatte sogar einen netten Bonus für ihre Arbeit im Fall Larkin bekommen.

Ja, ich habe ganz allein zweihundert Millionen Dollar gefunden, und sie zahlen mir fünftausend als Bonus dafür. Ich frage mich, wie viel Zeb wohl bekommen hat? Aber egal. Geld ist Geld.

Jedes Fahrzeug, das an ihnen vorbeifuhr und das Gibson nicht kannte, wurde besonders genau unter die Lupe genommen. Ihre Baseballkappe hatte sie in das Netz am Kinderwagen gesteckt.

Gibson hatte auch das Prepaidhandy dabei. Ein Teil von ihr wünschte, dass es klingeln würde, doch ein anderer hoffte, dass es für immer schweigen würde.

Tommy jagte einem Eichhörnchen hinterher, während Darby darum bettelte, den Kinderwagen verlassen und ihm folgen zu dürfen. Gibson gab schließlich nach und schaute dann zu, wie ihre Kinder fröhlich auf und ab sprangen und nach oben deuteten, während das Eichhörnchen sie von einem Ast aus neugierig beäugte.

Tommy schaute zu Gibson zurück und rief: »Mommy, Eichhörnie!«

»Jep. Aber es heißt Eichhörn*chen*. Eichhörn*chen*. Das ist schnell, was?«

»Ganz doll schnell«, stimmte ihr Sohn ihr zu.

»Will haben, Mommy«, bettelte Darby. »Büdde, büdde.«

»Das ist kein Haustier, Süße. Eichhörnchen müssen frei sein.«

»Haustier! Haustier! Haustier!«, sang Darby, und Gibson tadelte sich stumm selbst dafür, dass sie dieses Wort auch nur erwähnt hatte.

Fünf Minuten Drama später gingen sie wieder nach Hause. Darby heulte Rotz und Wasser, und Tommy rief immer wieder: »Hörnie! Hörnie! Hörnie!«

Gibson übergab Silva die Kinder, die im selben Moment eintraf, als sie wieder heimkamen.

Gibson lief in ihr Arbeitszimmer und fuhr den Computer hoch.

Nathan Trask.

Sie aktivierte die Suche, und die Daten liefen über ihren

Bildschirm. Der Mann war in zahlreiche Gerichtsverfahren verstrickt, alles Zivilprozesse, jedenfalls im Augenblick. Seine Geschäfte waren vielfältig und sein Hintergrund mehr als nur zwielichtig. Auf seiner Wikipedia-Seite wurde um weitere Informationen zu dem Mann gebettelt. Die vierzehn Seiten, die es bereits gab, reichten offenbar nicht aus.

Die Fotos, die Gibson fand, zeigten einen sorglosen, intelligenten Mann, der vielleicht sogar ganz nett war.

Aber das hatte man auch über Ted Bundy gesagt.

Gibson grub tiefer. Trask hatte überall auf der Welt Häuser, doch sein Hauptwohnort war im Moment Virginia Beach. Dabei handelte es sich um ein 3.000-Quadratmeter-Monstrum direkt am Meer. Es hatte sogar einen eigenen Hubschrauberlandeplatz. Trasks Superjacht wiederum lag nicht weit entfernt in einem Tiefwasserhafen, und sein Privatjet, eine Dassault Falcon, stand in einem Firmenhangar.

Und Trasks Sicherheitsmaßnahmen waren von einem anderen Stern. Gibson hatte vermutlich genauso große Chancen, zu ihm vorzudringen, wie den Präsidenten zu besuchen.

Und selbst wenn mir das gelingen würde, was sollte ich dann sagen? »Bitte entschuldigen Sie, Mr Superreich, aber haben Sie zufällig Daniel Pottinger ermordet oder jemanden dafür bezahlt?« Na klar, aber nur, wenn ich in einem unmarkierten Grab landen will.

Gibson sackte vor ihrem Computer in sich zusammen, vor einer Waffe, mit der sie in ihrer Zeit bei ProEye schon so manch einen Drachen zur Strecke gebracht hatte; doch das hier war etwas vollkommen anderes.

Was zum Teufel soll ich mit dieser Liste tun? Was will Clarisse?

Gibson suchte nach den anderen Männern. Sie waren allesamt reich und sahen arrogant und grausam aus, und sie waren vermutlich auf jede nur erdenkliche Art kriminell. Aber laut den Quellen, die sie fand und die sie für zuverlässig hielt, war keiner dieser Männer auch nur in der Nähe, als Pottinger ins Gras gebissen hatte. Sicher, sie hätten auch jemanden anheuern können, aber das glaubte Gibson nicht. Pottinger war an Gift gestorben. Das war nicht die Waffe eines Profikillers. Profikiller erschossen einen für gewöhnlich. Gift konnte jeder einsetzen und dann zuschauen, wie das Opfer langsam starb. Um den Abzug zu drücken und zu sehen, wie der Kopf des Ziels förmlich explodierte, dafür brauchte es eine ganz andere Art von Mentalität.

Aber warum sollte ein Typ wie Trask nach Stormfield fahren und Pottinger dieses Botudingsdazeug injizieren? Hatte er den Mann wegen ein paar gestohlenen Elfenbeinstoßzähnen kaltgemacht oder wegen irgendeinem Biowaffenmist?

Nicht dass ich irgendwas von dem glauben würde, was Clarisse mir erzählt. Sie ist eine Lügnerin. So einfach ist das. Aber da ist auch immer ein Körnchen Wahrheit …

Normalerweise konnte man anhand der Zahl der Wörter, die jemand für eine Antwort verwendete, erkennen, ob dieser Jemand log oder nicht. Menschen, die die Wahrheit sagten, verwendeten zumeist wesentlich mehr Worte, denn sie hatten keine Angst, bei einer Lüge ertappt zu werden. Lügner hingegen hielten alles so knapp wie möglich, um sich nicht zu verplappern. Und da sie ja alles erfanden, lauerten überall Fehler, vor allem, wenn sie das Ganze vorher nicht richtig eingeübt hatten. Profis konnten so etwas erkennen.

Ich *kann so etwas erkennen.*

Gibson versuchte, noch weitere Informationen zu Langhornes Familie zu finden, aber da war nichts. Nach dem, was Marshal Beckett ihnen erzählt hatte, ergab das sogar Sinn. Doug und Francine Langhorne waren verschwunden, kaum dass sie alt genug gewesen waren, um aus dem Zeugenschutzprogramm auszusteigen, und ohne Zweifel hatten sie ihre Namen dann geändert. Das war eine Sackgasse.

Mit einer Online-ID, die man nicht zurückverfolgen konnte

und die sie oft für ihre Arbeit bei ProEye nutzte, ging Gibson ins Darknet und suchte dort ein paar Chatrooms auf. Sie musste subtil vorgehen, denn das Letzte, was sie wollte, war, irgendjemanden zu warnen, dass sie in dessen Vergangenheit wühlte. Sie postete eine Handvoll unverfänglicher Anfragen in ein paar Threads und ging dann wieder raus. Dank Autoping würde sie es sofort wissen, wenn das etwas Interessantes zu Tage förderte.

Gibson hatte jetzt auf der einen Seite Clarisse, auf der anderen Nathan Trask und mittendrin einen ehemaligen Mafioso, der aus dem Zeugenschutzprogramm geflohen war.

Gibson schnappte sich ihre Schlüssel, schlich an den Kindern vorbei, die Silva aufgeregt von den »Hörnies« als potenziellen Haustieren erzählten, und fuhr in ihrem Minivan davon. Die Adresse hatte sie vorher in ihr Navi eingegeben. Sie brauchte gut eine Stunde bis Virginia Beach.

Heilige Scheiße!

Verglichen mit Trasks Anwesen war Stormfield geradezu winzig, und es war vollkommen anders, als Gibson es sich vorgestellt hatte. Es bestand komplett aus Glas, Metall und Beton und glich damit mehr einer hochmodernen Fabrik als einem Heim.

Es gab ein großes Tor, ähnlich dem am Weißen Haus. Männer in Anzügen waren dort zu sehen. Während Gibson sie beobachtete, stieg einer von ihnen in einen Golfwagen, der offenbar mit Blattgold verziert war, und raste zum Haus. Ein paar Augenblicke später kam ein Helikopter in Sicht, der im Tiefflug über das Meer raste. Dann ging er hinter dem Haus in den Schwebeflug und sank langsam immer tiefer, bis er nicht mehr zu sehen war.

Offenbar war gerade der König in seine Burg zurückgekehrt.

Gibson fuhr wieder weg und hielt später kurz an, um sich einen Kaffee zu holen. Mit dem Becher in ihrem Van wickelte sie sich in ihren Mantel und trank. Es begann zu nieseln. Einen Augenblick später klingelte das Handy. Gibson schaute aufs Display. Sie wollte nicht rangehen, aber …

Verdammt!

KAPITEL 24

Die braven Leute in Greenville, South Carolina, hatten spätnachts angerufen. Der Zustand ihrer Mutter hatte sich verschlechtert. Clarisse machte sich allerdings keine großen Sorgen, denn das war öfter der Fall.

»Ich komme so schnell wie möglich«, hatte sie gesagt. »Sagen Sie ihr, sie soll durchhalten, bis ich da bin.« Und dann hatte sie aufgelegt.

Das hatte der Frau am anderen Ende der Leitung ohne Zweifel den Wind aus den Segeln genommen. Dessen war Clarisse sicher. Sie konnte sich gut vorstellen, wie die Frau stumm nach Luft schnappte und wütend die Stirn runzelte, weil die Tochter so gefühllos war.

Ach, Liebes, wenn du nur wüsstest. Es ist kompliziert. Man kann sich durchaus um jemanden sorgen und ihn gleichzeitig hassen. Zumindest ich *kann das.*

Mit diesem letzten Gedanken griff sie nach ihrem Mickey-Gibson-Handy und rief an. Clarisse hatte gerade eine App auf ihren Computer geladen, die das Sprachmuster eines Menschen analysieren konnte, um daraus unterschiedliche Emotionen herauszuarbeiten wie Nervosität oder Angst. Beides kannte Clarisse nur allzu gut.

»Hallo«, sagte Gibson.

Clarisse schaute auf den Monitor, um zu sehen, ob diese schlichte Begrüßung schon irgendwas verriet.

Noch war da nichts.

»Sie haben ja die Liste bekommen. Und? Haben Sie sich über das Geschenk gefreut?«

»Wenn das lustig sein soll …«

»Dabei spiele ich doch so gerne Weihnachtsmann.«

»Weihnachten ist noch lange hin«, bemerkte Gibson.

Für mich nicht. Nicht, wenn alles nach Plan läuft. »Und was haben sie erfahren?«, fragte Clarisse.

»Nichts, von dem ich glaube, dass Sie es nicht schon längst wissen. Aber ich bin zu Trasks Haus gefahren. Das Ding ist eine Festung. Ich bin nicht sicher, ob ich da etwas tun kann.«

»Ich habe auch nicht von einem Frontalangriff gesprochen, wenn es das ist, was Sie damit meinen. Sie arbeiten doch verdeckt. Schon vergessen?«, fügte Clarisse hinzu.

»Ich war online. Es gibt Tonnen zu dem Kerl, aber was heißt das schon?«

»Haben Sie seine Vermögenswerte überprüft?«

»Warum? Ist er irgend so ein Schmarotzer, und ich muss seine Kohle finden, bevor er sie verstecken kann?«

»Sein Vermögen hat ihn auf Platz neunundachtzig der Forbes-Liste gebracht.«

»Er steht nicht auf der Forbes-Liste. Das habe ich überprüft«, sagte Gibson.

»Aber nur, weil Forbes keine mutmaßlichen Verbrecher aufnimmt, denn deren Vermögen kann nicht mit den üblichen Mitteln verifiziert werden. Deshalb finden Sie dort auch Putin nicht, aber seltsamerweise eine ganze Reihe seiner Oligarchen. Ich habe sein Vermögen schlicht geschätzt und ihn auf der Liste eingeordnet.«

»Und wieder einmal: Na, und? Das hilft uns auch nicht dabei herauszufinden, ob er Pottinger nun ermordet hat oder nicht. Und Trask ist erst fünfzig. Er ist viel zu jung, um Langhorne aus seiner Mafiazeit zu kennen.«

»Was haben Sie über Trasks Vergangenheit herausgefunden?«, fragte Clarisse.

»Er ist in Chicago geboren, und er scheint eine ganz normale Kindheit und Jugend gehabt zu haben. Sein Vater, Sam Trask, war ein angesehener Special Agent beim FBI. Manch ein Apfel fällt wohl doch weit vom Stamm. Aber wie auch immer … Irgendwann ist er mit dem Gesetz in Konflikt geraten, aber es ist ihm gelungen, dem Knast zu entgehen. Danach ist er nach Südamerika gezogen, vermutlich zu irgendeinem Kartell. Als er schließlich wieder nach Hause kam, schwamm er nur so im Geld, und von da an hat er sich immer weiter hochgearbeitet, bis er da angekommen ist, wo er jetzt ist. Ihm gehören eine ganze Reihe von Unternehmen und Immobilien.«

»Geldwaschmaschinen?«, fragte Clarisse.

»Wahrscheinlich. Er twittert nicht und postet auch sonst nichts online. Er macht einfach nur Geld und lebt im Luxus. Doch in seiner Story gibt es eine Menge Lücken, und ich nehme an, diese Lücken stellen seine wahre Geschichte dar; aber alle haben Angst, etwas dazu zu posten, denn dann würden sie verklagt oder – was wahrscheinlicher ist – umgebracht.«

»Ich bin beeindruckt, Mickey. Sie haben viel herausgefunden, und Ihre Analyse ist durchaus akzeptabel.«

Clarisse schaute wieder auf ihren Bildschirm, und endlich spuckte das Programm einen Treffer aus. Die Analyse von Gibsons Sprachmuster zeigte Stress, Zweifel und einen inneren Konflikt.

Es ist wahrlich erstaunlich, was Worte so alles sagen können.

Sie schrieb in ihr Notizbuch: *Rede weniger.*

»Okay. Aber ich verstehe nicht, wie uns das weiterbringen soll«, sagte Gibson.

»Vergessen Sie nicht, dass dies eine Liste von *möglichen* Tätern ist … zumindest wenn der Mord etwas mit dem zu tun haben sollte, was Langhorne als Daniel Pottinger getan hat, nicht als Mafiabuchhalter. Vielleicht hat er Trask bei einem Deal ja abgezogen, und der Typ hat beschlossen, es ihm heimzuzahlen.«

Okay. Lass das erst mal sacken. Mal sehen, was das mit der klei-

nen, alten Mickey Gibson macht. »Und was hat das alles mit diesem Spruch zu tun? ›Tu, was ich sage, und nicht, was ich tue‹?«

Clarisse lauschte dem Atmen der Frau und wartete auf ihre Worte, um sie zu analysieren.

»Wenn Sie von dem Spruch gewusst haben, warum haben Sie mir das dann nicht gesagt?«

Clarisse schaute auf die Stressmessung. *Oh ja, die ist tierisch angepisst.* »Ich bin davon ausgegangen, dass Sie es schon längst wissen. Sie waren ja in dem Raum. Und offenbar stimmt das auch.«

»Ja, ich weiß davon, aber ich habe es erst vor Kurzem erfahren.«

»Sie *waren* in dem Raum mit der Leiche«, wiederholte Clarisse.

»Ich habe ihn aber nicht durchsucht! Ich habe die Leiche gefunden, zugesehen, dass ich da wegkam, und dann die Cops gerufen. Anschließend wollten sie mich nicht mehr hineinlassen. Es war ja ein Tatort.«

Sie ist noch immer sauer, beruhigt sich aber langsam wieder. »Aber jetzt wissen Sie davon. Also hat Ihnen entweder jemand davon erzählt oder es Ihnen gezeigt.«

»Ist das wichtig?«

»Ich nehme an, nur für Sie.«

»Was soll das heißen?«, wollte Gibson wissen.

»Ich weiß nicht. Was heißt das für *Sie*?«

»Ich werde jetzt nicht die Patientin geben, während Sie Sigmund Freud spielen, okay?«

»Ich nehme an«, sagte Clarisse, »dass Trask es entweder selbst getan oder jemanden beauftragt hat, weil Pottinger ihn vor Kurzem über den Tisch gezogen hat … genau wie Sie schon angedeutet haben. Der Spruch an der Wand könnte einfach nur Gelaber sein, oder aber er hat eine Bedeutung, was das Verhältnis von Trask und Pottinger betrifft. Oder vielleicht hat Trask auch rein gar nichts damit zu tun, und jemand anderes hat Pottinger wegen eines Geschäfts in letzter Zeit um die Ecke gebracht.«

»*Oder*«, erwiderte Gibson, »es hat doch etwas damit zu tun, dass Langhorne einst die Mafia verpfiffen hat.«

Oh, Mickey, du hast das Offensichtliche übersehen, Baby. Aber das muss nur ich wissen. Hoffentlich findest du das nie raus.

Gibson fuhr fort: »Sollte Letzteres der Fall sein, dann sollte ich mir den Mob von damals mal anschauen.« Sie hielt kurz inne. »Langhorne könnte mit einem Berg von Mafiageld geflohen sein. Das könnte der Mob herausgefunden haben – also die Nachfolgeorganisation von damals –, und dann haben sie beschlossen, es sich zurückzuholen.«

Wie recht du doch hast, zumindest teilweise. »Dann lautet die Frage: Haben sie es gefunden?«

»Ist das auch, was Sie wollen? Den Schatz der Mafia?«

Clarisse analysierte den Bildschirm und sah, dass Gibson bemerkenswert ruhig gewesen war, als sie diese Frage gestellt hatte. Instinktiv schrieb Clarisse einen Gedanken in ihr Notizbuch: *Ihre Nervosität sinkt, wenn sie glaubt, recht zu haben.*

»Ich könnte lügen und behaupten, der Gedanke sei mir nie gekommen, aber wozu? Außerdem, Frauen sind doch multitaskingfähig.«

»Ich bin froh, dass Sie das so sehen«, murmelte Gibson.

»Wirklich? Das bereitet mir aber keine große Freude.«

Clarisses anderes Handy vibrierte. Sie schaute aufs Display. Das war Greenville. *Was denn jetzt?*

Sie runzelte die Stirn und sagte: »Ich melde mich wieder.«

Doch vor lauter Eile traf ihr Finger nicht die richtige Taste.

Sie nahm den Anruf an. »Ja? Ich habe Ihnen doch schon gesagt, dass ich so schnell wie möglich kommen werde.«

Die Stimme der Frau, die aus dem Lautsprecher hallte, zitterte. »Miss Frazier, ich fürchte …«

»Sie *fürchten*? Sagen Sie mir jetzt nicht, sie ist schon tot.«

»Nein, Ma'am. Aber es sieht so aus, als ob … als ob …«
»Um Himmels willen. Was ist denn los?«
»Es sieht so aus, als würde sie vermisst«, sagte die Frau.
Erst da endete auch das andere Gespräch.

KAPITEL 25

Das harte Bett, der harte Stuhl, eine leere Flasche Ensure auf dem Nachttisch … Der freudlose Raum war völlig zugestellt, doch die Bewohnerin war nicht mehr da. Ihre Mutter war mit so gut wie nichts hierhergekommen, und jetzt war sie mit genauso viel wieder gegangen.

Clarisse saß auf dem Stuhl und schaute sich um.

Die Heimleitung war eine Stunde lang vor ihr zu Kreuze gekrochen und hatte um Gnade gebettelt, damit Clarisse sie nicht verklagte. Auch die Polizei war gerufen worden. Sie hatten sich umgeschaut und Fragen gestellt. Als Clarisse eintraf, kamen sie wieder zurück, um auch mit ihr zu sprechen. Die Beamten sagten ihr, ihre Mutter sei schlicht weggegangen. Sie hatten sofort die Suche eingeleitet. Allerdings gingen sie nicht von einem Verbrechen aus. Für sie war Clarisses Mutter einfach nur eine alte Frau, die sich vermutlich verirrt hatte. Sicher würde sie schon bald wieder auftauchen. Zum Glück sei das Wetter gut, weder zu heiß noch zu kalt. Und weit könne sie ja nicht gekommen sein. Sie würden sie schon finden. Dann gingen die Beamten wieder, und ihre Langeweile war ihnen deutlich anzusehen.

Clarisse zog die Handschuhe aus. Sie war piekfein gekleidet aus dem Jet gestiegen. Sie wollte, dass die Leute hier wussten, mit wem sie es zu tun hatten. Sie wollte, dass sie vor Angst zitterten.

Dabei bin ich eigentlich ein Niemand. Aber ich kann den JEMAND spielen und das besser als jeder andere auf diesem Planeten.

Die Heimleiterin steckte den Kopf zur Tür herein. »Brauchen Sie vielleicht etwas, Miss Frazier?«

»Meine *Mutter* wäre nett. Schauen Sie doch noch mal, ob das möglich wäre, ja?«

Der Kopf verschwand, und die Tür schloss sich wieder.

Clarisses Mutter war nicht einfach aufgestanden und losmarschiert, auch wenn das an diesem Ort ein Leichtes gewesen wäre. Nur in der Abteilung für Demenzkranke gab es Sicherheitsvorkehrungen, um zu verhindern, dass die alten Leutchen einfach wegliefen. Offenbar war den Deppen hier nie auch nur der Gedanke gekommen, dass ihre Schützlinge auch bei Verstand die Flucht wagen könnten.

Doch Clarisses Mutter bekam noch nicht einmal genügend Luft, um den Flur hinunterzugehen, geschweige denn, das Haus zu verlassen. Das hatte Clarisse auch der Polizei gesagt, aber die glaubte ihr nicht. Clarisse hatte allerdings auch nicht weiter nachgehakt, denn das Letzte, was sie wollte, war, dass die Beamten ihr Fragen zu ihr und der Vergangenheit ihrer Mutter stellten.

Ein Cop hatte sie gefragt: »Hatte Ihre Mutter irgendwelche Feinde, Ma'am?« Clarisse hatte sofort erkannt, dass das ein Scherz sein sollte.

Oh, du hast keine Ahnung, Arschloch. Sie hasste Männer in Uniform wahrlich von ganzem Herzen.

Tatsächlich war klar, dass irgendjemand ihre Mutter entführt hatte. Die Frage war nur, wie der oder die Entführer sie gefunden hatten.

Clarisse ging zum Büro der Heimleitung, öffnete die Tür und fragte: »Gibt es hier Überwachungskameras? Ich habe zumindest etwas gesehen, was so aussah.«

Ein paar Minuten später sah sie auf einer Aufnahme, wie ihre Mutter um die Ecke des Gebäudes kam, und die Frau war nicht allein. Tatsächlich saß sie in einem Rollstuhl, der von jemandem in Jeans und einem weiten Hoodie geschoben wurde.

Clarisses Mutter wurde einfach aus dem Heim gefahren,

während der Empfang offensichtlich unbesetzt gewesen war. Als Nächstes hatten die Außenkameras aufgenommen, wie ihre Mutter in einen Van geladen wurde. Dann fuhr die Gestalt im Hoodie mit ihr davon. Nur die ersten drei Buchstaben des Kennzeichens waren zu erkennen.

Clarisse sah sich zu der Heimleiterin um, die hinter sie getreten war und nun wie versteinert auf den Bildschirm starrte.

»Und das hat niemand gesehen?«, herrschte Clarisse sie an. »Haben Sie überhaupt jemanden, der sich das anschaut? Und es hat auch niemand daran gedacht, das der Polizei zu zeigen, als sie hier gewesen ist? Und die haben nicht nach Aufnahmen gefragt? Soll das ein Scherz sein oder was?«

»Ich … Ich weiß nicht, was ich sagen soll. Wir haben nicht genügend Personal, und wir haben solche Sicherheitsmaßnahmen eigentlich nie für notwendig gehalten. Wer sollte unseren Patienten auch so etwas antun?«

»Ihnen ist doch klar, dass ich den Laden hier ohne Weiteres übernehmen kann, oder? Und wenn ich das tue, dann brauche ich *Ihre* Dienste definitiv nicht mehr.«

Die Frau wankte hin und her. »Wir können die Polizei zurückholen und Ihnen die Aufnahmen zeigen.«

Clarisse war bereits einen Schritt weiter und durchdachte die Angelegenheit. Keine Polizei. Sie würde das selbst regeln. »Ich werde einen Deal mit Ihnen machen. Sagen Sie nichts den Cops, und ich werde Sie nicht verklagen.«

»Aber …«

»Das war nicht wirklich eine Frage.«

»Vielen Dank.«

»Jetzt muss ich die Videodateien auf meinen Computer übertragen, und dann will ich Sie nicht mehr sehen. Nie mehr!«

Nachdem die Datei übertragen war, kehrte Clarisse noch einmal in das Zimmer ihrer Mutter zurück, rieb sich die Schläfen und schloss die Augen.

Der Hoodie und ein weißer Van hatten ihre Mutter gestohlen. Das war in vielerlei Hinsicht schlecht.

Meine Verteidigung ist durchbrochen worden.

Clarisse war sicher, dass der Van schon irgendwo abgestellt worden war und der vermummte Entführer mit seiner Geisel schon lange auf und davon. Und genau das war Clarisses Mutter jetzt: eine Geisel. Die Pfleger hatten das Verschwinden ihrer Mutter erst bemerkt, als sie ihre Medikamente bekommen sollte. Das war fünf Stunden, nachdem sie aus dem Heim entführt worden war. Wenn man sie in einen Privatjet verfrachtet hatte, dann könnte sie jetzt schon in einem anderen Land sein. Selbst wenn man sie nur in einem Auto weggebracht hatte, könnte sie bereits mehrere Staaten durchquert haben.

Und was soll ich jetzt tun? Ich habe zwar einen starken Verdacht, wer das war, sicher bin ich aber nicht. Doch das Schlimmste ist, dass ich offenbar nicht länger anonym bin. Dabei ist das alles, was ich je sein wollte.

Das war ein Wettrennen. Deshalb hatte sie ja auch Gibson da mit reingezogen. Und nun dachte Clarisse zum ersten Mal, dass sie das Rennen auch verlieren könnte.

Aber jetzt muss ich erst mal woanders hin.

Der Termin hatte allerdings nichts mit der Entführung ihrer Mutter zu tun, sondern mit etwas anderem, mit dem Wichtigsten von allem.

Jetzt geht's um mein Überleben. Denn das habe ich mir verdammt noch mal verdient.

KAPITEL 26

»Danke, dass Sie einem Treffen zugestimmt haben, Philip, und das an einem Sonntag«, sagte Clarisse. Heute benutzte sie wieder einen anderen Namen. Sie und Philip Crandall gingen durch die Lobby eines Gebäudes in North Carolina. Clarisse hatte ihn gerade hereingelassen und führte ihn nun zu den Aufzügen. Mit ihrer Codekarte stiegen sie ein.

Crandall sah reich aus, und das war er auch; aber er war auch viel arroganter, als gut für ihn war. Er hatte schon immer ein großer Fisch sein wollen, ein Großinvestor. Dabei hatte er weder den Verstand noch die Disziplin dafür, doch das machte ihn für Clarisse geradezu perfekt.

Für dieses Treffen war sie nicht blond. Stattdessen trug sie ein sittsames, professionelles Braun. Dazu kamen eine leicht getönte Brille und blaue Kontaktlinsen. Auch ihr Kleid war rein geschäftsmäßig, das Dekolleté dezent mithilfe eines Bügel-BHs akzentuiert. Es hatte Clarisse schon immer erstaunt, wie wenig es brauchte, um sich die Dominanz über einen Mann zu sichern. Ihre Schwänze waren ihre Achillesferse, und Crandall war nicht nur arrogant; er war auch ein Schwein.

Und Clarisse mochte Schweine. Schweine wollten nur fressen, sich im Schlamm suhlen und tun, was auch immer ihnen gefiel. Sie bildeten sich ein, der Boss der Bosse zu sein.

Und dann wurden sie geschlachtet und selbst gefressen.

»Ich wollte mir Ihre Operation einmal persönlich ansehen. Sie wissen schon … Nun, da wir Partner sind.«

»Ich denke, was Sie sehen werden, wird Sie beeindrucken.«

»Mich beeindruckt schon jetzt, was ich sehe«, erwiderte Crandall und musterte sie lüstern.

Sie lachten gemeinsam über seine Schlagfertigkeit.

Crandall trug einen dunkelblauen Blazer, eine weite Khakihose und das Hemd dazu über der Hose, um hipper und jünger auszusehen, als er mit seinen fünfzig Jahren tatsächlich war. Ein Einstecktuch vervollständigte das Bild. Er war ja sooo beeindruckt von sich selbst. Genauso hatte er auch dreingeschaut, als er aus dem Aston-Martin-Zweisitzer gestiegen war, den er vor dem Gebäude geparkt hatte.

»Übrigens … Wow! Man sieht nicht viele Aston Martins hier«, bemerkte Clarisse und lächelte Crandall im Aufzug bewundernd an.

Er erwiderte ihr Lächeln. »Eines werden Sie sehr schnell über mich herausfinden: Ich mag es nicht, die gleichen Spielzeuge zu haben wie alle anderen auch.«

»Ihr Stil gefällt mir«, bemerkte Clarisse.

Crandall musterte sie erneut von Kopf bis Fuß. Seine Absichten waren ihm deutlich anzusehen. »Und ich mag *Ihren.*«

Crandall war verheiratet, aber unglücklich. Das hatte er Clarisse gesagt. Das hieß natürlich, dass er sie ficken wollte. Und Clarisse ließ ihn glauben, dass das durchaus im Bereich des Möglichen lag. So machte man das mit einem Typen, den man selbst »ficken« wollte, wenn auch auf völlig andere Art.

Crandall hatte ihr bei ein paar Drinks gesagt, dass er eine gute Menschenkenntnis habe und seinen Instinkten vertraue. »So habe ich mein Vermögen gemacht.«

»Brillant«, hatte Clarisse erwidert. Allerdings meinte sie damit Crandalls Vater Richard, der tatsächlich ein Vermögen gemacht hatte, und zwar im Immobiliengeschäft.

Dieser Crandall hier hatte lediglich 250 Millionen Dollar *geerbt*, und im Laufe von zwanzig Jahren war es ihm gelungen, 50 Millionen davon mit dämlichen Deals zu verlieren.

Hätte er sein Erbe einfach am Aktienmarkt angelegt, dann wäre er vermutlich Milliardär.

Sie erreichten den fünften Stock, und Clarisse führte Crandall einen Flur zu einer Bürotür hinunter, wo ein Schild verkündete, dass sich dahinter das Heim von LASER FOCUS Inc. verbarg.

Sie öffnete die Tür mit ihrer Schlüsselkarte und bat ihn herein. Die Lobby war groß, und hinter dem Empfang prangte der Firmenname.

»Es ist nicht sonderlich raffiniert, aber das gefällt uns so. All unser Geld fließt in unser Produkt und die Menschen. Als Nächstes kommt das Branding. Natürlich ist heute niemand hier.«

»Ich war auf Ihrer Webseite. Sehr beeindruckend.«

»Danke. Das ist eine vollkommen andere Welt als die, in der ich bei IBM gearbeitet habe.«

»Ja, IBM. Eine großartige Firma, aber inzwischen wohl ein Dinosaurier«, sagte Crandall.

»Wow! Sie sind wirklich up to date«, erwiderte Clarisse. »Wir können uns wahrlich glücklich schätzen, Sie als einen unserer ersten Investoren zu haben.«

»Ich bin in der Tat stets auf dem Laufenden.« Sein Blick wanderte über ihre Beine. »Wie wäre es, wenn wir mal zusammen essen gehen und dann noch was trinken?«

»Mittwoch könnte ich das einrichten, wenn das für Sie funktioniert. Morgen muss ich schon in aller Früh nach Montreal. Wir wollen auch nach Kanada expandieren.«

»Das würde mir gefallen. Ich kenne da einen Laden.«

»Das habe ich mir gedacht. Da können wir dann ja Ihre Investition feiern. Aber ich muss Sie warnen. Ich vertrage nicht viel.«

»Dann werde ich eine Kiste Rotwein an unseren Tisch bestellen.«

Sie lachten.

»Und jetzt zum Geschäft.« Clarisse führte Crandall in einen

Konferenzraum, wo ein Laptop mit einer Präsentation auf sie wartete. »Wir sind so ziemlich alles ja schon durchgegangen, aber ich wollte es noch mal zusammenfassen.«

Sie setzten sich nur wenige Zentimeter voneinander entfernt.

Crandall berührte Clarisses Arm. »Ich weiß diese *Privat*vorführung sehr zu schätzen.«

Gefahr! Gefahr!

»Lassen Sie uns das strikt geschäftlich halten, denn ich habe meinen Partnern gegenüber die Treuhänderpflicht.« Sie berührte seine Hand. »Aber da gibt es ja noch den Mittwoch.«

»Ein Hoch auf den Mittwoch.«

»Und dann werden wir Sie zu einem Meet and Greet einladen. Der Rest des Teams brennt darauf, Sie kennenzulernen.«

»Ich habe es schon sehr genossen, Ihre Partner kennenzulernen, Joe und Bill. Grundsolide, alle beide.«

»Ja, das sind sie.«

Clarisse ging die Pläne für Laser Focus durch, die sie sich Stück für Stück von ähnlichen Projekten zusammengesucht und auf ihrem Laptop aufbereitet hatte. Alles wirkte äußerst professionell, denn Clarisse war richtig gut mit Excel und Photoshop, und was sie nicht wusste, das lernte sie schlicht. Tatsächlich glaubte sie, dass das gar kein schlechtes Geschäftskonzept war. Nur würde sie nie herausfinden, ob es auch funktionierte oder nicht. Sie interessierten nur die zwei Millionen Dollar morgen.

»Nebenbei ... Ich liebe den Namen: Laser Focus«, bemerkte Crandall.

»Ich wünschte, ich könnte sagen, der sei mir eingefallen, aber den gab es schon, als ich hier angefangen habe. Allerdings hätte ich meinen Posten bei IBM auch nicht für nichts aufgegeben. Sie wissen natürlich, was Pop-ups sind, aber wir setzen sie völlig anders ein. Wir bezeichnen das als eine auf Breitenwirkung ausgerichtete Marktversorgung – natürlich instant –, um einen möglichst hohen Durchsatz auf der Entscheidungsebene zu gewährleisten.« Sie schaute ihn an. »Das basiert natürlich alles auf Algorithmen. Kein Mensch kann so schnell rechnen, wie wir Angebot und Nachfrage in Einklang bringen müssen. Pop-ups müssen wortwörtlich ›aufpoppen‹, und zwar genau wann und wo der Kunde sie braucht.«

Crandall schaute vollkommen verwirrt drein, sagte aber im Brustton der Überzeugung: »Pop-ups. Natürlich. Großartige Idee. Das Konzept hat mir schon immer gefallen.«

»Schön, wie wir ja bereits besprochen haben, werden nach der Pandemie viele Leute ihr eigenes Geschäft gründen oder haben es schon getan, und viele arbeiten auch weiterhin im Home Office. Die Dynamik der Arbeit hat sich grundlegend verändert, und diese Menschen wollen keinen Büroraum mehr oder die Kopfschmerzen, die damit einhergehen. Viele Unternehmen haben ihre Bürofläche reduziert. Allerdings ist ihnen damit auch ein großes Stück Flexibilität abhandengekommen. Ihre Angestellten wollen nicht ständig am Küchentisch sitzen und Zoom-Meetings ertragen müssen, während im Hintergrund ihre Kinder schreien. Genau da kommen wir ins Spiel. Zwar gibt es viele Firmen, die provisorischen Büroraum anbieten, wie WeWork, Impact Hub und Regus; aber wir haben uns gedacht, warum den provisorischen Büroraum nicht auch von *unserer* Seite befristet machen? Auf die Art müssen wir als Vermieter die Beschaffungskosten nicht tragen, und was wir sparen, legen wir auf unsere Kunden um, allerdings nur teilweise. Außerdem ermöglicht uns dieses Konzept, auf unsere Kunden zuzugehen, anstatt darauf zu warten, dass sie zu uns kommen.«

»Ich liebe das!«

Clarisse lächelte und berührte Crandall am Arm. »Das ist ein Hybridsystem, von dem ich glaube, dass es dieses Geschäftsfeld in absehbarer Zeit dominieren wird. Unsere Infrastruktur ist so aufgebaut, dass man sie in weniger als einer Stunde auf- und wieder abbauen kann. Das schließt sämtliches Equipment ein, das wir dem Kunden angepasst auf seine Bedürfnisse zur Verfügung stellen. All das wird entweder an einen neuen Ort verfrachtet, wo der Algorithmus einen Bedarf erkennt, oder aber es wird eingelagert, bis es wieder gebraucht wird. Aber unser Ziel ist eine Einsatzquote von 85 Prozent. Alles, was wir einlagern, erwirtschaftet schließlich keinen Profit.«

Clarisse drückte ein paar Tasten, und ein neues Bild erschien. »Wie Sie sehen, sind unsere Prognosen eher konservativ, aber dennoch beeindruckend. Nach nur elf Monaten sollten wir schwarze Zahlen schreiben, und in zwei Jahren werden wir unsere Kosten im Griff und eine solide Bilanz haben. Wir gehen von einem Gewinn von 28 Prozent aus. Wir haben bereits mit allen notwendigen Maklern und Immobilienbesitzern gesprochen und alles in die Wege geleitet. Ich habe diesen Geschäftsplan von einem Dutzend erfahrener Leute prüfen lassen, deren Meinung ich sehr schätze, und sie alle halten das für einen Home Run.«

Clarisse sah Crandall an. Legte sich schon ein Schleier über seine Augen? Jep.

Bingo.

»Aber einem erfahrenen Investor wie Ihnen muss ich das ja nicht erklären. Sie erkennen einen guten Deal auf den ersten Blick.«

»Und das ist wahrlich ein *fantastischer* Deal.«

»Und Ihre Investition bringt Ihnen außerdem einen fünfzehnprozentigen Anteil an der Firma.«

»Eine unglaubliche Gelegenheit zu einem fairen Preis.«

»Wir planen, uns binnen zwei Jahren mit einem Akquisitionszweckunternehmen zusammenzutun und die Firma für *mindestens* 300 Millionen Dollar an die Börse zu bringen, was Ihren Anteil …« Clarisse tat so, als würde sie nachrechnen.

»45 Millionen«, sagte Crandall. »Das nenne ich mal Gewinn.«

Clarisse lächelte. »Das ist nicht fair. Sie können ja schneller rechnen als ich.«

»Hey! Ich bin nicht nur ein attraktives Gesicht.«

Clarisse führte Crandall hinaus und ließ sich von ihm auf die Wange küssen.

Mittwoch. Da werde ich schon längst tausend Meilen von hier entfernt sein. Genieß dein Dinner, die Drinks und die Tränen allein. Oder wie wäre es, wenn du zur Abwechslung mal deine Frau ausführst, du Schwein.

KAPITEL 27

Clarisse warf einen raschen Blick auf die elektronische Laufschrift in der Lobby, wo der Name Laser Focus nicht zu sehen war; doch Crandall blickte noch nicht einmal kurz in diese Richtung. Damit hatte Clarisse auch nicht gerechnet, vor allem nicht, solange sie um ihn herumscharwenzelte, um ihn abzulenken.

Das Leben war ein Hütchenspiel. Die Gewinner konnten die Wahrheit nur besser verbergen als die Verlierer.

Clarisse ging wieder nach oben und nutzte erneut die Kopie der Schlüsselkarte, die sie angefertigt hatte. Den Code hatte sie aus dem Sicherheitssystem der Firma gestohlen, als sie hier eine Woche lang als Putzfrau gearbeitet hatte. Und die Karte, die sie als Putzkraft bekommen hatte, gewährte ihr zu jeder Zeit Zugang zum Gebäude.

Clarisse trat hinter den Empfangstisch, packte das Firmenlogo und zog es ab. Die Magneten an dem Styroporschild lösten sich sofort von den Metallbuchstaben dahinter.

Nun kam auch der Name der Firma zum Vorschein, die hier wirklich residierte.

CREATIVE ENGINEERING, ein angesehenes Unternehmen mit Projekten weltweit.

Clarisse war früher am Tag hierhergekommen und hatte sichergestellt, dass nirgends der Name »Creative Engineering« zu sehen war. Auch hatte sie Crandall auf direktem Weg in den Konferenzraum und wieder hinausgeführt. Sie fühlte sich wie ein Theaterregisseur.

Rein und raus, und zwar genau wann und wo ich will.

Das war eine Rolle, die sie liebte.

Clarisse hatte herausgefunden, dass die Angestellten in diesem Büro für ein besonderes Projekt nach Austin, Texas, geschickt worden waren und das für vier Wochen. Deshalb hatte sie es sich auch als ihr »Büro« ausgesucht.

Clarisse zerbrach ihr Schaumstoffschild und stopfte die Bruchstücke in einen großen Müllsack. Dann steckte sie den Laptop in ihre Aktentasche, und anschließend wischte sie ihre Fingerabdrücke von allen Oberflächen, die sie berührt hatte. Schließlich schloss sie die Tür hinter sich und nahm auch dort das Schild ab. Darunter kam wieder der echte Name zum Vorschein.

Creative Engineering … Mag sein, aber sie sind nicht so kreativ wie ich.

Sie ließ auch das kleine Schild in dem Müllsack verschwinden und verließ das Gebäude. Nur kurz blieb sie stehen, um durch die Glastür zu schauen und sicherzugehen, dass Crandall nicht noch mal umgekehrt war.

Natürlich war er das nicht. Schon wieder diese Arroganz. Vermutlich kaufte er gerade schon eine Packung Kondome für ihr Dinner am Mittwoch, denn er rechnete fest damit, ihr seine Männlichkeit zu beweisen, wenn sie völlig betrunken und hilflos war.

Clarisse stieg in ihren Mietwagen und fuhr los. Den Müllsack warf sie gut zwei Meilen entfernt in einen Abfallcontainer.

Gegen ein Uhr am nächsten Tag waren zwei Millionen Dollar auf dem Konto von Laser Focus eingegangen, das erst vor zwei Monaten eröffnet worden war. Crandalls Banker hatten mit Sicherheit überprüft, dass er diese Überweisung auch wirklich autorisiert hatte, denn sie mussten ihre Ärsche schützen. Es war jedoch nicht ihre Aufgabe, dafür zu sorgen, dass Crandall nicht über den Tisch gezogen wurde. Das musste er auf seine Kappe nehmen.

Dreißig Minuten später war das Geld weitergeleitet und das Konto geschlossen.

In den nächsten fünf Stunden würde das Geld aufgeteilt und auf vier verschiedene Konten auf der ganzen Welt transferiert werden, bis es schließlich in einem Meer von Zahlen verschollen war, sodass sein ursprünglicher Besitzer es nie wiedersehen würde. Doch Clarisse konnte jederzeit darauf zugreifen.

Eine Stunde später war sie auf einem Linienflug. Sie mochte es nicht, immer im Privatjet zu fliegen, und manchmal entdeckte sie in der ersten Klasse auch ein lohnendes Ziel. Dort hatte sie auch Crandall kennengelernt, auf einem Flug nach London, wo sie ihn »unschuldig« ihr Bein hatte streicheln lassen. Auch hatte er ihr einen Kuss auf die Wange gegeben und sie ein wenig zu lange umarmt. Clarisse hatte das alles zugelassen, um ihm den Eindruck zu vermitteln, wenn es zum Geschäft kam, dann war da noch mehr drin.

Auf dem Flug habe sie gerade darüber nachgedacht, IBM zu verlassen, hatte sie ihm erzählt. Er hatte das natürlich nie überprüft. Das taten Männer wie er nie. Clarisse hatte ihn immer mehr geködert. An dem Betrug mit Laser Focus hatte sie zu diesem Zeitpunkt schon eine Weile gearbeitet. Sie hatte die Webseite eingerichtet, die Präsentation angelegt und dann ein wenig von ihrem eigenen Geld für ein Dinner für zwei ausgegeben.

Clarisse hatte ihm auch ihre beiden *Partner* vorgestellt, Bill und Joe. Die beiden hatte sie schon in der Vergangenheit für ähnliche Betrugsmaschen benutzt. Sie waren zwar nicht billig, aber als Profis hielten sie sich wortgetreu ans Skript und waren ihr Geld damit mehr als wert. Bei mehreren Meetings hatten sie mit Flowcharts bis zum Erbrechen über Prognosen, Marketingpläne und Firmenorganisation referiert. All das hatte Crandall vollkommen überwältigt, und irgendwann hatte er keine Fragen mehr gestellt, sondern einfach nur genickt. Schließlich hatte alles sich auch wirklich professionell angehört, und er hatte in gar keinem Fall zugeben wollen, dass er in Wahrheit nicht die geringste Ahnung vom Geschäft hatte.

Das war alles Psychologie. Wenn man wusste, wie ein Ziel tickte, dann wusste man alles, was man wissen musste. Und mit dem Ego des Ziels zu spielen, war immer gut.

Als Clarisse während jenes Flugs erfahren hatte, dass Crandall sein Vermögen geerbt hatte, da hatte das sofort ihr Interesse geweckt. Reiche Erben überließen die Verwaltung ihres Vermögens entweder Profis, während sie die Sonnenseiten des Lebens genossen, in das sie geboren worden waren, oder aber sie gingen den Weg, den auch Crandall genommen hatte. Das hieß, sie redeten sich irgendwie ein, Ahnung vom Geschäft und jeden Dollar selbst verdient zu haben.

Na ja, jetzt würde Philip Crandall sich eben mit den Millionen zufriedengeben müssen, die ihm noch geblieben waren, und so, wie Clarisse sein Ego einschätzte, würde er den Betrug noch nicht einmal anzeigen, denn er wollte nicht als Idiot dastehen. Aber vielleicht würde das ja ein netter Weckruf für ihn sein. Hoffentlich würde er den Rest seines riesigen Vermögens in ordentliche Fonds investieren und alles Weitere Leuten überlassen, die wussten, was sie taten. Auf die Art konnte er den Rest seines Lebens mit seiner Macho-Karre herumgondeln und jungen Frauen hinterherjagen, bis sein bestes Stück den Geist aufgab.

Clarisse wiederum war heute schon viel reicher als gestern, aber sie war nur auf eines fokussiert:

Wo zum Teufel steckt Mommy? Wer hat sie entführt? Und was soll ich jetzt unternehmen?

KAPITEL 28

Und Eltern.

Der Hinweis war Gibson endlich wieder eingefallen, als sie gerade Pfannkuchen für ihre Kinder machte, die sie ungeduldig beobachteten.

Clarisse hatte gesagt: *Mit genügend Geld kann man hervorragende Tagesbetreuung kaufen, für Kinder* und *Eltern.*

Und ein paar Tage später hatte sie einen Anruf angenommen, vermutlich ohne sich bewusst zu sein, dass Gibson noch hatte mithören können. Offenbar war eine Frau verschwunden.

Zumindest hatte das die Person am anderen Ende der Leitung gesagt.

Und die Frau hatte Clarisse »Miss Frazier« genannt. Noch ein Pseudonym. Gibson fragte sich, wie viele davon Clarisse wohl hatte.

Vermutlich mehr als ich Schuhe besitze. Sie betrachtete ihr verschlissenes Paar Adidas Sneaker. *Ja, definitiv mehr.*

Niemand würde so über seine Eltern sprechen, wenn es nur um Tagesbetreuung ginge. Vielleicht aber jemand, dessen Eltern in einem Alters- oder Pflegeheim lebten. War das bei Clarisse so? Bis *ihre* Mutter verschwunden war?

Gibson kam ein faszinierender Gedanke. Könnte Clarisse Francine Langhorne sein? Sie klang, als wäre sie ungefähr genauso alt wie Gibson, was auch auf Francine zutreffen würde.

Gibson butterte die Pfannkuchen, bestrich sie mit Sirup und legte sie auf Teller mit Rührei. Den Putenbacon hatte sie bereits in kleine, leicht zu kauende Stückchen geschnitten. Dann goss sie Milch in zwei Plastikbecher mit einem aufsetzbaren Trinkhalmdeckel, der sie gegen Verschütten immun machte.

Wer auch immer die Dinger erfunden hat, hat mit Sicherheit selbst Kinder.

Tommy fragte nach mehr Sirup und sagte: »Mach ich selbst«, als Gibson ihn brachte. Natürlich richtete er eine Riesensauerei an, doch Gibson schwieg. Sie hatte schon vor langer Zeit gelernt, sich ihre Schlachten auszusuchen, und das Entstehen eines Sirupsees auf einem Teller war den Kampf einfach nicht wert.

Während Tommy und Darby aßen, kaute Gibson auf einem Stück Bacon. Sie holte ihren Laptop heraus und schaute sich noch einmal das Material an, das sie über die Familie Langhorne heruntergeladen hatte. Besonders genau studierte sie das Bild der Tochter Francine. Auf dem Foto sah es so aus, als würde Geraldine, ihre Mutter, die Kinder in ein Auto scheuchen. Der stämmige Doug Langhorne hatte das Gesicht verkniffen und starrte in die Kamera. Sein Blick gefiel Gibson ganz und gar nicht.

Als Nächstes wandte Gibson sich Francine zu. Ihr Blick war wesentlich nuancierter als der ihres Bruders. Die großen Augen des Mädchens waren traurig, doch darunter verbarg sich eine Entschlossenheit, die von Stärke und Widerstandskraft kündete. So ein Mensch konnte viel überleben, schloss Gibson, auch einen kriminellen Dad, die mörderische Mafia und eine lange Zeit im Zeugenschutzprogramm … und zu guter Letzt auch, von den eigenen Eltern im Stich gelassen zu werden.

Earl Beckett hatte gesagt, Doug sei bei seiner Schwester geblieben, bis sie alt genug gewesen war, um das Zeugenschutzprogramm aus eigenem Willen zu verlassen. Unter diesen Umständen hatten sie vermutlich nur einander gehabt. Wenn sie dadurch eine Wagenburgmentalität entwickelt hatten, dann war das nur allzu verständlich.

Mein Problem ist nur, ich weiß nicht genug über die Langhornes, besonders nicht über die Kinder. Doch dann kam ihr ein Gedanke. *Du Idiot! Du hast doch eine Quelle, die dir dabei helfen kann.*

Als Silva kam und übernahm, lief Gibson in ihr Arbeitszimmer und rief an.

Earl Beckett war für ein Meeting in Williamsburg, doch er sagte, er könne sie in gut einer Stunde auf einen Kaffee treffen.

Gibson duschte, zog sich um und traf fünf Minuten zu früh an dem Coffee Shop im historischen Viertel von Williamsburg ein. Als Beckett schließlich kam, begrüßte sie ihn, und gemeinsam gingen sie hinein.

Am Tisch sagte Beckett: »Ich dachte mir schon, dass ich von Ihnen hören würde.«

»Warum?«

»Ich habe mich über Sie informiert, nachdem Sie mich mit Sullivan besucht haben. Ich habe sogar mit ein paar Leuten gesprochen, die Sie gekannt haben. ›Wie ein Bullterrier, der sich festbeißt.‹ So hat man Sie mir beschrieben.«

»Ich mag einfach keine unbeantworteten Fragen.«

»Und was für Fragen kann *ich* Ihnen beantworten?«

»Ich möchte, dass Sie mir mehr über die Langhornes erzählen. Über die Kinder. Die Familiendynamik. Die Beziehung zwischen den Eheleuten. Aber besonders interessieren mich die Kinder.«

»Glauben Sie, eines von Ihnen hat Daddy gesucht, gefunden und sich in Selbstjustiz geübt?«

»Das ist mit Sicherheit eine Möglichkeit.«

Beckett nickte und nippte an seinem Kaffee. »Familiendynamik ist schon seltsam. Bei manchen Familien erkennt man Ähnlichkeiten, und doch ist jede einmalig. Nun denn … Familien im Zeugenschutzprogramm entsprechen nicht der Norm. Tatsächlich sind sie so weit weg von der Norm, wie man nur sein kann, außer vielleicht eine Familie von Serienmördern.«

»Sie meinen wegen des Stresses und des Umbruchs?«

»Ja. Und sie müssen wieder bei null anfangen, und Sie dürfen nie … Wie soll ich sagen? … Sie dürfen nie etwas Besonderes machen. Ein Angehöriger so einer Familie kann nie Rockstar, CEO oder Profisportler werden. Zumindest habe ich so etwas noch nie gesehen. Im Zeugenschutzprogramm sind die Möglichkeiten begrenzt, und das ist eine Schande.«

Gibson spielte an ihrem Kaffeebecher herum und dachte an ihre eigenen Kinder. »Und soweit es die Kinder betrifft, hatte das nichts mit ihnen zu tun, sondern mit den Entscheidungen ihrer Eltern. Nun, in diesem Fall vor allem mit den Entscheidungen von Harry Langhorne.«

»Genau. Und lassen Sie mich Ihnen sagen, dass sich da verdammt viel Wut aufstauen kann. Das habe ich schon bei vielen Familien im Zeugenschutz beobachtet.«

»Ist das auch bei den Langhornes passiert?«

Beckett nickte. »Als ich den Fall bekommen habe, waren die Kinder gerade mal Teenager, und Harry war ein Arschloch erster Klasse, um es vorsichtig auszudrücken. Er hat die beiden hart rangenommen. Was auch immer sie getan haben, es war nie gut genug. Was auch immer Schlimmes passierte, es war stets ihre Schuld. Und es schien ihn immer wütend zu machen, wenn eines der Kinder Spaß hatte oder auch nur versuchte, normal zu sein.« Er schaute Gibson in die Augen. »Ich habe Ihnen doch von der psychologischen Untersuchung erzählt, die wir bei allen durchführen, die in den Zeugenschutz kommen.«

»Ja?«

»Nun ja, die Analyse der Langhornes liest sich wie eine Horrorgeschichte. Harry war ein Psychopath mit einigen wirklich gruseligen Neigungen. Geraldine wiederum war eine Trinkerin, die nie eine eigene Entscheidung in ihrem Leben getroffen hat. Sie hatten so viele Macken, dass die Psychologen aufgehört haben zu zählen. Und die Kinder …«

»Was ist mit ihnen?«

»Sagen wir einfach, sie waren nicht sonderlich gut angepasst. Vergessen Sie nicht, dass sie in einer Mafiaumgebung aufgewachsen sind, egal ob sie sich dessen bewusst waren oder nicht. Das ist für niemanden gesund. Und Harry? Wie soll ich sagen? Er war nicht gerade *hilfreich*.«

»Können Sie mir ein Beispiel dafür geben?«

»Sicher. Ich erinnere mich noch gut. Francine war gerade in die Highschool gekommen und sollte die Hauptrolle in der Weihnachtsaufführung spielen. Sie war eine richtig gute Schauspielerin, und sie spielte im lokalen Theater und in allen Schulaufführungen. Himmel, wenn ich frei hatte, dann habe ich mir einige davon sogar angeschaut. Freiwillig. Sie war wirklich gut. Die geborene Schauspielerin könnte man sagen. Und auch wenn ich gerade gesagt habe, dass niemand im Zeugenschutz etwas Besonderes werden kann, sie hätte die Ausnahme der Regel sein können … wenn sie denn die Chance bekommen hätte.«

»Im College habe ich auch Theater gespielt. Das ist eine verdammt intensive Erfahrung, und es gibt nichts, was sich mit dem Gefühl vergleichen ließe, auf der Bühne zu stehen«, sagte Gibson.

»Da bin ich sicher.«

»Was für ein Stück war das denn?«

»Ich weiß nicht warum, aber ich erinnere mich jetzt noch daran. *Was ihr wollt*. Kennen Sie es?«, fragte Beckett.

»Ja, schon. Im College haben wir viel Shakespeare gespielt, das allerdings nicht. Und was ist dann passiert?«

»Am Tag der Aufführung war der Saal ausverkauft, aber bevor Francine zur Schule fahren konnte, wurde die Alarmanlage im Haus ausgelöst. Ich meine damit nicht eine übliche Alarmanlage gegen Einbrecher. Das war der Alarm, der direkt mit unserem Büro verbunden war. Das Protokoll war sehr streng. Als der Alarm losging, wurde die Familie in ein Safe House gebracht, keine Ausnahme. Dort musste sie dann bleiben, bis die Bedrohungslage geklärt war. Wir haben also das Protokoll befolgt, und Francine hat die Aufführung verpasst.«

»Ich bin sicher, sie war am Boden zerstört.«

»Sie war mehr als nur am Boden zerstört, als sie herausgefunden hat, dass ihr Vater den verdammten Alarm ausgelöst hat. Absichtlich! Und zwar nicht, weil es wirklich eine Bedrohung gab, sondern weil Francine eine streunende Katze mit nach Hause gebracht hatte, und das Tier hat auf den Boden gekackt. Er glaubte, es sei eine gute Lektion für sie, wenn sie dafür auf die Weihnachtsaufführung verzichten musste.«

»Wie haben Sie das herausgefunden?«

»Er hat es ihr gesagt, verdammt, uns auch. Er hat gelacht. Aber ich habe ihm die Leviten gelesen. Ich habe ihm gesagt, sollte er so etwas noch mal abziehen, dann würde ich ihm den Arsch aufreißen. Kurz danach ist er verschwunden.«

»Also hatte er da vermutlich schon beschlossen abzuhauen, ja?«

»Oh, ja. Ohne sorgfältige Planung hätte er das nicht gekonnt.«

»Und der Sohn?«

»Dougie war so stark wie ein Pferd. Er liebte es, Sport zu treiben, doch sein alter Herr ließ das nicht zu. Also ist er in der Garage geblieben und hat Gewichte gestemmt. Mit achtzehn Jahren war er eins neunzig groß und wog über zweihundert Pfund. Davon war aber kein Gramm Fett. Er hatte blondes Haar und sah ziemlich gut aus. Die Mädchen sind ihm hinterhergelaufen, doch das schien ihn nie zu interessieren. Er hat diesen Teil seines Lebens regelrecht verdrängt. Er war kein typischer Teenager, und das wusste er. Zumindest war das mein Eindruck. Er blieb in seiner Garage und stemmte weiter Gewichte.«

»Was ist mit Geraldine? Was war ihre Rolle?«

»Sie hat getan, was ihr Mann ihr gesagt hat.«

»Sie hat sich nicht vor ihre Kinder gestellt?«

»Zumindest habe ich das nie gesehen. Die Kids haben sich so ziemlich selbst erzogen. Ich will damit nicht sagen, dass Geraldine ein schlechter Mensch gewesen ist, aber ihr Leben ist im wahrsten Sinne des Wortes auseinandergebrochen, als sie ins Zeugenschutzprogramm gekommen ist. Sie kam nicht gut damit zurecht. Ihr gefiel offenbar, wie gut Harry vom Mob bezahlt worden war. In Jersey hatten sie einen gewissen Lebensstil. Harry war da allerdings kein Millionär – noch nicht. Sie waren einfach nur Obere Mittelklasse.«

»Hat sie außer Haus gearbeitet, als sie im Zeugenschutz gewesen ist?«

»Jep. Wie gesagt, das ist eine unserer Regeln. Jeder im Programm muss sich einen Job suchen. Dabei geht es nicht nur ums Geld. Wir wollen nicht, dass die Leute zu Hause hocken und vor sich hin brüten. Das ist nie gut. Eine Zeit lang hat sie als Zimmermädchen für eine Motelkette gearbeitet, und sie hat auch auf einer Bowlingbahn Schuhe vermietet. Dann bei Walmart. Tatsächlich hatte sie sogar noch mehr Jobs. Alles niedere Arbeit. Aber nach der Mafiasache sah es so aus, als hätte sie alle Kraft verlassen. Das alles weiß ich nicht nur aus eigener Erfahrung. Andere Marshals haben die Lücken für mich gefüllt.«

»Und haben die Kinder ihre Mutter dafür gehasst, dass sie nicht für sie da gewesen ist? Dass sie sich nicht vor sie gestellt hat?«

Wieder schaute Beckett ihr in die Augen. »Haben Sie Kinder?«

»Ja. Sehr kleine. Aber wir waren doch alle mal Kids.«

»Nun, dann kennen Sie ja die Antwort darauf.«

Gibson seufzte. *Ja, das tue ich wohl*, dachte sie. »Und wie sind die Kids miteinander ausgekommen?«

»Francine konnte Dougie immer dazu bringen zu tun, was sie wollte. Sie hatte einfach diese Art. Ich habe Ihnen vielleicht einen falschen Eindruck vermittelt, als ich Ihnen erzählt habe, dass Dougie immer in der Garage war und Gewichte gestemmt hat. Der Junge war nicht dumm. Er war ein Grübler, aber intelligent. Seine Noten waren zwar nicht die besten, aber nicht, weil es ihm an Können mangelte. Er wirkte einfach gelangweilt. Aber er hat seine Schwester geliebt. Er hätte alles für sie getan. Ich glaube, das war auch der Grund dafür, dass er bis zu ihrer Volljährigkeit gewartet hat.«

»Nun, eine gute Schauspielerin kann auch verdammt manipulativ sein«, sagte Gibson. Ein imaginäres Bild von Clarisse und das der jungen Francine Langhorne von dem Foto erschienen vor ihrem geistigen Auge. In Gedanken überlagerte sie beide, und herauskam reines Chaos.

»Ja, das stimmt wohl. Und Francine war *wirklich* eine gute Schauspielerin.«

»Aber war sie auch manipulativ genug, um ihn dazu zu bringen, ihre Mutter zu töten? Ich meine, Sie haben zwar gesagt, sie sei verschwunden, aber sind Sie sicher?«

»Wir haben nie eine Leiche gefunden, und die Kinder haben erklärt, sie hätten im Vorfeld nicht die geringste Ahnung gehabt.«

»Hätte denn irgendwer etwas gesehen, wenn sie ihr etwas angetan hätten?«

»In der Nähe hat eine andere Familie im Zeugenschutz gelebt. Die Langhornes hatten Kontakt zu ihnen. Die Väter kamen gut miteinander aus, *richtig* gut. Es war, als hätte Harry in dem Mann seinen Seelenverwandten gefunden. Wir haben mit ihnen gesprochen, aber sie waren in der Nacht von Geraldines Verschwinden nicht daheim. Am nächsten Morgen haben die Kinder ihre Mutter als vermisst gemeldet. Ein Teil von mir glaubt, dass sie zu ihrem Mann gelaufen ist. Wir haben nie eine Spur gefunden, aber genau wie ihr Mann hatte sie einen guten Vorsprung.«

»Eins noch.«

»Klar.«

»Können Sie mir Proben von Francines und Dougies Handschrift besorgen?«

»Von ihrer Handschrift?«

»Ja.«

»Haben Sie etwas, von dem Sie glauben, dass die beiden es geschrieben haben?«

Tu, was ich sage, und nicht, was ich tue, dachte Gibson. »Im Augenblick nicht, aber vielleicht stolpere ich ja mal über was.«

»Das alles ist lange her.«

»Ich will doch keine Wunder. Ich bitte Sie nur, ein paar Leute anzurufen. Vielleicht kommt da ja etwas rum.«

»Okay. Ich werde mal sehen, was ich tun kann«, erwiderte Beckett.

»Danke. Auch für die Infos.«

»Glauben Sie wirklich, dass seine Kinder Harry Langhorne gefunden und getötet haben?«

»Es ist zumindest eine Möglichkeit.« *Und ich könnte mit einem der Mörder zusammenarbeiten,* fügte Gibson in Gedanken hinzu.

KAPITEL 29

Auf der Heimfahrt ging Gibson alles noch einmal in Gedanken durch.

Sollte Clarisse wirklich Francine sein, dann könnte sie ihren Vater durchaus gefunden und in Stormfield getötet haben. Aber ob Doug dabei gewesen war, das wusste Gibson nicht.

Doch wenn das stimmt, warum hat sie dann mich mit reingezogen? Wenn sie ihn getötet hat, dann hätte sie mich de facto engagiert, um sie zu finden.

Da das keinen Sinn ergab, kam Gibson zu dem Schluss, dass ihr Gedankengang entweder vollkommen falsch war oder sie etwas Entscheidendes übersehen hatte, was ihre Vermutung doch noch bestätigen könnte.

Einige Zeit später bog sie in ihre Einfahrt ein und blieb noch eine Weile im Wagen sitzen.

Wenn dieser Und-für-die-Eltern-Kommentar, den Clarisse gemacht hatte, hieß, dass eines ihrer Elternteile in einem Pflegeheim lebte, dann könnte Geraldine Langhorne doch noch leben. Hatte Francine ihre Mutter gefunden und sie gezwungen, ihr zu verraten, wo ihr Vater war? Und war sie dann losgezogen und hatte ihn getötet? Doch das erklärte noch immer nicht, warum Clarisse sich an Gibson gewandt hatte. Und war Geraldine etwas passiert, und wenn ja was? Basierend auf den Gesprächsfetzen, die Gibson mitangehört hatte, war das durchaus möglich.

Und wenn Clarisse wirklich Francine ist, woher wusste sie dann überhaupt von mir?

Nach dem zu urteilen, was Beckett über die Schulaufführung gesagt hatte, war Francine auch eine Schauspielerin gewesen. Sie und Gibson waren fast gleich alt. War Francine vielleicht auf dasselbe College gegangen wie sie? Und hatte sie damals den Namen Francine Parker verwendet? Oder einen anderen? Und wo war Doug? War er seiner Schwester durchs Land gefolgt? Laut dem, was Beckett über Doug Langhorne berichtet hatte, schien er nicht gerade der Collegetyp gewesen zu sein, aber man wusste ja nie.

Doch das kann ich zumindest überprüfen.

Gibson ging in ihr Arbeitszimmer. Sie hörte Silva mit den Kids im Garten spielen. Gibson griff nach ihrem iPad, mit dem sie in Stormfield fotografiert hatte.

Sie setzte sich hin und scrollte durch die Bilder aus dem Inneren des Herrenhauses. Tatsache war, dass es dort nichts wirklich Wertvolles gab. Gibson hatte allerdings die Papiere eines Formula-Kabinenkreuzers gefunden. Brandneu kostete er mit Sicherheit weit über eine Million. Doch dieses Modell war vier Jahre alt und somit nicht mehr ganz so viel wert. Und sollte Langhorne seine Millionen für das Haus und das Boot ausgegeben haben, wie wollte Clarisse dann da rankommen? In jedem Fall würde sie beweisen müssen, dass sie Harry Langhornes Tochter war. Und selbst, wenn dann alles verkauft werden würde, könnte Vater Staat das Geld jederzeit beschlagnahmen, denn schließlich stammte es ja aus der Kasse einer kriminellen Organisation. In dem Fall bekäme Clarisse nicht einen Cent. Außerdem, auch wenn Harry Langhorne ein Arschloch erster Klasse gewesen war, wie Marshal Beckett es ausgedrückt hatte, gab das noch lange niemandem das Recht, ihn einfach umzubringen.

Andererseits … Wie oft hast du schon davon geträumt, deinem Ex den Hals umzudrehen?

Mitten im oberen Flur gab es eine Luke zu Gibsons kleinem Dachboden. Sie zog an der Kordel, und eine Bodentreppe sank von oben herab. Gibson stieg hinauf und schaltete das Licht ein. Hier war nicht genug Platz, um sich aufzurichten, also schlich

Gibson geduckt über die losen Planken auf den Deckenbalken bis zu einem Stapel Kartons.

Sie öffnete einen davon und holte ihre Jahrbücher vom College heraus. Sie ging alle vier durch. Da waren weder eine Francine noch ein Doug Parker. Allerdings hatte sie auch nicht damit gerechnet, diese Namen zu finden. Als Nächstes ging sie die Fotos der Studenten durch. Das Problem war nur, dass die einzigen Bilder von Francine und Doug Langhorne, die sie kannte, aus deren Kindheit stammten.

Als sie den Coffee Shop verlassen hatte, hatte Gibson Beckett gefragt, ob er noch Fotos der beiden als Teenager hatte, doch er hatte keine. Allerdings machten die Marshals grundsätzlich keine Fotos ihrer Schützlinge, damit sie nicht in die falschen Hände geraten konnten. Das hieß, dass Gibson nicht die geringste Ahnung hatte, wie Francine und Doug jetzt aussahen.

Dann erregte eine Seite aus dem ersten Jahr ihre Aufmerksamkeit. Sie zeigte Mickey Rogers auf der Bühne als Eliza Doolittle in *My Fair Lady*. Gibson lächelte und strich mit den Fingern über die Bilder. Der Cockney-Akzent war dem Jersey Girl richtig schwergefallen, aber sie hatte sich den Arsch aufgerissen und es schließlich geschafft. Die Perspektive zeigte auch das Publikum und einen Teil der Bühnentechniker in den Flügeln.

Gibson hörte die Kinder kreischend im Garten spielen. Sie nahm das Jahrbuch mit, verließ den Speicher und ging zu einem Fenster, von dem aus sie Tommy und Darby sehen konnte. Die Kinder liefen im Kreis und hatten die Arme ausgebreitet. Sie spielten Flugzeug, und Silva klatschte und tanzte um sie herum.

Gibson betrachtete ihr viel jüngeres Ich, das förmlich ins Publikum strahlte.

Ich dachte, ich würde am Broadway groß rauskommen, auch wenn meine Gesangsstimme nicht die beste und meine Schauspielkünste zwar ganz ordentlich waren, aber sicher nicht auf Tony-Award-Level. Und jetzt gehe ich auf die vierzig zu, bin geschieden, habe zwei kleine Kinder, und ich bin in etwas verstrickt, was ich noch nicht einmal ansatzweise verstehe.

Aber es hatte ja auch nie jemand behauptet, das Leben sei vorhersehbar.

Gibson legte das Jahrbuch beiseite und ging hinaus zu ihren Kindern.

KAPITEL 30

Clarisse war es gelungen, den Van aufzuspüren, mit dem ihre Mutter entführt worden war. Es war ein Mietwagen, und der Führerschein, mit dem er gemietet worden war, war gestohlen. Clarisse hatte all das selbst herausgefunden. Der Autovermieter hatte ihr nicht helfen können. Offenbar verbrannte die Firma all ihr Geld für Werbespots, die zeigen sollten, wie fantastisch ihr Kundenservice war, sodass für den echten Kundenservice nichts mehr übrig blieb. Clarisse war schlicht von einem Sprachcomputer zum nächsten durchgestellt worden, bis das System sie schließlich wieder ausgespuckt hatte.

Clarisse schaute auf ihren Computermonitor.

Das Fahrzeug war in Asheville, North Carolina, abgeholt worden. Dann war der Kunde damit nach Greenville, South Carolina gefahren, um dort eine Agnes Leland zu entführen, und schließlich war der Wagen irgendwo zwischen den beiden Bundesstaaten einfach abgestellt worden. Es gab nicht eine einzige Spur. Nichts. Interessant war jetzt die Frage: Würden der oder die Entführer nun Kontakt zu ihr aufnehmen und wenn ja, wie?

Ihrer Gewohnheit folgend legte Clarisse ein neues Notizbuch an. Auf das Cover schrieb sie: MOMMYS RÜCKHOLUNG.

Das war kurz und auf den Punkt. Sie hatte viel Arbeit vor sich und so gut wie keine Spur.

Clarisse hackte sich da ein, wo sie sich hineinhacken musste, und schaute sich an, wie der Vermummte den Van in Asheville gemietet hatte. Der Ort lag nur eine Stunde Fahrt von Greenville entfernt auf der anderen Seite der Staatsgrenze. Wie sagte man doch so schön? Heute war die ganze Welt verbunden. Das hörte sich zwar gut an, doch das hieß de facto, dass es so etwas wie Privatsphäre nicht mehr gab. Clarisse zoomte die Person näher heran, aber sie kehrte der Kamera nie das Gesicht zu.

Mithilfe einer App berechnete Clarisse die Größe der Person. Sie war über eins achtzig, allerdings mit Schuhen. Die Kleidung war weit. Deshalb konnte man ihre Statur nur schwer einschätzen, aber sie war vermutlich gut gebaut. Der Führerschein, den die Person vorlegte, war auf den Namen Daryl Oxblood aus The Plains, Virginia, ausgestellt. Und laut Straßenverkehrsamt gab es tatsächlich einen Daryl Oxblood in The Plains. Auch die Kreditkarte, mit der der Wagen bezahlt worden war, lief auf diesen Namen.

Clarisse lehnte sich zurück und dachte nach.

Soll ich jetzt nach The Plains fahren, oder soll ich lieber warten, bis der Entführer mich kontaktiert? Aber vielleicht hat er das ja sogar schon.

Falls ja, dann gab es nur eine Möglichkeit dafür.

Clarisse benutzte ein Prepaidhandy, um in dem Heim in Greenville anzurufen.

In eingeschüchtertem Tonfall fragte die Heimleiterin: »Sie wollen mich doch nicht feuern lassen, oder? Ich brauche diesen Job.«

»Wie gut sind die Firewalls in Ihrem Netzwerk?«

»Ich weiß nichts von irgendwelchen Firewalls. Aber wir haben dafür einen Mann. Er ist der Cousin von einem unserer Mitarbeiter, und er hat uns ein gutes Angebot gemacht, und …«

Clarisse legte einfach auf und überprüfte die Mailadresse, die sie dem Heim für den Notfall gegeben hatte. Sie hatte ihnen auch eine Telefonnummer hinterlassen. Da hatten sie nach dem Verschwinden ihrer Mutter auch angerufen. Aber Clarisse war sicher, dass der erste Kontakt nicht per Telefon erfolgen würde. Wenn überhaupt.

Und da war sie.

Die Mail war in den Spam-Ordner gewandert.

Hallo und Überraschung! Es hat eine Weile gedauert, aber genau wie du gebe ich nicht so schnell auf. Die alte Hexe ist putzmunter und voller Scheiße. Wie immer. Wir müssen reden. Ich werde dich wissen lassen, wann. Schnall dich an, und halt dich fest, denn jetzt geben wir richtig Gas. Das wird ein wilder Ritt, Honey.

Richtig Gas, ja? Nun, das funktioniert in beide Richtungen. Aber wie haben der oder die erst Mommy und dann mich gefunden?

Im Kopf ging Clarisse alle möglichen Szenarien durch.

Meine Hintergrundgeschichte war bombensicher, und Agnes ist gaga. Sie hat mit Sicherheit niemandem was gesagt. Und ausgerechnet Greenville … Also wie, verdammt?

Die Antwort gefiel ihr nicht, aber sie war unvermeidlich.

Sie haben nicht Mommy beobachtet und mich gefunden. Sie haben mich *beobachtet und Mommy gefunden.*

Clarisse ging ihre Aktivitäten der letzten sechs Monate durch und suchte nach einer Schwachstelle in ihrer Tarnung. Sie überprüfte ihre Notizbücher, ihre Computeraufzeichnungen und …

Frankfurt, Kentucky. Ein Betrug bei einem Pferdezüchter, der sich für eine Art Halbgott hielt. Es war nur um 250 000 Dollar gegangen und um ein Rennpferd, das Clarisse später für ein nettes Sümmchen wieder verkauft hatte. Alles war glattgelaufen.

Dann war da der schwanzlose Senator, den sie mit Angie abgezogen hatte. Wieder nichts. Da war sie erst zum Schluss überhaupt auf den Plan getreten.

Philip Crandall. Nun, in dem Fall hatte sie sich nicht nur digital, sondern auch persönlich engagiert. Clarisse ging ihre Notizbücher durch und dann ihre Dateien. Wo Kameras sie gefilmt haben könnten, hackte sie sich in die Aufzeichnungen, doch da war sie stets verkleidet gewesen. Und ihre Verkleidungen waren vollkommen undurchschaubar, besonders nach all der Zeit.

Das Gebäude, in dem ich Laser Focus inszeniert habe.

Nein, das hatte nichts mit Creative Engineering zu tun, deren Büro Clarisse missbraucht hatte, um Phillip Crandall über den Tisch zu ziehen.

Aber Creative Engineering war nicht die einzige Firma, die in dem Gebäude untergebracht war. Es gab dort noch einen Schmuckgroßhandel, Stewart and Sons. Clarisse hatte den Artikel gelesen, sich aber nichts dabei gedacht. Stewart and Sons war ausgeraubt worden. Die Täter hatten zwei Millionen in ungeschliffenen Edelsteinen aus einem Safe geklaut, der als unknackbar gegolten hatte. Dabei hatten sie keinerlei Gewalt angewendet, was die Polizei glauben ließ, dass es sich um einen Insider-Job gehandelt hatte. Die dafür infrage kommenden Angestellten waren verhört und verhaftet worden, doch dann hatte man sie aufgrund eines Mangels an Beweisen wieder entlassen müssen. Einige hatten auch Alibis. Zu guter Letzt hatte die Versicherung den Schaden bezahlt. Die Behörden waren verwirrt.

Clarisse aber nicht. Jetzt nicht mehr.

Die Putzkolonne, zu der auch ich kurz gehört habe. Da war noch eine andere Frau: meine Hautfarbe, mein Alter und die passende Größe.

Clarisse erinnerte sich. Sie hatte das Gesicht der Frau nie gesehen, denn sie hatte stets eine COVID-Maske getragen. Aber die Kolonne hatte auch bei dem Schmuckhändler geputzt. Clarisse hatte den beeindruckenden Safe mit seinem digitalen Zahlenschloss mit eigenen Augen gesehen, und überall hatte es Alarmanlagen gegeben. Sie hatten die strikte Anweisung gehabt, noch nicht einmal in die Nähe von dem Ding zu gehen.

Zwei Millionen in ungeschliffenen Edelsteinen. Nichts konnte man so leicht zu Geld machen wie das. Dabei war mindestens eine halbe Million rausgesprungen. Nicht schlecht für so einen schnellen Job.

Und wie sie den Safe samt Sicherheitsmaßnahmen ausgetrickst hatte, war gar nicht mal so kompliziert. Tatsächlich überraschte es Clarisse, dass die Polizei so verwirrt war. Vor ihrem geistigen Auge sah sie wieder den Safe. Die Lichtschranken waren das erste Hindernis.

Man nehme eine Reihe von spiegelnden Oberflächen, die auf einem zusammenklappbaren Rahmen montiert sind, um die Laser umzuleiten, sodass die Verbindung nicht unterbrochen wird, aber gleichzeitig eine Lücke in der Mitte entsteht, die man ausnutzen kann.

Als Nächstes folgte ein elektronisches Zahlenschloss mit zehn Zahlen und angeschlossener Alarmanlage. Das war dank seiner unzähligen Möglichkeiten nahezu unmöglich zu knacken. Aber wenn man das Ganze auf vier Zahlen herunterbrach, dann war das mit einer entsprechenden App durchaus möglich. Aber wie brach man das auf vier Zahlen runter?

Clarisse stellte sich vor, wie das Tastenfeld mit einer lumineszierenden Flüssigkeit eingesprüht wurde, die nur im Infrarotlicht sichtbar war. Wenn dann eine Person, die die Kombination kannte, die Tasten drückte, hinterließ sie Fingerabdrücke, die man später wieder sichtbar machen konnte. So konnte man sechs der zehn Zahlen ausschließen, und aus zehn Milliarden Kombinationsmöglichkeiten wurden zehntausend. Dieses Problem konnte man binnen Sekunden lösen.

Dann fehlte noch ein Ort, um die Edelsteine zu verstecken. Der Stiel des Mopps. Der ist hohl. Wenn man ihn an einem Ende öffnet, kann man die Edelsteine hineinwerfen und dann ein wenig Schaumstoff reinstopfen, damit sie kein Geräusch machen. Clarisse hätte nur wenige Minuten für das alles gebraucht.

Und wenn sie sich nicht so auf Phillip Crandall konzentriert hätte, um ihm das Geld aus der Tasche zu ziehen, dann hätte sie das vielleicht sogar gemacht.

Aber irgendwie hat sie mich gegen alle Wahrscheinlichkeit erkannt. Sie ist mir gefolgt. Und sie hat herausgefunden, was nötig war. Sie wusste, dass ich nach Greenville gefahren bin. Zweimal habe ich einen Linienflug genommen. Sie war im Flugzeug. Sie ist mir zu dem Heim gefolgt. Sie hat die Pfleger bestochen. Oder, was wahrscheinlicher ist, sie hat sich einfach reingeschlichen und so getan, als würde sie jemanden besuchen. Vermutlich hat sie jeden Kontakt vermieden, um keine Zeugen zu haben. Und dann hat sie sich hingesetzt und alles aus Agnes rausgeholt, wenn sie mal einen lichten Moment hatte.

Und Agnes hätte mir nie davon erzählt, denn sie hat mit Sicherheit geglaubt, damit etwas gegen mich in der Hand zu haben. Doch dann haben sie sie geholt, und der Grund dafür ist offensichtlich.

Jetzt weiß ich also, wie es gelaufen sein könnte, und ich denke, ich weiß auch, wer das war. Aber da hört es mit meinen Vorteilen auch schon auf. Sie haben Mommy, und ich habe keine Ahnung, wo sie ist. Aber eines muss ich noch tun: Ich muss diesen Laden dichtmachen und einen neuen auf. Meine Spur muss wieder kalt werden.

Und Clarisse machte sich daran, genau das zu tun.

Mickey Gibson würde ein wenig warten müssen.

KAPITEL 31

Gibson schaute ihren Kindern beim Abendessen zu, oder genauer, sie sah zu, wie Tommy alles hinunterschlang und Darby nur auf ihrem Teller herumstocherte. Das war ärgerlich, aber sie konnte es verstehen. Als Kind war Gibson genauso gewesen. Ihre Brüder hatten alles gefressen, was sie in die Finger bekommen hatten, und sie war total pingelig mit ihrem Essen gewesen. Sie stemmte die Hände in die Hüften und schloss die Augen.

Hach! Die gute, alte Zeit.

Später brachte sie die Kinder ins Bett und ging ins Arbeitszimmer. Ungefähr zehn Minuten lang starrte sie auf das Batphone und drückte dann auf »Anrufen«.

»Das ist kein guter Zeitpunkt«, sagte Clarisse.

»Warum sind Sie dann drangegangen?«

»Ich dachte, es könnte wichtig sein. Und? Ist es?«

»Ich bin zu Nathan Trask gefahren.«

»Das haben Sie mir schon erzählt.«

»Aber wir haben unsere Diskussion beim letzten Mal nicht beendet. Wie zum Teufel, glauben Sie, soll ich zu dem Mann kommen? Mit Anschleichen ist da nichts zu machen, wie Sie vorgeschlagen haben, es sei denn, Sie haben eine Tarnkappe für mich.«

»Es ist ja wohl nicht *mein* Job, *Ihren* zu machen.«

»Ich kann mich nicht daran erinnern, dass Sie mich angestellt haben!«, blaffte Gibson. »Oder habe ich einen Gehaltsscheck verpasst?«

»Sie stecken da bis zum Hals drin. Nein, bis Oberkante Unterlippe. Wenn Trask etwas mit Langhornes Tod zu tun hat, dann weiß er ohnehin schon von Ihnen.«

»Sie klingen nervös.«

»Vielleicht bin ich das auch. Ich bin nicht Ihr Animateur, Mickey. Ich dachte, Sie könnten sich selbst motivieren. Sie sind doch ein kluges Mädchen. Benehmen Sie sich auch so!«

»Ich denke, wir sollten uns mal treffen. Ein Zoom Call vielleicht?«

»Warum?«

»Ich möchte gerne wissen, mit wem ich es zu tun habe.«

»Das wissen Sie doch schon. Mit mir.«

»Sie sind einfach nur eine Stimme am anderen Ende des Äthers.«

»Eine Stimme, die Ihnen verdammt lange die Hand gehalten und Sie auf den richtigen Weg geführt hat. Ich schlage vor, dass *Sie* von nun an vorausgehen.«

Clarisse unterbrach die Verbindung, und Gibson legte langsam das Handy hin.

Dann griff sie nach dem Jahrbuch und ging die Seiten noch mal durch. Sie konzentrierte sich auf einige der Leute im Publikum. Einen nach dem anderen schaute sie sich die Menschen an. Doch das alles ergab keinen Sinn für Sie. Warum sollte Francine Langhorne in Philly eine Collegeaufführung besucht haben, in der Mickey Rogers die Hauptrolle gespielt hatte?

Doch dann wanderte ihr Blick neben die Bühne.

Die Bühnentechniker. Normalerweise waren das alles Studenten gewesen. Dazu kamen ein paar Angestellte der Universität. Gibson hatte einer Reihe der Studenten als Tutor geholfen und ihnen eine Schulter zum Ausheulen geboten, wenn sie einen Test verhauen oder eine Bühnenrolle nicht bekommen hatten.

Gibson fotografierte die Bilder mit ihrem Handy ab und schickte sie sich selbst per E-Mail. Dann fuhr sie ihren Rechner hoch, vergrößerte die Fotos auf dem Bildschirm und zoomte die Gesichter hinter der Bühne heran. Es waren viele. Für Bühnenproduktionen brauchte man auch viele Leute, egal ob im College oder am Broadway. Wieder ging Gibson ein Bild nach dem anderen durch. Nichts.

Aber warum sollte da auch etwas sein? Wenigstens hast du die Fotos von Francine Langhorne als Kind.

Moment ... Könnten wir uns in meiner Zeit als Cop begegnet sein? Clarisse wusste, dass ich bei der Polizei in Jersey City war. Habe ich sie irgendwann mal verhaftet? Damals hatte ich mit vielen Leuten zu tun. Und sie wusste offensichtlich, dass ich für ProEye arbeite. Aber in meiner Zeit bei ProEye habe ich nicht wirklich jemanden persönlich getroffen. Meine Arbeit findet fast ausschließlich am Computer statt.

Gibson seufzte und lehnte sich zurück. Das führte nirgendwohin.

Okay, schieb das mal beiseite, und konzentrier dich auf deine Stärken.

Und das hieß, Pottingers Vermögen zu finden, und zwar mit ihrem Cyberwissen.

Rasch fand Gibson ein paar persönliche Informationen zu Pottinger in den Dokumenten zum Kauf von Stormfield. Die nutzte sie als Grundlage für weitere Einblicke in die Finanzen des Mannes.

Und dann, überraschenderweise, klingelte das Batphone. Gibson ging ran.

»Bitte, entschuldigen Sie, dass ich das Gespräch gerade so abrupt beendet habe«, sagte Clarisse. »Ich hatte was anderes im Kopf, aber das soll keine Entschuldigung für meine Unhöflichkeit sein.«

»Okay«, sagte Gibson. Sie war ehrlich überrascht ob dieser Wendung.

»Was Trask betrifft, so habe ich einen Rat für Sie: Er hat eine ganze Armee von Helfern und Bodyguards, ein Gefolge, das eines Königs würdig ist.«

»Genau darauf wollte ich ja hinaus. Also, wie soll ich …?«, begann Gibson.

»Warum, glauben Sie, hat er sich ausgerechnet in Virginia Beach ein Haus gebaut, wo er doch überall auf der Welt leben könnte?«

»Okay. Warum?«

»Sam Trask, sein Vater, lebt auch in Virginia Beach«, sagte Clarisse.

»*Was?* Und Sie hielten es bis jetzt nicht für nötig, mir das zu sagen?«

»Ich mag es, wenn die Leute solche Dinge selbst herausfinden.«

»Trask Senior weiß offensichtlich, wer beziehungsweise was sein Sohn wirklich ist«, bemerkte Gibson.

»Ja, das weiß er. Offenbar hat das FBI während Sams Zeit dort einen hervorragenden Fall gegen Nathan aufgebaut. Natürlich war sein Vater nicht Teil des Teams. Das verbieten die Regeln. Allerdings habe ich gehört, dass er im Hintergrund tatsächlich die treibende Kraft gewesen ist. Aber dann ist alles in sich zusammengebrochen, als eine Gruppe Frauen, die Trask wegen Menschenhandels hinter Gitter hätte bringen können, plötzlich bei einem Hotelbrand in San Antonio gestorben ist.«

»Und dafür war Trask verantwortlich?«, hakte Gibson nach.

»Offensichtlich. Nur beweisen konnte man ihm nichts. Sam Trask ist mit 57 in den Ruhestand gegangen. Das ist für Special Agents Pflicht. Anschließend hat er über ein Jahrzehnt lang bei Kroll International gearbeitet. Kennen Sie die?«

»Natürlich«, antwortete Gibson. »Das ist eine der größten und bekanntesten Sicherheitsfirmen der Welt. Sie stehen in direkter Konkurrenz zu ProEye.«

»Sam Trask hat ganz spezielle Jobs für sie erledigt. Dafür hat er sein Wissen und den Rolodex genutzt, den er vom FBI mitgenommen hatte. Seine Fälle führten ihn durch die ganze Welt, und es gab mehrmals Überschneidungen mit den Verbrechen, in die sein Sohn verstrickt war.«

»Heißt das, er hat weiter versucht, seinen Sohn zur Strecke zu bringen?«

»Das hat schon etwas Biblisches, nicht wahr?«, bemerkte Clarisse. »Sam Trask ist inzwischen achtzig Jahre alt, im Ruhestand, verwitwet, und seit fünf Jahren lebt er in The Feathers, einem Altenheim in Virginia Beach. Er hat gesundheitliche Probleme, aber es heißt, der Mann sei noch klar bei Verstand.«

»Und sein Sohn hat dieses Monstrum gebaut, nachdem sein Vater dort hingezogen ist?«, hakte Gibson nach.

»Ja. Getreu dem Motto ›Schau, was für einen Palast ich habe, und *du* bist in diesem Pflegeheim eingesperrt‹.«

»Wenn ich an Sams Stelle wäre, dann würde ich sofort umziehen. Soll sein Sohn doch noch mehr Geld für ein neues Schloss rauswerfen.«

»Ich denke«, sagte Clarisse, »Sam Trask will seinem Sohn nicht die Befriedigung geben zu sehen, dass er seinen Vater immer noch verrückt machen kann.«

»Besucht Nathan ihn?«

»Offensichtlich will sein Vater nichts mit ihm zu tun haben. Deshalb versucht Nathan es noch nicht einmal. Das könnte Ihre Chance sein.«

»Wie meinen Sie das?«, fragte Gibson.

»Sam Trask weiß mehr über seinen Sohn als sonst jemand auf dieser Welt.«

»Wenn dem so ist, warum hat der Sohn den Vater dann nicht ausgeschaltet?«

»Sollte Sam Trask etwas passieren, wäre Nathan sofort der Hauptverdächtige und im Fadenkreuz des FBI. Außerdem kann sein Vater ihm jetzt nicht mehr wehtun. Er kann sich die Mühe sparen.«

»Sie wollen also, dass ich mit dem Vater rede, ja?«, hakte Gibson nach.

»Haben Sie eine bessere Idee? Offensichtlich nicht, denn Sie haben mich ja angerufen, um sich zu beschweren, dass Sie keine Möglichkeit haben, Nathan Trask festzunageln.«

»Mooooment … Ihn *festzunageln*?«

»Okay. Informationen über ihn zu bekommen«, korrigierte Clarisse sich.

»Aber der Langhorne-Mord ist noch nicht lange her, und Sam Trask ist schon seit Jahren aus dem Spiel. Weiß er da überhaupt etwas über die jüngsten Aktivitäten seines Sohnes?«

»Ich habe gesagt, er ist *im Ruhestand*, nicht, dass er aus dem Spiel ist. Und fragen schadet nicht.«

»Aber wird Trask ihn nicht beobachten lassen? Besonders, da sein Vater so viel weiß?«, hakte Gibson nach.

»Nichts von dem, was sein Vater weiß, hat bisher ausgereicht, Nathan vor Gericht zu bringen. Und sollte Sam tatsächlich unter Beobachtung stehen, dann müssen Sie sich eben etwas einfallen lassen, um die zu umgehen.«

»Bei Ihnen klingt das so einfach«, bemerkte Gibson.

»Ich habe mich nicht an Sie gewandt, weil es leicht ist. Ich habe mich an Sie gewandt, weil Sie gut sind.«

»Ich bin ein ehemaliger Cop. Ich kann nicht einfach so herumschleichen und etwas Illegales tun.«

»Ach, wirklich? Wie haben Sie dann herausgefunden, dass Daniel Pottinger in Wahrheit Harry Langhorne ist? Ich könnte mir vorstellen, dass Sie dafür auch ein wenig *schleichen* und das Gesetz beugen mussten.«

Okay. Ich bin in die Falle getappt. »Was, glauben Sie, kann Sam Trask mir erzählen?«

»Ist das nicht der Sinn des Fragestellens? Ich werde Sie nicht länger an die Hand nehmen. Oh … Eins noch …«

»Ja?«, sagte Gibson.

»Ein viel jüngerer Sam Trask war Teil der FBI Task Force, die damals die Mafiapaten ausgeräuchert hat, Harry Langhornes Arbeitgeber. Aber das wissen Sie sicher schon, nicht wahr?«

Und mit diesem Seitenhieb war die Leitung wieder tot, und Gibson glaubte nicht, dass Clarisse diesmal wieder zurückrufen würde.

Und vielleicht hat sie auch recht. Ich bin nur halb bei der Sache, weil ich nach wie vor nicht wirklich weiß, ob ich mich auf diesen Fall einlassen soll oder nicht.

Sie ging online und suchte nach The Feathers. Es war ein ziemlich vornehmes Heim, weit jenseits von allem, was Gibson sich würde leisten können, wenn es bei ihr so weit war.

Natürlich gab es keine Liste der Bewohner, doch Gibson schaute sich den Plan der Anlage an. Das Heim hatte einen eigenen Flügel für Demenzkranke, eine Bibliothek, ein Spielezimmer, einen Friseur, einen offenen Hof im Zentrum, Grillplätze, einen Speisesaal und andere Gemeinschaftsräume.

Als plötzlich ein Ping aus ihrem Batphone kam, war Gibson überrascht. Es war kein Anruf, aber definitiv eine Kommunikation.

Sie öffnete die E-Mail und sah das Bild eines distinguierten, alten Mannes. Darunter stand: »Sam Trask. Gute Jagd«.

Gibson studierte das Bild und dachte dann darüber nach, wie sie das am besten angehen sollte.

Und als sie sich schließlich für einen Plan entschieden hatte, da musste Gibson sich eingestehen, dass da wieder dieses Adrenalin war, dass sie in ihrem früheren, professionellen Leben so oft gespürt hatte, und zwar nicht nur in ihrer Zeit als Cop, sondern auch als Schauspielerin am College.

Gibson sah nach den Kindern und weckte Tommy aus einem Albtraum. Dann hielt sie ihn in den Armen, bis er wieder eingeschlafen war. Als Kind hatte sie auch oft Albträume gehabt, und so wusste sie nur allzu gut, wie schlimm das sein konnte.

Gibson ging in ihr Schlafzimmer, stellte den Wecker und zog die Decke hoch. Sie dachte darüber nach, was sie einst gewesen war und vielleicht auch wieder sein konnte.

KAPITEL 32

Nachdem die Kids gebadet und gefüttert worden waren und Silva das Kommando übernommen hatte, fuhr Gibson am folgenden Morgen zum The Feathers. Sie trug ein Outfit, das sie zum letzten Mal vor zwei Jahren getragen hatte. Drei Wochen zuvor hatte sie Darby zur Welt gebracht, und sie war fast noch genauso schwer gewesen wie während ihrer Schwangerschaft. Aber sie weigerte sich, noch mehr Kleidung von ihrer Mutter zu borgen.

Gibson fuhr zweimal am The Feathers vorbei, und beide Male suchte sie nach einem Beobachter. Sie glaubte zwar nicht, dass Nathan Trask seinen Vater 24/7 im Auge behielt, aber der Mann verfügte definitiv über genug Ressourcen dafür, und es schadete ja nicht, die Augen offen zu halten.

Doch nichts kam Gibson irgendwie komisch vor. Sie fuhr auf den Parkplatz und ging mit einer kleinen Geschenktüte und einem Blumenstrauß hinein. Beides hatte sie kurz zuvor als Teil ihrer Tarnung gekauft. Es gab eine Besucherliste, und Gibson trug sich mit unleserlicher Handschrift ein. Dann ließ sie von einem Gerät daneben ihre Körpertemperatur messen und sah, dass sie normal war. Die Frau am Empfang telefonierte gerade. Sie nickte Gibson einfach zu, und Gibson erwiderte ihr Lächeln und hielt die Tüte und die Blumen hoch. Die Frau formte mit den Lippen: *Sehr schön.*

Eine weitere Frau in blauem Kittel schob einen großen Korb mit Schmutzwäsche vorbei. Die Schwesternstation in diesem Flur war nicht besetzt. Altenheime konnten ihre Angestellten nur selten halten. Dafür wurde in diesem Beruf schlicht zu wenig gezahlt, und die Arbeitszeiten waren schlecht, so viel wusste

Gibson. Außerdem war es wahrlich eine Herausforderung, ständig mit alten Menschen zu arbeiten, die häufig Schmerzen litten, depressiv oder nicht ganz bei Verstand waren. Dazu kam der Umstand, dass diese Einrichtungen so gut wie keinen Profit machten und deshalb auch nicht mehr Mitarbeiter anstellen konnten.

Nichts von alledem war gut für die eigentliche Pflege, doch Gibson kam das nun zugute.

Vor jedem Apartment und jedem Zimmer hing ein Namensschild. Gibson ging an zwölf vorbei. Kein Sam Trask.

Ihr fiel ein Bewohner auf, der mithilfe eines Rollators langsam den Flur hinunterging. Sie fragte ihn, ob er wisse, wo Sam Trask wohnte. Der Mann starrte sie mit leeren Augen an, leckte sich die Lippen und ging weiter.

Gibson bog um die Ecke und rannte fast in eine weitere Angestellte.

»Kann ich Ihnen behilflich sein?«, fragte die Frau mit einer faszinierenden Mischung aus Freundlichkeit und Misstrauen.

»Ich suche nach dem Zimmer von Mrs Edison«, antwortete Gibson. Sie benutzte einen Namen, den sie auf einem der Schilder gesehen hatte, an denen sie vorbeigekommen war. Nach Trask wollte sie nicht fragen für den Fall, dass Nathan hier Spione hatte. »Sie ist eine alte Freundin meiner Mutter.« Wieder hielt sie Blumen und Tüte in die Höhe. »Ich dachte, das würde sie freuen.«

»Da bin ich sicher. Kate liebt Blumen. Aber Sie sind schon an ihrem Zimmer vorbei. Das liegt da hinter der Ecke. Die dritte Tür rechts.«

Gibson lächelte. »Vielen Dank. Ich glaube, ich brauche wirklich eine Brille.«

Die Frau lachte und ging durch eine Tür, auf der NUR FÜR ANGESTELLTE stand.

Gibson ging weiter und bog um die Ecke. Eine alte Frau im

Rollstuhl kam ihr entgegen. Sie pfiff ein Lied, das Gibson nicht kannte.

Die Frau hielt an und schaute zu Gibson hinauf. »Haben Sie sich verirrt?«, fragte sie.

»Ich glaube schon. Das ist mein erster Besuch hier. Ich will zu meinem Großonkel.«

»Und der heißt?«

»Sam Trask.«

»Zimmer 223, oben.«

»Vielen lieben Dank.«

Gibson fand die Treppe, ging rauf, und zehn Sekunden später klopfte sie an Trasks Tür. Dabei fiel ihr ein Schild neben der Tür auf, das vor Sauerstoff warnte, der im Inneren zum Einsatz kam.

»Herein«, rief eine befehlsgewohnte Stimme.

Gibson öffnete die Tür und ging hinein. Sie atmete schwer, doch nicht von der Treppe, sondern vor Aufregung.

Vielleicht hat er ja ein bisschen Sauerstoff für mich übrig.

KAPITEL 33

Das Erste, was Gibson auffiel, war, wie ordentlich es hier war. Nirgends war Müll oder Unordnung zu sehen, und das Mobiliar war eher spartanisch. Es gab zwei Stühle, einen Kaffeetisch, ein Regal, das vor lauter Büchern nur so überquoll, und eine kleine Einbauküche mit Spüle, Schränken und einem Kühlschrank unter der Arbeitsplatte. Die Bilder an der Wand sahen aus, als würden sie alle aus derselben Druckerei stammen. Sie zeigten Vögel, Landschaften und einen Berg. Private Fotos gab es hingegen nicht. Auf dem Teppich sah Gibson die Spuren eines Staubsaugers, und auf der Anrichte standen eine Mikrowelle und sorgfältig angeordnete Grußkarten sowie eine Geburtstagskarte. Der Küche gegenüber lag das Badezimmer.

In einem Anschluss an der Wand steckte das Sauerstoffgerät, und der Schlauch schlängelte sich über den Boden ins zweite, hintere Zimmer. Es gab dort keine Tür, nur einen kurzen Flur.

»Wer ist da?«, rief dieselbe Stimme, die sie hereingebeten hatte.

»Mr Trask?«, sagte Gibson und legte ihre Geschenktüte und die Blumen auf die Anrichte, bevor sie nach hinten ging. »Ich würde gerne kurz mit Ihnen reden, wenn ich darf.«

Gibson ließ sich einen Moment Zeit und schaute sich um. Auf einem großen Flachbildfernseher an der Wand lief CNN, und auf einem Nachttisch neben dem Bett stapelten sich weitere Bücher. An der Wand gab es auch wieder ein Bücherregal, alles Sachbücher. Die meisten beschäftigten sich mit Geopolitik. Und aus einem kleinen Fenster konnte man nach unten in den Hof blicken.

Sam Trask saß an einem Tisch. Vor ihm stand ein Laptop

und neben ihm ein Rollator. Gibson faszinierte jedoch mehr, was sie *nicht* in dem kleinen Apartment sah.

Trask drehte sich mit seinem Stuhl um und schaute sie an. Der Sauerstoffschlauch steckte in seiner Nase.

Sie schätzte ihn auf mindestens eins achtzig. Auch wenn er offenbar auf zusätzlichen Sauerstoff angewiesen war, wirkte er fit und gepflegt. Sein Haar war dünn und schneeweiß, sein zerfurchtes Gesicht wie aus Stein gemeißelt und seine Augen wie Feuerstein. Und er machte den Eindruck, auf Streit aus zu sein.

»Wer sind Sie? Und über was würden Sie gerne *kurz* mit mir reden?«

»Mein Name ist nicht so wichtig, der Grund meines Besuchs aber schon.«

»Erklären Sie mir das.«

Gibson sah sofort, warum der Mann beim FBI so eine Karriere hingelegt hatte. Er war selbstbewusst und neugierig, direkt, aber auch subtil.

»Haben Sie je von einem Mann mit Namen Harry Langhorne gehört?«

»Der Mobbuchhalter? Er hat gegen seine Herren ausgesagt und dabei geholfen, gleich mehrere Mafiafamilien in New York und New Jersey zu zerschlagen, einschließlich der Giordanos. Er und seine Familie sind ins Zeugenschutzprogramm gekommen. Danach habe ich ihn aus den Augen verloren.«

»Sie haben doch in der Task Force gearbeitet, die die Mafiosi zur Strecke gebracht hat.«

»Ich war nur einer von vielen.«

Und jetzt auch noch Demut, dachte Gibson. Wie konnte Nathan Trask nur von so jemandem abstammen?

»Was genau hat das alles mit Ihnen zu tun?« Sam Trask musterte Gibson von Kopf bis Fuß und atmete mehrmals tief ein und aus. »Damals müssen Sie doch noch ein Kind gewesen sein.«

»Harry Langhorne hatte hier in der Gegend ein Haus, und zwar unter dem Namen Daniel Pottinger. Vor ein paar Tagen hat man ihn genau dort gefunden. Er ist ermordet worden.«

Trask nahm das alles auf. Gibson beobachtete ihn aufmerksam. Sie konnte sich gut vorstellen, dass er früher genauso nachgedacht hatte, wann immer ihm ein Frischling ein Briefing gegeben hatte.

»In welcher Gegend genau?«

Die Frage überraschte Gibson, aber sie antwortete: »Es handelt sich um ein Anwesen mit Namen Stormfield. Es liegt ein Stück nördlich von Smithfield, direkt am James River.«

»Und wie ist er ermordet worden.«

»Mit Botulinumtoxin vom Typ A.«

»Das ist übles Zeug und der Tod alles andere als schmerzfrei.«

»Da bin ich sicher. Aber er war ohnehin schon unheilbar an einem Hirntumor erkrankt.«

»Und so hat Harry Langhorne sein Ende gefunden?«

»Haben Sie ihn je kennengelernt?«

»Ja, das habe ich. Er war kein netter Mensch. Aber was sollte man auch anderes erwarten? Er wollte nur seine eigene Haut retten, genau wie der Rest von dem Abschaum.«

»Und seine Familie?«

»Was ist mit ihr?«

»Haben Sie die auch kennengelernt?«

»Ja. Kurz. Geraldine, seine Frau, und Francine und Douglas, die Kinder.«

»Sie haben ein gutes Gedächtnis«, bemerkte Gibson und beäugte dabei den Sauerstoffschlauch.

»Mein Hirn funktioniert noch, aber ich habe immer zu viel geraucht«, sagte Trask als Antwort auf Gibsons Blick. »Es war meine einzige Schwäche, aber die beißt mich jetzt so richtig in den Arsch. Das und die ersten Symptome von Parkinson.« Er streckte die Hand aus, und Gibson sah, dass sie leicht zitterte.

»Das tut mir leid.«

»In meinem Alter kommt das nicht unerwartet. Irgendwann ist dann auch mein Kopf hinüber, und das war's dann.«

»Ich hoffe, wenn meine Zeit gekommen ist, komme ich so gut damit zurecht wie Sie.«

»Das hoffe ich auch. Aber Sie werden sich auch daran erinnern, wer Sie einmal gewesen sind, und das ist … nicht leicht.«

»Da bin ich sicher.«

»Sie sind nicht von der Polizei, sonst hätten Sie mir schon längst eine Dienstmarke unter die Nase gehalten. Wer sind Sie?«

Gibson holte ihren ProEye-Ausweis heraus.

Trask musterte ihn und nickte. »Das ist eine gute Firma, ein würdiger Konkurrent für meinen alten Laden, Kroll.«

»Danke. Gerüchten zufolge ist Langhorne mit einem ganzen Batzen Mafiageld verschwunden. Er hat das Anwesen bar bezahlt, und zwar mit fünf Millionen. Aber es heißt, da gibt es noch mehr … *sehr* viel mehr. Und sollte er das Geld in den letzten dreißig Jahren gut angelegt haben, dann dürfte es noch erheblich mehr geworden sein.«

»Und Sie versuchen jetzt, diese Werte für ihre Klienten bei ProEye zurückzuholen? Was genau sind das für Kunden?«

»Was das betrifft, bin ich leider zu Stillschweigen verpflichtet. Das verstehen Sie sicher.«

Da war ein Funkeln in Trasks Augen, das Gibson nicht so recht einordnen konnte.

»Ich weiß besser als die meisten, was Stillschweigen bedeutet. In jedem Fall werden Sie nicht im Auftrag der Mafianachfahren handeln. ProEye ist eine legitime Firma. Sie würden nie einen Auftrag von jemandem akzeptieren, der sich schmutziges Geld zurückholen will. Deshalb frage ich mich, wer der Klient wohl sein mag.«

»Ohne Ihnen zu viel zu verraten … Vielleicht ist es ja jemand, den der Mob ursprünglich bestohlen hat.«

»Dafür kommen jede Menge Leute und Unternehmen infrage.«

»Ja, das stimmt.«

»Und was genau wollen Sie von mir?«

Gibson begann mit dem Spiel, das sie auf der Fahrt hierher geprobt hatte. »Wir haben einige von Daniel Pottingers Geschäftspartnern ausfindig gemacht. Natürlich gehören die zu den Hauptverdächtigen in dem Mordfall. Tatsache ist nämlich, dass Langhorne auch als Daniel Pottinger weiter illegalen Geschäften nachgegangen ist. Und er hat keine halben Sachen gemacht. Seine kriminellen Aktivitäten erstreckten sich über die ganze Welt, und dabei hatte er mit dem Schlimmsten zu tun, was man sich vorstellen kann. Und um damit Erfolg zu haben, hat er sich mit einigen Leuten eingelassen, die das nötige Kleingeld haben, um bei diesem Spiel mitzumischen.«

Gibson verstummte und schaute Trask einfach nur an. Ihr Herz flog dem Mann zu, als er die breiten Schultern hängen ließ und sein Gesicht förmlich in sich zusammenfiel, während sein Atem sich leicht beschleunigte.

»Das erklärt dann wohl, warum Sie hier sind«, sagte er.

»Bitte, glauben Sie mir. Hätte ich eine andere Spur, dann würde ich Sie nicht belästigen.«

Noch einmal musterte Trask sie von Kopf bis Fuß. »Ich will ja nicht sexistisch klingen, auch wenn meine Generation sich dessen definitiv schuldig gemacht hat, aber sie kommen mir nicht wie jemand vor, der es mit Leuten wie meinem Sohn aufnehmen kann.«

Gibson dachte an ihren Mommy-Van mit den beiden Kindersitzen. »Vielleicht ist das ja meine Superkraft«, erwiderte sie. »Alle unterschätzen mich bis zu dem Punkt, da sie mich sogar ignorieren, obwohl sie das besser nicht tun sollten.«

Trask betrachtete sie mit neu gewonnenem Respekt. »Das kann ich mir lebhaft vorstellen. Während meiner Zeit hatten wir auch ein paar weibliche Agents, auf die diese Beschreibung haargenau gepasst hat. Andere Agents haben ihnen immer gesagt, sie sollten Kaffee holen gehen, und eine Woche später haben sie diese Kerl dann bei einem großen Fall ausgestochen. Sie haben einfach härter gearbeitet als die Männer.«

»Sehen Sie?«

»Aber wie auch immer ... Sie haben noch immer nicht gesagt, was Sie von mir wollen.«

»Alles, was Sie über mögliche Geschäfte Ihres Sohnes mit Harry Langhorne alias Daniel Pottinger haben.«

»Ich bin schon lange raus aus dem Spiel.«

Gibson schaute auf Trasks Computermonitor. »Als ich hereingekommen bin, waren Sie gerade auf einer Seite, die ich auch benutze, um gestohlene Vermögenswerte zu finden. Im Darknet.«

Ihr Blick wanderte zu dem aufgeschlagenen Notizbuch neben dem Computer. »Und das sieht mir nicht so aus, als wäre das nur zum Spaß.«

Trask schaute auf sein Notizbuch. »So bleibe ich geistig aktiv.«

»Andere Leute spielen Sudoku oder Wordle. *Sie* jagen Kriminelle.«

»Jetzt übertreiben Sie mal nicht. Ich beschäftige mich nur ein wenig. Die Leute hier spielen ständig Bridge, aber ich hasse Kartenspiele.«

Gibson schaute sich um. »Sie haben auch keine Erinnerungen an der Wand. Keine Diplome, Belobigungen, Preise, Fotos, auf denen sie Präsidenten die Hand schütteln. Nichts deutet darauf hin, was Sie früher getan haben. Und ich weiß, dass Sie all das getan haben, denn ich habe Sie nachgeschlagen, bevor ich hierhergekommen bin. Sie haben jede Auszeichnung bekommen, die das FBI vergibt, und dazu noch jede Menge mehr von der Bundesregierung im Allgemeinen sowie von fünf Fremdstaaten, mit denen Sie in komplizierten Fällen zusammengearbeitet haben. Frankreich und das Vereinigte Königreich haben Sie sogar zu einem Ehrenmitglied des DGSE beziehungsweise des MI6 gemacht. Bei Interpol hängt Ihr Bild an der Wall of Fame. Vier Präsidenten haben Sie ins Weiße Haus bestellt, um ein Foto mit Ihnen zu machen. Aber Sie haben beschlossen, hier nichts davon zur Schau zu stellen. Das riecht nach einem Menschen, der noch immer voll dabei ist und nach vorne schaut, egal wie alt und gebrechlich er auch sein mag.«

Trask lehnte sich zurück und trommelte mit den Fingern auf der Stuhllehne. »Wie viel Zeit haben Sie?«

»So viel, wie Sie brauchen, Mr Trask.«

KAPITEL 34

Der Ausblick aus dem Fenster des United-Airlines-Fliegers war wunderschön: beruhigende Landschaften, getüpfelt mit Häusergruppen, einige Gebäude recht groß und ambitioniert, die meisten aber klein; stumpf gewordene Juwelen in einer weit weniger luxuriösen Kette. Und dann waren da die Farmen in den legendären Hügeln von Virginia. All das strahlte Frieden und Gelassenheit aus.

Clarisse nahm an, die Immobilienmakler in der Gegend hier machten häufig und gerne Drohnenaufnahmen, um mit deren Bildern einen Traum zu verkaufen, der mit der Realität nur wenig zu tun hatte.

Clarisse wandte sich wieder ab, denn bei dem Anblick drehte sich ihr der Magen um. Die Turbulenzen, durch die sie flogen, hatten hingegen nichts damit zu tun.

Dulles International Airport erschien vor ihnen, und der Jet setzte auf und wurde schließlich langsamer. Clarisse holte ihren Koffer in der Gepäckausgabe. Sie vertraute voll und ganz auf ihr neues Identitätspaket: Führerschein, Reisepass und Kreditkarten. Sie hatte sogar eine Global-Entry-Karte, basierend auf einer Befragung, die nie stattgefunden hatte; doch Computer spuckten immer nur aus, was man vorher eingegeben hatte. Alles war professionell gemacht und bezahlt. Das war leicht, wenn man wusste, wie es ging.

Clarisse mietete sich ein Auto, einen kleinen weißen Kombi, und fuhr los. Sie hatte The Plains recherchiert. Der Ort war ausgesprochen ländlich und zu gleichen Teilen arm und schick. Aber er hatte nicht allzu viele Einwohner, und das wiederum hieß, dass man Clarisse bemerken würde. Sie wollte nicht bemerkt werden, jedenfalls nicht jetzt; doch ihr blieb keine andere Wahl.

In der Umgebung war Geld zu Hause. Das hatte Clarisse schon aus der Luft gesehen. Auch hatte sie gelesen, dass Jacqueline Mars von Mars Incorporated, der Süßigkeitenfirma, in The Plains lebte. Angeblich war die Frau 40 Milliarden Dollar schwer, ein Vermögen, aufgebaut auf Zuckerzeug und Fertigfutter für Mensch und Tier.

Doch der Ort selbst war eine typische Arbeiterstadt. Im Mai kamen über fünfzigtausend Menschen hierher, um sich den Gold-Cup-Hürdenlauf anzusehen oder daran teilzunehmen. Clarisse nahm an, dass die Geschäfte in dieser Zeit florierten, und zumindest ein paar Dollar davon würden auch hierbleiben.

Langsam fuhr Clarisse an dem Schindelhaus vorbei, das Daryl Oxblood sein Heim nannte. Es war eine Keksdose, deren Fundament langsam absackte, und daneben stand ein Schuppen mit einem verdreckten Ford F-150. Der Lattenzaun war schon lange nicht mehr weiß und an mehreren Stellen eingebrochen. Abgesehen von dem Truck in der Einfahrt sah das Haus verlassen aus. Kein Rauch stieg aus dem Ziegelkamin, obwohl es kalt und windig war, und nirgends brannte ein Licht. Auch die Pferdekoppel neben dem Haus war leer.

Als Clarisse sich umschaute, zählte sie vier weitere Häuser in dieser kurzen Sackgasse, eines direkt neben Oxbloods und zwei weitere auf der anderen Seite der schmalen, rissigen Asphaltstraße. Rauch stieg aus dem Kamin eines der Gebäude, während die anderen ebenfalls verlassen wirkten. Vor dem Haus neben Oxbloods stand ein Range Rover aus den Achtzigern, und nicht weit davon parkte ein verdrecktes Quad neben einem Baum. Ein Pferd schnaubte hinter dem Haus, und eine Krähe flatterte aus den Zweigen eines Magnolienbaums, der viel zu viel Platz im Vorgarten einnahm.

Clarisse parkte und stieg aus. Sie war lässig gekleidet: Jeans, kurze Stiefel und Wolljacke. Die Tasche hatte sie sich über die Schulter geworfen. Darin befand sich eine Dose mit richtig starkem Pfefferspray. Ohne die ging Clarisse nirgendwohin, denn man wusste nie, auf wen man traf.

Sie holte ein iPad aus der Tasche. Das war nicht nur Teil ihrer Tarnung, sondern auch ein nützliches Werkzeug. Dann zog sie mit Fell abgesetzte Lederhandschuhe an, stellte sich neben ihr Auto und schaute sich die vier Häuser an: Oxbloods und die anderen.

Schließlich näherte sich Clarisse Oxbloods Haus von der Rückseite aus. Sie klopfte, doch niemand antwortete ihr. Durch eines der Fenster sah sie einen schmuddeligen Innenraum mit Möbeln, die schon mehrere Generationen alt waren. Sie ging zur Vordertür und klopfte dort erneut. Wieder nichts. Rechts neben dem Haus stand ein altersschwacher John-Deere-Traktor. Er sah aus, als hätte man ihn schon seit Jahren nicht mehr bewegt.

Clarisse ging zum Haus nebenan. Dort wirkte alles normal, beständig. Das war keine Falle.

Hoffe ich.

KAPITEL 35

Die Frau, die auf ihr Klopfen reagierte, war Ende sechzig und sah aus, als hätte sie den größten Teil ihres Lebens im Freien verbracht. Vermutlich hatte sie stets hart gearbeitet, denn sie war auch breit und kräftig gebaut. Eine ausgeblichene Jeans bedeckte ihre stämmigen Beine. Dazu trug sie schmutzige Gummistiefel und ein hellblaues Baumwollsweatshirt mit etlichen Löchern. Ein Paar lederne Arbeitshandschuhe steckte in ihrer Jeanstasche. Das weiße Haar hatte sie zu einem Dutt gebunden. Ihr Gesicht war voller Falten, und nirgends war auch nur ein Hauch von Make-up zu sehen.

»Ja?«, sagte die Frau mit rauer Stimme.

Clarisse hielt ihr iPad in die Höhe. »Hallo. Ich mache für meine Firma bei bestimmten Leuten eine Umfrage. Laut meinen Informationen wohnt nebenan ein Daryl Oxblood. Eigentlich sind wir für heute verabredet – jetzt, um genau zu sein –, aber ich habe geklopft, und niemand hat mir aufgemacht.«

»Was ist das denn für eine Firma?«

»Online-Marketing.«

»Ich bezweifele, dass Daryl einen Computer besitzt. Das ist nicht wirklich sein Ding.«

Ohne zu zögern erklärte Clarisse: »Deshalb hat man mich ja auch geschickt. Genau mit solchen Leuten soll ich reden. Sie sind online nicht präsent, und das ist die Zielgruppe, die uns interessiert.« Sie schaute über die Schulter der Frau und sah einen Desktoprechner auf einem Tisch in der kleinen Küche. »Sie leiden offenbar nicht an dieser Krankheit.«

»Oh, ich leide durchaus an einer Krankheit«, erwiderte die Frau. »Ich verbringe nämlich viel zu viel Zeit vor dem verdammten Ding. Was ist nur aus Telefonanrufen geworden oder – besser noch – persönlichen Begegnungen?«

»Das kann ich nachvollziehen. Ich versuche jetzt schon ewig, meine Bildschirmzeit zu reduzieren. Die ist jenseits von Gut und Böse. Aber Mr Oxblood hat nichts damit am Hut, und deshalb möchte ich mit ihm reden.«

Jetzt schaute die Frau über Clarisses Schulter hinweg zu Oxbloods Haus. »Sein Truck steht da, und das heißt eigentlich, dass er auch da sein sollte. Das ist das einzige Fahrzeug, das er hat.«

»Und er lebt allein?« Clarisse schaute auf ihr iPad, obwohl da nichts zu sehen war. »Zumindest steht das so in unserer Datenbank.«

»Das stimmt auch. Seine Ma ist vor … vor vier Jahren gestorben. Daryl ist nie viel rausgegangen, wenn Sie wissen, was ich meine. Hätte seine Mutter ihn nicht dazu gedrängt, sich einen Job zu suchen, dann hätte er das Haus vermutlich nie verlassen. Er hätte einfach in seinem Zimmer gehockt und Gott weiß was gemacht.«

»Was genau macht er denn?«

»Er ist ein ziemlich guter Mechaniker, und es gibt hier jede Menge, was repariert werden muss, vor allem landwirtschaftliche Geräte.«

»Ich habe einen John Deere in seinem Hinterhof gesehen. Offenbar muss da viel dran gemacht werden.«

Die Frau lächelte. »Ich schätze, bei dem guten alten Daryl gilt: ›Tu, was ich dir sage, und nicht, was ich tue.‹ Er sorgt dafür, dass bei uns alles läuft, doch für seinen eigenen Kram krümmt er keinen Finger.«

Clarisse war bei den ersten Worten der Frau kurz erstarrt. Das war der gleiche Spruch wie der in dem Geheimraum, wo Harry Langhorne gestorben war.

»Wenn er so ein Einsiedler ist, dann wird er einer Fremden vielleicht nicht die Tür öffnen wollen.«

»Sie haben doch gesagt, Sie hätten sich mit ihm verabredet«, sagte die Frau.

»Ja, aber er weiß nicht, wie ich aussehe. Ich habe zwar gerufen und gesagt, wer ich bin und was ich hier mache, aber niemand hat geantwortet.«

»Also das *ist* seltsam.«

»Wenn Sie vielleicht …«

Die Frau trat heraus, und Clarisse folgte ihr zu Oxbloods Haus. Die Frau hämmerte an die Tür. »Daryl! Ich bin's! Barbara! Alles okay bei dir? Hier ist eine Lady, mit der du dich verabredet hast. Daryl!«

Kein Geräusch drang aus dem Inneren. Barbara schaute Clarisse an. »Okay. Jetzt mache ich mir doch ein wenig Sorgen.«

»Was sollen wir jetzt tun?«

»Ich denke, es ist gerechtfertigt, wenn wir mal reingehen und nachsehen.«

»Vielleicht sollten wir lieber die Polizei rufen.«

»Oh, nein. Das Gesetz in dieser Gegend ist das Sheriffbüro, und sie müssen ein verdammt großes Gebiet abdecken. Bis die hier sind, hätten wir Daryl schon längst ins Krankenhaus gebracht, sollte er gestürzt sein und sich verletzt haben.«

»Okay. Aber wie kommen wir da rein?«

Barbara lief zu ihrem Haus, und als sie wieder zurückkehrte, wedelte sie mit einem Schlüssel. »Er hat auch einen für mein Haus, sollte mir etwas passieren. So machen wir das hier draußen.«

»Sehr schön.«

Barbara schloss die Tür auf, und gemeinsam betraten die beiden Frauen das Haus. Alles war voller Müll.

»Seit dem Tod seiner Mutter hat er das Haus ziemlich verkommen lassen. Er macht gut Geld, aber Haushalt war noch nie sein Ding. Ach, verdammt … Meins ist es auch nicht.«

»Ja, wenn ich mich so umschaue, könnten Sie da recht haben«, sagte Clarisse, und ihr Blick wanderte durch den kleinen Raum. »Vielleicht oben?«

Zehn Stufen führten nach oben, und auf der fünften griff Clarisse in ihre Tasche und nach dem Pfefferspray. Auf der neunten lauschte sie so aufmerksam, wie sie konnte.

Als sie oben ankamen, wandte Barbara sich nach rechts.

»Normalerweise liest er hier oben Comics und so ein Zeug. Seine Ma hat sich immer darüber beschwert.«

»Und sein Vater?«

»Den habe ich nie kennengelernt. Er ist gestorben, bevor sie hergezogen sind.«

»Wie lange leben die Oxbloods denn schon hier?«

»Fast zwanzig Jahre. Ich bin hier geboren.«

Barbara klopfte an eine Tür, erhielt aber erneut keine Antwort. »Daryl! Wenn du da drin bist, dann sag was, sonst kommen wir rein.« Sie sah sich zu Clarisse um und zuckte mit den Schultern. »Er ist übergewichtig und hat Diabetes. Aber manchmal vergisst er sein Insulin. So alt ist er eigentlich noch nicht, so um die vierzig, aber vielleicht hatte er ja einen Herzinfarkt.«

»Es gibt nur eine Möglichkeit, das herauszufinden.«

Barbara packte den Türknauf, und Clarisse bereitete sich darauf vor, ihr Pfefferspray einzusetzen. Sie rechnete zwar nicht wirklich mit einem Feind, aber sie hatte schon Seltsameres erlebt.

Die Tür öffnete sich, und Barbara trat hindurch.

»Oh, mein Gott!«, schrie sie.

Clarisse drängte sich an ihr vorbei und schaute zum Bett.

Überall war getrocknetes Blut, und der Angreifer war schon lange weg.

Rasch blickte Clarisse sich um und trat dann näher an die Leiche auf dem Bett heran. Sorgfältig wich sie dabei den Blutflecken auf dem Holzfußboden aus.

»Ist das Daryl?«, fragte sie.

Barbara stand noch immer an der Tür. »J … Ja. All das Blut. Was zur Hölle ist hier passiert? Hatte er einen Unfall?«

Clarisse betrachtete den langen Schnitt von einem Ohr zum anderen.

»Ich denke, Sie sollten den Sheriff rufen.«

»Und was soll ich ihm erzählen?«

»Dass ein Mann ermordet worden ist.«

»*Ermordet?* Hier?«

Clarisse drehte sich wieder zu Barbara um. »Gehen Sie. Los«, sagte sie in angespanntem Tonfall.

Barbara wirbelte herum und polterte die Stufen hinunter. Clarisse hörte, wie die ältere Frau vor lauter Eile gegen die Wand prallte.

Sie beugte sich vor, betrachtete das Gesicht des Toten und zuckte dann entsetzt zurück.

Nein! Das kann nicht sein! Bitte nicht!

Clarisse wich zurück und schaute sich den Arm des Mannes an. Sie krempelte den Ärmel ein Stück hinauf und drehte dann langsam den Arm, bis sie die Innenseite des Unterarms sehen konnte.

Und sie sah, was sie sehen musste. Dann zog sie den Ärmel wieder herunter und legte den Arm zurück.

Es war ein Tattoo, ein Supermansymbol.

Scheiße.

Unglücklicherweise hatte Clarisse für heute burgunderrote Handschuhe gewählt, und so bemerkte sie das getrocknete Blut nicht, das an ihren Fingerspitzen klebte.

Clarisse trat vom Bett weg und schaute sich die Regale an der Wand an. Sie waren voller Comics. Sie lief zu ihnen, blieb dann jedoch stehen und starrte einen Band ganz oben auf einem großen Stapel an. Sie wusste, dass das eine Sonderausgabe von Superman war. Aber war es *die* Sonderausgabe? Sie schlug den Comic auf und schaute sich die erste Seite an.

Die Initialen *BD* und *RE* waren dort in einem gezeichneten Herz zu sehen.

Clarisse warf den Comic wieder zurück. Ihre Panik nahm immer mehr zu.

Jetzt musste sie noch etwas anderes suchen, und zwar schnell.

Clarisse lief in das Zimmer gegenüber, das ihr schon aufgefallen war, als sie hochgekommen waren. Mit der behandschuhten Hand stieß sie die Tür auf. Es war ein kleines Zimmer, offenbar ein Lagerraum. Kisten, alte Bettgestelle und die Trümmer mehrerer Leben waren hier gestapelt.

Clarisses Blick huschte durch den Raum und blieb an der gegenüberliegenden Wand hängen. Da war es. Sie hob ihr iPad und machte ein Foto von dem, was mit einem schwarzen Marker an die Wand geschrieben worden war.

TU, WAS ICH SAGE, UND NICHT, WAS ICH TUE.

Sie wollte nicht, dass der Schriftzug gefunden wurde, also holte sie einen Marker aus der Tasche und begann, die Buchstaben zu überschreiben, doch dann hörte sie Barbara auf der Treppe. Rasch steckte Clarisse den Stift wieder weg. Einen Augenblick später erschien Barbara in der Tür.

»Sie sind auf dem Weg.« Barbara sah die Schrift an der Wand. »Oh, mein Gott? Was hat das zu bedeuten?«

»Ich weiß es nicht. Das wird die Polizei herausfinden müssen. Und ich muss jetzt weg.«

»*Was?* Wollen Sie nicht auf die Cops warten?«

»Schauen Sie … Ich bin hierhergekommen, weil das mein Job ist. Ich kenne niemanden hier, auch nicht Daryl Oxblood. Sie werden der Polizei mehr erzählen können, als ich es je könnte. Und ich will zwar nicht herzlos klingen, aber ich muss heute noch zwanzig Leute abklappern, und die leben überall verstreut.«

Barbara blickte wieder zu der Botschaft an der Wand und zuckte mit den Schultern. »Na, gut. Da kann man nichts machen. Aber ich bleibe nicht allein im Haus.«

»Sie können auch draußen auf sie warten.«

Gemeinsam gingen sie die Treppe hinunter und in den Hof.

»Oh … Wie heißen Sie eigentlich? Falls die Polizei das wissen will, meine ich«, fragte Barbara.

»Julia Frazier. Also, alles Gute. Und es tut mir wirklich leid, was mit Ihrem Freund passiert ist.«

»Wir waren mehr Nachbarn als Freunde. Mit seiner Mutter war ich allerdings befreundet. Ich wette, das hat mit Drogen zu tun. Vielleicht schuldete er irgendwem Geld, und als er nicht zahlen konnte, da haben sie ihn erledigt. Diese Bastarde!«

»Vermutlich haben Sie recht.«

Barbara kehrte in ihr Haus zurück, während Clarisse zu ihrem Wagen lief. Als sie die Hauptstraße erreichte, bog sie links ab. Ein paar Sekunden später sah sie zwei Streifenwagen im Rückspiegel. Ihre Sirenen heulten, das Licht blinkte, und sie verschwanden in der Straße, wo der tote Mann auf sie wartete.

Kurz darauf war auch Clarisse verschwunden.

KAPITEL 36

Clarisse saß in der Lounge der ersten Klasse in Dulles. Sie hatte zwar ein Rückflugticket zu ihrem letzten Aufenthaltsort, doch nun hatte sie sich entschlossen, erst einmal nach New York zu fliegen. Auf der Flughafentoilette hatte sie wieder einmal ihr Aussehen verändert. Clarisse war jetzt rothaarig und ihre Kleidung geschäftsmäßig. Mit einem fein aufgetragenen Make-up hatte sie die Kanten geglättet, die sie zuvor gehabt hatte. Der Lippenstift war eher matt. Gleiches galt für den Eyeliner. Sie könnte unterwegs sein, um einen Deal in trockene Tücher zu bringen, oder davon zurückkommen. Und in gewisser Hinsicht stimmte das ja auch.

Tu, was ich sage, und nicht, was ich tue. Clarisse hatte diese Phrase nun schon zweimal gesehen. Sie hatten offensichtlich damit gerechnet, dass sie den Identitätsdiebstahl aufdecken würde, der dazu gedient hatte, Kreditkarte und Mietwagen unter Daryl Oxbloods Namen zu beschaffen; aber die Wahrheit war auch, dass sie ihn deshalb nicht hätten töten müssen. Tatsächlich hätten sie ihn einfach in Ruhe lassen können. Doch der Umstand, dass sie vollkommen grundlos brutal einen Mann ermordet hatten, änderte alles für Clarisse.

Aber einen *Grund gab es doch. Ich weiß, wer Daryl Oxblood war. Und sie wissen auch, wer Oxblood war. Er war das BD in dem Herz, das in den Supermanband gezeichnet worden ist, in ein Comicheft, das er mir vor zwanzig Jahren ganz stolz gezeigt hat.*

Sie hatten ihn gefunden, unter seinem Namen einen Wagen gemietet und ihn getötet, offenbar einfach nur aus Spaß.

Clarisse lehnte sich auf ihrem bequemen Stuhl zurück, auch

wenn ihr nicht nach Bequemlichkeit zumute war. Sie nippte an ihrem aromatisierten Mineralwasser und kaute auf einem Sesamcracker mit Gruyère-Käse herum.

Dann ließ sie ihren Blick durch den Raum wandern, in dem wohlhabende Menschen auf ihre Flüge warteten.

So viele Opfer, so wenig Zeit.

Doch das würde warten müssen, und um die Wahrheit zu sagen, war sie nicht mehr mit ganzem Herzen dabei … jedenfalls nicht im Moment.

Clarisse wusste, dass diese Leute auch früher schon getötet hatten: Daniel Pottinger alias Harry Langhorne. Sie hatten ein übles Gift dafür verwendet und zugeschaut, wie er verreckt war. Doch für diesen Mord hatten sie einen guten Grund gehabt, jedenfalls Clarisses Meinung nach. Bei Daryl Oxblood war das anders.

Was heißt, die Dinge haben sich geändert und sie auch.

Clarisse stieg in den Flieger nach New York, und eine Stunde später blickte sie auf die Wohn- und Bürotürme der Stadt hinab, kurz bevor sie auf dem LaGuardia landete. Sie fuhr mit einem Taxi ins Hotel. Reserviert hatte sie bereits online, als sie noch in der Lounge in Dulles gesessen hatte. Auf der Fahrt suchte sie auf ihrem Handy Nachrichten über den Mord im ländlichen Virginia, doch sie fand noch nichts. Da draußen ging das wohl nicht so schnell, vermutete sie.

Clarisse erreichte ihr Hotel, ein schickes Boutique-Hotel in SoHo, das kostspieliger war, als es sein sollte, aber sie mochte es, denn niemand schenkte einem dort Beachtung außer den Leuten an der Rezeption und die auch nur beim Einchecken. Privatsphäre wurde hier ernst genommen, und im Augenblick war die genau das, was Clarisse brauchte.

Sie duschte, wickelte sich in eines der luxuriösen Handtücher, legte sich auf das riesige Bett und starrte den Himmel aus grauem Seidendamast an. In der Mitte des Raums hing ein Kronleuchter mit drei Birnen, der so modern aussah, dass er seltsamerweise den Eindruck erweckte, er stammte aus einer fernen Vergangenheit.

Drei Birnen, drei Spieler in diesem kleinen Drama, wenn ich Mickey Gibson nicht mitzähle, was ich vermutlich tun sollte. Sie ist kein einfacher Bauer mehr. Sie ist inzwischen zum Läufer oder Springer aufgestiegen, und sie gewinnt schnell an Stärke. Hoffentlich. Denn wenn ich sie schlage, dann will ich sie in ihrer besten Form schlagen.

Clarisse zog Jeans und T-Shirt an, bestellte sich etwas aufs Zimmer und setzte sich dreißig Minuten später zum Essen. Sie hatte ein Steak, Kartoffeln und ein Glas Cabernet geordert. Dabei aß sie normalerweise weder Fleisch noch viele Kohlenhydrate, und auch Alkohol trank sie nur selten, hauptsächlich aufgrund des schlechten Beispiels ihrer Mommy. Und aus demselben Grund hatte sie sich auch nie eine Zigarette in den Mund gesteckt, geschweige denn, *freiwillig* Drogen genommen. Mommy war das Musterbeispiel für die Auswirkungen allzu vieler schlechter Entscheidungen im Leben.

Nach der Mahlzeit holte Clarisse ihren Laptop heraus, legte ihr Notizbuch daneben, kramte das Prepaidhandy hervor und platzierte es auf der anderen Seite. Dann atmete sie tief durch, während sich die Gedanken in ihrem Kopf überschlugen.

Konzentrier dich! Jetzt ist nicht der richtige Zeitpunkt zum Spielen. Wir sind keine Kinder mehr.

Sie leerte ihr Hirn, nippte an ihrem Rotwein und drückte auf die Schnellwahltaste.

»Ich nehme an, die Kinder sind im Bett«, sagte sie, als die andere Person abhob.

»Ja, das sind sie«, bestätigte Gibson. »Erst einmal.«

»Was haben Sie zu berichten?«

»Ich habe mit Sam Trask gesprochen.«

»Ach, ja? Ich gratuliere.«

»Sie können sich Ihren Sarkasmus sparen, Clarisse. Ich bin nicht in der Stimmung dafür.«

»Was hat er Ihnen denn erzählt?«

»Allgemein gesagt, dass sein Sohn durchaus zu all den Dingen fähig ist, von denen ich ihm im Zusammenhang mit dem Mord an Pottinger/Langhorne erzählt habe.«

»Lassen Sie uns ihn ab jetzt Harry nennen. Das ist einfacher«, warf Clarisse ein.

»Okay«, sagte Gibson. »Nathan Trask ist in alle möglichen kriminellen Aktivitäten verstrickt, aber die Cops können nichts davon beweisen. Er hat Menschen ermorden lassen – Harry vielleicht eingeschlossen –, aber auch dafür gibt es keinen Beweis. Und warum sollte er ›Tu, was ich sage, und nicht, was ich tue‹ an die Wand des Raums schreiben, in dem Harry gefunden worden ist?«

»Haben Sie Trask auch danach gefragt?«

»Haben Sie das gewollt?«

»Ich habe gewollt, dass Sie sich auf Ihr Bauchgefühl verlassen. Und? Was hat Ihnen Ihr Bauch gesagt?«

»Mein Bauch hat mir davon abgeraten, ihn danach zu fragen, denn ich glaube nicht, dass Nathan Trask etwas mit Harrys Tod zu tun hat.«

»Und das gründet sich nur auf ihr Bauchgefühl?«

»Nicht nur. Nein.«

»Auf was noch?«

»Ich habe ein paar Nachforschungen zu Trask angestellt. Auch wenn nie etwas an ihm hängen geblieben ist, scheint er recht altmodisch zu sein, wenn es darum geht, jemanden um die Ecke zu bringen. Zwei Kugeln in den Kopf. Aber Langhorne ist mit Gift getötet worden, Botulinumtoxin vom Typ A. Das dauert eine Weile und ist schier unglaublich schmerzhaft. In der Zeit kann viel passieren, und zwar nichts Gutes, vor allem nicht für Trask.«

»Vielleicht wollte er ihm ja Schmerzen zufügen. Eine Kugel im Kopf ist jedoch recht schmerzfrei.«

»Ja, vielleicht. Aber Harry hatte einen tödlichen Hirntumor, und deshalb stand er unter Morphium.«

»Wirklich?«, hakte eine überraschte Clarisse nach.

»Ja, wirklich. Das ist bei der Obduktion herausgekommen. Und der Spruch an der Wand? Der ist von zwei Leuten geschrieben worden. Welchen Sinn ergibt das im Zusammenhang mit Nathan Trask? Mit Sicherheit hat er Harry nicht persönlich erledigt. Er wäre nie auch nur in die Nähe des Anwesens gegangen. Warum also sollte sein Killerkommando so etwas schreiben?«

»Woher wissen Sie, dass zwei Leute die Botschaft geschrieben haben?«

»Als ich noch als Kriminaltechnikerin gearbeitet habe, habe ich unter anderem mit Handschriftenanalyse mein Geld verdient. Manchmal mache ich das für ProEye auch heute noch.«

»Haben Sie das auch den Cops gesagt?«

»Was, wenn ja?«

»Und Trask schließen Sie jetzt einfach so aus?«

»Ich denke, Trask sollte mich einfach nur beschäftigen«, sagte Gibson.

»Wollen Sie damit sagen, ich hätte Ihnen einen Auftrag gegeben, von dem ich gewusst habe, dass er sinnlos ist?«

»Ich weiß nicht. Haben Sie?«

Sie gewinnt an Selbstvertrauen. Das ist gut und schlecht zugleich.

»Ich sehe nicht wirklich einen Sinn darin«, sagte Clarisse. »Sie? Wie sind Sie mit Sam Trask verblieben?«

»Er hat mir eine sichere E-Mail-Adresse gegeben, über die wir kommunizieren können. Er hat gesagt, es würde ihn nicht überraschen, wenn sein Sohn Leute in The Feathers bezahlt, um ihn zu überwachen.«

»Was hofft Sam zu erreichen?«

»Er arbeitet noch immer, wie Sie ja schon vermutet haben. Allerdings nicht für eine Firma oder so. Ich meine, er arbeitet ganz allein am Fall seines Sohnes. Er hat mir ein paar seiner Ermittlungsergebnisse und Spuren gezeigt, alles aus seiner kleinen Altenwohnung heraus zusammengetragen. Er ist sogar einmal mit dem Taxi an der Festung seines Sohnes in Virginia Beach vorbeigefahren. Er wollte sie mit eigenen Augen sehen. Als zusätzlichen Ansporn, den Kerl festzunageln.«

»Hat er Sie gebeten, ihm zu helfen?«

»Sagen wir einfach, wir haben darüber gesprochen, was für uns beide das Beste wäre.«

»Haben Sie ihm auch von mir erzählt?«

»Nein. Aber ich habe ihm von der Situation erzählt. Er erinnert sich an Harry. Allerdings hat er keine Ahnung, was mit ihm und seiner Familie passiert ist, nachdem sie ins Zeugenschutzprogramm gekommen sind. Dass es möglicherweise eine Verbindung zwischen Harry und seinem Sohn gibt, hat ihn fasziniert. Er ist wirklich ein toller Kerl, selbst wenn er ein Sauerstoffgerät braucht. Wir sind übereingekommen, uns gegenseitig auf dem Laufenden zu halten.«

»Sie sind ein großes Risiko eingegangen, als Sie ihn besucht haben. Inzwischen weiß sein Sohn vermutlich alles über Sie.«

»Sie haben mir doch gesagt, ich soll zu ihm fahren?«

»Machen Sie immer alles, was man Ihnen sagt, Mickey?«, erwiderte Clarisse abschätzig.

Scheiße, warum hast du das gesagt?

Alles, was Clarisse nun hörte, war … nichts.

Du darfst die Kontrolle nicht verlieren. Du schaffst das. Jetzt tu, was jeder anständige Mensch tun würde. Spiel die Anständige, nur dieses eine Mal in deinem Leben.

»Es tut mir leid, Mickey. Das geht auf meine Kappe. Ich hatte einfach diesen Gedanken im Kopf, dass Trask etwas damit zu tun hat. Was die anderen Typen auf der Liste betrifft, da haben Sie recht. Das ist nur Hintergrundrauschen. Ich weiß nicht, warum ich das getan habe. Manchmal bin ich cleverer, als gut für mich ist. Trask war der einzige Spieler, der mit Harry auf all diesen Hochzeiten hätte tanzen können *und* ein Motiv hatte, ihn auszuschalten. Aber ich stimme Ihnen zu. Wenn der Spruch an der Wand von zwei Leuten geschrieben worden ist, dann ergibt die Idee keinen Sinn, dass Trask etwas damit zu tun hat. Und das Gift anstelle von Kugeln? Da gilt das Gleiche. Okay? Also noch einmal … Es tut mir leid. Ich möchte das wirklich gut überstehen, und das Gleiche wünsche ich mir für Sie.«

Du laberst, und Labern ist immer Schwäche. Also halt lieber den Mund.

Clarisse bemerkte, dass ihr Atem immer schneller ging. Sie stellte ihr Mikrofon auf stumm und wartete auf Gibsons Antwort.

Komm schon, komm schon, komm schon … Sag einfach was, damit ich es dir im Mund umdrehen kann.

Aber Mickey Gibson antwortete nicht. Sie legte einfach auf.

KAPITEL 37

Gibson steckte das Handy in die Tasche, verließ ihr Home Office und ging zum Kinderzimmer, öffnete kurz die Tür und schaute hinein.

Sie schliefen wie tot. Alle beide.

Nein. Benutz nicht diese Phrase. Nicht, wenn es um die zwei geht.

Mit ihrem Handy machte Gibson ein Foto von den beiden, das sie sich mit Sicherheit noch anschauen würde, wenn sie eine alte Frau war und sich an die gute alte Zeit erinnerte.

Gibson ging nach unten und machte sich eine Tasse Tee. Während sie ihn trank, sah sie zum Fenster hinaus in ihren verwilderten Vorgarten. Sie hatte sich schon ewig vorgenommen, die Blumenbeete zu machen und ein paar bunte Topfpflanzen auf der Veranda zu verteilen.

Ja, bis sie *in mein Leben getreten ist. Ob ich alles tue, was man mir sagt? Du weißt einen Scheiß über mich, auch wenn du glaubst, alles zu wissen.*

Das große Fenster schien guter Rahmen für ihr Leben zu sein: Vergangenheit, Gegenwart und was auch immer sie in der Zukunft erwartete, ganz egal, ob die trostlos oder glänzend sein würde.

Und in der Zukunft meiner Kinder, denn die sind der größte Faktor bei alledem.

Und dann sah sie, dass die Dunkelheit da draußen mehr war, als sie hätte sein sollen. Da war eine Gestalt. Gibson duckte sich zur Seite und lugte dann vorsichtig noch mal um die Ecke. Da! Auf der anderen Straßenseite, hinter einem geparkten Auto. Da war jemand … jemand, der ihr Haus anstarrte.

Als ihr Handy summte, senkte Gibson den Blick und betrachtete das Display. Ihr Vater hatte ihr eine SMS mit einem Namen und einer Telefonnummer geschickt.

»Art Collin wird dich jetzt anrufen. Geh ran. Dad.«

Gibson hob den Kopf und schnappte nach Luft. Wer auch immer da draußen gestanden hatte, jetzt war er weg. Gibson lief zur Tür, riss sie auf, sprang auf die Veranda und schaute die Straße hinauf und hinunter. Sie atmete schwer, ging wieder hinein und schloss die Tür ab.

Das habe ich mir nicht eingebildet. Da war jemand.

Ein paar Sekunden später summte ihr Handy erneut. Gibson sah, dass es sich um die Nummer handelte, die ihr Vater ihr geschickt hatte.

»Hallo? Mr Collin?«

»Nennen Sie mich Art«, sagte eine laute, raue Stimme. »Ich kenne Ihren alten Herrn von früher. Er sagt, Sie seien an Harry Langhorne interessiert, und wenn Rick Rogers einen Gefallen braucht, dann stehe ich Gewehr bei Fuß. Rick ist ein guter Kerl. Also, hier bin ich.«

Art verschwendet offenbar keine Zeit.

Wie zur Antwort auf Gibsons Gedanken sagte Collin: »Ich will das so kurz und knackig wie möglich machen. Ich lebe in Florida. Ich habe viel vor. Kartenspielen, Cocktails, und dann wollen ich und meine Freundin ein wenig Spaß haben.«

Gibson schaute auf ihre Uhr und sah, dass es fast neun war. Und Art hatte an diesem Abend noch Kartenspielen, Cocktails *und* Spaß mit einer Freundin vor sich? Offensichtlich pflegte er nicht allzu früh zu Bett gehen. Damit hatte sich Gibsons Vorstellung von den Rentnern in Florida wohl erledigt. Nix mit fünf Uhr Abendessen und um acht ins Bett.

»Okay. Dann will ich es auch mal *kurz und knackig* machen. Woher wissen Sie von Langhorne?«

»Ich war Detective in Newark. Ich habe an dem Fall gearbeitet. Überall nur Schleimbeutel, und Langhorne war der schleimigste von allen. Aber er ist ein freier Mann geblieben, während die anderen bis in alle Ewigkeiten im Knast sitzen.«

»Haben Sie Langhorne persönlich gekannt?«

»Tatsächlich war ich derjenige, der ihn auf unsere Seite gebracht hat.«

Gibson verspannte sich. »Was? Wie?«

»Dank meines natürlichen Charmes, ist Ihnen der etwa nicht aufgefallen? Aber jetzt mal ernsthaft … Mein alter Herr war auch Zahlenschubser. Ich wusste genau, wie diese Typen ticken, also habe ich begonnen, Harry zu beobachten. Ich habe Fotos gemacht, Anrufe aufgezeichnet und so weiter. Und ich hatte einen Gerichtsbeschluss für alles. Ich wollte meine schönen Beweise nicht hinterher von einem Anwalt zerpflücken lassen. Es war nicht leicht, aber schließlich hatten wir ihn in der Hand. Dann haben wir ihn in einen netten kleinen Korb gepackt und ihm gesagt, mit dem würde er laaange den Fluss rauffahren, und vermutlich würde er es dann nicht mehr zurück schaffen … es sei denn, er würde sich auf unsere Seite schlagen. Im Knast fressen sie Weicheier wie Harry zum Frühstück. Also habe ich mich eines schönen Morgens mit ihm zusammengesetzt, ihm noch mal gezeigt, was ich gegen ihn in der Hand habe, und ihm die Wahl gelassen. Und er hat beschlossen, seinen Arsch zu retten. Was für ein Schock.«

»Aber er wurde nie verhaftet oder angeklagt. Und er hat nicht in den Prozessen ausgesagt.«

»Das war Teil des Deals. Er hat uns die Richtung gezeigt und uns mit Dokumenten versorgt, unterschrieben, versiegelt und ausgeliefert. Er war ein absolut detailverliebter Wichser. Er hat seine Bücher sogar mit einer Art Substitutionscode geführt. Ohne ihn hätten wir nie herausgefunden, was da gelaufen ist. Mit seinen Informationen haben wir uns dann ein paar tief hängende Früchte geschnappt, und die haben sich ratzfatz gegen ihre Bosse gewandt. Das machen die kleinen Scheißer immer. Es waren dann ihre Aussagen zusammen mit den Dokumenten von Harry, die die letzten Nägel in den Sarg geschlagen haben. Drei dieser Trottel waren kurz darauf tot, doch es war Harry, der das Ganze in Gang gesetzt hat. Er wollte allerdings nicht vor Gericht erscheinen und unter Eid aussagen, denn dann hätte er schon zwanzig Auftragskiller am Hals gehabt, bevor er den Zeugenstand auch nur verlassen hätte.«

»Der Mob hat doch sicher trotzdem herausgefunden, dass er ihnen das Messer in den Rücken gerammt hat. Sonst wäre er ja auch angeklagt worden. Zumindest hätte man ihn als Zeugen bestellt.«

»Oh, das haben sie auch. Deshalb wollte der Mann ja auch nur eins: verschwinden.«

»Mit seiner Familie, meinen Sie.«

Collin schnaubte verächtlich. »Wenn Harry Langhorne eine Möglichkeit gesehen hätte, dann hätte er seine Frau und seine beiden Kids im Regen stehen lassen, ohne mit der Wimper zu zucken. Aber das ging nicht, also hat er das nicht gemacht. Ich habe gehört, sie sind ins Zeugenschutzprogramm gekommen.«

»Harry Langhorne ist vor Kurzem in einem alten Herrenhaus in Virginia gefunden worden. Ermordet. Er hat unter dem Pseudonym Daniel Pottinger gelebt.«

»Das hat mir Ihr Vater schon erzählt. Na ja, es ist ja nicht so, als hätte er das nicht verdient. Scheiße hört nicht auf zu stinken, besonders nicht so ein Scheißhaufen wie der. Sicher, er war nur der Zahlenschubser, aber er hat ganz genau gewusst, was da vor sich ging. Er wusste, wo die Leichen vergraben waren. Alle! Und das meine ich wörtlich. Er war wie Robert Duvall in *Der Pate*, nur dass Duvalls Figur auch so etwas wie Prinzipien hatte. Harry Langhorne hatte nichts dergleichen. Das hat mir zwar nicht gepasst, aber so eine Chance konnte ich mir nicht entgehen lassen. Tatsächlich war er meine einzige Möglichkeit, die Bosse zu schnappen. Also habe ich den Drecksack laufen lassen, um an die noch viel größeren Drecksäcke ranzukommen. Manchmal ist das eben so.«

»Haben Sie irgendeine Idee, wer ihn getötet haben könnte?«

»Die Typen, bei deren Verhaftung er geholfen hat, sind entweder tot oder sitzen noch immer mit langen grauen Bärten im Knast.«

»Und ihre Kinder?«, hakte Gibson nach.

»Das könnte sein. Aber meiner Erfahrung nach ist dieses ganze Familiengesülze in den Mafiafilmen einfach nur Bullshit. Die Jungen haben sich vermutlich gefreut, als die Alten aus dem Verkehr gezogen worden sind. Jetzt waren sie die Bosse, und jeder hatte seine eigenen Probleme, sich ein neues Imperium aufzubauen. Ich kann mir einfach nicht vorstellen, dass einer von ihnen sich ein Bein ausreißen würde, um irgendwen zu rächen. Das ist viel zu viel Arbeit und noch dazu riskant.«

»Na gut, das ist alles sehr interessant, und es ergibt auch durchaus Sinn, doch nach wie vor stellt sich die Frage: Wer würde nach all den Jahren von Harrys Tod profitieren?«, fragte Gibson.

»War Geraldine bei ihm, als er ins Gras gebissen hat?«

»Nein. Harry ist vor zwei Jahrzehnten aus dem Zeugenschutzprogramm ausgestiegen. Seine Frau ist kurz danach verschwunden, aber wir wissen nicht, ob sie sich später wieder getroffen haben, oder ob sie ihren eigenen Weg gegangen ist, oder …«

»… oder ob sie jemand erledigt hat«, warf Collin ein. »Tatsächlich halte ich das für das Wahrscheinlichste. Ich hatte schon immer das Gefühl, dass Harry seine Frau regelrecht hasst. Und sie machte es ihm auch nicht gerade leicht, sie zu lieben. Ich hatte nur wenig mit Geraldine zu tun, aber damals war sie entweder besoffen oder mit Drogen vollgepumpt.«

»Nach dem, was ich gehört habe, könnte Langhorne auf einem Berg von Mafiageld gehockt haben.«

»Diese Gerüchte gab es schon damals.«

»Und Sie haben die nicht überprüft?«, fragte Gibson.

»Das war nicht mein Job. Ich sollte Harry nur festnageln und dann umdrehen, um an die dicken Fische zu kommen, und das hab ich getan.«

»Der Ort, wo er ermordet worden ist … Er hat fünf Millionen dafür bezahlt. In bar!«

Collin stieß einen leisen Pfiff aus. »Dann waren die Gerüchte also zutreffend. Er *hat* das Geld geklaut.«

»Ich denke, nach all der Zeit liegt da noch weit mehr rum als fünf Millionen.«

»Und haben Sie eine Ahnung, wo das Geld sein könnte?«

»Nein, aber ich glaube, einige Leute suchen danach«, antwortete Gibson.

Wie Clarisse zum Beispiel.

»Und was ist mit den Kindern passiert?«, fragte Collin.

»Kaum war Francine achtzehn, da haben beide das Zeugenschutzprogramm freiwillig verlassen.«

»Als ich sie gekannt habe, waren sie noch klein, aber schon damals waren sie ein seltsames Paar.«

»Einer der Marshals, die im Programm arbeiten, hat mir erzählt, Doug sei von seinem Vater geradezu erstickt worden. Er durfte nie Sport treiben, darum hockte er die ganze Zeit in der Garage, hat Hanteln gestemmt und vor sich hin gebrütet.«

»Und das Mädchen?«, fragte Collin.

»Die hatte ihre eigenen Konflikte mit dem Vater. Vermutlich waren die sogar noch bitterer und hatten nachhaltigere Folgen. Der Marshal hat gesagt, das Mädchen habe das Sagen in der Beziehung der beiden Geschwister gehabt.«

»Okay. Das ergibt Sinn.«

»Was meinen Sie damit?«, hakte Gibson nach.

»Wie schon erwähnt, waren sie selbst damals schon ein seltsames Paar. Ich habe sie allerdings nie so richtig kennengelernt.

Sie waren noch Kinder, und ich hatte eigentlich nur mit Harry zu tun. Ich bin zwar kein Seelenklempner, dennoch hatte ich den Eindruck, dass die Familie ziemlich kaputt war. Harry war der König, und er genoss die Rolle. Geraldine hat gesoffen und sich Pillen eingeschmissen, und wenn es um Harry ging, dann hatte sie kein Rückgrat mehr. Die Kinder haben immer nur geschwiegen und vor sich hin gestarrt, und vielleicht haben sie dabei irgendeinen Scheiß im Kopf gehabt, über den ich noch nicht einmal nachdenken will. Haben Sie je den Film *Kinder des Zorns* gesehen? Er basiert auf einer Story von Stephen King.«

»Nein.«

»Hach, als der herausgekommen ist, waren Sie vermutlich noch nicht einmal geboren. Aber wie auch immer ... Es geht um Kinder, die sich zu einer perversen Sekte zusammengeschlossen haben und alle Erwachsenen töten, damit ihre Maisfelder eine gute Ernte einbringen. Der Film ist verdammt blutig und sadistisch, zumindest nach damaligem Standard. Aber die Kids in dem Film? Die Anführer, Malachai und Isaac? Na ja, sagen wir einfach, Francine und Doug hätten da gut reingepasst. Verdammt, Francine hätte vermutlich die Herrschaft übernommen und Todesurteile verhängt, und Dougie wäre ihr Vollstrecker gewesen. Und den Eindruck hatte ich schon, als sie noch kleine Kinder waren!«

»Ein außergewöhnliches Paar also«, bemerkte Gibson.

»Sagen wir einfach, heute würde ich ihnen noch nicht einmal in einem gut beleuchteten Einkaufszentrum über den Weg laufen wollen, mitten am Tag und mit einer Million Menschen um mich herum. Und Scheiße, ich habe fünf Jahre undercover inmitten des menschlichen Mülls von Trenton verbracht. Ich war bei der Polizei in Newark, wissen Sie? Aber die haben mich für einen Undercoverjob in Trenton abgestellt, weil mich da niemand kannte. Nun sind manche Menschen schlicht böse geboren, und andere werden von einem beschissenen Leben böse gemacht. Ich habe beide Typen kennengelernt. Und meiner Meinung nach sind Francine und Dougie weder das eine noch das andere. Sie sind *beides.*«

»Also ist Geraldine vielleicht nicht freiwillig verschwunden.«

»Möglich. Und Sie glauben, dass die Kinder den alten Mann schließlich aufgespürt haben?«, fragte Collin.

»Ich halte das zumindest für wahrscheinlich.«

»Eines noch.«

»Ja?«, sagte Gibson.

»Ich weiß, ich habe Ihnen gerade erst erklärt, dass ich glaube, dass die Kinder von Geburt an böse waren.«

»Stimmt.«

»Aber da ist noch etwas anderes. Vielleicht muss ich das mit dem Böse-geboren wieder zurücknehmen. Ich konnte es zwar nie beweisen, aber ich hatte da ein Bauchgefühl.«

»Was meinen Sie?«, hakte Gibson nach.

»Harry Langhorne war ein kranker Hurensohn. Er war so weit weg von einem sanftmütigen Buchhalter, wie man nur sein kann.«

»Was versuchen Sie mir zu sagen?«

»Trotz ihrer melancholischen Art war Francine ein richtig niedliches Mädchen.«

»Spucken Sie es einfach aus, Art.«

»Ich habe gesehen, wie Harry mit Francine umgegangen ist. Sagen wir einfach, er hat sich nicht so verhalten, wie ein Vater sich normalerweise gegenüber seiner Tochter verhält.«

»Moment mal … Wollen Sie damit etwa andeuten, dass er sie sexuell missbraucht hat?«

»Wie gesagt, ich habe keine Beweise dafür, aber wenn Sie die Meinung eines erfahrenen Cops hören wollen, dann ja, genau das will ich damit sagen.«

»Himmel!«

»Manche Maden lieben sie in dem Alter. Und keine Ahnung, was für einen Scheiß er mit seinem Sohn gemacht hat. Also sind sie vielleicht doch nicht böse geboren worden. Vielleicht hat Harry sie so gemacht.«

Gibsons Gedanken wanderten zu ihren eigenen Kindern. *Sollte je jemand auch nur versuchen …*

»Ist es jetzt Ihr Job, die beiden zu finden?«, fragte Collin.

Gibson konzentrierte sich wieder. »Zumindest könnte es dazu kommen.«

»Nun, dann lassen Sie mich Ihnen einen Rat geben.«

»Okay?«

»Erst schießen, dann fragen. Aber jetzt muss ich weg. Meine Freundin schaut mich schon schief an. Viel Glück.«

»Ja, danke, Art. Ich weiß die Informationen sehr zu schätzen«, sagte Gibson, und das Herz sank ihr in die Hose.

Sie legte auf, trank ihren Tee und schaute wieder zum Fenster hinaus.

Leute, die das Haus beobachteten.

Francine und Doug Langhorne waren offenbar Soziopathen auf einem ganz neuen Level.

Aber Francine und Doug waren vielleicht auch auf furchtbare Art von ihrem Vater missbraucht worden. Ein Mensch, dem das passiert war, würde mit Sicherheit zu niemandem mehr Vertrauen fassen. Tatsächlich konnte es ihn all seiner Menschlichkeit berauben.

Bin ich womöglich schon in dem gut beleuchteten Einkaufszentrum mit den zwei Monstern?

Gibson sah ein furchterregendes Szenario nach dem anderen in dem großen Fenster. Schließlich blickte sie zu dem Zimmer hinauf, in dem ihre Kinder friedlich schliefen. Sie ahnten nicht das Geringste von der Gefahr, der ihre Mutter sie vielleicht ausgesetzt hatte.

Gibson schloss die Augen, und Panik keimte in ihr auf.

Was zum Teufel habe ich getan?

KAPITEL 38

Nach einer größtenteils schlaflosen Nacht wachte Gibson früh wieder auf. Sie weckte und fütterte die Kinder und rief dann ihren Dad an. Sie war zu dem Schluss gekommen, dass sie sich entweder zusammenrollen und auf ihr Schicksal warten konnte, oder aber sie konnte all ihre Fähigkeiten und ihren Verstand einsetzen, um der Flut, die sie heranrollen ahnte, stets einen Schritt voraus zu sein. Aber Silva hatte am Abend zuvor angerufen. Sie war krank und konnte nicht kommen.

»Ja, Dad, wenn du und Mom ein paar Stunden auf die Kinder aufpassen könntet, das wäre toll.«

»Sicher können wir das, Liebes. Aber wo willst du denn hin?«

»Ich muss nur ein paar Dinge erledigen.«

»Du hast schon mit fünfzehn so mies gelogen. Damals hast du uns weismachen wollen, dass dir jemand Gin in die Wasserflasche getan und Joints in den Rucksack gesteckt hat.«

»Okay, okay. Ich muss ein paar Spuren untersuchen.«

»Harry-Langhorne-Spuren?«

»Was sonst?«

»Hat mein Kumpel Art dir helfen können?«

»Oh ja, das hat er. Danke, dass du Kontakt zu ihm aufgenommen hast.«

»Er scheint gut zurechtzukommen.«

»Es klingt, als käme er mehr als nur zurecht. Hey, Dad, was weißt du über einen Kerl mit Namen Nathan Trask?«

Ihr Dad antwortete so lange nicht, dass Gibson bereits glaubte, die Leitung wäre tot.

»Bitte, sag mir jetzt nicht, dass du dich auch mit dem angelegt hast.«

»Nein, habe ich nicht. Ich schwöre. Aber was kannst du mir über ihn sagen?«

»Der Kerl ist Abschaum. Er ist reicher als Gott, doppelt so böse wie der Teufel und klüger als Einstein, denn noch nicht einmal die Feds haben je etwas gegen ihn in der Hand gehabt. Und er hat da diese Festung in Virginia Beach.«

»Ach, wirklich? Das habe ich gar nicht gewusst«, log Gibson und hoffte, dass sie diesmal nicht so leicht zu durchschauen war.

»Wie passt der denn in das alles rein?«, fragte ihr Vater.

»Ich habe gehört, dass Langhorne mit ihm Geschäfte gemacht haben könnte, aber ich glaube, das war nur Mist.«

»Wie auch immer … Halt dich fern von dem Kerl, Mick. Sonst kommst du nicht mehr zurück.«

»Es ist schon erstaunlich, dass so ein Stück Dreck frei herumlaufen kann, während irgend so ein armes Schwein, das seinem Kumpel im Suff den Schädel eingeschlagen hat, zwanzig Jahre Knast bekommt.«

»Das ist Amerika. Die Armen und Dummen wandern hinter Gitter, während das Geld frei herumläuft. Wenn es dir passt, sind wir um halb zwölf da. Deine Mutter wird um neun noch entgraut.«

»Entgraut? Ich hoffe, du hast diesen Begriff nie vor ihr verwendet.«

Gibson konnte das schelmische Grinsen ihres Vaters förmlich sehen.

»Ich lebe doch noch, oder?«

*

Als Gibsons Eltern eintrafen, schnappte ihr Vater sich sofort Darby, wirbelte sie durch die Luft und machte alberne Geräusche, während ihre Mutter Tommy instinktiv die Haare aus dem

Gesicht strich, sein Hemd zurechtzupfte und ihm mit einem Küchentuch den Dreck vom Kinn wischte.

Mars gegen Venus, dachte Gibson.

Schließlich setzte ihr Vater Darby wieder ab und schaute seine Tochter an. Entschlossen erwiderte sie seinen Blick.

Rick Rogers war gebaut wie ein Panzer, und als Cop hatte er den Ruf gehabt, hart, aber gerecht zu sein. Er wusste, wie es war, sich von einem Gehaltsscheck zum nächsten zu hangeln und was diese Art von Stress bei den Menschen bewirkte.

»Abschaum gibt es überall, aber man kennt niemanden wirklich, solange man nicht ein Stück in dessen Schuhen gegangen ist. Und ein hungriger Bauch, ein krankes Kind oder wenn man das Dach über dem Kopf verliert oder einfach die falsche Hautfarbe hat …, so etwas kann mit guten Menschen schlimme Dinge anstellen, Mick. Über manchen schwebt ständig ein Damoklesschwert. Natürlich ist das Scheiße, aber so ist es nun einmal. Das heißt aber noch lange nicht, dass das Gesetz nicht durchgesetzt werden muss. Es heißt nur, dass das Menschen sind, über die du nicht wirklich viel weißt. Solltest du das je vergessen, dann such dir einen neuen Job.«

Und Gibson hatte es nie vergessen. Tatsächlich hatte ihre Arbeit bei ProEye ihr das noch mehr eingehämmert, denn da jagte sie ständig Leuten hinterher, die viel zu viel Geld hatten und sich weigerten, ihren Teil zu tragen. Sie glaubten schlicht, dass sie über allen anderen standen.

»Und?«, fragte Rick Rogers seine Tochter. Seine Frau strich gerade Tommys Locken glatt, obwohl der sich energisch wehrte.

»Und was?«

»Du weißt was. Sollen wir irgendwo hingehen und darüber reden?«

»Nein. Aber wenn du willst, können wir reden, wenn ich wieder zurück bin.«

»Wie wäre es, wenn ich dich begleite?«

Gibson schaute auf den Gürtel, der halb unter seinem Jackett verborgen war, und hob die Augenbrauen.

»Ich habe keine Waffe dabei«, sagte ihr Dad mit leiser Stimme und sah sich besorgt zu seiner Frau um. Inzwischen versuchte sie, Tommy, dem die Flucht gelungen war, wieder einzufangen.

»Was nutzt du mir dann?«, erwiderte Gibson.

»Du bist wirklich eine harte Nuss«, seufzte ihr Vater, setzte aber ein Grinsen auf.

»In ein paar Stunden bin ich wieder zurück.«

»Ruf an, wenn du Hilfe brauchst, ja?«, sagte ihr Dad. Das Grinsen war verschwunden.

»Ich habe dich auf der Schnellwahltaste, Dad. Das hatte ich schon immer, und das wird auch immer so sein.«

Sein Lächeln kehrte wieder zurück.

Gibson schnappte sich die Schlüssel, umarmte ihre Kinder und fuhr in ihrem Mommy-Van davon.

KAPITEL 39

Stormfield sah genauso düster und Furcht einflößend aus wie eh und je.

Gibson hielt an und stieg aus. Nirgends war Polizei zu sehen, und aus Richtung Bucht zog Sturm auf. Die Temperatur fiel bereits, und Gibson zog ihre Jacke enger um die Schultern.

Im Gegensatz zu ihrem Vater hatte sie durchaus eine Waffe dabei. Die Beretta steckte in einem Holster an ihrem Gürtel.

Das Haus ließ sie erst einmal links liegen und ging zur Anlegestelle. Sie wusste nicht, ob die Polizei auch da unten gesucht hatte, aber sie nahm es nicht an.

Gibson ging auf den Anleger hinaus und zum Heck des Bootes. Sie kletterte auf die Badeplattform, schob sich mit dem Kopf voran unter die Abdeckplane und kroch ins Innere. Unter der Plane war es dunkel genug, dass Gibson ihre Taschenlampe herausholen musste, um etwas sehen zu können. Alles roch muffig, und sie rümpfte die Nase. Dann hockte sie sich neben die Teleskopstangen, die die schwere Winterplane stützten, und schaute sich um. Sie wusste zwar nicht, was sie suchte, doch das war bei solchen Aktionen immer so.

Es gab viele Staufächer auf dem Boot, in die man alles Mögliche stopfen konnte, einige offen sichtbar, andere nicht. Gibson hatte sich bei ihrer Arbeit schon Dutzende Pläne von Jachten angesehen, die ihre Schuldner hatten verstecken wollen. Neue Namen, neue Flaggen, neue Farben, aber die eigentliche Struktur so eines Dings konnte man nicht ändern. Die war wie ein Fingerabdruck.

Sorgfältig suchte Gibson vom Heck zum Bug. Im luxuriösen Inneren gab es so gut wie alles, was Formula im Angebot hatte, doch das interessierte Gibson nicht. Tatsächlich hatte sie nur eines entdeckt, was von Interesse für sie war.

Und das war eine Nachricht, die irgendwer auf einen Fender im vorderen Staufach geschrieben hatte.

Schau genauer hin. Es ist die Sache wert.

Okay, das war tatsächlich etwas. Gibson dachte wieder über Harry Langhorne nach. Allen Berichten zufolge war der Kerl ein Riesenarschloch gewesen, ein Schläger, rachsüchtig, manipulativ, grausam und vielleicht auch ein Kinderschänder. Und er hatte einen tödlichen Hirntumor gehabt. Gibson konnte sich durchaus vorstellen, dass das alles ein Spiel für ihn gewesen war, seine letzte Chance, die Welt zu verarschen.

Gibson kroch wieder hinaus und musste feststellen, dass es inzwischen regnete. Sie lief durch den Sturm zum Eingang des Hauses. Die Tür war verschlossen, und der Schlüssel lag nicht länger unter der Katzenstatue. Gibson holte ihre Dietriche heraus und beseitigte rasch das Hindernis. Als sie hineinging, ließ ein Donnern sie zusammenzucken.

Gibson holte ihr iPad heraus und ging die Fotos und das Video durch, die sie zuvor aufgenommen hatte. Gemälde, Skulpturen, ein paar Möbel und Teppiche. All das hatte sie dokumentiert und online nach den zugehörigen Preisen gesucht. Deshalb wusste sie nun auch, dass die Einrichtung nicht annähernd den Wert dessen widerspiegelte, was Langhorne von der Mafia gestohlen hatte.

Natürlich könnte er all sein Geld in Stormfield gesteckt haben. Immerhin waren fünf Millionen Dollar in den Neunzigern verdammt viel Geld. Aber Gibson glaubte das nicht, und die Notiz, die sie gefunden hatte, bestärkte sie in ihrem Argwohn.

Schau genauer hin. Es ist die Sache wert.

Wenn Francine und Doug also wirklich die Mörder waren, hatte ihr Vater ihnen dann etwas erzählt? Sollte der Schatz auf irgendeinem Bankkonto, in einem Schließfach oder in einem der anderen üblichen Finanzverstecke sein, dann hatte Gibson gute Chancen, ihn zu finden. Immerhin war das ihr Beruf.

Doch Langhornes Notiz zufolge war ihm durchaus bewusst gewesen, dass einige Leute etwas haben wollten, was er besaß. Und er hatte sie verspottet, sie herausgefordert, doch zu suchen. Hatte sehen wollen, ob sie wirklich klüger waren als er.

Ob ich wohl klüger bin, als er es war?

Gibson schlenderte von einem Raum zum anderen und suchte nach irgendeiner Spur. Sie brauchte mehr Informationen über Langhorne und noch mehr über seine Zeit als Daniel Pottinger. Erstere konnte sie womöglich von Earl Beckett bekommen. Letztere würde sie sich wohl von Clarisse holen müssen.

Das heißt, wenn ich sie je wieder zurückrufe, und im Augenblick habe ich keinen Bock darauf.

Gibson konnte es nicht leiden, verarscht zu werden, aber wer mochte das schon? Noch mehr ging es ihr gegen den Strich, wenn sie von einer Person verarscht wurde, der es offensichtlich Spaß machte, die Fäden zu ziehen.

Und was, wenn die Frau ein Problem mit mir hat? Hier geht es nicht nur um standardmäßige Manipulation. Da steckt noch etwas anderes dahinter. Etwas Persönliches.

Eine Sekunde später hörte Gibson Geräusche, und ihre Hand flog zu der Waffe. Die Beretta nach vorne gerichtet schlich sie in Richtung der Geräusche. Sie wollte den Eindringling überraschen.

Gibson bog um die Ecke und huschte den dunklen Flur hinunter. Die Geräusche kamen immer näher, und ihr Finger krümmte sich um den Abzug.

»Scheiße!«, rief sie.

Detective Wilson Sullivan von der Virginia State Police starrte sie an.

»Es scheint Sie nicht zu überraschen, mich hier zu sehen«, sagte Gibson und steckte die Waffe wieder weg.

Sullivan runzelte die Stirn und sagte gereizt: »Tut es auch nicht. Ihr Van steht draußen.«

»Natürlich.«

»Aber ich will jetzt eine Antwort hören. Sofort! Was machen Sie hier?« Er trat einen Schritt näher an Gibson heran. »Tatsache ist nämlich, dass Sie nicht hier sein sollten. Ich könnte sie sogar dafür verhaften.«

»Für mich sieht es so aus, als hätten Sie den Tatort freigegeben. Außerdem arbeiten wir doch zusammen, oder? Ich habe nur nach Spuren gesucht.«

Einen unangenehm langen Augenblick schaute Sullivan sie einfach nur an. »Und? Haben Sie was gefunden?«

Gibson erzählte ihm von der Botschaft, die sie auf dem Boot entdeckt hatte.

»Es *gibt* also einen Schatz da draußen, und er spielt auch jetzt noch Spielchen damit.«

»Es klingt zumindest so. Oder aber er verarscht uns alle, und der Schatz ist nur heiße Luft.«

»Und was glauben Sie?«

»Sie wissen genauso viel über Harry Langhorne wie ich«, antwortete Gibson. »Offensichtlich war er ein sehr komplizierter Mensch. Deshalb bin ich auch nicht sicher, wie ich diese Frage beantworten soll.«

Sullivan nickte und sah sich um. »Haben Sie noch etwas anderes außer dieser Notiz gefunden?«

»Bisher nicht. Regnet es draußen immer noch so stark?«, fragte Gibson, als ihr auffiel, wie nass Sullivans Mantel und Haar waren.

»Wie aus Eimern.«

»Dann sollten wir wohl drinbleiben und uns hier noch mal umsehen.«

»Vielleicht ist der Schatz ja gar nicht wirklich versteckt.«

»Vielleicht. Aber das hängt davon ab, wie Sie ›nicht wirklich versteckt‹ definieren.«

»Ich dachte, Sie hätten hier alles mit Ihrem iPad aufgenommen.«

»Ich bin nicht in jeden Raum gekommen. Das hätte Tage gedauert. Haben Ihre Leute hier alles durchsucht?«

»Ja, aber die haben auch nicht nach einem Schatz gesucht.«

»Gibt es schon irgendwelche Spuren in dem Fall?«

Sullivan schüttelte den Kopf. »Ich habe so das Gefühl, dass das noch länger dauern wird. Wer passt eigentlich gerade auf Ihre Kinder auf? Wieder Ihre Mutter?«

»Beide Eltern.«

»Sollen wir jetzt durch die Zimmer?«, fragte Sullivan.

Gibson lächelte und antwortete: »Ja.« Innerlich runzelte sie jedoch die Stirn.

Neunzig Minuten später hatte der Regen endlich aufgehört, und auch die gemeinsame Suche war beendet. Sie hatten nichts gefunden.

»Wenn hier ein Schatz ist, dann sehe ich ihn zumindest nicht«, bemerkte Sullivan.

»Was ist mit Schließfächern? Mit Bankkonten und all den anderen üblichen Verstecken?«

»Wir versuchen, auf einige davon Zugriff zu bekommen; aber es fällt uns schwer, überhaupt etwas zu finden.«

»Hat er keine lokale Bank gehabt?«

»Falls ja, dann haben wir sie zumindest nicht gefunden. Und es gibt auch keine Bankdokumente im Haus. Vielleicht hat er sie ja irgendwo anders hingebracht, aber wir haben noch nicht einmal ein Scheckbuch oder alte Rechnungen entdeckt. Natürlich könnte er sich irgendwo ein Lager gemietet haben, aber falls ja, dann haben wir zumindest nicht die geringste Ahnung wo. Dieser Tage kann man solche Sachen überall verstecken.«

»Das müssen Sie mir nicht sagen«, erwiderte Gibson trocken. »Und es hat sich auch noch niemand gemeldet? Ein Anwalt vielleicht oder ein Buchhalter? Finanzberater, die mit ihm zusammengearbeitet haben?«

Sullivan schüttelte den Kopf. »Mit diesen Leuten könnte er unter anderem Namen zusammengearbeitet haben. Vielleicht wissen sie gar nicht, dass der Kerl tot ist.«

»Der Mord war doch in den Nachrichten«, konterte Gibson. »Und da wurde auch erwähnt, dass er in Stormfield gestorben ist. Man sollte meinen, seine Finanzleute haben gewusst, wo er wohnt.«

»Wir haben ein paar Namen vom Immobilienmakler der Turners bekommen, aber wir können nicht eine der genannten Personen finden, was natürlich nicht sonderlich überraschend ist. Es ist, als hätten alle die Beine in die Hand genommen.«

Gibson schaute sich noch einmal im düsteren Inneren von Stormfield um. »Aber die Notiz, die ich gefunden habe, beweist eindeutig, dass er wusste, dass irgendjemand nach etwas suchen würde. Also hat er das entweder versteckt oder nicht, weil es tatsächlich gar nichts zu verstecken gab.«

»Vielleicht können Sie ja Wunder wirken und das Problem lösen. Falls ja, dann sagen Sie mir Bescheid.«

Wieder runzelte Gibson die Stirn, doch diesmal nicht innerlich, sondern offen. »Ich kann es zumindest mal versuchen. Hey! Wissen Sie auch etwas über Nathan Trask?«

Sullivan hob überrascht die Augenbrauen. »Trask? Was hat der denn damit zu tun?«

»Vielleicht nichts. Aber er ist ein großer Fisch in der Verbrecherwelt, auch wenn ich das nicht offen sagen darf, denn dann wird er mich verklagen und vermutlich gewinnen.«

»Glauben Sie, er hat mit Langhorne alias Pottinger zusammengearbeitet?«

»Womöglich.«

»Ich habe von ihm gehört«, sagte Sullivan, »als ich aus Carolina hergekommen bin. Er hat eine ganze Reihe Politiker in der Tasche, die ihn decken.«

»In was für einer Welt leben wir nur?«

»Ja, das stimmt wohl«, seufzte Sullivan und runzelte ebenfalls die Stirn, als es wieder zu regnen begann.

KAPITEL 40

Clarisse hatte Gibson nicht zurückgerufen, denn damit hätte sie ihre Schwäche eingestanden. Es war besser, wenn Gibson *sie* anrief … falls sie das denn tun würde.

Aber sie muss … oder? Sie kann das doch nicht so einfach stehen lassen.

Clarisse riss sich zusammen und konzentrierte sich wieder auf die aktuelle Situation.

Harry Langhorne war ermordet worden; aber er hatte bereits im Sterben gelegen, und das war wirklich eine Überraschung für Clarisse gewesen. Ihre Mutter wiederum war entführt worden. Dann hatten sie Daryl Oxblood getötet und damit auch BD.

Ob sie auch schon Mommy getötet haben?

Vermutlich nicht … noch nicht. Und wenn sie sie als Druckmittel einsetzen wollten, dann würden sie Clarisse erneut kontaktieren müssen.

Dabei würde Clarisse ihnen lieber zuvorkommen und selbst den Kontakt herstellen. Solch eine Kontaktaufnahme hätte keinerlei Vorteil für sie, abgesehen davon, dass sie ihren Gegnern dann Stärke demonstrieren konnte. Nur dass die Person, mit der sie es nun zu tun hatte, sich nicht so leicht hinters Licht führen ließ. Und BD würde sie nicht erwähnen, um ihnen nicht zu offenbaren, dass sie dieses Puzzlestück gefunden hatte.

Sie rief die E-Mail wieder auf, die man ihr geschickt hatte.

> Hallo und Überraschung. Es hat eine Weile gedauert, aber genau wie du gebe ich nicht so einfach auf. Die alte Hexe labert nur Mist. Wie immer. Wir müssen reden. Ich werde dich wissen lassen wann. Halt dich fest, und schnall dich

an, denn wir bringen das jetzt auf ein ganz neues Level. Das wird ein wilder Ritt, Honey.

Clarisse schlug ein weiteres Notizbuch auf. Darauf hatte sie geschrieben: ALTE RECHNUNGEN, DIE BEGLICHEN WERDEN MÜSSEN.

Sie hatte bereits vieles darin festgehalten: Erinnerungen, die sich als nützlich erweisen könnten, Gedanken, die ihr im Kopf herumgingen, Strategien, Taktiken. Sie las all das durch, fügte ein paar Dinge hinzu und setzte sich, um eine Antwort zu formulieren.

Auch dir Hallo. Das mit dem Juwelenraub war clever. Du gibst übrigens ein tolles Zimmermädchen ab, wenn auch ein billiges. Zu dienen liegt dir wohl im Blut. Mommy bedeutet mir weniger, als du glaubst. Du hast also nicht wirklich was gegen mich in der Hand. Und jetzt mal ehrlich. Der arme Daryl Oxblood? Wer auch immer er sein mag. Wenn man irgendeinem Deppen die Identität stiehlt, dann muss man ihn doch nicht gleich umbringen. Ich hätte gedacht, du hättest mehr Klasse. Bleibt die Frage: Wie machen wir jetzt weiter? Wenn ich das richtig verstehe, dann wollen wir das Gleiche. Nach meiner Lesart: Bezahlung für geleistete Dienste. Vielleicht siehst du da ja mehr. Ich habe schon Leute darauf angesetzt, und die kommen auch voran. Wie ich das sehe, ist dein Plan, es mich finden zu lassen und dann Mommy gegen deinen Anteil einzutauschen, da du auf deinem Trip nach Stormfield, bei dem du dich auch um HL gekümmert hast, ja nichts finden konntest. Sollte ich mich irren, dann sag mir Bescheid. Ich habe Besseres zu tun. Tschüss, Honey.

Clarisses Finger schwebte über der Senden-Taste, während sie die Mail noch ein paarmal las. Sie suchte nach Stellen, die nicht dort sein sollten, aber auch nach denen, die noch dazukommen mussten.

Einen Augenblick später fiel ihr Finger herab, und die Mail war unterwegs.

Sie fragte sich, wie lange es wohl dauern würde, bis Antwort käme. Ihre Mail könnte im Spam landen, doch da würden sie ohne Zweifel auch nachsehen. In jedem Fall musste sie ab jetzt auf sich aufpassen. Der Mord an Langhorne war genau so gelaufen, wie sie erwartet hatte, doch der an Oxblood war einfach nur unnötig brutal gewesen.

Vielleicht sollte Oxblood ja eine Botschaft an mich sein. Wenn sie bereit waren, das BD anzutun, was würden sie dann mit mir machen?

Clarisses Gedanken kehrten zu Mickey Gibson zurück. Die Frau war in Stormfield gewesen. Das wusste sie dank der Ortungs-App auf Gibsons Handy. Aber was hatte sie dort herausgefunden? Wenn sie denn überhaupt etwas Neues erfahren hatte.

Das Problem war noch immer das Gleiche, so viel wusste Clarisse.

Wenn Gibson mir zuvorkommt, dann muss ich ihr den Schatz abnehmen. Und das werde ich. Um jeden Preis. Ich werde das überleben, auch wenn Mickey Gibson dafür sterben muss.

Der Gedanke an Gibsons möglichen Tod ließ Clarisse kurz erstarren, und das wiederum machte sie wütend.

Vergiss nie, dass es nur um dich geht, um dich allein. Niemand sonst gibt auch nur einen Scheiß darum, und das solltest du auch nicht tun.

Und jetzt streng dich verdammt noch mal an, Mädchen, denn da, wo du hingehst, bist du ansonsten tot.

KAPITEL 41

Clarisse hatte Gibson angelogen. Natürlich hatte sie das getan. Das war ihre Art. *Du belügst schlicht alle bei allem.*

Doch sie hatte nicht gelogen, was Nathan Trask betraf. Der Mann steuerte alles, was im Augenblick wichtig für sie war.

Sie hatte ein paar Leute angerufen, und überraschenderweise hatte ihre Anfrage Erfolg gehabt. Ein Treffen war arrangiert worden, und jetzt war Clarisse draußen auf der Straße und beobachtete die Festung des Mannes in Virginia Beach.

Natürlich benutzte sie für dieses Meeting einen anderen Namen. Trotzdem war das nicht ohne Risiko. Trask war klug, rücksichtslos und generell niemand, mit dem man Spielchen treiben sollte. Außerdem ließ er sich nicht so leicht über den Tisch ziehen, und genau das hatte Clarisse vor.

Sie ging zum Tor, wo zwei Männer stationiert waren. Sie trugen schicke Anzüge und hatten wachsame Augen und Ausbuchtungen unter ihren Jacketts, wo sie ihre Waffen aufbewahrten. Auf dem Dach entdeckte Clarisse zwei weitere Männer in schwarzen Overalls. Beide hatten Langwaffen in der Hand. Ein dritter bemannte eine teure optische Überwachungsanlage, die ihm einen nahezu konstanten 360-Grad-Überblick über die Umgebung ermöglichte.

Nachdem Clarisse den Wachen gesagt hatte, wer sie war und warum sie gekommen war, fragte einer der Torwächter sie nach ihrem Personalausweis. Der andere wiederum tastete sie ab und strich mit einem Scanner über ihren Körper. Dabei ließ er sich Zeit, und er übersah rein gar nichts. Clarisse wusste seine Professionalität zu schätzen. Er versuchte noch nicht einmal, sie »versehentlich« zu betatschen.

Clarisse hatte ihre Kleidung für das Treffen sorgfältig ausgewählt. Sie trug ein schwarzes Jackett und einen passenden Rock. Dazu kamen blond gefärbte Haare, eine Lesebrille, ein schlichtes Make-up und flache Schuhe. Sie hatte keine Tasche dabei, kein Handy und keine Brieftasche. Die Männer hätten dergleichen ohnehin konfisziert.

Schließlich chauffierte ein anderer Mann Clarisse in einem mit Gold verzierten Golfwagen zum Haupthaus. Auf der Fahrt ließ sie ihren Blick über den Komplex schweifen. Eine Mauer und hohe Pflanzen und Bäume verbargen ihn fast vollständig vor neugierigen Blicken von der Straße. Clarisse sah, wie ein Helikopter, ein AgustaWestland, hinter dem Haus startete, nach rechts schwenkte und dann über das Meer flog.

»Ich hoffe, dass ist nicht Mr Trask, der da wegfliegt«, sagte sie zu ihrem Fahrer.

Der Mann ignorierte sie schlicht.

Clarisse wurde am Eingang abgesetzt, und eine Frau, die wie ein Butler gekleidet war, öffnete die Tür. Sie war ungefähr fünfzig und sehr gepflegt. Nicht ein einziges Haar war am falschen Platz, und sie wirkte ausgesprochen zufrieden.

»Bitte hier entlang, Miss Peters«, sagte sie mit leiser Stimme, den Blick auf ihre blank polierten Schuhe gerichtet.

Wenn sie mich nicht anschaut, kann sie den Cops wahrheitsgemäß sagen, dass sie mich nie gesehen hat, sollte ich irgendwo als Leiche auftauchen, dachte Clarisse.

Sie wurde durch einen langen, luxuriös ausgestatteten Flur geführt, von dem mehrere Zimmer von beachtlicher Größe abzweigten wie Rippen von einer Wirbelsäule. Schließlich erreichten sie eine große Doppeltür. Die Frau klopfte, und nachdem jemand »Herein« gerufen hatte, öffnete sie Clarisse die Tür.

Clarisse trat ein und hörte, wie die Schritte der Frau sich wieder entfernten.

Der Raum war klein und eher spartanisch eingerichtet.

Es gab nur zwei Polsterstühle mit hohen, starren Lehnen.

Auf einem davon saß ein Mann. Er hob die Hand und deutete auf den anderen.

Clarisse setzte sich, rückte ihre Brille zurecht und schaute sich ihr Gegenüber erst einmal an.

Nathan Trask war kleiner, als sie erwartet hatte, besonders für eine ansonsten so übergroße Gestalt. Würde Clarisse die Schuhe ausziehen, wären sie ungefähr gleich groß, dachte sie. Trask war einundfünfzig. Das wusste sie durch ihre Nachforschungen. Er war stämmig und offenbar auch stark. Sein Anzug war natürlich maßgeschneidert, doch er trug ihn mit absoluter Gleichgültigkeit. Der Ring an seinem Finger war vermutlich mehr wert als die erste Zahlung, die Clarisse von Senator Wright erhalten hatte; und er war das einzig Extravagante an ihm. Seine Schuhe hingegen waren vollkommen gewöhnlich. Gleiches galt für Krawatte und Hemd.

Ohne zu blinzeln schaute er Clarisse mit seinen asphaltgrauen Augen an.

Okay, das machte sie ein wenig nervös, musste sie sich eingestehen.

Trask hob die Hand. »Drink?«, fragte er mit einer rauen Stimme, die klang, als wäre er erkältet.

»Nein, danke.«

Trask nickte und legte die Hand wieder in den Schoß. Er ließ sie keine Sekunde aus den Augen. Clarisse hatte von jemandem, der es wissen musste, gehört, dass das so seine Art war. Es war, als wollte Trask sich jede noch so kleine Kleinigkeit von ihr einprägen. Bei einem Soziopathen war das nicht gut.

Und wer sollte das besser wissen als ich.

»Sie haben um ein Treffen gebeten«, begann Trask. »Sie haben gesagt, Sie hätten Informationen, die nützlich für mich wären.«

Clarisse nickte. »Das stimmt.«

»Normalerweise hätte ich Ihre Anfrage einfach ignoriert, und

Sie würden nicht hier sitzen. Selbstverständlich habe ich Sie überprüfen lassen, Miss Peters. Das war alles nur Mist. *Natürlich* war es Mist. Erfunden. Aber ihr Hintergrund ist gut gemacht. Meine Leute haben es nicht geschafft, ihn zu durchleuchten, und das ist sonst nie der Fall. Damit haben Sie sich meine Anerkennung verdient, und es hat mich genug fasziniert, um Sie durch die Tür zu lassen. Außerdem mag ich neue Dinge. Das hält mich jung. Also, beeindrucken Sie mich. Sofern Sie dazu imstande sind.«

»Warum haben Sie mich reingelassen, wenn Sie nicht herausfinden konnten, wer ich bin? Ich könnte eine Bedrohung sein.«

»In diesem Augenblick sind sechs Waffen durch unauffällige Löcher in den Wänden auf Sie gerichtet. Sie können sie nicht sehen und ich auch nicht. Aber sie sind da. Sie würden nichts spüren. Das zumindest hat man mir gesagt. Ich habe da keine persönliche Erfahrung. Aber vielleicht glauben Sie mir ja nicht.«

Wie aufs Stichwort hörte Clarisse, wie sechs Waffen gespannt wurden.

»Beeindruckend«, sagte sie demütig.

»Eher protzig, um ehrlich zu sein, und ich bin mehr an Substanziellem interessiert.« Trask räusperte sich. »Also … Die Informationen?«

»Daniel Pottinger?«

»Ja?«

»Er ist tot«, sagte Clarisse.

»Das ist mir bewusst.«

»Sie haben Geschäfte mit ihm gemacht.«

»Habe ich?«, fragte Trask.

Clarisse lehnte sich zurück und machte es sich bequem. Jetzt ging sie ganz in ihrer Rolle auf. Es war wichtig, seinen eigenen Mist zu glauben, aber es war auch nicht alles ausgedacht. Das Wichtigste entsprach der Wahrheit. »Lassen Sie uns einfach mal davon ausgehen, dass dem so war. Aber natürlich habe ich keinerlei Möglichkeit, das zu beweisen.«

Trask neigte leicht den Kopf zur Seite zum Zeichen, dass er diese Bedingung akzeptierte … vorerst.

»Pottinger ist mit dem vermutlich tödlichsten Gift der Welt ermordet worden. Dabei lag er bereits im Sterben. Hirntumor.«

»Und woher wissen Sie das? Arbeiten Sie mit der Polizei zusammen?«

»Wenn ich mit der Polizei zusammenarbeiten würde, dann hätte ich mich Ihnen gegenüber dementsprechend ausweisen müssen, und ich glaube nicht, dass Sie dann eingewilligt hätten, mich zu treffen.«

»Undercover?«

Clarisse schüttelte den Kopf. »Dafür habe ich nicht die Nerven. Außerdem ist das Gehalt viel zu niedrig, um meinen Lebensstil zu finanzieren.« Clarisse glaubte, den Hauch eines Lächelns auf Trasks Lippen zu sehen.

Hat er gerade an seinen FBI-Vater gedacht?

»Ich weiß das von jemandem, der tatsächlich mit der Polizei zusammenarbeitet.«

»Und warum sollte dieser Jemand Ihnen das erzählen?«

»Ich kann sehr überzeugend sein.«

»Ich höre.«

»Neben der Leiche stand eine geheimnisvolle Botschaft, und auf Pottingers Boot war eine weitere versteckt, die für sie von Bedeutung sein könnte.« Clarisse hatte Gibson verschwiegen, dass sie die Botschaft auf dem Fender gefunden hatte. Allerdings wusste sie auch nicht, dass Gibson sie inzwischen ebenfalls entdeckt hatte. Sie ging jedoch davon aus, dass das früher oder später passieren würde.

»Und was war das für eine Botschaft?«

»Allgemein gesprochen, dass man sich mehr anstrengen soll, wenn man den echten Schatz finden will.«

»Das ist also eine Schatzsuche, ja?«, fragte Trask.

»Offensichtlich.«

Der Blick seiner fast schwarzen Augen durchbohrte sie mit einer Gelassenheit, die äußerst beunruhigend war. »Aber *wessen* Schatz ist das?«

Das ist eine seltsame Frage. Ich will mal einen Köder auswerfen. Vielleicht biegt die Rute sich ja.

»Pottinger war nicht sein echter Name. Vor Jahrzehnten hat er der Mafia eine Menge Geld gestohlen. Und als Pottinger hat er viele Geschäfte gemacht, die ihn noch reicher gemacht haben.«

Clarisse verstummte und musterte Trask mit ihren dank Kontaktlinsen grünen Augen. Sie fragte sich, ob ihr Blick wohl genauso einschüchternd war wie der seiner dunklen Augen. Irgendwie bezweifelte sie das. Und das war gut.

Wenn du mich unterschätzt, bist du selbst schuld.

»Ja, er hat wirklich viel Geld gemacht, und das hat er gewissen Leuten abgenommen, die es gerne wieder zurückhaben würden.«

»Können Sie mir sagen, wie?«

»Warum sollte ich?«, erwiderte Trask.

»Ich bin hier, um zu sehen, ob ich diese Sache zum Abschluss bringen kann – zu einem Abschluss, der für beide Seiten zufriedenstellend ist.«

»Und warum brauche ich Sie dafür?«

Okay, das war ein wenig vorhersehbar, dachte Clarisse. *Aber ich sollte auch ihn nicht unterschätzen.*

»Vielleicht brauchen Sie mich ja wirklich nicht. Sie haben genug Ressourcen dafür. Vielleicht stehen Sie sogar schon kurz davor, das Geld zu finden. Wenn dem so ist, dann gehe ich wieder. Kein Problem.«

Clarisse schickte sich an, aufzustehen, doch dann hob Trask die Hand. Das reichte, um sie wieder auf den Stuhl zu zwingen.

»Er hat fünf Millionen für Stormfield bezahlt«, fuhr Clarisse fort. »Haben Sie gewusst, dass er dort lebt?«

Wieder neigte Trask leicht den Kopf.

»Dieses Geld wird jetzt an die Regierung gehen. Das Geld, mit dem das Anwesen gekauft worden ist, stammt von der Mafia – zumindest werden die Feds das so sehen. Aber wenn Sie gewusst haben, dass er in der Nähe ist, warum haben Sie dann nicht …?«

»Warum, glauben Sie, habe ich dieses Haus ausgerechnet hier gebaut, Miss Peters?«

»Weil Sie dann näher bei Ihren Feinden sind? War es das wirklich wert?«

»Jedenfalls nicht nur wegen ihm.«

Clarisse nickte langsam. »Ihr Vater ist auch nicht weit weg.«

»Was Pottinger betrifft, so hat er für viele Leute auch eine Menge Geld *gemacht*. Und er hatte nicht nur ein Talent dafür, es zu machen. Er wusste auch, wie man es vor der Regierung versteckt. Dadurch hatte er einen gewissen Wert, zumindest für manche Leute.«

»Und war er ein guter Partner für diese ›Leute‹?«

»Offensichtlich. Bis er sich in einen schlechten verwandelt hat.«

»Noch einmal: Wenn das so passiert ist und er hier war …?«

»Nur weil jemand ein Haus besitzt, heißt das noch lange nicht, dass er auch darin wohnt. Tatsächlich war er nur selten dort. Es hat mich viel gekostet, das herauszufinden. Jedenfalls hatten wir infolgedessen nicht wirklich die Gelegenheit, ihn … mit ihm zu plaudern. Aber nach seinem Stunt mit der Mafia, hat er sich wohl daran gewöhnt, die Hand zu beißen, die ihn gefüttert hat.«

»Nun, irgendwann ist er dann doch zurückgekommen, wenn auch nur, um zu sterben.«

»Haben Sie irgendwelche Ideen dazu?«, fragte Trask.

»Mehrere. Aber zuerst zum Geschäft.«

Trask breitete die Hände aus. »Ich höre.«

»Ich rede von Finderlohn.«

»Wie viel?«

»Fünfzehn Prozent.«

»Fünf.«

»Zwölfeinhalb.«

»Fünf.«

»Zehn?«

»Fünf. Das ist eine hohe Summe. Sie werden gar nicht wissen, wie Sie das alles ausgeben sollen. Aber vielleicht leben Sie auch nicht lange genug dafür.«

»Sie hätten mich fast gehabt, bis zu diesem Punkt. Das nimmt mir ein wenig die Motivation.«

»Dann lassen Sie mich das Feuer wieder entfachen. Wenn Sie das schaffen, dann habe ich keinen Grund, Ihnen etwas Böses zu wünschen. Ihre Ideen?«

»Wie gesagt habe ich mehrere.« Clarisse beugte sich vor. Dass sie mit dem Finderlohn so heruntergedrückt worden war, kümmerte sie nicht, und zwar aus dem einfachen Grund, dass sie nicht beabsichtigte, ihn einzufordern.

Ungefähr eine halbe Stunde später führte Trask sie hinaus. An der Tür sagte er: »Jemand hat letztens meinen Vater besucht. Eine Frau. Wissen Sie was darüber?«

»Vielleicht. Aber ich muss mich vergewissern. Sie könnten Freund oder Feind sein.«

»Ich brauche keine Freunde, und Feinde mag ich nicht.«

»Dann ist es vielleicht egal.«

»Es ist nie egal. Aber nur, damit wir uns nicht missverstehen: Sie fallen in dieselbe Kategorie, Geschäftspartnerin hin oder her.«

»Ich habe nichts anderes erwartet.«

»Sie sind wirklich seltsam. Ich kann Sie nicht wirklich durchschauen, und das ist mehr als ungewöhnlich. Schließlich habe ich in meinem Leben schon so gut wie alles gesehen.«

»Machen Sie sich deswegen keinen Kopf, Mr Trask. Ich bin einfach nur ein kleines Stück jenseits von ›so gut wie alles‹.«

KAPITEL 42

Clarisse ging zwei Meilen zu Fuß. Wenn sie ihr folgen sollten, dann würde sie sie ins Schwitzen bringen. Sie betrat einen Laden von vorne und ging hinten wieder hinaus nach einem kurzen Zwischenstopp auf der Damentoilette, wo sie zuvor eine Tasche unter dem Abfallsack im Mülleimer versteckt hatte. Darin befanden sich frische Kleider und andere Dinge, die sie brauchte, um sich zu tarnen. Auch ihr Handy war dort.

Als Clarisse wieder herauskam, war sie vollkommen verwandelt: von blond zu brünett, von Rock und Jackett zu zerrissenen Jeans und Sweatshirt und ohne Brille und Make-up. Mit Air-Pods in den Ohren und einer E-Zigarette in der Hand sah sie aus wie ein typischer Teenager.

Clarisse rief ein Uber und fuhr damit bis auf zwei Blocks an ihr Hotel heran. Sie ging in ihr Zimmer, setzte sich an den Schreibtisch und klappte den Laptop auf.

Dann signalisierte ihr Handy mit einem leisen Läuten, dass wieder eine E-Mail gekommen war.

> Offenbar bist du kein Stück erwachsener geworden. Du bist noch immer die alte Schlange. Wenn Mommy kein Druckmittel ist, dann ist sie wohl entbehrlich. Was für ein Wort. Du hast wohl nicht damit gerechnet, dass ich so ein Wort benutze. Stimmt's, Darling? Eine Kugel in den Kopf? Ein Fesselkunstwerk? Oder ein wenig Gift in den Hals? Es braucht nicht viel, und – *Puff* – die alte Hexe würde in die ewigen Jagdgründe eingehen. Wie beschissen du dich um sie gekümmert hast. So, wie ich das sehe, habe ich HL gefunden. Das war der schwere Teil. Du musst den Job

nur noch beenden. Dann teilen wir alles auf. Aber lass dir nicht zu viel Zeit. Ich bin es leid, irgendwelche winzigen Diamanten zu verticken und mich vom Hehler über den Tisch ziehen zu lassen, obwohl ich alle Risiken allein trage. Mich ruft ein ferner Strand. Da will ich hin. Aber ich will da nicht angreifbar sein. Wie ich sehe, bist du auch gut beschäftigt. Der arme Mr Arschloch. Wie viel hast du ihm im Büro von Creative Engineering abgenommen? Ich habe gesehen, wie er dir an den Arsch gepackt hat. Ich hoffe, du hast das genossen. Du warst ja schon immer mies mit Beziehungen. Hast du überhaupt je Sex gehabt, Miss Flattergeist? Ich meine natürlich nicht gegen deinen Willen. Tatsächlich bin ich nicht sicher, ob du überhaupt dazu fähig ist, aber ich könnte mich natürlich irren. Sag mir wegen Mommy Bescheid. Sie frisst viel, und sie schnarcht und furzt. Das ist ein Problem. Ticktack, ticktack.
Cheers, Honey.

Clarisses Bluff in Bezug auf Mommy war offenbar aufgeflogen. Was sollte sie jetzt tun? Was? Sie konsultierte das entsprechende Notizbuch, doch in Gedanken war sie noch bei der Hast-du-je-Sex-gehabt-Frage. Das war ein Tiefschlag gewesen, und sie wusste, dass die Bitch jedes Wort auch so gemeint hatte.

Ich könnte das Gleiche von dir sagen, Babycakes. Haben sie dich nicht so genannt? Jung und dazu bestimmt, gefressen zu werden, ohne einen anderen Zweck im Leben.

Aber das war kein Grund, Streit anzufangen, jedenfalls noch nicht. Und sie hatte noch nicht einmal Clarisses Bemerkungen zum Mord an Oxblood erwähnt. Aber sie würde der Sache Zeit geben. Es gab keinen Grund, es mit der Antwort zu überstürzen. *Sie* hatte sich ja auch Zeit mit der Antwort gelassen.

Außerdem habe ich noch anderes zu tun.

Clarisse wandte sich einem anderen Notizbuch zu und blätterte durch die Seiten. Sie machte sich neue Notizen und strich alte.

Was würde ich nur ohne die tun? Mit diesen Büchern gebe ich meiner Welt einen Sinn. In ihnen entwickele ich präzise, logische Schritte, um ein präzises und logisches Ergebnis zu erreichen.

Und die Notizen verhindern auch, dass ich den Verstand verliere.

Clarisse hatte sich eigentlich gesagt, dass sie nie tun würde, was sie nun zu tun beabsichtigte. Doch die Situation hatte sich geändert, und wenn die Situation sich änderte, dann musste man auch seine Pläne anpassen.

Clarisse schaute auf ihren Computermonitor und drückte eine Taste. Ein paar Sekunden später hob Mickey Gibson ab.

»Ich war nicht sicher, ob Sie drangehen würden«, bemerkte Clarisse.

»Fast hätte ich es nicht getan.«

»Ich weiß. Wir sind nicht im Guten auseinandergegangen. Aber ich habe neue Informationen für Sie.«

»Okay?«

»Einfach so? Kein Wiederaufwärmen von dem, was beim letzten Mal passiert ist?«

»Haben wir beide Zeit dafür?«, entgegnete Gibson.

Okay. Jetzt wirf die Atombombe und schau, was passiert. »Nathan Trask weiß, dass Sie seinen Vater besucht haben.«

Clarisse glaubte zu hören, wie Gibsons Atmung sich beschleunigte, aber nur leicht. Die Frau hatte wirklich Eier aus Stahl. Das musste Clarisse ihr lassen.

»Woher wissen Sie das?«

»Das hat er mir persönlich gesagt.«

»Sie meinen, Sie sind da reingekommen? Wie?«, verlangte Gibson zu wissen.

»Auf die einzige Art, die mir eingefallen ist. Ich hatte Informationen, die für ihn wichtig waren.«

»Informationen? Was für welche?«

»Der Schatz«, antwortete Clarisse.

»Das müssen Sie mir ein wenig genauer erklären.«

»Harry Langhorne hat eine Menge Mafiageld hinterlassen. Das haben wir doch schon besprochen.«

»Und was kümmert das Trask? Hatte er irgendwas mit Langhornes langer Liste von Verbrechen zu tun, von denen Sie mir erzählt haben.«

»Vielleicht nicht mit allen, aber mit genug. Er hat mir auch gesagt, er habe seine Festung in Virginia Beach gebaut, weil Langhorne – oder Pottinger für ihn – in der Nähe gelebt hat.«

»Und das haben Sie ihm geglaubt?«, hakte Gibson nach.

»Das ist egal. Sein Vater ist ja auch noch in der Nähe. Das könnte der wahre Grund sein, vielleicht trifft auch beides zu. Der Punkt ist, er hatte irgendwann irgendwie mit Pottinger zu tun.«

»Er weiß also nicht, wer Pottinger wirklich war, oder?«

»Ich habe es ihm nicht gesagt, aber ich habe ihm erzählt, dass er vor Jahrzehnten die Mafia bestohlen hat. Mit einem Teil des Geldes hat er Stormfield gekauft, aber der Rest … Der muss ja irgendwo sein. Und ich glaube, Pottinger hat auch Trask abgezogen. Zumindest hat er das angedeutet. Also könnte der Schatz sogar noch größer sein, als wir bis jetzt gedacht haben.«

»Wenn Pottinger Trask betrogen hat«, sagte Gibson, »warum hat Trask sich dann nicht um ihn gekümmert? Er hat doch direkt nebenan gewohnt und das seit Jahren. Der Mann hätte schon längst tot sein sollen.«

»Das habe ich ihn auch gefragt.«

»Und was hat er geantwortet?«

»Er hat gesagt, nur weil ihm Stormfield gehört hat, heiße das noch lange nicht, dass er auch dort gelebt hat.«

»Nun, er wurde da zumindest umgebracht. War Trask das?«, hakte Gibson nach.

»Auch das haben wir doch schon diskutiert. Das Gift, die

seltsame Botschaft. Das ist schlicht nicht Trasks Modus Operandi. Außerdem ... Glauben Sie wirklich, er hätte mir solch eine Tat gestanden?«

»Weiß Trask denn, um wie viel Geld ihn Harry erleichtert hat? Oder wie er das gemacht hat?«

»Ich bin sicher, das weiß er bis auf den Cent genau. Und noch einmal: Er hat nicht wirklich zugegeben, dass er abgezogen worden ist. Aber was auch immer passiert ist, es hat gereicht, damit er zugestimmt hat, mich zu empfangen. Und bei diesen Typen geht es nicht nur ums Geld. Es geht auch immer um ihren Ruf. Wenn sie sich straflos ausnehmen lassen, dann ist das ein Zeichen von Schwäche. In diesem Geschäft will niemand, dass die Haie Blut im Wasser riechen.«

»Glauben Sie mir, das weiß ich«, sagte Gibson.

»Haben Sie in Stormfield irgendwelche Hinweise auf den Schatz gefunden?«, fragte Clarisse.

»Ich habe eine Notiz gefunden, eine Botschaft auf dem Boot des Mannes. Darin hat er quasi gestanden, dass er wusste, dass irgendwer etwas sucht, und er hat demjenigen geraten, sich mehr zu bemühen.«

Okay, dass sie mir das ohne Kampf verraten hat, überrascht mich nun doch. »Weiß die Polizei auch davon?«

»Ja, das tut sie«, antwortete Gibson.

»Und?«

»Und ich glaube nicht, dass die Suche nach dem Geld ganz oben auf ihrer Liste steht. Sie wollen den Mörder finden.«

»Vielleicht muss man ja erst den Schatz finden, wenn man den Mörder finden will«, bemerkte Clarisse.

»Ich kann ihnen ja wohl kaum sagen, wie sie ihren Job machen sollen.«

»Aber Sie können Vorschläge machen«, sagte Clarisse.

»Vielleicht. Aber sollte die Polizei den Mörder *und* den Schatz finden, wo bleiben dann Sie?«, fragte Gibson.

»Dann werde ich aufhören, ständig über die Schulter zu schauen.«

»Bullshit! Sie wollen das Geld. Ich bezweifele, dass Sie sich um Ihre Sicherheit sorgen.«

Habe ich auch nicht getan, bis Mommy entführt worden ist. »Einigen wir uns darauf, dass wir das unterschiedlich sehen. Und? Was werden Sie jetzt tun?«

»Ich habe noch ein paar Spuren. Die werde ich erst einmal verfolgen.«

»Werden Sie mit Wilson Sullivan daran arbeiten?«, fragte Clarisse.

»Ich spare mir die Mühe, Sie zu fragen, woher Sie das alles wissen, aber ja, ich werde zumindest teilweise mit ihm zusammenarbeiten. Und was werden *Sie* machen?«

»Machen Sie sich keine Sorgen. Ich habe genug zu tun.«

»Weiß Nathan Trask auch, wer ich bin?«, wollte Gibson wissen.

»Das hat er nicht gesagt, nur, dass Sie seinen Dad besucht haben. Aber wenn er will, kann er Ihre Identität leicht herausfinden.«

»Er muss seinen Vater beobachten lassen.«

»Natürlich«, sagte Clarisse.

»Sie haben mich also in eine Falle gelockt.«

»Schauen Sie, Mickey, ich möchte, dass Sie das überleben.« *Na ja, eigentlich ist mir das egal,* dachte sie. *Du hattest deine Chance, Mickey Rogers Gibson. Du hattest alles, und du hast es einfach weggeworfen.*

»Ihnen bin ich doch scheißegal!«, bellte Gibson. »Sie haben mir mit Trask ein Fadenkreuz auf den Rücken gemalt!«

»Für den Fall, dass Sie das vergessen haben: *Ich* bin zu dem Mann gefahren. Er weiß also auch von mir. Ich habe natürlich nicht meinen echten Namen benutzt, aber mit seinen Ressourcen könnte er auch mich finden.«

»Ich weiß nicht mit Sicherheit, ob sie tatsächlich bei ihm waren.«

»Er hat eine Butlerin und zwei Wachen am Tor, die mich durchsucht haben. Sie haben mich in einem mit Gold verzierten Golfwagen zum Haus gefahren. Das Haus ist riesig, aber nicht übertrieben eingerichtet. Er hat mich in einem kleinen Raum mit nur zwei Stühlen empfangen. Er ist knapp über eins siebzig, kräftig gebaut, Anfang fünfzig, und er hat die dunkelsten Augen, die ich je gesehen habe. Ich kann mich den meisten Leuten gegenüber behaupten, egal in welcher Situation, aber ich muss zugeben, er hat mich fast so sehr eingeschüchtert, dass ich kein Wort mehr herausgebracht hätte.«

»Wir bleiben in Verbindung«, sagte Gibson und legte auf.

Clarisse musterte ihr Mickey-Gibson-Notizbuch; aber im Augenblick wollte sie nichts reinschreiben.

Sie starrte ihr schwaches Spiegelbild auf dem Computermonitor an. Da könnten zwei, drei Personen in diesem Spiegelbild sein, dachte sie, je nach Tag und Notwendigkeit. Und das war nicht das Einzige, was ihr durch den Kopf ging.

Sie wollte Gibson dafür bestrafen, dass sie nicht ihr volles Potenzial ausschöpfte. Warum Clarisse das kümmerte, war kompliziert, aber einfach ausgedrückt lief es auf den Gegensatz zwischen reich und arm hinaus. Gibson hatte alles gehabt, Clarisse nichts. Und wenn du alles hast, dann ist es deine Pflicht, etwas daraus zu machen. Ansonsten missachtete man alle anderen, auch solche Menschen wie Clarisse.

Nichts geht über ein klein wenig Druck, Mick, räumte sie ein, wenn auch nur sich selbst gegenüber. An manchen Tagen fragte sie sich, warum sie so besessen von der Frau war; aber sie neigte eben zu Zwangsstörungen. Jeder Seelenklempner, bei dem sie gewesen war – und es waren unzählige gewesen –, hatte das bei ihr diagnostiziert. Die Leute hätten sich die Zeit sparen können (und sie das Geld), denn das hatte sie schon selbst erkannt. Tatsächlich war das auch nicht schwer gewesen.

In ihren rationaleren Momenten verstand Clarisse durchaus, dass Gibsons Entscheidungen nur sie selbst etwas angingen. Und sie hätte auch nicht voraussehen können, dass sie dereinst eine Ratte heiraten und zwei Kinder haben würde, die sie allein erziehen musste. In der Tat machte sie sogar das Beste daraus.

Doch andererseits weigerte sich Clarisse schlicht, in diesem Punkt auch nur minimal zurückzurudern.

Ich gebe ihr die Chance, etwas Außergewöhnliches zu tun. Sie muss nur Erfolg haben und überleben. Und vielleicht will das auch ein Teil von mir, ganz tief in mir drin.

KAPITEL 43

Gibson atmete tief durch. Es schien, als würde ihr Blutdruck bei jedem Telefonat mit dem Weib steigen. Auch ihre Nerven waren jedes Mal zum Zerreißen gespannt.

Und da Nathan Trask nun von ihr wusste, hatte sie auch allen Grund, nervös zu sein.

Doch der Besuch bei seinem Vater war erhellend gewesen. Das war nicht zu leugnen. Außerdem war Sam Trask ein netter alter Mann, und Gibson war froh, ihn kennengelernt zu haben. Er erinnerte sie an ihren Dad. Und er könnte in diesem Fall noch von Nutzen sein. Sehr sogar.

Sie war nicht wirklich davon überzeugt, dass Clarisse tatsächlich bei Trask Junior gewesen war, auch wenn die Frau ihr all diese Details genannt hatte, einschließlich des Golfwagens, den Gibson selbst schon gesehen hatte. Aber aus irgendeinem Grund *glaubte* sie, dass Clarisse die Wahrheit sagte.

Sie hat verdammte Chuzpe, einfach so in die Höhle des Löwen zu gehen … entweder das, oder sie hegt Selbstmordgedanken.

Sie lehnte sich zurück und dachte nach.

Langhorne war tot. Ermordet. Und da draußen gab es einen Schatz, der nur darauf wartete, gefunden zu werden oder auch nicht. Und Clarisse könnte Francine Langhorne sein oder nicht. Gibson hatte jedoch keine Ahnung, wo Doug Langhorne sein könnte, wenn er denn überhaupt noch am Leben war. Nathan Trask mochte irgendwie in all das verwickelt sein. Und sie half inoffiziell Wilson Sullivan bei seinen Ermittlungen, doch auch da kam sie nicht weiter. Außerdem hatte Sullivan etwas an sich, das sie beunruhigte.

Gibson war ziemlich sicher, dass Clarisse nur den Schatz

wollte, falls sie denn wirklich Francine war. Aber hatte sie auch ihren Vater getötet, um ihn zu finden? Was jedoch nach wie vor keinen Sinn ergab, war die Tatsache, dass sie Gibson da mit reingezogen hatte. Warum nicht einfach heimlich, still und leise weitersuchen? Und warum hätte sie diese seltsame Botschaft an die Wand schreiben sollen? Das mit dem Gift konnte Gibson schon eher verstehen. Francine könnte ihrem Vater gesagt haben: *Sag mir, wo der Schatz ist, und ich gebe dir das Gegenmittel*, so etwas in der Art. Allerdings wusste Gibson nicht, ob es so etwas auch für Botulinumtoxine gab. Außerdem würde ein Mann, der die Mafia hintergangen und das überlebt hatte, wohl kaum auf so was reinfallen. In dem Fall kam noch hinzu, dass Langhorne ohnehin schon im Sterben gelegen hatte. Was hätte ihm das also ausmachen sollen?

Ich muss herausfinden, wer Clarisse wirklich ist. Ist sie nicht Francine, welches Interesse hat sie dann an dem Fall? Ohne das zu wissen, drehe ich mich nur im Kreis.

Die Kinder waren unten und hielten Mittagsschlaf. Also ging Gibson zu ihrem Computer und las die News zum Mord an Daniel Pottinger. Das mit der Botschaft an der Wand, die vermutlich von zwei Personen geschrieben worden war, hatte die Polizei der Presse verschwiegen. Zwei Personen … Das könnte bedeuten, dass Francine und ihr Bruder zusammenarbeiteten. Auch Pottingers echten Namen hatte die Polizei nicht preisgegeben. Das war natürlich zu erwarten gewesen, aber sie war sicher, dass das Sheriff-Department andere Strafverfolgungsbehörden darüber informiert hatte. Ihr Vater und Art Collin hätten dergleichen ebenfalls unter dem Deckel gehalten.

Gibson wusste nicht recht, ob sie glauben sollte, dass irgendein alter Mafiosi oder seine Kinder Langhorne gefunden und erledigt hatten; aber es waren schon seltsamere Dinge geschehen. Trotzdem war es natürlich Pflicht für die Polizei, in diese Richtung zu ermitteln. Alles andere wäre nachlässig gewesen.

TU, WAS ICH SAGE, UND NICHT, WAS ICH TUE.

Sie hatte nachgeschlagen. Offenbar hatte der Spruch seinen Ursprung im Matthäusevangelium. Jesus sprach zur Menge und zu seinen Jüngern, und er sagte ihnen, die Schriftgelehrten und Pharisäer säßen auf Moses Thron. Danach wurde es ein wenig verschwommen, doch offenbar lautete die Botschaft, sie sollten sie beobachten, doch nicht ihrem Beispiel folgen, denn, was sie sagten und was sie taten, waren zwei Paar Schuhe, tatsächlich sogar Gegensätze.

Das hatte sie auch schon von ihrem Vater gehört, als sie aufgewachsen war. Als Kind war er ein kleiner Rebell gewesen. Ständig hatte er Ärger gehabt. »Aber mach du das nicht, Mick«, hatte er ihr immer und immer wieder gesagt. Dass Erwachsene ihre Kinder warnten, nicht die Fehler ihrer Eltern zu wiederholen, war natürlich logisch, aber auch ein wenig unaufrichtig. *Ja, Dad, du warst nicht reif genug, all den Mist zu vermeiden, aber jetzt erwartest du von mir, dass ich das bin, nur weil du es sagst?* Das war leichter gesagt als getan. Vermutlich hatte jedes Kind irgendwann einmal eine solche Rede von seinen Eltern gehört.

Gibson starrte wieder auf die Worte auf dem Bildschirm. Für den oder die Killer waren sie wichtig.

Aber waren sie auch etwas, was ein Cop sich genauer ansah, um ein Verbrechen zu lösen? War das ein Modus Operandi? Eine typische Vorgehensweise, die man einer bestimmten Person zuordnen konnte?

In ihrem Job bei ProEye hatte Gibson Zugang zu vielen Datenbanken, auf die normale Menschen keinen Zugriff hatten, denn ProEye arbeitete oft Hand in Hand mit den Strafverfolgungsbehörden. Gibson beschloss, diesen Vorteil jetzt zu nutzen.

Sie loggte sich in eine dieser Datenbanken ein und stellte eine Anfrage:

Tu, was ich sage, und nicht, was ich tue. Ist diese Phrase in den letzten zwei Monaten in Zusammenhang mit einem Mord aufgetaucht?

Sollte nichts zurückkommen, dann konnte sie die Frage immer noch überarbeiten.

Das musste sie jedoch nicht.

Ein Polizeibericht des Fauquier County Sheriff's Office erschien auf ihrem Bildschirm. Es ging um den Mord an einem Daryl Oxblood, The Plains, Virginia, gut fünfzig Meilen westlich von DC, weniger als dreihundert Einwohner.

Der Mann war fast enthauptet worden, und an einer Wand in seinem Haus stand: TU, WAS ICH SAGE, UND NICHT, WAS ICH TUE.

Gibson schickte Sullivan den Link zu dem Polizeibericht und kennzeichnete die Mail als DRINGEND.

Dann trommelte sie mit den Fingern auf dem Schreibtisch und las den Rest des Berichts, während sie auf Sullivans Antwort wartete.

Zwei Minuten später klingelte ihr Telefon. Es war Sullivan.

»Scheiße«, sagte er.

»Ja, ich weiß. Aber ist es wirklich das, was wir glauben, oder nicht?«

»Es gibt nur eine Möglichkeit, das herauszufinden. Wir fahren nach The Plains, Virginia.«

»*Wir?*«

»Sie haben es doch herausgefunden. Haben Sie heute Zeit?«

»Ich frage meine Eltern.« *Na toll, Mick. Du klingst wie eine Vierzehnjährige, die mit einem Jungen ins Kino will.*

»Ich warte dann auf Sie.«

KAPITEL 44

»Ich fahre mit einem Detective, Dad. Da wird mir schon nichts passieren.«

Gibsons Eltern waren gekommen, um auf die Kinder aufzupassen. Gibson hatte für einen Tag gepackt und verabschiedete sich nun von ihrem Vater auf der Veranda.

»Ich denke, du steckst schon so tief da drin, dass du bald nicht mehr rauskommst.«

»Das ist deine Meinung.«

»Holt er dich ab?«

»Jep. Tatsächlich ist er das schon«, sagte Gibson, als Sullivans dunkle Limousine in ihre Einfahrt bog.

»Pass einfach auf dich auf, Copeskorte hin oder her. Ich bin zu alt, um zwei kleine Kinder großzuziehen. Meine Knie und mein Rücken schaffen das nicht mehr.«

Gibson umarmte ihn – was ihren Dad überraschte – und sagte: »Ich ruf dich an.«

»Hast du deine Beretta?«

»Natürlich.«

Gibson stieg zu Sullivan in den Wagen. Sullivan grüßte ihren Vater mit einem kurzen Winken. Rogers nickte nur zur Antwort. Die Hände in den Taschen vergraben, sah er den Detective scharf an.

»Er sieht immer noch wie ein Cop aus«, bemerkte Sullivan. »Einschüchternd.«

»Mein Dad wird noch auf dem Sterbebett wie ein Cop aussehen.«

Sie fuhren nach Norden und von der Interstate 64 auf die 95. In Fredericksburg bogen sie nach Nordwesten ab, auf die

Route 17. Knapp drei Stunden nach ihrer Abfahrt erreichten sie das kleine Städtchen The Plains.

»Ich glaube nicht, dass sie hier viel mit Mord zu tun haben«, bemerkte Sullivan, als sie über die Hauptstraße rollten.

»Das will ich doch hoffen. Haben Sie vorher angerufen?«

»Ja. Jemand aus dem Sheriff's Office wird sich mit uns vor Oxbloods Haus treffen.«

»Was wissen wir über Oxblood?«

»Nicht viel. Er war um die vierzig, und er hat bis zu ihrem Tod mit seiner Mutter zusammengelebt. Ab da war er allein im Haus. Sein Geld hat er damit verdient, die verschiedensten Dinge in der Gegend zu reparieren. Er ist meist für sich geblieben.«

»Stammt er aus The Plains?«

»Ich weiß nicht, aber ich werde mich erkundigen.«

Als sie in Oxbloods Einfahrt einbogen, sahen sie keinen Streifenwagen, doch eine Frau trat aus dem Nachbarhaus. Sie trug Jeans und ein Flanellhemd und wirkte wettergegerbt und zäh.

Gibson und Sullivan stiegen aus, stellten sich vor und sagten der Frau, warum sie hier waren. Die Frau schaute sich Sullivans Dienstausweis ganz genau an. Dann nickte sie.

»Ich bin Barbara Cole«, sagte sie. »Wie Sie sehen, wohne ich nebenan.«

»Haben Sie Daryl gekannt?«

»Ja, und seine Mutter auch.«

Sullivan holte sein Notizbuch heraus. »Und wie hieß die Mutter?«

»Cindy Oxblood.«

»Wie lange ist sie schon tot?«, fragte Gibson.

»Oh … Das sind jetzt vier Jahre. Die Zeit verfliegt.«

»Und wie ist sie gestorben?«, hakte Gibson nach.

»Bei einem Autounfall. Ich weiß nicht, wie genau. Es könnte

ein Wildunfall gewesen sein. In jedem Fall ist sie von der Straße abgekommen, und ihr Truck hat sich überschlagen. Unglücklicherweise hatte sie sich nicht angeschnallt. Allerdings bin ich nicht sicher, ob sie mit einem Gurt überlebt hätte. Das Fahrerhaus ist vollkommen zerquetscht worden.«

»Wissen Sie, von wo sie hergezogen sind?«, fragte Gibson, während Sullivan alles aufschrieb.

Cole verzog das Gesicht. »Ich glaube, mich daran zu erinnern, dass sie mal von der Westküste erzählt hat. Oregon … Ja, Oregon.«

»Hat sie je ihren Mann erwähnt? Oder ob sie noch andere Kinder hat?«

»Nein, und ich stecke meine Nase nicht in die Angelegenheiten anderer Leute. Ich mag es auch nicht, über meinen Ex zu reden. Dann wird mir nur wieder bewusst, wie dämlich ich gewesen bin.«

Gibson lächelte ob der Offenheit der Frau. »Das kann ich nachvollziehen«, sagte sie, was ihr einen Blick von Sullivan einbrachte.

»Und Sie haben Daryl gefunden?«, fragte Sullivan.

»Ich und dieses Mädchen.«

»Was für ein Mädchen?«, hakte Gibson in scharfem Ton nach.

»Sie war gerade hier und wollte eine Umfrage machen. Sie hatte einen Termin mit Daryl. Sie hat an seine Tür geklopft, doch er hat nicht reagiert. Also ist sie zu mir gekommen, und wir sind gemeinsam rübergegangen. Da haben wir Daryl dann gefunden.« Sie schauderte. »Ich habe noch immer Albträume davon. Seitdem schließe ich immer die Tür ab, und meine Waffe liegt unter dem Kopfkissen.«

»Auch das kann ich nachvollziehen. Können Sie uns die Frau beschreiben?«

Das tat Cole dann, und Sullivan schrieb weiter alles auf, während Gibson aufmerksam zuhörte.

»Im Polizeibericht steht nichts von der Frau«, sagte Sullivan.

»Ja, sie hatte noch andere Termine, und deshalb wollte sie nichts damit zu tun haben. Als die Cops gekommen sind, war sie schon weg, und ich hielt es nicht für nötig, sie zu erwähnen.«

»Können Sie uns sonst noch etwas zu ihr sagen? Was hat sie zum Beispiel gesagt, und was für einen Wagen hatte sie?«

»Ich denke, der Wagen war gemietet. Der sah aus wie die, die man immer am Flughafen bekommt. Sie war schlank, groß, hübsch und gut ausgestattet, wenn Sie wissen, was ich meine. Nette Kleider, gute Körperhaltung.«

»War Daryl der Typ für solche Verabredungen?«, fragte Sullivan.

»Wenn er dafür Geld bekam, dann ja. Oder wenn es etwas umsonst gab.«

»Was genau war das denn für eine Umfrage?«, fragte Gibson.

»Sie hat gesagt, es gehe um Leute ohne Onlinepräsenz oder so. Die Firma, für die sie arbeitet, will mehr über solche Leute wissen. Ich nehme an, um andere Wege zu finden, ihnen was zu verkaufen. Ich überlege jeden Tag, das ganze Internet in die Tonne zu kloppen und alles wieder so zu machen wie früher, aber das will mir schlicht nicht gelingen.«

»Hat sie sich irgendwie verdächtig verhalten? Nervös?«

»Nein, nichts dergleichen. Sie schien einfach nur ihren Job machen zu wollen. Schauen Sie, sie hat nichts damit zu tun, was mit Daryl passiert ist. Sie hat an *meine* Tür geklopft. Ich musste Daryls Ersatzschlüssel holen und uns reinlassen. Als wir ihn gefunden haben, war das für uns beide ein Schock. Das kann ich Ihnen sagen. Ich stand kurz davor, mich zu übergeben, und sie sah nicht viel besser aus.«

»Und dann ist sie einfach gefahren?«

»Sie musste weg. Außerdem konnte sie der Polizei ohnehin nicht mehr sagen als ich.«

Gibson sah Sullivan an. Der Detective zuckte mit den Schultern.

Er schaute zur Tür von Oxbloods Haus. Ein Polizeitape war nirgends zu sehen.

»Sind die Cops da drinnen fertig?«, fragte er.

»Ja. Sie waren gestern hier, haben ein paar Sachen abtransportiert und dann das Schloss wieder abgenommen, das sie an die Tür gehängt hatten.«

»Können Sie uns reinlassen, während wir auf den Sheriff warten?«

»Sicher.«

Cole öffnete die Tür mit ihrem Ersatzschlüssel und führte sie hinein. Dann zeigte sie ihnen das Zimmer, wo sie Oxbloods Leiche gefunden hatten.

Cole schauderte, als sie sich umsah. »Da war so viel Blut. Es war furchtbar.«

»Hatte er irgendwelche Feinde, von denen Sie wissen?«, fragte Gibson.

»Verdammt, niemand hier hat Feinde, die so was tun. Daryl blieb außerdem stets für sich. Er hatte nie irgendwelchen Ärger.«

»Was ist mit Drogen?«

»Nein. Zumindest nicht, dass ich wüsste. Jedenfalls sah er nie so aus. Aber tatsächlich habe ich dem Mädchen gegenüber erwähnt, dass es etwas mit Opioiden zu tun gehabt haben könnte; doch als ich später dann noch mal darüber nachgedacht habe, da habe ich das nicht mehr für möglich gehalten.«

»Wie war seine Mutter?«

»Ähnlich wie Daryl. Cindy blieb meist für sich. Ich kannte sie vermutlich besser als sonst jemand; aber ich wohne ja auch direkt nebenan. Sie ging nicht in die Kirche, und sie hat sich auch nie einem Verein angeschlossen.«

»Hat sie gearbeitet?«

»Nein. Cindy ging eigentlich nirgendwohin. Als sie gerade

erst hierhergezogen sind, da hat sie mal etwas von einer Schadensersatzzahlung erwähnt, die ihr Mann nach einem Unfall bekommen hätte.«

»Aber ihr Mann ist nicht mit hergekommen, korrekt?«

»Nein. Sie hat gesagt, er sei gestorben.«

»Warum sind sie dann den ganzen weiten Weg von Oregon hierhergezogen?«, fragte Gibson.

»Sie hat gesagt, sie habe früher einmal in Virginia gelebt, und das habe ihr gut gefallen.«

»Wie war Daryl so, als er noch jünger war?«, fragte Sullivan.

»Er hat ein wenig getrunken, ist zu schnell gefahren und ist hier und da mal mit dem Gesetz in Konflikt gekommen, wenn er mit seinen Kumpel unterwegs gewesen ist. Doch dann hat er sich zurückgezogen. Er ist nicht mehr ausgegangen, sondern hat nur noch daheim bei seiner Ma gehockt. Irgendwann bekam er dann einen Job als Mechaniker in der Stadt. Und er war ein guter Mechaniker. Er hat auch für mich ein paar Sachen repariert.«

Sie hörten, wie ein Fahrzeug in die Einfahrt fuhr, und Sullivan schaute aus dem Fenster. »Das ist der Sheriff. Ich gehe mal raus und hol ihn rein.«

Als er den Raum verließ, drehte Gibson sich wieder zu Cole um. »Wo steht diese Botschaft an der Wand?«

»Hier drin.«

Cole führte Gibson in den anderen Raum, und sie schauten sich die Worte an.

»War die andere Frau auch hier drin?«

»Oh, ja. Tatsächlich war sie sogar vor mir hier. Nachdem ich die Polizei angerufen habe, habe ich sie hier gefunden.«

Sie war noch geistesgegenwärtig genug, sich umzusehen, nachdem sie die Leiche gefunden hat, dachte Gibson.

Gibsons Blick wanderte über die Worte, bis sie zu der Stelle kam, wo Clarisse versucht hatte, die Buchstaben zu verwischen.

»Was ist da passiert?«, fragte sie und deutete auf die Stelle.

»Ich weiß es nicht. Ich nehme an, das haben die Leute getan, die das geschrieben haben.«

»Hat die Frau Ihnen auch einen Namen genannt? Detective Sullivan hat vergessen, das zu fragen.«

»Ja, hat sie. Ich habe sie danach gefragt für den Fall, dass die Polizei das wissen will; aber schließlich habe ich sie ja noch nicht einmal erwähnt. Sie hieß … Lassen Sie mich nachdenken … Julia. Ja, Julia Frazier. Das hat sie gesagt.«

Frazier. Denselben Namen hat auch die Frau benutzt, die mit Clarisse telefoniert hat.

»Es sieht so aus, als würde sie vermisst«, hat die Frau gesagt.

Clarisses Mutter vielleicht?

KAPITEL 45

Der Deputy Sheriff hörte auf den Namen Billy Dawson. Er war groß, breitschultrig und ungefähr Mitte vierzig.

»Fauquier County«, sagte Dawson, »ist ziemlich groß, aber sehr ländlich und ruhig. Natürlich gibt es auch hier Gegenden, die nicht so sicher sind wie andere, aber hauptsächlich haben wir es mit Eigentumsdelikten zu tun.« Er warf einen Blick auf das Blut an den Wänden von Oxbloods Schlafzimmer. »Nicht mit so was hier.«

»Da bin ich sicher«, sagte Sullivan. »Was können Sie uns über Oxblood erzählen?«

»Sie hatten in Ihrer Gegend einen Mord mit ähnlichen Elementen?«, antwortete Dawson mit einer Gegenfrage.

»Die Schrift an der Wand, ja.«

Dawson führte sie wieder in diesen Raum. »Ich habe diese Phrase schon gefühlt eine Million Mal gehört. Allerdings sieht man sie nur selten an der Wand eines Tatorts, vor allem nicht bei einem Mord. Glauben Sie, es handelt sich um denselben Killer?«

»Genau das wollen wir herausfinden. Also … Oxblood?«

»Ich kannte Daryl. Er hat meinen Truck und ein paar meiner Quads repariert. Auch für meinen Bruder hat er gearbeitet. Er blieb immer für sich. Seine Mutter war genauso. Einfach nette, ruhige Leute.«

»Wissen Sie etwas aus der Zeit, bevor sie hergekommen sind?«

»Nein.«

»Wie lange war er schon tot, als er gefunden wurde?«, fragte Gibson.

»Ein paar Tage, sagt der Gerichtsmediziner.«

Gibson schaute Cole an. »Sie haben keinen Verdacht geschöpft, als er sein Haus nicht mehr verlassen hat?«

»Ich war fast eine Woche weg. Ich habe meine Familie in West Virginia besucht. Und es ist, wie Billy gesagt hat: Daryl blieb für sich.«

»Hat ihn denn niemand vermisst gemeldet, für den er gearbeitet hat?«, hakte Gibson nach.

»Mit denen habe ich gesprochen«, antwortete Dawson. »Sie haben gesagt, Daryl habe sich ein paar Tage freigenommen.«

»Gibt es irgendwelche Familienfotos im Haus, auf denen auch sein Vater zu sehen ist?«, fragte Gibson.

Dawson schüttelte den Kopf. »Seltsamerweise gibt es überhaupt keine Familienfotos hier und auch sonst keine Bilder.«

»Haben Sie sein Handy gefunden?«, fragte Sullivan.

»Nein. Wir haben allerdings seinen Einzelverbindungsnachweis geprüft. Er hat nicht viel telefoniert, und in den SMS und Mails, die er verschickt hat, ging es um ganz normales Zeug. Eingehende Anrufe gab es überhaupt nicht.«

Gibson beäugte die Regale mit den Comics. »Sind Ihre Jungs die alle durchgegangen?«

»Ein paar haben wir uns angesehen. Ich denke, viele Erwachsene sammeln so ein Zeug. Comics, Baseballkarten, was auch immer. Vielleicht hat er die ja auf eBay verkauft.«

»Vielleicht … wenn er denn online gewesen wäre«, erwiderte Gibson. »Soweit ich gesehen habe, gibt es im ganzen Haus kein einziges elektronisches Gerät.«

»Ja, das stimmt.« Dawson nickte. »Was, glauben Sie, ist hier los?«

Sullivan zuckte mit den Schultern. »Wie gesagt: Genau das wollen wir herausfinden.«

»Macht es Ihnen etwas aus, wenn wir uns ein wenig umsehen?«, fragte Gibson.

»Sie können tun und lassen, was Sie wollen. Ich bin nicht zu stolz dafür, um Hilfe zu bitten. Ich kann Ihnen die Akte auch per Mail schicken, Detective Sullivan.«

»Das klingt gut. Vielen Dank.«

Dawson und Barbara Cole verließen das Haus wieder.

Sullivan fixierte Gibson. »Und?«

Gibson wollte ihm nicht sagen, was ihr gerade durch den Kopf ging, aber Sullivan wirkte entschlossen.

»Ich glaube nicht, dass wir schon genug wissen, um auch nur vorläufige Schlüsse zu ziehen, von endgültigen ganz zu schweigen. Wie wäre es, wenn ich oben suche und Sie im Rest des Hauses? Sollte jemand was finden, dann rufen wir einfach.«

»Okay. Glauben Sie wirklich, dass das ein Zufall ist? Die Phrasen an der Wand, meine ich.«

»Nein. Es muss eine Verbindung geben. Wir müssen Sie nur finden.« Was Gibson nicht sagte, war, dass die Handschrift an Oxbloods Wand völlig anders war als die in Stormfield. Aber das hatte Sullivan vielleicht schon selber bemerkt.

Nun, da Gibson sich entschlossen hatte, diesen Fall zu lösen, denn das schien die einzige Möglichkeit zu sein, sich und ihre Kinder zu beschützen, wollte sie es so schnell wie möglich hinter sich bringen. Deshalb brannte sie auch darauf, dass Sullivan verschwand, denn es gab da etwas, was sie überprüfen wollte.

Kaum war er weg, da ging Gibson zu den Comics.

Sie waren alle ordentlich gestapelt … mit einer Ausnahme.

Oben auf dem Stapel stach ein einzelnes Comicheft hervor. Gibson wusste natürlich nicht, ob die Cops dafür verantwortlich waren oder jemand anderes. Jemand anderes wie Miss Frazier zum Beispiel?

Gibson zog ihre Latexhandschuhe an und griff nach dem Comic. Sie schlug es auf und erstarrte.

Ist das Blut auf der Innenseite des Covers? Sie sah genauer hin. Ja, das schien Blut zu sein. Hatte Oxbloods Mörder aus irgendeinem Grund genau nach diesem Heft gegriffen?

Dann fielen Gibson die Initialen auf, die in einem Herz neben dem Blutstropfen zu sehen waren. *BD und RE?*

Gibson hatte einen Spurensicherungsbeutel dabei, und in den steckte sie nun den Comic, nachdem sie ihn einmal gefaltet hatte. Gibson war sicher, dass irgendjemand – entweder der oder die Killer oder Clarisse/Julia Frazier – sich gezielt diesen Comic genommen und genau an der Stelle aufgeschlagen hatte. Und der- oder diejenige hatte dann auch die Initialen gesehen, aber was hatte das für diese Person bedeutet?

Und was bedeutet es für mich?

KAPITEL 46

Sie blieben über Nacht in einer Pension, nicht weit von The Plains. Zu Abend aßen sie in einem kleinen, netten Restaurant.

»Wir haben also nicht wirklich was gefunden, oder?«, bemerkte Sullivan.

Gibson dachte an den Plastikbeutel in ihrem Zimmer. Darin war der Comic mit dem getrockneten Blut. Sie hatte es mit ihrer Ausrüstung auf Fingerabdrücke untersucht, aber keinen im Blut gefunden. Wer auch immer ihn angefasst hatte, hatte Handschuhe getragen.

Sie wusste natürlich, dass das Entfernen von Beweisen am Tatort an sich schon ein Verbrechen war, aber sie hatte lange darüber nachgedacht und sich schließlich zu einem schweren Entschluss durchgerungen.

Ich kann nicht einfach meinen Kopf in den Sand stecken. Ich bin vollkommen exponiert. Ich war schon exponiert, als ich einen Fuß nach Stormfield gesetzt und Harry Langhorne gefunden habe. Und Clarisse ist vermutlich eine Psychopathin, und sie weiß, wo ich wohne. Und nachdem ich seinen Vater besucht habe, wird Nathan Trask rasch herausfinden, wer ich bin. Oder verdammt, vielleicht verpfeift Clarisse mich bei dem Mann, wenn sie es nicht schon längst getan hat. Ich kann mich und meine Familie nur schützen, wenn ich so schnell wie möglich die Wahrheit herausfinde, und das wiederum kann ich nur, wenn ich wieder ein Detective werde. Ich hoffe nur, ich bin noch gut genug, um dieses Chaos zu entwirren.

»Vielleicht haben wir es ja direkt vor der Nase«, sagte sie.

Sullivan tunkte ein Stück Brot in Olivenöl und biss hinein. »Das heißt?«

»Keine Familienfotos? Keine Onlinepräsenz? Den ganzen,

weiten Weg von Oregon hierher? Vater tot? Mutter hatte etwas Geld und musste nicht arbeiten? Sie blieben für sich?«

»Moment mal … Denken Sie, was ich glaube, dass Sie denken? Zeugenschutzprogramm?«, fragte Sullivan.

»Sie nicht?«

»Vielleicht. Ich werde seine Fingerabdrücke mal durch eine Bundesdatendank jagen. Vielleicht kommt ja was dabei heraus.«

»Ich bin überrascht, dass die Cops hier das nicht schon längst getan haben.«

»Ich nehme an, für Sie war er einfach Daryl Oxblood – Punkt.«

»Ja, vermutlich«, seufzte Gibson.

»Also haben wir es mit einer Bande Ehemaliger aus dem Zeugenschutz zu tun, die einander umbringen?«

»Vielleicht zumindest mit den Kindern von Harry Langhorne«, antwortete Gibson.

»Tja, Oxblood war offensichtlich nicht Francine, und er passt auch nicht zu der Beschreibung von Doug Langhorne, von dem Beckett gesagt hat, er sei um die eins neunzig. Ich habe in Oxbloods Akte geschaut. Er war nur eins fünfundsiebzig. Keine Verkleidung der Welt kann einen so viel kleiner machen.«

»Das stimmt«, pflichtete Gibson ihm bei.

»Und was halten Sie von diesem ›Mädchen‹? Dieser Julia Frazier?«

»Vermutlich nur ein Fall von ›zur falschen Zeit am falschen Ort‹. Sie hat mit Sicherheit nicht damit gerechnet, in einen Mordfall zu tappen, und dann wollte sie nicht noch tiefer darin verstrickt werden«, antwortete Gibson. *Du lügst, dass sich die Balken biegen.*

»Da haben Sie wahrscheinlich recht.«

Sie beendeten ihr Abendessen und verließen das Restaurant, um auf der großen Veranda noch ein wenig frische Luft zu tanken.

»Es ist wirklich sehr nett von Ihnen, dass Sie mich in die Ermittlungen eingebunden haben. Ich weiß, dass das nicht selbstverständlich ist.«

»Und dafür bekomme ich auch jede Menge Gegenwind«, gab Sullivan zu.

»Laden Sie sich keinen unnötigen Ärger auf, Will. Sie können mir jederzeit sagen, ich soll gehen.«

»Ich dachte, Sie wollten auf dem Laufenden bleiben.«

»Oh, ich arbeite weiter an dem Fall, mit oder ohne Sie«, sagte Gibson und grinste.

Sullivan lächelte, wenn auch zurückhaltend. »Im Augenblick sollten wir die Dinge erst mal laufen lassen.«

»Klingt gut.«

»Ich werde hinten eine rauchen gehen.«

»Und ich gehe jetzt ins Bett. Gute Nacht.«

»Gute Nacht.«

Sie trennten sich, und Gibson ging die Treppe zu ihrem Zimmer hinauf. Oben angekommen schaute sie auf ihre Uhr und rief ihren Dad an. An den Hintergrundgeräuschen erkannte sie, dass er gerade Basketball schaute.

»Wie geht es den Kindern?«

»Die schlafen tief und fest. Sie haben brav alles aufgegessen und nicht den geringsten Ärger gemacht. Sie sind wirklich zwei Wonneproppen. Ich will nie wieder hören, wie hart das ist, Mick.«

»Was wohl heißt, dass Mom sich um die beiden gekümmert hat, während du woanders gewesen bist, korrekt?«

»Ich musste ein paar Dinge erledigen, ja.«

»Genau.«

»Himmel! Der hat den Dreier ja fast vom Parkplatz gemacht!«, rief ihr Dad plötzlich. Offensichtlich schaute er weiter fern. »Diese verdammten Kids heutzutage. Die NBA rekrutiert ja schon im Kindergarten. Die springen eine Meile in die Luft und hauen den Ball dann in den Korb, als wäre es gar nichts.«

»Es geht nicht nur um Dunks«, sagte Gibson. »Ich konnte das auch nicht.«

»Ja, aber nur, weil du zu klein warst. *Und* du bist ein Mädchen.«

»Mädchen können das auch, Dad.«

»Jaja, ich weiß. Ich wollte nur nicht, dass du glaubst, ich werde weich. Wie ist es heute gelaufen?«

Gibson erzählte ihm, was sie gefunden und getan hatte, und sie hatte das Gefühl, ihr Vater würde gleich durch die Leitung kommen und ihr rechts und links eine knallen.

»Du hast *was* getan?«, rief er. »Du hast Beweise eingesteckt? Ist dir eigentlich klar, dass das eine Straftat ist? Natürlich ist es das. Was zum Teufel hast du dir dabei gedacht, Mick?«

»Ich will auf Nummer sicher gehen, Dad, jedenfalls für den Augenblick. Ich will erst wissen, wer wo steht.«

»Ich kann dir zumindest sagen, wo *die* stehen. Man tut nicht, was du getan hast. Jetzt gib den Comic entweder dem Cop oder bring ihn dahin zurück, wo du ihn gefunden hast. Dann können sie ihn selbst finden.«

»Sind das die einzigen Wahlmöglichkeiten, die ich habe?«

»Brauchst du denn noch eine? Ich habe es dir doch schon gesagt. Ich werde nicht deine Kinder großziehen, während du die nächsten acht bis zehn Jahre im Knast verbringst.«

»Wirst du mich verpfeifen?«

»Ich weiß, dass du in Jersey City immer mal wieder an die Grenzen gegangen bist, Mick, aber das ist kein Spiel.«

»Lass mich dir meine Motive erklären. Dann können wir reden.«

»Ich glaube nicht, dass du meine Meinung ändern kannst.«

Gibson erzählte ihm, dass sie Nathan Trasks Vater besucht hatte. »Und Trask weiß, dass jemand seinen Vater besucht hat, und wenn er will, dann wird er auch herausfinden, wer ich bin.«

Das besänftigte ihren Vater nicht im Mindesten. Es machte ihn sogar noch wütender. »Verdammte Scheiße! Willst du dich umbringen? Ich habe dir doch gesagt, du sollst noch nicht einmal in die Nähe des Kerls gehen.«

»Dieser Kerl ist offenbar Teil des Falls. Wenn ich ihn lösen will, dann muss ich dort hingehen, wo ich hingehen muss.«

»Überlass das der Polizei, und geh wieder zu deinen Computern.«

»Sagt der Mann, der es gehasst hat, als ich bei der Polizei gekündigt habe.«

»Aber ich habe verstanden, *warum* du das getan hast.«

»Trotzdem hast du es gehasst.«

»Ja, das habe ich. Weil dieser Wie-hieß-der-Scheißkerl-noch deine Finanzen und deine Karriere ruiniert hat. Sollte ich etwa glücklich darüber sein? Und du warst ein verdammt guter Cop.«

»Ich bin auch nicht glücklich darüber, und ich werde mich jetzt nicht einfach so wieder zurückziehen.«

»Warum zum Teufel ist dieser Fall nur so wichtig für dich? Dieses anonyme Weib hat ihn dir doch einfach nur in den Schoß geworfen. Und wenn du da dranbleibst, dann gehst du ein großes Risiko ein. Auch das habe ich dir schon gesagt. Denk doch mal an die Kinder.«

»Ich denke *ständig* an die Kinder … und an dich und Mom. Ich habe den Rubikon längst überschritten, und jetzt stecke ich da mit drin, ob ich nun will oder nicht. Ich kann entweder warten, bis mir was passiert – oder den Kindern, dir und Mom –, oder ich kann diesen Fall genauso bearbeiten, wie ich es früher immer gemacht habe.«

»Ist das wirklich der einzige Grund?«, hakte ihr Vater nach.

Manchmal durchschaute er sie mit Leichtigkeit, was vor allem daran lag, dass sie sich so sehr ähnelten. »Jemand hat mich benutzt, okay? Das gefällt mir nicht. Und wenn das passiert, dann kneife ich nicht den Schwanz ein. Du hast mich gelehrt, dem Schulhofschläger die Fresse zu polieren, Dad. Ich bin, wer ich bin.«

Gibson hörte ihn seufzen. Das tat er immer, wenn er eine Auseinandersetzung mit ihr verlor, worauf es zumeist hinauslief.

»Und was willst du jetzt mit dem tun, was du herausgefunden hast?«

»Ich wette, Julia Frazier ist Francine Langhorne. Ich muss sie finden.«

»Und wie willst du das schaffen?«

»Indem ich immer weitergrabe. Genau das macht ein Cop doch, oder?«

»Sei einfach vorsichtig. Ein paar Leute wollen tatsächlich, dass du noch länger bei ihnen bleibst.«

»Ich weiß. Die Kinder …«

Ihr Vater fiel ihr ins Wort. »Ich habe von *mir* gesprochen.«

Ein paar Sekunden lang herrschte Schweigen zwischen ihnen, dann fügte ihr Vater hinzu: »Ich muss jetzt weiter Basketball schauen. Pass auf dich auf, Liebes.« Er legte auf.

Gibson starrte das Handy an und erkannte zum ersten Mal, wie sehr sich ihr Vater wirklich um sie sorgte.

KAPITEL 47

Clarisse saß vor ihren Computerbildschirmen und schrieb etwas in ihr neues Notizbuch. Auf dem Etikett stand: KRIEG GEGEN DIE VERGANGENHEIT. Jetzt passierte alles ganz schnell.

Ihre Überwachungskamera hatte ihr gezeigt, wie Wilson Sullivan Gibson abgeholt hatte, und sie waren gemeinsam weggefahren. Gibson hatte eine Reisetasche dabeigehabt. Also waren sie vermutlich zu einem weiter entfernten Ziel gefahren.

Wo würdest du mit dem Cop über Nacht hinfahren, Mick? Wo könntest du offizielle Unterstützung brauchen, um zu bekommen, was du willst?

Dann kam ihr ein Gedanke.

Clarisse startete eine Onlinesuche. Der Rechner spuckte eine ganze Reihe von Ergebnissen aus, doch das erste reichte schon.

Es war die Hauptstory in der *Fauquier Times*: »Mord in The Plains. Daryl Oxblood ermordet. Keine Verdächtigen.« Und da war es. »Auf einer Wand im Haus stand der Satz: TU, WAS ICH SAGE, UND NICHT, WAS ICH TUE.«

Das Fauquier County Sheriff's Office war nicht so verschlossen wie ihre Kollegen im Süden, die diese Information geflissentlich verschwiegen hatten. In The Plains hatte man sogar jemandem gestattet, ein Foto davon zu machen.

Gibson hat also die gleiche Suche durchgeführt wie ich. Dann hat sie das hier gefunden, und sie und Sullivan sind hingefahren, um zu sehen, ob es da irgendwelche Verbindungen gibt.

Mit Sicherheit hatten sie auch mit der Nachbarin gesprochen, sich den Tatort angesehen und mit den Cops geredet. Nach zwanzig Jahren würde eine Suche nach Daryl Oxblood jedoch nichts zutage fördern.

Sie wird wissen, was das heißt, und dann werden sie die Fingerabdrücke überprüfen.

Clarisse rief sich ins Gedächtnis, was sie dort getan und nicht getan hatte.

Ich habe versucht, den Spruch zu verwischen, aber ich wurde gestört. Gibson wird das sicher sehen. Ich habe Handschuhe getragen. Also gibt es keine Fingerabdrücke von mir … Der Comic! Habe ich den genauso wieder zurückgelegt wie …?

Sie schloss die Augen und ließ diese noch recht neue Erinnerung in ihren Hippocampus fließen, wo sie sie gründlich analysierte, auch wenn ihr das Ergebnis nicht gefiel.

Nein, das habe ich nicht *getan. Ich hätte den Comic mitnehmen sollen. Dumm, dumm, dumm!*

»BD und RE«. Gibson wird das inzwischen gesehen haben.

Dann fiel Clarisse noch etwas ein. Sie sprang auf und holte die Handschuhe, die sie an diesem Tag getragen hatte. An einer Stelle war der Stoff an der Fingerspitze verschmutzt. Mit Blut.

BDs Blut. Nicht meins. Dank der Handschuhe habe ich weder Fingerabdrücke noch DNA hinterlassen, aber es war trotzdem ein Fehler. Du wirst langsam nachlässig, Mädchen.

Clarisse atmete mehrmals tief durch und verfasste eine Antwort auf die letzte Mail, die sie bekommen hatte.

> Okay. Lassen wir das Highschoolgelaber mal. Wir sind jetzt älter und hoffentlich auch weiser. Ja, ich will Mommy wieder zurück. Also ertrag sie noch eine Weile. Sobald ich gefunden habe, was ich suche, können wir den Handel einleiten. Es wird natürlich kompliziert, aber was ist das nicht?

Sie hielt kurz inne und überlegte, ob sie auch auf diesen Punkt eingehen sollte oder nicht. *Ach, was soll's?*

Und zu deiner Information: Ich weiß, wer Daryl war. Das war vollkommen unnötig. Warum hast du ihm das angetan? Wir hatten eine gemeinsame Vergangenheit. Wir alle. Zugegeben, er war nicht der hellste Stern am Firmament, aber er ist rausgekommen. Du hättest ihn doch einfach in Ruhe lassen können, oder etwa nicht? Er hatte ein Leben. Er kam gut zurecht. Du hast ihn ohne Grund kaltgemacht. Ich weiß, dass wir alle verkorkst sind; aber lass uns wenigstens versuchen, das auf die richtige Art zu machen. Du willst ein nettes, ruhiges Leben mit Säcken voller Geld? Nun, ich auch. Wenn wir uns entsprechend verhalten, dann werden wir das auch schaffen. Wenn nicht, dann gehen wir unter. Denn auch andere sind auf der Jagd, und diese anderen haben Dienstmarken. Also versau das nicht. Wir haben nur einen Versuch. Nur einen!

Wieder schwebte Clarisses Finger über der Senden-Taste. Das war eine verdammt ernste Sache. Und die Person auf der Empfängerseite dieser Mail verdammt ernst zu nehmen.

Clarisse drückte die Taste, und *Puff* … Die Mail verschwand in der Dunkelheit des Äthers. Sie fragte sich, wie lange sie wohl auf eine Antwort würde warten müssen – wenn sie denn überhaupt eine bekam. Clarisses E-Mail war logisch und rational. Sie ergab Sinn, für sie beide, für ihr Überleben. Das Problem war nur, dass die Person, mit der sie es hier zu tun hatte, es anders sehen könnte. Der gefährlichste Feind war der, den der Tod nicht kümmerte, egal ob er sich dessen bewusst war oder nicht.

Doch andererseits lief die Person damit auch Gefahr, dass ihr Gegner ihre Handlungen voraussehen konnte.

Und das wird vermutlich der Punkt sein, von dem abhängt, ob ich das überlebe oder nicht.

Denn der Anblick von Daryl Oxblood, dem man fast den Kopf abgeschnitten hat, hat alles für mich verändert.

Clarisse rief ein paar Bankdokumente auf, die aus einem Hack vor einiger Zeit stammten. Sie gehörten zu Daniel Pottinger, genauer gesagt zu einem Dutzend Konten bei genauso vielen Banken, sowohl in den USA als auch im Ausland.

Das Problem war nur, dass jedes Einzelne dieser Konten leer geräumt worden war, und in nur einer Woche waren sie vor fast sieben Monaten geschlossen worden. Clarisse konnte die damit verbundene Summe nur schätzen, doch ausgehend von anderen Dingen, die sie gefunden hatte, und dem Preis von Stormfield, nahm sie an, dass es sich ungefähr um eine halbe Milliarde Dollar gehandelt hatte.

Also *das* würde wohl jeder als »Schatz« definieren, und Clarisse hatte runde Zahlen schon immer geliebt.

Clarisse nahm an, dass auch Gibson diese Dokumente irgendwann in die Finger bekommen würde, wenn sie sie nicht schon längst hatte. Die Frage war nur, ob sie dann noch tiefer graben würde. Clarisse wettete darauf. ProEye konnte an Orte vordringen, die für andere unerreichbar waren.

Ich habe vielleicht nicht die Ressourcen von ProEye, aber ich bin cleverer, als die große Mickey Gibson es je sein wird. Sie war schon immer die Großartige, die alle geliebt haben, und mich hat niemand geliebt. Tatsächlich haben die meisten vermutlich noch nicht einmal gewusst, dass ich existiere. Aber ich werde es ihr zeigen … ihr und allen anderen.

Clarisse drückte eine Taste, und die leeren Konten verschwanden vom Bildschirm.

Aber egal … Wenn ich als Erste ankomme, ist alles gut.

Und sollte Gibson mir zuvorkommen, dann ist immer noch alles gut … möglicherweise.

Clarisse zog sich um und setzte eine neue Perücke auf. Dann legte sie frisches Make-up auf und passte ihre Persönlichkeit dem Aussehen entsprechend an.

An ihrer Laminiermaschine blieb sie stehen und holte den

Gegenstand heraus, den sie in hartes Plastik geschweißt hatte. Sie schnitt die Kanten ab, stieß ein Loch hinein, zog ein Band hindurch und hängte sich das Ganze um den Hals. Dann ging sie zur Tür hinaus, denn sie hatte einen Termin.

Aus irgendeinem Grund liebe ich jede Sekunde davon.

Auch wenn ich eine Heidenangst habe.

KAPITEL 48

Das Haus war sechzig Jahre alt und stand kurz vor dem Zusammenbruch. Der Vorgarten war ungepflegt, die Pflanzen welk, und die Frau, die hier lebte, schien all das ebenfalls zu sein.

»Miss Betty Gross?«, fragte Clarisse.

»Ja?«

»Mein Name ist Sylvia Devereaux.« Sie hielt die laminierte Karte in die Höhe. »Ich arbeite für die Arbeitsagentur von Virginia.«

»Ich verstehe nicht.«

Clarisse holte ein iPad aus der Tasche und fragte: »Darf ich reinkommen?«

»Stecke ich in Schwierigkeiten?«, fragte Gross und krallte sich in das löchrige Fliegengitter vor der Tür.

»Ganz und gar nicht. Ich will Ihnen helfen – zumindest hoffe ich, dass ich das kann. Wenn ich richtig informiert bin, dann waren Sie bis vor Kurzem bei einem Mr Daniel Pottinger beschäftigt, in seinem Haus, Stormfield.«

»Das stimmt. Ich war seine Haushälterin, aber er hat mich entlassen. Er hat uns alle entlassen.«

»Ich weiß. Deshalb bin ich ja hier. Wie gesagt will ich helfen. Darf ich reinkommen?«, fragte Clarisse erneut.

Gross trat einen Schritt zurück. »Ich hoffe auch, dass Sie mir helfen können. Ich habe noch keinen anderen Job gefunden, und allmählich geht mir das Geld aus.«

»Das verstehe ich.«

Clarisse wurde in einen kleinen Raum neben der Küche geführt. Die Einrichtung stammte aus unterschiedlichen Haushalten und Jahrzehnten. Clarisse nahm an, dass die Frau das alles im Laufe der Jahre gesammelt hatte und bis heute benutzte, denn neue Gegenstände waren nirgends zu sehen.

»Wann genau hat Mr Pottinger Sie denn entlassen?«

»Das war gestern vor drei Wochen.«

»Und hat er Ihnen auch einen Grund dafür genannt?«

»Er hat nie einen Grund für irgendwas genannt. Er hat mir und den anderen einfach gesagt, dass wir verschwinden sollen.«

»Mein Gott! Wie unverschämt.«

»Das habe ich mir auch gedacht. Und er schuldet mir noch Gehalt für eine ganze Woche. Davon habe ich bis jetzt nichts gesehen, keinen Cent, und ich weiß, dass er Geld hatte. Schauen Sie sich doch nur mal sein Haus an. Und jetzt ist er tot, und ich bezweifele, dass ich noch was bekommen werde.« Sie hielt kurz inne. »Ich habe mich natürlich arbeitslos gemeldet. Sind Sie deswegen hier, Miss?«

»Das ist einer der Gründe, ja«, antwortete Clarisse und tippte auf ihrem iPad herum. »Wie viele Angestellte hatte er denn?«

»Vier im Haus und drei draußen. Alles hart arbeitende Einheimische. Die hat er auch alle hängen lassen, einfach so. Je mehr Geld ein Mensch besitzt, desto weniger kümmern ihn offenbar andere.«

»Ja, das stimmt wohl. Er hat Ihnen also das Gehalt für eine Woche geschuldet. Von wie viel Geld reden wir hier?«

»Ich habe zehn Dollar die Stunde bei fünfundvierzig Stunden die Woche bekommen.«

»Also vierhundertfünfzig Dollar, ja?«

»Ja. Und die Arbeit war verdammt hart. Das Haus ist riesig, und für Mr Pottinger musste immer alles blitzblank sein.«

»Dann war er also ein schwieriger Arbeitgeber.«

»Das könnte man so sagen. Und man könnte auch noch viel mehr sagen. Tatsache ist aber auch, dass der Mann fast nie da war. Er hat meistens über den Computer mit mir kommuniziert. Ich musste ständig mit Laptop oder Handy herumlaufen und ihm zeigen, wie alles aussieht. Und der hat mir die Leviten gelesen, wenn auch nur eine winzige Kleinigkeit nicht seinen Ansprüchen entsprach oder er geglaubt hat, dass wir nicht hart genug arbeiten. Das war richtig mies.«

»Wollen Sie damit sagen, dass er so gut wie nie in Stormfield war?«

»Wie oft er wirklich da war, kann ich an den Fingern einer Hand abzählen, und dann hätte ich sogar noch Finger übrig.«

»Sehr interessant.«

»Und die paarmal, die er doch da war, hat er mich so gut wie nicht beachtet. Er war einfach nur da. Es schien fast so, als hätte er Angst gehabt, in seinem eigenen Haus zu sein.«

Clarisse dachte an Nathan Trask, und sie wusste, dass die Frau, ohne es zu ahnen, den Nagel auf den Kopf getroffen hatte. »Und wie lange haben Sie insgesamt für ihn gearbeitet?«

»Fast vier Jahre.«

»Dann hat ihr jährliches Einkommen in dem Job ungefähr dreiundzwanzigtausend betragen, korrekt?«

»Ungefähr.«

»Gab es auch bezahlten Urlaub und eine Krankenversicherung?«

Gross lächelte verbittert. »Ich habe danach gefragt, doch er hat mir das nie gewährt. Er hat gesagt, wenn ich Urlaub machen wolle, dann solle ich auch dafür bezahlen. Und dann hat er hinzugefügt, ich sei selbst schuld, wenn ich krank würde. Nicht sein Problem.«

Clarisse schaute sich in dem kleinen Raum um. »Konnten Sie von dem Gehalt denn leben?«

»Ich habe ein erwachsenes Kind und zwei Enkel, die bei mir leben, Babys. Die Antwort ist also nein. Nachts habe ich noch einen anderen Job. Ich putze in ein paar Bürogebäuden in Smithfield, und am Wochenende arbeite ich als Kellnerin in einem Diner.«

»Da arbeiten Sie sich ja die Finger wund.«

»Vor allem *will* ich arbeiten. Der Nachtjob und das Kellnern bringen aber nicht genug. Ich habe gehofft, wer auch immer Stormfield kauft, würde mich wieder einstellen, aber das wird wohl noch eine Weile dauern.«

»Ja, da haben Sie wohl recht. Nun … Offenbar hat Mr Pottinger es versäumt, in die Arbeitslosenversicherung einzuzahlen.«

Gross riss entsetzt die Augen auf. »Heißt … Heißt das, ich bekomme nichts? Wie gesagt, ich habe mich offiziell arbeitslos gemeldet, aber ich habe noch nichts bekommen.«

»Nun ja, das ist einer der Gründe, warum ich hier bin: um Ihnen dabei behilflich zu sein. Hatte Mr Pottinger irgendwelche Besucher, bevor er Sie gefeuert hat?«

»Warum? Ist das wichtig?«, fragte Gross und legte misstrauisch die Stirn in Falten.

Clarisse beugte sich vor und sagte in vertraulichem Ton: »Nur zwischen Ihnen und mir … Es ist durchaus möglich, dass Mr Pottinger in kriminelle Aktivitäten verstrickt war.«

»Kriminell?«

»Bis jetzt ist natürlich noch nichts bewiesen, aber die Behörden schauen sich das an. Wenn Sie uns bei unseren Ermittlungen helfen könnten, nun, dann würde das mit Sicherheit auch die Auszahlung des Arbeitslosengelds beschleunigen.«

Gross strich ihre zerknitterte Bluse glatt. »Ich werde Ihnen helfen, so ich gut kann, Miss«, sagte sie. »Ich schwöre. Ich schulde Mr Pottinger nichts. Der Mann hat mir das Leben zur Hölle gemacht.«

»Das verstehe ich. Und? Hatte er Besucher?«

»Nur einen, Miss. Wir haben immer gescherzt, sein einziger Freund sei der Teufel.«

»Und wann war das?«

»Gut eine Woche, bevor er uns entlassen hat. Ich erinnere mich daran, weil Mr Pottinger mal wieder völlig überraschend aufgetaucht ist. Eines Morgens bin ich reingekommen, und da war er. Er stand mitten im Foyer und starrte mich an. Ich hätte fast einen Herzinfarkt bekommen.«

»Glauben Sie, er ist dort gewesen, weil er wusste, dass er Besuch bekommen würde?«

»Zumindest habe ich das gedacht, aber er hat nichts gesagt, bis die Person tatsächlich gekommen ist.«

»Und was können Sie mir über diesen Besucher sagen?«

»Es war ein Mann, ungefähr in Ihrem Alter.«

»Können Sie ihn beschreiben?«

»Groß. Schmal.«

»Haar- und Augenfarbe?«

»Warum wollen Sie das wissen?«

»Nun, wir wollen den Mann natürlich finden.«

»Oh! Sicher. Blondes, lichtes Haar und grüne Augen … zumindest glaube ich das.«

»Wie war er gekleidet?«

»Jeans und Sweatshirt. Er war sehr höflich, aber er hatte etwas an sich, das … Ich weiß nicht … Er hat mir einen Schauder über den Rücken gejagt.«

»Wissen Sie auch seinen Namen?«

»Es war ein Mr Marshal.«

Clarisse lehnte sich zurück. *Marshal? Touché.* »Haben Sie zufällig auch mitbekommen, worüber die beiden gesprochen haben?«

»Oh, nein. Ich habe ihn in Mr Pottingers Arbeitszimmer geführt und die beiden allein gelassen. Dann habe ich mich wieder um meine Arbeit gekümmert.«

»Haben Sie auch gesehen, wie er wieder gegangen ist?«

»In Stormfield gibt es ein Haustelefon, wissen Sie? Damit kann man von einem Zimmer im anderen anrufen. Darüber hat Mr Pottinger sich bei mir gemeldet und mir befohlen, Mr Marshal hinauszubegleiten.«

»Hat einer der beiden dann noch was gesagt?«

»Mr Pottinger nicht. Aber als ich die Haustür für Mr Marshal geöffnet habe, da hat er mich komisch angesehen, und was er gesagt hat, war sogar noch komischer … nicht komisch im Sinne von lustig, meine ich, sondern eher merkwürdig.«

»Und was war das?«

»Er hat gesagt: ›Ich hoffe, Sie finden einen anderen Job‹.«

»Wirklich? Und wie haben Sie das gedeutet?«

»Nun, ich dachte, Mr Pottinger würde diesem Mann das Anwesen verkaufen, und er würde seine eigenen Angestellten mitbringen. Dass Mr Pottinger ermordet werden würde, daran habe ich mit Sicherheit nicht gedacht.«

»Haben Sie auch den Wagen gesehen, mit dem dieser Mr Marshal gekommen ist?«

»Oh, ja. Er hat direkt vor der Tür geparkt. Sie saß noch am Steuer.«

Clarisse beugte sich wieder vor und verspannte sich. *»Sie?«*

»Ja. Es war eine Frau. Ich konnte sie nicht gut sehen, aber ich habe ihr langes Haar bemerkt. Und sie trug eine auffällige Halskette. Sie hat in der Sonne gefunkelt. Mr Marshal stieg ein, und er und die Frau sind wieder weggefahren.«

»Und eine Woche später haben Sie die Kündigung erhalten?«

»Ja.«

»Hat Mr Pottinger den Besuch Ihnen gegenüber irgendwann mal erwähnt?«

»Nein. Nie.«

»Wussten Sie von dem Geheimraum, in dem er gefunden worden ist?«

»Nein, Ma'am. Als ich in der Zeitung davon gelesen habe, hat es mich förmlich von den Socken gehauen. All die Zeit, die ich da war, und er ist mir nie aufgefallen.«

»War das Haus eigentlich vollständig eingerichtet? Mit Büchern in der Bibliothek und so?«

Clarisse kannte natürlich die Antwort darauf, doch sie wollte es von Gross hören. Und sie wollte wissen, ob irgendwas verschwunden war.

»Na ja, eigentlich war es nie so eingerichtet, wie es hätte sein sollen. Die meisten Räume waren leer. Keine Ahnung, warum er das Anwesen überhaupt gekauft hat. Er war nie da, und wenn doch, dann hat er nur ein paar Räume genutzt. Trotzdem mussten wir immer alles putzen. In der Bibliothek waren nie Bücher. Ich habe ihn sogar einmal danach gefragt.«

»Und was hat er darauf geantwortet?«

»Er hat gesagt, er möge nichts Schriftliches. Verdammt seltsam, würde ich sagen.«

»Fällt Ihnen sonst noch etwas ein?«

»Nein. Ich glaube, das ist alles.«

»War die Polizei schon bei Ihnen?«

Gross zuckte unwillkürlich zusammen und sagte: »Oh! Stimmt. Das habe ich ganz vergessen.«

»Ein Detective Sullivan, vielleicht?«

»Ja, ich glaube, so hieß er.«

»Hatte er eine Frau dabei? Ungefähr in meinem Alter? Klein, hellbraunes Haar, große blaue Augen, hört auf den Namen Mickey Gibson?«

»Nein. Er war allein.«

»Und was haben Sie ihm erzählt? Das, was Sie auch mir erzählt haben?«

»Nicht alles, nein. Ich meine, er hat mir ja auch nicht die gleichen Fragen gestellt.«

»Haben Sie ihm von dem Besucher erzählt?«

»Ja, das habe ich erwähnt.«

»Okay. Ich verstehe.«

»Was ist denn jetzt mit meinem Geld? Können Sie ein gutes Wort für mich einlegen?«

»Ich kann sogar noch mehr für Sie tun.« Clarisse griff in ihre

Tasche und holte einen Scheck über fünftausend Dollar heraus, der auf Gross ausgestellt war. Er gehörte zu einem Konto, das sofort geschlossen werden würde, wenn der Scheck eingelöst worden war.

Als Gross die Summe sah, rief sie: »Mein Gott! Ich verstehe nicht.«

»Das ist ein neues Programm beim VEC. So ein Whistleblower-Ding. Aber ich muss Sie bitten, noch schnell diese Vertraulichkeitsvereinbarung zu unterzeichnen«, fügte sie hinzu und holte ein Blatt Papier aus ihrer Aktentasche. »Da steht nichts anderes, als dass Sie niemandem von unserem Gespräch erzählen dürfen, noch nicht einmal, dass ich hier war. Tun Sie das trotzdem, dann müssen Sie das Geld wieder zurückzahlen. Das schließt auch die Polizei mit ein, sollte sie wieder zurückkommen. Dabei ist das eigentlich egal, denn ich werde ihnen ohnehin davon berichten. Aber *Sie* dürfen nichts sagen. Haben Sie das verstanden?«

Den Blick fest auf den Scheck gerichtet, antwortete Gross: »Jawohl, Ma'am. Ich werde niemandem etwas sagen. Kein Wort. Ich schwöre.«

Gross unterschrieb das Dokument, und Clarisse verabschiedete sich. Als sie wieder in den Wagen stieg, dachte sie: Nach all der Zeit waren sie in Stormfield. Beide. Wie aufregend und furchterregend zugleich.

KAPITEL 49

Am nächsten Tag rief Clarisse an.

»Lange nichts von Ihnen gehört«, meldete sich Gibson.

»Ich hatte viel zu tun. Sie sicher auch.«

»Wie gesagt habe ich ein paar Erkundigungen eingezogen.«

»Und?«

»Haben Sie je von einem Ort namens The Plains in Virginia gehört?«, fragte Gibson.

»Erzählen Sie.«

Und das tat Gibson. Sie berichtete vom Mord an Daryl Oxblood und von der Botschaft an der Wand. Aber sie erwähnte nicht, dass jemand versucht hatte, sie zu verwischen, und sie erwähnte auch nicht den Namen Julia Frazier. Auch von dem Comic sagte sie nichts, dem mit den Initialen in einem Herz.

»Was, glauben Sie, heißt das?«, fragte Clarisse.

»Dass es eine Verbindung zwischen den beiden Morden gibt. Oder wir haben es mit einem Trittbrettfahrer zu tun, wovon ich jedoch nicht ausgehe.«

»Und wer war dieser Daryl Oxblood?«

»Die Cops überprüfen gerade seine Fingerabdrücke«, antwortete Gibson.

Okay, dann werden sie bald Bescheid wissen. Die Schlinge zieht sich langsam zu, und zwar nicht auf eine Weise, die gut für mich ist.

»Deshalb haben Sie mich ausgesucht? Damit Sie ProEyes Ressourcen nutzen können?«

»Das ist doch ein guter Grund oder etwa nicht?«, erwiderte Clarisse.

»Francine und Doug Langhorne?«

»Was ist mit den beiden?«, fragte Clarisse.

»Wissen Sie, wo die sind?«

»Ich denke, das haben wir schon geklärt. Keine Ahnung.«

»Sobald die Fingerabdrücke von Oxblood überprüft worden sind, werden wir eine ganze Menge neuer Spuren haben.«

»Gut.« *Scheiße. Das weiß ich.*

»Geraldine Langhorne?«, fragte Gibson.

»Auch da gilt: keine Ahnung. Das war vor meiner Zeit. Ich habe mit Pottinger Geschäfte gemacht, nicht mit ihm als Langhorne.«

»Mögen Sie Comics?«

Panik keimte in Clarisse auf. »Wie meinen?«

»Comics. Superman? Batman?«, sagte Gibson.

»Wir haben keine Zeit zu verschwenden.«

Gibson starrte auf ihren Computermonitor, wo ihr eigenes Sprachanalyseprogramm lief. Sie setzte es immer ein, wenn sie auf der Jagd nach Vermögenswerten Leute am Telefon befragte. Die Anzeige auf dem Bildschirm entsprach häufiger der Wahrheit als das gesprochene Wort. Und nachdem Gibson zu dem Schluss gekommen war, dass es sich bei Julia Frazier und Clarisse vermutlich um ein und dieselbe Person handelte, da hatte sie beschlossen, das Analyseprogramm einzusetzen, um mit seiner Unterstützung besser abschätzen zu können, ob diese Schlussfolgerung korrekt war oder nicht. Dafür musste sie Clarisse entsprechende Fragen stellen.

Und Clarisses Stresslevel war gerade massiv angestiegen.

Clarisse, die ein ähnliches Programm auf ihrem Rechner laufen ließ, sah zu ihrem Entsetzen, wie nach *ihrer* Antwort auch dort der Stresslevel in die Höhe schoss.

»Okay«, sagte Gibson. »War nur eine Frage.«

Clarisse schaute in ihr Gibson-Notizbuch und beschloss, ebenfalls eine Salve abzufeuern. »Haben Sie Angst, dass Ihr Vater etwas Dummes tun und Sie und die Kinder in Gefahr bringen könnte?«

»Wovon zum Teufel reden Sie da?«

Jetzt sah Clarisse zufrieden, dass Gibsons Stresslevel erneut stieg.

»Ich weiß, dass Sie ihm von ihrem Besuch bei Sam Trask erzählt haben. Sie waren schließlich beide Cops, und Sie haben eine enge Beziehung zueinander. Offensichtlich weiß er, wer Nathan Trask ist. Er hat Angst um Sie. Aber was, wenn er etwas Unbedachtes tut? Ich will Sie mit dieser Frage nicht provozieren, Mickey. Ich sehe das rein geschäftlich. Und ich behaupte auch nicht, ein großes Herz zu haben, aber ich will nicht, dass jemand verletzt wird. Vor allem nicht die kleinen Kinder.«

Gibson schwieg ein paar Augenblicke lang, und Clarisse hatte nicht die geringste Absicht, das Schweigen zu brechen. Nathan Trask stellte eine echte Bedrohung für Gibson da, für sie beide. Und Clarisse wollte, dass die Frau das verstand.

Außerdem wird sie dann vielleicht das verdammte Comic vergessen.

»Mein Vater ist nicht dumm«, sagte Gibson schließlich. »Er wird mit Sicherheit keinen Krieg mit Nathan Trask beginnen.«

»Ich dachte nur, ich sollte das mal erwähnen. So … Wie sieht es mit Ihren und Sullivans Ermittlungen aus?«

»Sullivan glaubt nicht, dass die Frau wichtig ist, die in Oxbloods Haus gewesen ist. Falscher Ort zur falschen Zeit.«

»Was für eine Frau?«

»Die mit der Umfrage. Sie hat sich selbst Julia Frazier genannt. Sagt Ihnen der Name was?«

»Nein. Was für eine Umfrage hat die denn gemacht?«

Clarisse behielt ihr eigenes Stresslevel aufmerksam im Auge. Sie musste es auf einem durchschnittlichen Niveau halten, und dafür atmete sie immer wieder leise und tief durch und kaute auf dem Kaugummi, den sie sich gerade in den Mund gesteckt hatte.

»Keine Ahnung«, antwortete Gibson. »Das war ohnehin nur

vorgetäuscht. Sie war aus einem anderen Grund dort. Sullivan sieht das allerdings nicht so.«

»Und warum glauben Sie, dass sie wichtig ist?«

»Meinetwegen können Sie das meinen Instinkt als Cop nennen.«

»Sullivan ist auch ein Cop«, erwiderte Clarisse.

»Wir haben zwar alle unsere Instinkte, aber nicht die gleichen.«

»Ich habe auch etwas herausgefunden.«

»Und was?«, fragte Gibson.

»Langhorne hatte kurz vor seinem Tod einen Besucher. Einen Mann. Groß, schlank, blondes Haar und grüne Augen.«

»Und woher wissen Sie das?«

»Aus einer vertrauenswürdigen Quelle«, antwortete Clarisse.

»Und haben Sie auch eine Ahnung, wer dieser Besucher war?«

»Das müssen Sie herausfinden. Wirken Sie mal wieder Ihre ProEye-Magie. Und meine Quelle hat mir auch erzählt, dass eine Frau im Wagen auf den Mann gewartet hat.«

»Was wollten diese Leute denn von Langhorne?«, hakte Gibson nach.

»Das wusste meine Quelle nicht. Aber als der Besucher ging, hat er meiner Quelle gesagt, sie solle sich einen neuen Job suchen. Meine Quelle hat geglaubt, Langhorne wollte das Anwesen dem Mann verkaufen. Aber natürlich könnte der Mann auch bereits gewusst haben, dass Langhorne nicht mehr lange zu leben hatte.«

»Dann ist Ihre vertrauenswürdige Quelle also ein ehemaliger Angestellter von Langhorne.«

»Ich kann auch nichts vor Ihnen verbergen«, scherzte Clarisse.

»Okay. Ich werde das Sullivan erzählen.«

»Das weiß er bereits. Er hat meine Quelle schon verhört,

und sie hat ihm alles gesagt, was ich Ihnen gerade erzählt habe.« Clarisse hielt kurz inne und fügte dann hinzu: »Hat er diese Information nicht mit Ihnen geteilt?«

Clarisse beobachtete den Bildschirm, um zu sehen, ob Gibsons Stresslevel wieder nach oben ging, doch sie wurde enttäuscht. Gibson schien das nicht im Mindesten aufzuregen.

»Danke für die Info«, sagte Gibson schlicht.

»Gern geschehen. Passen Sie da draußen auf sich auf.«

Und Clarisse legte auf.

*

Gibson lehnte sich auf ihrem Stuhl zurück. Die Stresslevelanzeige hatte ihr verraten, dass sie mit ihrer Erwähnung des Comichefts einen Volltreffer gelandet hatte. Und Julia Frazier und Clarisse waren mit fast hundertprozentiger Sicherheit ein und dieselbe Person. Nun da sie endlich einen Anhaltspunkt hatte, konnte sie die Frau vielleicht finden.

Gibson war nicht sonderlich verärgert darüber, dass Sullivan ihr eine Information verschwiegen hatte, denn sie machte das mit ihm ja genauso. Außerdem war er Polizist und sie nicht. Trotzdem ergaben sich ein paar interessante Fragen daraus.

Ein großer Mann, der Pottinger besucht hatte, und eine Frau im Auto …

Doug und Francine Langhorne?

Falls ja, wer zum Teufel ist dann Clarisse?

KAPITEL 50

Einen Tag später waren die Kinder mit Silva unten. Gibson wiederum nahm sich eine Tasse Tee und einen Hafercookie mit Mandeln. Dann lief sie in ihr Arbeitszimmer, knackte vor den Computerbildschirmen mit den Fingern und machte sich an die Arbeit.

Zwar war Zeb Brown derjenige gewesen, der vorgeschlagen hatte, dass sie sich eine Auszeit nahm, aber sie wusste natürlich, dass diese Auszeit nicht ewig dauern würde, und das verlieh ihrer Mission eine gewisse Dringlichkeit. Außerdem konnte sie den Fall nicht einfach vergessen. Sie musste ihn lösen.

Gibson tippte Webadressen ein. Es gab schier unglaublich viele Möglichkeiten, Geld zu verstecken, und genauso viele, es zu finden. Das war ein Katz-und-Maus-Spiel, das jede Sekunde eines jeden Tages auf der ganzen Welt gespielt wurde. Und die Spieler waren nicht nur reiche Schuldner, die versuchten, ihr Vermögen zu verstecken, sondern auch Strafverfolgungsbehörden, die dem Geld auf die Spur kommen wollten, das Diktatoren ihren Ländern gestohlen hatten. Auch Geheimdienste spielten da mit, die schwarze Kassen führten. Vor allem dieses Geld wurde auch häufig als Waffe missbraucht.

Mit diesem Kapital erwarben Superreiche nicht nur Luxusjachten und Privatjets. Sie brachten damit auch Kritiker zum Schweigen, kauften Politiker oder vernichteten legitime Konkurrenz, indem sie auf fragwürdige Weise dafür sorgten, dass sich die Waagschale zu ihren Gunsten neigte.

Mithilfe eines speziell dafür gemachten Tools erstellte Gibson eine Liste von allem, was je auf Pottingers Namen in irgendeiner Datenbank gelandet war. Das schloss all seine Beteiligungen mit ein, egal ob als Manager oder nur als Investor. Natürlich hätte Gibson das schon längst tun sollen, aber rückblickend wusste man immer alles besser.

Binnen einer Stunde und dank der ProEye-Software und des Zugriffs auf Internetplattformen, die nicht öffentlich zugänglich waren, hatte Gibson eine Liste von vierundvierzig Firmen, unzähligen Investmentplattformen, Allianzen und Bankkonten zusammengestellt. Sie waren in der ganzen Welt verstreut, doch eines hatten sie alle gemeinsam: Sie waren in den letzten sechs Monaten geschlossen und alle Vermögenswerte abgezogen worden.

Gibson wusste natürlich, dass Pottinger irgendwie seine Rechnungen hatte bezahlen müssen, einschließlich der Gehälter für die Angestellten auf seinem Anwesen. Sie startete eine Suche nach der anderen, doch sie landete immer in einer Sackgasse. Auch diese Konten waren geschlossen worden und alles Geld verschwunden.

Während sie an ihrem Tee nippte, machte sie sich an die mühsame Aufgabe, dem Geld zu folgen. Das war nicht so leicht wie im Fernsehen, wo man immer sah, wie Pfeile auf Bildschirmen von Satelliten zu Konten umgeleitet wurden, bis wenige Sekunden später der aktuelle Lagerort des Geldes identifiziert war.

Ja, klar. Als ob.

Gibson startete eine LexisNexis-Suche nach den Namen von Klägern und Angeklagten, um zu sehen, ob Pottinger in irgendwelche Gerichtsverfahren verstrickt gewesen war.

Es gab gut ein Dutzend, und alle waren gegen Geldzahlungen in unterschiedlicher Höhe eingestellt worden. Trotzdem erhielt Gibson auf diese Art nützliche Informationen, und die schrieb sie auf.

Dann suchte Gibson nach Stormfield und fand das Immobiliengeschäft, das sie schon zuvor bemerkt hatte. Das Bargeld stammte von einem Konto, das anschließend geschlossen worden war; aber es war von der Deutschen Bank, und da schrillten die Alarmglocken. Das deutsche Finanzinstitut schien seine alten Gewohnheiten einfach nicht ablegen zu können. Es machte noch immer Geschäfte mit äußerst dubiosen Kunden.

Gibson versuchte, die noch verbliebenen Informationen zu dem Kauf zurückzuverfolgen, doch die digitale Spur endete irgendwo in der Karibik. Als Nächstes überprüfte sie Pottingers Kreditgeschichte; auch da fand sie nichts. Allerdings überraschte sie das auch nicht, vor allem, da der Mann offenbar alles in bar bezahlt hatte. Schließlich ging sie auf LinkedIn und suchte sowohl nach Pottinger als auch nach den Firmen, die sie bei ihrer ersten Suche gefunden hatte. Unglücklicherweise half ihr auch das nicht.

Zu guter Letzt prüfte sie, ob es irgendwelche Vollstreckungsbefehle gegen Pottinger oder eine der Firmen gab, an denen er beteiligt gewesen war. Wieder nichts. Ganz der brave Mafiazahlenschubser, hatte der Mann niemanden betrogen … jedenfalls nicht nachweisbar.

Gibson holte ihr iPad heraus und ging noch einmal die Inventarliste von Stormfield durch, die sie bei ihrem ersten Besuch angelegt hatte. Unter anderem hatte sie dort zwei Ritterrüstungen dokumentiert, einschließlich ihrer Inventarnummern. Die konnte sie zu einem Antiquitätenhändler in London zurückverfolgen.

Sie schaute auf ihre Uhr. In England war es jetzt Abend. Sie schickte dem Händler eine Mail. Darin gab sie sich als potenzielle Käuferin aus, denn sie wusste aus Erfahrung, dass sie so schneller an eine Antwort kommen würde. Dann ging sie den Rest des Inventars durch. Wann immer sie einen Gegenstand fand, dessen Provenienz sie zurückverfolgen konnte, schickte sie der Quelle eine Mail.

Und dann war da der Formula-Kabinenkreuzer. Gibson fand heraus, dass Pottinger ihn von einem Händler in Yorktown gekauft hatte. Als sie jedoch auf dessen Webseite nachsah, musste sie feststellen, dass das Geschäft nicht länger existierte.

Gibson ließ sich davon jedoch nicht abschrecken und beschloss, es anders zu versuchen.

Es war die banale, wenn auch esoterische Welt der sogenannten »registrierten Vertreter«. Unternehmen waren rechtlich dazu verpflichtet, eine Residenz beziehungsweise einen Vertreter im jeweiligen Staat zu haben, um jederzeit für Vorladungen und Ähnliches zur Verfügung zu stehen. Ausnahmen gab es nicht. Allerdings war das auch nicht problematisch. Man brauchte nur einen Menschen mit einem Postfach oder einer Adresse.

Gibson wusste, dass ungefähr 40 Billionen Dollar Schwarzgeld in der Welt unterwegs waren, versteckt vor allem und jedem, die Regierung eingeschlossen. Und über eine Billion davon lag gar nicht so weit weg: in South Dakota, Wyoming, Delaware und Nevada. Gibson war sicher, dass unter anderem Nathan Trask ein Vermögen in solche vordergründig legalen Geschäfte gesteckt hatte.

Sie selbst hatte einmal eine Frau aufgespürt, die als registrierte Vertreterin in Wyoming gelebt hatte. Laut Aktenlage war die Frau die Vertreterin von gut achttausend Firmen gewesen. Allerdings hatte sie nicht den Hauch einer Ahnung gehabt, wem all diese Firmen gehört hatten. Gibson hatte gar nicht erst darüber spekuliert. In einer Datenbank, zu der sie mit ihrer ProEye-Legitimation Zugang hatte, hatte sie ein Video von der Frau gefunden. Im Verhör hatte die ältere Dame erklärt: »Es geht mich auch nichts an, wer dahintersteckt. Ich tue nur, was das Gesetz von mir verlangt, und das war's. In jedem Fall ist das besser, als von Sozialhilfe zu leben. Und offenbar lebe ich in einem Staat, der kein Problem damit hat, und wenn das Gesetz sagt, es ist okay, dann ist das auch okay für mich.«

Die Frau hatte fünfzig Dollar pro Jahr und Firma bekommen. Dazu kam eine einmalige Gebühr von einhundertfünfzig

Dollar für die Eintragung. Insgesamt hatte sie vierzigtausend Dollar im Jahr verdient, was ihr zusammen mit ihrer Rente ein ziemlich bequemes Leben ermöglicht hatte.

»Meine Kinder und Enkel machen das auch«, hatte sie arglos gestanden. »Das ist der beste Job der Welt, denn man muss eigentlich nichts tun, außer ein paar Akten zu führen und Formulare einzureichen, und das Geld kommt immer pünktlich. Und wenn jemand mal nicht zahlt, dann löse ich die ›Firma‹ einfach auf. Ich wünschte, ich hätte schon davon gewusst, als ich noch jünger war.«

Gibson erfuhr, dass die Frau irgendwann dann doch vor Gericht gelandet war, weil sie zwei russische Oligarchen und einen Kartellboss aus Venezuela vertreten hatte, wenn auch unwissentlich. Letzterer hatte bei seiner Verhaftung erklärt, er habe noch nicht einmal gewusst, wo Wyoming ist, bis er eine Anzeige gesehen hatte, die die Frau auf LinkedIn geschaltet hatte.

Als man die ältere Dame während des Verfahrens über die wahre Identität ihrer Kunden informiert hatte, da war sie sogar stolz gewesen, so reiche Männer vertreten zu haben, auch wenn es sich dabei um Schwerkriminelle gehandelt hatte.

»Ach, wer hätte das gedacht?«, hatte sie amüsiert gesagt.

Ja, Lady. Wer hätte das gedacht?

Gibson nahm sich einen Eintrag aus Colorado vor, den Pottinger unter einem sogenannten fiktiven Geschäftsnamen vorgenommen hatte. Dabei war ein Teil seiner wahren Identität in den Akten geblieben. Vermutlich handelte es sich um den Fehler eines kleinen Beamten bei der zuständigen Behörde oder um den eines Juniorpartners in einer Anwaltskanzlei. Tatsächlich passierte so etwas sogar recht häufig, und solche Fehler zu finden, war einer von Gibsons wichtigsten Ansätzen, um den Reichen und/oder Kriminellen ans Geld zu gehen.

Gibson folgte dieser Spur zu einem Schutzschild, bestehend aus vier Schichten von Briefkastenfirmen, die sie eine nach der anderen durchbrechen musste, bis sie schließlich auf Gold stoßen würde … hoffentlich. Sie klickte auf den Namen eines registrierten Vertreters für eine Firma, die Pottinger erst vor einem Jahr gegründet und dann unter einem Berg von unterschiedlichen Briefkastenfirmen begraben hatte. Sie hieß DPE. Ganz klar waren das die Initialen des Mannes mit einem ›Enterprises‹ dahinter.

Der Vertreter von DPE saß in Sioux Falls, South Dakota. Sein Name war Dexter Tremayne. Er hatte eine echte Adresse angegeben, nicht nur ein Postfach, wie es ansonsten typisch war. Auch war in dem Eintrag eine E-Mail-Adresse hinterlegt. Gibson schrieb ihm eine Mail und informierte ihn darüber, dass sie dringend mit ihm über DPE sprechen müsse.

Als sie sie abschickte, rechnete sie nicht damit, eine Antwort zu bekommen, jedenfalls nicht so schnell.

Doch nur wenige Sekunden später erschien eine Mail in ihrem Posteingang.

Können wir reden?

Darunter hatte Tremayne eine Telefonnummer geschrieben. Gibson rief sofort an.

Der Mann am anderen Ende der Leitung bestätigte ihr, dass er wirklich Dexter Tremayne war.

»Ich habe diesen Scheiß vor zwei Jahren angefangen«, sagte er. »Früher habe ich einen Truck gefahren. Das ist der ungesündeste Job, den Sie sich vorstellen können, außer Bergarbeiter vielleicht. Aber wie auch immer … Ich lebe von meiner Berufsunfähigkeitsrente und von dem, was ich als registrierter Repräsentant verdiene. Mein Vetter hat mich da reingebracht. Ich habe nur fünfzehnhundert Firmen, mein Vetter fast dreißigtausend. Er hat zig Programme dafür und alles automatisiert, damit ihm niemand am Zeug flicken kann. Das läuft superglatt. Und er druckt förmlich Geld. Das ist auch mein Ziel. Ich will ihn schlagen; aber dafür muss ich verdammt viel aufholen.«

»Ich verstehe. Aber warum wollten Sie mit mir reden?«, fragte Gibson.

»Ich habe noch nie jemanden von einer der Firmen getroffen, die ich repräsentiere, nicht einen Einzigen. Nur ein Mal habe ich eine Mail von einem Anwalt bekommen, doch der hat auch nicht viel gesagt. Ich habe keine Ahnung, wem dieser ganze Scheiß gehört. Mein Vetter glaubt, einen der mexikanischen Kartellbosse als Kunden zu haben. Vielleicht habe ich ja auch einen«, fügte er aufgeregt hinzu.

»Okay. Aber …«

»Wäre das nicht toll? Ich als Repräsentant des Kartells sozusagen.«

»Ja, damit kann man vor den Enkeln richtig angeben«, bemerkte Gibson und bemühte sich, den Spott aus ihrer Stimme fernzuhalten.

»Aber jetzt lassen Sie mich auf den Punkt kommen«, sagte Tremayne. »Wie gesagt habe ich noch nie irgendetwas von den Besitzern der Firmen gehört, *bis* dieser Kerl mich eines Tages angerufen hat, Daniel Pottinger. Einfach so. Ich war völlig von den Socken.«

»Woher wissen Sie, dass das wirklich Pottinger war?«

»Er hat es mir gesagt. Und warum sonst hätte er mich anrufen sollen?«

Gibson fielen gleich mehrere Gründe ein, doch sie fragte nur: »Was wollte er denn?«

»Er wollte mir etwas sagen, und jetzt sage ich es Ihnen.«

»Warum ausgerechnet mir?«, verlangte Gibson misstrauisch zu wissen.

»Er ist doch tot, oder? Das habe ich in den Nachrichten gesehen. Pottinger ist in … in West Virginia, glaube ich, gestorben, korrekt?«

»So ungefähr. Aber ja, er ist tot. Das stimmt. Jemand hat ihn umgebracht.«

»Nun, er hat gesagt, sollte jemand mich nach seinem Tod kontaktieren, dann soll ich demjenigen erzählen, was er mir gesagt hat.«

Gibson straffte die Schultern und griff nach einem Stift. »Und was war das genau?«

»Er hat mir gesagt, ich soll der Person sagen: ›Jetzt seht ihr es, dann aber nicht‹. Klingt irgendwie dämlich für mich, aber das war's.«

»Hat er sonst noch was gesagt?«

»Ja, das hat er tatsächlich.«

»Und was?«

»Er hat gesagt: ›Dann sagen Sie ihnen, sie sollen acht wegnehmen‹.«

»Acht wegnehmen?«

»Genau. Acht wegnehmen. Genau das waren seine Worte. Ich musste sie mir sogar aufschreiben.«

»Aber worauf bezieht sich das? Und von was soll ich acht wegnehmen?«

»Ich weiß nicht, was ich darauf antworten soll, Ma'am. Das ist einfach nur, was er gesagt hat.«

»Sonst noch was?«

»Jep, dann hat er noch gesagt, wer auch immer soll ›die Reste für die Sesamstraße benutzen‹.«

»Die Reste für die *Sesamstraße*?«

»Das waren seine Worte. Ich schwöre.«

»War es das jetzt?«

»Ja. Reicht das nicht?«, fügte Tremayne hinzu und lachte leise.

Gibson dankte ihm und legte auf.

Was zum Teufel …?

KAPITEL 51

Nach dem Telefonat saß Gibson eine Weile einfach nur da. Langhorne schien wirklich Spaß mit seinen Botschaften aus dem Jenseits gehabt zu haben. Die erste Botschaft war gewesen: »Schau genauer hin. Es ist die Sache wert«.

Plötzlich kam Gibson ein Gedanke. Hatte *er* vielleicht den Spruch an die Wand des Raums geschrieben, in dem er gestorben war? *Tu, was ich sage, und nicht, was ich tue*? Und vielleicht hatte er dabei die Hand gewechselt, damit es so aussah, als hätten zwei Leute die Botschaft verfasst. Nein, das stimmte vermutlich nicht. Schließlich war der Spruch auch bei Oxblood aufgetaucht, und zwar *nach* Langhornes Tod.

Gibson schaute sich die Worte noch mal an, die sie in ihr Notizbuch geschrieben hatte. *Jetzt seht ihr es, dann aber nicht.*

Irgendwie kam ihr das falsch vor. Sie schlug sie online nach.

Gemeinhin wurde die Phrase ein wenig anders formuliert: »Jetzt siehst du es, jetzt siehst du es nicht.« Allerdings fand sie auch noch die Form: »Jetzt seht ihr *sie*, jetzt nicht«. Doch der Ursprung des Ganzen war klar. Die Phrase bezog sich auf bestimmte Zauberer- und Taschenspielertricks. Wenn man etwas verstecken wollte, machte man etwas Interessantes mit der einen Hand, um die Aufmerksamkeit des Publikums zu erregen, während man mit der anderen insgeheim etwas anderes tat, solange die Leute nicht hinschauten. Und was sollte »acht wegnehmen« heißen? Acht was und wovon sollte man sie wegnehmen? Und dann die Reste für die Sesamstraße benutzen …

Trickserei, Täuschung und irgendwelchen Scheiß verstecken. Langhorne hat sich definitiv den richtigen Spruch ausgesucht.

Doch dann versteifte sich Gibson. *Das ist dein Beruf. Und du hast Tremayne gefunden, und der hat dir erzählt, was Langhorne gewollt hat. Jetzt weißt du schon deutlich mehr als noch vor fünf Minuten.*

Genau deshalb hat Clarisse dich ja ausgesucht.

Was Gibson jedoch noch immer nicht verstand, war, dass Clarisse keinen Cent sehen würde, sollte Gibson den Schatz zuerst finden. Warum hatte sie Gibson dann mit reingezogen, wenn sie das alles auch allein hätte schaffen können? Und da war noch etwas anderes. Gibson war nicht sicher, ob sie diese Information mit Sullivan teilen sollte, denn ihr Cop-Radar sagte ihr, dass mit dem Mann irgendwas nicht stimmte.

Also was ist dein Ziel, Mick?

Gibson schaute sich in dem bescheidenen Zimmer des bescheidenen Heims um, in dem sie lebte. Zwei Kinder, kein Ehemann. Ihr ganzes Berufsleben würde eine einzige endlose Plackerei sein, bis die Kinder erwachsen waren und aufs College gingen oder was auch immer sie im Leben machen wollten.

Aber was, wenn du den Schatz finden solltest? Dann hätte sich das Problem mit den Studienkosten erledigt. Auch meinen Eltern könnte ich helfen, und selbst ein neues Haus in einer netteren Gegend wäre drin. Vor allem müsste ich mich dann nicht mehr um eine Million Dinge zur selben Zeit kümmern. Dann hätte ich wieder ein Leben. Und all das könnte ich erreichen, wenn …

Gibson starrte ihr Spiegelbild im Monitor an, und plötzlich war sie nicht mehr sicher, wen sie da eigentlich sah.

Das ist dünnes Eis, Lady. Du warst ein Cop, verdammt noch mal. Ein ehrlicher. Du willst das Blutgeld dieses Arschlochs nicht.

Gibsons Handy klingelte und riss sie aus ihren Gedanken. Es war Wilson Sullivan.

»Das Ergebnis der Fingerabdruckabfrage zu Daryl Oxblood ist gekommen. Das FBI hat schon angerufen.«

»Lassen Sie mich raten. Sie sind benachrichtigt worden, weil Oxblood im Zeugenschutzprogramm gewesen ist.«

»Jep. Tatsächlich gilt das für seine ganze Familie. Sein Name war Bruce Hall. Tony, sein Vater, war einer der Schläger eines Mafiabosses in New York City. Irgendwann hat man ihn dann umgedreht und zum Informanten gemacht, und er, seine Frau und sein Sohn sind ins Zeugenschutzprogramm gekommen.«

»Aber wie sind die Mutter und der Sohn in The Plains, Virginia, gelandet?«

»Tony Hall ist an einem Herzinfarkt gestorben. Bruce und seine Mutter haben das Zeugenschutzprogramm danach verlassen und sind buchstäblich verschwunden. Seitdem hat niemand mehr etwas von ihnen gehört.«

»Wo haben sie denn gelebt, als sie noch im Programm waren?«

»Das weiß ich nicht. Zu Ihrer Information: Ich habe einen Anruf von einem FBI Special Agent mit Namen Cary Pinker bekommen. Er kommt aus DC her, um mit mir über den Fall zu reden.«

»Haben Sie eine Ahnung warum?«

»Nein. Aber nur, damit Sie es wissen: Ich habe ihm nichts von Ihnen erzählt.«

»Okay«, sagte Gibson. »Wie stehen die Chancen, dass ich bei dem Treffen dabei sein werde?«

»Zwischen null und inexistent.«

»Na ja, einen Versuch war es wert.«

»Ja, ich hätte das genauso gemacht.«

»Können Sie mich denn informieren, was er gesagt hat?«

»Ja … innerhalb professioneller Grenzen.«

»Danke.«

Gibson legte auf und schaute auf ihre Hände. Sullivan verschwieg etwas, aber das tat sie auch. Gibson war nicht sicher, wohin das führen würde.

Aber du hast deinen eigenen Ansatz, und Sullivan weiß nichts von Clarisse oder Langhornes kryptischen Botschaften, die du von Tremayne bekommen hast. Mach also einfach weiter.

Gibson griff nach dem Handy, rief Earl Beckett an und erzählte ihm, dass Daryl Oxblood Bruce Hall gewesen war.

»Himmel!«, rief Beckett. »Der ist auch tot? Bis jetzt hat das FBI sich noch nicht bei uns gemeldet.«

»Und wir glauben, dass es eine Verbindung zwischen ihm und dem Mord an Harry Langhorne gibt.«

»Was für eine Verbindung denn?«

»Sagen Sie's mir. Wo waren die Halls in ihrer Zeit im Zeugenschutzprogramm?«

»Das weiß ich nicht auswendig.«

»Können Sie das herausfinden?«

»Schon. Aber ich bin nicht sicher, ob ich es Ihnen auch sagen darf.«

»Warum nicht? Sie sind doch nicht mehr im Zeugenschutz, *und* sie sind alle tot.«

»Das ist egal.«

»Sie haben uns doch auch von Langhorne erzählt.«

»Das habe ich Ihnen erzählt, als Sie mit Detective Sullivan gekommen sind. Sie allein sind lediglich eine Zivilistin, und für uns Marshals gilt, dass wir nur über das Zeugenschutzprogramm reden, wenn es absolut gerechtfertigt ist.«

»Ich denke, zwei Menschen, die ermordet worden sind, sind Rechtfertigung genug. Ich will auch nur zwei Dinge wissen: War Bruce Hall sein echter Name oder sein Pseudonym im Zeugenschutzprogramm? Und wo waren die Halls, als sie noch im Programm gewesen sind? Das ist alles.«

»Ich werde sehen, was ich tun kann«, sagte Beckett.

»Haben Sie übrigens Schriftproben von Francine und Doug Langhorne gefunden?«

Doch Beckett hatte bereits aufgelegt.

Gibson lehnte sich zurück und spielte mit ihrem Stift herum. *Okay. Der ruft mich garantiert nicht zurück.*

Also … Wer hatte ein Motiv, Bruce Hall zu töten? Clarisse?

Aber warum? Wenn Clarisse und Julia Frazier wirklich ein und dieselbe Person waren, wäre sie dann an den Tatort zurückgekehrt? Nur eins war sicher: Sie war die Person, die versucht hatte, die Botschaft an der Wand zu verwischen. Und sie hatte sich das Comicheft angeschaut, das nun in Gibsons Besitz war. Vermutlich bereute sie bereits, es nicht einfach eingesteckt zu haben.

Doch laut Barbara Cole, der Nachbarin, war Frazier schockiert gewesen, als sie die Leiche gefunden hatten. Und sie hatte Cole gesagt, sie solle die Polizei rufen, bevor sie die Beine in die Hand genommen hatte.

Aber wenn Clarisse es nicht getan hatte, dann war vielleicht Francine – vorausgesetzt, Clarisse *war* nicht Francine – und/oder Doug Langhorne für den Mord an Hall verantwortlich. Die Geschwister könnten auch ihren Vater getötet haben. Clarisse hatte das zwar nicht bestätigt, aber der Besucher in Stormfield kurz vor Langhornes Tod hätte durchaus Doug sein können, und Francine hatte im Wagen auf ihn gewartet.

Allerdings hielt Gibson es für viel zu unwahrscheinlich, dass die Mitglieder von Familien, die getrennt voneinander im Zeugenschutzprogramm gewesen waren, sich zufällig über den Weg gelaufen waren. Aber warum wurde Hall getötet? Hatte er auch nach dem Schatz gesucht? Wusste er vielleicht etwas, und Doug und Francine hatten ihn aufgespürt und zum Schweigen gebracht, nachdem sie die Information aus ihm herausgepresst hatten?

Oder gab es noch einen anderen Grund?

KAPITEL 52

Es war zwei Uhr nachts, und Gibson konnte einfach nicht einschlafen. Sie war zwar vollkommen erschöpft, aber ihr Kopf wollte nicht abschalten. Sie nahm an, dass nicht nur sie, sondern auch gut achtzig Millionen andere Amerikaner gerade durch ihre Häuser liefen und versuchten, ihr Leben in den Griff zu bekommen, allerdings mit nur mäßigem Erfolg.

Gibson hatte bereits nach den Kindern gesehen. Die beiden hatten nie Probleme mit dem Einschlafen, und wenn sie dann wieder aufwachten, rannten sie gefühlt eine Million Meilen die Stunde, bis sie vor lauter Erschöpfung zusammenbrachen.

Ich wünschte, ich hätte auch noch die Energie dafür. Andererseits müssen sich die beiden auch um nichts Sorgen machen. Das ist mein Job. Ich muss mir über so ziemlich alles Sorgen machen.

Gibson ging in ihr Arbeitszimmer und setzte sich vor ihre Monitore.

Sie hatte nach weiteren Spuren von Pottinger gesucht, war aber enttäuscht worden. Das Einzige, was sie gefunden hatte, war die Spur zu Dexter Tremayne. Allerdings war das nicht viel, denn ihr fehlte der notwendige Kontext, um mit Pottingers Botschaften etwas anfangen zu können.

Gibson lud ihre Suche, und auf dem Bildschirm erschienen alle möglichen Dinge zu Harry Langhorne.

Langhorne war in der Stadt Yarden geboren, im Staat New York. Er stammte aus einer Arbeitergegend und war in der Nähe von Smithfield, Virginia, gestorben, in einem leeren Herrenhaus. Als er fünf Jahre alt gewesen war, war seine Familie nach New Jersey gezogen. Dort hatte er eine öffentliche Schule besucht und war anschließend auf die Pace University in New

York City gegangen. Er hatte seinen Abschluss in Buchhaltung gemacht und seine Zulassung als staatlich geprüfter Buchhalter und Rechnungsprüfer erworben. Dann hatte er für die Giordanos gearbeitet. Er hatte Geraldine geheiratet, und später hatten sie Francine und Douglas bekommen.

Gibson hatte auch einen Artikel über Ida Giordano gelesen, Langhornes Mutter und die Schwester von Leo Giordano. Auch ihr Vater hatte davon erzählt. Das war das Tor zu Langhornes Karriere bei der Mafia gewesen, stand in dem Artikel.

Und Langhornes Vater, Joel Langhorne, war einer von Giordanos Schlägern gewesen, was vermutlich auch etwas mit seiner Ehe zu tun hatte. Verdammt, wahrscheinlich war der Job sogar eine Bedingung für die Heirat gewesen, dachte Gibson. Die Mafia war nicht dafür bekannt, Außenseiter aufzunehmen.

Wenn du eine von uns heiratest, dann wirst du auch einer von uns, sinnierte Gibson.

Joel Langhorne war bei einer Schießerei mit der Polizei getötet worden, als Harry noch in der Grundschule gewesen war. Gibson fragte sich, ob das Harry verändert hatte, ob ihn das auf die dunkle Seite der Macht getrieben hatte. Nach Joels Tod hatten sich die Giordanos um die Langhornes gekümmert. Vermutlich hatte auch das Harry an sie gebunden.

Laut allem, was Gibson hatte finden können, war Langhorne sehr gut in seinem Job gewesen. Die Bücher, die er geführt hatte, hatten es den Behörden unmöglich gemacht, auf diesem Weg an die Giordanos und andere Familien heranzukommen.

Jetzt fragte Gibson sich etwas, was sie sich schon längst hätte fragen sollen.

Warum hatte Langhorne sich bereit erklärt, den Feds zu helfen, die Giordanos zu vernichten, wenn die Giordanos nach dem Tod seines Vaters für ihn und seine Familie gesorgt hatten? Wenn er als Buchhalter wirklich so gut gewesen war, dass die Feds nicht den geringsten Beweis gegen die Giordanos hatten finden können, was war dann passiert, dass er sich gegen die Hand gewandt hatte, die ihn ernährt und seine Familie beschützt hatte?

Art Collin hatte Gibson erzählt, dass es seine Undercoverarbeit gewesen sei, durch die es ihnen gelungen war, Langhorne festzunageln und ihn zu zwingen, gegen die Giordanos auszusagen, um seinen eigenen Arsch zu retten. Aber war das wirklich so gewesen? Bei ihren Recherchen hatte Gibson den Eindruck gewonnen, dass Langhorne allen anderen immer drei Schritt voraus gewesen war. Und auch wenn Art Collin richtig gut in seinem Job gewesen war, das alles war ihr einfach viel zu glatt gelaufen. Dann kam Gibson eine Idee, die das vielleicht erklären konnte.

Was, wenn Langhorne *gewollt* hatte, dass man ihn erwischt und dann »umdreht«? Aber warum? Der Grund war offensichtlich. Geld. Langhorne hatte die Giordanos abgezogen, und das hatte bedeutet, dass sie früher oder später an seine Tür geklopft und ihn erledigt hätten. Aber was, wenn er stattdessen der Regierung half, *sie* auszuschalten? Dann würde er von den Bundesbehörden beschützt werden, und das Geld könnte er für ein paar Jahre verstecken. Irgendwann würde er dann tun, was er tatsächlich getan hatte: verschwinden und das Vermögen mitnehmen. So könnte er für den Rest seines Lebens in Luxus schwelgen.

Diese Erkenntnis war so erschreckend, dass Gibson ein paar Minuten lang einfach nur dasaß und ihre Theorie von allen Seiten betrachtete, um sicherzugehen, dass es wirklich so hätte sein können. Und das hätte es. Doch Gibson wollte auch sichergehen, dass ihre Theorie tatsächlich *stimmte*.

Allerdings musste sie dafür den Schatz finden und noch mehr über Langhorne in Erfahrung bringen.

Gibson durchsuchte einen Artikel aus der damaligen Zeit nach dem anderen, bis einer ihre Aufmerksamkeit erregte, tief vergraben in den hinteren Seiten des *Star-Ledger* aus Newark.

Sie las ihn gleich zweimal und lehnte sich dann zurück.

Scheiße! Wirklich? Warum hat das mir gegenüber nie jemand erwähnt? Warum hat Beckett nicht …?

Und dann wusste sie es. Das war Teil des Deals gewesen. Langhorne hatte den Mob zu Fall gebracht, und dafür wurde ihm seine eigene Schmutzwäsche verziehen. Und dieser Artikel hier beschrieb recht detailliert, was das für eine Schmutzwäsche gewesen war. Vermutlich war das ein weiterer Grund, warum Langhorne sich gegen die Giordanos gewandt hatte. Er hatte nicht nur das Geld, sondern auch nicht ins Gefängnis gewollt wegen … dieser Geschichte.

Ich nehme an, damals hat man die Dinge anders geregelt. Oder vielleicht wird das auch heute noch oft so geregelt, nur dass nie jemand davon erfährt.

Gibson suchte nach weiteren Artikeln, in denen dieser Sachverhalt erwähnt wurde, aber sie fand nichts. Das war seltsam, dachte sie. Doch dann erkannte sie den Grund dafür. Die Feds hatten es unter den Teppich gekehrt. Wäre diese Sache weithin bekannt geworden, dann hätten die Anwälte des Mobs sie zur Verteidigung ihrer Mandanten einsetzen können.

Gibson schickte den Artikel per E-Mail an Art Collin.

Sie wollte seine Meinung dazu hören.

Dann googelte sie die Reporterin, die den Artikel geschrieben hatte, Samantha Kember.

Sprechen konnte Gibson jedoch nicht mehr mit der Frau. Sie war vor fünfzehn Jahren an Krebs gestorben.

Hoffentlich hatte Art Collin ein paar Informationen für sie.

Gibson schickte auch eine Mail an Jan Roberts, eine Reporterin, die jetzt beim *Star-Ledger* arbeitete und die sie in ihrer Zeit als Detective in Jersey City kennengelernt hatte. Damals hatte Roberts noch für eine Lokalzeitung gearbeitet.

Schließlich wandte sich wieder ihrer Suche nach Informationen über Langhornes Kindheit und Jugend zu.

Joel Langhorne, der Vater, klang wie ein typischer Straßenschläger: brutal, sadistisch, ein Säufer und seinen Bossen treu ergeben. Ida Giordano wiederum, seine Frau, war offenbar fest in der Mafia verankert gewesen. Fast wäre sie sogar in den Knast gewandert, als ihr Sohn die Familie verpfiffen hatte. Gibson bezweifelte, dass das die Liebe der Frau zu ihrem Kind gefördert hatte. Zwanzig Jahre später war sie in einem staatlichen Altersheim gestorben. Geschwister hatte Langhorne nicht. Mit seinem Tod war der letzte männliche Langhorne gestorben.

Abgesehen von Doug Langhorne.

Als Nächstes überflog Gibson noch einmal, was sie über Langhornes Frau wusste, Geraldine. Sie war im Süden geboren, doch mit elf Jahren war sie mit ihrer Familie nach New York gezogen. Dort hatte sie dann Langhorne kennengelernt und ihn geheiratet. Jetzt war ihr Mann tot, und niemand wusste, wo Geraldine war. Wahrscheinlich war sie auch tot.

Gibson schloss die Augen und ließ sich gegen die Lehne fallen. Von Anfang an war sie unsicher gewesen, was diesen Fall betraf. *Soll ich wirklich daran arbeiten? Soll ich weglaufen?* Und jetzt zweifelte sie wieder an sich.

Dieser Scheiß ist so kompliziert, dass ich vermutlich den Rest meines Lebens daran arbeiten werde, und selbst das wird wohl nicht reichen. Und jetzt sitze ich hier und träume von unvorstellbarem Reichtum, der mir einfach so in den Schoß fällt. Hallo? Das wird nicht passieren. Warum überlasse ich das nicht den Cops? Oder dem FBI? Dann könnte ich wieder an meinen Computer zurück und weiter als Nerd für ProEye arbeiten. Nichts Gefährliches, einfach nur eine nette, regelmäßige Arbeit.

Sie schaltete ihren Rechner aus und lief nach unten. Ihr war eingefallen, dass sie ganz vergessen hatte, die Alarmanlage einzuschalten.

Sie ging zur Schalttafel.

Und das war das Letzte, woran Gibson sich erinnerte.

KAPITEL 53

Langsam kam Gibson wieder zu sich. Dann bewegte sie plötzlich reflexartig den Kopf und war wieder hellwach. Panisch schaute sie sich um, doch sie sah nur Dunkelheit.

Gibson blinzelte, als schließlich doch Licht in ihre Augen fiel. Sie versuchte, ihr Gesicht mit den Händen abzuschirmen, doch sie wollten sich nicht bewegen. Sie waren an den Stuhl gefesselt, auf dem sie saß. Gleiches galt für ihre Beine.

Ihr Puls trommelte in ihren Ohren. Gibson zerrte an ihren Fesseln und fragte: »Wer sind Sie? Und wo bin ich? Was machen Sie da?«

Das klang lahm, wie Zeilen aus einem schlechten Film. Aber was hätte sie sonst sagen sollen?

Der Lichtkegel sank tiefer und strahlte ihr nicht länger in die Augen.

»Miss Gibson, ich habe da ein paar Fragen an Sie«, sagte eine Stimme aus der Dunkelheit. »Wenn Sie sie beantworten, können Sie wieder gehen. Beantworten Sie sie aber nicht, dann wird es kompliziert.«

Also das klingt jetzt wirklich wie aus einem miesen Drehbuch. Aber das ist kein Film, das ist die Realität.

»Schauen Sie, ich muss Ihnen nicht antworten …«

»Ihre Kinder sind gerade allein im Haus. Vermutlich wachen sie früh auf. Dann wollen Sie doch sicher bei ihnen sein, oder?«

Und bei diesen Worten verließ Gibson die Kraft. »Was wollen Sie wissen?«, fragte sie.

»Sam Trask?«

»Was ist mit ihm?«

»Warum haben Sie ihn besucht?«

Jetzt wusste Gibson, mit wem sie es hier zu tun hatte.

»Und wir wissen bereits genug, um sofort zu erkennen, wenn Sie lügen, und dann wird es auch kompliziert. Andererseits nehme ich an, dass Ihre Eltern sich um die Kinder werden kümmern können.«

Okay, der Mann redet wenigstens nicht um den heißen Brei herum.

»Ich habe den Namen Nathan Trask bekommen. Ich sollte ihn überprüfen, und ich dachte, mit seinem Vater könnte ich anfangen.«

Ist das Nathan Trasks Stimme oder die eines seiner Schläger? Bin ich wichtig genug, dass dieser große Fisch sich persönlich um mich kümmert?

»Und von wem haben Sie diesen Namen bekommen?«

»Von jemandem, den ich online getroffen habe. Ich weiß nicht, wer das ist.«

»Das ist schwer zu glauben.«

»Das weiß ich. Glauben Sie mir. Ich wünschte, ich wüsste mehr.«

»Und warum sollten Sie Trask überprüfen?«

»Weil er Verbindungen zu Daniel Pottinger gehabt hat, hat die Person gesagt.«

»Daniel Pottinger alias Harry Langhorne?«

»Ja.«

»Und was war das Ziel dieser Suche?«

Gibson dachte rasch nach. *Sag ihm die Wahrheit. Die kennt er vermutlich ohnehin schon.*

»Langhorne war ein Buchhalter, der vor Jahrzehnten die Mafia verpfiffen hat. Dabei könnte er auch eine Menge Geld gestohlen haben, und jetzt sind einige Leute auf der Suche danach. Ich bin da reingezogen worden. Hätte ich die Wahl, dann würde ich lieber nichts damit zu tun haben.«

»Haben Sie das Geld gefunden?«

»Nein.«

»Wir haben mal einen Blick auf Sie geworfen, Miss Gibson. Sie sind ein ehemaliger Cop, ein Ex-Detective, und jetzt arbeiten Sie als Spürhund für ProEye. Sie sind eine Expertin darin, große, versteckte Vermögenswerte aufzuspüren. Ich würde sagen, wer auch immer Sie da reingezogen hat, er hat genau gewusst, was er da tut.«

»Das sehe ich genauso.«

»Wir könnten auch ein Interesse an dieser Jagd haben. Es könnte sein, dass zumindest ein Teil des Geldes, das Sie suchen, *nicht* von Langhornes Mafiapaten stammt.«

»Okay?«

»Sollten Sie es also finden, dann wäre es gut, wenn Sie uns diesen Teil zukommen lassen würden. Selbstverständlich zahlen wir Finderlohn.«

Das erregte Gibsons Aufmerksamkeit. »Und wie hoch wäre dieser Finderlohn?«

»Fünf Prozent sind Standard. Und? Haben wir einen Deal?«

»Habe ich denn eine Wahl?«

»Die Menschen haben immer eine Wahl.«

Von hinten wurde Gibson eine Garotte um den Hals gelegt und unangenehm straff festgezogen.

Panisch schnappte Gibson nach Luft und hustete: »Deal!«

»Bitte, lassen Sie mich Ihnen versichern, dass wir Mittel und Wege haben festzustellen, ob Sie sich an Ihren Teil der Abmachung halten oder nicht.«

Die Garotte wurde noch einmal kurz angezogen und dann wieder abgenommen.

»Und was jetzt?«, fragte Gibson heiser.

»Jetzt machen Sie sich wieder an die Arbeit. Für ihren neuen Partner. Und ach ja … Sollten Sie jemandem von diesem Gespräch erzählen, dann werden wir das auch erfahren, und wenn Sie reden, dann werden nicht nur Sie die Konsequenzen tragen müssen. Sohn, Tochter, Mutter, Vater und zwei jüngere Brüder. Die Familie Rogers/Gibson würde ausgelöscht. Und vielleicht werden wir uns auch die Mühe machen, Ihren Ex aufzuspüren und ihn ebenfalls erledigen.«

Nun, wenn Peter Gibson ins Gras beißen würde, wäre das gar nicht mal so schlecht, dachte Gibson in ihrem von Betäubungsmitteln und der Garotte vernebelten Kopf.

»Und nur, damit Sie es wissen: Für uns ist Geduld keine Tugend. Also machen Sie sich auf die Jagd, als gäbe es kein Morgen mehr. Nur Sieger gewinnen etwas. Verlierer landen unter der Erde.«

Bevor Gibson etwas darauf erwidern konnte, drückte eine Hand ihr etwas ins Gesicht, und wieder ging das Licht aus.

KAPITEL 54

Gibson wachte abrupt auf und sah das erste Licht des Tages, das durch das Wohnzimmerfenster fiel.

Sie rappelte sich auf, rannte nach oben und riss die Tür zum Schlafzimmer ihrer Kinder auf. Sie schliefen tief und fest. Gibson atmete schwer, und das Herz schlug ihr bis zum Hals. Plötzlich hatte sie das Gefühl, sich übergeben zu müssen. Rasch schloss sie die Tür wieder und setzte sich auf den Boden, um ihre Nerven und ihren Magen zu beruhigen.

Beides gelang ihr nicht wirklich.

Gibson legte das Gesicht in die Hände und weinte leise. Schließlich lehnte sie sich mit dem Rücken an die Wand, um sich wieder zu fangen. Eine Minute später atmete sie tief durch, setzte sich gerade auf und wischte sich die Tränen aus dem Gesicht. Sie stand auf, ging ins Badezimmer und duschte. Als sie sich anschließend im Spiegel betrachtete, sah sie eine Frau, die vor lauter Angst den Verstand verloren hatte.

Gibson schaute auf ihre Uhr. Es war sechs Uhr früh. Ihr Tag hatte noch nicht einmal richtig begonnen, und sie wollte schon wieder ins Bett.

Soll ich mich an die Cops wenden? Aber was nutzt mir das schon? Ich kann nichts beweisen. Soll ich es meinem Dad erzählen? Nein! Definitiv nicht! Dad würde durchdrehen und sich um Kopf und Kragen bringen.

Gibson machte sich einen Becher Kaffee, als sie die Kinder hörte.

Sie lief sofort hinauf und drückte sie fest an sich. Dann zog sie sie an und brachte sie zum Frühstück nach unten. Während sie aßen, wuselte sie derart um sie herum, dass Tommy sie besorgt anschaute. Er hatte schon immer ein gutes Gefühl für ihre Stimmungen gehabt.

Gibson versuchte sich an einem Lächeln, als sie ihm einen Pfannkuchen auf den Teller legte. Den Sirup durfte er sich selbst nehmen. Dabei packte er die Flasche mit beiden Händen.

»Alles gut, Mommy?«, fragte Tommy.

Gibson wusste nicht, ob er damit sein Können im Umgang mit der Sirupflasche meinte oder ihren emotionalen Zustand.

»Alles gut, Süßer«, antwortete sie und zerzauste ihm das dichte sandfarbene Haar. »Sehr gut sogar.«

Gibson verbrachte den Morgen mit ihren Kindern und überließ sie dann Silva.

Schließlich ging sie in ihr Arbeitszimmer und schnappte sich das Handy. Sie klickte auf Wahlwiederholung, und es klingelte und klingelte …

Wo steckst du, Clarisse? Wo zum Teufel bist du?

Gibson legte das Handy wieder weg, setzte sich auf ihren Stuhl und starrte die beiden dunklen Monitore an.

Sie hatte Zeb Brown eine E-Mail geschickt und ihn nach ihrem Job-Status gefragt, und er hatte ihr versichert, dass sie noch immer bei ProEye angestellt war. Tatsächlich sei ProEye sehr zufrieden mit ihrer Arbeit, hatte er geantwortet, und die Vermögenswerte, die sie im Fall Larkin aufgespürt hatte, seien so groß, dass es nichts ausmache, wenn sie sich noch eine Weile freinehme. »Nehmen Sie sich so viel Zeit, wie Sie brauchen«, hatte Brown zu ihr gesagt.

Gibson wusste nicht, ob das die Wahrheit oder bloß gequirlte Scheiße war, aber wenigstens hatte sie jetzt die Mails, sollte es zu einem Prozess vor dem Arbeitsgericht kommen. Was auch immer passierte, sie würde sich nicht kampflos ergeben.

Gibson fuhr einen ihrer Rechner hoch und ging noch einmal durch, was sie am Abend zuvor über Harry Langhorne herausgefunden hatte. Sie benutzte sogar Google Street View, um sich

Yarden, New York anzusehen, wo er in seiner Kindheit zu Hause gewesen war.

199 Button Road lautete die Adresse. Offenbar lebte auch jetzt jemand dort. In der Einfahrt stand ein altes Auto; Frühlingsblumen blühten in den Beeten ums Haus herum, und auf der Veranda stand ein Schaukelstuhl.

Gibson schaute sich auch die anderen bescheidenen Häuser an der Straße an. Sie wirkten ebenfalls bewohnt.

Dann wandte Gibson sich dem verstörenden Artikel zu, den sie über Langhorne gefunden hatte. Sie warf einen Blick auf das Datum und sah, dass der Artikel *nach* dem Verschwinden von Langhorne und seiner Familie im Zeugenschutzprogramm verfasst worden war.

Ein paar Mädchen aus Langhornes Nachbarschaft in Trenton hatten sich gemeldet und ihm sexuelle Nötigung vorgeworfen. Sie hatten ihn beschuldigt, sie dazu verleitet zu haben, sich auszuziehen, während er sie fotografierte, sie sexuell missbraucht und sogar Geschlechtsverkehr mit ihnen gehabt zu haben.

Allerdings hatte Langhorne die Mädchen auch jedes Mal dazu überredet, niemandem etwas zu erzählen. Mit Geschenken, Zungenfertigkeit oder auch mit Drohungen hatte er sie tatsächlich zum Schweigen gebracht, berichteten die Mädchen. Erst nachdem die Langhornes verschwunden waren, hatten sie sich dazu durchringen können, den Mund aufzumachen.

Und was zum Teufel hatten die Marshals mit diesen Enthüllungen gemacht? Offensichtlich nichts. Wie es schien, hatte die Regierung einen Pakt mit dem Teufel geschlossen. Aber selbst wenn jemand im Zeugenschutz war, konnte man ihn doch sicher belangen … oder? Gibson nahm an, dass das eine juristische Grauzone war, wenn auch moralisch fragwürdig. Gibson wusste natürlich, dass viele im Zeugenschutzprogramm selbst kriminell waren. Wenn die Regierung die nun wegen vergangener Verbrechen verfolgte, nachdem sie in das Programm aufgenommen worden waren, dann hätten diese Leute keine Motivation mehr, Leib und Leben zu riskieren, um gegen ihre Bosse auszusagen.

Einen Augenblick später hörte Gibson draußen ein Geräusch und lief zum Fenster.

Eine Limousine mit einem Bundeskennzeichen war gerade in ihre Einfahrt eingebogen.

Und der Mann, der nun ausstieg, schrie förmlich »Bundespolizei« bis hin zu seinen verschlissenen Budapestern. Er knöpfte sein Jackett zu, unter dem er eindeutig eine Waffe im Schulterholster trug, und er wirkte so steif, dass Gibson den Stock im Arsch beinahe sehen konnte.

Der Mann schaute sich um. Gibsons bescheidenes Heim schien ihn nicht sonderlich zu beeindrucken, und er ging zur Tür. Gibson trat vom Fenster zurück.

Verdammte Scheiße.

KAPITEL 55

»FBI Special Agent Cary Pinker«, stellte der Mann sich vor, nachdem Gibson ihm auf sein Klopfen die Tür geöffnet hatte. Er hielt Gibson ein wenig zu lang den Dienstausweis unter die Nase – jedenfalls empfand sie das so.

Einschüchtern und provozieren, sagte sie zu sich selbst. Als ehemaliger Cop und Detective kannte sie diese Taktik nur allzu gut, und folglich hatte sie nicht die geringste Wirkung auf sie. Doch dieser Typ war ein Bundesagent, und sie war jetzt eine einfache Bürgerin. Also konnte sie es sich definitiv nicht leisten, ihn zu unterschätzen.

»Bitte, kommen Sie rein.«

Sie führte Pinker ins Wohnzimmer und deutete auf die Couch, das einzige Möbelstück, das von den Eskapaden ihrer Kinder verschont geblieben war. Tommy und Darby waren mit Silva im Garten, und das war gut so. Gibson wollte nicht, dass sie mitbekamen, was Pinker ihr zu sagen hatte, auch wenn sie es vermutlich nicht verstehen würden.

Sie setzten sich einander gegenüber.

Pinker schaute sich um. »Wie ich gehört habe, sind Sie alleinerziehend.«

»Ja, das stimmt. Ich arbeite im Home Office. Die Kinder sind mit der Babysitterin im Garten.«

»Und sie waren mal ein Cop, zuerst Kriminaltechnikerin, dann Streifendienst und schließlich Detective, alles in New Jersey.«

»Ja, in Jersey City.«

»Und Ihr Vater war ebenfalls Streifenpolizist?«

»Ja.«

»Und jetzt arbeiten Sie für ProEye und jagen Vermögenswerten hinterher.«

»Damit hätten wir meinen Lebenslauf wohl abgehakt.« Gibson lächelte entwaffnend.

Pinker schien es zu ignorieren. »Und jetzt stecken Sie mitten in der Ermordung von Harry Langhorne und einem weiteren Mord an einem ehemaligen Teilnehmer des Zeugenschutzprogramms in The Plains, Virginia, korrekt?«

»Ja, das stimmt ebenfalls.«

»Ich bin erstaunt, dass die Virginia State Police Sie in dem Fall mitarbeiten lässt, aber vielleicht handhaben die so was ja anders.«

»Das ist alles informell. Detective Sullivan wusste, dass ich ein paar Fähigkeiten habe, die in diesen Fällen nützlich sein könnten; aber ich verfüge nicht über vertrauliche Informationen. Tatsächlich hat er mir erzählt, dass er sich mit Ihnen treffen will, ich aber nicht an dem Treffen teilnehmen dürfe. Deshalb bin ich auch überrascht, dass Sie zu mir gekommen sind. Sie haben sich doch noch nicht mit ihm getroffen, oder?«

»Noch nicht. Aber lassen Sie mich das erklären.«

»Okay«, sagte Gibson freundlich.

»Ich bin hier, um herauszufinden, was Sie Detective Sullivan *nicht* gesagt haben. Mit was haben Sie die Grenze überschritten? Und was ist Ihr Motiv?« Erneut sah er sich um. »Geld?«

Sein Blick wanderte wieder zu Gibson zurück.

Gibson brauchte einen Moment, um das alles zu verarbeiten. Dass sie früher am Tag von unermesslichen Reichtümern geträumt und dann Trask versprochen hatte, ihm für fünf Prozent Finderlohn bei der Suche nach seinem Geld zu helfen, suchte sie jetzt wieder heim, und sie bekam ein schlechtes Gewissen.

»Wollen Sie mich anklagen?«, fragte Gibson.

Pinker starrte sie kurz an wie vermutlich schon viele Verdächtige im Verhörzimmer. »Ich bin hier, um die Wahrheit herauszufinden, Miss Gibson. Nicht mehr, aber auch nicht weniger.«

»Genau das versuche ich auch.«

»Sie sind zu diesem Anwesen rausgefahren und haben Langhornes Leiche gefunden. Sie behaupten, eine Person habe Sie angerufen und Sie getäuscht, damit Sie das tun. Warum ausgerechnet Sie, das weiß ich nicht. Aber gehen wir einfach mal davon aus, dass das der Wahrheit entspricht. Warum sind Sie dann noch immer darin involviert? Wenn das Ganze zu Anfang nur eine Betrugsmasche war, warum haben Sie sich dann nicht einfach umgedreht und sind gegangen? Sie haben Kinder. Sie haben einen Job. Warum zum Teufel beschäftigen Sie sich noch immer mit dem Fall? Das sind doch vernünftige Fragen.«

Das wurmte Gibson zutiefst, denn diese Fragen waren in der Tat vernünftig. An Pinkers Stelle hätte sie das Gleiche gefragt.

Und genau in diesem Augenblick beschloss sie, ihm die Wahrheit zu sagen … oder zumindest einen Teil davon.

»Ich wollte nichts mit alledem zu tun haben; aber seit ich die Leiche gefunden habe, stecke ich bis zum Hals drin. Natürlich habe ich versucht, da wieder rauszukommen. Es ist, wie Sie gesagt haben: Ich habe Kinder. Ich wollte sie nicht in Gefahr bringen.«

»Warum haben Sie das dann nicht getan?«, hakte Pinker nach.

»Weil ich keine andere Wahl hatte, okay? Es gibt … Es gibt da ein paar Leute, die von meiner Beteiligung wissen. Ich komme da nur wieder raus, wenn ich den Fall löse. Und ich war lange Cop. Das liegt mir im Blut.« Sie hielt kurz inne. »Klingt das auch *vernünftig* für Sie?«

Pinker lehnte sich zurück. Offenbar schätzte er Gibson ob dieser schnellen und offenen Aussage neu ein. »Was sind das für Leute?«

»Kein Kommentar. Sorry«, antwortete Gibson.

»Okay. Das kann ich akzeptieren. Vorerst. Haben Sie schon irgendwelche Fortschritte gemacht?«

»Ein wenig. Pottinger ist Langhorne, und Langhorne hat der

Mafia vermutlich ein Vermögen gestohlen. Jetzt sucht jemand nach dem Geld, und ich glaube, deshalb hat man mich auch mit reingezogen. Bei ProEye verdiene ich genau damit mein Geld. Ich suche nach Vermögenswerten, *großen* Vermögenswerten, und das an den unwahrscheinlichsten Orten, die man sich vorstellen kann.«

»Und geht dieser Jemand, wer auch immer das sein mag, davon aus, dass Sie den Schatz finden und ihn ihm dann einfach so übergeben werden?«

»Vielleicht«, antwortete Gibson.

Pinker schaute sie misstrauisch an. »Haben diese Leute Sie oder Ihre Familie bedroht?«

»Ich denke einfach, es ist zu meinem Besten, den Schatz zu finden – falls er denn existiert – und ihn anschließend den Behörden zu übergeben. Auf die Art wäre ich vom Haken. Jedenfalls sehe ich das so.«

»Sie haben meine Frage nicht beantwortet. Sind Sie bedroht worden?«

»Mehr werde ich nicht dazu sagen«, erwiderte Gibson.

»Auch das ist eine Antwort. Und? Haben Sie schon handfeste Spuren?«

»Ja, und Detective Sullivan kennt sie.«

Abgesehen von denen, die ich ihm verschwiegen habe. Tut mir leid, Will.

»Und wie wollen Sie weiter vorgehen?«, fragte Pinker.

»Ich habe geplant, mir Langhornes Vermögenswerte mal online anzusehen.«

»Ich bin sicher, das macht auch die Polizei.«

»Und das FBI?«, hakte Gibson nach.

»Das kann ich Ihnen nicht sagen.«

»Warum mischt das FBI sich überhaupt ein?«

»Auch das kann ich Ihnen nicht sagen. Aber Sie wissen doch sicher, dass der Zeugenschutz ein *Bundes*programm ist, oder?«

»Die betreffenden Personen sind nicht länger ein Teil davon«, konterte Gibson.

»Das ist egal. Sie sind tot. Irgendjemand hat sie ermordet. Das müssen wir aufklären, sonst töten sie als Nächstes Leute, die noch immer im Programm *sind.*«

»Das kann ich nachvollziehen«, sagte Gibson.

»Mich kümmert also weniger der ›Schatz‹ als vielmehr die Killer.«

»Ich nehme an, Sie wissen alles über die Langhornes.«

»Geraldine ist kurz nach ihrem Mann verschwunden, und jetzt ist sie vielleicht schon tot oder auch nicht. Francine und Douglas, ihre Kinder, haben das Programm mit Erreichen der Volljährigkeit ebenfalls verlassen. Niemand weiß, wo sie sind. Glauben Sie, sie haben ihren Vater gefunden und sich an ihm gerächt?«

»Nach dem zu urteilen, was ich zu Harry Langhorne recherchiert habe«, antwortete Gibson, »haben seine Kinder sich vermutlich gefreut, als er aus ihrem Leben verschwunden ist. Aber ob sie ihn auch getötet haben, das weiß ich nicht – nicht mit Sicherheit jedenfalls.«

»Ich nehme an, Sie haben mit Earl Beckett vom U.S. Marshals Service gesprochen.«

»Sullivan und ich, wir haben uns mit ihm getroffen, ja. Tatsächlich war er an ihrem letzten bekannten Aufenthaltsort für die Langhornes verantwortlich.«

»Und Sie glauben noch immer, dass sie den Mord begangen haben könnten? Dass sie sich an ihm gerächt haben, weil er so ein Tyrann gewesen ist?«, fragte Pinker.

»Menschen sind schon für weniger ermordet worden.«

»Ja, das stimmt wohl. Und Daryl Oxblood?«

»Wenn ich richtig informiert bin, war sein echter Name Bruce Hall«, bemerkte Gibson.

»Das ist korrekt. Teilweise. Bruce Hall war sein Name im Zeugenschutzprogramm. Sein echter Name lautet Bruce *Dixon.*«

Bruce Dixon? BD? Die Initialen in dem Comicheft. Gibson versuchte sich ihre Aufregung nicht anmerken zu lassen. »Okay. Danke für die Klarstellung.«

Gibson liebte es, wenn solche Klugscheißer wie Pinker nicht anders konnten, als ihr überlegenes Wissen zur Schau zu stellen. Sie hätte wetten können, dass der Mann später bereuen würde, ihr das erzählt zu haben.

Sie sagte: »Es scheint, als hätte dieselbe Person, die Langhorne ermordet hat, auch Oxblood umgebracht. An der Wand stand die gleiche Phrase. Das kann kein Zufall sein; aber an Zufall glaube ich ohnehin nicht.«

»Aber *warum* wurde er getötet?«, fragte Pinker.

»Beckett wollte mir nichts über ihn sagen.«

»Die Dixons waren in New Mexico die Nachbarn der Langhornes«, sagte Pinker. »Bruce und Francine waren befreundet, *eng* befreundet, zumindest nach dem zu urteilen, was ich gehört habe.«

Und noch mal danke. Das war jetzt wirklich wichtig.

Gibson fragte sich, warum Pinker ihr das alles erzählte, während Beckett ihr noch nicht einmal gesagt hatte, dass die Dixons und die Langhornes sich gekannt hatten.

Gibson bemerkte: »Beckett hat gesagt, dass sie manchmal Familien im Zeugenschutz in ein und derselben Gegend unterbringen, aus Kostengründen und mangels Personal. Aber sie sollten eigentlich nichts von der Identität der jeweils anderen wissen.«

»Und Sie glauben, dass die Kids sich immer an diese Regeln halten? Oder die Erwachsenen?«, fragte Pinker.

»Meine Kinder würden das nicht tun, und die sind noch sehr klein. Ich kann mir nur vorstellen, zu was Teenager in der Lage wären. Nein, das nehme ich zurück. Ich erinnere mich noch sehr gut daran, wie ich als Teenager war. Da gab es keine Grenzen.«

Pinker nickte und schaute nachdenklich drein. »Für sie

war das vielleicht cool. Als wären sie in einem elitären Club, von dem nur sie wissen. Also … Harry Langhorne ist tot und Francine Langhornes ehemaliger Freund aus Zeugenschutzzeiten ebenfalls. Was, glauben Sie, ist hier los? Hat das alles mit dem ›Schatz‹ zu tun?«

»Wenn ich das wüsste, dann würde ich es Ihnen sagen, Agent Pinker.«

»Warum nur glaube ich das nicht?«

KAPITEL 56

Clarisse saß vor ihren beiden Computerbildschirmen und starrte auf ihre Sammlung von Prepaidhandys und Notizbüchern, alle ordnungsgemäß etikettiert.

Gibson weiß, dass Julia Frazier in The Plains, Virginia, gewesen ist. Sie weiß von dem Comicheft und den Initialen. Sie hat den Spruch an der Wand gesehen.

Clarisse schlug ein Notizbuch auf, auf dem schlicht DIE VERGANGENHEIT stand.

Sie blätterte zu einer Seite und blickte auf die Initialen, die sie dort geschrieben hatte. *BD* und *RE*.

Früher einmal war sie sehr sentimental gewesen und manchmal sogar fürsorglich. Doch so durfte sie nicht mehr sein. Ein Teil von ihr konnte damit gut leben, ein anderer nicht, doch der wurde immer kleiner.

Clarisse rieb mit dem Finger über die Buchstaben *BD*. Er war einer von ihnen gewesen. Sie hatten sich einen Eid geschworen wie bei der Mafia. Man wendete sich nie gegen die Seinen. Aber offensichtlich hatte dieses feierliche Versprechen für einige von ihnen keine Bedeutung mehr.

Clarisse schaute zu ihrem Gibson-Handy. Was machte die Frau gerade? Versuchte sie Julia Fraziers Mietwagen von Dulles nach The Plains zu verfolgen und wieder zurück? Clarisse sorgte sich nicht allzu sehr deswegen. Sie wusste noch genau, welches Outfit, welche Perücke und welches Make-up sie in The Plains getragen hatte. So würde sie nie wieder aussehen. Tatsächlich hatte sie die entsprechenden Sachen bereits weggeworfen. Und Gibson konnte unmöglich wissen, dass Frazier und sie ein und dieselbe Person waren.

Der Name, der Führerschein und die Kreditkarte, die sie bei der Mietwagenfirma benutzt hatte, waren alle erstklassig gefälscht gewesen. Gleich mehrere Verteidigungslinien trennten sie von ihrem Alter Ego. Das Problem war nur, dass Gibson eine ausgebildete Ermittlerin war, der auch noch die Ressourcen von ProEye zur Verfügung standen.

Und ab jetzt könnten diese Ressourcen gegen mich eingesetzt werden.

Clarisse ging online und löschte alles, wirklich *alles*, womit Gibson eine Verbindung zwischen ihr und Julia Frazier hätte herstellen können.

Als sie damit fertig war, verließ sie ihre Wohnung und fuhr fast drei Stunden zu einer anderen, die sie schon vor mehreren Monaten gemietet hatte. Dort angekommen setzte sie sich eine neue Perücke auf, formte sie zu einem langweiligen Topfschnitt und wischte sich sämtliches Make-up vom Gesicht. Dann zog sie Jeans, Sweatshirt und flache Tuchschuhe an. Schließlich schnappte sie sich eine kleine Sporttasche und ging wieder raus. Mit einem Mietwagen fuhr sie zu ihrem Ziel und parkte hinter einem Gebäude, nachdem sie am Tor eine Codekarte durch ein Lesegerät gezogen hatte. Schließlich ging sie mithilfe derselben Karte durch die Hintertür in das Gebäude. »April Nettles« stand auf der Karte.

Clarisse ließ bereitwillig ihre Tasche durchsuchen.

»Haben Sie COVID jetzt hinter sich, Nettles?«, fragte die uniformierte Frau an der Sicherheitsschleuse. Sie war Mitte vierzig und schien nicht sonderlich glücklich mit ihrem Job zu sein.

»Ja, das dritte Mal ist wirklich übel.«

»Sie können von Glück sagen, dass Sie noch Ihre Stelle haben.«

»Soll ich etwa trotz COVID herkommen und alle anstecken? Außerdem, wer will denn sonst diesen Mist machen? Sie haben doch alles outgesourct. Keine Betriebsrente, beschissene Arbeitszeiten, lausige, seelenfressende Arbeit und ein armseliges Gehalt. Da stehen die Bewerber sicher Schlange. Ha!«

»Hey, das ist der American Way. Scheiß auf die kleinen Leute, und da zähle ich mich zu.«

Clarisse ging durch den Flur zu einer Umkleidekabine, wo frische Arbeitskleidung auf sie wartete. Dann schloss sie sich einem Team von neun jungen Frauen an, die ihre Putzwagen durch einen Flur und in einen großen Frachtaufzug schoben.

Sie fuhren in den nächsten Stock, wo die Tür sich wieder öffnete. Dort stand eine Frau mit einem Klemmbrett in der Hand und sagte: »Bowers und Nettles, dieser Stock. Fangt rechts an und dann nach links.« Sie gab jeder ein Blatt mit Instruktionen und den Grundrissen der Büros. »Nur falls ihr es vergessen habt … was auf dich vermutlich zutrifft, Nettles.«

Clarisse hatte rein gar nichts vergessen, und das wusste die Vorarbeiterin auch. Clarisse hatte ihr fünfhundert Dollar gezahlt, um heute Abend in diesem Stock arbeiten zu dürfen. Und weil die Firma Vorarbeiter nicht besser bezahlte als ihre Untergebenen, hatte die Frau das Geld ohne Zögern angenommen.

Die Vorarbeiterin stieg in den Aufzug und fuhr mit dem Rest der Putzkolonne weiter hinauf, während Clarisse mit Bowers den Wagen durch den Flur schob.

»Du bist neu hier, stimmt's?«, fragte Clarisse.

»Das ist meine zweite Nacht«, antwortete Bowers, eine zierliche Frau mit kurzem dunklen Haar.

»Okay. Ich gehe nach rechts und du nach links. Es gibt keinen Grund, alles doppelt zu machen, egal was sie sagen. Auf die Art werden wir schneller fertig, und ich komme vielleicht zu einer Zigarettenpause«, fügte sie hinzu, als sie ein Päckchen Marlboro in Bowers Brusttasche sah.

»Klingt gut.«

Bowers ging, und Clarisse tat das Gleiche.

Clarisse hatte ein System entwickelt, und so putzte sie ihren

Teil des Stockwerks in der Hälfte der Zeit, die dafür veranschlagt war. Tatsächlich mochte sie das Putzen. Es war ein Prozess mit klarem Ergebnis. Idealerweise funktionierte ihr Leben genauso. Clarisse ließ ihren Wagen in einem Büro und huschte den Flur hinunter.

Sie wusste, wo jede Überwachungskamera war; sorgfältig wich sie ihnen aus.

Clarisse holte eine zweite Schlüsselkarte aus ihrem Versteck hinter der anderen in der Hülle. Das war der Grund, warum sie in dieser Nacht zurückgekommen war. Nachdem sie lange genug in diesem Scheißjob gearbeitet hatte, hatte sie endlich den Schlüssel zu ihrem Ziel. Dass sie sich dann erst einmal freigenommen hatte, war notwendig gewesen, denn sie hatte auch noch andere Dinge zu tun.

Clarisse lief in das Büro und ging direkt zum Schreibtisch. Das Computerpasswort hatte sie bereits. Sie setzte sich, drang ins System ein und begann mit ihrer Suche. Während sie arbeitete, huschte ihr Blick immer wieder zur Tür.

Rasch hatte sie Zugriff auf die Dateien, die sie haben wollte. Sie steckte einen kleinen USB-Stick ein, den sie in ihrem Zippo versteckt hatte, und kopierte alles, was sie brauchte.

Schließlich ließ Clarisse den kleinen Stick wieder in dem Feuerzeug verschwinden.

Sie verließ das Büro und traf sich mit Bowers. Gemeinsam gönnten sie sich daraufhin draußen eine Zigarette. Da das jeder hier machte, war der Boden voller Kippen. Und genau aus diesem Grund hatten die, die hier das Sagen hatten, die Tür zur Raucherecke auch nicht gesichert, denn sie wollten nicht auch noch die wenigen verlieren, die bereit waren, hier zu arbeiten.

Als Bowers nicht hinsah, ließ Clarisse ihr Zippo hinter einem Busch auf den Boden fallen. Nach ihrer Schicht musste sie wieder durch die Sicherheitsüberprüfung, und beim Rausgehen schloss das Röntgen und gründliche Durchsuchungen von Personen und Taschen mit ein. Und sie durfte nicht riskieren, dass der USB-Stick gefunden wurde.

Clarisse verließ das Gebäude, ging um es herum zur Raucherecke und holte ihr Zippo hinter dem Busch hervor. Dann stieg sie in ihren Mietwagen und fuhr zu ihrer Wohnung zurück.

Sie ging hinauf, schloss die Tür auf und trat ein.

Die Stimme sagte ihr, sie solle sich nicht bewegen.

Und das tat Clarisse dann auch nicht.

KAPITEL 57

Der Raum war dunkel, und das blieb er auch.

Langsam holte Clarisse das Zippo mit dem USB-Stick aus der Tasche. Sie steckte den Stick in ihre Jeans, dann in ihre Unterwäsche, und schließlich versteckte sie ihn in sich selbst. Das tat weh, aber vermutlich nicht so sehr wie das, was da kommen würde.

»Wer sind Sie? Was machen Sie hier?«

Sie sah rechts eine Bewegung, einen Schatten, nur ein wenig dunkler als der Rest.

»Zeit für ein persönliches Treffen«, sagte die Stimme. »Und du weißt wer.« Der Schatten rührte sich nicht. Das musste er auch gar nicht. Clarisse wusste in der Tat, wer das war.

»Macht es dir etwas aus, mir zu sagen, wie du das gemacht hast?«

Der Schatten trat näher an sie heran. »Ja, das macht mir etwas aus. Ich möchte nicht, dass du das rückentwickelst. Darin warst du schon immer gut, verdammt gut sogar.«

»Was willst du?«, fragte Clarisse.

»Das ist doch offensichtlich, oder?«

»Nicht für mich. Ich dachte, wir hätten das mit der Kommunikation schon erledigt und wüssten, wo wir stehen.«

»Wirklich? Jetzt bin ich aber enttäuscht. Du hast doch sonst so einen scharfen Verstand. Du verlässt dich doch immer darauf. Schwächelst du etwa?«

»Wir hatten eine Abmachung oder etwa nicht?«, entgegnete Clarisse.

»Das hast du vielleicht *gedacht.*«

»Willst du jetzt davon abweichen?«

»Was soll ich sagen? Ich bin eben der geborene Rebell. Ich dachte, das wären wir alle.«

Clarisse schüttelte den Kopf. »Nein, nicht geboren – *gemacht*. Das weißt du.«

»Vielleicht.«

»BD?«, fragte sie.

»Was ist mit ihm?«

»Warum?«

»Warum nicht?«

»Damit hast du die Regeln gebrochen«, sagte Clarisse.

»Ich mache jetzt meine eigenen Regeln. Das tue ich schon seit Jahren.«

»Trotzdem … Du hättest das nicht tun müssen. Du hast doch nur seinen Ausweis gebraucht, um den Van zu mieten, mit dem du meine Mutter entführt hast.«

»Es gibt da Dinge, von denen du nie etwas gewusst hast, Dinge, vor denen ich dich beschützt habe.«

»Er war ein lieber, netter Mensch. Das hat er nicht verdient. Er hat Comichefte geliebt!«

»Er hat viele *›Dinge‹* geliebt, nicht nur Comics.«

»Du lügst«, fauchte Clarisse.

»Nur weil du das sagst, ist das noch lange nicht so, Babycakes.«

Die Person trat in das schwache Licht, das von außen hereindrang, doch Clarisse blieb weiter im Schatten. Dann trat die Person einen weiteren Schritt vor und war klar und deutlich zu sehen.

Die Frau hatte sich verändert. Sehr sogar.

»Du siehst nicht gut aus«, bemerkte Clarisse.

»Du hingegen fantastisch. Zum Fressen süß, *Babycakes*, selbst mit dieser dämlichen Perücke und den plebejischen Kleidern. Plebejisch! Habe ich mich in den letzten Jahren nicht wunderbar gebildet?«

»›Babycakes‹ war dein Spitzname, nicht meiner«, erwiderte Clarisse.

»Wäre ich nicht gewesen, hättest du ihn bekommen«, sagte die Frau leise und kam wieder ein Stück näher.

Clarisse hielt nach einer Waffe am Körper der anderen Person Ausschau und steckte die Hand in die Tasche. »Und dafür war ich immer schon dankbar«, sagte sie, und ihre Finger tasteten nach dem Pfefferspray.

»Nun, dann ist es wohl an der Zeit, dass du mich wieder zu schätzen lernst. Lange Zeit hatten wir nur uns, und dem nach zu urteilen, was ich gesehen habe, hat sich nichts daran geändert. Du kannst es mir ruhig sagen, wenn ich mich irre. Bist du verheiratet? Hast du Kinder? Eine Beziehung?« Sie lächelte. »Ich weiß, dass du niemanden hast.«

»Ich hatte Mommy. Aber jetzt hast du sie.«

»Mommy ging es nie besser. Sie kostet mich zwar Unsummen für Ensure, aber um sie am Leben zu erhalten, braucht es noch viel mehr. Genau wie ich sieht sie nicht wirklich gut aus.«

»Sie hatte ein hartes Leben.«

»Sie hat einfach nur dagesessen und sich angeschaut, wie dieses ›harte Leben‹ *uns* verschlungen hat. Genau wie meine Hexe von Mutter.«

»Ich habe dir doch gesagt, was ich tun werde«, sagte Clarisse. »Deshalb weiß ich auch nicht, warum du hier bist. Und ich weiß auch nicht, wie du mich hier gefunden hast.«

»Glaubst du etwa, du bist die Einzige, die die Feds überwacht? Ich hatte einen Monat lang die Tagschicht in der Putzkolonne, und als die Zeit kam, habe ich in die Nachtschicht gewechselt. Was für eine Schatzkammer das war, für allen möglichen Scheiß. Und dann habe ich dich gefunden.«

»Ich habe mir schon gedacht, dass du meine Fährte in der Putzkolonne im Gebäude von Creative Engineering aufgenommen hast, in North Carolina.«

»Ja, das stimmt. Und das war gar nicht mal so schwer.«

»Was war es? Was hat mich verraten?«

»Okay. Ich werde es dir sagen. Dein arroganter Gang. Haare, Gesicht, Kleidung, Körper ... All das konntest du verändern, den Gang aber nicht. Jedenfalls nicht ausreichend für mich.«

»Aber wie konntest du dir sicher sein?«

»Auch das will ich dir sagen«, schnurrte sie. »Außer dir hat niemand aus der Putzkolonne ein Zippo in der Raucherecke hinter einem Busch versteckt.«

»Das war clever«, sagte Clarisse, und ihre Finger schlossen sich um das Pfefferspray.

»Und? Hast du gefunden, wonach du gesucht hast?«

»Vielleicht. Warum interessiert dich das?«

»Alles interessiert mich, Babycakes. Wo ist es?«

»An einem sicheren Ort.«

Sie griff Clarisse zwischen die Beine. »Da unten, stimmt's? Das gute alte Versteck. Wie immer. Du musst dir mal einen anderen Ort suchen, Babycakes.« Sie ließ Clarisse wieder los.

Clarisse atmete schnell durch. *Abwehren und Gegenangriff.* »›Tu, was ich sage‹? Warum ausgerechnet das?«

»Das war sein Mantra. Hast du das schon vergessen?«

»Ich kann *überhaupt nichts* vergessen.«

»Da hast du's. Und es hat irgendwie gepasst.«

»Wo ist Dougie?«, fragte Clarisse.

»Keine Ahnung.«

»Du lügst. Er war dir treu ergeben. Er hat alles getan, was du wolltest.«

»Wenn du mir nicht glauben willst, dann glaub mir eben nicht. Nebenbei ... Willst du das Ding, das du in deiner Tasche festhältst, rausholen und mir damit wehtun? Mach ruhig. Versuch's. Das könnte lustig werden.«

»Ich habe definitiv daran gedacht.«

»Überleg's dir lieber noch einmal.«

Clarisse spürte den Druck einer Messerspitze an ihrem Hals, und ein Blutstropfen lief ihr über die Haut, langsam, wie ein Ski in Pulverschnee. »Ist das das Messer, mit dem du auch Bruce umgebracht hast?«

»Nein. Du bist was Besonderes. Das hier ist sogar noch schärfer.«

»Wenn du mich tötest, dann gibt es keinen Schatz.«

»Vielleicht habe ich ja genug Geld.«

»Niemand hat genug Geld.«

Sie machte einen weiteren kleinen Schnitt. Ihre Hand führte die Klinge wie die eines Chirurgen. »Das Morgen ist niemandem versprochen, doch ich verspreche es dir, *Babycakes.*«

Und dann war sie verschwunden.

Clarisse schloss die Tür ab, lief ins Badezimmer und untersuchte ihre Wunden. Es waren winzige, präzise Schnitte, so nah beieinander wie ein Schlangenbiss.

Oder wie der eines Vampirs.

Und alles im Dunkeln. Beeindruckend.

Clarisse wusch die Wunden und klebte ein Pflaster darauf.

Und dann kotzte sie.

KAPITEL 58

Am nächsten Tag starrte Gibson gerade auf ihren Computerbildschirm, als das Handy klingelte.

Das Handy.

»Hallo?«

»Mickey?«, sagte Clarisse.

»Alles okay bei Ihnen? Sie klingen … nervös.«

»Sie auch.«

Gibson zögerte, doch dann beschloss sie, es ihr zu erzählen. »Ich hatte letzte Nacht Besuch.« Und sie berichtete Clarisse, wie sie entführt und verhört worden war.

Ein paar Augenblicke lang schwieg Clarisse. »Nathan Trask? Sind Sie sicher?«

»Ich weiß nicht, ob er persönlich da war, aber er steckte definitiv dahinter. Und sagen Sie jetzt nicht, es tue Ihnen leid, denn das glaube ich Ihnen ohnehin nicht. Er will das Geld, das Langhorne ihm gestohlen hat.«

»Dem geht es weniger ums Geld als darum, sein Gesicht zu wahren. Ich habe einen Deal mit ihm gemacht, dass ich es für ihn finden werde. Auf die Art bekomme ich auch was ab.«

»*Was?*«

»Ach, kommen Sie. Tun Sie nicht so, als würde Sie das überraschen. Ich mache das nicht aus Spaß.«

»Tja«, sagte Gibson, »ich habe den gleichen Deal mit ihm gemacht. Ich hatte keine andere Wahl, sonst wäre ich jetzt nicht hier.«

»Der Sieger bekommt alles.«

»Bei Ihnen klingt das, als wäre das ein Wettrennen.«

»Vielleicht ist es das ja auch.«

»Und warum klingen *Sie* dann so mitgenommen?«, verlangte Gibson zu wissen.

»Ich hatte auch Besuch.«

»Was? Wer? Trask?«, fragte Gibson.

»Nein. Nicht Trask.«

»Wer dann? Und was haben sie gewollt?«

»Den Schatz, Mickey. Und vielleicht noch mehr als das.«

»Und das heißt?«

»Das kann ich Ihnen leider nicht sagen.«

»Wenn wir offen zueinander sind, könnte das unsere Überlebenschancen erhöhen.«

»Langsam bedauere ich es, Sie da mit reingezogen zu haben«, gestand Clarisse.

»In was genau haben Sie mich eigentlich mit reingezogen? Den Schatz können Sie doch vermutlich auch ohne mich finden.«

»Das ist kompliziert.«

»Nur, wenn Sie es kompliziert machen.«

»Ich mache alles kompliziert. So bin ich nun einmal.«

»Ich habe noch nie gehört, dass Sie so offen sind. Dieser Besuch muss Sie wirklich hart getroffen haben.«

»Ich mag es nicht, wenn Leute mich finden können. Sie?«, blaffte Clarisse.

»Ich verstecke mich doch nicht.«

»Ich schon.«

Und mit diesem unerwarteten Geständnis erkannte Gibson zum ersten Mal eine Schwäche bei der Frau, doch sie war nicht sicher, was sie daraus machen sollte. Sie entschied sich für den Angriff. Dass Trasks Männer sie entführt hatten, hatte ein Gefühl von Dringlichkeit in ihr geweckt, das sie nicht mehr loswurde.

»Julia Frazier?«

»Wer?«, erwiderte Clarisse in beiläufigem Ton.

Ein paar Sekunden zuvor hatte Gibson das Handy an den Rechner angeschlossen und die Stimmanalyse gestartet. Jetzt schaute sie auf den Bildschirm. Der Pfeil rührte sich nicht.

Gibson fragte sich, was ihre nächsten Fragen wohl bei der Frau auslösen würden.

»Warum waren Sie an diesem Tag in The Plains? Sind Sie RE? Hatten Sie eine Beziehung mit Bruce Hall alias Bruce Dixon alias Daryl Oxblood? RE und BD? Das habe ich in einem Comicheft gelesen. Ich frage nur. Waren Sie entsetzt, als Sie die Leiche gefunden haben?«

Clarisse legte auf.

Gibson starrte auf ihren Bildschirm. Die Stressanzeige war durch die Decke gegangen.

Und aus irgendeinem seltsamen Grund fühlte sie sich jetzt besser.

KAPITEL 59

Zum ersten Mal seit langer Zeit fuhr Clarisse mit dem Zug. Sie hatte sich bewusst gegen einen weiteren Flug entschieden. Im Augenblick wollte sie definitiv auf dem Boden bleiben. In 35 000 Fuß Höhe konnte sie schließlich nicht einfach abspringen, aber einen Zug konnte sie relativ leicht verlassen.

Clarisse hatte alles aus ihrem Mietwagen in zwei Reisetaschen verstaut und war dann mit einem Uber zum Bahnhof gefahren. Nur um sicherzugehen, war sie auf die Damentoilette gegangen und hatte in einer Kabine ihr Aussehen verändert.

Schließlich war sie in den Zug nach Norden gestiegen. Nun starrte Clarisse aus dem Fenster in die zunehmende Dunkelheit. Als der Zug immer schneller fuhr und der Waggon sanft schaukelte, schloss sie die Augen und versuchte, das Geschehene zu verarbeiten.

Clarisse musste mit zwei größeren Ereignissen zurechtkommen, und keins von beiden war gut für sie.

Sie hat mich gefunden. All meine Vorsichtsmaßnahmen, all meine Arbeit, und trotzdem ist ihr das gelungen.

Clarisse berührte die Wunden an ihrem Hals.

Hätte sie ihr wirklich den Hals durchgeschnitten?

Schau dir einfach mal an, was sie mit Bruce gemacht hat.

Clarisse drückte die Finger auf das kühle Fenster.

Dann war da Gibsons überraschende Enthüllung. *Sie weiß, dass ich als Julia Frazier in The Plains gewesen bin. Und sie hat herausgefunden, dass ich eine Verbindung zu Bruce Dixon hatte.*

Jetzt sitzen sie mir alle zwei im Nacken.

Sie straffte die Schultern.

Komm schon. Du schaffst das. Noch *haben sie dich nicht besiegt.*

Clarisse holte ihren Laptop heraus und schloss den USB-Stick an.

Dann rief sie die Dateien auf und ging sie rasch durch.

Das, was sie suchte, war ganz allgemein gesprochen alles, was der U. S. Marshals Service über die Familie Langhorne hatte.

Vieles davon wusste Clarisse bereits, aber nicht alles. Sie sah Bilder von Harry Langhorne, als er noch ein Mafiabuchhalter gewesen war. Groß, nicht unattraktiv, aber mit arroganten Augen. Definitiv lauerte da das Böse unter dem, was sie meisten wohl als eine sanftmütige Fassade betrachten würden.

Clarisse ging die Geschichte des Mannes durch, von der Wiege bis ins Grab. Die Akte war sorgfältig gepflegt worden, denn auch der Tod war bereits verzeichnet (genauer gesagt: der Mord). Doch das hatte die perfekte Bilanz der U. S. Marshals nicht ruiniert, da Langhorne das Zeugenschutzprogramm schon vor langer Zeit verlassen hatte.

Clarisse wandte sich ab, als Bilder von der ganzen Familie erschienen: Mutter, Sohn, Tochter. Über die wusste sie schon genug.

Plötzlich sah sie alles wieder vor ihrem geistigen Auge. Früher hatte sie diese Bilder täglich im Kopf gesehen, manchmal sogar stündlich. Lange Zeit hatte sie damit gekämpft. Jahrelang. Gelungen war ihr das, indem sie sich voll und ganz auf ihre Gaunereien konzentriert und ihre gesamte Existenz in den Notizbüchern organisiert hatte.

Clarisse schaute sich um. Alle anderen Passagiere in ihrer Umgebung schliefen tief und fest.

Du leidest stumm. Daran erinnerst du dich. Du wirst gesehen, aber nicht gehört. Benutzt. All die Dinge, die dir angetan worden sind. Nie auch nur ein Widerspruch. Doch sie hatte geweint. Dagegen hatte sie nichts tun können.

Und tatsächlich mochten sie die Tränen. Sie sehnten sich danach. Das machte sie glücklich. Und noch sadistischer.

Clarisse konzentrierte sich wieder auf ihren Computerbildschirm und die Informationen darauf.

Der Mann hatte seinen Schatz gehabt, und jetzt, da er tot war, wollte sie ihn haben. Allerdings würde das nichts wiedergutmachen. Clarisse wollte ihn einfach nur, weil sie wusste, dass der Tote das nicht gewollt hätte. Das reichte ihr als Motivation. Das war mehr als genug.

Grab tiefer.

Clarisse öffnete ihr Schatz-Notizbuch und begann, in schöner, präziser Schrift alles aufzuschreiben, was sie bis jetzt zum Thema wusste. Sie glaubte, wenn sie sich das anschaute, würde sie neue Verbindungen entdecken.

In jedem Fall musste der Schatz in Stormfield sein. Zu diesem Schluss kam sie nach gut einer halben Stunde. Da war zum Beispiel die Botschaft auf dem Boot, und es gab so viele Schlupfwinkel in Haus und Anwesen, wo man etwas verstecken konnte. Außerdem war das Grundstück riesengroß.

Soll ich dahin und selbst suchen? Wenn ja, wie viel Zeit habe ich? Wer erbt das Anwesen? Was steht im Testament des Mannes, falls er denn überhaupt eins hatte? Und warum denke ich jetzt darüber nach?

Clarisse stieg am nächsten Halt aus.

KAPITEL 60

Stormfield erhob sich aus der Dunkelheit wie ein Albtraum aus dem Unterbewusstsein. Die Fassade wurde von dem Nebel verschleiert, der nach der verregneten Nacht entstanden war.

Clarisse war mit ihrem Mietwagen bis auf eine Viertelmeile an das Haus herangefahren und den Rest zu Fuß gegangen. Sie wollte das nicht tun, aber was blieb ihr anderes übrig?

Der Strahl von Clarisses Taschenlampe drang durch die Dunkelheit, und sie leuchtete damit herum, bevor sie zur Eingangstreppe ging. Die Tür war abgeschlossen, und der Schlüssel lag nicht länger unter der Katzenstatue – dort hatte sie ihn bei ihrem ersten Besuch gefunden –; aber Clarisse hatte Werkzeug dabei, um dieses Hindernis zu beseitigen. Knarrend öffnete sich die Tür, und Clarisse knirschte mit den Zähnen.

Clarisse schloss die Tür wieder und richtete den Lichtkegel nach vorn. Sie war nur ein einziges Mal hier gewesen, und da war sie über die Leiche in dem Geheimraum gestolpert. Langhorne hatte sie allerdings nicht zu sich bestellt, wie sie Gibson erzählt hatte. Tatsächlich hatte sie in Miami nie mit Daniel Pottinger zusammengearbeitet. Doch nach Jahren der Suche hatte sie schließlich herausgefunden, dass Pottinger und Langhorne ein und dieselbe Person waren. Aber da war er bereits tot gewesen. Clarisse wusste, wer ihn getötet hatte. Das hatte ihr die Botschaft an der Wand verraten.

TU, WAS ICH SAGE, UND NICHT, WAS ICH TUE.

Das war Langhornes spöttisches, sadistisches Mantra gewesen. Er hatte immer mit jedem gemacht, was er wollte, aber er hatte auch absoluten Gehorsam von allen verlangt, über die er Macht gehabt hatte.

Clarisse stand einfach nur da und ergab sich kurz ihren Erinnerungen.

Mit der Suche nach Langhorne hatte sie zwei Ziele verfolgt: Zum einen hatte sie den Schatz finden wollen, und zum anderen hatte sie ihn für seine Verbrechen in der Vergangenheit töten wollen.

Für seine Verbrechen an mir.

Clarisse begann auf der Ostseite des Gebäudes und arbeitete sich langsam nach Westen vor.

Anschließend ging sie nach oben und fand dort das einzige Schlafzimmer, das möbliert war. Vermutlich hatte Langhorne hier geschlafen. Clarisse schaute sich nach Spuren um, fand aber nichts.

Dann ging sie wieder runter und von Raum zu Raum, bis sie schließlich den letzten Raum im Untergeschoss erreichte, offenbar ein Weinkeller. Dort standen Holzkisten mit den Namen von Weingütern in Frankreich, Italien und Spanien, und auf den Regalen fanden sich ein paar leere Flaschen. Aber wenn Langhorne nie hier war, warum hatte er dann einen Weinkeller gehabt? Das Ganze wirkte … wie hieß das noch? … inszeniert.

Clarisse setzte sich auf eine der alten Kisten und schaute sich um. Der Geruch des nahen Wassers war hier besonders stark, als wäre der Fluss irgendwie ins Fundament von Stormfield vorgedrungen.

Harry Langhorne war der König der Psychospielchen gewesen. Er konnte das eigene Hirn gegen einen wenden. Und er war gerissen, intuitiv und ein Überlebenskünstler. Das hatte er auch sein müssen, denn die Leute, mit denen er zu tun gehabt hatte, töteten schnell und routiniert.

Nun denn … Wo würde ein rachsüchtiges, gerissenes Arschloch sein gestohlenes Geld verstecken? Clarisse schaute auf den Boden unter ihren Füßen. War der Schatz hier drunter? Kisten voller Goldbarren? Truhen voller Edelsteine? Papiergeld? Doch all das würde viel Platz beanspruchen, und vor allem Papier würde in diesem Klima schnell verrotten. Und wenn hier etwas war, wie sollte Clarisse da rankommen? Sollte sie den Boden mit einem Presslufthammer aufbrechen?

Grab tiefer. Das war sein Rat aus dem Grab gewesen.

Das hier war die tiefstgelegene Stelle von Stormfield. Wenn man irgendwo tiefer graben konnte, dann hier. Doch das kam Clarisse viel zu simpel vor, viel zu antiklimaktisch. Schließlich hatte der Mann genügend Zeit gehabt, sich ein raffiniertes Versteck für seine Beute auszudenken.

Hat er damit gerechnet, dass ich hier runterkommen würde? Zu genau dieser Stelle? Dass ich grabe, während er sich ins Fäustchen lacht, hoffentlich in der Hölle? Oder hatte er die Botschaft zwar wörtlich gemeint, doch in anderem Sinn?

Clarisse stand wieder auf, als ihr ein Gedanke kam. Vielleicht hatte Langhorne nicht nur eine Botschaft hinterlassen, vielleicht war da noch eine andere.

Clarisse begann, die Kisten zu durchsuchen, doch dann kam ihr wieder ein Gedanke. Und das würde durchaus Sinn ergeben, zumindest im klassischen Sinn.

Es gab hier unten nur vier Flaschen auf den Regalen. Vier waren leer und offen, doch eine war zwar leer, aber noch verkorkt. Das an sich war schon interessant. Warum stand da eine verkorkte Flasche mit nichts drin?

Oder ist da was?

Clarisse griff nach einem verrosteten Korkenzieher, der auf einer der Kisten lag, und öffnete die Flasche.

Nichts.

»Scheiße«, murmelte sie.

Irrte sie sich so sehr? War das wirklich nur ein Weinkeller?

Doch wenn es eine Konstante in Clarisses Leben gab, dann war das ihre Liebe zum Detail. All die Notizbücher, die sie über die Jahre hinweg zusammengestellt hatte, waren Beweis genug dafür. Also schaute sie sich erst einmal den Korken an für den Fall, dass da etwas eingraviert war. Dann richtete sie das Licht der Taschenlampe auf das Glas.

Schließlich blieb nur noch das Etikett. Es klebte nicht wirklich fest am Glas. Eine Ecke war eingerollt. Langsam und vorsichtig zog Clarisse das Etikett ab, und ein kleines gefaltetes Stück Papier fiel heraus.

Keine Nachricht in, *sondern* außen an *der Flasche. Wie entzückend, Harry.*

Allerdings war die Botschaft selbst alles andere als »entzückend«.

Das ist das 21. Jahrhundert. Verhalte dich entsprechend, du Idiot.

Clarisse starrte das Papier ein paar Augenblicke lang an und steckte es dann in ihre Tasche.

Das 21. Jahrhundert?

Okay, das könnte vieles bedeuten, einiges offensichtlich, anderes nicht. Clarisse hatte gerade begonnen, darüber nachzudenken, als sie oben ein Geräusch hörte.

Sie lauschte, und da war es wieder.

Offenbar war sie nicht der einzige Mensch in Stormfield.

KAPITEL 61

Clarisses Hand schloss sich um das Pfefferspray, als sie leise den Weinkeller verließ und wieder nach oben ging. Sie wollte nicht in den Eingeweiden des Hauses gefangen sein, wo sie keine Fluchtmöglichkeit hatte.

Sie spürte, wie ihr Atem immer schneller ging, als sie das Erdgeschoss erreichte und sich vorsichtig umschaute. Sie wagte es nicht, die Taschenlampe anzuschalten. Sie lauschte wieder, doch es war mucksmäuschenstill.

Haben sie mich gehört? Warten sie darauf, dass ich mich zeige?

Wer könnte das sein?, fragte sie sich. Die, die Langhorne getötet hatten? Clarisse schauderte bei dem Gedanken, *ihr* wieder zu begegnen. Oder war das die Polizei? Aber warum sollten die mitten in der Nacht hierherkommen? Eine andere Möglichkeit waren Nathan Trasks Männer, die ebenfalls nach dem Schatz suchten. Und was würden die wohl mit ihr anstellen, wenn sie sie fanden?

Vermutlich wäre das mein Ende.

Clarisse ging weiter und näherte sich langsam der Haustür.

Was würde sie jetzt dafür geben, wieder in der Sicherheit ihrer Unterkunft mit ihren Notizbüchern und all ihren beruhigenden Details zu sein.

Dann hörte Clarisse ein weiteres Geräusch. Es klang, als wäre es nur eine Person, doch alles hing davon ab, wer diese Person war. Clarisse steckte sich die Botschaft, die sie an der Flasche gefunden hatte, in den Mund, zerkaute sie und schluckte sie hinunter. Wenn die Person sie fand, dann zumindest nicht, was sie entdeckt hatte.

Dann wurden die Schritte, die zunächst laut gewesen waren, deutlich leiser. Die Person schlich.

Vielleicht hatte Clarisse mit ihren nassen Schuhen ja Spuren im Eingangsbereich hinterlassen. Oder hatten sie ihren Wagen bemerkt?

Sie schrie, als eine Hand sie an der Schulter packte.

Clarisse blickte in das Gesicht eines großen, kräftigen Mannes.

»Was machen Sie hier? Wer sind Sie?«

Das Pfefferspray traf ihn mitten ins Gesicht. Er ließ die Taschenlampe fallen, schlug die Hände vor die Augen und taumelte zurück, bis er gegen die Wand prallte.

»Verdammte Scheiße!«, brüllte er vor Schmerz.

Clarisse lief den Flur hinunter, stürmte durch die offene Haustür und kramte mit ihrer behandschuhten Hand in der Hosentasche nach dem Autoschlüssel. Sie lief an der Limousine vorbei, die direkt vor dem Haus parkte, und rannte einfach nur weg von Stormfield, bis sie ihren Wagen erreichte. Dann trat sie das Gaspedal durch, raste die Hauptstraße hinunter und bog nach links ab. Erst als sie den Highway erreichte, bremste sie wieder ab. Sie fuhr zur Autovermietung, wo sie den Wagen abstellte und den Schlüssel in den Briefkasten warf.

Sie hatte den Mann erkannt. Clarisse hatte gerade Wilson Sullivan mit Pfefferspray angegriffen!

Es war drei Uhr morgens, und sie wusste nicht so recht, was sie tun sollte.

Dann kam ihr ein Gedanke – ein Gedanke, der jemandem wie ihr vollkommen fremd war.

Clarisse rief an. Aus irgendeinem Grund wollte sie verzweifelt die Stimme der anderen Frau hören. Sie atmete so schnell, dass ihre Körpertemperatur gefallen war und sie mit den Zähnen klapperte.

»Hallo?«, meldete sich eine verschlafen klingende Stimme.

»Mickey, ich bin's.«

»Ich weiß, dass Sie das sind, denn das ist ja das Handy, das Sie mir gegeben haben. Haben Sie eine Ahnung, wie spät es ist?«

»Kann … Kann ich zu Ihnen kommen? Jetzt? Es ist etwas passiert.«

Gibson schwieg mehrere Augenblicke lang, und Clarisse wurde sofort nervös.

»Mickey?«

»Ich … Ich bin da … Sie … Sie wollen *mich* besuchen?«

»Ja.«

»Was ist denn passiert?«

»Ich … Ich war heute Nacht in Stormfield.«

»Warum?«

»Ich habe nach dem Schatz gesucht.«

»Und haben Sie was gefunden?«

»Ich … Können wir das nicht persönlich besprechen?«

»Was ist sonst noch passiert?«

»Als ich da war, ist jemand gekommen. Er hat mich gepackt.«

»Wer hat Sie gepackt?«

»Wilson Sullivan.«

Wieder schwieg Gibson ein paar Sekunden lang. Dann: »Haben Sie mit ihm gesprochen?«

»Nein.«

»Hat er sich Ihnen gegenüber ausgewiesen?«

»Nein. Aber ich wusste, dass er es war.«

»Woher wissen Sie überhaupt, wie er aussieht?«

»Es ist in meinem Interesse, so viel wie möglich über alles zu wissen, das mich in irgendeiner Form betreffen könnte. Er war es. Er hat mich gepackt, und ich habe ihm eine Ladung Pfefferspray verpasst.«

»Sie haben einen Cop mit Pfefferspray angegriffen?«

»Er hat sich nicht als Cop zu erkennen gegeben. Und ich habe das Pfefferspray eingesetzt, bevor ich erkannt habe, wer das ist. Außerdem, was hat er mitten in der Nacht in Stormfield gemacht?«

»Das ist ein Tatort.«

»Er war allein. Und haben die den Tatort nicht schon längst wieder freigegeben? Und was war so wichtig, dass er mitten in der Nacht da hinmusste?«

»Ich … Er … Wo sind Sie?«

»Ich kann in zwanzig Minuten bei Ihnen sein. Und Mickey?«

»Ja?«

»Ich kann Ihnen nicht alles sagen, tatsächlich nur sehr wenig.«

»Können Sie mir wenigstens Ihren echten Namen nennen?«

»Ich habe mir angewöhnt, niemandem zu vertrauen.«

»Warum wollten Sie dann zu mir?«

»Weil Sie diejenige sind, von der ich glaube, dass ich ihr am ehesten vertrauen kann.«

»Ihr plötzlicher Sinneswandel ist wahrlich verwirrend.«

»Wäre es umgekehrt, würde ich das Gleiche sagen.«

»Ich werde kein Gesetz brechen, um Ihnen zu helfen.«

»Darum würde ich Sie auch nie bitten.«

»Mögen Sie lieber Tee oder Kaffee? Oder etwas Stärkeres?«

»Kaffee ist gut.«

»Dann bis in zwanzig Minuten.«

KAPITEL 62

Gibson starrte auf ihre Haustür. Dann wanderte ihr Blick nach oben, wo ihre Kinder schliefen. Ein Teil von ihr konnte nicht glauben, dass sie eine Fremde mitten in der Nacht in ihr Heim eingeladen hatte – nein, nicht wirklich eine Fremde, aber vielleicht eine Psychopathin. Und was war das Einzige, was zwischen dieser Besucherin und ihren Kids stand?

Ich. Soll ich die Polizei rufen und sie verhaften lassen? Aber mit welcher Begründung?

Und Gibson ging davon aus, dass die Frau klug genug war, erst einmal die Umgebung zu überprüfen, bevor sie sich zu erkennen gab.

Gibson fummelte an der Pistole in ihrem Hosenbund herum. Was auch immer heute Nacht geschah, sie würde nicht kampflos untergehen. Verdammt, sie würde *überhaupt nicht* untergehen!

Sie ging zum Fenster und schaute hinaus. Sie hatte das Licht nicht eingeschaltet, also konnte man sie von der Straße nicht sehen. Als plötzlich eine Gestalt in ihr Sichtfeld trat, zuckte sie unwillkürlich zusammen. Die Gestalt bewegte sich. Gibson schaute die Straße hinauf und hinunter und sah keinen fremden Wagen. Und sie hatte auch kein Auto gehört.

Gibson beobachtete, wie die Gestalt ihre Einfahrt heraufkam. Groß, schlank, den Blick nach unten gerichtet und die Hände in die Taschen gesteckt.

Gibson wartete an der Tür. Leise klopfte die Person an. Gibson öffnete, und endlich standen sich die beiden Frauen von Angesicht zu Angesicht gegenüber, die einander bis jetzt nur vom Hören kannten.

Gibson musterte die Frau von Kopf bis Fuß, und Clarisse tat das Gleiche.

Clarisses Haar war blond und kurz geschnitten. Ihre Wangen waren gerötet, vermutlich von der nassen, feuchten Luft. Mit den Augen suchte Gibson nach Waffen. Sie hätte die Frau zwar am liebsten abgetastet, doch stattdessen legte sie nur die Hand auf ihre Waffe, trat zurück und winkte ihre Besucherin herein.

Clarisse bemerkte die Pistole, schwieg aber.

Gibson schob die Tür wieder zu und schloss ab. Den Blick fest auf die Frau gerichtet deutete sie in Richtung Küche. »Lassen Sie uns leise sein. Die Kinder schlafen.«

»Natürlich«, sagte Clarisse.

Sie setzten sich an den Küchentisch, nachdem Gibson zwei Becher Kaffee eingeschüttet hatte. Beide Frauen tranken ihn schwarz.

Clarisse nahm ein paar Schlucke und starrte dann in die schwarze Flüssigkeit, während Gibson sie aufmerksam musterte.

»Irgendwie kommen Sie mir bekannt vor«, sagte Gibson. »Sind wir uns schon mal begegnet?«

»Wollen Sie über die Vergangenheit reden, die Gegenwart oder über unsere Zukunft?«

Gibson lehnte sich zurück. »*Sie* wollten dieses Treffen.«

»Was wissen Sie über Wilson Sullivan?«

»Ich weiß, dass er ein Detective der Virginia State Police ist.«

»Ist das alles?«, hakte Clarisse nach.

»Muss ich denn noch mehr wissen?«

»Weniger zu wissen, ist nie gut. Weiß er von dem Schatz?«

»Ich habe mit ihm darüber gesprochen, ja. Er schien nicht sonderlich interessiert daran zu sein.«

»Ich denke, er ist sogar sehr interessiert daran. Ich glaube, deshalb war er heute Nacht in Stormfield. Um danach zu suchen. Warum sonst hätte er dort sein sollen?«

»Als ich noch Detective war, habe ich auch zu den unmöglichsten Zeiten gearbeitet. Sobald ich eine Theorie hatte, musste ich sie auch überprüfen.«

»Was für eine Theorie muss man denn in Stormfield überprüfen? Daniel Pottinger war Harry Langhorne. Kurz vor seinem Tod wurde er von einem Mann besucht, während draußen eine Frau im Auto gewartet hat. Sullivan hat das gewusst, Ihnen aber nichts davon erzählt. Langhorne ist vergiftet worden, und er wurde in einem Geheimraum gefunden mit einem seltsamen Spruch an der Wand, von dem Sie glauben, dass zwei Personen ihn geschrieben haben.«

»Könnten das der Mann und die Frau gewesen sein, die Stormfield besucht haben? Sie wissen, wer das war, oder?«

»Ich habe zumindest eine Theorie.«

»Und wer sind *Sie* wirklich?«, fragte Gibson.

»Haben Sie auch eine Theorie?«

»Sogar zwei. Entweder sind Sie Francine Langhorne oder jemand mit den Initialen …«

»… RE. Ja, ich weiß. Das haben Sie schon erwähnt. Aber Sie müssen vor allem mehr über Sullivan herausfinden.«

»Ich kann ein paar Sachen überprüfen. Aber das hätten Sie mir auch am Telefon sagen können. Warum sind Sie hier und haben sich mir gezeigt?«

»Ich *zeige* mich niemandem. Schon morgen werde ich vollkommen anders aussehen.«

»Was ist mit Doug Langhorne? Haben Sie eine Ahnung, wo er sein könnte?«

»Er könnte der Mann gewesen sein, der Harry Langhorne kurz vor seinem Tod besucht hat.«

»Und die Frau im Auto könnte Francine Langhorne gewesen sein? Das soll dann wohl heißen, dass Sie nicht Francine sein können, oder?«

»Denken Sie, was Sie wollen.«

»Ich habe kleine Kinder, um die ich mich kümmern muss.«

»Das weiß ich.«

»Haben Sie auch jemanden, um den Sie sich kümmern müssen? Ein Elternteil vielleicht?«

Man musste Clarisse zugutehalten, dass sie keinerlei Reaktion auf diese Frage zeigte.

»Wie kommen Sie darauf?«

»Nur wegen etwas, das Sie nebenbei erwähnt haben.«

»Dann muss ich bei Ihnen wohl besser auf meine Wortwahl achten.«

»Ist das ein Ja?«

»Jeder hat seine Probleme.«

»Als wir einmal miteinander telefoniert haben, mussten Sie noch einen anderen Anruf annehmen. Ich denke, Sie haben geglaubt, schon aufgelegt zu haben, haben Sie aber nicht. Mir ist auch Ihr Ton aufgefallen. Es klang wie ich, als ich erfahren habe, dass mein Dad mit Brustschmerzen ins Krankenhaus gekommen worden ist. Ich habe versucht, mir die Panik nicht anmerken zu lassen. Ich habe mich krampfhaft zusammengerissen.«

»Sie lieben Ihre Eltern doch, oder?«

»Natürlich.«

»Und genau da unterscheiden wir uns voneinander.«

»Okay«, sagte Gibson. »Der Schatz ist also das Einzige, was Sie wollen, korrekt? Mehr nicht? Nur das Geld?«

»Manchmal ist Geld mehr als nur Geld«, antwortete Clarisse.

»Was kann es denn sonst noch sein?«

»Wenn man Schulden hat, muss man sie begleichen, Mickey. Sonst drohen Konsequenzen.«

»Sie waren heute Nacht ziemlich mitgenommen. Dank Sullivan. Deshalb sind Sie hier.«

»Ich habe schon vor Langem gelernt, dass man manchmal strategische Bündnisse eingehen muss, um bestimmte Ziele zu erreichen. Sie sind einer dieser Bündnispartner.«

»Aber ein unfreiwilliger.«

»Lösen Sie diesen Fall, und Sie werden alle Freiheiten haben ... Es sei denn natürlich, Sie wollen sich den Rest Ihres Lebens hinter einem Computer verstecken.«

»Machen Sie das nicht auch?«

»Offensichtlich nicht, sonst wäre ich heute Nacht nicht in Stormfield gewesen, wo ich tatsächlich eine Spur gefunden habe.«

Gibson wirkte fasziniert. »Wo und was?«, fragte sie.

»In einem alten Weinkeller. Sie war hinter dem Etikett einer alten Flasche versteckt. Da stand, wir seien im 21. Jahrhundert; also sollten wir uns auch so verhalten. Und dann hat Langhorne den Finder einen Idioten genannt.«

»Haben Sie irgendeine Ahnung, was das zu bedeuten hat?«

»Es bedeutet, dass der Schatz nicht verbuddelt ist, jedenfalls nicht im wörtlichen Sinn. Offensichtlich müssen wir auf *modernere* Mittel zurückgreifen.«

»Irgendwelche Ideen dazu?«

»Ich werde welche haben. Sie auch?«

»Vielleicht.«

Clarisse schaute nach oben. »Wie geht es Ihren Kindern?«

Gibson presste die Lippen aufeinander. »Sie schlafen. Friedlich. Und ich möchte, dass das so bleibt.«

»Kinder sind etwas sehr Wertvolles.«

Gibson musterte sie. »Ich glaube, das meinen Sie wirklich ernst.«

Clarisse nippte an ihrem Kaffee. »Ich lüge. Viel. Aber nicht, was das betrifft.«

»Ich denke, selbst wenn Sie den Schatz finden, wird das seine Schuld Ihnen gegenüber nicht begleichen.«

»Woher wollen Sie das wissen?«

»Ich habe einen Zeitungsartikel über Harry Langhorne gelesen. Da stand, dass er gern auf widerlichste Art und Weise mit kleinen Mädchen gespielt hat.« Sie hielt kurz inne und kniff die Augen zusammen. »Waren Sie eines seiner Opfer?«

Clarisse stand auf. »Ich denke, ich habe eine gute Wahl getroffen, Mickey. Sie sind alles, worauf ich gehofft habe. Und mehr. Aber versuchen Sie nicht, meine Motive zu ergründen oder meine Zukunft vorauszusehen. Egal wie gut Sie auch sein mögen, *so* gut ist niemand. Und? Werden Sie Sullivan überprüfen?«

»Ich werde mich ein wenig umhören. Diskret.«

»Danke.«

»Wollen Sie nicht lieber hierbleiben?«

Diese ernst gemeinte Frage schien Clarisse kurz ins Wanken zu bringen. »Lassen Sie Ihre Kinder schlafen. Friedlich. Heute Nacht und jede Nacht. Würde ich hierbleiben, wäre das nicht gut für die Kleinen … oder für Sie. Aber danke für das Angebot. Und danke für den Kaffee.«

»Warum haben Sie mich da reingezogen? Wirklich, meine ich?«

»Sie hatten alles, Mickey. Alles! Und Sie haben es einfach weggeworfen. Vielleicht wollte ich Ihnen ja eine Lektion erteilen … und vielleicht auch mir selbst.«

Gibsons Gesicht nahm einen harten Ausdruck an. »Wovon zum Teufel reden Sie da? Was habe ich ›einfach weggeworfen‹? Sie kennen mich doch gar nicht.«

»Ich kenne Sie besser, als Sie denken. Vielleicht sogar besser als mich selbst.«

Und Clarisse drehte sich um und ging.

Gibson schloss hinter ihr wieder ab und ließ sich mit dem Rücken gegen die Tür fallen.

Was zum Teufel sollte das denn?

Endlich hatte sie die Frau getroffen, die ihre Gedanken in letzter Zeit beherrschte, doch das war kein gutes Treffen gewesen.

Habe ich gerade Francine Langhorne getroffen oder RE? Oder ist sie eine dritte Person, von der ich bis jetzt noch gar nichts gehört habe?

Und ich hatte alles und habe es einfach weggeworfen?

Gibson kehrte ins Bett zurück, schlief aber nicht mehr ein.

KAPITEL 63

Am nächsten Morgen, nachdem sie ihre Kinder gefüttert und an Silva übergeben hatte, verzog sich Gibson in ihr Arbeitszimmer und fuhr den Rechner hoch.

Diesmal konzentrierte sich ihre Suche auf Wilson Sullivan.

Im Alter von 21 Jahren war Sullivan in El Paso zur Polizei gegangen. Er war rasch aufgestiegen und dann zu einer vergleichbaren Stelle in Arkansas gewechselt, wo er schließlich zum Detective befördert worden war. Anschließend hatte er kurz in South und North Carolina gearbeitet und war schließlich in Virginia gelandet.

Er war verdammt weit herumgekommen, sinnierte Gibson. Aber sie wusste natürlich nicht, ob er schlicht der Typ dafür war oder ob man ihn aufgefordert hatte zu gehen. Falls ja, dann könnte sie vielleicht etwas finden, es sei denn, es war zu tief vergraben. Letzteres war bei der Polizei gar nicht mal so unüblich, soviel wusste sie. Kein Cop wollte, dass sein Revier in ein schlechtes Licht gerückt wurde.

Und Tatsache war auch, dass Gibson nichts über Sullivan fand, bevor er in Texas zur Polizei gegangen war. Seine Jugend war ein großes Schwarzes Loch. Gibson ging auch auf Seiten, die sie für ihre Arbeit bei ProEye nutzte, doch selbst die ausgefeiltesten Suchanfragen förderten rein gar nichts zutage.

Okay. Lassen wir Sullivan erst einmal und wenden uns anderen Dingen zu.

Gibson rief das Foto von Francine Langhorne auf und verglich es mit ihrer Erinnerung an Clarisse aus der Nacht zuvor. Vielleicht ein Hauch um die Nase herum und die leuchtenden, leicht asymmetrischen Augen, die auffallend tief wirkten, doch sicher konnte sie nicht sein, dass es sich bei dem kleinen Mädchen auf dem uralten körnigen Foto und der erwachsenen Frau, die in ihrem Haus gewesen war, um ein und dieselbe Person handelte.

Als Nächstes dachte sie über die Spur nach, die Langhorne hinterlassen hatte.

Das ist das 21. Jahrhundert. Verhalte dich entsprechend.

Gibson kannte die modernen Möglichkeiten, Geld und Vermögenswerte zu verstecken, besser als jeder andere. Heutzutage brauchte man kein Schließfach mehr dafür, keine Truhe und erst recht keine Schaufel, um ein Loch damit zu graben.

Und wenn sie eines bei ProEye gelernt hatte, dann, dass Vermögenswerte entweder flüssig waren oder nicht; doch man konnte sie rasend schnell von einem Zustand in den anderen umwandeln und hinter einer Mauer aus Geheimhaltung verstecken. Und egal ob flüssig oder nicht, Vermögenswerte wurden so schnell und so oft hin und her geschickt, dass es nahezu unmöglich war, sie zu ihrem Ursprung zurückzuverfolgen.

Vor allem eine Möglichkeit des 21. Jahrhunderts kam Gibson in den Sinn: Kryptowährungen. Ironischerweise ließ sich dieses esoterische System, Werte mithilfe von Zahlenkolonnen zu generieren, die ihren Ursprung in einem Meer von Computern hatten, leicht zurückverfolgen. Das lag an den strengen Registrierungsanforderungen dieses Systems, die den Kryptowährungen erst ihren Wert verliehen.

Auch wenn man dieser Tage den Eindruck hatte, dass es Bitcoin schon im Römischen Reich gegeben hatte, war diese Währung tatsächlich erst 2008 erschaffen worden, und zwar von einer bis heute anonymen Person, die unter dem Pseudonym Satoshi Nakamoto bekannt war.

Nachdem man seinen Account registriert und die Coins in Besitz genommen hatte – die eigentlich nicht wirklich Coins/Münzen waren, sondern digitale Assets –, wurde der Account einer Blockchain zugeordnet. Die Blockchain war dabei so etwas wie ein elektronisches Hauptbuch, das dafür sorgte, dass alle ehrlich blieben. So wurde der Wert der Bitcoins erhalten. Und dank dieses »Hauptbuchs« konnte Gibson herausfinden, wie viel jemand besaß, unter Umständen sogar, wenn die Bitcoins irgendwann in ein sicheres Wallet überführt wurden. Dieses Wallet, also die »Geldbörse«, war jedoch nicht aus Leder. Meist war es ein USB-Stick oder ein ähnliches Gerät, das immer noch mit der Blockchain verbunden war.

Das FBI nutzte schon seit Langem aus, dass Personen, die Bitcoins für illegale Aktivitäten einsetzten, oft nicht annähernd so vorsichtig waren, wie sie hätten sein sollen. Sie wurden ungeduldig und probierten Abkürzungen. Das hatte unter anderem den Gründer der milliardenschweren Silk Road, eines riesigen Drogenmarktplatzes, die Freiheit gekostet. Auch ein anderer ambitionierter Krimineller war auf diese Art hinter Gittern gelandet, einer, der seine Kunden mit einem digitalen Schneeballsystem um 150 Millionen Dollar betrogen hatte. Vielen war es ähnlich ergangen, und alle hatten sie für ihre Verbrechen Bitcoins benutzt.

Gibson dachte an all die Fälle zurück, bei denen auch sie ihr Ziel dank der Brotkrumen gefunden hatte, die die Bitcoins hinterlassen hatten.

Aber inzwischen wurden die Leute immer vorsichtiger, denn wenn Gibson oder die Cops jemanden in der Blockchain fanden, dann fanden sie meist nicht nur *eine* illegale Transaktion. Hatten sie Zugriff auf die Blockchain, dann hatten sie Zugriff auf alles, was der Betreffende je mit Kryptowährungen gemacht hatte. Da Kryptowährungen jedoch ein verhältnismäßig neues Phänomen waren, wusste Gibson, dass Langhorne das gestohlene Mafiageld über Jahre hinweg woanders versteckt haben musste.

Gibsons Finger flogen über die Tastatur, und die nächste Stunde über suchte sie nach all den offensichtlichen Orten, an denen Langhorne seinen Schatz hätte verstecken können.

Und das Ergebnis war … nichts.

Wie bin ich auch nur auf die Idee gekommen, dass dieses Arschloch es mir so leicht machen würde?

Gibson wollte gerade eine weitere Suche starten, als ihr Handy klingelte. Ihr echtes Handy.

Es war Zeb Brown.

»Was gibt's?«, fragte Gibson.

Als Brown nicht sofort antwortete, wusste sie, dass etwas nicht stimmte. »Zeb?«

»Schau mal, Mick, die Firma wollte, dass ich dir eine Mail schicke, aber ich habe ihnen gesagt, du hast etwas Besseres verdient.«

»Wovon redest du?«

»Ich fürchte, ProEye will dich entlassen.«

Gibson wurde kreidebleich. »Mich entlassen? Warum?«

»Sie haben mir keinen Grund dafür genannt. Ich führe nur Anweisungen aus.«

»Ich dachte, ich hätte schlicht frei. Ich dachte, das sei alles geklärt. Das hast du mir doch gesagt.«

»Das dachte ich auch, doch dann habe ich den Anruf bekommen.«

»Willst du mir ernsthaft sagen, dass du keine Ahnung hast, was da los ist?«

»Schau mal … Ich darf dir nichts sagen.«

»Sag es trotzdem, Zeb. Das ist verdammt ernst für mich. Ich bin eine alleinerziehende Mutter mit zwei kleinen Kindern.«

»Irgendjemand hier hat einen Anruf bekommen. Von wem, weiß ich nicht. Das hat die Sache ins Rollen gebracht.«

»Wer?«, verlangte Gibson zu wissen.

»Das weiß ich nicht, aber es war offensichtlich jemand Wichtiges. Doch das Ganze hat auch was Gutes: Du bekommst zwei Monatsgehälter als Abfindung. Und natürlich hast du ja noch den Larkin-Bonus.«

»Wenn man gefeuert wird, hat das nichts Gutes. Gar nichts! Und was ist mit meiner Krankenversicherung?« Panik keimte in Gibson auf.

»Du kannst dich doch privat versichern.«

»Der Zeitraum für die freie Kassenwahl ist für dieses Jahr schon vorbei.«

»Dann mach das über COBRA.«

»Hast du eigentlich eine Ahnung, wie teuer das ist? ProEye hatte Mengenrabatt. Und wovon soll ich das eigentlich bezahlen, wenn ich keinen Job mehr habe?«

»Es tut mir wirklich leid, Mick. Aber du wirst schon einen neuen Job finden. Du bist wirklich gut. Ich werde dir ein Bombenzeugnis schreiben. Noch einmal … Es tut mir leid.«

»Kannst du nicht wenigstens ein wenig rumschnüffeln und herausfinden, *wer* mich gefeuert hat?«

Doch er hatte schon aufgelegt.

Gibson starrte ihr entsetztes Gesicht im Schwarz des ausgeschalteten Computermonitors an.

Was zum Teufel ist da gerade passiert?

KAPITEL 64

Clarisse saß vor ihren Computer, daneben die sorgfältig gestapelten Notizbücher. Alles in ihrem Leben wirkte vollkommen normal, zumindest nach ihren exzentrischen Standards. Doch da war gar nichts »normal«.

Clarisse blickte auf eines ihrer Notizbücher. Es trug den Titel: WIE ICH STERBEN WERDE.

Mit Mickey Gibson hatte sie freiwillig Kontakt zu einer echten Person aufgenommen, die wissen könnte, wer sie wirklich war. Dann hatte sie auch noch einem Cop Pfefferspray in die Augen gespritzt, der wahrscheinlich schlicht ein professionelles Interesse an der Ermordung von Harry Langhorne und dem Schatz hatte, den der Mann hinterlassen hatte. Auch war ihr eine wirklich fähige Person auf den Fersen, und diese Person hatte zu allem Überfluss ihre Mutter. Und zu guter Letzt wartete auch noch ein international agierender Schwerverbrecher darauf, dass sie das Geld wieder zurückholte, das Harry Langhorne ihm gestohlen hatte.

Und was, wenn ich ihn enttäusche?

Kaum hatte Clarisse die Notiz im Weinkeller gefunden, da hatte sie darüber nachgedacht, wie Langhorne sein Vermögen hätte verstecken können. Als Erstes waren ihr Kryptowährungen eingefallen, wie Gibson vermutlich auch. Aber Clarisse hatte auch einen Vorteil gegenüber Gibson. Sie hatte Langhorne gekannt, und deshalb glaubte sie auch nicht, dass er sein Geld in Kryptowährungen angelegt hatte. Der Wert von Kryptowährungen war starken Schwankungen unterworfen. Binnen Sekunden konnte man Riesensummen verlieren. In dieser Hinsicht waren sie weniger echte Währungen, sondern vielmehr volatile Penny

Stocks. Und Langhorne hatte es gar nicht gemocht, etwas zu verlieren. Mit Sicherheit hatte er bei seinem Versteck auf Werterhalt geachtet. Weit gestreute, stabile Aktienfonds kamen da ebenso infrage wie Staatsanleihen.

Clarisse griff nach ihrem Gibson-Notizbuch und blätterte die Seiten durch. Tatsächlich hätte sie auch allein nach dem Schatz suchen können. Die Gründe, warum sie das nicht getan und stattdessen Gibson mit reingezogen hatte, waren kompliziert. Das hatte sie Gibson ja auch gesagt.

An der Uni war sie ein Star. Sie hätte alles haben können. Doch sie wurde kein Basketballprofi, und sie versuchte noch nicht einmal, es am Broadway zu schaffen. Stattdessen wurde sie ein Cop. Okay, das war noch in Ordnung. Aber dann hat sie diesen Drecksack geheiratet und zugelassen, dass der ihr Leben ruiniert. Wie hat dieses Collegemädchen, der nächste große Star, das nur zulassen können? Und jetzt fährt sie einen Mommy-Van, sitzt vor ihren Computermonitoren und verschwendet ihr Leben. Sicher, ich habe sie da mit reingezogen, um ihr mal kräftig in den Arsch zu treten, aber auch, um sie verdammt noch mal zu wecken.

Clarisse hatte insgesamt sechs Notizbücher, die sich nur mit dem Leben von Mickey Gibson beschäftigten.

Sie ließ ihre Finger über die Tasten fliegen.

Aber wie auch immer … Wie erbärmlich ist das eigentlich? Woher nehme ich mir das Recht, sie für ihre Entscheidungen zu verurteilen? Und sie war freundlich zu mir, obwohl sie es nicht hätte sein müssen. Natürlich habe ich mein Aussehen so stark verändert, dass sie mich nicht erkennen konnte; aber ich erinnere mich noch sehr gut daran, was sie für mich getan hat. Es tut mir einfach in der Seele weh, wenn ich sehe, wie … wie gewöhnlich *ihr Leben geworden ist.*

Mickey Gibson war eine Mischung aus Spitzensportlerin und Künstlerin gewesen, und das war etwas Seltenes. An einem Tag hatte sie unmögliche Pässe gespielt, und am nächsten hatte sie sich die Seele aus dem Leib gesungen, während sie für eine College-Produktion von *Les Miserables* als französische Revolutionärin verkleidet gewesen war. Alle hatten sie vergöttert.

Clarisse hätte sie allein dafür schon hassen können, doch wie sie hatte feststellen müssen, war das unmöglich. Die Frau war zu allen einfach nur nett. Egoismus schien ihr völlig fremd zu sein.

Egal ob ich ihr in der Cafeteria Essen serviert oder ihr im Theater ihr Kostüm gereicht habe, sie war immer höflich und hatte stets ein Lächeln für mich. Dabei war ihr egal, ob ich eine Küchenhilfe mit Mindestlohn, eine unbezahlte Hilfskraft im Theater oder sonst was war. Ich habe getan, was die Universität von mir verlangt hat, denn ich wollte einfach nur ein Dach über dem Kopf und was zu essen.

Das war zwar ein schlichtes Leben gewesen, doch ein Teil von ihr sehnte sich auch heute noch manchmal danach.

Und Gibson hatte eine Familie, die sie liebte. Clarisse hatte nichts dergleichen.

Doch damals, in Temple, hatte Clarisse sich immer vorgestellt, wie sie und Mickey Rogers sich über die Rollen unterhalten hatten, die sie hatten spielen wollen. Sie hatte davon geträumt, dass Gibson sie ermutigte, dass sie ihr half, sich den Text zu merken, und dass sie ihr den Mut verlieh, für eine Rolle vorzusprechen.

Heute wirkten diese Tagträumereien geradezu lächerlich, schlimmer noch: erbärmlich.

Du warst so eine Loserin, sogar deine Freunde waren imaginär.

Aber ich hätte auch Mickey Rogers sein können. Ich hätte das nächste große Ding am College sein können, das Mädchen mit den liebenden Eltern. Und ich hätte dieses Leben nicht einfach so weggeworfen wie sie. Doch ich hatte nie die Chance dazu.

Und da war diese Begegnung auf dem Campus gewesen, die Nacht, in der dieser Creep über sie hergefallen war. Es war furchterregend gewesen … bis Gibson gekommen war. Clarisse hätte ihr ungeheuer dankbar dafür sein müssen, doch dem war nicht so. Stattdessen hatte sie eine Irrsinnswut verspürt, auch wenn sie nicht gewusst hatte, warum.

Aber vielleicht weiß ich das heute. Ich wollte nicht von ihr gerettet werden, nicht von ihr und auch sonst von niemandem. Das hat nur bewiesen, dass ich mein Leben nicht im Griff gehabt habe. Und wie sich herausgestellt hat, konnte mich nur ein Mensch wirklich retten: ich selbst.

Am folgenden Tag hatte Clarisse die Universität verlassen und mit dem begonnen, was schließlich ihr Beruf werden sollte: Sie hatte gelogen, betrogen, gestohlen und manipuliert. Sie hatte anderen zurückgezahlt, was sie für den größten Teil ihres Lebens hatte ertragen müssen. In ihren wenigen lichten Momenten wusste sie natürlich, dass das alles keinen Sinn ergab, doch für sie war das schon seit Langem die einzige Möglichkeit, der Welt einen Sinn abzuringen. Es gab Gewinner, und es gab Verlierer. Es gab Starke, und es gab Schwache. Es gab die, die die Kontrolle hatten, und die, die kontrolliert wurden, und Clarisse wusste verdammt gut, was es hieß, zu Letzteren zu gehören.

Als Clarisse also Stormfield an jenem Tag betreten und den toten Harry Langhorne gefunden hatte, da waren ihre Gedanken sofort zu Gibson gewandert, die ganz in der Nähe wohnte. In ihrem Kopf war das perfekt gewesen. Jetzt würde sie Gibson zeigen, was es wirklich hieß, die Stärkere zu sein, die Siegerin. Und wenn Gibson ihr dann auch noch half, den Schatz zu finden, umso besser. Clarisse würde gewinnen, so oder so.

Etwas Wichtigeres gab es nicht. Oder?

Aber sie hat mich gefragt, ob ich bei ihr bleiben will. In Sicherheit.

Niemand hatte sie je so was gefragt, aber es überraschte Clarisse auch nicht, dass Gibson das getan hatte. Sie war ein guter Mensch.

Im Gegensatz zu mir.

Clarisse schüttelte den Kopf und wischte sich über die Augen.

Reiß dich zusammen, Mädchen.

Sie konzentrierte sich wieder auf das Bild auf dem Computermonitor.

Wilson Sullivan. Der Mann hatte etwas an sich, das bei ihr sämtliche Alarmglocken schrillen ließ.

Clarisse beschloss, sich den Detective der Virginia State Police mal genauer anzusehen, während Gibson nach dem Schatz suchte.

Falls er denn wirklich ein Detective war …

KAPITEL 65

Am nächsten Morgen beobachtete Clarisse von der anderen Straßenseite, wie Sullivan das Polizeirevier in Virginia Beach verließ und in seine Dienstlimousine stieg. Es nieselte, und der Himmel wurde immer dunkler. Genau wie letzte Nacht drohte ein steter Regen.

Sie fuhr mit ihrem Mietwagen los und fädelte sich zwei Autos hinter Sullivan ein.

Sie fuhren eine vertraute Strecke und landeten schließlich in Stormfield. Allerdings war Clarisse kurz vorher abgebogen, denn der Verkehr war hier nicht mehr so dicht, und sie wollte nicht entdeckt werden. Aber sie war sicher, dass Stormfield der einzige Ort war, den Sullivan in dieser Gegend ansteuern konnte.

Sie parkte und näherte sich dem Haus zu Fuß. Sie zog die Kapuze tiefer ins Gesicht, denn es war kalt, und der Regen hatte zugenommen.

Clarisse ging an dem Briefkasten vorbei und huschte zwischen den Bäumen hindurch, bis sie den Rand der Rasenfläche gegenüber des Haupteingangs erreichte, vor dem auch Sullivans Limousine parkte.

Clarisse lief über das Gras zum Ostflügel, wo sie durch eines der Fenster schaute. Drinnen war es dunkel, also konnte sie nicht wirklich etwas sehen. Der Mann musste eine Taschenlampe benutzen. Und dann, wie um Clarisses Theorie zu bestätigen, schnitt ein Lichtstrahl durch die Dunkelheit. Sullivan ging durchs Foyer zur Haupttreppe. Und dann nach unten.

Nun, sollte er den Weinkeller durchstöbern, dann würde er dort zumindest keine Botschaft mehr finden. Clarisse leckte sich die Lippen und erinnerte sich daran, wie das Papier geschmeckt hatte.

»Hey, Babycakes.«

Clarisse wirbelte in dem Augenblick herum, in dem ein Tuch auf ihr Gesicht gedrückt wurde.

*

Clarisse wachte zuerst langsam auf; dann ergriff Panik von ihr Besitz, und Adrenalin strömte in ihre Blutbahn. Sie setzte sich auf … zumindest hätte sie das getan, wenn sie nicht gefesselt gewesen wäre.

Clarisse schaute sich in dem verfallenen Raum um. Die Farbe blätterte ab; der Holzboden war verdreckt; es gab nur ein Fenster, und die Glühbirne über ihrem Kopf flackerte. Sie lag auf einem Bett, und ihre Arme und Beine waren an die Bettpfosten gefesselt. Der Geruch hier war nicht gerade angenehm.

Clarisse hörte den Regen auf das Dach prasseln und in der Ferne ein Donnern.

»Willkommen zurück, Babycakes. Du hast nur ein kurzes Nickerchen gemacht. Ich weiß genau, wie viel man nehmen muss. Das hilft mir auch zu schlafen.«

Clarisse musterte die Frau, die direkt vor ihr mit übergeschlagenen Beinen auf einem Stuhl saß. Sie konnte sie in diesem Licht viel besser sehen als in ihrem Apartment, wo die Frau ihr beim letzten Mal aufgelauert hatte. Ihr Gesicht, ihr Hintern und ihre Hüften waren deutlich breiter geworden, bemerkte Clarisse. Auch ihr Haar hatte die Farbe gewechselt, von einem hellen Braun zu leuchtendem Rot. Und das war keine Perücke, so viel konnte Clarisse erkennen. Das Haar war gefärbt, und es war gut gemacht. Allerdings passte der Ton nicht zu ihrem Teint.

Es gelang ihr, den Kopf in einem besseren Winkel auf das Kissen zu legen.

»Und du hältst das für eine gute Idee? Warum? Ich habe jemanden beobachtet, der ebenfalls nach dem Schatz sucht.«

»Das weiß ich«, erwiderte die Frau in beiläufigem Ton. »Ich weiß vieles. Einiges besser als du, anderes nicht. Deshalb *war* es auch eine gute Idee, dich zu einer kleinen Plauderei zu holen. Nennen wir es ein *Debriefing*.«

»Womit hast du mich ausgeschaltet?«

»Ich kann den Namen weder buchstabieren noch aussprechen, aber es funktioniert richtig gut.« Die Frau stand auf und trat näher ans Bett. Sie trug Jeans und Stiefel und dazu ein langes Sweatshirt, das ihr bis über den Hintern reichte.

»Du hast viel Gewicht verloren«, bemerkte die Frau.

»Vor ungefähr zwanzig Jahren habe ich den Appetit verloren«, sagte Clarisse. »Bei dir hingegen scheint das genau andersrum zu sein.«

»Ich habe überlebt. Also habe ich gegessen, was ich wollte. Das solltest du auch mal versuchen. Du bist viel zu dünn.«

Die Frau zog den Stuhl zum Bett und setzte sich wieder.

»Und meine Mutter?«

»Die ist auch hier irgendwo. Du riechst vermutlich ihre Pisse. Wir haben sie in einen anderen Raum verlegt, damit wir den hier für dich nutzen können.«

»*Wir?*«

»Sei doch nicht so neugierig. Das macht keinen guten Eindruck, und ich bin nicht in der Stimmung dafür. Wilson Sullivan, der Cop, den du beobachtet hast. Sag mir warum.«

»Wie schon gesagt: Er sucht nach dem Schatz. Er mag ja ein Cop sein, aber er verhält sich nicht so.«

»Wie meinst du das?«

»Nun, eine gute Theorie dazu ist, dass er nicht der ist, der er einst war … genau wie wir.«

Die Frau schaute nachdenklich drein. »Und wer mag das sein? Die Person, die er mal war, meine ich.«

»Einer von der alten Gang, der sein Aussehen verändert hat? Das ist zumindest eine Möglichkeit.«

»Ich glaube nicht. Ich habe Bruce erkannt. Ich habe *dich* erkannt und das trotz all der Scheiße, die du mit deinem Körper anstellst. Ich würde jeden von früher erkennen. Das ist meine Gabe. Und ich arbeite ständig daran. Aus offensichtlichen Gründen, denn Überleben steht ganz oben auf meiner Liste. Du weißt, was sie uns angetan haben. Das wird nicht noch mal passieren. Und ich habe Sullivan gesehen. Mein sechster Sinn hat nicht Alarm geschlagen.«

»Okay. Wo ist die andere Hälfte von ›wir‹?«

»Unterwegs. Das sind ›andere Hälften‹ ja oft. Immer was zu tun.«

»Du hast also gelogen, als du gesagt hast, er sei nicht mehr da.«

»Kommen wir mal wieder zu dem geheimnisvollen Mann zurück. Wenn er niemand von früher ist, was dann?«

»Zuerst will ich meine Mutter sehen«, forderte Clarisse.

»Warum?«

»Hauptsächlich, um mich zu vergewissern, dass sie nicht tot ist.«

»Noch einmal: Warum? Du hast sie doch nie geliebt. Du wolltest die alte Hexe immer umbringen. Versuch gar nicht erst zu behaupten, das würde nicht stimmen. Oder deine Gefühle hätten sich verändet. Gefühle ändern sich nicht nach so einem Scheiß. Halt, das ist falsch, sie verändern sich schon. Sie werden stärker. Du willst sie nur noch *mehr* töten, stimmt's?«

Clarisse schüttelte den Kopf. »So einfach ist das nicht. Vielleicht war das früher so, heute aber nicht mehr. Und ich bin ihr Vormund. Und nur damit du es weißt: Ich bin kein Weichei geworden. Ich zahle gutes Geld dafür, dass sie am Leben erhalten wird, und wenn sie jemand tötet, dann ich. Nicht du. Also bring sie zu mir. Sofort!«

»Sind wir aber heute mies gelaunt. Dabei bist du doch sonst immer so beherrscht. Aber klar. Du kannst sie sehen. Ich fahre sie mal rein. Sie muss ohnehin mal wieder auf den Pott gebracht werden.«

»Hat sie ihre Medikamente bekommen?«

»Hör auf, dir Sorgen zu machen. Aber ich weiß ... Das hast du schon immer gemacht.«

»Das beantwortet meine Frage nicht. Mommy braucht eine Tonne Pillen, und sie braucht Sauerstoff. Außerdem muss sie eine strenge Diät befolgen. Sie hat Diabetes. Und ich hoffe, ihr habt sie an einem saubereren Ort untergebracht als dem hier. Sie hat kein Immunsystem mehr.«

»Du warst schon immer so regelversessen. Tu dies, tu das. Aber falls du es noch nicht gemerkt hast: Du bist gefesselt, ich nicht. Also entspann deinen kümmerlichen Arsch, während ich sie hole.« Sie lächelte und hob warnend den Finger. »Aber lauf nicht weg.« Sie zog eine Pistole aus dem Hosenbund. »Sonst geht's *Peng-Peng*, und Mommy ist tot. Durch meine Hand, nicht deine. Ich folge diesen Regeln nämlich nicht mehr. Ich mache meine eigenen.«

Kaum war sie weg, da zerrte Clarisse an ihren Fesseln, doch ohne Erfolg. Allerdings musste sie auch nicht lange warten. Die Tür öffnete sich wieder, und da war ihre Mutter in einem Rollstuhl. In ihrer Nase steckte der Schlauch der Sauerstoffpumpe, und die zugehörige Flasche war hinten am Rollstuhl befestigt.

Mommy sah sauber und gepflegt aus. Auch waren ihre Augen klar, obwohl eines von grauem Star befallen war. Sie lächelte ihre Tochter an und winkte wie ein kleines Mädchen, das eine Freundin sah.

»Liebes! Liebes!«, rief sie. »Schau mal, meine neue Freundin!«

Clarisse schaute die andere Frau an. »Wir haben uns ihren Medikamentenplan und alles, was sonst noch nötig war, besorgt«, sagte die Frau, »bevor wir sie uns geschnappt haben. Hältst du uns etwa für Monster?«

»Sie haben mich geschnappt! Geschnappt!«, rief Clarisses Mutter glücklich. »So wie ich das sehe, haben sie mich aus dem Knast befreit. Und sie lassen mich auch ein wenig rauchen. Aber nur, wenn der Sauerstoff abgeschaltet ist. Es will ja niemand in die Luft fliegen.«

Hinter ihr hielt die Frau ihr die Pistole an den Kopf. »Und wenn das Rauchen sie nicht umbringt, rat mal, was das schafft, Babycakes.«

»Oh, nicht dieses Wort!«, schrie Mommy und hielt sich die Ohren zu. »Das ist furchtbar!«

»Ja, das ist es«, sagte Clarisse. »Doch damals hat dich das nicht gekümmert, nicht wahr? Falls du dich denn noch daran erinnern kannst.«

Langsam nahm ihre Mutter die Hände wieder herunter und schaute ihrer Tochter in die Augen. »Ja, ich erinnere mich. Und ich musste mich entscheiden, was den Kampf wert war und was nicht.«

»Nun, jetzt musst du dir jedenfalls über nichts mehr den Kopf zerbrechen.«

»Wirklich?« Hoffnungsvoll riss Mommy die Augen auf.

»Wirklich«, antwortete Clarisse.

»Hast du es getan?«

»Schön wär's.«

Mommy schaute zu der anderen Frau. »Warst du das?«

Die Frau schüttelte den Kopf. »Irgendjemand ist mir zuvorgekommen.«

»Red keinen Scheiß«, sagte Clarisse. »Wenn du das nicht warst, wer dann?«

»Weiß ich nicht.«

»Sie haben den Spruch an die Wand geschrieben. Den gleichen, den du auch an Bruces Wand geschrieben hast.«

»Das mit Bruce gestehe ich. Das war's aber auch schon.«

Clarisse konzentrierte sich wieder auf ihre Mutter und blaffte: »Und welche Kämpfe waren es ›wert‹? Ich erinnere mich nämlich nicht an einen einzigen.«

Ihre Mutter ließ sich einen Moment Zeit und schaute die beiden Frauen an. »Du hast keine Ahnung, was sie alles tun wollten. Niemand wusste das. Noch nicht einmal *deine* Mutter«, fügte sie hinzu und drehte sich zu der anderen Frau um. »Da habe ich auf den Tisch gehauen. Ich hätte alles erzählt.«

»Als hätten diese Arschlöcher auch nur einen Dreck darum gegeben«, sagte die Frau. »Das hätte bedeutet, den Bock zum Gärtner zu machen. Aber das interessiert mich nicht mehr. Ich lebe nicht in der Vergangenheit.« Sie schauderte theatralisch. »Das ist viiiiiiiel zu unheimlich.«

»Du *hattest* Angst«, sagte Clarisse. »Die hatten wir alle.«

Die Frau wurde wieder ernst. »Und du solltest auch *jetzt* Angst haben. Es gibt hier viele böse Menschen, und einem davon schaust du gerade in die Augen. Also präg dir alles gut ein. Für deine Notizbücher.«

»Du warst doch früher nicht so«, sagte Clarisse, während ihre Mutter an der Kanüle in ihrer Nase herumfummelte.

»Wir waren vieles nicht. Jetzt aber schon. Zumindest ich.«

»Wie geht es ihm?«, fragte Clarisse. »Ich meine, wie geht es ihm wirklich?«

»Wen meinst du?«, fragte ihre Mutter. Jetzt wirkte sie ein wenig benommen. Offenbar war es mit der Klarheit vorbei. »Von wem redet sie da?«

»Bleib einfach brav sitzen, und nuckel an deinem Sauerstoff, okay? Das geht dich nichts an«, sagte Clarisse und sah wieder die andere Frau an. »Sag mir, wie es ihm geht. Bitte.«

Mit einem Mal wirkte die andere Frau nicht mehr ganz so selbstsicher. »Wir hatten eine gute Zeit. Fürs Leben vereint dank all der gemeinsamen Jahre und allem, was passiert ist.«

»Aber ihr musstet Bruce nicht töten. Das war vollkommen unnötig.«

»Ich musste vieles nicht tun. Deshalb treffen wir ja Entscheidungen. Und es gibt einiges, was du über Bruce nicht weißt.«

»Und Harry? Komm schon. Du kannst mir die Wahrheit sagen. Es ist ja nicht so, als würde ich zu den Cops rennen.«

Die andere Frau schüttelte den Kopf, und ein trauriges Lächeln erschien auf ihrem Gesicht. »Wir wollten nur das Geld. Tot hätte er uns nichts genutzt. Da hast du's. Kein Motiv. Das musst du prüfen. Ich weiß. Die Cops machen das ja auch.«

»Ich weiß, dass ihr beide bei ihm wart. Wie habt ihr ihn gefunden?«

»Das musst du nicht wissen. Aber als wir wieder gefahren sind, war er putzmunter.«

»Wer hat es dann getan?«, fragte Clarisse. »Wer hat ihn ermordet?«

»Solltest du das herausfinden, dann sag mir Bescheid. Ich werde denjenigen nämlich umbringen. Er hat uns gefickt. Mit Harrys Tod war der leichte Weg zum Geld versperrt.«

»Er hätte es euch ohnehin nie gesagt. Er hat es nie jemandem leichtgemacht.«

Die Frau wedelte mit ihrer Waffe. »Jetzt mal Tacheles. Was hast du herausgefunden?«

»Offenbar müssen wir ins 21. Jahrhundert, wenn wir den Schatz finden wollen. Zumindest stand das auf der Botschaft, die ich gefunden habe.«

»Und was genau soll das heißen?«

»Dass der Schatz nicht irgendwo in einer Truhe liegt oder in Stormfield vergraben ist. Es könnte ein digitaler Schatz sein.«

»Digital? Weißt du schon was dazu?«, hakte die Frau nach.

»Noch nicht, aber das werde ich.«

Die Frau drückte Mommy die Pistole an die Schläfe. Die alte Frau zuckte noch nicht einmal. »Dann mach voran. Ich werde auch nicht jünger. Das werden wir alle nicht, besonders nicht die alte Hexe. Verstanden, Babycakes?«

Als Mommy bei diesem Wort wieder schrie, drückte die andere Frau ihr ein feuchtes Tuch ins Gesicht. Sofort kippte Mommy bewusstlos zur Seite.

»Sie hat COPD! Das Zeug könnte sie umbringen!«, schrie Clarisse.

»Schau'n wir mal. Und jetzt ist es an der Zeit, dass das Licht auch für dich wieder ausgeht, *Babycakes*.«

KAPITEL 66

Am nächsten Morgen erhielt Gibson eine Mail von Art Collin:

> Re: Ihre Anfrage. Ich darf nicht darüber sprechen. Nie. Ich habe gesagt, was ich zu sagen hatte, und dem habe ich nichts hinzuzufügen. Und Sie sollten die ganze Sache vergessen. Jetzt kann niemand mehr was tun. Außerdem ist der Drecksack tot, und das war's dann. Halten Sie durch. AC.

Vielen Dank aber auch, AC.

Gibson ärgerte sich, und so schickte sie Collin eine weitere Mail, in der sie andeutete, dass Langhorne sich hatte fassen lassen, weil die Cops ihm wegen Kindesmissbrauchs im Nacken gesessen hatten, und im Zeugenschutzprogramm konnten sie ihm nichts mehr anhaben. Dazu kam, dass er auf diese Art auch noch mit dem Mafiageld hatte durchbrennen können.

Da hast du's, Supercop.

Gibson wartete auf eine Antwort. Vergebens.

Sam Trask hatte Gibson eine sichere E-Mail-Adresse gegeben für den Fall, dass sie ihm schreiben wollte. Das tat sie nun auch, und sie erzählte ihm von ihrer Entführung, mutmaßlich durch seinen Sohn, sowie von dem Deal, zu dem sie von Nathan gezwungen worden war.

Trask schrieb sofort zurück. »Das tut mir leid. Rufen Sie diese Nummer an. Die kann niemand zurückverfolgen, noch nicht einmal mein Bastard von Sohn.«

Er nahm nach dem ersten Klingeln ab.

»Sind Sie okay?«, war das Erste, was er fragte. »Hat er Ihnen was getan?«

»Nein. Es geht mir gut. Er hat mir lediglich eine Heidenangst gemacht. Und ich nehme nur an, dass er das war oder einer seiner Schläger. Beweisen kann ich nichts.«

»Er will also, dass Sie das Geld finden, das Langhorne unter dem Namen Daniel Pottinger von ihm gestohlen hat, korrekt? Und dafür will er Ihnen fünf Prozent Finderlohn zahlen?«

»Das hat er zumindest gesagt. Das habe ich ihm zwar nicht geglaubt, den Teil, wo er mich und meine Familie bedroht hat, aber schon.«

»Haben Sie irgendwelche Fortschritte gemacht?«

»Ich habe ein paar Spuren gefunden, gemeinsam mit einer anderen Person. Ich arbeite mit ihr zusammen.«

»Clarisse?«

Gibson hätte sich fast die Zunge abgebissen. »Sie wissen von ihr?«

»Sie hat mich besucht, bevor Pottinger ermordet worden ist, und dabei hat sie mir auch verraten, dass er Langhorne war. Sie kam als Podologin einmal im Monat nach The Feathers. Und sie hat die Rolle gut gespielt. Sie hatte alle nötigen Papiere und kannte sämtliche Fachbegriffe. Allerdings war ich ihr einziger Patient. Da bin ich sicher«, fügte er mit einem leisen Lachen hinzu. »Sie hat mich gekonnt zum Narren gehalten, bis sie mir schließlich gesagt hat, warum sie wirklich hier war. Tatsächlich hat sie einen hervorragenden Job mit meinen Zehennägeln gemacht. Aber während sie das getan hat, haben wir auch über andere Dinge gesprochen.«

»Tja, freut mich, dass sie so offen zu Ihnen war. Mir gegenüber hat sie das alles nie erwähnt.«

»Sie hat nach Pottinger gesucht. Sie wusste, dass er Stormfield gekauft hatte, und ich nehme an, sie wusste auch – oder vermutete es zumindest –, dass Langhorne und Pottinger ein und dieselbe Person waren. Sie hat mir erzählt, sie habe herausgefunden, dass Pottinger Geschäfte mit meinem Sohn gemacht hat: Menschenhandel hauptsächlich, Sexsklaven, über einen Korridor von Mexiko und Thailand in die Staaten. Das war unglaublich lukrativ, weil die Sklaven auch gestohlene Artefakte und Drogen mitbrachten. So konnten Langhorne und mein Sohn bei jedem Menschen bis zu dreimal abkassieren.«

Verdammt. Clarisse hat also wirklich die Wahrheit gesagt, was das betrifft. »Warum haben Sie nichts davon gesagt, als wir uns zum ersten Mal gesehen haben?«

»Da habe ich Sie nicht wirklich gekannt. Seitdem habe ich Sie überprüft. Sie gehören zu den Guten. Und Sie sind von meinem Sohn entführt und bedroht worden. Allein das reicht schon, um Ihnen zu vertrauen und zu helfen.«

»Und haben Sie auch etwas über Clarisse in Erfahrung gebracht?«

»Da hatte ich keine Ansatzpunkte. Wenn sie hier war, hat sie immer Latexhandschuhe getragen. Keine Fingerabdrücke. Ich hätte natürlich versuchen können, eine DNA-Probe zu nehmen, aber das kam mir dann doch recht unhöflich vor. Und ich bin zwar ein Mann, aber ich bin auch alt und hänge an einem Sauerstoffschlauch. Ich glaube nicht, dass ich es mit ihr hätte aufnehmen können.«

Gibson musste sich ein Lachen verkneifen.

»Clarisse ist offensichtlich nicht ihr echter Name«, fuhr Trask fort. »Aber sie schien mir hochintelligent zu sein, fokussiert, organisiert und …«

»Und was?«

Trask antwortete nicht sofort. »Nun, *traurig* ist wohl das richtige Wort dafür, und das trotz des Selbstbewusstseins, das sie ausstrahlen wollte.«

»Ich denke, sie könnte Francine Langhorne sein.«

»Das ist mir auch schon in den Sinn gekommen. Das Alter stimmt zumindest. Und es würde erklären, warum sie ihn hat finden wollen.«

»Wissen Sie von den widerlichen Geschichten über Langhorne?«

»Von seiner Vorliebe für junge Mädchen? Ja, allerdings habe ich davon erst erfahren, *nachdem* er ins Zeugenschutzprogramm gekommen ist. Ich fand den Mann zwar schon immer ekelhaft, aber danach hat meine Abscheu ein ganz neues Level erreicht.«

»Hätte man ihn dafür nicht anklagen können?«

»Unglücklicherweise nein. Das hätte das Ende des Zeugenschutzprogramms bedeutet. Dann hätte niemand mit fragwürdiger Vergangenheit sich mehr gemeldet. Und die Mehrheit der Informanten im Zeugenschutzprogramm sind Kriminelle. Aber genau wie Sie wünschte ich, man hätte ihn deshalb zur Rechenschaft gezogen. Das lag jedoch nicht in meiner Hand. Aber wenn Clarisse *wirklich* Francine Langhorne ist, dann würde das ihre Traurigkeit erklären. Wenn sie davon wusste, oder schlimmer noch, wenn ihr eigener Vater ...«

»Ja, ja, das würde es«, unterbrach Gibson ihn rasch. Sofort sah sie wieder ihre eigene Tochter vor ihrem geistigen Auge, und das zerriss ihr das Herz. »Earl Beckett ist ein U.S. Marshal, der am letzten Aufenthaltsort der Langhornes im Zeugenschutzprogramm für sie verantwortlich war, in Albuquerque. Er hat mir Informationen zu dem Fall gegeben. Allerdings hat er einen möglichen Missbrauch mit keinem Wort erwähnt.«

»Ich bezweifele auch, dass er das tun würde, umso weniger, wenn das direkt vor seiner Nase passiert ist. Keine Bundesbehörde wird je einen Fehler eingestehen.«

»Da haben Sie wohl recht«, seufzte Gibson.

»Also ... Was wollen Sie denn nun in Bezug auf meinen Sohn unternehmen? Ich habe Ihnen ja schon gesagt, dass ich noch immer Kontakt zu bestimmten Spielern und Behörden habe, die mich als eine Möglichkeit betrachten, ihn zu Fall zu bringen. Dass Sie nun für ihn arbeiten, könnte Ihnen die Gelegenheit verschaffen, mit uns zusammenzuarbeiten, um genau das zu tun.«

»Es gibt nichts, was ich lieber tun würde«, sagte Gibson. »Und um Ihre Frage zu beantworten: Es ist wohl das Beste für mich, weiter nach dem Schatz zu suchen. Damit habe ich zumindest etwas, was ich ihm anbieten kann. Das FBI sollte aber Gewehr bei Fuß stehen, wenn ich Sie rufe … Das heißt, falls ich überhaupt die Chance bekomme.«

»Nach dem zu urteilen, was ich bisher von Ihnen gesehen habe, würde ich auf Sie setzen. Und eins noch.«

»Ja?«

»Ich würde auch auf Clarisse setzen. *Zusammen* könnten Sie schaffen, was Sie unabhängig voneinander nie erreichen würden.«

»Ich habe schon mit ihr zusammengearbeitet. Tatsächlich ist sie der Grund, warum ich überhaupt da drinstecke. Aber ich bin nicht so sicher, ob wir auch die gleichen Interessen verfolgen.«

»Im Leben ist nichts wirklich im Einklang. Auch ich habe mit Kriminellen zusammengearbeitet, um Schlimmere ihrer Art hinter Gitter zu bringen. Ich bin sicher, das gilt auch für Sie. Manchmal muss man das Risiko schlicht eingehen und auf das Beste hoffen. Manchen Leuten müssen wir nicht aus logischen Gründen vertrauen, sondern aus dem Bauch heraus. Nur so als Anregung von einem alten Mann, der viel zu viel von dieser Art von Leben gesehen hat, weitaus mehr als gut für ihn ist. Vielleicht bin ich im Alter ja weich geworden, oder es liegt daran, dass ich schon immer eine Tochter haben wollte, aber nachdem ich einige Zeit mit Clarisse verbracht und mal ein wenig über sie nachgedacht habe, da bin ich zu einer Schlussfolgerung gekommen.«

»Und was wäre das für eine Schlussfolgerung?«

»Ich fände es toll, sie wenigstens einmal lächeln zu sehen.«

Gibson verabschiedete sich, legte auf und starrte an die

Wand, während ihr Sam Trasks Worte immer und immer wieder durch den Kopf gingen.

Clarisse lächeln sehen? Nach all dem Scheiß, den sie mir eingebrockt hat? Nein, so weit bin ich noch nicht.

KAPITEL 67

Später saß Gibson immer noch vor dem Rechner und dachte über etwas nach.

Eltern.

Clarisse hatte über eine Betreuung für Kinder *und* Eltern gesprochen.

Okay. Spielen wir das mal durch. Was, wenn sie wirklich Francine ist und sich um ihre Mutter Geraldine kümmert? Was, wenn die Frau in einem Pflegeheim lebt?

Gibsons nächster Gedanke galt dem Anruf, den Clarisse bekommen hatte, als Gibson noch in der Leitung gewesen war. Normalerweise hatte sich Clarisse immer unter Kontrolle, doch in diesem Augenblick hatte es sich so angehört, als hätte sie genau diese Kontrolle verloren. Natürlich war das alles Spekulation, das war ihr bewusst. Aber im Augenblick war alles Spekulation, denn sie hatte schlicht nicht genügend andere Spuren, die sie verfolgen konnte. Sie hatte Clarisse direkt nach dem gefragt, was sie durch Zufall mit angehört hatte, doch die Frau war der Antwort ausgewichen. Allerdings hatte Gibson auch eine ganz gute Menschenkenntnis. Clarisse machte sich definitiv Sorgen, entweder über etwas oder über jemanden.

Gibson ging online und startete eine recht breit angelegte Suche nach allem, was mit Seniorenwohnanlagen und Pflegeheimen zu tun hatte, sowie mit Problemen, die in der letzten Woche in einem davon aufgetaucht waren. Wurden vielleicht irgendwo Leute vermisst, wie sie die andere Frau hatte sagen hören, oder war womöglich jemand gestorben oder hatte einen Unfall gehabt? Gibson fand eine wahre Flut von Meldungen zu solchen Ereignissen.

Himmel! Sind diese Einrichtungen wirklich so gefährlich?

Sie schränkte die Suche so weit ein, wie sie es verantworten konnte, und klickte erneut auf »Suchen«.

Diesmal bekam sie nur noch zehn Links. Das war schon besser. Sie las jede der Meldungen durch. Vier Artikel drehten sich um Unfälle, bei denen jemand gestorben war. Zwei um Schießereien von Verwandten mit ihren senilen Angehörigen.

Na, wunderbar.

Und beim Rest handelte es sich um Berichte über Heimbewohner, die einfach weglaufen oder sonst wie verschwunden waren. Gibson überprüfte gründlich jeden dieser Fälle, konnte aber keine Schlüsse ziehen. Sie erkannte keinen der Namen – nicht, dass Clarisse ihre Mutter unter den Namen Geraldine Langhorne oder Geraldine Parker angemeldet hätte.

Gibson schickte sich gerade an aufzustehen und sich einen Tee zu holen, als eine Mail in ihrem Posteingang erschien.

Sie stammte von Jan Roberts, ihrem Kontakt beim *Star-Ledger* in Newark. Endlich hatte sie auf Gibsons Mail reagiert.

Haben Sie Zeit zu reden?

Darunter stand eine Telefonnummer, die Gibson sofort anrief.

»Wenn das mal keine Stimme aus der Vergangenheit ist«, sagte Roberts mit ihrer lauten Stimme, an die Gibson sich so gut erinnerte. Sie hatte Roberts über ihren Vater kennengelernt, als sie an einem Fall in Jersey City gearbeitet hatte. Roberts hatte Gibson bei einem bestimmten Aspekt des Falles geholfen und im Gegenzug ein Exklusivinterview mit ihr bekommen, alles anonym natürlich, denn Gibson war zu der Zeit undercover gewesen.

»Wie geht es Ihrem Vater?«, fragte Roberts.

»Er ist so dickköpfig wie eh und je«, antwortete Gibson.

Roberts lachte. »Gut. Dann wissen wir ja, dass es ihm gut geht.«

»Wie gefällt es Ihnen in Newark?«

»Es ist in Jersey, und ich bin ein Jersey Girl. Hey, ist es wahr, dass Harry Langhorne bei Ihnen da unten tot aufgefunden worden ist? Sie sind doch jetzt in Virginia, oder?«

»Ja. Er hat hier unter dem Namen Daniel Pottinger gelebt. Und er ist ermordet worden.«

»Also ich weine ihm keine Träne hinterher. Ich habe den Mann zwar nicht gekannt, aber nach allem zu urteilen, was ich über ihn gelesen habe, war er ein widerlicher Drecksack, der für die Mafia gearbeitet hat.«

»Ich habe auch Samantha Kembers Story über ihn gelesen.«

»Sie ist viel zu früh gestorben. Ruhe in Frieden, Sam. Ja, ich hatte gerade bei der Zeitung angefangen, als sie diese Story geschrieben hat. Tatsächlich habe ich sie mir noch mal durchgelesen, als ich von Langhornes Tod erfahren habe.«

»Er war also pädophil, ja?«

»Vor Gericht ist nie etwas bewiesen worden, denn der Typ ist einfach verschwunden, aber es klang verdammt noch mal so, es sei denn, die Mädchen haben gelogen; aber das glaube ich nicht.«

Früher am Tag war Gibson ein Gedanke gekommen, und den wollte sie nun bei Roberts abchecken. »Ich habe von einer dritten Partei gehört, dass man Langhornes Hintergrund überprüft und seine Fingerabdrücke genommen hat, damit er ehrenamtlich an einer Schule arbeiten konnte. Zuerst habe ich mich gefragt, warum ein Mafiabuchhalter so etwas tun sollte, aber jetzt ergibt das wohl Sinn.«

»Offenbar wollte er der Quelle seiner kranken Fantasie so nah wie möglich sein«, sagte Roberts.

Gibson schauderte. »Können Sie mir noch mehr dazu erzählen? Ich meine, mehr als in dem Artikel steht?«

»Wie zum Beispiel?«

»Langhorne hatte Kinder, eine Tochter und einen Sohn.«

»Moment … Sie glauben, dass er die auch missbraucht hat?«

»Ich weiß es nicht. Deshalb frage ich ja.«

»Und glauben Sie auch, dass die Frau das zugelassen hat?«

»Soweit ich gehört habe, hat sie sich Langhorne nie widersetzt. Und offensichtlich hat sie nichts dagegen unternommen, dass er andere Kinder belästigt hat.«

»Stimmt. Wenn sie denn überhaupt davon wusste. Wie hieß sie noch mal?«

»Geraldine.«

»Hmmm … Sind Sie sicher?«

»Ja, das war ihr Name.«

»Ach so, ja, das war der Name, den sie *benutzt* hat.«

»Moment mal … Hatte sie noch einen anderen Namen? Woher wissen Sie das?«

»Ich habe nicht nur Sams Artikel noch einmal gelesen, sondern mir auch ihre Aufzeichnungen angeschaut. Der *Star-Ledger* wirft nie was weg.«

»Warum haben Sie das getan?«

»Ich dachte, nach dem Mord an Langhorne würde sich vielleicht eine Fortsetzung der Story ergeben. Tatsächlich bin ich schon so weit, dass ich sie meinem Chef vorlegen kann.«

»Okay. Das ergibt Sinn.«

»Sam war ausgesprochen gründlich. Sie hat mir viel beigebracht.«

»Da bin ich sicher. Und was haben Sie gefunden?«, fragte Gibson ungeduldig.

»Geraldine war der *zweite* Name der Frau. Offenbar hat sie ihren echten Vornamen gehasst. Das hätte ich auch, nehme ich an. Er ist nicht gerade hübsch.«

»Wie lautet ihr echter Name denn?«

»Agnes.«

Gibson schaute auf ihren Computermonitor. *Heilige Scheiße!* Inmitten der Artikel über die Vermisstenfälle in Seniorenheimen war eine Story über eine *Agnes* Leland, die aus einem Heim in Greenville, South Carolina, verschwunden war, und zwar ungefähr zu der Zeit, zu der Clarisse diesen Anruf bekommen hatte.

War Clarisse also tatsächlich Francine Langhorne?

KAPITEL 68

Nach ihrem Telefonat mit Jan Roberts starrte Gibson noch lange Zeit auf den Bildschirm und fragte sich, was sie jetzt tun sollte.

Gibson glaubte inzwischen, genug Informationen zu haben, um sicher zu sein, dass Clarisse niemand anderes war als Francine Langhorne. Und ihre Mutter, Agnes Geraldine Langhorne (Leland), war aus einem Pflegeheim in South Carolina verschwunden, aus einem Heim, in dem die Tochter die Mutter vermutlich untergebracht hatte. Hatte jemand sie entführt? Jemand, der etwas gegen ihre Tochter in der Hand haben wollte? Vielleicht, um sicherzugehen, dass er einen Anteil am Schatz bekam? Denn es sah so aus, als wäre der das Ziel von allen und jedem.

Mich vielleicht eingeschlossen. Ich habe ja keinen Job mehr, und ich muss zwei Kinder ernähren, einkleiden und betreuen.

Gibson erinnerte sich wieder an die Worte von Sam Trask, und so griff sie nach *dem* Handy und rief die Frau an.

»Ja?«, meldete sich Clarisse. Sie klang wieder ganz wie sie selbst.

»Ist noch etwas passiert?«, fragte Gibson. »Ich meine, seit Sie mein Haus verlassen haben?«

»Ich weiß nicht, was Sie meinen.«

»Können wir diesen Scheiß bitte lassen? Wir beide haben viel zu verlieren.« Gibson hielt kurz inne und bereitete sich darauf vor, was sie nun sagen würde, denn wenn sie recht hatte, dann würde das wie ein Tsunami für die Frau sein, und sie hatte keine Ahnung, wie Clarisse darauf reagieren würde. »Verdammt noch mal, die haben Ihre Mutter entführt, *Francine*.«

Gibson hatte die Stressanalyse nicht eingeschaltet. Das musste sie auch gar nicht. Sie war selbst eine Tochter. Und sie hatte eine Mutter. Was, wenn ihrer Mutter das Gleiche widerfahren würde wie Clarisses? Sie wäre außer sich vor Sorge.

Die Frau schwieg. Gibson hörte sie nur atmen.

»Ich habe eins und eins zusammengezählt, Francine. Das kann ich gut. Deshalb haben sie mich ja auch mit reingezogen. Ich habe gerade herausgefunden, dass Agnes der echte Name Ihrer Mutter war, und das zusammen mit dem, was Sie unbewusst …«

»Okay, okay! Sie sind ein verdammter Sherlock Holmes!«

Und das Telefonat war beendet.

Zehn Minuten verstrichen, und Gibson starrte nur auf das Handy. *Komm schon. Komm schon. Ich kann dir helfen. Wirklich. Ich* will *dir helfen.*

Als es klingelte, wäre Gibson fast vom Stuhl gefallen.

»Tut mir leid«, sagte eine wieder ruhig klingende Clarisse.

»Und mir tut es leid, dass ich Ihnen das einfach so an den Kopf geworfen habe«, entgegnete Gibson. »Ich bin schlicht davon ausgegangen, dass wir keine Zeit verschwenden dürfen. Wissen Sie, wo Ihre Mutter ist? Haben die Kontakt zu Ihnen aufgenommen? Wissen Sie, wer das war?«

»Können Sie weg?«

»Ja.«

»Dann treffen wir uns in einer Stunde unter dieser Adresse.«

Gibson schrieb sich die Adresse eines Restaurants in Newport News auf. Dann legte sie auf, zog sich rasch um und fuhr los, nachdem sie kurz nach Silva und den Kindern geschaut hatte.

Gibson gab sich große Mühe, dafür zu sorgen, dass niemand ihr folgen konnte. Als sie den Van schließlich am Bürgersteig parkte, stand dort eine Frau mit Hut und Sonnenbrille. Sie kam sofort zum Van und hob die Hand.

Gibson öffnete die Tür, und Francine Langhorne stieg ein.

Francine nahm die Brille ab und sagte: »Sie haben recht. Wir haben wirklich keine Zeit zu verschwenden.«

»Okay.«

»Sollen wir fahren, während wir reden? Ich mag es nicht, hier so ungeschützt herumzuhocken.«

Gibson legte den Gang ein und fuhr los.

»Und? Haben sie Kontakt zu Ihnen aufgenommen?«, fragte Gibson.

»Ja, das hat sie. Zweimal.«

»Sie?«

»Rochelle Enders.«

Kurz schaute Gibson verwirrt drein. »Moment ... Ist das RE?«

Francine nickte. »Wir waren zusammen in Albuquerque. Ihre Familie war auch im Zeugenschutzprogramm. Sie haben direkt gegenüber gewohnt.«

»Und BD? Bruce Dixon?«

»Er und Rochelle sind damals ein paarmal miteinander ausgegangen. Aber Rochelle hat Schluss gemacht. Ich wusste nie warum. Dann ist Bruces Vater gestorben, und er und seine Mutter haben das Zeugenschutzprogramm verlassen.« Sie sah Gibson an. »Rochelle hat Bruce umgebracht. Den Grund dafür kenne ich nicht. Sie hat seine Identität als Daryl Oxblood gestohlen, um einen Van zu mieten, mit dem sie meine Mutter aus einem Pflegeheim in Greenville entführt hat. Sie hätte ihn nicht töten müssen. Wirklich nicht.«

»Und hat sie auch Ihren Vater umgebracht?«

»Zumindest leugnet sie das. Und sie hat nie etwas geleugnet, wenn sie es getan hat. Egal ob man sie nun liebt oder hasst, sie hat immer die Verantwortung für ihre Taten übernommen.«

»Aber wer hätte ihn denn sonst töten sollen?«

»*Ich* wollte ihn töten, als ich in jener Nacht nach Stormfield gefahren bin. Dann habe ich ihn gefunden und die Phrase an der Wand gesehen.«

»›Tu, was ich sage, und nicht, was ich tue‹? Was heißt das überhaupt?«

»Das hat mein Vater immer gesagt. Aber er hat das anders gemeint als andere.«

»Das müssen Sie mir erklären.«

»Wir mussten immer *genau* tun, was er gesagt hat. Das waren Befehle, kein väterlicher Rat.«

»Aber wenn sie ihn nicht getötet hat, dann muss der echte Täter auch davon gewusst haben.«

»Ja.«

»Könnte das Ihr Bruder gewesen sein?«, fragte Gibson und beobachtete Francine aufmerksam.

»Doug ist bei Rochelle.«

»Aber ich dachte, Sie und Ihr Bruder seien zusammen gegangen. Er hat doch gewartet, bis Sie achtzehn waren.«

»Tatsächlich hat er darauf gewartet, dass *Rochelle* achtzehn wurde, nicht ich. Er hat sie geliebt. Anfangs war ich mit ihnen zusammen, aber ich und Rochelle, wir kamen einfach nie miteinander aus. Ich bin nicht wie sie und sie nicht wie ich. Aber … Wir alle haben jede Menge Scheiß ertragen, und deshalb hatten wir eine Bindung, jedenfalls eine Zeit lang. Dann hat sie … Dann hat sie sehr deutlich gemacht, dass ich nicht länger erwünscht war.«

»Was für eine Art von Scheiß?«, fragte Gibson vorsichtig. »Und nur, damit Sie es wissen: Ich habe einen Artikel gelesen, in dem es hieß, Ihr Vater habe in Ihrem alten Viertel in New Jersey kleine Mädchen belästigt.«

Francine senkte den Blick. »Mr Enders und mein Dad wurden richtig gute Freunde. Sie haben sich von ihrer Vergangenheit erzählt und warum sie im Zeugenschutzprogramm waren. Das band sie noch enger aneinander. Mr Enders war Auftragskiller für ein mexikanisches Kartell, bevor man ihn festgenagelt hat. Deshalb hat er sich auch umdrehen lassen und ist mit seiner Familie in den Zeugenschutz gegangen. Rochelle war sein einziges Kind. Ihr Vater war Abschaum. Als er noch für das Kartell gearbeitet hat, hat er auch kleine Kinder ermordet. Natürlich kamen er und mein Vater gut miteinander aus. Eigentlich hätten wir niemandem sagen sollen, wer wir wirklich sind, aber den beiden war das scheißegal. Sie … Sie haben einfach getan, was sie wollten.«

»Als Sie klein waren, hat Ihr Vater da …?«

»Ich glaube, er wollte. Ich meine, er verhielt sich wirklich … seltsam gegenüber mir und Dougie. Aber … meine Mutter …«

»Sie hat Sie beide beschützt?«

»Ja. Das einzige Mal in ihrem Leben.«

»Als Sie dann älter waren und in New Mexico lebten, haben Ihr Vater und Enders dann Sie und Rochelle missbraucht?«

Jetzt blickte Francine wieder auf. »In gewisser Hinsicht war es sogar noch schlimmer.«

»Ich verstehe nicht.«

»Haben Sie je Oliver Twist gelesen?«

»Ich habe natürlich davon gehört, es aber nie gelesen.«

»Da geht es um eine Straßenbande, größtenteils Kinder. Oliver Twist wird einer von ihnen. Der Anführer der Bande ist Jack Dawkins. Er hat den Spitznamen Artful Dodger. Er ist von einem alten Sack mit Namen Fagin ausgebildet worden.«

»Ich kann Ihnen nicht ganz folgen.«

»Mein Vater und Enders haben Produkte verkauft … und Rochelle und ich waren diese ›Produkte‹. Sie haben uns an jeden mit Geld verscherbelt, und bei den richtig reichen Drecksäcken haben sie sogar insgeheim Videos davon gemacht. Anschließend haben sie sie bis auf den letzten Tropfen ausgepresst. Und die reichen Wichser haben gezahlt. Alle. Denn wir waren damals nicht einmal annähernd volljährig. Außerdem erwarteten die beiden von uns, dass wir die Männer beklauten, wenn wir mit ihnen zusammen waren. Kamen wir mit leeren Händen heim, haben wir Prügel kassiert.«

»Heilige Scheiße!«

»Mit dreizehn Jahren habe ich mit dem ersten Mann geschlafen. Sie haben sogar versucht, Dougie anzubieten, aber da war er schon zu groß und zu stark. Er wollte nicht, und sie konnten nichts dagegen tun.«

»Warum hat er Sie dann nicht beschützt?«

»Sie haben meinen Vater nicht gekannt. Da ging es nicht nur um Körperkraft. Das waren Psychospielchen. Es ging um Einschüchterung, darum, jemanden in Todesangst zu versetzen. Und niemand war besser darin als unser alter Herr. Er hat die Mafia abgezogen. Teenager waren keine Herausforderung für ihn. Mein Bruder wusste, wenn er sich ihm dabei in den Weg stellte, dann hätte Dad mich und Rochelle ohne Zögern umgebracht.«

»Und wo war Ihre Mutter?«

»Besoffen und zugedröhnt. Ich glaube, zu dem Zeitpunkt hatte sie schon aufgegeben.«

»Ich habe gehört, wie er verhindert hat, dass Sie an der Schulaufführung teilnehmen.«

Francine zog ihren Hemdsärmel hoch und entblößte eine lange Narbe. »Das war zusätzlich zu der Tatsache, dass er mir den Auftritt in *Was ihr wollt* versaut hat. Und die Katze, die ich mit nach Hause gebracht habe und die ihn so aufgeregt hat? Er hat sie bei lebendigem Leibe verbrannt, direkt vor meinen Augen.«

»Oh, mein Gott!«

»Bei mir zu Hause gab es keinen Gott.«

Gibson sah, wie Francine zwei große Tränen über die Wangen rannen. Sie fuhr an den Straßenrand und nahm Francines Hand. »Es tut mir ja so leid, dass Sie all diesen … diesen Horror ertragen mussten.«

»In mancher Hinsicht hat mich das schlicht stark gemacht … und in anderer hat es mich förmlich zerrissen. Das Ergebnis sehen Sie hier.«

»Und Rochelles Mutter?«

»Sie ist irgendwann einfach abgehauen und hat Rochelle sich selbst überlassen. Zu Ihrer Information: Ich *hasse* meine Mutter. Aber ich habe auch Mitleid mit ihr. Und ich nehme an, im Laufe der Jahre ist das Mitleid stärker und der Hass schwächer geworden.«

»Und jetzt sorgen Sie für sie?«

»An meinen Vater habe ich keine glücklichen Erinnerungen, an meine Mutter schon. Wäre sie nicht gewesen, dann hätte es noch viel schlimmer kommen können. Für uns alle. Ja, sie hatte ihre Probleme – der Alkohol, die Drogen –, aber der Grund für das meiste davon war *er*. Als ich dann alt genug war und das Geld hatte, habe ich sie gesucht und gefunden und sie in dem Heim untergebracht.«

»Hätten Sie sich nicht einfach an den U.S. Marshals Service wenden können? Die hätten dem allen doch ein Ende bereiten können.«

Francine funkelte sie an. »Soll das ein Scherz sein? Die Marshals vor Ort haben doch *mitgemacht.*«

»*Was?*«

»Mein Dad hat uns ihnen angeboten. Auf die Art hat er sich Privilegien gesichert. Sie haben ihn und Enders tun lassen, was auch immer sie tun wollten.«

»Wie hießen diese Marshals?«

»Einer ist tot. Der andere ist jetzt in Norfolk.«

»Doch nicht Earl Beckett, oder?«

»Genau der. Ich war in seinem Büro, als ich in dem Bundesgebäude als Putzfrau gearbeitet habe.« Sie holte einen USB-Stick aus ihrer Tasche. »Und ich habe das ergattert.«

»Das hat er doch mit Sicherheit nicht auf einem Bundescomputer gespeichert«, sagte Gibson.

»Nein, aber es gab da eine Akte über meinen Vater, von der ich geglaubt habe, sie könnte nützlich sein. Und wichtiger noch:

Ich wollte herausfinden, wen Beckett seitdem noch bewacht hat.«

»Und? Haben Sie eine Liste bekommen?«

»Ja, aber ich konnte sie noch nicht überprüfen.«

»Sie hätten doch auch zur Polizei gehen können, zum Schuldirektor, zu irgendwem, Francine. Gab es damals denn niemanden, der Ihnen hätte helfen können?«

»Mein Vater war ausgesprochen detailversessen. Deshalb hat er auch daran gedacht. Ich habe Berge von Notizbüchern. Also komme ich in dieser Hinsicht wohl nach ihm. Aber wie auch immer … Niemand wusste, dass er in Wahrheit Harry Langhorne war, der in Jersey des Kindesmissbrauchs bezichtigt worden war. Er und Enders haben über die Cops, die Schulen und sogar über unsere Kinderärzte das Gerücht verbreiten lassen, dass wir uns Dinge ausdenken. Mein Vater und Rochelles Dad haben uns sogar gezwungen, Geständnisse zu schreiben, in denen es hieß, wir hätten gelogen – nur für den Fall, dass jemand einen Verdacht hegte. Wenn wir das nicht tun würden, haben sie gesagt, würden sie uns umbringen.«

Francine schaute auf ein Foto am Armaturenbrett, das Gibsons Kinder zeigte. Daneben klebte ein Zettel mit einem runden Gesicht und einem großen Herz darauf, darin das Wort »Mom« in kindlicher Krakelschrift.

»Ich kann keine Kinder bekommen. Der erzwungene Sex in so jungen Jahren hat meinen Körper kaputtgemacht.« Francine seufzte und lehnte sich zurück. »Rochelle hat es sogar noch schlimmer getroffen. Ich weiß nicht, was sie ihr angetan haben.«

»Warum wurde sie anders behandelt?«

»Weil sie nicht weinen wollte. Egal, was sie ihr angetan haben, sie hat sich stur geweigert, Tränen zu vergießen. Und sie wollte sie auch nicht anflehen aufzuhören. Das hat sie tierisch angepisst. Ich nehme an, ich war schlicht die Schwache. Ich *habe* geweint und gebettelt. Nicht, dass mir das viel genutzt hätte.«

Gibson rutschte auf ihrem Sitz herum und schaute Francine an. Sie war sichtlich hin- und hergerissen. Francine bemerkte das und fragte: »Glauben Sie mir nicht?«

»Ich will, aber …«

»… aber ich bin eine notorische Lügnerin. Eine gute sogar. Ja, ich weiß. Nun ja, es ist wohl auch egal, ob Sie mir glauben oder nicht.«

»Aber warum haben Sie mich da mit reingezogen?«, fragte Gibson. »Sie haben gesagt, sie hätten mich gekannt, als ich noch ein Cop war.«

»Tatsächlich kannte ich Sie sogar schon vorher. Von der Temple University.«

»Haben Sie da studiert?«

»Nein. Ich habe in der Cafeteria gearbeitet und auch andere Sachen auf dem Campus gemacht. Ich habe auch bei Theaterproduktionen geholfen. Letzteres habe ich umsonst gemacht, weil … Na ja, es hat mir gefallen.«

»Warum haben Sie gesagt, ich hätte alles gehabt und es einfach weggeworfen? Ich musste mir alles hart erarbeiten. Ich komme nicht aus einer reichen Familie, Francine.«

»Ich habe auch nicht von Geld gesprochen.« Wieder schaute Francine sie an. »Basketballstar, die Hauptrolle in all den Stücken, eine liebende Familie. Ich habe Sie alle immer beobachtet, wenn Ihre Familie zu Besuch auf den Campus kam. Da geht Mickey Rogers, der Uni-Superstar. Alle haben Sie … Na ja, die haben Sie schlicht geliebt. Ich wusste nie, wie sich das anfühlt. In meinem Kopf hatten Sie also alles. Ich dachte, Sie würden Basketballprofi oder den Broadway rocken.«

»Das habe ich nie getan, weil ich nicht gut genug dafür war, Francine. Auf dem College Basketball zu spielen und am Collegetheater zu glänzen, ist etwas vollkommen anderes als das, was im Profibereich abgeht. Da wird es verdammt eng.«

»Ich wollte, dass Sie es wenigstens versuchen. Ich wollte …«

»… durch mich als Stellvertreter ein anderes Leben führen?«

»Ich weiß. Das ist erbärmlich. Aber ich hatte eben sonst nicht viel.«

»Und warum haben Sie mich jetzt geködert?«

»Ich werde Ihnen die Wahrheit sagen, auch wenn Sie mir das vermutlich nicht glauben werden.« Francine hielt kurz inne und schaute Gibson in die Augen. »Ich wollte Ihnen in den Arsch treten. Ich wollte den Schatz vor Ihnen finden und das trotz all Ihrer ProEye-Ressourcen. Sie hatten im Leben versagt – jedenfalls sah ich das so –; aber wenn ich Sie schlagen würde, dann könnte ich der Welt zeigen, dass …«

»… dass *Sie* der wahre Superstar sind. Und dann? Dachten Sie, dass dann alle Sie lieben würden?« Gibson funkelte Francine grimmig an und deutete auf die Kindersitze im Fond. »*Ich* habe diese Entscheidungen in meinem Leben getroffen. Ich habe geheiratet und Kinder bekommen. Das war, was ich wollte. Ich schulde weder Ihnen noch sonst jemandem eine Erklärung dafür, denn das geht verdammt noch mal niemanden etwas an. Und Sie haben all die Jahre gewartet und dann beschlossen, mein Leben zu zerstören und meine Kinder in Gefahr zu bringen, damit Sie was? Damit Sie sich besser fühlen? Ja, das *ist* erbärmlich.«

Francine zuckte noch nicht einmal bei diesen harten Worten. Sie nickte schlicht. »Sie haben recht. Alles, was Sie gerade gesagt haben, ist wahr. Ich bin eine erbärmliche Verliererin. Sie hassen mich, und das sollten Sie auch.« Sie öffnete die Tür des Vans. »Ich werde mich darum kümmern. Ich werde dafür sorgen, dass Trask Sie nicht mehr belästigt. Ich werde den Schatz finden, und das war's dann. Sie können jetzt also einfach fahren.«

»Sie können nichts davon garantieren.«

»In diesem Leben ist nichts garantiert. Aber ich werde mein Bestes tun.«

Gibsons Stimme nahm einen sanfteren Tonfall an. »Schauen

Sie … Ich weiß, dass Sie ein beschissenes Leben hatten, und das tut mir auch leid. Wäre mir so etwas passiert, dann wäre ich jetzt vermutlich in der Klapse.«

»Ich *war* in der ›Klapse‹, wie Sie es nennen, und ich kann das nicht empfehlen«, gestand Francine.

Gibson versteifte sich. »Was ist mit Ihrer Mutter?«

»Sobald ich den Schatz habe, kann ich sie freikaufen.«

»Und Earl Beckett?«

»Was soll mit ihm sein?«

»Soll er einfach davonkommen?«

»Ich kann nichts mehr für die Menschen tun, denen er bereits wehgetan hat, aber ich werde mein Bestes tun, damit das nie wieder passiert.«

»Wenn Sie Ihren Vater nicht getötet haben, und Rochelle es auch nicht getan hat … Doug?«

»Nein. Doug würde das nicht tun, nicht ohne dass Rochelle davon weiß.«

»Hat Beckett diesen Spruch gekannt? ›Tu, was ich sage …‹?«

»Sicher. Er hat uns häufig beaufsichtigt.«

»Beckett hat gesagt, dass Ihr Vater so spurlos verschwunden sei, bedeute, dass er Hilfe gehabt haben muss.«

»Ich nehme an, das stimmt.«

»Könnte diese Hilfe Beckett selbst gewesen sein?«

Francine drehte sich wieder zu ihr um. »Warum sollte er das tun?«

»Für einen Anteil am Schatz?«

Francine schloss die Autotür und war wieder voll bei der Sache. »Glauben Sie das wirklich?«

»Und dann hat Ihr Vater getan, was er immer getan hat. Er hat den Kerl verarscht. Aber Beckett scheint mir ein hartnäckiger Bastard zu sein. Er hat immer weitergesucht. Und er hat den Mann gefunden. Und ihn getötet.«

»Wenn wir das nur beweisen könnten.«

Mit nachdenklicher Miene lehnte Gibson sich zurück. »Das Einzige, was ich mir nicht erklären kann, ist der Umstand, dass der Spruch an der Wand von zwei verschiedenen Leuten geschrieben worden ist. Das heißt, wenn Beckett ihn wirklich getötet hat, dann war er vermutlich nicht allein.«

»Was ist mit Wilson Sullivan?«

Gibson nickte. »Das könnte sein. Ich habe nichts über den Kerl gefunden, was älter als zwanzig Jahre ist.«

»Das ist interessant«, bemerkte Francine.

»Und es war Sullivan, der Beckett in die Ermittlungen eingebunden hat. Vielleicht war das ja geplant, wenn sie Ihren Vater gemeinsam getötet haben. Und jetzt wollen sie den Schatz. Und Sie haben Sullivan dabei ertappt, wie er in Stormfield danach gesucht hat. Außerdem haben wir da noch Nathan Trask. Er erwartet von uns beiden, dass wir ihn finden. Sonst ...«

»Wie gesagt, ich werde mich um Trask kümmern.«

»Aber Sie können sich nicht einfach umdrehen und gehen. Sie können nicht einfach behaupten, Sie hätten ihn nicht gefunden.«

Überraschenderweise schüttelte Francine den Kopf. »Ich habe nicht gelogen, als ich Ihnen gesagt habe, in welche Art von illegalen Aktivitäten Trask und mein Vater verwickelt waren. Menschenhandel, Sexsklaven, Minderjährige. Das war ein großes Geschäft für sie. In San Antonio haben sie eine ganze Gruppe von ihnen getötet, damit sie nicht gegen sie aussagen konnten. Deshalb bin ich ja überhaupt zu Trask gegangen. Ich wollte ihn festnageln. Das Geld war mir egal, auch der Finderlohn, den er mir geboten hat. Ich will einfach nicht, dass sie noch mehr Kindern wehtun.«

Gibson lehnte sich zurück. Wieder war sie hin- und hergerissen.

Francine entging das auch dieses Mal nicht, und sie sagte: »Ich bin ein schlechter Mensch, Mickey. Ich habe Verbrechen begangen. Ich habe Menschen Leid zugefügt. *Aber* ich mag keine Männer, die sich an Kindern vergreifen und damit durchkommen.«

»Man muss schon Eier aus Stahl haben, um da freiwillig reinzugehen und mit diesem Psychopathen auch nur zu reden«, bemerkte Gibson. »Als seine Schläger mich geschnappt haben, hatte ich eine Todesangst.«

»Ich nehme an, mein einziger Vorteil ist, dass ich schon mein ganzes Leben lang mit Psychopathen zu tun habe. Mein Vater war der Schlimmste von ihnen. Nach einer Weile hat man zwar immer noch Angst, aber sie lähmt einen nicht mehr.«

»Sam Trask hat mir erzählt, dass Sie ihn besucht haben. Als Podologin.«

»Sam Trask ist ein sehr netter Mann. Ich habe nicht die geringste Ahnung, wie sein Sohn so eine Bestie werden konnte.«

»Sam Trask hat auch vorgeschlagen, dass wir in diesem Fall zusammenarbeiten.«

»Nathan Trask ist extrem gefährlich, und Sie haben zwei kleine Kinder. Ich hätte Sie nie auch nur in die Nähe dieses Mannes lassen sollen. Schauen Sie … *Sie* werden sich einfach umdrehen und weggehen. Sofort. Ich werde mir den Kerl schnappen oder bei dem Versuch sterben. Und seien Sie versichert, dass niemand mich vermissen wird, wenn ich draufgehe.«

»Ich schon.«

Gibson ließ diese Bemerkung ein paar Sekunden lang wirken, während die beiden Frauen sich in die Augen blickten.

»Das können Sie nicht ernst meinen«, sagte Francine schließlich. »Nicht nach allem, was ich Ihnen angetan habe.«

»Mein Vater hat mich gelehrt, niemanden zu verurteilen, bevor ich nicht in seinen Schuhen gelaufen bin. Und ich kenne niemanden, der in *Ihren* Schuhen gelaufen ist. Ja, ich bin sauer, weil Sie mir das eingebrockt haben; aber Sie riskieren Ihr Leben, um ein paar wirklich böse Menschen zur Strecke zu bringen. Als ehemaliger Cop weiß ich das zu schätzen.«

»Aber Sie haben einen Job«, sagte Francine. »Und zu dem sollten Sie wieder zurückkehren. Sofort. Sie haben mein Wort, dass ich eher sterben würde, als zuzulassen, dass diese Leute Ihren Kindern wehtun.« Sie betrachtete wieder das Foto von Tommy und Darby. »Ich weiß, Sie haben keinen Grund, mir zu glauben, aber das ist die Wahrheit.«

»Zu Ihrer Information: ProEye hat mich gefeuert. Und nun, da ich das von Beckett weiß, glaube ich, dass er das Arschloch war, das dafür verantwortlich ist. Und Sie kennen mich von früher, Francine. Ich gebe nicht so einfach auf. Und nach all dem zu urteilen, was ich inzwischen über Sie weiß, ticken Sie genauso.«

»Was genau wollen Sie damit sagen, Mickey?«

»Sam Trask glaubt, dass wir gemeinsam stärker sind als allein. Lassen Sie uns mal sehen, ob er damit richtig liegt.«

KAPITEL 69

Der Transporter des medizinischen Fahrdienstes fuhr mit vier Passagieren weg von The Feathers.

Sam Trask trug Jackett und Bundfaltenhose. Gedankenverloren las er eine Zeitung, während der Van durch die Straßen rollte. Sein Rollator war im Heck untergebracht, zusammen mit einem Rollstuhl für einen anderen Passagier. Trask hatte auch eine tragbare Sauerstoffpumpe dabei. Später würden die Passagiere zu einem festgelegten Zeitpunkt an zuvor bestimmten Orten wieder abgeholt werden.

Was ihn betraf, so freute sich Trask darauf, zum ersten Mal seit langer Zeit wieder einen Film zu sehen, und zwar in einem echten Kino, während er sich Popcorn in den Mund stopfte. Er schaute aus dem Fenster. Falls er den schwarzen SUV bemerkte, der ihnen folgte, dann zeigte er es zumindest nicht.

Trask war der Dritte, der abgesetzt wurde. Mit seinem Rollator ging er ins Kino, kaufte ein Ticket und eine kleine Tüte Popcorn und betrat den Saal. Der schwarze SUV parkte auf der anderen Straßenseite. Ein Mann stieg aus, lief ins Kino, kaufte sich ebenfalls ein Ticket und warf einen Blick in jeden Saal, bis er Trask allein in einer Reihe sitzen sah. Nur wenige wollten diesen Film sehen. Dann ging das Licht aus. Der Mann machte kehrt.

Kaum sah Gibson den Mann gehen, da huschte sie zu Trask, und Francine kam von der anderen Seite. Trask bot ihnen Popcorn an, und beide nahmen sich eine Handvoll.

»Ich nehme an, der große, böse Wolf ist weg«, bemerkte Trask.

»Und ich nehme an, dass die Schläger Ihres Sohns kein Kino mögen«, sagte Gibson.

»Ich freue mich zu sehen, dass Sie meinen Rat angenommen und sich zusammengetan haben, meine Damen«, sagte Trask.

»Wir tasten uns noch ab«, erwiderte Gibson und schaute Francine an, die stur geradeaus starrte. »Und wir könnten immer noch auf die Schnauze fallen.«

»Oder auch nicht«, meldete Francine sich zu Wort. »Okay. Der Plan lautet wie folgt: Ich werde Ihrem Sohn die Ware liefern.«

»Dafür müssen Sie die ›Ware‹ erst mal haben.«

»Genau da kommen Sie und Ihre Leute ins Spiel«, sagte Francine. »Ihr Sohn will sein Geld zurück. Es geht um fünfzig Millionen Dollar, hat er mir bei unserem letzten Treffen gesagt. Für einen Typ wie ihn ist das zwar nur Kleingeld, aber hier geht es ums Prinzip.«

»Ja, wenn er sich so einfach abziehen lassen würde«, seufzte Trask, »dann würden die anderen Hyänen in diesem Dschungel das als ein Zeichen der Schwäche deuten.«

»Deshalb hat Mickey im Dark Web auch Gerüchte gestreut, dass ihm genau das passiert ist, und ich habe dasselbe über mehrere IPs getan, die man nicht zurückverfolgen kann. Das wird ihn dazu treiben, diese Sache so schnell wie möglich aus der Welt zu schaffen, und wenn jemand es so eilig hat, dann macht er Fehler, die er sonst nie machen würde.«

»Reden Sie weiter. Mir gefällt, was sich da zu entwickeln scheint.«

»Und Mickey hat sich einen brillanten Plan ausgedacht, um Ihren Sohn ein für alle Mal zu erledigen.«

Jetzt übernahm Gibson. »Das habe ich bei der Online-Jagd auf reiche Schmarotzer gelernt. Ich kenne viele Quellen, Methoden … und Tricks.«

»Klingt faszinierend.«

»Dann werden Sie lieben, was als Nächstes kommt«, sagte Francine.

Doch während er zuhörte, schwand Trasks Grinsen immer mehr. »Das kann ich nicht zulassen. Das ist viel zu gefährlich.«

»Das ist die einzige Möglichkeit«, erklärte Francine. »Und wie oft haben *Sie* Ihr eigenes Leben für andere riskiert?«

»Wir wissen, was wir tun, Sam«, fügte Gibson hinzu. »Und er weiß bereits von uns. Wenn wir das nicht durchziehen, dann wird er uns ewig im Nacken sitzen.«

Trask saß ein paar Augenblicke lang einfach nur da und kaute sein Popcorn. Schließlich nickte er. »Okay. Und ich glaube, ich kann Ihnen die Hilfe verschaffen, die Sie benötigen.«

»Gut«, sagte Francine.

»Denn dafür müssen wir alles aufbieten, was wir haben«, fügte Gibson hinzu.

KAPITEL 70

Nathan Trask war nicht gerade gut gelaunt, als Francine denselben Raum betrat wie bei ihrem letzten Besuch. Er wirkte aufgeregt und abgelenkt, und als er Francine anschaute, wurde seine Laune sogar noch mieser.

»Ist das ein schlechter Zeitpunkt?«, fragte Francine und setzte sich ihm gegenüber.

»Ich weiß nicht. Sie haben gesagt, Sie hätten Erfolg gehabt?«

»Es hat viel Arbeit erfordert, aber schließlich ist es mir gelungen, ein Konto zu finden, das Pottinger gehört hat und siebzig Millionen Dollar enthält, zwanzig Millionen mehr als die Summe, die Sie mir genannt haben. Aber wer beschwert sich schon über einen kleinen Bonus?«

»Wie haben Sie das gefunden?«

»Das ist vertraulich«, antwortete Francine und lächelte entwaffnend. »So verdiene ich mein Geld. Ich bin sicher, das verstehen Sie.«

»Und wie bekommen wir das Geld?«, fragte Trask.

»Ich glaube, einen Weg gefunden zu haben. Dieses Konto ist nicht von traditioneller Art. Es sind Bitcoins.«

»Bitcoins! Ich hätte nicht gedacht, dass Pottinger überhaupt wusste, was das ist.«

»Entweder wusste er es doch, oder er hatte jemanden, der ihn beraten hat.«

»Also noch einmal: Wie kommen wir da dran?«

»Dafür brauche ich Ihre Hilfe.«

Trask schaute sie überrascht an. »Sie werden dafür bezahlt. Warum sollte *ich* mich da einmischen?«

»Vertrauen Sie mir. Wenn das eine andere Art von Konto

wäre, könnte ich mich allein darum kümmern. Aber Bitcoins sind etwas vollkommen anderes.«

»Okay. Erklären Sie mir Ihren Plan, und ich werde Ihnen sagen, was falsch daran ist.«

Francine lächelte erneut. »Ich mag es, wenn meine Kunden proaktiv sind.«

Trask beugte sich so weit vor, dass sie fast Knie an Knie saßen. »Ich bin nicht Ihr *Kunde*. Ich bin ein Mann, der Sie temporär in seine Welt gelassen hat, um zu sehen, ob Sie ein Problem lösen können, das offenbar sonst niemand lösen kann. Machen Sie das, und alles ist gut. Wenn Sie jedoch versuchen, sich zu etwas zu machen, was sie nicht sind und nie sein werden, dann haben wir ein Problem. Und das ist nie gut für jemanden wie Sie. Verstanden?«

»Natürlich.«

»Und noch etwas … Meine Leute, die ich dafür bezahle, solche Dinge im Auge zu behalten, haben mir berichtet, dass da draußen Geschichten über diese Sache kursieren. Es heißt, ich hätte mich betrügen lassen.«

»Das war mir nicht bewusst.«

»Falsche Antwort. Sie werden dafür bezahlt, so etwas zu antizipieren und sich dann darum zu kümmern.«

Trask schnippte mit den Fingern, und sofort öffnete sich die Tür. Ein großer Mann kam herein, ging zu Francine, riss sie vom Stuhl, stieß sie gegen die Wand und drehte ihr den Arm auf den Rücken, bis sie vor Schmerzen schrie.

Trask nickte, und der Mann ließ Francine wieder los. Sie wankte zurück und ließ sich wieder auf den Stuhl fallen.

»Ich dachte, ich werde dafür bezahlt, Ihr Geld zu finden«, sagte sie leise und rieb sich den verletzten Arm.

Trask nickte dem Mann erneut zu, worauf der Francine ins Gesicht schlug. Sie schrie und hob die Hände, um sich zu schützen, während ihr das Blut übers Kinn rann.

»Noch einmal«, sagte Trask. »Falsche Antwort. Sie machen das nicht sehr gut. Schauen Sie … Wenn Sie für mich arbeiten, dann geben Sie hundert Prozent und mehr. Sie müssen an solchen Scheiß denken, und Sie müssen sich darum kümmern, damit mich das gar nicht erst erreicht. Ich heuere Leute an, die klüger sind als ich. Wenn sich jedoch herausstellt, dass sie das *nicht* sind, was nutzen sie mir dann?« Er lehnte sich zurück. »Und jetzt erklären Sie mir Ihren Plan. Vielleicht wird er Sie ja noch mal schlagen müssen. Nur härter. Oder meine Leute werden sogar noch mehr tun müssen als das. Das hängt alles davon ab, was Sie als Nächstes sagen. Kein Druck. Entspannen Sie sich, und reden Sie.«

Francine riss sich wieder zusammen, straffte die Schultern und wischte sich die Tränen aus den Augen. Dann wurde ihr Blick knallhart. »Haben Sie einen Computer zur Hand?«

»Warum?«

»Es sind *Bitcoins*. Die Dinger leben da drin.«

Kurz musterte Trask Francine. »Warum können Sie nicht *Ihren* Computer dafür verwenden?«

»Könnte ich, aber dann müsste ich sie von meinem auf Ihren übertragen.«

»Dann machen Sie das.«

»Mr Trask, das Problem ist, wenn wir das so machen, dann werden Ihre Kontodaten, Ihre Passwörter und alles andere in meiner Cloud sein. Ich weiß nicht, ob Sie das wollen.«

»Das können Sie löschen.«

»Und woher wollen Sie wissen, dass ich das auch getan habe? Selbst, wenn Sie das jemanden überprüfen lassen? Und ich möchte nicht, dass Sie mir plötzlich im Nacken sitzen, wenn irgendwas schiefläuft und mich zum Beispiel jemand hackt, bevor ich alles löschen kann. Und woher soll ich wissen, dass Sie mich hier lebend wieder rauslassen, wenn auch nur die entfernte Möglichkeit besteht, dass so was passiert? Ich bin hier, um den Job zu beenden und meinen Lohn zu bekommen. Das ist alles.«

Trask schwieg ungefähr dreißig Sekunden lang. »Okay. Ich spiele mit. Vorerst.«

Er rief jemanden an, und eine Minute später kam ein Mann mit einem Laptop und gab ihn Francine.

»Der ist passwortgeschützt«, sagte sie. »Können Sie ihn für mich öffnen?«

Das tat der Mann dann auch, und Francine begann zu tippen. Ihre Finger flogen förmlich über die Tastatur.

»Würden Sie mir wohl erklären, was Sie da tun?«, verlangte Trask.

»Ich versuche, das Wallet davon zu überzeugen, dass ich Daniel Pottinger mit einem Privatschlüssel bin.«

»Das ist alles, was sie brauchen? Einen Privatschlüssel? Ich dachte, mit diesem Blockchain-Zeug wäre das vollkommen sicher.«

»Deshalb greife ich die Blockchain ja auch nicht an. Das sind Tausende von Computern, die miteinander verbunden sind. Da würde ich im Leben nicht durchkommen. Aber wenn man etwas mit seinen Bitcoins machen will, dann muss man auf andere Plattformen.«

»Und wie machen Sie das dann?«

»Bevor er gestorben ist, habe ich Pottingers WLAN gehackt. Ich wollte ran an seine PII.«

»Was ist das denn?«, verlangte Trask zu wissen.

»Personal Identifiable Information. Damit kann ich hoffentlich an seinen privaten Kryptoschlüssel.«

»Aber er ist tot. Er macht nichts mehr online.«

»Wenn er Bitcoin-Aufträge terminiert hat, ist es egal, ob er tot ist oder nicht. Die Aufträge werden zu einem vorher bestimmten Zeitpunkt ausgeführt.«

»Und? Hat er?«

»Ja. Und jetzt werde ich diese Transaktionen auf *Ihr* Konto umleiten.«

»Was meinen Sie mit ›jetzt‹?«

»Deshalb bin ich ja jetzt hier. Ich habe den Auftrag auf genau diesen Zeitpunkt terminiert. Ihre Leute müssen nur noch Ihre Kontodaten eingeben. Dann kommen fünf Minuten später siebzig Millionen rein. Wir brauchen nur das Zielkonto.«

»Fünf Minuten? Ich mag es nicht, gedrängt zu werden«, blaffte Trask.

»Okay. Aber wir haben nur diesen einen Versuch, weil keine weiteren Transaktionen mehr angesetzt sind. Die Bitcoins werden für immer verschwunden sein, es sei denn, er hat sie jemandem testamentarisch vermacht. Falls ja, dann bekommen *die* das Geld.«

»Aber Sie haben doch gesagt, Sie hätten den Schlüssel. Warum können Sie dann nicht jederzeit da rein und das Konto leer räumen?«

»Weil Pottinger clever war. Er hat ein System mit Einmalschlüsseln eingerichtet. Einen davon habe ich. Der ist nur für diese eine Transaktion, mehr nicht. Danach ist er wertlos.«

»Scheiße!« Trask setzte sich auf und sah seinen Assistenten an. »Hol George. Er soll eine Verbindung zu dem Konto in Zürich herstellen. Und beeil dich.« Er blickte wieder zu Francine. »Eine kleine Vorwarnung wäre nicht schlecht gewesen.«

»Ich habe das selbst gerade erst herausgefunden. Die digitale Welt funktioniert nach ihren eigenen Regeln, und da gibt es keine großen Vorwarnungen. Deshalb wollte ich Sie ja sofort sehen.«

Der Assistent holte sein Handy aus der Tasche, und zwei Minuten später kam ein weiterer Mann herein. Er war ungefähr dreißig, dürr, und er trug einen schlecht sitzenden Anzug.

Er setzte sich so an den Laptop, das niemand sehen konnte, was er da tippte.

»Okay. Fertig«, sagte George schließlich.

»Und jetzt wird George jeden Ihrer Tastenanschläge beobachten«, verkündete Trask. »Er sieht alles, und ich meine jede noch so kleine Kleinigkeit. Sollten Sie versuchen, mich zu verarschen, bekommen Sie eine Kugel in den Kopf.« Er nickte dem Mann zu, der Francine geschlagen hatte. Der Mann zog eine Waffe und drückte Francine die Mündung an den Hinterkopf.

Francine bemerkte Georges ängstlichen Gesichtsausdruck. Sie lächelte beruhigend. Ihre großen Augen wurden immer größer, bis sie den Mann zu verschlingen drohten. »Kein Druck, George. Wir schaffen das. Okay?«

Francine drückte ihm die Hand, während sie mit der anderen zu tippen begann. George erwiderte ihr Lächeln, und für einen Moment schweifte sein Blick zu ihr.

»Okay«, sagte er.

Francines Finger flogen so schnell über die Tastatur, dass selbst der nerdige George beeindruckt war.

Während sie tippte, erklärte Francine ihm mit einer wahren Flut von Wörtern, was sie da tat, und er nickte verständnisvoll und sah dabei unentwegt sie an … genau wie Francine beabsichtigt hatte. Schließlich schaute George sich zu Trask um und sagte: »Sie ist wirklich gut, Sir.«

Zwei Minuten später verkündete Francine: »Okay. Sie sind jetzt um siebzig Millionen Dollar in Bitcoins reicher, Mr Trask.« Sie blickte George an. »Wenn Sie so nett wären, das zu bestätigen.«

George nahm den Laptop und drückte ein paar Tasten. Er lächelte. »Sie hat recht, Sir. Gerade sind siebzig Millionen Dollar in Bitcoins eingegangen.«

»Und das ist wie Bargeld«, sagte Francine. »Der Besitzerwechsel hat keine Spuren hinterlassen, weil ich ja den Schlüssel hatte. Sie sind gerade von einem Toten ausbezahlt worden, Mr Trask. Aber da Kryptofirmen schneller bankrott gehen, als Sie gucken können, schlage ich vor, dass Sie das Geld so schnell wie möglich in reguläre Währungen umwandeln.«

Trask winkte seinem Schläger, die Waffe wieder wegzustecken, und lachte leise. »Ich verstehe nicht das Geringste von diesem Mist, aber ich verstehe siebzig Millionen Dollar.«

»Abzüglich meiner Provision von dreieinhalb Millionen. Ich nehme auch Bitcoins. Das Umwandeln kann ich selbst übernehmen.«

Trask dachte darüber nach. »Warum nicht?« Nun winkte er George zu. »Kannst du das überweisen?«

George wirkte nicht gerade selbstsicher. »Bestätigen Sie die Summe, und ich werde die Überweisung selbst veranlassen«, sagte Francine. »Auf die Art wissen wir alle, wo wir stehen und dass die Zahlen stimmen. Und Sie müssen auch nicht auf Ihr eigenes Geld zurückgreifen, nur auf das, was ich gerade für Sie transferiert habe. Also alles bestens.«

George sah Trask fragend an. Der nickte. »Mach es.«

George bestätigte die Summe; dann übernahm Francine den Laptop und tippte wieder los. Eine Minute später war die Transaktion beendet, und Francine sagte: »Es war schön, mit Ihnen Geschäfte zu machen, Mr Trask.«

»Können Sie auch etwas gegen den Scheiß tun, der da im Internet herumschwirrt?«

»Ja, kann ich. Und das werde ich auch. Sofort.«

»Und da ist noch eine andere Frau. Sie hat meinen Vater besucht. Sie hat auch nach dem Geld gesucht.«

»Nun, dann hat sie ihre Chance wohl vertan, und da Sie Ihr Geld jetzt haben – plus Bonus –, schlage ich vor, Sie vergessen sie einfach.«

»Ich denke, Sie haben recht.«

Francine schüttelte George die Hand. »Es war schön, mit Ihnen zusammenzuarbeiten, George.«

»Gleichfalls.«

»Lassen Sie uns mal einen Kaffee trinken gehen.«

George lächelte und nickte, und Francine schlug das Herz bis zum Hals, denn sie wusste, dass George ein toter Mann war.

Es tut mir leid, aber es hieß du oder ich.

Der Golfwagen brachte sie zum Tor, und sie ging rasch davon.

Im Ort suchte Francine ein Geschäft auf, zog sich auf der Toilette ein neues Kostüm an – Kleider und Perücke hatte sie zuvor hier versteckt – und spazierte durch eine andere Tür wieder hinaus.

Vier Blocks weiter stieg sie in einen weißen Van.

Drei ernst dreinblickende Vertreter des FBI starrten sie an. Zusammen mit Gibson saßen sie vor ihren Computern. Gibson lächelte.

»Ich nehme an, Sie konnten alles verfolgen«, sagte Francine, »nachdem ich die Trackingsoftware aktiviert habe.«

»Oh ja«, bestätigte Gibson. Dann verschwand ihr Lächeln, als sie die blauen Flecken auf Francines Gesicht sah und dass ihr rechter Arm seltsam an ihrer Seite hing. »Scheiße. Diese Arschlöcher haben Sie zusammengeschlagen.«

»Ich bin schon viel schlimmer misshandelt worden. Glauben Sie mir.«

»Wir haben jede einzelne Codezeile«, sagte einer der Männer. »Und jetzt haben wir Zugriff auf all seine Konten. Das war gute Arbeit. Sie sind ein großes Risiko eingegangen.«

»Na ja, das macht das Leben doch erst interessant.«

Ein anderer Agent wandte sich an Gibson. »Wir könnten Leute wie Sie beide gut gebrauchen.«

»Offen gesagt glaube ich nicht, dass das FBI sich uns leisten kann«, erwiderte Francine, und Gibson musste sich ein Lachen verkneifen.

Francine stieg aus dem Van und ging davon.

Ein paar Minuten später holte Gibson sie ein. »Sind Sie wirklich okay?«, fragte sie.

»Es geht mir gut.«

»Was Sie da getan haben, war verdammt mutig.«

»Es war notwendig.«

»Waren Sie schon immer so pragmatisch?«

Francine sah Gibson in die Augen und wischte sich den letzten Rest Blut von den Lippen. »Willkommen in meiner Welt.«

»Allmählich verstehe ich Sie, wissen Sie?«

»Verschwenden Sie nicht Ihre Zeit. Wenn das alles vorbei ist und ich noch lebe, dann werden Sie mich nie wiedersehen.«

»Mehr ›Transaktionen‹?«

»Wenn ich den Schatz finde, dann gibt es da eine Villa in Frankreich, die ich schon eine Weile im Auge habe.«

»Und was, wenn *ich* den Schatz finde?«

»Dann werden Sie mit Ihren Kindern in Frankreich leben. Ich schicke Ihnen das Zillow-Exposé.«

Gibson schaute sie nachdenklich an. »Vielleicht habe ich Sie doch noch nicht so ganz durchschaut.«

»Streichen Sie ›vielleicht‹.«

KAPITEL 71

Zwei Tage später verkündeten die internationalen Nachrichtenagenturen die Verhaftung von Nathan Trask und einer ganzen Reihe seiner Geschäftspartner.

Offenbar hatte der Mann den Fehler gemacht, siebzig Millionen Dollar von einem Bundeskonto für Bitcoins zu stehlen. Und dabei hatte er den furchtbaren digitalen Fauxpas begangen, seine eigenen Daten für die Regierung zugänglich zu machen. Deshalb wurde er jetzt nicht nur wegen des Bitcoindiebstahls angeklagt, sondern wegen allem, was man sonst noch gefunden hatte, und dem breiten Grinsen des Bundesstaatsanwalts nach zu urteilen, war das eine verdammte Menge.

Niemand konnte erklären, warum ein Mann wie Trask so einen kühnen und schlussendlich dämlichen Zug gemacht und versucht hatte, die Regierung zu beklauen. Einige Kommentatoren mutmaßten, dass der Mann sich schlicht für unangreifbar gehalten hatte, weil er mit seinen Verbrechen bis dato immer durchgekommen war. Seine Anwälte wiederum hatten wie erwartet reagiert: Das sei eine Hexenjagd; Trask sei in einen Hinterhalt gelockt worden, und so weiter. Und sie schworen, alle Beweise der Regierung für unzulässig erklären zu lassen. Aber die Gerichtsreporter hatten schon vermeldet, dass das ein schweres Unterfangen sein würde, vor allem angesichts der Tatsache, dass der Mann oder seine Lakaien diese Schatzkammer von Beweisen mehr oder weniger freiwillig eben der Regierung überlassen hatten, der er so lange den Stinkefinger gezeigt hatte.

Ein Kommentator bemerkte: »Wenn das keine Ironie ist, dann weiß ich auch nicht. Sie konnten Capone nicht wegen seiner furchtbaren Verbrechen anklagen, aber wegen Steuerhinterziehung haben sie ihn geschnappt. Jetzt wird in den Geschichtsbüchern stehen, dass Nathan Trask über seine eigene Arroganz gestürzt ist. Aber das zeigt auch, dass niemand über dem Gesetz steht.«

Sam Trask wurde von allen großen Nachrichtensendern und Zeitungen interviewt, denn dass ein internationaler Schwerverbrecher einen Vater beim FBI hatte, war alles andere als gewöhnlich.

Sam Trasks Antworten waren klar und professionell, doch jede wurde von einem zufriedenen Lächeln begleitet.

Nathan Trask und seinem inneren Kreis wurde keine Kaution gewährt, denn da bestand definitiv ein Fluchtrisiko. Schon während die formelle Anklage vorbereitet wurde, war klar, dass Trask bereits eine lange Zeit im Gefängnis verbringen würde, bevor der Prozess überhaupt begann.

Als man ihm das bei einem Interview sagte, erklärte Sam Trask: »Was für ein wunderbarer Tag.«

*

Rick Rogers rief an diesem Morgen seine Tochter an.

»Will ich das wissen?«, fragte er besorgt.

»Nicht wirklich«, antwortete sie.

»Bist du sicher, dass du von dem Kerl nichts mehr zu befürchten hast?«

»Ja, Dad. Das bin ich.«

»Ich werde deiner Mutter nichts davon erzählen.«

»Das würde ich dir auch nicht raten.«

*

Mehrere Tage nach Nathan Trasks Verhaftung saßen Francine und Gibson wieder rechts und links von Sam Trask im Kino, nachdem der seinen Rollator an diesem Tag mit neuem Schwung in den Saal geschoben hatte.

Während sie Popcorn mampften, sagte Trask: »Ich habe mit ein paar ehemaligen Kollegen gesprochen. Im Justizministerium hüpfen sie vor lauter Freude auf und ab, weil sie meinen Sohn und den Rest dieses Abschaums endlich anklagen können. Sie haben mir gesagt, die Beweise seien überwältigend, und auch wenn seine Anwälte etwas anderes behaupten, seien sie auch ohne vorherigen Gerichtsbeschluss zulässig, denn Trask hat seine Daten im Laufe des Diebstahls mehr oder weniger freiwillig preisgegeben. Und sie können auch nicht behaupten, dass man Nathan eine Falle gestellt hat, denn dafür fehlt ihnen ein entscheidender Beweis.«

»Ich«, sagte Francine. »Und ich arbeite nicht für das FBI. Sie müssen mich irgendwie getrackt haben, und das hat sie zu Trask geführt.« Sie lächelte.

»Genau. Und wie soll er sich da noch rausreden? Er habe nur das Geld zurückhaben wollen, das sein Partner ihm gestohlen hatte? Geld aus illegalem Menschen- und Drogenhandel? Ha!«

»Aber wir haben noch mehr zu tun«, sagte Gibson.

»Kann ich helfen?«, fragte Trask.

Gibson drückte ihm den Arm. »Sie haben schon mehr als genug getan, Sam. Ich schlage vor, Sie bleiben hier sitzen und genießen den Film und das Popcorn. Freuen Sie sich über Ihren Sieg.«

Die beiden Frauen gingen.

»Nathan Trask könnte der leichtere Fall gewesen sein«, bemerkte Francine.

»Das Gleiche habe ich auch gerade gedacht«, seufzte Gibson.

KAPITEL 72

Wilson Sullivan kam in den Warteraum des Polizeireviers und sah Gibson dort sitzen.

»Ich habe Sie nicht erwartet«, sagte er und wirkte verärgert.

Gibson stand auf und lächelte ihn entwaffnend an. »Ich halte die Leute gern auf Trab.«

»Was gibt's?«

»Können wir in Ihr Büro gehen?«

Sullivan ließ sich lange Zeit mit der Entscheidung. »Okay. Aber machen Sie es kurz. Ich habe viel zu tun.«

»Gehen wir.«

Im Büro angekommen setzte Gibson sich ihm gegenüber.

»Übrigens, haben Sie das von Nathan Trask gehört?«, fragte er. »In der Polizeiwelt geht es um nichts anderes mehr. Niemand hätte je gedacht, dass die Sau mal auf die Fresse fliegt.«

»Das zeigt, was alles passieren kann, wenn man am Ball bleibt«, bemerkte Gibson.

»Beim FBI tanzen sie bestimmt vor Freude. Was für ein Fang. Ich frage mich, wie sie das geschafft haben.«

»Ja, ich auch. Und da wir gerade vom FBI sprechen … Cary Pinker ist bei mir vorbeigekommen.«

»Ich weiß.«

»Ich hatte nicht den Eindruck, dass es ihm gefällt, wenn ich in diesem Fall herumschnüffle. Ich habe angenommen, dass ich nichts mehr von Ihnen gehört habe, weil er Ihnen gesagt hat, Sie sollen mich da raushalten. Korrekt?«

»Ich arbeite nicht für das FBI«, antwortete Sullivan.

»Dann ist also alles klar zwischen uns?«

»Ich habe Ihnen von Anfang an gesagt, dass es Dinge gibt,

bei denen Sie helfen können, bei anderen aber nicht. Das darf ich nicht zulassen.«

»Und wie läuft's bei Pinker? Irgendwelche Fortschritte?«

»Er arbeitet an dem Fall.«

»Mit Ihnen?«, hakte Gibson nach.

»Er arbeitet an *seinem* Fall und ich an meinem.«

»Na gut, also … Ich wollte Sie darüber informieren, was alles passiert ist, seit wir uns zum letzten Mal gesehen haben.«

»Okay.«

»Zunächst einmal hat ProEye mich gefeuert.« Gibson erwähnte das nur, um Sullivans Reaktion zu sehen.

»Was zum …? Ich habe doch mit Ihrem Boss gesprochen.«

»Ich weiß. Aber offenbar hat noch jemand meine Bosse kontaktiert, und sie haben beschlossen, alle Verbindungen zu mir zu kappen.«

Sullivan spielte an dem Stift herum, den er in der Hand hielt. »Und Sie glauben, das war Pinker?«

»Wenn Sie an meiner Stelle wären, würde er dann nicht auf Ihrer Liste stehen?«

»Nun ja«, sagte Sullivan, »er hat mir gegenüber nichts dergleichen erwähnt. Hätte er das getan, dann hätte ich ihm gesagt, dass ich das für eine schlechte Idee halte.«

»Okay. Das weiß ich zu schätzen.« Gibson schaute auf die alte Wunde an Sullivans Hals. »Tut die eigentlich immer noch weh?«

»Nur, wenn Leute danach fragen«, schnauzte er. »Was sonst noch? Gibt es irgendwelche Fortschritte bei dem Geld, das Langhorne hinterlassen hat?«

Gibson wollte gerade darauf antworten, als sie plötzlich hustete, und das Husten wurde immer schlimmer.

»A… Allergien«, keuchte sie. »Wasser! Ich muss … Tablette nehmen …«

Sullivan lief hinaus und kehrte kurz darauf mit einem Glas

Wasser wieder zurück. Gibson trank und schluckte eine Vitamin-C-Pille.

»Puh! Danke. Das ist schon lange nicht mehr passiert.«

»Kein Problem. Und? Das Geld?«, fragte Sullivan erneut.

»Ich glaube schon. Langhorne hat ein paar Spuren hinterlassen.«

»Mehr als das, wovon Sie mir schon erzählt haben?«

»Nein, aber ich habe noch mal darüber nachgedacht und einen neuen Ansatz verfolgt. Ich habe jede Menge Zeit am Computer verbracht. Der Typ hatte unzählige Firmen und Konten, und alle sind vor Kurzem leer geräumt worden.«

»Heißt das, er hat Bargeld gesammelt?«

»Ja, entweder, um es zu verstecken, oder um etwas dafür zu kaufen. Ich werde versuchen, es zu finden. Nebenbei … Wann waren Sie zum letzten Mal in Stormfield?«

»Warum?«

»Ich habe mich nur gefragt, ob auch Sie noch was gefunden haben.«

»Das letzte Mal war ich mit Ihnen dort.«

Gibson setzte ihr Pokerface auf und nickte einfach nur. »Hatten Sie denn Glück bei Ihrer Suche nach Francine und Doug Langhorne?«

»Nein. Als sie verschwunden sind, sind sie wirklich *verschwunden.*«

Ja, das stimmt, dachte Gibson. »Und keine Spur von Langhornes Mörder?«

Sullivan schüttelte den Kopf. Offenbar interessierte ihn das schon nicht mehr.

Gibson stand auf. »Nun denn. Dann mache ich mal weiter.«

»Okay.«

Gibson ging ohne auch nur einen einzigen positiven Gedanken, was Wilson Sullivan betraf.

Und ich dachte mal, wir könnten Freunde sein. Oder sogar mehr.

Gibson griff in ihre Tasche und holte den Plastikbeutel heraus, in den sie Sullivans Stift gesteckt hatte.

Dann wollen wir mal sehen, wer du wirklich bist.

KAPITEL 73

Dank ihrer neuen Freunde beim FBI hatte Gibson kein Problem, Sullivans Fingerabdrücke überprüfen zu lassen.

»Sein echter Name ist Mark Gosling«, berichtete sie Francine, als sie vor einem Café in Williamsburg saßen.

»Warum hat er ihn in Wilson Sullivan geändert?«

»Ich weiß es nicht. Er war jedenfalls nicht im Zeugenschutz; das hat das FBI mir bestätigt. Und es ist nicht illegal, seinen Namen zu ändern. Außerdem gibt es auch keine Akte unter dem alten Namen. Damit wäre es ihm auch schwergefallen, zur Polizei zu gehen.«

»Moment mal … Gosling?«

»Ja. Warum?«

Francine holte ihren Laptop aus der Tasche und klappte ihn auf. Dann steckte sie den USB-Stick ein und rief die Dateien ab.

»Das ist das Zeug, das ich von Becketts Computer gestohlen habe.« Ihre Finger flogen über die Tastatur. »Okay. Da ist es. Ich hatte das Gefühl, als sei der Nachname mir schon mal untergekommen, und das nicht wegen Ryan Gosling.«

Gibson rückte ihren Stuhl näher an Francine heran, um den Bildschirm besser sehen zu können. »Helen Gosling war vor Jahren im Zeugenschutzprogramm. Sie hatte sich mit einem Typ eingelassen, der zu einer rechten Miliz gehörte, die wiederum für ein paar richtig üble Dinge verantwortlich war. Da sind Menschen gestorben, und es gab einen Bombenanschlag auf ein Bundesgebäude. Helen hat Vater Staat Beweise geliefert und ist dafür in den Zeugenschutz gekommen.«

»Und sie wurde nach Alabama geschickt, wo Earl Beckett sie betreut hat, neben anderen natürlich«, fügte Francine hinzu.

»Und sie hat sich umgebracht. Man hat sie erhängt im Schlafzimmer gefunden.«

Francine drückte ein paar weitere Tasten. »Hier ist ein Bild von ihr.«

»Wow! Sie war eine Schönheit«, bemerkte Gibson.

»Ja, das war sie«, stimmte Francine ihr zu und schaute sie an. »Vielleicht ein wenig *zu* schön.«

Gibson drehte sich zu ihr um. »Moment … Sie glauben doch nicht …«

»… dass Beckett es bei ihr versucht hat? Oh doch, das glaube ich. Das war kurz nachdem wir New Mexico verlassen haben. Er muss nach Alabama versetzt worden sein.«

»Glauben Sie, er hatte irgendwas mit ihrem Tod zu tun?«

»Nehmen wir mal an, sie war mutig genug, dem Mann zu drohen, dass sie ihn verpfeifen würde. Reicht das als Mordmotiv?«

»Da können Sie drauf wetten. Und Sullivan – oder eher Mark Gosling – ist ihr …?«

Francine holte ein Notizbuch aus ihrer Handtasche. Gibson sah, dass es mit EARL DIE SAU BECKETT ERLEDIGEN beschriftet war.

»Haben Sie wirklich für alles ein Notizbuch?«, fragte Gibson.

Francine lächelte sie an. »Oh, Sie haben keine Ahnung.« Sie blätterte durch ein paar Seiten und deutete dann auf eine Notiz. »Das habe ich herausgefunden. Mark war ihr jüngerer Bruder. Zu der Zeit wusste ich aber noch nicht, dass Gosling und Wilson Sullivan ein und dieselbe Person sind.«

»Glauben Sie, sie hat sich ihm anvertraut? Dass er wissen könnte, was wirklich mit seiner Schwester passiert ist?«

»Und dass er Cop geworden ist, um seine Schwester zu rächen?«, fügte Francine hinzu. »Möglich ist das.«

Gibson hatte plötzlich eine Idee. »Ich könnte mir denken, dass Gosling Langhorne gefolgt ist und ihn dann umgebracht hat. Aber können Sie da auch sehen, wo Beckett im Laufe der Jahre stationiert war?«

Francine blätterte weiter. »Von Alabama ist er nach El Paso versetzt worden. Dann Arkansas, South Carolina, North Carolina und jetzt Virginia.«

»Das ist es.«

»Das ist was?«, fragte Francine.

»Ab El Paso sind das dieselben Orte, an denen auch Mark Gosling alias Wilson Sullivan als Cop gearbeitet hat.«

»Dann folgt er Beckett?«

»Sieht verdammt danach aus«, antwortete Gibson.

»Aber Sie haben doch gesagt, Sie glauben, die beiden würden zusammenarbeiten.«

»Und da habe ich mich offensichtlich geirrt. Wahrscheinlich war das für Gosling die einzige Möglichkeit, den Kerl zu erledigen. Und als er herausgefunden hat, dass Pottinger Langhorne ist, hat er die Chance genutzt. Dank seiner Cop-Verbindungen hat er leicht herausfinden können, dass Beckett Langhorne damals gekannt hat. Das konnte er dann als plausiblen Grund dafür nutzen, ihn in den Fall einzubinden, und auf diese Art konnte er näher an den Kerl heran und hoffen, dass sich irgendetwas ergeben würde, mit dem er ihn festnageln könnte.«

»Dann ist er also nicht der böse Bube. Aber warum war er in jener Nacht in Stormfield?«, fragte Francine.

»Er hat gelogen und gesagt, er sei zum letzten Mal mit mir dort gewesen. Und er hat mich nach dem Schatz gefragt, als ich mich mit ihm getroffen habe.«

»Also will er vielleicht doch ein Stück vom Kuchen.«

»Himmel, wer nicht?«

Francine starrte sie an. »Schließt das Sie mit ein, Mickey?«

Gibson blickte verlegen drein. »Ich brauche genauso Geld wie alle anderen auch, besonders, da ich jetzt keinen Job mehr habe. Aber das ist schmutziges Geld, Francine. Das wäre wie Stehlen.«

Die andere Frau nickte und schloss ihr Notizbuch wieder. »So habe ich früher auch gedacht.«

»Früher?«

»Es gibt Menschen, die etwas haben, und Habenichtse. Für den größten Teil meines Lebens habe ich zu Letzteren gehört. Ich sage nicht, dass die Welt mir etwas schulden würde, abgesehen von dem Recht, meinen eigenen Weg zu gehen. Und würden wir den Schatz finden, hätten wir dann kein Recht auf einen Finderlohn? Ich meine, so funktionieren solche Dinge doch. Selbst Trask hat Ihnen und mir einen angeboten.«

»Nun ja, das ergibt Sinn. Aber ich hoffe, der Prozentsatz ist besser als das, was ProEye zahlt. Ich habe zweihundert Millionen für sie gefunden, und sie haben mir lausige fünftausend gezahlt.«

»Ach, Mickey, wir könnten da viel mehr bekommen.«

»Woher wissen Sie das? Wir müssten den Finderlohn doch erst aushandeln.«

»Oh, das werden wir. *Nachdem* wir den Schatz gefunden haben, haben wir alle Vorteile auf unserer Seite.« Francine stand auf. »Lassen Sie uns an die Arbeit gehen. Sie arbeiten am Schatz, und ich mache mich auf die Suche nach meiner Mutter. Wir werden das eine für das andere brauchen. Rochelle wird nicht mit leeren Händen gehen. Und trotz all dem Scheiß, den sie mich hat ertragen lassen, hätte ich meine Mutter gern wieder zurück.«

KAPITEL 74

Francine saß in ihrem Zimmer. Das Licht war ausgeschaltet, und sie trug Kopfhörer mit ANC. Rochelle hatte sie ungefähr um Viertel vor zwei in Stormfield betäubt. Sie erinnerte sich daran, noch auf die Uhr geschaut zu haben, kurz bevor sie das Bewusstsein verloren hatte. Und als sie ans Bett gefesselt wieder aufgewacht war, hatte sie noch immer auf ihre Uhr schauen können. Es war eine Minute nach zwei gewesen. Vermutlich hatte man sie in ein Auto gebracht. Dafür brauchte man zwei bis vier Minuten. Dann acht Minuten Fahrt bis zu ihrem Ziel und noch ein paar Minuten, um sie reinzutragen und ans Bett zu fesseln. Dann war sie wieder zu sich gekommen.

Sie schloss die Augen und konzentrierte sich auf genau das, auf was sie sich konzentrieren wollte. So hatte sie es schon damals in Albuquerque gemacht, wann immer sie mit den Männern zusammen gewesen war, die ihren Vater bezahlt hatten, oder mit Darren Enders, der sie so gerne hatte schreien hören. Sie hatte von dieser Technik in einem Buch gelesen. Das war eine Möglichkeit, seinen Geist an einen anderen Ort zu transportieren, während der Körper anderweitig beschäftigt war. Vor allem Gefangene machten das häufig, und Francine verstand auch warum.

Ihr hatte es geholfen, das Ganze zu überleben, ohne den Verstand zu verlieren.

Die Straßen um Stormfield waren kurvig und die Gegend nicht gerade dicht besiedelt. Die Wahrheit war, dass man hier nirgends *schnell* hinkam. Gleichzeitig musste der Ort, an den sie Francine gebracht hatten, verhältnismäßig abgeschieden sein, ohne Nachbarn, die hätten sehen können, wie man sie bewusstlos aus dem Wagen ins Haus getragen hatte. Francine berechnete Zeit und Entfernung und kam schließlich zu dem Schluss, dass der Ort in zwei Meilen Umkreis von Stormfield liegen musste.

Kurz leerte sie ihren Geist und füllte ihn dann wieder mit allem, woran sie sich aus dem Raum erinnerte.

An sich hätte es auch einen einfacheren Weg gegeben, den Ort zu lokalisieren, doch Rochelle war klug genug gewesen, Francines Handy auszuschalten und damit das Geotracking.

Laut rezitierte Francine: »Bretterboden, kleines Bett, zerrissene Vorhänge, ein Fenster, abblätternde Farbe, kalt, obwohl es tagsüber nicht wirklich kühl gewesen ist.«

Francine erinnerte sich nicht daran, dass viel Sonne durchs Fenster gefallen wäre. Vielleicht, weil davor Bäume standen?

»Eine zweiteilige Tür aus Holz. Sie sah alt aus. Es roch muffig, und alles war verstaubt.«

Ein verlassenes Haus? Das würde Sinn ergeben.

Jetzt konzentrierte Francine sich auf die Geräusche oder genauer gesagt auf deren Abwesenheit. Es hatte keinen Verkehr in der Nähe gegeben, keinen pfeifenden Zug und kein Flugzeug. Also lag das Gebäude vermutlich nicht in einer Flugschneise.

Aber ein Geräusch war da doch gewesen. Beständig und laut. Mechanisch.

Ein Traktor?

Francine schaltete das Licht an und nahm die Kopfhörer ab. Dann öffnete sie eine App auf ihrem Handy und gab den errechneten Umkreis mit Stormfield in der Mitte ein.

Schließlich schnappte sie sich ihre Autoschlüssel und die Glock, die sie sich gekauft hatte. Die könnte sie vielleicht brauchen, wenn Rochelle wieder mit einer Waffe auf sie losging, egal ob mit ihrem Messer oder auch mit einer Pistole. Den Schatz brauchte es mindestens, um ihre Mutter zurückzuholen, vielleicht aber auch mehr. Doch was auch immer es sein mochte,

Francine war bereit, den Preis zu zahlen. Sie wusste nur nicht genau warum.

Aber ich bin bereit, denn ich weiß, dass auch Rochelle das ist.

*

Gibson hatte ihre Eltern gebeten, rüberzukommen und auf die Kinder aufzupassen. Ihr Dad hatte sie besonders kräftig umarmt, was ihre Mutter zwar bemerkt, aber nicht kommentiert hatte.

»Du scheinst okay zu sein«, flüsterte ihr Vater ihr ins Ohr.

»Das liegt daran, dass ich das auch bin.«

»Dann ist es also wirklich vorbei?«

»Dieser Teil schon.«

»Dieser Teil? Oh, mein Gott. Da ist wieder ein Magengeschwür im Anflug.«

»Wirf dir ein paar Rolaids ein. Das hilft mir immer.«

Gibson ließ ihre Eltern mit Tommy und Darby zurück und ging in ihr Arbeitszimmer.

Sie fuhr ihren Computer hoch. Während Francine nach ihrer Mutter suchte, würde Gibson einen Sturmangriff auf Langhornes Schatz starten.

Als sie den Trick mit der Kryptowährung benutzt hatten, um Nathan Trask zu schnappen, war Gibson gar nicht auf den Gedanken gekommen, dass auch Langhorne mit dieser Art von digitalen Vermögenswerten hätte arbeiten können. Aber als sie noch einmal Pottingers Finanzinformationen durchging – also die, die sie hatte –, da entdeckte sie einen interessanten Codefetzen, der irgendwie übrig geblieben war.

Gibson kopierte die Codezeile in ihre Onlinesuche. Dann lehnte sie sich zurück und wartete.

»Verdammt!«

Harry Langhorne hatte ihr gerade eine unangenehme Überraschung beschert.

Die Suche hatte Gibson auf eine Seite geführt, auf der NFTs verkauft wurden, Non Fungible Tokens, also im Grunde genommen digitale Objekte, die auch einen Wert darstellten, aber eben keine Kryptowährung waren. Jedes NFT war einmalig, und oft handelte es sich um solche Dinge wie ein digitales Bild oder einen signierten Tweet. Auch Anteile an Banksy-Kunstwerken wurden so verkauft oder digitale Trading Cards, signiert von irgendeinem Superstar, die nur in geringer Auflage existierten. Das konnte sehr teuer werden. So war der allererste Tweet von Twitter-Gründer Jack Dorsey für fast drei Millionen Dollar als NFT verkauft worden.

Also das ist wirklich verrücktes Zeug, aber hey! Es ist nur Geld. Oder Bitcoins.

Man konnte NFTs mit Kryptowährungen bezahlen oder über Plattformen wie PayPal und Robinhood. Selbst eine Kreditkarte reichte dafür aus. Wurde allerdings eine Kryptowährung benutzt, brauchte der Käufer sowohl für das NFT als auch für die Kryptowährung ein Wallet.

Gibson hatte schon einige Schuldner gejagt, die ihr Vermögen in NFTs gesteckt hatten. Deshalb wusste sie auch, dass die meisten NFTs auf Ethereum basierten. Ethereum war eine blockchainbasierte Handelsplattform. Tatsächlich nahmen viele NFT-Marktplätze nur Eth-Token als Bezahlung an. Und um mit Ethereum handeln zu können, musste man einen Account anlegen.

Hatte Langhorne also ein NFT gekauft? Und wenn ja, warum? War das der Schatz?

Das könnte sie vielleicht herausfinden, denn NFTs waren zwar keine Bitcoins, aber sie waren digitale Objekte, die in der Blockchain existierten. Doch während man einen Bitcoin gegen einen anderen austauschen konnte, gab es jedes NFT nur ein einziges Mal. Gibson wusste zwar nicht, warum irgendjemand Tonnen von Geld für eine digitale Trading Card ausgeben sollte, von der man auch einen Screenshot machen und sie als Original ausgeben konnte; aber Sammler waren ein seltsames Volk, und die Blockchain garantierte die Echtheit eines Objekts und damit ihren Wert … zumindest in der Theorie.

Doch das Problem mit NFTs war, dass man sie nicht wirklich gegen andere NFTs oder in traditionelle Währung tauschen konnte. Wenn man also eines besaß, dann konnte man es nur gegen eine Kryptowährung wieder weiterverkaufen. Und in letzter Zeit war der Wert von NFTs massiv gefallen, hauptsächlich aufgrund der enormen Kosten, die es mit sich brachte, ein solches Objekt in der Ethereum-Blockchain zu behalten, und das war nicht das einzige Problem. Gibson nahm an, dass der ganze Markt irgendwann implodieren würde, doch das war ihr egal. Sie wollte nur den Schatz finden … falls er denn existierte.

Okay. Los geht's.

In den Blockchains suchte sie nach ERC-721-Tokens, auf denen die NFTs in Ethereum existierten. Sie musste welche finden, die Langhorne gehörten und mit denen er dann ein oder mehrere NFTs gekauft hatte. Es gab viele Anlaufstellen, wo man NFTs kaufen konnte, Plattformen wie OpenSea, Rarible, AtomicMarket und SuperRare. Himmel, offenbar dachte sogar Amazon darüber nach, NFTs zu verkaufen. Gibson suchte immer weiter. Sie folgte einer Spur zur nächsten und so weiter. Einige führten in eine Sackgasse. Tatsächlich führten sie *alle* in eine Sackgasse.

Nur eine nicht.

KAPITEL 75

Es dauerte gut zwei Stunden, doch schließlich fand Francine den Ort, von dem sie glaubte, dass man sie dort hingebracht hatte.

Eine Farm lag in Hörweite, und Francine hörte einen Traktor. Das entsprach ungefähr dem Geräusch, an das sie sich aus ihrer Gefangenschaft erinnerte.

Das heruntergekommene Haus lag am Ende einer kurvigen, unbefestigten Straße. Es war offensichtlich verlassen, und das ergab Sinn. Rochelle war schon immer geizig gewesen, auch jetzt, nachdem sie all die Diamanten in der Bank geklaut hatte. Sie würde bestimmt kein Geld für ein Safehouse ausgeben, nur um Mommy da drin als Geisel zu halten – nicht, wenn sie das auch umsonst bekommen konnte.

Francine kniete sich neben ein paar Bäume und beobachtete das Haus.

Sie sah kein Auto, aber das war vermutlich hinten geparkt für den Fall, dass doch jemand vorbeikam.

Francine fragte sich, ob das Haus überhaupt Strom hatte. Falls nicht, dann konnte man da drin auch keine Sauerstoffpumpe betreiben. Vermutlich versorgten sie ihre Mutter ausschließlich mit Druckluftflaschen. Aber wie hatten sie das gemacht? Diese Dinger kosteten Geld, und man konnte sie nicht einfach abholen. Aus Sicherheitsgründen lieferten die Händler sie grundsätzlich aus. Und Francine bezweifelte, dass sie die Sauerstoffflaschen an einen Ort wie diesen bringen würden.

Hatten Rochelle und Doug ein paar dieser Flaschen vielleicht aus Mommys Pflegeheim mitgehen lassen? Rochelle hatte das gegenüber der gefesselten Clarisse ja schon angedeutet. Außerdem passte das zu ihr. Warum für etwas bezahlen, wenn man es auch stehlen kann?

Na ja, genau genommen ist das auch mein Mantra.

Dann kam *er* aus dem Haus, und Francine erstarrte förmlich.

Trauer erfüllte ihr Herz.

Ihr großer, attraktiver Bruder war nicht gut gealtert. Er sah schmal und krumm aus, einfach … ausgelaugt.

Scheiße. Was zum Teufel habt ihr zwei gemacht? Andererseits, schaut euch mal mich an. Ich weiß, was ich gemacht habe. Ich habe genau das Leben geführt, das ich mir zurechtgebastelt habe, um das andere zu vergessen.

Francines Bruder war schon immer ausgesprochen sensibel und distanziert gewesen. Ihr Vater hatte ihn dumm, unfähig und nutzlos genannt. Und das war noch das Freundlichste, was das Monster über ihn gesagt hatte. Wenn man jahrelang mit so etwas bombardiert wird, dann macht einen das fertig, und das war jetzt das Ergebnis davon.

Doug rauchte eine Zigarette und schnippte lässig die Asche weg. Sein Haar lichtete sich bereits, und er hatte sich einen Schnurrbart wachsen lassen, der jedoch viel zu klein und dünn wirkte für sein breites Gesicht. Seine Kleidung war billig und hing wie ein Sack an ihm. Francine erinnerte sich an ihre gemeinsame Kindheit, als ihr Vater noch nicht das Ungeheuer gewesen war. Sie hatten einander geliebt, hatten gemeinsam Spaß gehabt und sich gegenseitig unterstützt. Sie hatten eine kleine Zweimannarmee gebildet, um all den Scheiß von sich fernzuhalten.

Doch unglücklicherweise hat der Scheiß gewonnen.

Francine hatte gehofft, dass Doug irgendwann sein Glück finden würde, dass er ein gutes, gesundes Leben würde führen können, weit weg von dem, was er als Mitglied der Familie Langhorne hatte ertragen müssen.

Doch er schien nichts davon erreicht zu haben.

Ein Teil von Francine wollte instinktiv nach ihm rufen.

Aber ihr Bruder war offensichtlich nicht mehr derselbe Mensch.

Sein Leben hatte sich so anders entwickelt und das alles nur wegen Harry Langhorne.

Ich würde es dir nicht übel nehmen, wenn du ihn ermordet hättest, Dougie.

Wenn ich dich jetzt doch nur von Rochelle wegbekommen könnte.

Aus dem Haus kam ein Geräusch. Dann öffnete sich die Tür, und Rochelle gesellte sich zu Doug. Sie nahm einen Zug von seiner Zigarette und schaute sich um. Sie trug Jeans und einen Hoodie, war aber barfuß. Ihre breiten Hüften standen in krassem Gegensatz zu Dougs schmaler Statur. Sie lächelte und küsste ihn.

Und er erwiderte ihr Lächeln, und Francine musste zugeben, dass er in diesem Augenblick wieder wie der kleine Junge aussah. Das war der Bruder, an den sie sich erinnerte. Er sah … glücklich aus.

Sie steckte die Hand in die Tasche und tastete nach der Pistole. Das könnte fantastisch werden … oder der schlimmste Tag in ihrem Leben, und das wollte schon was heißen. Francine atmete tief durch und verwandelte sich in eine Person, die sie, das wusste sie zweifelsfrei, sein konnte, wenn es nötig war: autoritär, selbstbewusst und mutig. So war sie auch bei Nathan Trask aufgetreten, als sie ihn und seine Leute verarscht und so ihr Überleben gesichert hatte. So hatte sie gewonnen.

Francine verließ ihr Versteck. »Ein schöner Frühlingstag, nicht wahr? Und wie geht es Mommy? Alles frisch?«

Rochelle trat einen Schritt vor und baute sich zwischen Bruder und Schwester auf.

»Oh«, sagte Francine. »Als würde ich meinem *Bruder* wehtun. Aber du stellst wirklich ein verlockendes Ziel dar, Rochelle.«

Francine schaute an Rochelle vorbei, und kurz bröckelte ihre Fassade. »Ich würde dir nie was tun, Dougie. Nie! Wir hatten doch so lange nur einander.«

Francine war nicht sicher, ob er darauf reagierte und wenn ja wie, denn er warf einfach die Kippe auf den Boden und trat sie aus.

Dann nickte er ihr zu, vermutlich zur Begrüßung. Aber ihr Bruder war schon immer schweigsam gewesen.

»Wie hast du uns gefunden?«, verlangte Rochelle zu wissen. »Ich habe dein Handy doch ausgeschaltet.«

Francine kam näher. »Quellen und Methoden verrät man nicht. Und? Habe ich noch immer diesen arroganten Gang?«

Rochelle deutete auf die Glock. »Wofür ist die?«

»Du hast beim letzten Mal doch auch eine Knarre mitgebracht. Da ist es nur fair, dass ich auch eine habe. Und wie geht es Mommy nun?«

»Genauso gut oder schlecht wie beim letzten Mal«, antwortete Rochelle. »Und du solltest dich besser beeilen und das Geld finden, denn ich kann das Weib nicht mehr lange ertragen.«

»Gibt es hier eigentlich Strom? Falls nicht, wie macht ihr das dann mit dem Sauerstoff?«

»Wir haben eine Überlandleitung angezapft. Also, Dougie hat das getan. Er ist richtig gut mit solchen Dingen. Und wir haben eine Sauerstoffpumpe.«

»Wo?«

Rochelle verzog den Mund zu einem Grinsen. »Quellen und Methoden.«

Francine funkelte ihren Bruder an. »Hat Mommy dich erkannt?«

Er schüttelte den Kopf und wandte sich ab.

»Tut mir leid.«

Doug drehte sich wieder zu ihr um. »Warum?« Seine Stimme klang heiser, emotionslos und ganz und gar nicht vertraut.

Francine ging wieder näher heran. Ihre Waffe war nach unten gerichtet. »Weil sie unsere Mutter ist. Egal, was für einen Scheiß sie mal gemacht hat.«

»Vergeben und vergessen?«, schnaubte Rochelle verächtlich.

»Weder noch. Aber wir können nach vorn blicken.«

»Du vielleicht. Uns hat dieser Scheiß für alle Zeit versaut«, sagte Rochelle. »Wir treten auf der Stelle, und das wird vermutlich auch immer so bleiben.«

»Und du glaubst, ich sei der Inbegriff geistiger Gesundheit?«, erwiderte Francine.

»Ich weiß nicht. Versuchst du das denn zu sein?«

»Ich versuche nur, jeden Morgen aus dem Bett zu kommen.«

»Wir auch«, sagte Doug. Dann drehte er sich wieder weg und fügte leise hinzu: »Wirklich.«

»Und Bruce?«, fragte Francine.

Ihr Bruder schaute sich nervös zu Rochelle um. »Das war ich«, sagte er.

»Warum?«

Erneut blickte Doug Rochelle an. Dann zuckte er mit den Schultern und starrte auf seine Schuhe.

»Du hast Bruce nicht so gekannt wie ich«, sagte Rochelle.

»Ihr zwei seid doch miteinander ausgegangen«, erwiderte Francine.

»Nein, sind wir nicht. Das war alles nur in seinem Kopf. Er war verrückt. Er hat immer gesagt, ich sei die Wonder Woman zu seinem Superman. Er hat mir eine Heidenangst gemacht. Aber im Gegensatz zu Doug hatte Bruce kein Problem damit, mit den Großen zu spielen.«

»Wovon redest du da?«

»Bruce hat meinen Vater bezahlt, um Sex mit mir zu haben, und da war nichts freiwillig dran. Mein alter Herr musste mich festhalten.«

»Das hat er bei mir nie versucht.«

»Wollte er aber. Vertrau mir«, sagte Rochelle, die sich nun ebenso abwandte wie Doug.

»Warum hat er dann nicht?«

»Weil er stattdessen mich hatte. Ich dachte mir, wenn er diesen Scheiß mit mir macht, dann lässt er dich in Ruhe. Tatsächlich habe ich ihm das Versprechen abgerungen, dich in Frieden zu lassen.«

»Warum hättest du das tun sollen?«

»*Was ihr wollt*?«

»Wie bitte?«

»Du warst eine viel bessere Schauspielerin als ich. Ich habe Violas Monolog nie hinbekommen oder mich in die Figur versetzen können. Ich habe einfach die Zeilen auswendig gelernt und sie runtergeleiert.«

»Ich habe gehört, die Vorstellung sei gut angekommen.«

»*Du* hättest auf der Bühne stehen sollen, nicht ich.« Rochelle hielt kurz inne. »Das war ein Grund, warum ich Bruce habe tun lassen, was er mit mir tun wollte.«

»Und der andere?«

Rochelle warf Doug einen Blick zu. »Du bist seine Schwester. Das heißt, du bedeutest mir was. Und nur zu deiner Information: Kaum hatte Bruce die Tür geöffnet und uns gesehen, da ist er mit einer Machete auf Dougie losgegangen. Dougie hatte keine andere Wahl. Es hieß entweder er oder Bruce.«

»Warum habt ihr überhaupt nach ihm gesucht?«

»Er hatte etwas von mir, das ich wieder zurückhaben wollte.«

»Und was?«

Zur Antwort hob Rochelle das kleine Goldhalsband auf ihrer Brust. »Das hat mir dein Bruder geschenkt. Er hat sich dafür auf der Baustelle halbtot geschuftet, als wir in New Mexico gelebt haben. Bruce hat es mir einmal abgenommen, als ich gezwungen war, Sex mit ihm zu haben. Kurz darauf ist dann sein Vater verreckt, und er und seine Mutter sind verschwunden.«

»Wie habt ihr ihn denn gefunden?«

»Hast du vergessen, dass ich auch als Putze im Marshal-Büro gearbeitet habe? Da habe ich gefunden, was ich gebraucht habe. Im Gegensatz zu uns sind Bruce und seine Mom in Kontakt mit den Marshals geblieben. Aber ich nehme an, der gute alte Bruce hat geglaubt, wir seien aus einem anderen Grund gekommen: um Rache dafür zu nehmen, dass er mich vergewaltigt hat. Wie auch immer … Er hat versucht, Dougie den Kopf abzuhacken, bevor Dougie ihm gezeigt hat, wer der Bessere ist.«

»Ich habe das Ergebnis gesehen. Nach einem Kampf sah das nicht aus.«

»Wir haben sauber gemacht und Bruce ins Bett gelegt. Wir wussten, dass die Cops irgendwann herausfinden würden, was passiert war, und sie hätten uns nie geglaubt, dass wir aus Notwehr gehandelt haben. Dougie ist viel größer als Bruce, aber ich glaube, Bruce hielt sich noch immer für Superman.«

Francine schaute zu ihrem Bruder. Doug kramte in seiner Tasche herum. Dann holte er eine neue Zigarette heraus und zündete sie an.

Francine wandte sich wieder an Rochelle. »Du hast mir in den Hals geschnitten.«

»Ich habe nie behauptet, ich wäre ein Engel«, bemerkte Rochelle. »Oder bei geistiger Gesundheit.«

»Ihr habt auch Harry besucht. Wie und warum?«

»Wir haben die ganze Zeit nach ihm gesucht, und schließlich haben wir ihn gefunden. Dougie wollte mit ihm verhandeln. Er sollte uns einen Teil des Geldes geben, damit wir ihn nicht verraten. Aber Harry hat nur gesagt, dass er ohnehin bald sterben werde und Dougie sich verpissen solle.«

»Ich habe mit der Haushälterin gesprochen«, sagte Francine. »Sie hat erzählt, Dougie habe ihr gesagt, sie solle sich einen anderen Job suchen. Weil er wusste, dass Harry bald sterben würde?«

Doug nickte. »Ja.«

Francine steckte die Pistole in ihre Tasche. »Ich werde das Geld finden. Grüßt Mommy von mir, und sagt ihr, dass ich bald wieder zurückkomme. Und dass wir alle danach für immer in Glück und Wohlstand leben.« Sie schickte sich an zu gehen, drehte sich dann aber noch mal um. »Es war schön, dich zu sehen, Dougie.«

Ihr Bruder nickte, und diesmal wandte er sich nicht von ihr ab. Stattdessen sah er ihr hinterher, und seine Finger gruben sich in Rochelles Arm.

KAPITEL 76

»Können wir uns treffen?«, fragte Gibson.

Sie telefonierte mit Francine, die gerade von ihrer Begegnung mit Rochelle und ihrem Bruder zurückgekehrt war.

»Ja. Am selben Ort?«

»Ich bin in einer Stunde da.«

Gibson fuhr mit ihrem Van. Als sie ankam, sah sie, dass Francine schon vor dem Café auf sie wartete. Diesmal trug sie einen breitkrempigen Schlapphut, eine Sonnenbrille und einen dunkelblauen Hosenanzug.

Sie setzten sich auf die Terrasse, und Gibson klappte ihren Laptop auf.

Bevor sie ihr zeigen konnte, was da drauf war, sagte Francine: »Ich habe meine Mutter gefunden. Und ich habe Rochelle und Dougie gesehen.«

»Was? Wie?«

Francine erklärte Gibson ihre Methode.

»Das war ziemlich genial«, bemerkte Gibson. »Aber Sie haben sie dort gelassen?«

»Im Grunde ist sie bei ihnen glücklicher als in dem Heim in Greenville. Und sie werden schon dafür sorgen, dass ihr nichts passiert. Sie wollen das Geld.«

»Okay. Und? Wie geht es Ihrem Bruder?«

»In vielerlei Hinsicht wie immer, in anderer aber auch nicht. Ich habe überlegt, wie ich ihn von Rochelle wegholen kann.«

»Und?«

»Und dann wurde mir klar, dass er mit ihr glücklich ist. Tatsächlich glaube ich, sie sind füreinander gemacht. Das hat meine Pläne ziemlich über den Haufen geworfen.«

»Was für Pläne denn? Wollten Sie Ihre Familie wiedervereinen?«, fragte Gibson zweifelnd.

Francine starrte ins Leere. »Ich habe so viel Zeit allein verbracht, dass ich … Na ja, ich habe mir gedacht, ich könnte es mal mit einem anderen Leben versuchen.«

»Aber?«

»Aber jetzt weiß ich, dass das nicht funktionieren würde. Es ist viel zu viel Zeit vergangen, und jetzt sind wir viel zu verschieden.« Sie schaute auf den Laptop. »Zeigen Sie mir, was Sie gefunden haben.«

»Wissen Sie, was NFTs sind?«

»Ja, weiß ich. Sagen Sie mir jetzt nicht, dass mein Vater auch damit gehandelt hat.«

»Es sieht aber so aus.« Gibson drückte ein paar Tasten und drehte den Laptop dann so, dass Francine den Bildschirm sehen konnte. »Ich habe einen Coderest auf einem der Konten gefunden, die Ihr Vater kurz vor seinem Tod geschlossen hat. Und ich glaube, er hat diese Spur absichtlich hinterlassen. Für uns.«

»Nun, NFTs sind definitiv 21. Jahrhundert«, bemerkte Francine.

»Ja, das sind sie. Das passt also zu der Botschaft aus dem Weinkeller.«

»Aber für was für eine Art von NFTs gibt man denn eine halbe Milliarde Dollar aus?«

Gibson schnappte nach Luft. »Ist *das* die Summe, über die wir hier reden?«

»Das habe ich ausgerechnet. Ja.«

»Heilige Scheiße!«

»›Heilige Scheiße‹ ist wohl untertrieben.«

»Ich habe das hier gefunden.« Gibson drückte eine weitere Taste, und auf dem Bildschirm erschien ein Bild.

»Das ist ein Raum«, sagte Francine. »Wo ist der?«

»Haben Sie schon mal vom Metaverse gehört?«

»Das ist diese virtuelle Realität, wo wir entweder Dinge tun können, die wir auch in echt tun könnten, wie auf eine Party zu gehen, oder Dinge, die wir niemals tun würden wie Base Jumping in einem Wingsuit.«

»Ja, genau«, sagte Gibson. »Und man kann da auch Zeug kaufen, das eigentlich gar nicht existiert. Na ja, es existiert schon, digital, im Metaverse eben. Dazu gehören auch Immobilien. Alles von einem einfachen Haus bis hin zu Werbeflächen in einem Footballstadion. Alles virtuell natürlich.« Gibson deutete auf den Bildschirm. »Dieser Raum hier ist Teil einer Immobilie, die Harry im Metaverse gekauft hat.«

»Und wo liegt die?«, fragte Francine.

»Da bin ich nicht sicher. Die digitale Spur war aus irgendeinem Grund verwischt. Für gewöhnlich ist die klar und deutlich.«

»Was ist das da an der Wand?«

Gibson zoomte näher heran. »Kunst.«

Francine beugte sich vor, um sich das einmal genauer anzusehen. »Was für eine Art von Kunst denn?«

»Digitale Bilder von berühmten Kunstwerken. Ich habe sie bereits identifiziert.« Gibson bewegte den Cursor über jedes Einzelne. »Das ist ein Degas, das ein Monet und das links ein Vermeer. Und die drei an der anderen Wand … Das Erste ist ein Winston Home, das Nächste Mary Cassatt und das Letzte John Singer Sargent. In den anderen Räumen gibt es noch mehr davon. Sie sehen ja, worauf das hinausläuft.«

»Okay. Aber das sind nur digitale Kopien, nicht die echten Bilder. Wie viel könnten die wert sein?«

»Das habe ich auch schon überprüft. Das sind offizielle, einmalige Kopien in der Blockchain. Ich nehme an, Museen und Privatsammler haben das als eine Möglichkeit entdeckt, an Geld zu kommen, ohne die Originale zu verkaufen. Das scheint der letzte Schrei zu sein. Ich habe mal nachgerechnet, und diese NFTs sind insgesamt fast fünf Millionen Dollar wert.

Ich glaube, das war nur ein Kauf, um damit anzugeben. Ich meine, wer würde schon so viel Geld für eine Kopie aus dem Fenster werfen, auch wenn die Provenienz so eindeutig ist? Ich bezweifele, dass er die hätte verkaufen oder Geld damit machen können.«

»Aber das entspricht noch nicht einmal annähernd dem Vermögen, dass er meinen Berechnungen zufolge hinterlassen hat. Und er hat auch Trask abgezogen. Also muss da sogar noch mehr sein.« Francine schaute wieder auf den Bildschirm. »Gibt es wenigstens eine Möglichkeit, diese NFTs irgendwie in die Finger zu bekommen?«

»Nicht ohne den Privatschlüssel.«

»Ist der in einer weiteren Spur versteckt, die wir noch nicht gefunden haben?«

»Vielleicht. Ich habe gehört, dass Ihr Vater in seiner Zeit als Mafiabuchhalter einen Substitutionscode verwendet hat. Vielleicht hat er so was auch hier eingesetzt.«

»Das ist wirklich gute Arbeit, Mickey. Trotzdem scheinen wir noch weit entfernt davon zu sein, Geld daraus zu ziehen.«

»Ich weiß.«

»Und lassen Sie uns nicht die Möglichkeit vergessen, dass mein Vater uns schlicht verarscht.«

Nervös sah Gibson Francine an. »Erzählen Sie mir mehr von Ihrem Treffen mit Rochelle und Ihrem Bruder. Haben Sie etwas Neues in Erfahrung gebracht?«

»Ich habe erfahren, dass Rochelle in New Mexico Dinge für mich getan hat, von denen ich nicht einmal ansatzweise etwas gewusst habe.«

»Das heißt?«

»Das heißt, dass sie den Scheiß von anderen ertragen hat, damit sie mich in Ruhe lassen.«

»Warum hätte sie das tun sollen?«

Francine zog ihre Sonnenbrille herunter und schaute Gibson

an. »Im Wesentlichen weil sie meinen Bruder liebt, und mein Bruder hat mich geliebt. Deshalb hat sie ihren Körper für mich geopfert.«

»Verdammt.«

»Und die ganze Zeit über habe ich sie als Feindin gesehen.«

»Und Bruce Dixon?«

»Dougie hat zugegeben, ihn getötet zu haben, aber Rochelle hat gesagt, dass Bruce ihn mit einer Machete angegriffen hat, als sie vor seiner Tür standen. Dougie hatte keine Wahl. Es hieß entweder er oder Bruce.«

»Warum hat Bruce das denn getan?«

»Weil Bruce laut Rochelle nicht der nette Junge war, für den ich ihn immer gehalten habe.«

Und sie erzählte Gibson, dass Dixon Rochelle vergewaltigt und dann ihre Halskette gestohlen hatte.

Nach einem langen Moment des Schweigens fragte Gibson: »Was ist eigentlich mit Rochelles Vater passiert?«

»Ich weiß es nicht. Er ist kurz nach meinem Vater verschwunden. Ich habe Ihnen ja erzählt, dass ihre Mutter schon vorher weggelaufen ist, genau wie meine. Als Rochelle und ich dann achtzehn waren, haben wir uns auch verpisst. Es gab keinen Grund zu bleiben. Und wie ich Ihnen auch schon erzählt habe, sind Dougie und Rochelle zusammen gegangen. Und sie sind auch zusammengeblieben.«

»Wie sah Ihr Bruder aus?«

»Körperlich? Nicht gut. Aber er schien glücklich mit Rochelle zu sein und sie mit ihm.« Francine räusperte sich. »Das ist mehr als ich habe.« Sie verzog das Gesicht. »Bitte entschuldigen Sie. Das ist Selbstmitleid. Ich weiß.«

»Ich finde das nur menschlich.«

Die nächsten Worte sagte Francine in nüchternem Ton. »Aber selbst wenn wir das Geld nicht sofort bekommen, etwas anderes kriegen wir.«

»Und was?«

Francine holte ein Notizbuch aus ihrer Tasche und hielt es hoch. »Earl die Drecksau Beckett.«

KAPITEL 77

»Ich bin ziemlich beschäftigt«, sagte Wilson Sullivan, als er im Warteraum des Polizeireviers vor Gibson stand.

»Ich wollte nur Hallo sagen und hören, wie es so läuft. Ich dachte nämlich, wir arbeiten in dem Fall zusammen.«

»Nun, die Dinge ändern sich. Ich habe von oben einen draufbekommen. Sie wollen keine Zusammenarbeit mit Zivilisten.«

»Verdammt schade. Und dabei habe ich geglaubt, wir kämen mittlerweile ganz gut miteinander zurecht.«

»Nun ja. Das tut mir leid. Sonst noch was?«

»Nein, das war's so ziemlich.«

Sullivan wandte sich zum Gehen.

»Hey, *Mark*!«

Sullivan wirbelte herum und sah Francine Langhorne.

»Ich denke, es ist an der Zeit, dass wir mal reden«, sagte sie.

*

Sullivan nippte an seinem Kaffee und starrte auf den Tisch. Es war Vormittag, und sie saßen in der Polizeicafeteria, in der zu dieser Zeit sonst niemand war.

»Wie haben Sie das gemacht?«, fragte er.

»Ich habe eins und eins zusammengezählt«, antwortete Gibson. »Genauer gesagt war es der Umstand, dass die Dienststellen im Lauf Ihrer Karriere genau zu denen von Beckett passen.«

»Das verrät mir noch immer nicht, wie Sie meine wahre Identität herausgefunden haben.«

»Ich habe Ihre Fingerabdrücke auf dem Stift abgenommen, mit dem Sie bei meinem letzten Besuch herumgespielt haben.

Da hatten wir schon längst vermutet, dass Sie nicht der sind, der Sie vorgeben zu sein. Wilson Sullivan existiert nämlich erst seit zwanzig Jahren.«

Er sah Francine an. »Und Sie sind in Wirklichkeit die Tochter von Harry Langhorne?«

»Höchstpersönlich. Tut mir leid, dass ich die alte Zeugenschutztaktik benutzt habe, um Sie mit Ihrem echten Namen aus der Reserve zu locken, aber wir mussten handeln.«

»Und wie geht es jetzt weiter?«

Francine tippte mit dem Finger auf den Tisch. »Earl Beckett. Ich weiß, was er mir und anderen angetan hat, und wir nehmen an, das hat er auch mit Ihrer Schwester gemacht.«

»Er hat sie vergewaltigt, und als sie gedroht hat, ihn anzuzeigen, da hat er sie ermordet.«

»Und das ist nie bewiesen worden?«, fragte Gibson.

»Offensichtlich nicht. Er ist ja noch immer ein freier Mann.«

Gibson schaute auf Sullivans Hals. »Ich habe mir Ihre Dienstakte angeschaut. Sie sind nie im Dienst verletzt worden. Wo haben Sie die Narbe wirklich her?«

Sullivan zog den Kragen hoch, um die Narbe zu verbergen. »Sagen wir einfach, in meiner Verzweiflung nach dem Tod meiner Schwester habe ich etwas sehr Dummes versucht. Glücklicherweise hatte ich keinen Erfolg.«

Francine und Gibson schauten einander an.

»Okay«, sagte Francine. »Wir müssen sichergehen, dass wir ihn diesmal festnageln.«

»Und mit welcher Begründung?«, wollte Sullivan wissen.

»Wegen des Mordes an Harry Langhorne«, antwortete Gibson.

Sullivan starrte die beiden Frauen an. »Können Sie das beweisen?«

»Vielleicht. Mit Ihrer Hilfe.«

Er beugte sich vor. »Wie?«

»Sie arbeiten doch bei diesem Fall mit ihm. Wir glauben, dass er diese Zusammenarbeit nutzt, um den Schatz zu finden, den Langhorne hinterlassen hat.« Gibson hielt kurz inne. »Einen Schatz, an dem Sie auch interessiert zu sein scheinen.«

»Meine Schwester hatte ein kleines Mädchen, meine Nichte. Nach Helens Tod haben meine Eltern sich um sie gekümmert. Inzwischen ist sie eine erwachsene Frau und geistig … nicht so ganz auf der Höhe. Ich habe gehofft, wenn es da Geld gibt …«

»Nun, wir glauben, dass der Schatz existiert, und wir glauben auch, dass wir ihn als Köder benutzen können, um Beckett zu schnappen.«

»Okay. Ich werde Ihnen helfen so gut ich kann.«

»Genau das wollten wir hören«, sagte Francine.

KAPITEL 78

»Was gibt's?«, fragte Earl Beckett, als Sullivan in Norfolk den Kopf in sein Büro steckte. Seit Sullivans Treffen mit Gibson und Francine waren ein paar Tage vergangen.

Sullivan setzte sich dem Marshal gegenüber vor den Schreibtisch. »Können wir hier reden?«

»Warum? Glauben Sie, hier belauscht uns jemand?« Beckett grinste schief.

»Nein, aber was ich Ihnen jetzt sage, darf diesen Raum nicht verlassen.«

»Okay.« Beckett setzte sich auf, legte die Ellbogen auf den Tisch und schaute den Detective der Virginia State Police ernst an. »Dann reden Sie.«

»Die Langhornes?«

»Was ist mit denen?«

»Ich glaube, ich habe Francine und Doug Langhorne gefunden. Und die Mutter.«

»Was?«, rief Beckett. »Wo sind sie?«

»Ihr letzter bekannter Aufenthaltsort ist ein verlassenes Haus ungefähr zwei Meilen von Stormfield entfernt.«

»Was zum Teufel machen die denn da? Und wie haben Sie sie gefunden?«

»Tatsächlich hat Gibson das meiste gemacht. Sie hat da irgend so eine spezielle Software von ProEye. Das ist so eine Hypersuchmaschine, die zehntausend unterschiedliche Faktoren verarbeitet.«

»Woher wissen Sie, dass sie dort gewesen sind? Haben Sie sie gesehen?«

»Ich nicht, aber Gibson. Hat sie gesagt.«

»Hat sie *gesagt*? Und Sie glauben ihr.«

»Sie hat mir die hier geschickt. Die sind mit einem Teleobjektiv aufgenommen.«

Sullivan holte sein Handy heraus und hielt es noch. »Einfach swipen.«

Beckett tat es und schaute wieder zu Sullivan.

»Und?«, fragte Sullivan. »Sie haben sie gekannt, ich nicht. Könnten sie das sein?«

»Möglich ist das«, antwortete Beckett langsam. »Können Sie mir die Fotos schicken?«

»Sicher.« In wenigen Augenblicken war das erledigt. »Und? Sollen wir jetzt da hin und sie verhaften?«

»Mit welcher Begründung denn?«, fragte Beckett.

»Weil sie ihren Vater ermordet haben, und soweit wir wissen, könnten sie das auch mit ihrer Mutter vorhaben. Und sie sind hinter dem Schatz her. Dessen ist sich Gibson sicher. Sie hat einen Teil davon online gefunden, und sie sagt, die digitale Spur führe zu Francine.«

»Francine war schon immer die Clevere«, bemerkte Beckett gedankenverloren.

»Jaja. Wenn wir sie also verhaften und zum Reden bringen, dann können sie uns verraten, wo das gestohlene Geld ihres Vaters ist. Dann geht alles an die Regierung. Immerhin war das Mafiageld. Und wir beide bekommen vermutlich einen Orden«, fügte er mit einem Grinsen hinzu.

»Ja, einen Orden«, sagte Beckett. Er war noch immer in Gedanken woanders. »Hat Gibson auch eine Ahnung, wo der Schatz sein könnte?«

»Sie ist überzeugt davon, dass er irgendwo in Stormfield ist.«

»Und wo genau? Das ist ein großes Anwesen.«

»Gibson könnte ihn finden. Oder Francine verrät uns den Ort.«

Beckett beugte sich vor. Er sprach langsam, ernst und eindringlich. »Schauen Sie … Ich denke, dass Francine uns einen Scheiß sagen wird. Sie haben das Mädchen nicht gekannt, ich aber schon. Sie gibt *gar nichts* kampflos auf. Aber wenn wir den Schatz selbst finden könnten … *Das* wäre etwas anderes.«

»Aber was ist mit ihrer Verhaftung?«

»Sie können ruhig noch ein wenig herumlaufen. Lassen Sie sie einfach nur beschatten, damit sie nicht wieder verschwinden.«

»Okay. Und wenn wir das Geld finden, dann bringen wir es den Behörden und halten eine Pressekonferenz ab. Vielleicht kommt ja auch der Gouverneur. Und jemand aus Washington. Das ist eine große Sache. Ich warte schon lange auf einen großen Fall wie diesen.«

Beckett rieb sich das Kinn und sah Sullivan schief an. »Ja, darauf möchte ich wetten. Glauben Sie wirklich, dass Gibson ihn finden kann?«

»Sie hat die Langhornes gefunden. Also ja. Und sie hat sehr selbstbewusst geklungen, als ich mit ihr gesprochen habe. Sie hat gesagt, sie hätte den Fall gelöst. Immerhin ist das ja auch ihr Beruf. Außerdem, was schadet es schon, sie machen zu lassen?«

»Das stimmt. In jedem Fall könnte uns das eine Menge Arbeit ersparen. Wollen Sie mit ihr reden? Dann können wir zu dritt nach Stormfield fahren.«

»Zu dritt? Ich dachte, wir würden da morgen mit einem ganzen *Team* hin und alles durchsuchen.«

»Morgen. Ja, das wäre wohl sinnvoll. Ist Gibson gerade zu Hause?«

»Ja. Sie muss sich um ihre Kinder kümmern. Ich kann sie kontaktieren und für morgen alles klarmachen. Sollen wir uns da treffen? Sagen wir um zehn?« Sullivan stand auf. »Das könnte eine große Sache für uns werden, Earl.« Er streckte die Hand aus. »Auf dass das Glück uns hold sein möge.«

Beckett erhob sich ebenfalls und schüttelte Sullivan die

Hand. »Ja, auf dass wir *morgen* Glück haben. Wir sehen uns dort.«

Sullivan ging, und Beckett griff sofort nach dem Telefon.

KAPITEL 79

Um halb zehn abends klingelte es an Gibsons Tür.

Als sie öffnete, stand Earl Beckett vor ihr.

»Marshal! Was kann ich für Sie tun?«, fragte Gibson überrascht.

»Sullivan hat mir Ihre Adresse gegeben. Darf ich reinkommen?«

Gibson trat beiseite, und Beckett ging an ihr vorbei.

Sie setzten sich in das kleine Wohnzimmer.

»Ich nehme an, Ihre Kinder schlafen schon.«

»Oh, ja. Sie gehen gegen halb neun ins Bett und explodieren wieder um sechs.«

»Ich hatte nie Kinder«, sagte Beckett. »Meine Familie war wohl mein Beruf.«

»Das geht vielen Menschen so.«

»Sullivan war heute bei mir.«

»Ja, er hat mir gesagt, dass er zu Ihnen wollte.«

»Ich habe die Bilder gesehen. Also für mich sahen die wirklich wie die Langhornes aus. Sullivan hat gesagt, Sie hätten sie mit einer Software gefunden.«

»Das stimmt. Mit einem speziellen Programm, das extra für ProEye entwickelt worden ist.«

»Verdammt, ich wünschte, wir hätten auch so eins gehabt. Dann hätten wir sie schon längst gefunden.«

»Na ja, die Software gibt es erst seit ein paar Jahren.«

»Das Problem ist, ich würde sie gerne sehen – also die Langhornes, nicht die Software. Ich wollte die Kids – na, Kids sind sie ja nicht mehr – ich wollte sie wissen lassen, was ich über sie denke. Und …«

»… und Sie fragen sich, ob sie ihren Vater getötet haben?«

Beckett machte plötzlich einen nervösen Eindruck. »Schauen Sie, ich *will* das nicht denken. Außerdem ist das nicht mein Fall, sondern Sullivans.«

»Aber …?«

»Natürlich hätten sie ein Motiv dafür gehabt. Er hat sie richtig mies behandelt. Ich habe Ihnen ja von dem Theaterstück erzählt, und dass er Doug keinen Sport hat machen lassen.«

»Ja, das klang furchtbar.«

»Ich habe Sullivan gesagt, er soll sie beschatten lassen.«

»Unglücklicherweise sind sie schon wieder verschwunden, aber wir werden sie schon wiederfinden«, sagte Gibson. Beckett starrte sie entsetzt an.

»Sullivan hat auch erwähnt, dass Sie wissen, wo der Schatz ist. Stimmt das?«

»Das ist mein Beruf. Tatsächlich hoffe ich, einen Finderlohn zu bekommen. Ich bin eine alleinerziehende Mutter mit zwei kleinen Kindern, und wie Sie wissen, bin ich nicht reich. Das Geld wäre mir also sehr willkommen.«

»Aber sofern Francine und Doug in der Gegend sind … Was, wenn sie ebenfalls hinter dem Schatz her sind? Was, wenn sie ihn sich als Erste schnappen, nachdem Sie sie jetzt verloren haben?«

Gibson hob besorgt die Augenbrauen. »Scheiße! Daran habe ich gar nicht gedacht. Glauben Sie wirklich, dass sie das versuchen würden?«

Beckett redete schnell. »Wenn sie ihren Vater getötet haben, dann sind sie vermutlich auch hinter dem Schatz her. Sie haben gesagt, sie hätten das Haus wieder verlassen, wo Sie sie gesehen haben. Dann sind sie jetzt vielleicht in Stormfield. Sullivan hat gesagt, wir sollten morgen hin, aber was, wenn das schon zu spät ist?«

»Verdammt, wenn sie vor uns da ankommen …«

»Glauben Sie wirklich zu wissen, wo er ist?«

»Ja, das tue ich.«

»Okay. Ich werde Sullivan anrufen und ihm sagen, er soll sich so schnell wie möglich mit uns treffen. Lassen Sie uns sofort losfahren.« Er schnippte mit den Fingern. »Oh … Sie können die Kinder ja nicht alleinlassen.«

»Das ist kein Problem. Meine Mom ist auch hier. Sie kann sich um sie kümmern. Rufen Sie Sullivan an, und ich werde ihr Bescheid sagen, dass ich noch mal weg muss und später wieder zurückkomme.«

»Klingt gut«, sagte Beckett.

*

Während sie in Becketts Truck nach Stormfield fuhren, zog eine Sturmfront auf, und es begann zu donnern und zu blitzen. Der Wind nahm rasch zu, und es regnete immer mehr. Als sie am Haus eintrafen, war es fast elf und dank der dichten Wolken nahezu vollkommen dunkel.

Beckett und Gibson holten ihre Taschenlampen heraus.

»Ich kann Sullivans Auto nicht sehen«, bemerkte Gibson.

»Vielleicht hat das Wetter ihn aufgehalten.«

»Okay. Gehen wir. Wenn er ankommt, wird er uns schon finden.«

Sie liefen durch den Sturm zum Eingang.

Die Tür war unverschlossen.

Sie gingen hinein und schüttelten das Wetter aus ihren Kleidern. Gibson wischte sich auch noch die nassen Haare aus dem Gesicht.

»Und wo ist jetzt dieses Versteck?«, fragte Beckett, als sie beide durch die Dunkelheit leuchteten.

Gibson richtete die Taschenlampe auf sein Gesicht und schaute ihn triumphierend an. »Der Raum, in dem ich Langhorne gefunden habe, ist *nicht* der einzige Geheimraum in diesem Haus.«

»*Was?*«

»Jaja. Ich habe mir Stormfields Geschichte noch einmal genauer angeschaut, und offenbar war der Mann, der das Haus ursprünglich erbaut hat, schottischer Abstammung. Und die Schotten sind berühmt für die Geheimräume in ihren Burgen. Ich habe auch mit John Turner gesprochen, der Langhorne das Anwesen verkauft hat. Er hat gesagt, unten im Weinkeller gebe es noch einen zweiten Geheimraum, und er hat mir auch erklärt, wie man da reinkommt.«

»Verdammt! Gute Arbeit, Gibson.«

»Danke. Ich habe mir auch selbst schon auf die Schulter geklopft.«

Sie gingen die Treppe hinunter.

Als sie den Weinkeller erreichten, lief Gibson in eine der hinteren Ecken zu einer Holzwand mit fest angebrachtem Flaschenregal.

»Leuchten Sie mal hierhin«, forderte sie Beckett auf und deutete auf die untere rechte Ecke der Wand.

Beckett folgte ihren Anweisungen, und Gibson legte ihre Taschenlampe ab und packte eine Ecke der Holzverkleidung. Zuerst drückte sie nach innen, worauf ein deutliches Klicken zu hören war. Dann zog sie, und die gesamte Wand drehte sich nach außen.

»Voilà.« Gibson hob ihre Taschenlampe wieder auf und leuchtete in den kleinen, feuchten Raum.

Hinten, unter ein paar Decken, stand eine Kiste. Gibson öffnete sie, während Beckett ihr mit der Taschenlampe Licht spendete. In der Kiste lag ein Schlüssel.

Gibson hielt ihn hoch und schaute sich um. »Okay. Was öffnest du?«, überlegte sie laut. Dann machte sie sich an der hinteren Wand zu schaffen. »Leuchten Sie mal hierhin«, befahl sie Beckett.

Wieder folgte Beckett ihren Anweisungen, und Gibson entfernte gewaltsam einen Klecks dick aufgetragener Farbe. Darunter verbarg sich ein Schlüsselloch.

»Verdammt! Wie haben Sie das erkannt?«, fragte Beckett.

»Das ist leicht. Der Rest der Wand ist in einem leicht anderen Blau gestrichen, und die Farbe konnte das Schlüsselloch darunter nicht bündig abdecken.«

Gibson steckte den Schlüssel in das Schlüsselloch und drehte ihn. Die Wand verwandelte sich in eine Tür und schwang nach außen. Dahinter kam ein weiterer Raum mit fünf großen Truhen zum Vorschein. Gibson versuchte es mit dem gleichen Schlüssel, und bei der vierten Truhe machte es Klick.

Langsam hob sie den Deckel an, und Beckett leuchtete hinein.

»Heilige Scheiße!«, sagte er.

Die Truhe war voller Geldscheine.

Gibson kniete sich davor und untersuchte das Geld. »Das sind alles Hundertdollarnoten«, sagte sie.

Sie rechnete rasch im Kopf. »Wenn die gleiche Menge an Banknoten in all den Truhen hier ist, dann haben wir es vermutlich mit mehreren Hundert Millionen Dollar zu tun.«

Gibson klopfte sich den Staub von den Händen und holte ihr Handy heraus. »Ich mache mal ein paar Fotos davon. Dann versuche ich noch einmal, Sullivan anzurufen, um ihm zu sagen, was wir gefunden haben. Damit kommen wir in jedem Fall in die Zeitung. Auf die Titelseite!«

»Das denke ich eher nicht«, sagte Beckett.

Als Gibson aufblickte, hatte er die Waffe auf sie gerichtet.

KAPITEL 80

»Was zum Teufel tun Sie da, Earl?«

»Ich nehme mir nur, was mir zusteht.«

»Das ist Langhornes Mafiageld.«

»Das ist nichts Persönliches, aber das ist *mein* Geld, und ich habe lange darauf gewartet.«

»Wovon reden Sie da?«

»Ich habe Harry geholfen, aus dem Zeugenschutzprogramm zu fliehen. Eigentlich hätten wir uns später treffen sollen, damit er mir meinen Anteil geben kann, aber dieses Arschloch ist nie aufgetaucht. Zwanzig Jahre lang habe ich nach ihm gesucht, und dann habe ich ihn gefunden, genau hier, in diesem Haus.«

»Moment mal … *Sie* haben Langhorne umgebracht?«

»Ich bin zufällig auf ihn gestoßen, als er aus seinem kleinen Versteck in der Bibliothek gekrochen ist. Und ich war fair zu ihm. Ich habe ihm die Wahl gelassen. Sag es mir, und du stirbst schmerzlos. Sag es mir nicht, und dich erwartet ein furchtbarer Tod. Er hat das Gift gewählt.«

»Und als Sullivan sich an Sie gewandt hat?«

»Ich dachte mir, ich könnte von Ihren Erfolgen profitieren. Ich hatte nämlich rasch herausgefunden, dass Sie ziemlich gut in Ihrem Job sind.« Er leuchtete die Truhen an. »Und ich muss sagen, Sie haben Ihrem Ruf alle Ehre gemacht.«

»Damit werden Sie nicht durchkommen. Sullivan ist auf dem Weg.«

»Himmel! Jetzt seien Sie doch nicht so dumm. Natürlich habe ich ihn nicht angerufen.«

»Meine Mutter kennt Sie, und Sie hat gesehen, wie wir gemeinsam weggefahren sind.«

»Das heißt nur, dass ich später noch was zu erledigen habe. Keine Angst. Ich werde es schnell machen. Und die Kids werde ich nicht anfassen. Aber jetzt muss ich mich erst einmal um Sie kümmern.«

»Fallen lassen, Beckett!«, rief eine Stimme.

Beckett wirbelte herum und sah Wilson Sullivan und zwei uniformierte Beamte mit gezogenen Waffen aus der Dunkelheit treten.

Beckett stieß einen leisen Fluch aus und legte seine Waffe auf den Boden. Dann kehrte sein Blick zurück zu Gibson. »Du hast mich in die Falle gelockt, du Schlampe.«

Francine erschien neben Sullivan. »Hey, Earl! Erinnerst du dich an mich? Francine?«

Beckett funkelte sie an. »Lange nicht gesehen.«

Er lächelte, und Gibson gefiel dieses Lächeln nicht.

Francine trat zu Beckett und rammte ihm das Knie in die Eier.

»Ich hoffe, du wirst dich noch lange an dieses Wiedersehen erinnern«, sagte sie, als der Mann mit einem Stöhnen zu Boden sank.

Einen Augenblick später hallten Schüsse durch die offene Tür. Zwei Kugeln trafen einen der Uniformierten, und er brach zusammen. Eine weitere Kugel traf Sullivan in die Schulter, und auch er ging zu Boden. Der dritte Beamte erwiderte das Feuer.

Gibson zog ihre Pistole aus dem Knöchelholster, doch Beckett hatte sich bereits wieder erholt. Er holte sich seine Waffe zurück, packte Francine und zog sie aus dem Weinkeller. Gibson hörte ein Klicken.

Sie lief zur Tür und musste feststellen, dass sie abgeschlossen war.

»Francine!«

Gibson schaute sich um und sah, dass der Cop, der als Erster getroffen worden war, nicht mehr atmete. Sein Kollege wiederum hatte sich über Sullivan gebeugt. Der Detective atmete schwer und hielt sich den Arm.

Gibson lief zu ihm. »Wie schlimm ist es?«

»Ein glatter Durchschuss, aber es blutet wie Sau. Wer hat da geschossen?«

»Beckett ist offenbar nicht allein.«

»Binden Sie den Arm ab«, sagte Gibson zu dem Uniformierten, »und rufen Sie Verstärkung. Und einen Rettungswagen.«

Sie lief wieder zur Tür und schoss zweimal auf das Schloss. Dann trat sie die Tür auf.

Vorsichtig spähte sie in den Gang, um sicherzugehen, dass dort niemand auf sie wartete. Die Luft war rein, und Gibson rannte den Flüchtenden hinterher.

Sie war wieder ganz im Cop-Modus. Sie war auf der Jagd.

Doch die Verdächtigen hatten jetzt eine Geisel.

KAPITEL 81

Gibson hörte schnelle Schritte vor sich, doch sie konnte nicht sagen, wie nah sie waren. In jedem Fall hatten Beckett und sein Komplize einen guten Vorsprung.

Stumm tadelte Gibson sich dafür, dass sie das zugelassen hatte. Sie hatte gewusst, dass *zwei* Leute die Botschaft an der Wand geschrieben hatten. Zuerst hatte sie geglaubt, das seien Francine und ihr Bruder gewesen. Dann hatte sie an Rochelle und Doug gedacht. Doch als auch das nicht mehr infrage gekommen war, da hatte sie herausgefunden, dass Beckett Harry Langhorne ermordet hatte, und in Folge davon schlicht vergessen, dass da noch eine zweite Person gewesen sein musste. Diese Nachlässigkeit hatte einen Cop das Leben gekostet, und Sullivan war schwer verletzt.

Und vielleicht wird es auch noch Francine das Leben kosten.

Aber wer war diese andere Person?

Gibson erreichte das Erdgeschoss und spähte um die Ecke. Die Schritte waren nicht länger zu hören.

»Pass auf, Mickey!«, schrie Francine.

Gibson duckte sich. Zwei Kugeln schlugen genau dort in die Wand, wo gerade noch ihr Kopf gewesen war.

Sie hörte einen dumpfen Schlag, und Francine schrie vor Schmerz.

Gibson konnte das Feuer nicht erwidern, denn sie wollte Francine nicht verletzen.

Als sie die anderen wieder rennen hörte, folgte Gibson ihnen, und als ein Flügel der großen Haustür gegen die Wand knallte, beschleunigte sie ihren Schritt noch mehr.

Draußen tobte noch immer der Sturm. Gibson hatte keine

Ahnung, wie lange es dauern würde, bis die Polizei und der Rettungswagen hier waren. Und wenn Beckett mit Francine die Flucht gelang? Gibson wusste, dass sie dann nur noch die Leiche der Frau finden würden, wenn überhaupt.

Gibson sprang die Eingangstreppe hinunter und sah die Scheinwerfer von Becketts Truck aufflammen, als er den Motor startete. Daneben stand ein weiteres Fahrzeug. Das musste das Auto von Becketts Komplizen sein.

Gibson rannte ein paar Schritte weiter, kniete sich hin, zielte sorgfältig und feuerte nacheinander auf beide Vorderreifen. Dann jagte sie noch zwei Kugeln in den Kühler.

Die Autotüren flogen auf. Beckett erschien auf der Fahrerseite und ein weiterer Mann auf der anderen. Vor dem zweiten Mann stand Francine, und der Kerl drückte ihr eine Pistole an den Kopf.

Beckett schrie: »Wenn Sie sie holen wollen, sind Sie beide tot!«

»Sie werden hier nicht mit ihr wegfahren, denn dann ist sie mit Sicherheit tot.«

»Sie ist auch jetzt schon tot«, rief der andere Mann.

»Die Cops werden jede Sekunde hier sein«, sagte Gibson.

»Und wir haben zwei Pistolen und Sie nur eine«, erwiderte Beckett. »Das wird nicht gut für Sie enden.«

»Für Sie aber auch nicht«, bellte Gibson, und der Regen lief ihr über das Gesicht.

Ein gewaltiger Blitz schlug in der Nähe in einen Baum. Dem folgte ein furchtbarer Donnerschlag, und alle schauten unwillkürlich zu dem nun brennenden Baum, der knapp dreißig Meter entfernt war.

Der Mann, der Francine festhielt, grunzte, als jemand ihn zu Boden schlug.

Gibson sah es und rief: »Lauf, Francine!«

Francine sprintete los. Der Mann rappelte sich wieder auf

und feuerte mehrere Schüsse in ihre Richtung, doch dann warf der Angreifer ihn wieder zu Boden. Immer und immer wieder schlug dieser Angreifer dem Mann ins Gesicht, bis er sich nicht mehr rührte.

Als Beckett sah, was da passierte, versuchte er, zu seinem Partner zu rennen, um ihm zu helfen, doch Gibson schoss ihm ins Bein, und er fiel selbst in den Dreck. Schreiend hielt er sich das verletzte Bein.

Gibson sprang vor und schnappte sich die Waffe, die Beckett fallen gelassen hatte. Dann hob sie mahnend den Finger. »Wenn Sie auch nur einen Mucks von sich geben, ist das das Letzte, was Sie tun.«

In dem Augenblick, in dem Gibson sich umdrehte, um zu dem anderen Mann zu laufen, zog Beckett eine zweite Waffe aus einem Hüftholster. Er wollte gerade schießen, als jemand ihm einen Lauf an die Schläfe drückte.

FBI Special Agent Cary Pinker nahm Beckett die Waffe ab und sagte schlicht: »Sie sind verhaftet.«

Gibson drehte sich um und begriff, was gerade passiert war. »Danke, dass Sie mir den Rücken freigehalten haben«, sagte sie.

»Nein, ich danke *Ihnen*. Ich bin schon lange hinter diesem Dreckskerl her.«

Gibson lief auf die andere Seite des Trucks, wo Doug Langhorne über dem Bewusstlosen stand. Gibson leuchtete in das zerschlagene Gesicht des Kerls.

»Wer ist das?«, fragte sie.

Doug atmete schwer, und er war vollkommen durchnässt. »Das ist Rochelles Vater«, sagte er. »Darren Enders.«

Als sie einen Schrei hörten, drehten sich beide um und rannten los.

Nahe dem Waldrand, wo Francine auf etwas am Boden hinabblickte, blieben sie stehen.

»Rochelle!«, schrie Doug. Er drängte sich an seiner Schwester vorbei und kniete sich neben Rochelle. Ein großer roter Fleck mitten auf der Brust verriet, wo die Kugel sie getroffen hatte. Als Doug ihre Hand nahm, öffnete sie noch einmal die Augen, sah ihn, murmelte etwas und starb.

Gibson schaute Francine ungläubig an. Dann drehte sie sich wieder zu dem bewusstlosen Enders um. »Als er auf Sie geschossen hat …«

»… da hat er Rochelle getroffen«, beendete Francine den Satz. Sie wankte leicht.

Als sie in Ohnmacht fiel, fing Gibson sie auf.

KAPITEL 82

Die Toten waren eingesammelt. Der Tatort wurde noch immer kriminaltechnisch untersucht. Allerdings waren die Zeugenaussagen bereits aufgenommen worden. Der verletzte Sullivan war schon im Krankenhaus, wo er notoperiert wurde. Gleiches galt für Earl Beckett. Den zusammengeschlagenen Darren Enders hatte man ebenfalls ins Krankenhaus gebracht und unter Arrest gestellt.

Gibson, Francine und Doug saßen in dem Bundesgebäude in Norfolk in einem kleinen Konferenzraum. Sie hatten sich in warme Decken gewickelt und tranken glühend heißen, starken Kaffee.

Agent Pinker kam herein und schloss die Tür. Er hatte eine Akte dabei, zog sich einen Stuhl ran und setzte sich. »Wie geht es Ihnen?«

Doug starrte einfach nur auf den Tisch, Francine in den Kaffee.

Gibson antwortete: »Den Umständen entsprechend gut. Wird Sullivan wieder gesund?«

»Ich habe gerade mit den Ärzten gesprochen. Alles gut.«

»Kennen Sie seinen echten Namen?«, fragte Gibson.

»Mark Gosling? Ja.«

»Als Sie zum ersten Mal aufgetaucht sind, da dachte ich, sie wollten den Mord an Langhorne untersuchen.«

»In gewisser Hinsicht habe ich das ja auch getan. Aber eigentlich war ich hinter Beckett her.«

»Sie wussten, was er getan hat?«

»Wir hatten einen starken Verdacht. Wir hatten Geschichten gehört. Im Laufe der Jahre hat sich eine ganze Reihe von Leuten bei uns gemeldet. Und tatsächlich gab es genug Unregelmäßigkeiten, um uns auf den Plan zu rufen. Ich mag keine korrupten Cops, und was Beckett getan hat, war sogar noch viel schlimmer, als sich bestechen zu lassen.«

Er sah Francine und Doug an. »Ich weiß zumindest von einigen der Dinge, die man Ihnen angetan hat. Und ich weiß auch, dass es Ihnen vermutlich nicht viel bedeutet, aber es tut mir wirklich sehr leid. Das hätte nie passieren dürfen.«

Francine nahm die Entschuldigung mit einem Nicken an. Doug verriet mit keiner Regung, ob er Pinker überhaupt gehört hatte.

»Wie kommt es, dass Sie in Stormfield waren?«, fragte Gibson.

»Wir haben Beckett beschattet. Wir sind ihm zu Ihrem Haus gefolgt und dann nach Stormfield. Dort haben wir gesehen, wie der andere Mann kurz nach Ihnen eingetroffen ist. Wir waren draußen, als drinnen die Hölle losbrach, und kurz darauf liefen Leute aus dem Haus, und Schüsse fielen. Ich bin froh, dass wir ihn zumindest davon abhalten konnten, auch noch Sie zu erschießen.«

»Ich auch. Haben Sie gewusst, dass er mit Darren Enders im Bunde war?«

»Wir wussten, dass er mit jemandem zusammenarbeitete, aber wir wussten nicht, dass es sich dabei um Enders gehandelt hat. Offenbar hat Langhorne beiden einen Anteil am Geld der Mafia versprochen.«

»Das hat auch Beckett gesagt. Er hat Langhorne all die Jahre gejagt. Und er hat gestanden, dass er ihn umgebracht hat. Sullivan und die anderen Beamten haben es auch gehört.«

»Oh, wir haben ihn. Keine Angst. Der wird keine ungesiebte Luft mehr atmen. Und Enders auch nicht.« Pinker tippte auf seine Akte. »Und Sie haben ihn mit dem Schatz in die Falle gelockt?«

»Mit dem, was er für den Schatz gehalten hat. Sullivan hat von den Vorbesitzern von Stormfield erfahren, dass es dort noch einen zweiten Geheimraum gab. So sind Francine und ich auf die Idee gekommen, Beckett damit eine Falle zu stellen. Wir wussten, dass er das Geld will. Also haben wir uns die Truhen besorgt, und Sullivan und seine Leute haben sie mit Papierfetzen gefüllt und Hundertdollarnoten oben auf die Stapel gelegt. Die ehemaligen Besitzer haben uns auch verraten, wo der alte Schlüssel für die Zwischentür zu dem Geheimraum ist. Dann haben wir noch ein wenig Farbe auf das Schlüsselloch gestrichen, damit es so aussah, als hätte es jemand verstecken wollen. Tatsächlich brauchte man noch nicht einmal einen Schlüssel, um die Truhen zu öffnen. Ich habe nur so getan, damit Beckett keinen Verdacht schöpft.« Sie hielt kurz inne. »Und inzwischen weiß ich auch, dass er es war, der bei ProEye angerufen und meine ehemaligen Bosse unter Druck gesetzt hat, mich zu feuern.«

»Warum hat er das denn getan?«, hakte Pinker nach.

»Vermutlich hat er geglaubt, dass ich dann umso verzweifelter nach dem Schatz suchen würde. Schließlich brauchte ich ja Geld.«

»Sie müssen doch gewusst haben, dass er versuchen würde, Sie zu töten, wenn er den Schatz hat.«

»Deshalb haben Sullivan und die beiden Beamten sich ja im Weinkeller versteckt. Ich habe nur nicht damit gerechnet, dass Beckett seinen Partner mitbringt. Das hat einen Cop das Leben gekostet.« Sie schüttelte den Kopf und sah elend aus.

Pinker blickte zu Doug. »Und das mit Ihrer Freundin tut mir ebenfalls sehr leid, Mr Langhorne.« Diesmal nickte Doug, starrte aber weiter die Tischplatte an. »Es war ein großes Glück, dass Sie auch da waren und uns geholfen haben, diese Männer auszuschalten.«

Doug blickte endlich auf, sah aber seine Schwester an, nicht Pinker. »Wir haben das Haus abwechselnd beobachtet. Rochelle war letzte Nacht dort. Als sie die Autos gesehen hat, da hat sie mich angerufen, und ich bin sofort gekommen. Dann habe ich Enders und Beckett gesehen und sie sofort erkannt. Als ich dich dann habe rennen sehen, als er dich erschießen wollte …«

Francine legte ihrem Bruder die Hand auf den Arm. »Du hast mir das Leben gerettet, Dougie. Du warst immer für mich da. Und für Rochelle.«

Doug traten die Tränen in die Augen. »Nur letzte Nacht nicht.« Er klappte zusammen und schluchzte.

Francine schlang die Arme um ihn und drückte ihn an sich. Sie flüsterte ihm tröstende Worte ins Ohr, während Gibson und Pinker sich dezent abwandten.

KAPITEL 83

»Wir haben alles auf unserer Liste abgehakt, nur nicht den Schatz«, bemerkte Francine.

Sie und Gibson saßen in Gibsons Home Office. Tommy und Darby waren bei ihren Großeltern.

»Ja, und das ist immer noch ein großes Problem. Wie geht es eigentlich Ihrer Mom?«

»Ich habe sie hier in der Nähe in einem Pflegeheim untergebracht, zumindest vorläufig. Im Augenblick ist Dougie bei ihr. Er hat beschlossen, Rochelle verbrennen zu lassen und ihre Asche an dem See zu verstreuen, an dem sie eine Weile gelebt haben. Dort waren sie glücklich.«

»Sie sind also auch hierhergekommen, um Beckett und Ihren Vater zu finden, ja?«

»Sie wollten Rache, aber sie wollten auch das Geld … genau wie ich.« Francine schaute auf Gibsons Monitore. »NFTs. Ich hätte nie gedacht, dass Harry Geld in so was steckt. Und es waren nur fünf Millionen.«

»Ich habe mir das alles zigmal angeschaut.«

»Da wären noch ›Grab tiefer‹ und ›21. Jahrhundert‹. Das stimmt doch, oder? Weitere Spuren gibt es nicht.«

»Ja, das ist …« Gibson sah ebenfalls auf die Bildschirme. »Nein, das stimmt nicht.«

»Was meinen Sie damit?«, fragte Francine.

»Ich habe vergessen, Ihnen was zu sagen. Ich habe eine Reihe von Unternehmen aufgespürt, die Langhorne gehört haben. Briefkastenfirmen. Dafür braucht man nur einen registrierten Repräsentanten für den Fall, dass die Behörden der Firma etwas zustellen wollen.«

»Und?«, hakte Francine ungeduldig nach.

»Da war so ein Mann, der sich sofort bei mir gemeldet hat, nachdem ich ihm eine Mail geschrieben habe.« Sie drückte ein paar Tasten und deutete auf den Bildschirm. »Dexter Tremayne aus South Dakota. Er ist der registrierte Repräsentant von DPE. Das sind offensichtlich die Daniel Pottinger Enterprises.«

»Und was hat er gesagt, als er Sie zurückgerufen hat?«

»Dass Pottinger alias Harry ihn angerufen und ihm eine Botschaft hinterlassen hätte, die Tremayne demjenigen übermitteln sollte, der ihn nach seinem Tod kontaktierte, wer immer es auch sein würde. DPE war hinter anderen Briefkastenfirmen ziemlich gut versteckt. Es dauerte eine Weile, bis ich mich da durchgewühlt hatte.«

»Und was war das für eine Botschaft?«

»›Jetzt seht ihr es, dann aber nicht‹.«

»Das war's?«

»Nein. Er hat auch gesagt, wir sollen *acht* wegnehmen und die Reste für die Sesamstraße benutzen.«

»Das ergibt doch keinen Sinn.«

»Das sehe ich genauso. Und die ursprüngliche Phrase ist ein wenig anders. ›Jetzt siehst du es, jetzt siehst du es nicht‹.«

»Harry hat ›jetzt‹ also in ›dann‹ geändert und aus ›du‹ wurde ›ihr‹?«

»Stimmt. Ich wollte mir das noch genauer ansehen, doch dann habe ich mich ablenken lassen, aber es ist ja auch viel passiert. Zu guter Letzt habe ich es dann vergessen.«

Francine holte ein Notizbuch aus ihrer Handtasche und blätterte es durch.

»Was ist das?«, fragte Gibson.

»Mein SCHATZ-Notizbuch.«

Gibson hob verwirrt die Augenbrauen.

»Tatsächlich habe ich auch ein halbes Dutzend nur für Sie. Das ist mein persönlicher Rekord.«

»Na, da sollte ich mich wohl geehrt fühlen. Glauben Sie, er hat sich bei der Phrase schlicht geirrt?«

»Nein. Mein Vater war absolut detailversessen.«

Gibson warf einen Blick auf das Notizbuch und sah die ordentliche Handschrift. »Sie meinen so wie Sie, ja?«

»Ich mache das, um mein Leben wenigstens halbwegs in den Griff zu bekommen. Er hat das getan, um die Menschen über den Tisch zu ziehen.«

»Dann gibt es einen Grund für die Änderung?«

»Definitiv.« Francine blätterte zu einer weiteren Seite und verspannte sich. »Warten Sie mal. Sie haben gesagt, Sie hätten herausgefunden, dass mein Vater für die Bücher des Mobs einen Substitutionscode verwendet hat.«

»Ja, das stimmt.«

»Dann ist diese Phrase ja vielleicht so ein Code. Wissen Sie, wie der funktioniert?«

»Zumindest kenne ich das grundlegende Prinzip. Ein Buchstabe wird durch einen anderen ersetzt. Die Technik reicht bis zu Julius Caesar zurück.«

Gibson drückte wieder ein paar Tasten und wählte eine andere Schriftgröße, bis die Phrase in riesigen Lettern auf dem Bildschirm stand.

JETZT SEHT IHR ES, DANN ABER NICHT.

»Und Sie glauben, jeder Buchstabe repräsentiert einen anderen?«, fragte Francine.

»Möglich. Und ich habe sogar eine Software, um solche Codes zu knacken. Ihr Einsatz ist nämlich nicht ungewöhnlich.« Gibson öffnete ein Programm und gab die Phrase ein. »Das Programm ist schnell, die Ergebnisse aber nicht immer schlüssig.«

Fünf Minuten später spuckte das Programm mehrere Möglichkeiten aus, die für die beiden Frauen jedoch noch immer keinen Sinn ergaben.

»Harrys Haushälterin hat mir erzählt, dass er fast nie in Stormfield war«, sagte Francine. »Und Nathan Trask hat das bestätigt.«

»Okay. Wo war er dann den Rest der Zeit?«, fragte Gibson.

»In einem anderen Versteck vermutlich. Warten Sie mal … Was, wenn der Schatz in einem dieser Verstecke ist, und dieser Code verrät uns den Ort?«, schlug Francine vor.

Gibson schaute sich die Worte noch mal an. »Wenn das wirklich eine Adresse ist, dann geht es nicht nur um Buchstaben, sondern auch um Zahlen.«

»Was die Entschlüsselung nur noch erschwert. Ich weiß«, seufzte Francine. »Okay. Versuchen wir es einfach. Lassen Sie uns den ersten Buchstaben jedes Wortes nehmen und ihm sein numerisches Äquivalent zuordnen. Das wäre dann J-S-I-E-D-A-N. Und jetzt die entsprechenden Zahlen.«

Gibson schlug nach und bildete eine Zahlenreihe. »10–19–9–5–4–1–13. Fällt Ihnen etwas dazu ein?«, fragte sie.

»Ja. Dass ich nichts verstehe«, antwortete Francine.

»Könnte das ein Hybridcode sein?«

»Das heißt?«

»Man kann Buchstaben mit Zahlen ausdrücken, aber manchmal repräsentieren Buchstaben auch Worte.«

»Okay. Und was ist was?«

»Ich habe nicht die geringste Ahnung.«

»Lassen Sie uns Harry mal beim Wort nehmen. Am Anfang hätten wir die Zehn. Wofür könnte die stehen?«

Gibson warf einen Blick auf ihre Notizen. »Moment mal, wir haben das mit ›acht wegnehmen‹ vergessen.«

»Okay. Aber acht was? Und wovon wegnehmen?«

»Na ja, wenn wir den Regeln eines Substitutionscodes folgen und am Anfang beginnen, dann wird aus der Zehn eine Zwei.«

»Dann versuchen wir das mal.«

»Zwei wäre ein B«, sagte Gibson.

»Das ergibt aber noch immer keinen Sinn, im Gegenteil. Das macht es nur noch schlimmer.« Francine fixierte Gibson. »Was zum Teufel soll das heißen?«

Langsam wich Gibson das Blut aus dem Gesicht. »Oh, mein Gott!«

»Was ist?«, hakte Francine rasch nach.

»Das ist wirklich alles vollkommen verdreht, aber ich bin sicher, das hat er mit Absicht gemacht. Wir haben die Zehn am Anfang, die zu einer Zwei wird und dadurch zum B, aber das ist nicht alles. Sehen Sie sich die nächsten zwei Zahlen an. Ich bin sicher, das ist es, was Harry gemeint hat.«

»Ich verstehe nicht.«

Gibson tippte etwas und lehnte sie dann zurück, damit Francine es sich anschauen konnte.

»*Button* Road, Hausnummer 199, Yarden, New York. B ist Button.« Sie sah Francine an. »Verstehen Sie denn nicht? Das muss es sein. Nur ein B passt zu dieser Zahl. Steht das nicht in Ihren Notizbüchern?«

»Was denn?«

»Das ist die Adresse des Hauses, in dem Ihr Vater seine Kindheit verbracht hat.«

KAPITEL 84

Gibson lenkte den Mietwagen durch die Straße in Yarden, New York.

Sie und Francine waren hierhergeflogen und hielten nun vor dem kleinen Haus, in dem Harry Langhorne als Kind gelebt hatte.

Es sah genauso aus wie in Google Street View.

Ein Auto parkte in der Einfahrt, und die Beete waren voller Blumen. Alles sah sehr gepflegt aus. Es gab noch vier weitere Häuser hier, und alle waren gleich gestaltet. Autos in der Einfahrt und Blumen in den Beeten.

Doch Gibson hatte inzwischen auch herausgefunden, dass alle Häuser hier einer Firma gehörten, die wiederum Teil von einem von Pottingers Unternehmen war. Und sie hatte auch herausgefunden, dass es eine Hausverwaltung gab, deren Aufgabe es war, hier alles in Ordnung zu halten, nicht nur die Häuser selbst, sondern auch die Fahrzeuge vor den Türen. Allerdings hatte die Hausverwaltung keinen Zutritt zu Hausnummer 199. Offenbar lebte dort niemand.

Die beiden Frauen stiegen aus und näherten sich dem Haus.

Neben der Haustür war ein elektronisches Zahlenfeld.

»Das so was *draußen* ist, ist dann doch recht ungewöhnlich«, bemerkte Francine.

»Es gibt kein Schlüsselloch an der Tür, nur die Klinke. Ich nehme an, hier hat Harry den größten Teil seiner Zeit gelebt. Jetzt brauchen wir nur noch den Code, um reinzukommen.«

Francine öffnete ihr Notizbuch und schaute sich die Zahlen an, die sie dort aufgeschrieben hatte: 4, 18, 6, 4, 19 und 2. Sie entsprachen dem anderen Teil der Botschaft, die Tremayne übermittelt hatte.

»Die Reste für die Sesamstraße benutzen?«, fragte Gibson.

»Ich hoffe, für uns heißt das ›Sesam öffne dich‹.«

»Einen Versuch ist es wert«, seufzte Gibson und gab die Zahlen ein.

Das rote Licht auf der Tafel färbte sich grün, und die Frauen hörten ein Klicken.

Francine packte die Klinke und zog die Tür auf. »Nach Ihnen«, sagte sie zu Gibson.

Sie gingen hinein, und Francine schloss die Tür wieder.

Das Haus war klein und die Zimmer schlicht, aber makellos. Die Küche war funktional, wenn auch nur rudimentär eingerichtet. Gibson und Francine fiel überdies auf, dass die Fenster nur Fassade waren. Kein Licht fiel durch sie hindurch. Die Luft war kühl, und sie hörten das Summen einer Klimaanlage.

»Die Lampen und die Klimaanlage müssen einem Programm folgen«, bemerkte Gibson.

Sie bogen um die Ecke und betraten das, was wohl das Wohnzimmer war, der größte Raum bis jetzt. An der Decke gab es ein Lichtschienensystem, und die Lampen waren auf die Wände gerichtet.

Und an den Wänden …

»Heilige Scheiße!«, riefen die beiden Frauen im Chor.

Alle vier Wände waren voller Gemälde, und das waren nicht einfach nur irgendwelche Bilder.

Gibson und Francine traten näher an eins heran. Es handelte sich um die schlichte Darstellung eines Raums: ein Fliesenboden, der Teil einer blauen Tür. Doch der Fokus der Arbeit lag eindeutig auf dem Holzstuhl mit dem Korbeinsatz und der Flechtlehne. Darauf waren eine Pfeife und ein Tuch zu sehen und …

Francine deutete auf den Namen, der auf der Holzkiste hinter dem Stuhl stand.

»Vincent?«

»Wie in … van Gogh?«, murmelte Gibson. »Die NFTs waren nur eine Ablenkung oder schlicht eine digitale Kopie der Realität.«

Francine holte ihr Handy heraus, suchte und zeigte Gibson, was sie gefunden hatte.

»Van Gogh hat Werke, von denen er geglaubt hat, sie könnten etwas wert sein, offenbar auf Gegenständen im Bild signiert. Mit seinem Vornamen. Das hier heißt ›Vincents Stuhl‹. Er hat es 1888 gemalt.« Francine las weiter. »Ursprünglich hing es in der National Gallery in London.« Sie hielt kurz inne und riss dann denn Kopf hoch. »Zumindest, bis es vor elf Jahren gestohlen worden ist.« Sie schaute sich um. »Es würde mich nicht überraschen, wenn all diese Gemälde gestohlen sind.«

»Und Harry hat sie den Dieben abgekauft und hier aufgehängt, wo nur er sie noch genießen konnte. Und dann hat er sie als NFTs noch mal gekauft und im Metaverse aufgehängt. Vermutlich stellt der digitale Raum eine exakte Kopie von dem hier dar.« Gibson sah sich ebenfalls um. Ein großer Meister folgte auf den anderen. »Was für ein Drecksack.«

»Wen kümmert's?« Francine lehnte sich an die Wand, schloss die Augen und atmete tief durch. Dann öffnete sie die Augen wieder, schaute Gibson an und gestattete sich ein breites Lächeln, von einem Ohr zum anderen. »Wir haben gerade den Schatz gefunden.«

KAPITEL 85

Die verschiedenen Museen und Privatsammler, deren Werke gestohlen worden waren, freuten sich über alle Maßen. Tatsächlich waren sie sogar so glücklich, dass sie Gibson und Francine einen beachtlichen Finderlohn zahlten.

Auf dem Rückflug von einem Treffen mit einem dieser Museen, aus dem gleich zwei Bilder gestohlen worden waren, drehte Francine sich zu Gibson um.

»In dieser Nacht in Stormfield.«

»Ja?«

»Sie haben mir das Leben gerettet.«

»Sie haben das Gleiche für mich getan. Hätten Sie mich nicht gewarnt, wäre ich jetzt tot.«

Zögernd streckte Francine den Arm aus und nahm Gibsons Hand. »Darf ich Sie um einen Gefallen bitten?«

Gibson schaute sie neugierig an. »Und um was?«

»Darf ich …? Ach, vergessen Sie's.«

»Was denn?«

Francine wirkte nervös und unsicher. »Ich habe mich nur gefragt, ob ich … ob ich Ihre Kinder kennenlernen dürfte.«

Gibsons Gesichtsausdruck nach zu urteilen, hatte sie so etwas definitiv nicht erwartet, doch sie sagte: »Sicher. Meine Eltern haben die letzten Tage auf sie aufgepasst. Die können Sie auch kennenlernen.«

*

»Das ist Francine, meine Freundin«, stellte Gibson Francine ihren Eltern vor. »Sie war auch in Temple.«

Die Rogers schüttelten Francine die Hand. Dann drehte sich Rick Rogers zu seiner Tochter um und formte mit den Lippen: *Francine Langhorne?*

Gibson lächelte, antwortete aber nicht.

»Wie haben Sie Mickey kennengelernt?«, fragte ihre Mutter.

»Na ja«, antwortete Francine, »sie war ziemlich berühmt an der Uni. Wir waren beide Teil des Theaterprogramms. Erinnern Sie sich noch an ihre Rolle in *My Fair Lady*? Sie war eine fantastische Eliza Doolittle.«

Rick Rogers schaute seine Tochter schuldbewusst an. »Das muss ich verpasst haben. Aber ich habe all ihre Heimspiele beim Basketball gesehen.«

»Haben Sie auch bei den Stücken mitgespielt?«, fragte Dorothy Rogers.

»Manchmal habe ich das Gefühl, als würde ich mein ganzes Leben nur eine Rolle spielen«, antwortete Francine.

»Sind Sie geschäftlich hier?«, fragte Rick und blickte verstohlen zu seiner Tochter.

»Ja, das bin ich. Tatsächlich habe ich einen ähnlichen Job wie Mickey. Ich suche Vermögenswerte.«

»Und die Kinder?«, fragte Gibson. »Francine wollte sie begrüßen.«

»Ihr Nickerchen ist gleich vorbei«, antwortete ihre Mutter.

Gibson führte Francine nach oben und ins Zimmer ihrer Kinder.

Tommy hatte bereits die Augen aufgeschlagen und schaute sich verschlafen um.

Darbys Augen waren noch fest geschlossen. Sie hatte sich den Daumen in den Mund gesteckt, und in der anderen Hand hielt sie ihr Lieblingsplüschtier, einen Winnie Puuh, den sie schon so sehr ›geliebt‹ hatte, das seine Knopfnase abgefallen war.

Francine kniete sich neben Tommy und streckte die Hand aus. »Hi, Tommy. Ich bin Francine.«

Tommy sah fragend seine Mom an. Gibson nickte. Da nahm Tommy die Hand und schüttelte sie.

»Hi«, sagte er leise und ein wenig unsicher.

»Hast du gut geschlafen?«

Er nickte.

»Du siehst sehr stark aus. Ich wette, du kannst verdammt weit werfen.«

Er lächelte und nickte wieder.

»Und was ist das denn?«, sagte Francine. Sie griff hinter Tommys Kopf, holte einen NERF-Ball hervor und hielt ihn hoch.

Tommy quollen die Augen aus dem Kopf, als Francine ihm den Ball gab. »Okay. Versuch's mal.« Sie trat zurück und hockte sich wie ein Fänger hin.

Tommy rieb sich den Schlaf aus den Augen, schaute zu seiner Mutter, die ihm ermutigend zunickte, und stand auf.

Dann warf er Francine den Ball zu, die ihn sicher fing und sich dann die Hand rieb, als hätte ihr das wehgetan. »Wow! Du hast wirklich einen strammen Wurf.«

Sie warf den Ball dem strahlenden Tommy zurück, der ihn mühelos fing.

»Wer bist du?«

Alle schauten zu Darby, die gerade wieder zum Leben erwachte und Francine anstarrte.

Francine stand auf, ging zu Darby und kniete sich neben sie. »Ich bin Francine. Und du bist Darby, stimmt's?«

Darby nickte und steckte sich wieder den Daumen in den Mund.

»Ich hatte auch so einen Winnie Puuh, und weißt du was?«

»Was?«, murmelte Darby.

»Er hat auch die Nase verloren.« Francine lachte, und Darby schaute auf ihren Bären und kicherte.

Dann nahm Darby den Daumen aus dem Mund und sagte: »Puuh kann nicht riechen.«

»Das ist schon okay. Er kann ja immer noch sehen und hören.«

Darby nickte freudig.

»Und außerdem muss er dann auch nicht mehr riechen, wenn's stinkt.«

»Tommy stinkt«, sagte Darby.

»Gar nicht«, protestierte ihr Bruder.

»Nun ja«, sagte Gibson. »Da hat sie dich wohl am Schlafittchen, Cowboy.«

»Darf ich Puuh die Hand schütteln?«, fragte Francine.

Darby hielt ihn ihr hin.

Francine schüttelte dem Bären die Pfote und sagte: »Jetzt schau dir das mal an. Hast du gewusst, dass Puuh das hat?«

Darby setzte sich rasch auf. »Was?«

Francine hielt einen Anhänger in Form eines Herzens in die Höhe.

»Was das?«, fragte Darby.

»Das ist ein Anhänger. Weißt du, was man damit machen kann?«

Darby schüttelte den Kopf so vehement, dass ihre Zöpfe flogen.

Francine öffnete den Anhänger, sodass man hineinsehen konnte. »Da kannst du ein Bild reintun.« Sie sah sich zu Gibson um. »Vielleicht von deiner Mommy? Und wenn du älter bist, dann kannst du den Anhänger an eine Kette tun, so wie ich.« Sie zeigte Darby, dass auch sie einen trug. »Und jedes Mal, wenn du deine Mommy sehen willst, dann machst du den Anhänger einfach auf, und da ist sie.«

Vorsichtig nahm Darby den Anhänger und schaute ihre Mom aufgeregt an.

»Wir können nachher ja ein Bild dafür aussuchen«, sagte Gibson. »Vielleicht eins von uns beiden auf deiner Geburtstagsfeier.«

Darby nickte. Dann legte sie sich wieder hin, schloss die Augen und schlief sofort wieder ein.

Als sie später das Haus verließen, sagte Francine: »Ihre Kinder sind einfach wunderbar. Sie müssen wirklich stolz auf sie sein.«

»Das bin ich meistens auch, außer wenn sie sich streiten, nicht essen wollen oder mich vollkotzen.«

»Hach, die Mutterschaft in all ihrer Pracht.«

»Und Sie hätten das nicht tun müssen, Francine«, sagte Gibson. »Die Geschenke meine ich.«

»Ein NERF-Ball und ein Anhänger. Das ist nicht wirklich viel.«

»Es sah so aus, als hätten Sie früher schon Fänger gespielt.«

Francine schaute wehmütig drein. »Mein Bruder. Harry hat ihn nie Sport treiben lassen. Er hat ihn nie irgendwas tun lassen. Also habe ich ein paar Bälle und Handschuhe besorgt, als wir noch Kinder waren, und er hat mir im Hof die Bälle zugeworfen.«

»Das war wirklich nett.«

»Manchmal sind es die kleinen Dinge.« Francine hielt kurz inne. Dann fügte sie hinzu: »Tatsächlich waren die kleinen Dinge alles, was wir hatten.«

»Das mit dem Anhänger war eine süße Idee.«

Francine spielte an ihrem herum.

»Wessen Bild ist da drin?«, fragte Gibson.

Als Francine sie daraufhin anschaute, wünschte Gibson, sie hätte nicht gefragt.

»Ich hatte nie ein Bild da drin.« Wieder legte Francine eine kurze Pause ein. »Aber vielleicht werde ich das eines Tages.«

KAPITEL 86

Einen Monat später war Francine wieder in Williamsburg, in Gibsons Garten, wo die beiden Frauen Darby und Tommy beim Spielen zuschauten. Agnes Langhorne saß mit ihrer Sauerstoffpumpe in einem Rollstuhl und schien sich über die Streiche der Kinder zu freuen. Doug saß neben seiner Mutter. Er hatte schon wieder ein wenig Lust am Leben, nachdem er Rochelles Asche an dem See verstreut hatte. Francine hatte ihn begleitet, um ihm beizustehen.

Gibson und Francine saßen auf einer brandneuen Gartenschaukel, die Gibson mit Geld von ihrem Finderlohn gekauft hatte. Ein großer Teil des Geldes war in die Collegekasse der Kinder gewandert, und der Rest wartete auf der Bank darauf, dass Gibson sich entschied, was sie damit tun wollte.

Francine hatte die Hälfte des Finderlohns ihrem Bruder gegeben. Sie hatten beschlossen, dass Agnes bei ihrem Sohn leben sollte und dass sie bis zu ihrem Tod rund um die Uhr betreut werden würde. Francine hatte auch anderen Opfern von Earl Beckett Geld zukommen lassen, und sie und Gibson hatten zudem Sullivans Nichte etwas gegeben, damit sie trotz ihrer Behinderung ein gutes Leben führen konnte.

Während sie langsam vor und zurück schaukelten, sagte Gibson: »Beckett und Enders haben einen Deal gemacht. Sie landen zwar nicht in der Gaskammer, aber sie werden im Knast an Altersschwäche sterben.«

»Hoffentlich eher früher als später«, bemerkte Francine.

»Sullivan geht es wieder gut, und seine Schwester ist gerächt. Jetzt kann er einfach nur noch Cop sein. Er muss nicht mehr die ganze Zeit Beckett hinterherhetzen.«

»Es ist doch nicht falsch, wenn man nicht lange an einem Ort bleiben will.«

»Heißt das, du willst bald weg?«, fragte Gibson. Inzwischen duzten sich die beiden Frauen.

Francine schaute sie an. »Warum?«

»Ich frage nur. Ich … Ich habe mich irgendwie an dich gewöhnt.«

»Du kannst jetzt tun und lassen, was du willst, Mickey. Kauf dir ein großes Haus. Mach eine Weltreise.«

»Das ist alles wohl ein wenig viel für ein Jersey Girl.«

»Du kannst das.«

»Nicht, wenn es nicht mein Wunsch ist.«

»Was ist dein Wunsch?«

»Du zuerst.«

Francine schaute verlegen drein. »Ich … Ich habe schon einen ganzen Tag geschafft, ohne etwas aufzuschreiben.«

»Hey! Das ist doch ein Fortschritt.«

»Die Notizbücher sind wichtig für mich. Die Seelenklempner haben viele kluge Namen dafür. Dabei läuft alles darauf hinaus, dass ich schlicht immer Angst gehabt habe, auch das wenige zu verlieren, was mir noch geblieben ist.«

»Und sie waren immer auch eine Schutzmauer für dich.«

»Was?«

»Mit deinen Notizbüchern hast du eine Mauer um dich gebaut. Und die verschiedenen Personas, die du angenommen hast? Auf die Art hat nie jemand dein wirkliches Ich gesehen. Und wenn niemand je gewusst hat, wer du wirklich bist …«

»… dann konnte mir auch niemand wirklich wehtun«, beendete Francine den Satz.

»Vertrau mir. Du bist nicht der einzige Mensch, der Mauern um sich errichtet hat und nur eine Rolle spielt, weil er Angst hat oder nicht verletzt werden will. Du hast das Ganze nur auf eine neue Stufe gehoben. Aber du hattest ja auch gute Gründe dafür.«

»Das ergibt Sinn.«

»Ich wollte dich übrigens schon immer mal was fragen. Wie bist du eigentlich in Temple gelandet?«

»Ich wollte so weit wie möglich weg von New Mexico. Und als Kind war ich schon mal in Philly, bevor wir ins Zeugenschutzprogramm gekommen sind. Also bin ich wieder dort hingegangen und habe einen Job an der Universität angenommen. In der Cafeteria.«

»Hast du mir wirklich Essen serviert?«

»Ja. Aber damals sah ich ganz anders aus.« Sie atmete kurz durch. »Ich nehme an, an dem Punkt war ich wirklich besessen von dir, dem Basketballstar, dem Mädchen ganz oben. Und als ich herausgefunden habe, dass du auch in der Theatergruppe bist, da war das wie ein Omen für mich. Ich hatte immer davon geträumt, eine große Schauspielerin zu werden, und hier war mein Idol, das genau das machte. Ich bin übrigens auch zu all deinen Heimspielen gegangen.« Sie warf Gibson einen knappen Blick zu. »Du warst ein verdammt harter Point Guard.«

»Das musste ich auch sein. Ich war viel kleiner als die anderen Mädels. Haben wir im Theater auch mal was miteinander zu tun gehabt?«

»Ich habe dir mit den Kostümen geholfen. Außerdem habe ich noch am Bühnenbild gearbeitet. Du warst eine großartige Mentorin für die anderen Studenten. Du hast immer so gefasst gewirkt, so sicher. Nichts schien dich nervös zu machen.«

»Das war meine größte Schauspielleistung, denn in Wahrheit habe ich mir vor Angst in die Hose gemacht, und das nicht nur im Theater, sondern auch auf dem Basketballplatz.«

Francine schüttelte den Kopf. »In jedem Fall hat man dir das nicht angemerkt.« Wieder hielt sie kurz inne. »Und … Und du hast mich mal auf dem Campus gerettet.«

»Was?«

»Irgend so ein Arschloch hat mich nachts angegriffen. Es war aber auch dumm von mir, so spät noch unterwegs zu sein. Der Typ hat sich einfach auf mich gestürzt. Er hatte mir schon halb die Bluse ausgezogen, als …«

»Oh, mein Gott! Ich habe dem Kerl einen Basketball in die Fresse gedonnert. Ich kam gerade vom Training. Das warst du? Du bist weggerannt. Und die Drecksau auch.«

»Ich hatte Angst, und es war mir peinlich, und ich weiß nicht … Kurz darauf habe ich Temple verlassen und mich neu erfunden. Ich habe diese Mauern errichtet, wie du es nennst. Die nächsten Jahre vergingen wie im Flug.«

»Und dann bist du wieder in mein Leben getreten.«

»Aber wohl kaum so, wie du es dir gewünscht hättest. Es tut mir leid, was ich dir angetan habe. Es tut mir leid, was ich gesagt und was ich über dich gedacht habe. Ich war … Ich war so … Ich habe mich so sehr geirrt.«

Gibson nahm ihre Hand. »Francine, nach allem, was du durchgemacht hast, ist es schon ein Wunder, das du überhaupt noch funktionierst.«

Francine wandte sich ab und schaute wieder zu den Kindern. Tommy rannte im Kreis, und Darby schlug unbeholfen Purzelbäume. Beide lachten ausgelassen.

Als hätte sie Francines Gedanken gelesen sagte Gibson: »Du kannst auch Kinder adoptieren. Dann wärst du zwar alleinerziehend, aber auch reich, und die ganze Welt würde dir zu Füßen liegen.«

Francine schüttelte den Kopf. »Du bist eindeutig zur Mutter geboren. Ich wohl kaum.«

»Das hätte ich auch nie von mir gedacht. Da wächst man rein.« Gibsons Blick folgte Tommy, der jetzt laut rülpste, während Darby ihn anfeuerte. »Und jetzt erziehe ich meine eigenen beiden Einsteins.«

Francine schaute Gibson schelmisch an. »Irgendwann werden sie die Welt regieren. Das weißt du.«

»Mit einer Tante wie dir, die ihnen das beibringt? Bestimmt.«

Francine riss die Augen auf. »Tante?«

»Ich habe zwei Brüder, die sich kaum selbst anziehen können. Glaubst du, ich will, dass die die Vorbilder meiner Kinder sind? Der Job gehört dir, wenn du willst.«

»Mickey, ich weiß nicht, was für eine Art von Vorbild ich sein sollte, und dann auch noch für deine Kinder.«

»Zuerst einmal: Es ist höchste Zeit, dass du mich Mick nennst. So nennen mich alle, die mir am Herzen liegen. Und zweitens: Du musst dich nicht jetzt entscheiden. Und zu guter Letzt: Ich denke, du würdest sogar ein verdammt gutes Vorbild sein. Mir ist scheißegal, was du früher gemacht hast.« Sie schaute zu Francines Mutter und Bruder hinüber. »Mich interessiert nur, dass du ein Herz hast und zwar ein verdammt großes. Am Ende hast du das Richtige getan.«

»Wir waren wirklich ein verdammt gutes Team«, bemerkte Francine.

»Ich denke, der Begriff, den du suchst, ist *Weltklasse*. Und es spricht viel dafür, dass du etwas Interessantes und Lohnendes mit deinem Leben machen solltest.«

»Ich habe schon immer *interessante* Dinge getan«, sagte Francine, »aber ich weiß nicht, ob die wirklich lohnenswert waren.«

»Es gibt immer eine zweite Chance im Leben.«

»Glaubst du das wirklich?«

»Das ist nur eine Frage des Wollens.« Gibson atmete kurz durch. »Und? Spielen wir den nächsten Akt zusammen?«

Zur Antwort streckte Francine die Hand aus, und Gibson schüttelte sie.

»Ich denke schon, *Mick*.«

DANKSAGUNG

Für Michael Pietsch, Ben Sevier, Elizabeth Kulhanek, Jonathan Valuckas, Matthew Ballast, Beth de Guzman, Ana Maria Allessi, Rena Kornbluh, Karen Kosztolnyik, Brian McLendon, Albert Tang, Andy Dodds, Ivy Cheng, Joseph Benincase, Alexis Gilbert, Andrew Duncan, Janine Perez, Lauren Sum, Morgan Martinez, Bob Castillo, Kristen Lemire, Briana Kuchta, Mark Steven Long, Marie Mundaca, Rachael Kelly, Kirsiah Mcnamara, Lisa Cahn, John Colucci, Megan Fitzpatrick, Nita Basu, Alison Lazarus, Barry Broadhead, Martha Bucci, Ali Cutrone, Raylan Davis, Tracy Dowd, Melanie Freedman, Elizabeth Blue Guess, Linda Jamison, John Leary, John Lefler, Rachel Hairston, Tishana Knight, Jennifer Kosek, Suzanne Marx, Derek Meehan, Christopher Murphy, Donna Nopper, Rob Philpott, Barbara Slavin, Karen Torres, Rich Tullis, Mary Urban, Tracy Williams, Julie Hernandez, Laura Shepherd, Maritza Lumpris, Jeff Shay, Carla Stockalper, Ky'ron Fitzgerald und für alle bei Grand Central Publishing. Danke dafür, dass ihr schon über fünfundzwanzig Jahre meine wunderbaren Partner seid. Mit eurer Unterstützung und eurem Enthusiasmus macht ihr mir das Leben so viel leichter.

Für Aaron und Arleen Priest, Lucy Childs, Lisa Erbach Vance, Frances Jalet-Miller, Kristen Pini und Natalie Rosselli, meine guten Freunde und Ratgeber.

Für Mitch Hoffman, für seine großartige Redaktion. Und dafür, dass du so ein wunderbarer Zuhörer bist.

Für Joanna Prior, Jeremy Trevathan, Lucy Hale, Trisha Jackson, Stuart Dwyer, Leanne Williams, Alex Saunders, Sara Lloyd, Claire Evans, Jamie Forrest, Laura Sherlock, Jonathan Atkins, Christine Jones, Andy Joannou, Charlotte Williams, Rebecca

Kellaway, Charlotte Cross, Lucy Grainger, Lucy Jones und Neil Lang von Pan Macmillan, meinem fantastischen, stets innovativen Verlag.

Für Praveen Naidoo und das wunderbare Team bei Pan Macmillan/Australien für ihre außerordentliche Arbeit.

Für Caspian Denis und Sandy Violette, die von Tag eins an an meiner Seite waren.

Für die Gewinner der Wohltätigkeitsauktion: Arlene Robinson (Gloucester-Mathews Humane Society) und Wilson Sullivan ('Sconset Trust). Ich hoffe, Sie haben Freude an Ihren Figuren.

Und für Kristen White und Michelle Butler, mein A-Team!